蓝袍先生

陈忠实 著

华夏出版社

典藏文库

典藏文库

华夏出版社"典藏文库",致力于展示中国新时期以来当代文学创作与研究的最高成就和学术成果,在题材、风格上表现出无限的丰富性。

作者像

陈忠实（1942—2016） 生于陕西西安。中国当代著名作家。曾任陕西省作家协会主席、中国作家协会副主席。1965年开始发表作品。代表作有长篇小说《白鹿原》，中篇小说《蓝袍先生》《初夏》《四妹子》，短篇小说《舔碗》《信任》《到老白杨树后面去》，散文《告别白鸽》等。

曾获全国优秀短篇小说奖、全国报告文学奖等。1997年，《白鹿原》获第四届茅盾文学奖，后被评为"百年百种优秀中国文学图书"（1900—1999），入选"改革开放30年影响中国人的30本书"等。

目 录

蓝袍先生　1
康家小院　77
四妹子　115
十八岁的哥哥　191
最后一次收获　241

附一　陈忠实著作年表(1982—2012)　284
附二　堂庑渐大:陈忠实过渡期小说创作状况(李建军)　288

蓝袍先生

我的启蒙老师徐慎行先生,年过花甲,早已告退,回归故里,住在乡下。他前年秋末来找我,多年不见,想不到他的身体还这样硬朗。

他住在塬上的杨徐村,距我居住的小河川道的村子,少说也有二十里远,既不通汽车,也不能骑自行车。他步行二十余里坡路,远远地跑来,我的第一反应是要我帮他什么事情。他接过我递给他的茶水和卷烟,坐稳之后,首先说明他没有什么事,只是找我闲聊。他确实只是闲聊。整整一个下午过去,天色将暮时,他顶着一顶细草帽又告辞了。他说他在三个多月前埋葬了老伴,过了百日,算是守完了节,心里实在孤寂得受不了,才突然想到来找我聊聊的。我信了他的话。老伴初逝,女儿出嫁,男娃顶班在县城小学教体育,屋里就剩下他一个人,怎能不感到孤独和寂寞!我心里也有一缕悲怜的气氛了。

腊月里,入冬以来的头一场好雪,覆盖了塬坡和河川,解了冬旱,大雪封锁了道路,跑小生意的农民挂起秤杆,蒙住被子睡觉了。大雪初霁的中午,奇冷奇冷,徐慎行先生又走进我的院子,令我惊叹不已。他的身上和胳膊肘上,膝头和屁股上,粘着融雪的水痕和泥巴,两只棉鞋灌满了雪粒,湿溜溜的了,可以肯定,他在坡路上跌翻过不知多少回。又是孤独和寂寞得受不了了吗?

"我有一件事,要跟你商量。"

徐慎行先生呷了一口茶,就直截了当地开了口。他的脸上泛出红光,许是跋涉艰难累得冒汗的原因,而眼里却泛出一缕羞怯神色,与六十岁人的气色很不协调。他终于告诉我,说是别人给他介绍下一个五十多岁的老婆,他已见过一面,颇以为合宜。可是两个女儿和儿子均是一口腔反对,没法说服他们。他自己当然不好直接与儿女商议,只好托亲友给儿女做解释。他的大女儿嫁到小河川道的周村,与我的住处相距不远,人也认识,于是就想让我去给他做大女儿的解释工作。

我不假思索,一口应承下来。

第二年春天，草木发芽了，一直没有见他的面，不知他的婚事进展如何，我倒有点惦念不下。我和他的大女儿以及女婿都是熟人，话可以敞开说，我说了许多条该办的好处，譬如徐老先生的吃饭穿衣问题、生病服药问题、家务料理问题，统统都解决了，对于儿女们，倒是少了许多负担。又解释了儿女们最为担心的一个问题：老汉退职薪金的使用，会不会被那个老婆子揽光卡死了？终于使他们夫妇点了头，表示不再出面干涉，我也算是给启蒙老师尽了一点心。我随之就担心他的二女儿和儿子的思想通了没有，据说主要阻力在二女儿身上，她不出面，却纵容唆使弟弟出面闹事……

徐慎行先生来了，是在河川和塬坡上的桃花开得正艳的阳春三月。他一来，我从他的眼里流露出来的羞怯神色就猜出了结果。

"我想忙前把这事办了。"他说，"到时候，你能否抽空来坐坐？"

我很乐意地接受了老师的邀请。

他坐下喝茶，抽烟，说那个老婆的脾气和身世。从他的语气里可以听出来，他是很满意的。说到她的人样、她的长相，他说能看出她年轻时很俊……

我实在想不到，夏收之后，他第四次来到我家的时候，又是一脸颓唐的神色，先哀叹了三声，说那件事最后告吹了！

我很惊诧，忙问他，到底哪儿出了差错？谁又从中坏事了？

"谁也没有坏事，也没有啥差错——"他淡淡地说，"是我不办了！"

"为——啥？"我不得其解。

"唉——"他摇摇头，叹息着，不抬头，"我事到临头，又……"

既然他觉得不好开口，我也就不再强人之难，于是就聊起闲话。他轻轻摇着扇子，眯着眼，扯起他三十多年教书生涯中的往事，一阵阵哀叹，一阵阵动情……

我送他走之后，心里很不好受，感到压抑，一种被铁箍死死地封锁着的压抑，使人几乎透不过气来，而他却在那道无形的铁箍下生活了几十年，至今不能解脱……

读耕传家

南塬上的村庄，不论是千儿八百户的大村，抑或是三二十家的小庄，村巷整齐，街道规矩，家家户户的街门沿街巷开设，坐北一律坐北，朝南一律朝南，这一家的东山墙紧紧贴着那一家的西山墙，而自家的西山墙又紧挨着另一家的东山墙，拥拥挤挤，不留间隙。俗话说，亲戚要好结远乡，邻居要好高打墙。家家户户在自家的庄院里筑起黄土围墙，以防鸡刨狗窜引起纠纷和口角。院墙临街的中间开门,门上很讲究地修一座漂亮的门楼。

那儿的农民十分注重修饰门楼。日子富裕的人家修建砖木门楼,多数人家则是土木门楼。无力修建门楼的人家,就只好在土围墙上凿开一个圆洞,安一个荆条编织的篱笆门,防贼亦挡狗。生人进入任何一个村庄,沿着街巷走过去,一眼溜过两边高高矮矮的各姿各式的门楼,大致就可以划出各家的家庭成分了。不过,这是解放初期的旧话。现在,门楼的规模和姿势,已经与土改时定的那个成分关系不大了;如果按着旧的习惯去猜度,准会闹出牛头不对马嘴的笑话来。

门楼正中,一般都要挂门匾,门匾上镌刻四个大字。这四个大字的选择,实际是这个门楼里的庄稼主人的立家宣言。解放后,庄稼人心劲高涨,对门楼上的门匾的选择,免不了受时风的影响,土地改革时,好多人喜欢用"发展生产""发家致富";合作化时又时兴"共同富裕""康庄大道";三年困难时期又流行起"自力更生""勤俭持家";及至"四清"和"文革"运动接连不断的十余年中,诸如"红日高照""万寿无疆""斗争为纲"、"真学大寨"等政治口号,确实风靡一时。

解放前门楼题匾的内容,可就单调得多了。凡是能修建得起砖木门楼或稍微像样的土木门楼的殷实人家,题匾上的立家宣言,十之八九都选用"耕读传家"四字,其用意是显而易见的。我们杨徐村,在南塬上的稠如星海的乡村里,只算个中小型村庄,二百多户农家中,门楼修葺得最阔气的是大财东杨龟年家的。水磨青砖,雕梁画栋,飞檐翘角,俨然一座富丽堂皇的四角亭子。门楼下蹲着两只青石雄狮,墙上刻着飞禽走兽。门楼正中,在象征着吉祥永久的鹤鹿图像中,刻下四个篆体"耕读传家"的题字,与团团祥云相谐调。杨龟年的大儿子在咸宁县政府做官员,家里有百余亩河川水浇地,整整两槽高骡大马,真是有耕有读,宣言与实际相一致。其余那些虽然也能修得起土木门楼的殷实户,也东施效颦地题下"耕读传家"的门匾,却大都是有耕无读,名不副实,甚至一家老少尽是些目不识丁的粗笨庄稼汉子。但作为立家宣言,自然主要是照亮后世,无读书人的缺憾,必当由后辈人来弥补。

杨徐村另一户能修得起砖木门楼而且名副其实的"耕读传家"的人家,当推我家了。我爷爷徐敬儒,对"耕读"精神的尊崇,甚至比杨龟年家还要纯粹。杨龟年的大儿子在县府供职,主要是为官而不从读了;二儿子从军耍枪杆子而鲜动笔杆子了;家里的庄稼全靠长工和短工播种和收割而无须杨龟年动手抬脚。我爷爷徐敬儒,那才是"耕读"精神的忠诚信徒和真正的实践者。

我爷爷徐敬儒,人称徐老先生,是清帝的最末一茬秀才,因为科举制度的废止而不能中举高升,就在杨徐村坐馆执教,直到鬓发霜染,仍然健坐学馆。也不知出于什么思想影响,我爷爷把门楼上那副"耕读传家"的题匾挖掉了,换上一副"读耕传家"的题匾,把"耕"和"读"的位置作了调换。字是我爷爷写的,方方正正,骨架崚嶒,一笔不苟,真柳字体,再由我父亲一笔一画凿刻下来。我父亲初看时,还以为我爷爷笔下失误,问时,爷爷一拂袖子,瞪了儿子一眼,没有回答。我父亲不敢再问,却明白了是有意调换而不属笔误,该当慢慢地去体味,低下头小心翼翼地凿刻起来。

更有一件蹊跷的事。我爷爷垂老之时,对我父亲兄弟三人做了严格分工:一人继承他坐学馆,体现"读";二人做务庄稼,体现躬耕;世世代代,以法累推。这样的分工,兄弟三人还勉强接受得了,临到爷爷咽气时,又留下严格的家训,可以归纳为"三要三不要"的遗嘱。其训示曰:教书的只做学问,不要求官为宦;务农的要亲身躬耕,不要雇工代劳;只要保住现有家产不失,不要置地盖房买骡马。

兄弟三个瞪大眼睛,你瞅瞅我,我瞪瞪你,不知所措了。他们三个正当盛年,早就想着齐心合力一展宏图,在杨徐村与杨龟年家争一争高低。近几年间,杨家兵强马壮,置田盖房,百业兴旺,已成为方圆十里八村新兴的富户。眼看着杨家小河涨水似的暴发起来。兄弟三人对父亲拘拘谨谨的治家方针早已多所不满,又不敢说,想不到老先生活着时限制他们的手脚,临走前还要把他们死死地捆绑在这点小家业上。老先生似乎早已揣摸算计到三个儿子的心数儿,怕自己走后儿孙们有恃无恐,干脆一句话说死:不遵从父训者,孽种也!不许给他上坟烧纸。兄弟三人只好委屈隐忍,不理解的也要执行,遵循老先生的遗训,耕田的躬耕垄亩,坐馆的潜心静气研读圣贤诗书。村里人把我爷爷这种古怪的治家训诫编成顺口溜,"房要小,地要少,养个黄牛慢慢搞",当作笑话流传。

嗬呀!到得杨徐村一解放,杨龟年家耍枪杆子的老二死在解放军的枪口之下;当县官的老大因在人民的监牢当中;家里的深宅大院、高骡子大马以及水地旱田全部分给杨徐村的贫雇农了。我至今也忘不了那个晚上的情景,我爸兄弟三个,捧着我爷的神匣,磕头作揖,又哭又笑,简直跟疯癫了一样。夜静以后,兄弟三个又跑到村后的祖坟里,趴在我爷的坟堆上,啃啊!扒啊!恨不得掘开坟墓,把留下"三要三不要"遗训的先知先觉的老祖宗的尸骨抱在怀里亲一百次!该怎样感激老祖宗——比诸葛孔明还要神明的老祖宗啊!亏得他早已看破红尘,留下严格的治家遗训,使得儿孙后辈免遭杨家的横祸!我们家被定为上中农成分,虽然不是工作组依靠的对象,却也不在被打击被孤立的剥削阶级的圈子里,这已经是万幸了!

我爷爷瞑目前五年,已经选定我父亲做他的接班人,去杨徐村的私塾坐馆执教。据说,老先生在长期的观察中,觉得我大伯父工于心计,善于谋划,带一股商人的气息。二伯父脾气拗倔,合当是一介武夫。我父亲自幼聪灵智慧,既不像大伯父那么诡,也不像二伯父那样倔,深得老先生钟爱器重,加之对我父亲的面相也满意(用我爷的话说,天庭饱满,眉高眼大,肤色滋润),于是就在他年过花甲之后,由我父亲坐上了私塾里那把黑色的令人敬慕的太师椅子。

我依稀记得,爷爷死后,父亲脱下了蓝色长袍,换上了一件藏青色布袍,一来表示给爷爷的亡灵守志守节服孝,二来标志着他已过而立之年,该当脱下青年时期的蓝色长袍了。我的印象十分深刻,爷爷死后,父亲似乎一下子变成了另一个人,那眉骨愈加隆起,像横亘在眼睛上方的一道高崖,眼神也散净了灵光宝气,纯粹变成一副冷峻威严的神气。在学堂里,他不苟言笑,在那张四方抽屉桌前,正襟危坐,腰部挺直,从早到晚,也不见疲倦,咳嗽一声,足以使那些调皮捣蛋的学生吓一大跳。来去学堂的路上,走过半截村巷,抬头挺胸,目不斜视,从不主动与任何人打招呼。别人和他搭话问候时,他只点一下头,脚不停步,就走过去了。回到家中,除了和两位伯父说话以外,与俩伯母和七八个侄儿侄女,从不搭话。除了两位伯父,没有不怯他的。父亲从学堂放学回来,一进街门,咳嗽一声,屋里院里,顿然变得鸦雀无声,侄儿侄女们停止了嬉闹,伯母和母亲烧锅拉风箱的声音也变得低匀了。我和堂兄堂弟们要是打仗吵架,一不小心,父亲站在当面时,无须动手动脚,他只用眼一瞅,我们就都不敢出声了。他倒是从来不动手打孩子,可也从来不对任何人表示哪怕是少许的亲昵,我似乎比堂哥堂弟们更怯着父亲。

我现在唯一能解释父亲这种性格变化的原因,是爷爷死后父亲在这个十五六口人的大家庭里的地位的变化。爷爷死时,意外地打破了长子主事的传统法则,把全部家事委于父亲来统领。据说爷爷怕伯父太诡而远伤乡邻近挫兄弟,怕二伯父脾气暴烈而招惹家祸,于是就由排行最末的父亲统领这个家庭。他要领导两个哥哥和两个嫂嫂,要处理三兄弟三妯娌以及九个侄儿侄女和亲生儿女的种种矛盾,要处理这个家庭与远远近近几十家新老亲戚的关系,要处理与杨徐村二百多户同姓和异姓的乡邻的关系,真是太复杂了!我当时尚不能体味父亲的种种难场,只觉得他的脸上,笑颜永远消失了。

尽管父亲在这个家庭里严于律己——母亲、姐姐、弟弟以及我,宽以待人——伯父、伯母以及堂兄妹,家庭里的摩擦总不会间断,只是没有公开闹到分家的程度。大伯本来对父亲统领家事就觉得有失面子,再加上三条遗嘱死死捆住了他的手足,终日憋气。他的大儿子已经长大,意欲送到西安去学做生意,因为父亲坚持遗训而不能成行,有气无处发泄,就哄唆直杠子二伯发难。父亲一切都看得明白,只是隐忍,不理睬二伯的恶火,大伯也就无法了。

这样下去,终非久远之计,父亲不能眼看着这个以礼仪之风在全村享有最高乡誉的家庭,在自己手中闹出分崩离析的结局,令杨徐村人耻笑。他断然决定,从学堂里告退回家,统领家事。他自己在学堂执教,一心难为二用,顾了学堂顾不了家,顾了家庭又怕贻误人家子弟的学业。更重要的是,在他一天三晌坐在学堂里的时候,家里和地里,给大伯留下了毫无顾忌地唆弄是非的太大的时空环境。这样,在我刚刚十八岁的时候,父亲就把我推到他坐过的那把黑色的太师椅上了。

蓝袍先生

父亲选定我做他的替身去坐馆执教,其实不是临时的举措,在他统领家事以前,爷爷还活着的时候,就有意培养我作为这个"读耕"人家的"读"的继承人了。只是因为家庭内部变化的缘故,才过早地把我推到学馆里去。

我有一个姐姐,已经出嫁了。一个弟弟,脾气颇像二伯,小小年纪就显出倔拗的天性,做教书先生的人选,显然不大合适,"人情不够练达嘛"!父亲再无选择的余地,尽管我也是差强人意,也没有办法了。如果说父亲也暗藏着一份私心,此即一例,大伯父的二儿子灵聪过人,然而父亲还就是选了我。

读书练字,自不必说了,对我是双倍的严格。尤其是父亲有了告退的想法之后,对我就愈加严厉了。父亲用那柳木削成的木板,开始抽打我的手心,原因不过是我把一个字的某一画写得离失了柳体,或是背书时仅仅停磕了几秒钟。最重要的是,对我进行心理和行为的训练,目标是一个未来的先生的楷模。"为人师表"!这是他每一次训导我时的第一句话。

"为人师表——"父亲说,"坐要端正,威严自生。"

我就挺起胸,撑直腰杆,两膝并拢。这样做确实不难,难的是坚持不住。两个大字没有写完,我的腰部就酸酸的了,两膝也就分开了。猛不防,那柳木板子就拍到我的腰上和腿上,我立即坐直。几次打得我几乎从椅子上翻跌下去,回头一看,父亲毫不心疼地瞅着我。

"为人师表——"父亲说,"走有个走势。走路要稳,不急不慢。头仰得高了显得骄横,低垂则萎靡不振。两目平视,左顾右盼显得轻佻……"

我开始注意自己走路的姿势。

"为人师表——"父亲说,"说话要恰如其分,言之成理。说话要顾及上下左右,不能只图嘴头畅快。出得自己口,要入得旁人耳……"

所有这些训导,对于我这样一个刚刚十七八岁的人来说,虽然很艰难,毕竟可以经过日渐长久的磨炼,逐步长进,最使我不能接受的,是父亲对我婚姻选择的武断和粗暴。

对于异性的严格禁忌,从我穿上浑裆裤时就开始了。岂止是"男女授受不亲",父亲压根儿不许我和村里任何女孩子在一块玩耍,不许我听那些大人们在一起闲谝时说的男女间的酸故事。可是,在我刚刚十八岁的时候,父亲突然决定给我完婚了。他认为必须在儿子走进学堂之前做完此事,然后才能放心地让我去坐馆。一个没有妻室的人进入神圣的学堂,在他看来就潜伏着某种危险。

父亲给我娶回来多丑的一个媳妇呀!

婚后半个月,我不仅没有动过她一指头,连一句话也懒得跟她说,除了晚上必须进厢房睡觉以外,白天我连进屋的兴趣都没有。我却不敢有任何不满的表示,父母之命啊!

父亲还是看出了我的心意,有一天,把我单独叫进他住的上屋,神色庄严。

"你近日好像心里不爽?"

"没有。爸。"

"我能看出来。有啥心事,你说。"

"爸,没有。"

"那我就说了——你对内人不满意,嫌其丑相,是不是?"

"……不。"

我一直未敢抬头,眼泪已经忍不住了。

"这是我专意儿给你择下的内人。"父亲说。我没有想到。他说:"男儿立志,必先过得美人关。女色比洪水猛兽凶恶。且不说商纣王因妲己亡国,也不说唐王因贵妃乱朝,一个要成学业的人,耽于女色,溺于淫乐,终究难成大器……"

我惊讶地抬起头,看了父亲一眼,那严峻的眉棱下面,却是满眼的赤诚,坦率的诚意,使我竟然觉得自己太不懂事了。大丈夫立国安家成学业,怎能贪恋女色!我长到十八岁,从来没有听过怎样对待婚娶的道理,父亲今天第一次坦诚地对我训导,我悟出人生的道理了。

父亲当即转过头,示意母亲,母亲从柜子里取出一件蓝袍,交给我,叫我换上了。我穿上那件由母亲亲手缝的蓝洋布长袍,顿然觉得心里咯噔一声,沉重起来,似乎一下子长大成人了! 服装对于人,不仅是御寒的外在之物。穿起蓝袍以后,抬足举步都有一种异样的庄重的感觉了。

父亲领着我走出上房的里间,站在外间里。靠墙的方桌上,敬着徐家祖宗的牌位,爷爷徐敬儒生前留下一张半身照,嵌镶在一只楠木镜框里,摆在桌子的正中间。父亲亲手点燃大红漆蜡,插上紫香,鞠躬作揖之后,跪伏三拜,然后站在神桌一侧,朗声道:"进香——"

我走前两步,站在神桌前头,从香筒里抽出五根紫香,轻轻地捋一捋整齐,在燃烧着的蜡烛上点燃,小心翼翼地插进香炉,抖索的手还是把两支弄断了。重插之后,我垂首恭候。

"拜——"父亲拖长声喊。

我抱起双拳，作揖。

"叩首——"

我跪在祖宗神牌前，磕了三个响头，就抬起头，等待父亲发令。

父亲从腰里掏出一片折叠着的白纸，展开，就领着我向祖宗起誓：

"不肖孙慎行，跪匍先祖灵前。矢志修业，不遗余力。不慕虚名，不求浮财，不耽淫乐。只敬圣贤，唯求通达，修身养性，光耀祖宗，乞先祖护佑……"

父亲念一句，我复诵一句，及至完毕。我呆呆地站在灵桌前，诚惶诚恐，不知现在该站还是该走开？父亲紧紧盯着我，说：

"明天，你去坐馆执教！"

由我代替父亲坐馆的仪式是在文庙里举行的。时值冬至节气。一间独屋的庙台上，端坐着中国文化的先祖孔老先生的泥塑彩像。屋梁上的蛛网和地上的老鼠屎被打扫干净了。文庙内外，被私塾的学生和热心的庄稼人围塞得水泄不通。杨徐村最重要的最体面的人物杨龟年，穿着棉袍，拄着拐杖，由学堂的执事杨步明搀扶着走进文庙来了，众人抖抖地让开一条路。

我站在父亲旁边，身上很不自在，心里却潜入一股暗暗的优越感来。这儿——文庙，孔老先生的圣像前，排站着杨徐村所有的头面人物，我也站在这里了，门外的雪地上，挤着那些粗笨的却又是热心的庄稼人，他们在打扫了房屋以后，临到正式开场祭祀的时候，全都自觉地退到门外去了。

杨步明主持祭祀，首先发蜡，然后焚香，接着在杨步明拿腔捏调的诵唱中，屋里屋外的所有参与祭奠的村民，无论长幼尊卑，一律跪倒了。油炸的面点，干果，在杨步明的诵唱中摆到孔老先生面前。整个文庙里，烛光闪闪，紫香弥漫，乐鼓奏鸣，腾起一种神圣、庄严、肃穆的气氛。

执事杨步明把一条红绸递给杨龟年，由杨徐村最高统治者给我的父亲披红，奖掖他光荣引退。杨龟年双手捏着红绸，搭上父亲的右肩，斜穿过胸部和背部在左边腋下系住。我看见，父亲连忙跪伏下去，深深地磕拜再三，站起身来的时光，竟然激动得热泪盈眶。这个冷峻的人，竟然流泪了。他硬是咬着腮帮骨，不让眼泪溢出眼眶。我是第一次看见父亲流泪。往昔里，我既看不到父亲一丝笑颜，也看不到一滴泪花。那泪眼里呈现出从未见过的动人之处，令人敬服，又令人同情。这个严厉的父亲，从来也不会使人产生对他的同情和怜悯；他的脸色和眼神中永远呈现着强硬和威严，只能使人敬畏，而不容任何人产生怜悯。现在,他的脸上像彤云密布的天空扯开一道缝儿,露出了一绺蓝天,泻下来一道弱柔动人的阳光。

父亲简短地说了几句真诚的答谢之辞,执事杨步明代表所有就读的孩子的家长向父亲致谢,并对我的上任多有鼓励。杨龟年没有讲话,只是点点头,算是最高的赏赐了。

奠祭活动一结束,我随着父亲走出文庙,刚一出门,那些老庄稼人就把父亲围住了,拉他的袖子,拍他的后背,摸抚那条耀眼的红绸,说着听不清的感恩戴德的话。我站在旁边,同样接受着老庄稼汉们诚心实意的鼓励的话,心里很激动。由爷爷和父亲在杨徐村坐馆所树立起来的精神和道义上的高峰,比杨家的权势和财产要雄伟得多!我从今日开始,将接替父亲走进那个学馆,成为一个为老少所瞩目的先生了!

那把黑色的座椅,那张黑色的四方抽屉桌子,能否坐得稳?一直到将来再交给我的尚未成形的某一个后代,大约至少要二十多年吧?二十多年里不出差错,不给徐家抹黑,不给杨家留下话柄,不落到被众人撵出学堂,谈何容易!要得到一个善终的结局,就必得像父亲那样……

乡村的私塾学堂也放寒假,每年农历的冬至节气就是下学日,祭过老祖宗孔老先生之后,就放假了。

过罢正月十五,私塾又开学了,我穿上蓝布长袍,第一次去坐馆,心里怎么也稳实不下来。走出我家那幢雕刻着"读耕传家"字样的门楼,似乎这村巷一夜之间变得十分陌生了,街巷里那些大大小小的树木,一搂抱粗的古槐、端直的白杨、夏天结出像蒜薹一样的长荚的楸树,现在好像都在瞅着我,看我这个十八岁的先生会不会像先生那样走路!那些拥拥挤挤的一家一户的门楼里,有人在窥视我可笑的走路的姿势吧?唔呀!从我家的街门口到学堂去,要走到街心十字口,再拐进南巷,距离不近哩!不管怎样,我已经走出街门了,没有再退回去的余地了,只有朝前走。这时候,像面对一个十分面熟而又确实读不出字音的生字时顺手掀开字典,我想到了父亲走路的姿势。我多少次看见父亲来去学堂时走在村巷里的身姿,而他训导我的如何走路的条文倒模糊了。

我抬起头,像父亲那样,既不仰高,也不低垂,两目平视,梗直脖根,决不左顾右盼,努力做到不紧不慢,朝前走过去。

"行娃……哦……徐先生……"杨五叔笑容可掬地和我打招呼,发觉自己不该在今天还叫我的小名,立即改口,脸上现出失误的歉疚的神色,"你坐馆去呀?"

"哦!对。"我立即站住,对他热诚的问话表示诚意的回答,站下以后,却又不知再该说什么了。我立即意识到,不该停下脚步,应该像父亲那样,对任何人的纯粹出于礼节性的见面问候之辞,只需点一下头,照直走过去,才是最得体的办法……我立即转身走了。

走进学堂的黑漆大门了，三间敞通的瓦房里，学生们已经把教室打扫得干干净净，摆满了学生自己从家里搬来的方桌和条凳，排列整齐，桌子四周围坐着年龄差别很大的学生，在哇啦哇啦背书。今日以前的七八年里，我一直坐在这个学堂的左前排的第一张桌子上，离安在窗户跟前的父亲的那张教桌只隔一个甬道。这个位置是父亲给我选定的，从第一天进入这学堂接受父亲的启蒙，直到我今天将坐在窗前教桌的位置上，一直没有变动过。我打第一天就明白，父亲要把我置于他的视力首先所能扫描到的无遮蔽地带……现在，那个位置坐上新进入学堂的启蒙生了。

除了新添的几个启蒙生，教室里坐着的全是那些春节以前和我同窗的本村的熟人、同伴、同学，有的个子比我长得还高还壮实。我今天看见他们，心里却怯了。我完全知道他们和我父亲捣蛋的故技，尤其是杨马娃和徐拴拴两人，念书笨得跟猪差不多，却尽有鬼点子捣蛋。我一进门就瞅见他俩的诡秘的脸相，倒有点怯场了，那些不怀好意的脸相！

我立即走向那张四方教桌，偏不注意那几个扮着怪相的脸。我在父亲坐过的那把直背黑漆木椅上坐下来，腰似乎自然地挺直了，父亲就是这样挺着身坐。我回忆父亲的工作程序，坐下，先把桌上的四宝摆整齐，抹干净桌子，再掀开书本，或者在砚台里磨墨。一听到教室里有异常的响动，就抬起头来，逡巡一遍，待整个学堂里恢复正常的气氛，再低头看书或者练习写字。

父亲一般是先读书的，后晌上学时才写字。我也应该这样做，只是今天例外，读书是难得专注的，写字肯定对稳定情绪更好些。我在父亲用过的石砚台上滴上水，三根指头捏着墨锭，缓缓地研磨。磨墨也该像个先生磨墨的姿势，不能像下边那些学亝乱磨，最好的姿势当然只有父亲磨墨的姿势了。

墨磨好了。桌子角上压着一沓打好了格子的空影格纸，那是学生们递上来的，等待我在那些空格里写上正楷字，他们再领回去，铺在仿纸下照描。我取下一张空格纸，从铜笔帽里拔出毛笔，蘸了墨，刚写下一个字，忽然听到耳边一声叫：

"行娃哥——"

我的心一扑腾，立即侧转过头去，看见本族里七伯的小儿子正站在当面，耍猴似的朝我笑着："给我题个影格儿。"

教室里腾起一片笑声。哦！应该说学堂。

笑声里，我的脸有点发热，有点窘迫，也有点紧张。学童入学堂以后，应该一律称先生，怎能按照乡村里的辈分儿叫哥呢！可他是才入学的启蒙生，也许不懂，也许是忘记了入学前父母应有的教导吧！我就只好说："你放下，去吧！"他回到位置上去了，笑声消失了。

我又转过头写字,刚写下两字,又一个声音在我耳边响起:

"蓝袍先生——"

我的脑子里轰然一声爆响,耳朵里传来学堂里恣意放肆的哄笑的声浪。我转过头,看见一张傻乎乎愣笑着的脸,这是村子里一个半傻的大孩子。他的嘴角吊着涎水,一只手在背后抓挠着屁股,得意地傻笑着,和我几乎一般高的个子,溜肩吊臂,像是一个不合卯窍的屋架,松松垮垮。这个老学生,念了七八年了,字认不下二百,算盘打不到"三归",只是家底厚,又是他爸唯一的顶门立户的根,就这么在学堂里泡着。这个傻瓜蛋儿,打破他的脑袋,也不会给我起下这样一个雅号的,我立即追问:"谁叫你这么称呼我?"

教室里的笑声戛然而止,静默中潜伏着许多期待。

"他……他不叫我说他的名字。"傻子说。

"你说——他是谁?"我冷眼追问。

"我不敢说——他打我!"傻瓜怕了。

"我先打你!看你说不说!"我说。

我从桌上摸过板子,那块被父亲的手攥得把柄溜光的柳木板子,攥到我的手里了,心里微微忐忑了一下,我就毫不退让地说:"伸出手来!"

傻子脸色立时大变,眼里掠过惊恐的阴影,把双手藏到背后去了。

我从他的背后拉过一只左手,抽了一板子,傻子当下就弯下腰去,用右手护住左手号啕起来:"马娃子,×你妈!你教我把人家叫'蓝袍先生',让我挨打……呜呜呜呜呜……"

我立即站起,一下子瞅住杨马娃,这个暗中专门出鬼点子捣乱的"坏头头"。不压住这个杨马娃,我日后就难得在这张椅子上坐稳。我命令:"杨马娃,到前头来!"

杨马娃虎不失威,晃一下脑袋,走到前头来了。他个子虽不高,年岁却不小了,也是个老学生。他应付差事似的朝我草草鞠了一躬,就站住了。

"是你给他教唆的吗?"我斥问。

"没有。"他平静地回答,早有准备。

"就是你!"傻子瞪着眼,"你说……"

"谁能作证呢?"杨马娃不慌不急。

"……"傻子急迫地瞪着眼。

"不要作证的人!"我早已不能忍耐这种恶作剧还在继续往下演,"伸出手——"

杨马娃伸出手来。他的眼里滑过一缕冤枉的无可奈何的神色,既不看我,也不看任何人,漫不经心地瞅着对面的墙壁。

我抽一下板子，那只手往下闪了一下，又自动闪上来，没有躲避，也听不到挨打者的呻唤。我又抽下一板子，那只手依然照直伸着，我有点气，本想经过教训他解气，想不到越打越气了。那只伸到我跟前的手，似乎是一只橡皮手，听不到挨打者的呻吟，更听不到求饶声了，我突然觉得那只手在向我示威，甚至蔑视我。教室里很静，听不到一丝声响。我感到了两方的对峙在继续，我不能有丝毫的动摇，不然就会被压倒，难得起来。我也不吭气，谁也不看，只看着那只要击中的手。我记得父亲打板子的时候就是这样，从来不看被打者的脸，更不听他们的叫唤和求饶，只是打够要打的数字。我抽下五板子了……

傻子突然跪倒在地，抱住我的板子，哭喊说："先……先先先生！马娃叫我叫你'蓝袍先生'，我说你要打手的，他说不会，你和俺俩都是在一块念下书的，不会打手的。他就叫我跟你耍玩，叫'蓝袍先生'……我往后再不……"

我似乎觉得胳膊有点沉，抬不起来了，再一想，如果马娃一直不开口，我能一直打下去吗？倒是借傻瓜求情的机会，正好下台，不失威风也不失体面。

傻瓜先爬起来，深深地鞠了一躬，跑下去了。杨马娃则不慌不忙，文质彬彬地鞠了躬，慢慢走回到座位上去了。

我重新坐好，提起毛笔，题写那张未写完的影格儿，手却在抖。我第一次执板打人，心里却没有享受打人的畅快，反倒添加了一缕说不清的滋味……

萌动的邪念

无论如何，对杨马娃的一顿板子，彻底划开了我和同伴、同学之间的界限，那些心存侥幸企图开我的玩笑的人，那些想试试新上任的先生的脾气软硬的人，全都得出了自己应该得到的结论，学堂里的秩序按照父亲过去的模式继续下来了。

杨马娃退学了。挨打的当天后晌，他就没有再来上学，扛着头跟他爸上坡挖地去了。迅速地从村子各个角落反馈到我耳朵里的反应，却是绝对的一边倒。没有任何人同情杨马娃，听说连他爸也骂他不知深浅。执事杨步明当天下午跑到学校，给我撑腰："打得好！念了几年书，连个礼性儿也不懂，没有一点规矩！不打的话，明日该翻天了！"他故意用大声说话，让那些坐在学堂里的娃娃都听见。不光执事杨步明，几乎所有送子入学的庄稼人，在我来去的街巷里，一律支持我动板子的举动。不过，我心里明白，不尊师长的越轨行为是不会有人同情的，所以并不觉得意外。

对杨马娃的退学，我也不觉得遗憾。按照我爷爷在这个学堂里开创的独特的教程

（后来又经过了我父亲的补充），启蒙生从一二三四五开始识字，然后学《百家姓》，中年级学《七言杂志》，大约三年时间。附加的课程是珠算，先学加减，后学《九归》。三年时间里，那些穷庄稼汉的后代，学会了日常生活惯用的杂字，会打一手算盘，就走出学堂跟他们的父兄做庄稼去了，或者到西安某个铺店、作坊当相公（学徒）去了。留下为数不多的一些富裕户的子弟，接着就开《论语》，步步深造。这一套教程，从爷爷创立，颇受庄稼人欢迎，可以说贫富皆宜，有普及也有提高，照顾了"面"又保证了"点"。杨马娃早该退学去做庄稼或当相公去了，只是生得矮小，父母疼其体力不支，就叫他在学堂多混几年……迟早是要走的。

俩月过去了，没有发生什么意外，秩序正常，执事杨步明对我父亲几次夸赞："栽培有方！"父亲自然很欣慰。我的自我感觉也甚好。我从村中走过去时，可以踏出缓急有致的脚步了，再不紧张了。我在教桌前端直坐一晌，看书或授课，不再觉得腰酸腿困了。人说，我活脱就是二十年前我爸的原样儿！连脾气也跟我爸一模一样了。

我也意识到我的脾性儿变了。我小时爱笑，妈说我长了一副笑面菩萨的脸儿，而且一笑脸颊上就有两个酒窝。我爸为我的爱笑没少训过我，说我长了一副没棱角的脸，尤其讨厌我脸上的那两个倒霉的酒窝……现在，我改掉爱笑的毛病了，酒窝自然也就极少出现了。我面对一伙性格各异的学生，没有威慑的力量是不行的，父亲说绝不能跟学生嘻嘻哈哈，笑了就失掉威势了。另一个不便说出口的原因，我自打媳妇一娶进门，就笑不出来了。

她是坐着轿子来的，在伴娘的搀扶下走进厢房，我一把揭开她的盖脸的红布，狂跳着的心一下子沉下去了，再也跳不起来了。我实在无法预料，父亲会给我娶回来这样一个媳妇。当然，父亲那种奇特的理论，我不敢顶撞，想想我现在在杨徐村的地位，想到徐家三代人在杨徐村所树立的威望，我觉得心里十分沉重，我不能给祖先丢脸，更不能耽于女色而使徐家的门楼上的"读耕"精神毁断于我手，这个女人的位置和比重一下子给划开了。

我从学堂放学回家，她就怯怯地招呼我："先生，用饭。"她从来也不敢正眉正眼地看我的眼睛。当我发觉她在注视我的时候，我一回头，她立即把眼光避开了。她不会撒娇，只会烧火、洗锅、刷碗、缝衣、做鞋。我不说话，她也不说话，大约是怕说得不合适。我见了她就没有话说了，所以小厢房里总是静悄悄的。

配偶的不甚称心和夫妻感情的不甚融洽，为新承担的教书工作的热情和兴味所冲淡，我觉得十分喜欢教学。这一方面的如愿与另一方面的不如愿掺和着，我就这么过，也没有感觉到活不下去，生活虽显得古板，却也平静。

我的平静的心境突然被打破了！

这天放学时，天下着雨，大雨点子在院子的积水上打出一片白花花的水泡。大学生们不顾雨大路滑，缩着脖子跑出学堂去了，院子里响起一阵杂乱的"扑哧扑哧"的脚步声，只有几个小娃娃躲在门口的房檐下，不敢出去。我站起来，舒展一下腰身，走到房檐下，劝那几个小娃娃再等一会儿，雨住了再走。这时候，一个穿着旗袍的女人走进学堂院子来了，撑起的红纸雨伞遮住了她的头脸。我却早已认出，这是杨龟年的二儿媳妇。我反身走回学堂，在椅子上坐下。

这个女人走到学堂门口，她的儿子已经扑到她的膝前，抱住了她的腰。她摸着孩子的头，笑容可掬地说："把这把伞给你先生送去，你跟娘打一把伞行了。"

我立即从椅子上站起，推辞，要她和孩子一人打一把伞，我到雨住了再走。她的儿子把伞放到桌子上，跳出门，她牵着他的手，转身走了，在院子的泥水里，小心地挑选可以下脚的地方，走出院子去了。剩下的三五个小娃娃，大约估计到他们的父母不会送洋伞或草帽来，就冒雨跑了。

学堂里静下来。剩我一个人，看着桌子上那把红色油纸伞。我拿起伞掂掂，却嗅到一股淡淡的香味，那是脂粉一类东西的诱人的气息。我坐在椅子上，眼前浮现着两只水汪汪的眼睛，如果不是这样近距离地看见她的眼睛，我真不知道世界上有这样好看的眼睛。她穿一件紫红旗袍，披着卷发，细皮嫩肉，不过二十四五岁，旗袍紧紧包裹着她丰腴的胸脯和臀部。我突然奇怪地想，如果我有这样好看的一个女人，难道真的就会荒废学业了？

雨小了，蒙蒙的雨雾从浓密的树梢笼罩下来。院子里昏暗了。我最后看了那把红伞一眼，终于没有用它，锁上门，走回家去。

大约过了十天，或者半月，她牵着孩子的手走进学堂来了。站在我的教桌前，斥说儿子想逃学，她把他亲手牵来了。我让她的儿子归座。她却不走，从腰间摸出一张纸，摊开在我眼前的桌子上，问："徐先生，这个字怎样念？"

我一抬头，发觉她并没有瞅字，而是瞅着我的眼睛，那眼里有一种令人动心的神色。我忙回答了那个字的读音，就把脸避开了。她笑笑，说声"劳驾"就走出门去了。

从这以后，每当我从杨龟年家门楼前走过的时候，就忍不住扭头瞥一眼那深宅大院了。往昔里，我和父亲一样，是不屑于瞅一眼这角亭式的阔绰的门楼的。瞥一眼，其实什么也没有看到。这一天，终于在门口撞见她了。我向她点一下头，就走过去了，她却又叫了一声："徐先生——"我停住脚，转过身。

"孩子肚子疼，后响不能上学了。"

"那好。让娃儿在家养息。"

"缺下课……"

"娃儿病好了，我给补。"

"真麻烦你了！"

"不客气。"

我回到家中，那两只水汪汪的眼睛在我跟前忽闪飘浮；我在学堂，那两只眼睛又在字行间闪眨……

这天晚上，我回到家，看见父亲脸色不悦，从地里犁地回来，把犁杖重重地磕摔在台阶上。他回到家中，已经和大伯二伯一样躬耕了。是累得心生烦躁了吗？

直到夜深人静，大伯二伯和堂兄弟们都睡定了，父亲终于把我叫进上房里屋，关了门，压住声儿，严厉得怕人："你和那个臭婊子有啥好说的？嗯？"

我像当头挨了一砖，眼前都黑了，说："她给孩子请假……"

"我不要你回话！"父亲站起身，可怕的鹰一般的眼睛，"我只想给你说一句，那个婊子再找你搭话，你甭理识！那是妖精，鬼魅！你自己该自重些！"

我低下头，简直无地自容，好像我已经和那个女人真有过什么苟且之事，其实不过就是说了两三次话，都是说的关于她的孩子念书的事，每一次也都是那么简单的几句。我想分辩，解释，不光是父亲盛怒之下，难于容纳，而是我自己感到有口难张，羞于启齿了。

"走吧！"父亲负气地一摆手。

我不知是怎样从父亲住的上房里屋回到自己的厢房的。躺下之后，怎么也睡不着，心里烧躁憋闷，脑袋"嗡嗡"响。

这个女人，是杨龟年的二儿子在河南娶下的小老婆，因为战事吃紧，送回老家来了。杨龟年压根儿不知道儿子在外已经娶下小婆娘，气得吹胡子瞪眼，无奈那女人引着一个可爱的小孙孙，毕竟是杨家的后代，才收容下来，心里却见不得这个操着异乡口音的女人。那个经明媒正娶的大婆娘对于这个妹妹，更是恨入牙根了。这个女人在杨家，没有援助也没有同情，活得没滋没味儿，村里人说她夜夜都偷着哭哩！村里人不明底细，纷纷传说，杨龟年的二儿子从河南送回来的洋婆娘，是抢霸的一位良家女子；有的却说得截然相反，说她原本是开封府里一家妓院的窑姐儿云云。

无论父亲的态度怎样生硬，叫人难以忍受，但冷静之后，我就不能不暗暗慑服父亲那洞察细微的眼睛，我虽然没有和那个洋婆娘有任何拉拉扯扯的事，可从心里反省，那双水汪汪的眼睛确实弄得我有点神不守舍。如果不是父亲警告，长此下去，即使不会发展到做出什么有损门风的丑事，也极其危险，任何一点半句风言浪语都可能毁了我，毁了父亲，毁了徐家几代人守节持仪所建树起来的家风……父亲直接砸向我脑门的这一砖头是狠的，也是及时的。

我的心在收缩,被那个洋女人搅起的一缕纷乱的云霓,消散了。我再也不理睬那个被父亲骂作妖精鬼魅的女人,甚至连村中一切年龄尚轻的女人也都一概不予搭理。我不能让桃色亵渎徐家贞节的门楼……

杨徐村解放了。人民政府给杨徐村派来三位先生,真是令我大开眼界。他们穿四个兜的短褂,戴着八角制帽,废止了我的教程,给学生发下西北军政委员会编的课本,设语文和算术课,另开音乐、体育和图画,其中一位年轻的女先生,教孩子唱歌,张着嘴唱呀唱,令我目瞪口呆。

我自动辞职了。没有办法,我不会算术,连那些阿拉伯数字也没见过;语文课的新课本,虽然是浅显通俗的白话文,我却教不了。我离开了那个祖孙三代执教的学堂,让位给那三位新派来的先生了,跟父亲去种地。我的蓝袍脱下来了,做务庄稼穿它太不方便啰!

半年后,一天后晌,我和父亲在村西的官道边的田地里翻耕靠茬地,乡政府的通信员送来一张通知,要我到城南的师范学校去进修。去不去?敢去不敢去?该去不该去?我拿不定主意,不知该怎么办。父亲也拿不定主意。自从那三位新先生进入杨徐村,父亲不止一次地讥诮说:"蹦蹦跳跳,行走唱唱喝喝,男女不分,见谁都想搭话,啥好先生的样子!"现在他明白,师范学校培养出来的先生肯定都是那个样子,我将来也可能就是那个样子,他拿不定主意了。为此事,他专门走访了一回县教育科,回来后就拍了板:去!

临行的前一晚,我坐在父母住的上房里屋里,悉心听取父亲的临行教诲,怎样和先生说话,该当如何与同窗相处,远离家乡,一切都需自己检点。母亲又接着叮嘱生活上的琐屑事,忌食生冷食物,加减衣服要注意。我的那位媳妇呆呆地站在一旁,惶惶不安的样子,一直没有插嘴,这时问了一句:"我该给先生准备哪件衣服出门?"

我一愣。这是一个暂时被父母连同我自己都忽略了的事,该穿短褂呢?还是长袍?我想了想,没有主意。看看母亲,母亲又瞅瞅父亲,看来也是不知该穿哪样才合适。父亲正在桌上磨墨,沉思一下,抬起头来,对我说:"穿蓝袍。"

我有点疑惑:"爸,我看咱村来的那三个新先生,都没穿长袍。解放了,不兴穿长袍了。"

"解放了,没听说不准穿袍子!"父亲讥诮地说,"你看那三位洋先生,穿个短褂儿,又那么短!前裆后臀无遮无盖,有失大雅。为人师表,成何体统!"

结论定局了,穿蓝色长袍,我的媳妇就退出去,准备我明日的行装去了。

父亲已经磨好墨,拔开毛笔帽儿,在砚台盖儿上再三地顺着毛笔尖,然后猛然悬起手腕,在一张硬纸上写下两字:慎独。等得墨迹干涸,交到我手上,严厉而又含蕴不露地瞅着我。我双手接住那父亲题示的嘱咐,夹在那只折叠小皮夹里,装在贴身的内衣口袋里,表示一定要在远离父亲的陌生的环境里,一切都谨慎行事,尤其是独自一人,不在父亲的视觉之内的地方……

第二天晨曦中,我背着行装,上路了。走出村子好远的时候,我一回头,隐约看见村口的大路边,兀然站着父亲的高大的身影,因为背向从东山泛出的晨光,他像一截黑黝黝的古塔,巍然不动……

我转过身走了,心里忐忑不安,脚步也有点慌乱,等待我的那个世界会是什么样子呢?我无法具体想象……无论如何,这次出门,成了我一生中的第一次重大的转折……

我不会说话,也不会走路了

当我站在教室的前头,班主任把我介绍给全班同学的时候,我简直都要窘死了。

班主任王先生领我走进插着"速成二班"木牌的教室的时候,整个教室里腾起一阵笑声,笑的声浪几乎把我掀倒了。我立即低下头,这个见面礼太令人难堪了。班主任挥挥手,缓声和悦地劝止大家,不要笑,然后简要地向大家介绍了我的名字、年龄,希望大家和我互相帮助,搞好学习。我低着头,对班主任也不满了,面对一个生人,这些人这样狂笑乱说,太没礼仪了呀!你做先生的不予严厉训导,只是淡淡地劝止,像什么话?在你介绍的时候,教室四处仍在嘀嘀咕咕议论,这像什么话?什么教学秩序?太松懈了!

班主任介绍完毕,一位男学生站起来,表示欢迎我加入这个集体,他大约是班长。他也是随随便便的样子:"欢迎徐慎行同学到我们班学习,为速成二班争光,为祖国的教育事业贡献力量!归结一句话:我代表全班同学,欢迎……蓝袍先生!"教室里立即腾起一阵喧闹的声浪,鼓掌声和笑声搅和在一起,乱极了!

我听到班主任王先生也在笑。我不能容忍他的笑,他毕竟是先生。他笑毕说:"同学们不要笑,也不要给新同学乱起绰号……"

我现在才明白大家嬉笑的原因了,笑我的蓝布长袍和头顶的礼帽。我一下子意识到我和所有同学的差异,男生女生一律穿制服或便衫,头顶八角制帽,女生留齐脖短发或双辫儿。在杨徐村,那三位新先生的装束成为众人稀奇和议论的话题,成为我父亲讥诮的怪物。在师范学校速成二班的教室里,我的装束却成为老古董怪物了!好在班主任此时指给我一个空位子,我立即从讲台上走下去,逃脱这个被众人嬉笑着的尴尬地方。我走到座位跟前,那个桌子上坐着一个女生,她朝我笑笑,表示欢迎与我同桌。我的心里猛地一跳,这女生长得太漂亮了,又是一双水汪汪的眼睛。我不敢多看一眼,脑子里立即反射出杨龟年二儿子从河南遣返回杨徐村的那个洋婆娘来,接着立即反射出我父亲的警告:妖精!鬼魅!关于这个同桌女生,这个妖精鬼魅,却成了对我一生影响深重的人,我后头再说和她的纠葛吧!

我不看她,在自己的座位上坐下了。从书袋里取出学习用具,放在桌子抽斗里。这时,我的头皮一凉,礼帽被谁摘掉了。

我临行前刚刚剃过头,光光净净的秃头一定很难看,教室里又响起此起彼落的笑声。欺人不欺帽!我生气了,愤恨地扭过头,寻找恶作剧的人,我甚至不惜要撕破面皮,给他个对不起了,哪有这样开玩笑的?我没有找到帽子,却看见一张张开心的笑脸全都瞅着我的旁边。我一回头,看见礼帽正戴在她——我的同桌的头顶,装模作样地向大家扮着鬼脸。

我不知所从了。那顶黑呢礼帽扣在她的头顶,底下露出一排长长的黑发,似乎不觉滑稽,倒使她显得十分好看了。我聚集在心里的火气发不出来了,也不好意思从她头上动手取过来。正在我犹豫的短暂一刻里,不知后排谁从她的头顶揭去了帽子,戴在自己的头上。之后,我的礼帽就被许多手抢来夺去,轮换戴在男生和女生的头顶。我无法忍受这样的侮辱,生气地端坐在凳子上,负气地不予理睬了。

她大约终于感觉到自己的行为有点过分,离开座位,从教室的一角里抢到帽子,从背后过来,扣到我的头上,说声"对不起",就坐下了。

我一动不动,也没看她,以无言表示我的气怒:太没教养了!一个大姑娘,刚与人见第一面,就把别人的帽子抢过去,戴到头上,像什么话?疯张野教!

还有使人难堪的事,吃饭要赶到饭堂去,端上饭碗,拿着筷子排队,依次到窗口去打饭。我站在队列里,心里很别扭。前头已经打了饭的学生,因为没有餐厅,一堆一伙蹲在院子里,一边吃饭一边说笑,女学生也夹在一堆,张着填满饭菜的嘴巴笑。我很不舒服,这些经过两年速成进修的男生女生,很快都要为人师表了,却是这样不拘礼仪。我在家时,父亲自幼就训诫我关于吃饭的规矩,等上辈人坐下后,自己才能坐;等别人都拿起筷子后,自己才能拿筷;等别人动手在菜盘里夹过头一次菜后,自己才能夹;吃饭时不能伸出舌头,嘴也不能张得太大,嚼时不能有响声;更不能在填着饭菜时张口说话。现在,瞧这些将来的先生们吃饭时的模样吧!张着嘴笑的,脸颊上撑起一个疙瘩,满院子里是一片吃喝咀嚼的"唧唧喳喳"的声音,完全像乡间庄稼人在村巷里的"老碗会",没有一点先生应有的斯文。

我打了饭,捧着碗,怎么也蹲不下去,就索性端回教室里来。走过一排排教室,我听见背后有压抑的嘻嘻的笑声,猛一回头,看见屁股后头尾随着一串同学,在模仿我走路的姿势,挺着腰,仰着头,迈着可笑的八字步……他们轰然大笑了。我真没办法,我觉得他们粗野无礼,他们却觉得我好笑,处处拿我开心哩!我回到教室,气得食欲也没有了。

我至今也忘记不了我在师范学校集体宿舍里度过的第一个夜晚。

这种集体宿舍,我第一次见到。一排房子,两边开窗,钉成两排木板通铺,中间留一条走道,楼上又有一层。每个人把自己的褥子折成窄窄的一绺,挤挤拥拥铺满了床铺。我在我们班的辖区里铺上了铺盖被褥。天气虽是深秋季节,却不见冷,一个个小伙子,脱得只穿一条裤衩,在走道上擦洗,光着身子把脏水倒到室外的渗水井里。

我心里更觉别扭,坐在床铺上,看着一个个男性特征暴露无遗的身体,很替他们难为情。我自懂事以后,就没有在外边过夜。即使夏天,父亲也不许穿短袖和短裤,连布袜布鞋也要穿戴整齐,不许不能暴露的肌肉露出来。现在,看着这么多赤裸裸的男性肌体,我更觉得难于当面脱下衣服、解开裤带了。

我悄然脱衣,迅速钻入被筒,却无法入睡,嬉笑吵闹声像戳乱了麻雀窝,好多人逞能说笑,引逗大伙发笑。

熄灯铃响过,马灯被宿舍舍长一口吹灭,宿舍里静下来。

一个细小沙哑的却是清晰的声音在宿舍里传播,像人们在夜静时听到的国外电台的播音——

"南山里有座古寺院,住着一个老和尚和一个小和尚。老和尚领着小和尚,终日念经诵道,修身养性,一心要修炼成佛。小和尚原是老和尚拾来的被人遗弃了的一个孤儿,无家无根,在老和尚膝前长大了。老和尚对他十分钟爱,管教也非常严格,每逢正月十五古寺的香火祭日,就把小和尚推到后殿,锁起来,不许他看见进香的女人,以免诱惑。小和尚长到二十岁,还没见过异性,十分纯真。老和尚非常得意自己培养出一个心灵纯净的真人,绝不会被世俗的情欲所侵染。

"为了试验这个小和尚的纯洁性儿,老和尚领他下山来,走进了繁华热闹的西安东大街。

"老和尚突然发现,小和尚不见了,一回头,小和尚站在十字路边,呆呆地盯着一个漂亮女子出神,口角的涎水吊到胸膛上。老和尚一见,气得脸都扭歪了,急步走上去,又不好当着大街上的人发作,就狠狠地说:'那是魔鬼!'

"小和尚傻乎乎地笑着:'魔鬼多可爱呀!我要一个魔鬼……'"

宿舍里,楼上楼下腾起一片压抑着的笑声。我的心里一悸,似乎那个说故事的人,是专门影射我的编撰。那个沙哑的声音还在继续——

"老和尚领着小和尚回到寺院,狠狠教训了三天三夜,说那个魔鬼如何可恶、可憎。小和尚不知心里如何,嘴头上表示憎恶那个魔鬼了。老和尚平气之后,就想到自己教育方法上的缺点,只采取隔离的方法不行,应该让小和尚在女人窝儿里锻炼出铁石心肠来。

"老和尚在进香之日,让小和尚和自己一样盘腿坐在祭坛两边,合手闭目。为了试探小和尚看见进香的女人是否春心浮动,他在小和尚的腿上平放了一只鼓。为了避免小和尚的疑心,他给自己的腿上也放了一面鼓。

"进香的女人络绎不绝,老和尚微微启动眼皮,看见小和尚两眼闭得紧紧的,自己就合上眼。不一会儿,老和尚听到对面'咚'的一声鼓响,心里一震,暗自骂道:'这小子春心动了!算我白费了训诫的工夫!'睁眼看时,那小和尚的眼还是闭得严严的,嘴角流出涎水来了。正气恨间,又连续听到两声鼓响⋯⋯

"进香完毕,游人走尽。老和尚追问:'什么东西敲鼓?'小和尚低头不语,羞惭难当,不好说话。

"小和尚十分佩服师父练成了真功,始终未听到鼓响,就跪下请罪。请罪之后,还不见老和尚起来,他就献殷勤,去搬老和尚腿上的鼓。不料——鼓的那一面,被戳了个大窟窿⋯⋯"

突然爆发的笑声,终于招来了值勤老师的禁斥。

我的脸上热腾腾的,这些没有教养的人,将来要做为人师表的教员,却在宿舍里讲这样下流的故事,太粗野了!我总疑心故事的说者,是在影射我,不,简直是侮辱我的人格!

我很苦闷,孤单。我走路,有人在背后模仿,讥笑;我说话,有人模仿,取笑;我简直无所适从,连说话也不知该怎样说了,路也不会走了。我最头疼的是音乐课和体育课。我一张口唱歌,大家就笑,说我的声音是"撇"音,连音乐老师都笑。体育课更难受,我穿着长袍接受体育老师的篮球训练时,体育老师先笑得直不起腰来⋯⋯每逢上这两门课,我就请病假。

漫长的一个月过去了,我没有快乐,也没有温暖,一切习性全乱了套。为了躲避众人的讥笑,我整天待在教室里不出门,以避免外班学生讥诮的眼光。我失去学下去的信心了,想想两年时间,真是难得磨到底。我终于下决心退学,回家当农夫务庄稼去。

早晨一进教室,我看到后墙壁的黑板前,围着好多同学在观看。这块黑板是《生活园地》,登载本班好人好事的宣传阵地,大约有什么消息了。我走到跟前一看,在《新同学介绍》栏内,写着一段取笑我的话。因为这个速成班的学生,参差不齐,不断地有从各方介绍来的学员插入,所以这儿开了一方《新同学介绍》栏。有人把介绍我的文字作了修改,变成这样:

"徐慎行,字孔五十六。男性,二十三岁。籍贯:山东孔府。人称蓝袍先生,实乃孔家店的遗少⋯⋯"

整个教室里的同学都咧着大嘴朝我笑。

我不好发作，走出教室，向班主任请了病假，回来收拾了书籍用具，就向班长说一声请过病假的话，回到宿舍。

我捆了行李，在校园里静寂下来的时候，背起行装，从后门走出去。匆匆走过学校所在的山门镇的街巷，就沿着小河的低矮的河堤向东走去。我像抖落了满背的芒刺，终于从那些讨厌的讥诮的眼睛的包围中逃脱了。说真的，他们看不惯我，我还看不惯他们哪！他们容不下我，我心里也容不下他们那些粗野少教的行为！

走着走着，我听到背后有人呼叫我的名字，而且是一个女人的声音。我一回头，就惊奇地站住了，我的同桌田芳正气喘吁吁地奔上来。

"你……为啥要走？"她奔过来，站住，双手叉腰，气喘不迭，水汪汪的眼睛里，气愤、惊讶以及素有的柔情，"嗯？偷跑了？"

"我不想进修了。"我心死而气平。

"那不行，你得回去跟班主任说一声。"她放下一只手，另一只手还叉在腰里，"连纪律性儿都没有！"

"你是什么人？"我不在乎，"管我？"

"我是班干部！"她理直气壮。

我才记起，她是班里的宣传委员。我不屑地笑笑说："我要回家务庄稼去了！"

"国家刚解放，到处缺乏人民教员。"她说，"政府到处搜集有点文化的青年，集中培训，也满足不了乡村学校的需要。你倒好……当逃兵！"

我想，既然国家这样需要我，你们为什么欺侮我？我依然瞅着远处，执意要走。

"共产党毛主席领导我们闹革命，翻身了，解放了，自由了！大伙在一块学习，多高兴！"她在给我宣传，"咱们班的同学，都是些穷人家的孩子，要不是解放，能这么自由吗？你怎么能回去呢？"

这些大道理，早听惯了，然而由她一泻而出，却不是说教，有真情在。她见我还不回头，就从我的背上扯被子，说："我从山门镇看病回来，看见你从街东头走出去了，我就撵你。我不撵你，我就失掉班干部的责任心了。你要是一定要走，也该跟我回去，给班主任打个招呼……"

我只好跟她走回学校。

自由多么美好

从师范学校的操场上朝南望去，可以看见挺拔雄伟的秦岭的峰峦；从眼前慢坡逐渐增高到山根的广阔的平原上,星散着大大小小的被树木的绿叶笼罩着的村庄;小河川道里,挑着稻捆的农民从木板搭成的便桥上呼扇呼扇走过去;田间小路上,农民拉着装满苞谷棒子的小推车朝邻近的村庄走去。沉到平原西部的太阳,在落沉下去之前,向平原上的人们投射过来热情的最后的一瞥,把瑰丽的红光撒在村庄、田野、河水和挑担拉车的农民的脸上,秦岭陡峭的崖壁上红光闪耀。

我坐在操场边角的草地上,温习算术。我的语文课似乎不成多大困难,算术就吃劲了。因为是速成班,课程相当重。要命的是那些实际并不复杂的算题,我用心算就可以得出正确的结果,可是一用算术的严格的算式计算,就全乱了套。我自然把学习的重点搁在算术上。

"呀!你找了个好清静的地方!"

是田芳,不用抬头也听得出她的声音,不过,我还是仰起头来,而且很快。我慌忙站起,看着她抿着嘴嗤笑着,倒不知该说什么了,该请她在草地上坐下呢,还是就这么站着?我对于女性有一种无法克服的惶恐感,一见着女人,尤其是单独和一个漂亮的女人在一起,我总是感到心里很紧张。

"跟你商量一件事。"她说。

"好的好的。"我诚惶诚恐。

"坐下谈吧。"她先坐下来,"这么站着多难受。"

我在离她两三步远的草地上坐下,拘束得手脚不知该怎么摆着才好。她似乎很自在,双手拘着膝头,坐得很舒服,看着我,像欣赏一只惊疑不安的小兔子。她说:"想请你给咱们的《生活园地》板报写字,你愿意服务吗?"

她是班委会的负责宣传工作的委员,编排更换教室后墙上那块《生活园地》板报。我忙说:"我……当然愿意服务。只是我的字儿写得欠佳。"

"'欠佳'!只是'欠'一点。"她笑着,没有什么讥诮的意思,抠我的字眼,"我的字写得根本说不上'佳'不'佳'!"

"我写得不好。"我已经注意到自己口头用语中那些文绉绉的词句,尽可能和大家一样用生活中常用的词儿,一紧张时就又冒出一个半个生涩的词句来,"真的,我的字写得不怎么好。"

"你的字写得多漂亮!"她感叹着,流露出欣然羡慕的神色,"咱们班主任王老师都说,你的字儿比他写得好,在整个师范里,也是首屈一指。你还谦虚什么呢?"

我没有再做谦让的姿态。她真诚地对我的书法的赞扬,尤其是由她传递的班主任王老师的溢美之词,使我很受鼓舞。我的字,从五六岁时起,父亲就有计划地对我进行训练了。先照父亲写下的影格描摹,然后临帖,先柳后欧,先楷后草,常常因为我一捺一竖不像真柳真欧而训斥我。在这个速成班里,我的字是无与伦比的。我说:"我尽力为之。"

这件事已经谈妥,我想她该走了。她却坐着不动,忽然盯住我的眼,问:"你为啥一天到晚不和我说话呢?"

我的心里又一悸,这样直截了当的问话,使我措辞不及,不知怎样回答。班主任王老师指定我和她同坐在一条长凳上,共用一张桌子,至今有两个月了,我没有主动和她说过一句话。到底是什么原因呢?我自己一时也说不清楚。

"我文化水平低,"她说,"你瞧不起我吧?"

我遭到误解了,连忙说:"我……没有没有!"

"那……我是老虎是魔鬼吗?"她讽讥地说,"怕我吃了你?!"

我的脸轰然发热了,不由得低下头。我想起了在宿舍里听到的那个老和尚和小和尚的故事;老和尚威吓小和尚时把女人说成是魔鬼,我似乎就是那个可怜的小和尚了。我和她坐在一条长凳上,听讲或做作业,我从来也没敢大胆地扭过头去注视她的脸。她长得太漂亮了,漂亮得使我不敢看她的那双水汪汪的眼睛。我只是在她不在意的时候,装作漫不经心地注视过她的眼睛和脸膛,其实我很想和她说话,和她对视,像她和班里的任何男生一样大大方方交谈或者开玩笑。我不行。越有这种想法,我却越要摆出一副毫不在意毫不动心的神态。我的心里有一道森严的壁垒、坚硬的外壳,对一切异性实行习惯性的排斥与反弹,我只好掩饰说:"我这人……不善辞令!"

"好啊!'不善辞令'!"她笑了,"你何必那么拘拘束束呢?你自个不觉得难受吗?我呀,一天不笑几场,不唱几场,心里就憋得难受。"

"我太……古板。"我说。她的话正说到我的痛处,其实我比她说的还要痛苦。我被她拉回学校,班主任王老师在班里严肃地批评了那位恶作剧的学生,大伙儿也不再当面把我当作笑料了,可也没有人和我亲近,我的孤寂的心并没有得到拯救。我说:"我不会交际……"

她笑着,恳切地说:"咱们速成班,在一块不过两年,大家难得遇在一搭,毕业后就各自东西南北地去工作了,再见面也难了。你甭摆出那么一副老学究的样儿好不好!甭老是做出一派正儿八经的样儿好不好?走路就随随便便地走,甭迈那个八字步!说话就爽爽快快地说,甭那么斯斯文文地咬文嚼字!你看……我心里有话都端给你了!"

我难为情地笑笑。我想象不出,我斯斯文文说起话来和迈着八字步、走起路来的样子究竟可笑到怎样的程度,却明白大伙儿对我摆出正儿八经的老学究的样子是不屑一顾的。我想告诉她,走惯了八字步倒不会随随便便走路了,咬文嚼字的说话习惯也难于一下子改过来,我的父亲苦心孤诣给我训诫下的这一套,像铁甲一样把我箍起来。我说:"改是要改,一下子还是改不掉!"

"先把你的蓝布长袍脱了吧!"她说。

"那我穿什么?"我问。

"'列宁服',而今时兴。"

"我能穿'列宁服'吗?"

"当然能。"她肯定地说,"你正年轻,身段也好,穿一身'列宁服',保险好看。"

"有卖现成的吗?"我受到鼓舞,尤其她说我身段好,肯定在她看来,我的身材长得并不难看,"山门镇上能买到不?"

"你把长袍改一改。"她说,"山门镇上有个裁缝铺,花一点钱改成'列宁服',还能省一点。"

"那我现在就去!"

"咱们一块去,我给你参谋。"

三天以后,吃罢晚饭,回到教室,她向我挤一挤眼,使我有一种暗中默契的喜悦。她在和我到裁缝铺去改做衣服回来时,给我说,暂时保密,一俟"列宁服"穿到身上,让速成二班的男女同学大吃一惊吧!我知道她挤眼的意思:今天是取衣服的时限日。我早已按捺不住一种稀奇的心情,就和她走出学校的大门。

那个秃顶的老裁缝,取出改好的衣服,又取出剩余的布头,交给我。

"试试,"她说,"看看合身不?"

我有点难为情,当着她的面脱袍子,不大雅观,就说:"我回去试。"

"在这儿试试,有不合尺寸的地方,老师傅看了也好改。"她说。

"试试吧!"老师傅也这样说。

我不好推辞,就背过她,脱下蓝布长袍来,尽管我袍子下有两层衬衣衬裤,心里还是止不住惶惑,似乎这蓝袍一揭去,我的五脏六腑全部暴露无遗了。

她提起那件改制的蓝色"列宁服",帮我穿上,又帮我结上纽扣,我感觉到了那只灵巧的手指的温柔。我一低头,胸前两排纽扣,一排是扣着的,另一排完全是装饰品。两条宽大的领条分别摆在脖子两边。

"到镜子前头去照照。"师傅说。

我站在穿衣镜前,自己看见了陌生的自己,竟然不好意思了。说真的,我在镜子里第一次发现,我的模样是很俊的,眉骨耸高了,脸上的棱角也明显了,再不是像我父亲骂我的那样一种女子气的少年了,只是那个酒窝,在我不好意思的羞怯中又隐隐现出来。我看见她站在我背后,一眨不眨地看着镜子里头的我的脸,她发觉之后,有点惊慌地摆开头去了。

"挺好。"她说,"刚合身"。

我听到她的话,有点不满足,甚至怅然若失。她怂恿我改做衣服时,曾经热烈地赞扬过我穿上"列宁服"一定很好,因为我的身段好。我现在穿上了,自己已经觉得确实很好的时候,她却平淡地只说"挺好。刚合身。"我希望听到她热烈的欢呼,却没有了。

无论如何,我感到一种从来没有过的轻松。我像卸下了钢铸铁浇的铠甲,顿然感到浑身舒展了。天呀!走出裁缝铺的门,踏上山门镇石板铺成的街道,我居然不会走路了!脱掉蓝袍,穿上"列宁服",那个八字步迈不开了,抬脚举步十分别扭。她刚出门,看着我走路的样子,"扑哧"一声笑了,像是压抑了许久似的,我才理会了,她在裁缝面前保持着与我谨慎的距离,不敢说出太热情的话来。

"呀!衣服换了,路也不会走了!"我也自嘲地说。

"放开走!随随便便走!想蹦就蹦起来!"她说,像是和谁赌着气,"你敢不敢蹦起来?试试你的胆子,徐老先生?"

她在激我,开我的玩笑,我心里一急,伸手在她肩上打了一下,立即就愣住了。天哪!简直不可思议,在这个栈铺拥挤的街镇上,我居然和一个女生打打闹闹!

"好啊!蓝袍先生敢动手打一个女学生了!真是进步了,解放了!"她讥诮地斜过我一眼,使人感到亲切的讥诮呀!她说,"再勇敢一点,蹦起来!"

我鼓了鼓勇气,连着蹦起来三次,蹦起来,挥一下手臂,落到地上的时候,我脸红耳赤,索性不去看街道上那些市民的脸色。我对她说:"我今天才解放了!"

"对对对!"她连声附和,也很激动,"为啥不蹦呢?为啥不说不笑不唱呢?旧社会,尽让别人尽性儿蹦了,尽情儿笑了唱了,而今解放了,轮着我们妇女了!"

"我可不是妇女!"我分辩说。

"你比妇女还封建!"她哈哈笑着。

"我究竟是什么且不管,"我也笑着说,"反正我自由了!自由多么好哇!"

"唱歌吧!"她说,"有勇气,跟我唱着走过去!"

"我不会唱……"我不承认我没有勇气。

"跟我顺着溜吧!"她说着就唱起来。我和她并排走着,顺着她唱的音调溜唱:

　　解放区的天是明朗的天
　　解放区的人民好喜欢
　　……

临近校门的时候,她突然站住,回过头来,煞有介事地说:"你把八字步全忘了!"

我心里一惊，真的，唱着歌走过街道的时候，我的脚步从八字步里解放了，自由了！

第二天，我按照她的吩咐，在教室后边的黑板上换写《生活园地》的内容。她把一篇编成的稿子交给我，我要按照这篇稿子的内容和长短安排版面，在阅读这稿子时，我发现了一个刺眼的题目：

蓝袍先生穿上了列宁服。

我问："谁写的？"

她说："我。"

我不知为什么要问谁写的！如果不是她写的，我就不愿意让它公诸全班？我自己一时也说不清楚，反正我捏着粉笔走向板报了。

整个教室里，为这篇文章欢腾起来。

还　　俗

田芳一天没有来上课，我的心里很不自在。

她病了，躺在女生宿舍里，一整天也没有进教室的门，也没有到饭堂里去吃饭。我看见班里几个女生在一起，给她打饭、送饭。我问一个女生，田芳怎么了？要紧不要紧？她支支吾吾，只说病了，像是有意回避别人的关心，我也不好意思再问下去。

我感到孤单了。一张长条课桌，过去坐着我和她，两个已经成年的速成班的大学生，感到了拥挤，也感到桌子的面积过于狭窄。现在，我一个人坐在长条凳上，觉得这桌子太宽绰了。

她的书籍和作业本子静静地躺在桌斗里，墨盒儿寂寞地蹲在桌子的右角上，这些被她的手指抚摸、使用过的物件，全都失去了生气，使我看见时就有一种惆怅之感。我挪过那只四方形的黄铜墨盒，打开，垫着的丝绵团儿上留下她用毛笔挤压的坑凹，墨汁干了，我便把刚刚磨好的一砚台墨汁倒了进去，干瘪的丝绵团儿被墨汁泡得膨胀起来。我把墨盒合上，重新放到她自己平常搁置墨盒的固定位置上——桌子靠墙边的右角上。我忽然在桌子与墙的夹缝里发现了一根头发，就用手指轻轻儿抽出来。

头发很黑，像墨，又很柔软，这是从她的头上脱落下来的，她自己大概很不注意，更不可惜，她有那么多的黑乌乌的头发，垂在脸颊和后肩上。我忽然真切地感到了用手抚摸她的脖颈上的头发的印象，就把那根头发悄悄地夹在日记本里。

没有了田芳的速成二班教室里，也显出明显的差别来。往常上课之前，教师走进教室门之前的三分钟的等待中，田芳领大家唱歌。她在我的耳畔唱出一支歌的头一句，叫声———二,于是教室里就腾地响起歌声来。我分明感觉到她口中掀起的轻柔的气浪对我的耳朵和脸颊的冲击,随之就跟着大家唱起来。今天,第一节课前,因为没有人领唱而默然了,第二节课开始前,由班长临时代替田芳领唱,我总觉得有点别扭,燃不起大家唱歌的热情,纵然唱起来了,歌声却死气沉沉,缺乏生气。

我坐在课堂上,眼睛瞅着在讲台上讲得满头大汗的老师,心里却想,田芳病得一定很重,她那样热情奔放的人,怕是不病到十分厉害的境况,是不会躺下的,宽大的女集体宿舍里,现在只躺着她一个人,一定很孤寂,我要是陪坐在她的床边,肯定会使她的心情宽舒一点。我也乐于坐在她的旁边的。

我决定在午休时去看她。好容易上完四节课,草草吃完午饭,我回到教室,放下碗筷,班级篮球队长拉住我,要我写几张篮球比赛的布告。我只好埋头书桌,拔开毛笔帽。

球赛是一场校际比赛。由我们速成二班对县中的校队。我们班的篮球队是师范的冠军,威震县城。我们的篮球队队长有一个雄心勃勃的计划,要征服县城里所有单位的篮球队。我已经迷上篮球运动了,虽然我的球技根本不够上场的资格,却是这支生龙活虎的球队的一个不可或缺的成员。我每次负责写海报,我的字是可资赢人的,即使在藏龙卧虎的古县城里,我写的海报前常常围着一堆并不喜欢篮球运动的遗老遗少,品评我的墨迹,使速成二班的篮球队也增加了半分光彩。我的主要职责是替运动员们当衣服架子,他们上场时,匆匆地脱下衣衫或裤子,甩到我的怀里,我一律搭到肩上,不会弄脏,也不会丢失。我从开场一直看到结束,从不中途退走,让运动员放心。篮球赛结束后,我替他们用网袋背球儿,和他们一边议论着刚刚结束的战斗,走到小镇街道外边的小河里,洗一洗。为此,篮球队长破例吸收我为篮球队的队员,虽然根本不是指望我上场。我穿上了一个最大号码——二十六号的背心,胸膛上有两个用红布轧成的大字"速成",既是我们班的班名,又意味着在赛场上速战速决的作风,自然是我的笔迹。

写完海报,我就急忙往女生宿舍走去,下午有球赛,我不能不去,缺了我,队员们的衣服搁哪儿去!走到女生宿舍门口,我有点犹豫起来,那个门里是女性的独立王国,即使再开通的人,甚或是冒失鬼,也会在这个门前放轻脚步,思考一下。我从来也没有进过女生宿舍,倒有点丧失勇气了。

"噢呀!慎行,快来!"我们班的王艾艾正好出门来倒水,看见我,快嘴快舌,"田芳刚才还问你哩!"

我的所有顾虑全都在王艾艾的几句话中烟飞云散了,跨上台阶,跟着王艾艾走进门,由她引着我一直走到田芳的床铺边,我却急得说不出一句话。

她倚在被子上,向我笑笑,说其实并不要紧,明天就可以上课了。我已学得稍微聪明了,知道女同学有些不便说出口来的疾病,也就只是关照她按时服药,悉心养息,不问病症。

我坐在她旁边的床边上,看见她的脸色有点黄,眼圈上有一道模糊的晕圈,头发有点散乱地压在被子上,病容的脸颊似乎更加婉丽动人,令人陡生怜惜之情。我忽然想到我早晨捡到的她的那根头发,不由得心悸了一下,竟然觉得鼻腔酸酸的,看着左右坐着的本班的几位女同学,我强忍住涌动的眼泪。

"我刚才还问你哩!"她淡淡地笑笑。

"有啥要我做的事吗?"我问。

"离元旦剩下一月时间了,校学生会要各班给元旦晚会准备节目。"她款款地说,忽然眼睛一亮,"咱们班出四个小节目,一个大节目,想排《白毛女》,让你参加演出……"

"哎呀!天爷!我……"我惊慌地摆手。

"其实,你的嗓子挺好的,只是没有训练。"她并不急,似乎早就料到我的反应,依然缓缓地说,"把嗓子练顺了,声音挺好。"

几个女同学也都附和着,说我的嗓音不错。我从来也没想到过登台演戏,很不踏实,仍然推辞。几个女同学七嘴八舌,简直说成了非我莫属的情况。王艾艾问:"派他支哪个角儿呢?"

田芳笑笑说:"黄世仁,怎么样?"

"不行不行!"我腾地红了脸。

"他不用排就会迈八字步!合适合适!"王艾艾冲着我,在走道上转起八字步,"慎行呀!演吧!"

"这次演出要评奖。"田芳说,"咱们要给速成二班争取荣誉。"

我忐忑不安地垂下头。

"我病好了咱们就开始排练。"田芳说,"你甭怕,我给你排戏!"

我支吾一声,自己也没听清说的什么。我想推辞,又怕她不高兴;接受吧,又实在觉得是笨鸭子上架,太难为了;想到在排戏时较多的课余时间里,我可以和她在一起,又觉得十分快乐,于是就算默认了。

我坐在她的床边,明显地感觉到女生宿舍的异常气氛,比男宿舍干净,整洁.飘着一丝淡淡的粉脂的气味。我诚恳地劝慰她安心养病,就告辞了。

晚自习时,我隐隐得知,田芳的家里大约出了什么事。她的父亲昨天到学校来找她,送走父亲时,有人看见她和父亲赌着气,晚上在宿舍偷偷哭过,今天早晨就起不了床了。究竟发生了什么事,她没有给谁说过,属于一种猜测。

我想不出她会有什么大不了的事。

第二天早晨,她来上课了,我的心里竟是一种急切的期待之情。上早自习了,好多同学从教室里走到外头去,在庭院里的柳树下,在学校的围墙根,朗读或者背诵语文课文。我也喜欢在院子里早读,空气清爽,也不干扰别人。今天早晨,我没有出去,就坐在位子上,我在暗暗等待着田芳来上课。

她来了,走进教室时,屋里的几位同学都和她打招呼。问候她的病情。她笑笑,一律表示感激,说自己今天精神好多了,不要紧了。

她向自己的座位走来,我已经早早站起,像是迎接她归来。她走到我跟前,照例笑着,坐到靠墙的位子上。我忘了问她病况,也随之坐下,心里很踏实了。

"头不疼了吧?"

"不疼了。很好。"

她说她好了,我就再也找不出什么问候的话,不说又觉得心里别扭,很想说上一番热心的关照的话:"天气凉了,要注意冷暖变化,甭大意。"

她有那么不长不短的一会儿时间,以一种异样的目光盯着我的眼睛,听我说话,忽而眼睛一闪眨,那种异样的光消失了,又恢复了和一般同学说话时一样普通的神色。那种异样的目光出现的时候,我的心忽闪忽闪跃动了,胸腔里阵阵发热,像一束电石的火光灼了一下,那是我有生以来从未有过的一种奇妙的心灵颤动。

"谢谢。"她说这句话时,虽然是诚恳的,却没有那种撞动我的心灵的目光。

又过了两天,晚饭后,她召开了第一次排演会议,所有参与演出的演员和伴奏、服装、道具人员都参加了,四十来名学生的速成二班,几乎人人都派着了用场。伴唱组的女生、伴奏组的拉胡琴的、打大鼓的、敲锣打梆子的,人才应有尽有。那个拉头把胡琴的男同学,原先当过吹鼓手,喇叭和铙钹,全都能来两下,由他负责伴奏组的训练,缺少的人才由他教导。

我被分配演黄世仁,竟然成了真的。田芳饰演喜儿,在剧中我和她处于两个对立的阶级的地位,毫无感情上的共鸣,使我很遗憾。我甚至忌妒起班长刘建国来,他演大春,正面人物,脸上抹红,又有许多和喜儿表示特殊感情的戏剧情节。我还是服从了田芳的分派,使她不至为难,再去调整扮演角色,浪费时间。而要在一个月稍多点的时间里排出这一大本戏来,真是够紧张的。

田芳表现出她对文娱工作的非凡的组织才能。她要求在五天内全部背过唱词,一周后在一起对词,下来花十天时间排演动作,第四周结合伴奏全面排演。她精神振作,热情极高,同学们都愿意听她的吩咐。

她是够忙的了,既要指挥大家排演,又要自己支角儿,而且是贯穿全剧的主角。我们每个演员,在背会唱词以后,就给她打招呼,向她面背一遍。然后,她一边弹风琴,一句一句给我们教唱词,一句一句纠正音韵不准的唱段。我看不到她自己背诵喜儿的唱词的时候，但我并不担心，似乎整个剧本早就扎在她的脑子里了。

黄世仁的唱词儿不多，却有点怪腔怪调儿，唱起来十分拗口。《北风吹》和《红头绳》两段，几乎每个同学都会哼会唱了，而生活中很少有谁喜欢哼一哼黄世仁的腔调的。我对扮演黄世仁这个角儿的兴味提不起来，音调更觉得唱不准了。

"甭急，慢慢来！"

她用脚踩着风琴踏板，双手按着琴键，侧过头来，对我说。大约是看出了我的不耐烦情绪，反倒不厌其烦地和着琴声，唱了一遍又一遍，给我示范，给我纠正。我一边跟着独唱，一边盯着她弹琴的动作，端庄、自然、优美，我的心情很快就稳定下来。

我的热情陡地高涨了，精神异常兴奋，心情特别舒畅，几乎每天晚饭后总是第一个走进学校的小礼堂这个临时借用的排练场，替她做些组织工作，做些零碎的杂事。由她提议增补我为剧团的副团长，大家一致拍手赞同。我和大伙相处得很好，进入我来到师范学校之后的最佳精神状态。

新年临近了，排练也进入最后的关键时刻。一场意料不及的事发生了，田芳——我们剧团的团长，《白毛女》剧中的灵魂，被什么一时搞不清的野蛮的家伙绑架了，在师范学校酿成了一场严重的"田芳事件"……

拳头之歌

上午的后两节课是作文。王老师在黑板上写下《第一场雪》的题目之后，简单地提示了几句，就走出门去了。

我正在起草稿，忽然看见一个老头走进教室门来，肩头背着褡裢，脸上冻得皱巴巴的，在教室里瞅着一个个男生和女生低垂写字的脑袋。我看他那倔倔的神气有点可笑，这是谁的家长来了呢？他瞅了半天，也没有瞅见要找的对象，就叫道："芳芳！"

田芳猛地仰起头，急忙搁了笔，显出慌慌的样子，离开座位，从走道上走到前头，把老头儿引出教室去了。

那老汉大概是她的父亲，我猜测，从他叫她名字的口气儿可以判断出来，村乡里那些老农民，叫自己的亲生儿女时都是这种神气，而且不分场合，一律像是在自家屋里呼儿唤女。他来找她，并不稀奇，班里的同学从四面八方汇拢到这个小镇上，一律住宿，一年半载不回家，常常有这个那个的家长找到学校来，少数是家里出了事，父亲或母亲病重了，需得回去看看；多数是给儿女送衣送钱，借机看看自己可爱的儿子或女儿。

田芳跟她父亲出门以后，我的心里却不安了。她的父亲找她，我有什么好说好想的呢？自己也奇怪了。她抬头看见她父亲的那一瞬间，眼里泄出一道惊恐的神光，随之转换为一种憎恶的气色了，随之一切都消失了。她的父亲，即使猛来乍到，也不应该令人那样惊恐吧？更不应该有憎恶的样子显现。我猜不出其中原因，心里却有点焦躁，有点担心。

我竟而至于不能继续描绘入冬以来第一次降雪的壮丽景色了，越想，心里越加焦躁了。人对于可能发生的祸事是不是有一种先兆性的心理反应，我说不清，反正我心里已经毛躁得难以在作文本的小格子里写字了。

我拿起茶杯，佯装到水房里去打水，走出教室，甬道上没有田芳和她父亲的影子，一排排教室里，传出这个那个教员的讲课的声音。她大概把父亲引到宿舍里去了，我在水房里打了水，慢步朝回走，忽然看见打铃的校工刘大根跑过来，朝我说："你们班的田芳给人拉走了！"

"谁？"我大吃一惊。

"一帮人！"刘大根说，"我从街道上过来，碰见一帮人把她往马车上拉！"

"在哪儿？"我的心里腾起一股火来。

"山门镇南头……"

我甩了水杯，拔脚就跑了。我蒙了，闹不清究竟是怎么回事，那个叫她的是什么人呢？她为啥要跟他走呢？我只觉得她不能被拉走，怎么会有这种事呢？我奔出校门了。

街道上似乎有人已经在议论什么，我直朝小镇南头跑去，果然看见围着一堆人，议论纷纷。我奔到跟前，大车上站着七八条大汉，扭着田芳，田芳在挣扎，又跌倒在车帮上，几个人趁势压住她。我大喊一声："不准抢人！"田芳猛地回头，哭喊："快——慎行……"赶车的人大约感到事不宜迟，"啪"的一声甩起鞭杆，马拉着大车跑起来了。

我追着马车跑。马车跑得并不快，我追到马前头，面对奔马，毫无办法，我自小没有摸过牲畜，更不会驾车，不知怎样才能使奔驰的马车停止下来。那个赶车的汉子，一挥长鞭，我的头顶一声响亮的鞭声，鞭梢正抽在我的左脸上，火辣辣地疼。在我被抽得晕头转向的一瞬间，马车"哗"的一声跑过去了。

我摸一把脸，继续追，愤怒与急迫中，我从地上摸起半截烂砖头，离开马车稍远一点，跑过奔马，回过头来，照准驾辕的红马的脑袋，鼓足全力甩出砖头，一下子击中了马的鼻梁骨。那红马尖叫一声，前蹄腾空跃起，前头挂梢的两匹马站住不动了。赶车人用鞭杆砸辕马的屁股，红马摇头摆尾，尥起蹄子乱踢，马车停下了。

我立即扑上马车，又被一个汉子推下车来。赶车人也跳下车，朝我愤怒地抡起拳头。我已经忘记了危险和孤身无援，迎着他冲上去。这是一位中年汉子，力气很大，却笨拙，我闪过他那沉重的一拳之后，就在他的脸上砸了一下，大约打中了他的眼睛，他立即丢下鞭杆,双手抱住眼睛,蹲在地上了。这是我平生第一次打人,还真的尝到了一点打击对手的痛快。

"打这个野男人!"

听到一声吼,从车上跳下三四个汉子来,从四面包围了我。我不知该怎样对付,头上一下,腰里一下,我被打得无法防备。忽然朝车上喊"田芳!快跑!"就被打倒在地上了。

"打这个野男人!"

我被打倒在地上,有人坐压着我的脊背,我爬不起来。他们在骂谁?野男人?是谁?是把我当田芳的野男人打吗?

街巷里一阵呼喊,一阵杂乱的脚步声。坐在我背上的那个汉子蹦走了,我爬起来一看,速成二班的男女同学赶来,正在大车周围的街道上摆开了打架的阵势。力量对比一下子发生了绝对的变化,那几个汉子被学生包围住,打得乱爬乱滚。

我跑到马车跟前,看见几个女同学已经解开田芳被绑捆着的双手,扶着她从车上走下来,我看见她的泪痕斑斑的脸颊,忽然心里难过了,流下泪来,一句话没说出口,就跌倒在地上,昏迷了……

我的手被一只温柔的手攥着,紧紧地攥着,我真舍不得那只手松开、离去。我睁开眼,是田芳握着我的手,周围坐着一伙男女同学,她当着大家的面攥着我的手,似乎没有什么不好意思,我也觉得这本来没什么,就该这么攥着。

我依稀记得,我是在山门镇的医疗所里被救醒的。大夫给我包扎之后,又给我吃了几片药,说是催眠的,我就睡到天色傍晚了。

我感到口渴,张张嘴,没有说话,她就意识到了,用一只瓷匙给我嘴里喂水。我看到她从盛水的搪瓷缸里舀起一匙水,用嘴吹吹凉,就准确地喂到我的嘴里。我静静地躺着,闭上眼睛,听着那"咝咝"的吹气声,等待那挨近到嘴唇上来的匙子。我真想抱住她,把头埋在她的胸前,和她痛哭一场。

"你知道不?县公安局把狗日的逮了三个!"班长刘建国说,"我们速成二班这下打出威风啰,太不像话嘛!已经解放了,竟敢抢人!"

我心里很痛快,抓了他们三个,真是叫人痛快。我坐起来,浑身疼痛,背后垫着被子。

"哈呀!了不起,真是了不起!"篮球队长说,"咱们的蓝袍先生会打架了,真是了不起!想想你刚来时那般斯文……"

大伙瞧着我笑,我也笑了。田芳抿着嘴儿,也瞅着我笑,说:"他打什么呀!净挨了打!"

我挨了打,被打得头破血流,鼻青脸肿,可我也打了一拳,砸了一砖头。我那一砖头砸得多准！正好击中了辕马的鼻梁骨，使飞奔的马车停住不转了。我仅仅打出的一拳又何等的威风，何等的准确，一下子砸得马车把式蹲到地上，双手捂住眼睛，抢不成鞭杆了。我平生没有跟别人打过架，没有体验过打人的滋味，现在才发觉，打人也有乐趣，特别是当你出于一种卫护弱者（这弱者又是你顶要好的同学）的义愤的时候，用拳头击中对方的身体，就会产生一种无与伦比的痛快的滋味。我久久地回味着那一拳击中马车把式时的情景，而把自己得到的几倍的报复忘记了。

"他们怎么敢在光天化日之下抢人？"我问，"田芳，到底是怎么回事？"

"那是她婆家来的一帮子蛮汉，要抢田芳回去拜堂——结婚！"一个女同学代替她说，"甭问了，让田芳又难过。"

我又忍不住问："到教室来找你的那个老汉是谁？你怎么就跟他走了？"

"那是我爸。"田芳说，"我爸在我十岁时就把我许给人家，卖了八石麦子。我而今不愿意这桩事了，他说让我拿出八石麦子还人家。我说我工作以后，逐年还，全部还清。俺爸这一关先打不通，跟人家合在一起，要把我送给人家哩！他不单是粮食问题，还说我丢人丧德，损了他的面子……"

我大致明白了缘由，也不想再细问了，怕引她伤心。这样的婚姻状况，在我们速成二班，不仅是田芳一个人的痛苦，好多男生女生都有类似的遭遇，班里早已有几位学生解除了婚约，还有一些正在酝酿，两个速成班正在形成一股离婚和解约的风潮。

"打这个野男人！"

那个从马车上跳下来的汉子呼喊着朝我奔来，把我当野男人打，现在想起来，似乎也并不觉得有什么不好意思。当时，田芳被绑在车帮上，不知听到这句恶毒的话了没？

"田芳……"我想安慰她几句，却又不知该说什么好，临到嘴边，却说到其他事情上去，"咱们的戏还排练不？"

"今天……停了。"田芳说，"你的伤势要是到时不能恢复，就难演出了。现在想调换谁来演，来不及了！"

"你先说你怎么样？"我担心她的精神刺激太重，能不能上台，"能上台吗？"

"我能。"她说，"我才不把他们当回事儿哩！反正甭想我进他们的门！"

"我也能！"我说，"你给大家继续排演吧！我一定能上台！"

元旦晚会通宵达旦，夜半时，食堂里给全体师生准备下一顿丰盛的年饭。《白毛女》是压轴戏，排为最后一个节目，吃过年夜会餐之后再化装也是来得及的。我就坐在大礼堂里，欣赏着各个班里的文娱节目。田芳另有一个独唱，我期待着。

终于轮到她了。她站在台上。穿一件红袄，沉静而大方。几天前，由她引起的轰动一时的打架事件，使她成为全校瞩目的人物。现在，她站在台上，让全校师生瞩目，不知出于什么心理,哄哄乱乱的大礼堂里倏地静寂下来,她唱起来了——

  旧社会好比是黑咕隆咚的枯井万丈深
  井底下
  压着咱们老百姓
  妇女在最底层
  看不见太阳看不见天
  数不清的日月数不清的年
  做不完的牛马受不尽的苦
  谁来搭救

  咱会场里十分静,静得使人感到压抑,压抑得人想喊,想叫,想蹦起来狂呼狂喊!我的眼泪流下来了。我听见有人抽泣。不知是哪个班的女同学,开始附和着田芳在台下唱起来,很快地蔓延到各个角落,男生们也唱起来,整个大礼堂里,回荡着这由《翻身歌》——

  共产党,毛泽东
  他领导咱全中国走向光明
  从此砸断了铁锁链
  妇女就成了自由的人
  ……

  我仰起头,张着嘴,忘情地唱着,眼泪从脸颊上流进嘴角里来了,咸涩涩的。我是个先生。我是那个小和尚!我是受压迫的人!我是一个被父亲禁锢成了没有七情六欲的木偶!我……今天成了……自由的人……了!

新浪潮拍击下的老农民

  积雪覆盖着原野。乡村间的大路上。午间融雪时踩踏得稀烂的泥巴,夜间又冻结成硬块了,路面坑坑洼洼,绊绊磕磕。道路朝南,沿着慢坡而上的原野延伸,在雪地上像一条随意丢下的皮绳,曲曲弯弯。

我们三人——班长刘建国、班主任王老师和我——一行,冒着渭河平原数九隆冬的清晨时分凛冽的寒风,正沿着这条乡村大路朝南走,要赶到一个叫田家寨的村子去,找田芳的父亲田茂荣老汉。我们将交给他四百块钱,由他再交给把田芳许订给的那一方的家长,偿还他接受过的彩礼或者说聘金,从经济上彻底割断捆绑着田芳的绳索。这是怎样一件令人鼓舞的壮举!

四百块钱装在我的书包里,沉甸甸地挂在我的肩上,那无异于几百颗腾腾跳跃着的心,我怎能不感到沉重呢!

新年晚会上,我们的《白毛女》歌剧获得了极大的成功,田芳的名字销匿了,那些认识或不认识她的外班的同学,那些教她或根本没有教过她的老师,见面都亲切地叫她白毛女了,我们班的同学更不用说了。戏剧里的白毛女已经获得了新的生活的权利,获得了幸福自由的爱情,现实生活中的白毛女——田芳,笼罩在心灵上的封建的乌云还没有消散。

虽然发生过轰动小镇的抢劫田芳的事件,她的父亲仍不改口,绝不许她毁弃三媒六证确定过的与大张村的婚约。对她压力最大的不是她的父亲,她说她将永不回家,甚至断绝父女关系,也决不回到"黑咕隆咚的万丈深的枯井"里去了。对她压力最大的是八石麦子,她的父亲把她许订给大张村所接受下的聘礼,早已被全家老少吃掉了,变成粪土,施到田地里去了。八石麦子,一石十斗,一斗三十五市斤,整整两千八百斤,折合人民币三百多块钱哪!

一场募捐活动在师范学校掀起来了!

想起这场募捐活动的前前后后,我至今仍然激动不已。起初,只是我们篮球队几个同学的举动,想不到竟然扩大到整个学校里去了。那天与县武装部的篮球赛结束以后,我和队长何长海回校的路上,闲扯着已经过去的田芳被抢劫的事。我说,我要是有三四百块钱,我就愿意拿出来,解除她心上的债务。何长海说,咱们球队凑一凑,能不能凑够呢?十来个篮球队员在一块凑来凑去,不过几十块钱,远远不够。回到学校后,消息传给班里的男女同学,大家纷纷向我捐款。紧接着,外班的同学也赶到我的宿舍、我的教室里来捐款,甚至有十几位老师也捐了……啊呀!短短的三四天内,我的书包里装进了五百多块钱,超过需要的数目了。我和班主任王老师商量之后,决定把多余的一百多块钱退回给那些捐款数最高的老师和学生,留下四百元足够了。

"为了砸断封建锁链!我捐三块……"

"再不能容忍我们的姐妹做封建婚姻的牺牲品!我捐一块……"

"为了解放,为了自由!我捐……"

……

那一张张男生和女生的脸在我眼前叠印,那一声声慷慨激昂的话在我耳畔响着,永生难忘! 大伙不仅是同情田芳的遭遇,而且是一种共同的时代要求。刚刚获得解放和自由的新中国的第一代青年,强烈的反封建的意识是共同的要求。这些师范学校的学生,尤其是速成班的学生,来自社会底层,不单是仇恨地主资本家,尤其仇恨封建的婚姻,好多人与田芳有类似的遭遇,离婚和解除婚约,在师范学校不仅不会被人耻笑,而且会得到普遍的支持和同情。

"你离婚了?"

"离了!"

"完全弄'零干'了?"

"'零干'了。你呢?"

"我刚提出来,正离哩!"

"赶紧离了! 重新自由去⋯⋯"

这是公开的交谈,不会令人议论⋯⋯田芳这样引人注目的白毛女,得到热烈的捐款就不是奇怪的事了。

我按按书包,四百块人民币正在手心,我的心止不住一阵发热,隆冬原野上清晨凛冽的寒风也不那么厉害了。

我们三人走进田家寨,几经打问,终于找到田芳家的门口。

两间厦屋,连个围墙也没有,一眼就可以看出,这是一家十分贫苦的农户。我们三人站在厦屋门口,一个女人走出来,大约四十出头,一眼就可以断定是田芳的母亲,脸形太相像了。她一看见这三个穿戴不同于庄稼人的陌生人,先愣怔了一会儿,有点惊恐地问:"寻谁?"

王老师说明了我们的身份。田芳母亲脸上的惊恐立时消失了,却更加慌乱,把我们让进屋,却无法使我们坐下来。炕上的一张破烂的被子下,围坐着四个娃子和女子,地上竟然没有一个可供人坐下的凳子。她擦擦手,闪身出了门,再进门的时候,端着一条长凳,大约是从邻家借来的。不管怎样,我们三人挨排儿在长凳上挤着坐下了。

她张罗着倒水,取烟,取来了一只装着烟末的木盒子,却找不到烟袋。王老师点燃自己的纸烟卷,劝她再甭麻烦了。她在灶锅下的木墩上坐下,却不知该说什么好。没有经见过世面,也没有和公家的干部打过交道的农家妇女,常常都是这个样子。王老师尽管很和气,问她家里的状况,她头不抬,烧着火,简短地答上一句,半天又没话了。田芳的父亲拾粪去了,她告诉我们,随之就指使坐在炕上的儿子去找。

老汉回来了,头上裹着一条黑布帕子,鼻子冻得红红的,一进门,大声说:"三位先生来了! 抽烟——"把那个短杆旱烟袋依次让给我们三人,随之在门槛上坐下来。

"三位有何贵干?"他仰头问。

王老师和他谈起田芳的婚事,给他解释新社会婚姻自由的道理。老汉低着头,抽着烟,做出一种耐心听着的姿态。一当王老师停住口,他仰起脸,做出深明大义的神气,说:"新社会好,咱农民拥护共产党。儿女的婚嫁之事,应该由家里管,政府和学校管这些事做啥?"

王老师又耐心给他解释学校应该管的原因。

"人而无信,不知其可也。"田芳的父亲说,"你们都是有知识的人,比我懂得多。我跟人家说下一句话,三媒六证,邻里皆知,而今一水冲了,我在田家寨还算不算人?"

我心里暗暗吃惊。这个老农民,一身黑色家织粗布棉袄棉裤,补丁摞着补丁,肘头露出变成黑色的棉花絮子,一脸皱褶,鼻尖上吊着清凌凌的水一样的鼻涕子,捉着烟袋的手指像树皮一样裂开着口子,嘴里却吐出一串一串半生不熟的词句。我早已从田芳口里得知,她的父亲是个一字不识的粗笨庄稼汉。一个大字不识的粗笨庄稼汉子,谈起话来,却要讲信义,夹杂些半通不通的古文词。如果是我的父亲这样讲话,也不足怪,而田芳的父亲却叫我奇怪了。

王老师索性问起八石麦子的事。

"有这事。"田芳的父亲一口应承,"家家的女子都卖钱,家家的儿子订媳妇都花钱。我吃了人家的麦子,我不昧良心……"

王老师又讲道理,说那根本不是昧良心的事。我也就一手掏出四百元钱来:"这是我们同学和老师的一点心意,目的只有一个,让田芳能安心读书,再甭逼她上轿了……"

老汉瞪大眼睛,瞅着我递到他眼前的一厚沓票子,愣住了。他显然没有料到我们的这个举动。愣了半天,忽然醒悟了似的,猛地伸出双手,把我的手推开,并且站了起来:"这不能,这不能呀!"

"我们是为了田芳的前途……"我说。

"为了啥也不能失信!"老汉说。

"你要是不收,我们就——"王老师看看说服不了,就使出我们路上商量好的最后的一着,"交给乡政府,由乡政府交给大张村那家人。当然,这样一来,媒人和你难免就不好看了。你知道,上次抢人,县上扣了大张村三个人,刚刚释放……"

"哎呀!"田芳的父亲颓然坐在门槛上,双手抱住头叹息。

王老师示意我把钱放下。我瞅瞅那张破烂的用麻绳绑着腿儿的小桌子,上面摆着盆盆罐罐。我把钱放下了。

"我们走了。"王老师站起来说。

田芳的父亲抬起头,看见桌子上的那一摞钱,没有推辞,脸上露出愧疚不堪的神色,张开双手,挡住门:"说啥也不能走……不吃饭了,再坐坐……"

我们又坐下了。

"唉,三位同志……"他摆摆头,一脸诚恳的又是惶愧的神色,"解放了,以往的礼性全部不合适了吗?"

王老师笑了:"也不是这么说。你,一个贫农,翻身了,扎实种你的地,把日子往好里过,顾那么多臭礼性做啥?"

"解放了好!确实好!不拉兵了,不抽税了,官人不欺百姓了,确实好!可这新社会,"田芳的父亲现在显出一个老庄稼的天真来,说,"全都没大没小了吗?男女不分了吗?不顾脸面了吗?"

王老师哈哈笑着,摇摇头。

"你看,"老汉举出例证来,"俺田家寨,有五个姓氏,田姓是主,其余是后来添进来的。人说,'歪胡家,捣秦家,恶鬼出在刘、李家,仁义礼智大田家'。而今,田家人也不讲礼义了!你看看,那些男男女女,这个离婚呀,那个自由呀!闹得全都乱了套……当然,咱连咱的女子也没管得住!"

"你为啥要管人家哩?"王老师笑着问,"人家年轻人,听啥不听啥,自己有主意了!你拿那些老封建思想管人家,肯定管不住!"

田芳的父亲叹息:"咱们人老几辈儿没跟人胡说八道过,穷是穷,可没做下让人指脊背的事……"

"你把我压迫了一辈子!"田芳的母亲说,"而今孩子压不住了……才好!"

"你——"田芳的父亲红了脸,"我看我活不成了!"

"穷得叮当响,臭礼性倒多!"女人更加壮起胆子,"土改时,工作组分给咱一张桌子、两把椅子,他呢,晚上悄悄给人家送回去,让民兵抓住了,审了半夜,说他跟财主有勾搭,他只说……我不能白受不义之财……你们三位听听,这就是他的礼性!"

……

告别了田芳的父母,我们三人重新返回来。太阳升起在冬日灰蓝的天际,寒气消散了,道路上开始松冻,泥泞布满乡间大道。我们三人回味着刚才和田芳父亲的有趣的谈话,说着笑着,走到慢坡顶上。

眼前是渭河平原的壮丽的原野,坦坦荡荡,一望无际,一座座古代帝王、谋士、武将的大大小小的墓冢,散布在田地里,蒙着一层雪。他们长眠在地下宫殿里,少说也有千余年了,而他们创造的封建礼教却与他们宫廷里的污物一起排到宫墙外边来,渗进田地,渗进他的臣民的血液,一代一代流传下来,就造成了如我的父亲和田芳的父亲这样的礼义之民吗?

归来已觉不是家

接到父亲一封信,我才记起,离开家已经四五个月了。父亲关心我的学业、我的身体,问我是否恪守着"慎独"的嘱咐。父亲的很合规范的文言体书信,功夫独到的小草墨迹,把一个遥远的记忆勾回到我的心里来了。那么熟悉,却又那么陈旧。

班级之间的篮球比赛正在进行,我继续履行我的衣服架子的职责,父亲的信装在口袋里,赛场上激烈的竞争牵动着我的神经。有人在拉我的胳膊,我一回头,是田芳。什么事,等不到球赛结束吗?我实在不能从这紧要关头走开。她却拉着我的袖子,硬把我从人窝里拽出来。

"告诉你一件事。"她说,"县宣传部来人通知学校,让我们的《白毛女》歌剧下乡宣传演出。"

"真的吗?"我忙问。

"真的。"田芳说,"王老师刚才告诉我,让我叫你去,商量一下。"

"什么时候演出呢?"我问。

"寒假里。"田芳说,"马上要放假了。"

我和田芳找到王老师的住处,完全证实了这件事。这无疑是一件光荣的任务,王老师也很高兴,问我有什么困难。我说什么困难也没有,只是应该回一趟家,放假后就没有时间了,王老师批给我两天假,让我考试前赶回学校,下周就要期终考试了。

"你这次回去,你爸可能要认不出你了。"王老师笑着说,"你把老先生能吓一跳!"

田芳瞅着我,抿着嘴笑。我也笑了。

从王老师房子出来,我又朝操场走去,仍然惦记着速成二班的最后的胜输。田芳狠狠拽了我一把:"那么球迷呀!我还有事儿跟你说。"

我只好站住。

"你把募捐时记下的花名单给我。"她说。

"要那做啥?"我问。

"有用。"

"干啥用?"

"你别管。"

"你不说清楚,我不给你。"

她无奈了,只好说:"我要保存下来。待我毕业以后,有了工资收入,我要加倍给每一个募捐的同学偿还！"

"噢！这样……"我说，"这样……不好。"

"为什么不好？"田芳说，"我心里实在过意不去，很不安呀！"

"那样……起码在我，就伤心了！"我说。

"你伤什么心呢？"她问。

"我们募捐，完全是出于一种对封建婚姻的反抗。"我说，"那些外班的同学，有的根本和你连一句话都没说过，你也不认识他们，他们为啥自动捐款呢？你想想……"

"我明白。"她说，"即使这样，我也应该偿还。同学们的心意我明白……"

"当然，怎么处理这件事，由你决定。"我说，"不过，你千万别给我……偿还什么钱！"

"那……好吧！"她沉吟说，"你把那个名单给我，我要保存，比什么东西都珍贵了！"

"这倒好！"我说，"我抄出一份给你，我也保存一份。过多少年，看见这名单的时候，心里会是怎样呢？啊……这是几百颗心呀！"

"你说得多好！"田芳眼里浮出动人的泪光，声音低低的，抖颤着说，"比金子还贵重的心呀！"

从学校吃罢早饭就动身，回到东塬上我的老家杨徐村的时候，暮云四合了。冬日天短，又是步行，八九十里路走回来，整整用了一天时光。我的心情很好，离家几近半年，家里会是一种什么样子呢？

我站在门口，门楼兀立在寒冷的暮色里，那令整个家族引以为自豪的"读耕传家"的门匾题字，有点孤寂，也有点过时皇历的冷漠。我走进院子里去了。

院子里发生了很多变化。我和我的媳妇住的那间厢房，传出牛粪和牛尿的混合气息，我一探头，就看见一头黄牛正在槽头嚼草舔料。走进上房，父母住的房子从中间隔开了，分成两间住屋了。父亲正在小小的南间屋的火炕上坐着，抽着烟，母亲在炕的另一头坐着。天气寒冷，人都坐在炕上了。

昏黄的煤油灯焰下，父亲伸着脑袋，辨认着我。我叫了他一声。他惊喜地从炕上下来，坐在椅子上，就从头到脚打量着我。母亲也溜下炕来，走出门去，从门外领着我的媳妇进来了。

"先生，你擦擦脸。"她把洗脸水放到我面前。

她还叫我先生，这是结婚以后她对我的称呼，而今我不是先生，是师范学校的学生了，她还那么叫，听来已经恍若隔世了。

"先生，你想用啥饭？"她在身后问。

"随便做点吃的。"我说，听见她又在问母亲，究竟该做什么饭。我的答复反倒使她为难了。母亲总算点出清汤细面的食谱,她轻轻走出屋子去了。我心里清楚,她的言语和行为举措,全是结婚后到我家里养成的。请人洗脸叫"擦脸",洗手叫"净手",吃饭也说成"用饭",全是我父亲的家规。这些我过去司空见惯的东西,现在听来倒有一种好笑的味道了。

父亲在灯下伸着脖子,瞅着我的衣服。我这才想到,我从家里走出去时,穿的是一件蓝袍,小包袱里装着一件备换的蓝袍,头上戴的是礼帽。父亲现在是第一眼看见我穿着的列宁服和头上的八角帽子,就那么狠看。

"你把蓝袍换了?"父亲问。

"换了。"我心里有点忐忑,父亲会生气吗?"我是用蓝袍……改的这身衣服。"

"改了好!嗯,改了好!"父亲笑着点头说,"而今先生不兴穿袍子了。"

我的心里高兴了,父亲也在随着生活的变化而变化,我坐在炕边上,和父亲聊起家常。

在我离家的半年里,家庭分化瓦解了。父亲很伤心,说人心不古了,民风不纯了,连我的两位伯父也在家庭内部捣他的鬼。土改时,兄弟三人感激涕零地抱着我爷爷的神匣儿哭笑一场之后,看看再无什么风险,政府一股劲鼓励庄稼人发展生产,二位伯父把爷爷死时留下的遗嘱统统忘记了,要买牛,要置地,要增盖房屋,再不听父亲的指挥了,把爷爷确立的我父亲的主事位置不当一回事了。争论时有发生,矛盾难以掩盖,终于分化瓦解了。

"鼠目寸光!"父亲简单地给我叙述完这种变故,不屑地说,"你大伯、二伯,全是鼠目寸光!"

我一时弄不清家庭里的谁是谁非,不好谗言,也觉得没有多少意思,既然过不下去,各家过各家的日月,也没有什么大不了的事。

"不管怎样,你该去给大伯、二伯问安。"父亲说,"家里分家归家里,你在外边读书,全当过去在一起过那个样子,该走的路要走到,该行的礼要行全,不要跟这些人一般见识。"

我点点头,就去看大伯。

大伯住在上房东边里屋,正在吃晚饭,放下筷子,忙让我坐。一句关于家庭矛盾的话也不提,只是夸赞我出息了,完全像个新社会的干部的模样了。

"这新社会真是好!"大伯说,"国民党的官人一进村,吓得百姓鸡飞狗跳墙,躲的躲了,跑的跑了,跑得丢了鞋子也不敢拾!而今共产党的干部一进村,老百姓一呼啦就围上了,胡拉乱谝,到饭时争着往屋里拉……我的天,那天正在碾子上说闲话,老杨同志顺手从我嘴里拔下烟袋,塞到嘴里就抽!你看看而今的公家干部多亲……"

我也很感动。解放初期，受惯了国民党官匪欺压的老百姓，对共产党干部的作风最敏感，谈论也最多，我虽已不惊奇，却仍然很感动。

"好好念书，日后好好干工作。"伯父说，"你能在外边干事，咱徐家人都光彩！"

我告别大伯父，又走进二伯父的屋门。

二伯父正在给牲口拌草，扔下搅草棍子，把我引到他住的厢房里："屋里地方窄，没处坐，你坐炕边上。"

"你走时咱是一家，回来变成三家了。"二伯父笑着。这样毫不掩饰地说出分家的现实，反倒使我觉得实在。他笑着说，"天下水朝东流，弟兄们再好难到头。我看呢，分了也好，免得好多麻烦。谁有啥本事谁就成自家的精去！"

我与二伯的想法很接近，就笑着赞同他。

"二伯一辈子说话不会拐弯。"二伯直着脖子说，"你爸过去管家还管得住。而今管不住了，咋哩？新社会了嘛！他在家里想当家做主哩，人家公家干部大讲大唱男女平等哩！所以，过去你爸在屋里说话，没人不服，而今就不服了！惹得他自己也是一肚子气……我说分了好！"

"分了好！"我附和二伯说，"我爸那些管家的规矩，肯定行不通了，越往后越行不通。"

"对！大侄子，你跟二伯看了一步棋。"二伯说，"比方说，政府派干部到咱村，成天宣传说，要发展生产哩！你爸还是按照你爷爷在世时的主意，'房要小，地要少，养头老牛慢慢搞。'不合党的政策嘛！我也不满意。这不，刚一分家，我就买下一头好母牛，一年生一头牛犊，就是半个家当……"

二伯是个耿直的庄稼汉子，我一向很喜欢他，对他坦诚的说话方式也觉得特别实在。

"做梦也想不到的太平年月！"二伯父说，"不拉兵，不收税捐，一年交屁大一点公粮，庄稼人做梦也没敢想的好世道呀！大侄子，二伯说句结实话，而今谁再过不好日月，不光得不到邻里同情，反而要被人耻笑！咋哩？肯定是懒家伙！"

我被他的憨气逗笑了，弟弟过来叫我吃饭。

我回到父亲住的上房里屋，坐下吃饭，一碗清汤细面，十分可口。吃罢饭，我向父亲汇报了师范学校的学习情况。父亲也不显出惊奇，他大约对新社会的诸多变化已经习以为常了。他淡淡地说："人家新学堂那样教，你就那样学吧！反正，不管新学堂老学堂，总而言之一句话，还是韩愈说的，'传道授业解惑也。'当学生，求学问，还是要记住'业精于勤荒于嬉，行成于思毁于随。'这话，新学堂不至于反对吧？"

"学校里提倡努力学习，老师抓得很紧。"我说，"我们的学习还是很紧张的。"

"紧张好。"父亲说,"要成学问,不刻苦不行。"

我问他分家后,忙得过来忙不过来。

"屋里的事都有我撑着,你弟也行了。"父亲说,"你专心念你的书。记住,要处处留心,别胡乱张狂!"

我的心一震。我在学校的生活状况,父亲显然还不了解,还在给我打预防针。

"村子里有些人好张狂!"父亲鄙夷地说,"一个大字不识,满世界跑来跑去开会!有几个年轻女人,黑天半夜跑着开会,张狂得要上天了!前日听说,那个杨发奎入党了!那么一个二杆子货,共产党居然看中那号人……"

我的心里潜入一股冷气。父亲看不惯的人和想不通的事,我却在师范学校也是有过之而无不及。他对于那些满世界跑着去开会的男人和女人的非难,令我反感,我听不顺他对这些人的讥刺。就劝他说:"农民刚刚翻了身,高兴……你可是别给人家泼冷水,别说风凉话儿……"

"我说他干什么?"父亲不屑地说,"我只看着这些人张狂,啥也不说!你——"父亲瞅着我,"在学校里,要慎行慎言!我看到村里这些人的疯张劲儿,才提示你……甭张狂!"

我低头喝水,避开了父亲的逼人的眼光。

"我给你写的那张'慎独'的字,还记着没?"

"记着。"

"你去歇息。"父亲说。

我走向自己的住屋。原来的厢房变成牛圈了,我的住屋迁到和父亲一墙之隔的上房西屋的北间。

"先生,你喝茶。"我的媳妇说。

"我自己倒。"我说。

"先生,你洗脚。"

"我自己一会儿再洗。"

我坐下,还是接住她倒下的茶水。她坐在炕边上,又捞起鞋底儿,并不看我。我坐在椅子上,一时也没说话。我忽然想抽一支烟,尽管我从来没有尝过烟味儿,现在却很想抽一支烟。我对她说:"你以后不要叫我先生了。"

"那……"她抬起头,旋又低下,"叫什么呢?"

"叫我名字。"我说。

"那像啥话?"她惶然说。

"早就不兴叫先生了!"

"我在屋里叫。"她说。

我不再坚持了。她对我的过分尊敬,甚至带着根深蒂固的畏怯,使我很难受。她自愧貌丑,又没有文化,那种卑怯的眼光使我浑身都不自在。我忽然想到田芳,那手按琴键给我一句一句纠正唱音的姿态,那在师范学校礼堂里唱《翻身歌》的动人情景……一个念头在我脑子里像一道电光闪耀了一下,匆匆消失了,我自己也被震住了:如果我提出和她离婚,她会怎么样?我的父亲会怎么样?这个家庭会怎么样呢?

第二天,我就离开了,而且心情是那样急切,渴求立即回到那个温暖的集体之中去。

六十年里的二十天

短短的二十天寒假里,按照县宣传部安排得满满的演出顺序和路线,我们在乡下演出歌剧《白毛女》。我记忆最深的一件事,是第一场演出,我就挨了一砖头。

那个村子叫歇驾村。传说唐朝一位皇帝打猎跑到这里,人困马乏,在此作过一段休息,进了午餐之后,就奔马追猎到终南山下去了。现在,歇驾村变成薛家村了,其实村子里连一家姓薛的人家也没有。

薛家村住着一位县委的副书记,在那儿搞互助合作的试点工作,群众觉悟高,各项工作都是县上的一面红旗,第一场演出搁在薛家村,是理所当然的。在县委副书记的眼皮下,在这样先进的村子演出第一场,我们演出时的心情是不难想象的,认真极了。

薛家村是个大村,又是一个行政村里的中心自然村。村中间有个年久历深的老戏楼,台下坐着或站着黑压压一片人,临近的房顶上、矮墙上、树杈上,全都爬着观众,这样大的场面,我心里真有点怯场。

整个演出还是顺利的,群众秩序也很好,百十名民兵在维持着哩!事情出在《娘娘庙》那场戏里。当我(黄世仁)和狗腿子穆仁智到娘娘庙里避雨,遇见白毛女,被白毛女追打时,台下骚动起来了,像雷一样滚动着"打!打!"的吼声,我已忘记了自己是徐慎行,我像黄世仁一样胆战心惊,假戏真做了。当我逃到台角时,我听到一声怒吼:"打这狗日的!"随之,我的腿上就挨了重重的一击,跌倒了。

事态很快被民兵控制住了。我必须立即爬起来再逃,不然就给白毛女抓住了,抓住了就不好办了,剧情无法往下发展了。我看了一眼脚下的半截砖头,却没有站起来,慌急中,我用手爬着,逃进后台去了。

演出结束后,县委副书记在台上和我们一一握手,他对我说:"你挨了一砖头,说明你演得像。这一砖头,是群众对你的最高奖赏!"他的生硬的陕北口音,使我觉得亲切极了。

短短的接见之后,那些给我们管饭的社员已经拥在台前,争着领我们去吃饭,田芳被几个姑娘拉拉扯扯,争着往她们的屋里拉,发生争执了。我是一个恶霸的扮演者,自然不会是受欢迎的角色。这时间,一个小伙子挤上前,问:"谁个刚才演黄世仁来?"我一应声,他拖住我的胳膊就走。

黑暗里,我跟他走过陌生的村巷,进入一个小小的独间住屋,只有他的母亲在座。我刚一落座,老人要我把腿伸出来,在一只粗碗里倒下白酒,用火点燃,敏捷地在碗里蘸上燃烧着的酒液,在我的伤口上擦洗。她的指头上带着蓝色的火苗,一下子捂到我的挨过砖头的青疤上,灼烫得我龇牙咧嘴。

"我……"小伙子很难受地说,"我实在忍不住了……扔了一砖头!"

哦呀!原来打我的竟是他!

"你打得好!"我拍拍他的背,"这是给我的最高奖赏!"

他不好意思地笑了,就给我端上饭来。

鸡蛋臊子面,我吃得好香,也确实饿了。

母子二人看着我吃饭,说给我一个令人流泪的伤心事。他的姐姐,给村里一家财东的二少爷糟践了,跳井了!他的父亲一气之下,卧炕不起,年底也去了……他把戏台上的我当成残害得他家破人亡的薛家村的恶霸打哩!

田芳来了。

她看我的伤,用手轻轻按按,问我要不要到邻近的镇卫生所去看大夫,我说大娘已经给我治过了。她不知道这儿刚刚讲述过一个悲惨的往事,随口问:"大婶,屋里就你娘儿俩?"

"噢!"大娘应着。

"你媳妇呢?到娘家去了?"田芳问。

"还没哩……"小伙子红着脸说。

"你怎么还不给人家娶媳妇?"田芳笑着说,嗔怪的模样,"你真性凉呀!"

"正……自由哩!"大娘瞅一眼儿子,"我说他,你自由也自由快一点!慢格腾腾的,还不如老早时包办来得快……"

他羞怯地低下头,我和田芳都忍不住大笑了。屋子里洋溢着喜悦的气氛,我的心头十分轻松,田芳坐在哪儿,哪儿就特别欢乐。

"让我看看你的对象,行不行?"田芳问。

小伙子"嘿嘿"笑着说:"俺妈乱说的……"

大娘却捺不住嘴了:"刚才跟我在屋做饭,这面……就是人家闺女擀下的……"

"好哇,慎行,你真有福!"田芳冲我笑着,"你吃了那位新人的面条了,肯定香吧?我来晚了……哈哈哈!"

告别了那母子二人,我和田芳往回走。

街巷里很黑,看不见路面,坑坑洼洼的村巷里的道路,夜间走起来,低一脚高一脚,垫得我挨过砖头的腿一阵阵疼痛,我小心翼翼地迈着脚。她走到我的旁边,很自然地用手搀住了我的胳膊。

我没有拒绝,倒希望这段通到我的住处的路更长点,好让那只温柔的手多搀扶我一会儿。我反倒不想说话了,静静地走着。她也没有说话,扶着我的左臂的手抓得更紧了。

她被什么东西磕绊了一下,往前一跪,险乎跌倒,抓着我的手,把我也拽得踉跄两步,黑暗中踩到一块石头上,垫得我的腿伤钻心似的疼痛,疼得我"哦哟"一声,弯下腰去,半天站不起来。

她轻轻地惊叹一声,双手扶住我的胳膊,把我扶起来,就把我的胳膊架到她的肩膀上,另一只手搂着我的腰,几乎背着我往前走。我的腿伤不痛了,却舍不得让她松开手。我感觉到她的腰部的体温了,温馨的气息扑到我的耳根。我的心在胸膛里狂跳,觉得热烘烘的,脚下乱踩乱踏,也不知道疼痛了。我有一种莫名其妙的想法,如果就这样互相抱扶着走向断头台,我会从容得连一丝痛苦都没有。

我抬起左手,大胆地搂住了她的腰。她似乎轻微地战栗了一下,没有说话。我感到呼吸不畅,心要跳出喉咙来了。我猛然折过身,把她搂住了,在我的嘴唇碰到她的嘴唇的时候,我几乎昏厥过去……

我躺在炕上,无法入睡,身下是房主人烧得热乎乎的火炕,同炕挤着的几位演员已经拉起鼾声,油灯下,可以看见鼻尖上沁出的细密的汗珠,我吹熄灯盏上的昏黄的煤油焰火,躺在被窝里,心还在"咚咚咚"地狂跳。这就是爱情吗?这样的爱情产生的心火,简直要把我熔化了!

我的父亲按照他的家规和独创的理论,给我娶回来的那位媳妇,即使新婚之夜,我们连一句话也没有说,各人抱着各人的胳膊睡到天明,我连一丝"邪念"也没有产生。

有一个倾心的人儿,怎么可能荒废学业呢?怎么可能都变成沉溺于淫乐而失掉江山的商纣王或唐明皇呢?我现在不仅觉得父亲的理论荒谬无稽,简直令人可笑、令人憎恶了!我翻身坐起来,点着了油灯。

我穿着衬衣衬裤,也不觉得冷了,跳到炕下,打开那只小提箱,翻出那张临行时父亲写给我的嘱咐。

慎独!

看见这两个字,我的心里紧缩了一下,昏暗的灯光里,似乎隐现出父亲严峻的脸色。

我最后看了一眼,就把那张书页大小的又细又薄的宣纸提起来,在灯火上点着了。

"折腾啥呀!还不睡。"同炕的王友民咕哝了一句。

"咒符!"我说,"咒符!"

他翻了个身,又呼呼睡去了。王友民早已离婚了,正在跟饰演大嫂的郑玉莲恋爱,早已谈妥了,只等两年期满,就去领结婚证。他万事如意,睡得好香。

我看看脚下,那张烧过的宣纸变成一团黑色的纸灰,在地上滚动,滚动,碎了。我的心里松懈了,束缚我的心的最后一道咒符粉碎了。

我没有心思入睡,就着煤油灯的灯火,我打开日记本,记下了这个终生难忘的日子。一个结过几年婚的人,爱情却刚刚苏醒……

我翻翻日记,查到了我寄出离婚申请的日子,正好十天了。从家里返回学校的路上,我就在八九个钟头的步行中思索着这件事,而终于下了决心了。回到学校的当天晚上,我就写下了离婚申诉,第二天就从山门镇的邮政代办所发出去,寄给县法院了。我已经得知,法院接到的此类民事案子堆积如山,最快也得两个月以后才能传审,那时候该是第二年春天了。

可怜的媳妇!我再也憋不住,心里哀叹着,要恨,你恨我爸去!要骂,你也该骂他!他不仅苦害了你,也苦害了我!他把你和我塞进一间屋子,就完事了!如果不解放,我和你就糊里糊涂过一辈子了!解放了,兴得自由了,我的心箍不住了,我要是不享受自由的权利,就亏负了这个梦想不到的解放了!但愿你……也能找个可心的男人,俩人都好……

第二天,我们到史家坪去演出。演出结束后,我和田芳走到村后的小山坡前来了,这是我和她头一次有意的约会,而且是她约我来的。

我挨着她的肩膀坐下,搂住她的肩头。

她挣脱我的手:"我给你……看样东西。"

她打开手电,从口袋里取出一沓折叠着的格子纸,写满密密麻麻的钢笔字。她只露出末尾一页的名字。我一看,是工工整整的刘建国三个字,心里一惊,忙问:"这是什么?"

"他给我写的信。"田芳沉静地说,"这是第五次了!"

"你……怎么办?"我急忙问。

"你还用问吗?"她瞅我一眼,从口袋里掏出一匣火柴来,划着了。

刘建国的信在燃烧。

我的心也在燃烧。

我高兴得像狂了一样,抱住田芳。我能听见自己心跳的声音,也听见了她的心跳的

47

声音,我的手插进她的松软的头发,比丝绸还要柔软的头发。她静静地伏在我的胸前,闭着眼睛,两只胳膊像铁箍一样搂着我的脖子,我才知道这个爱着我的人的手臂,这样有劲。

在这个县所辖属的广阔的平原上和深深的秦岭大山里,都留下我们速成二班演出队员的脚印。每一个演出点的村子里、平原上的大路边、山区的小溪旁,也都留下了我和田芳的亲吻和偎依。压抑得越久越重的心,一旦获得自由,就以加倍强烈的热情迸发出来。有几次,我吻过她的脖子上,留下了瘀血的痕,整得她给脖子上围上一条毛巾,遮掩过去,她却并不责怪我吻得太狠,照样把脸颊、脖颈和我偎贴在一起……

二十天寒假的巡回演出,太短暂了。春节也是在陌生乡村的演出中度过的,我也不觉得有什么遗憾。这是我一生中最愉快的时期。当然,你只有了解了我后来的不幸,才会觉得这二十天时间,事实上是我一生六十年生活中活得真正像个人的二十天!

父与子

阴历四月,中午的太阳已经很有力量,我和同学们围蹲在食堂外的浓荫下吃饭,父亲来了。

他站在院子里的阳光下,四下里瞅着,我看见了,连忙跑上前。我要给他打饭,他坚决不要。我引他到宿舍里去歇息,喝水,他也不去。他要我跟他到山门镇上去。

我跟他走出校门,在山门镇的青石铺成的街道上走着,我发现他苍老了,大约刚交五十,鬓发全白了。从见面到进小镇的一家茶棚,他没有露出一丝笑颜。我的心里乱猜测着,出了什么事呢?

叫了一壶茶,他喝了一口,放下茶盅,也不看我,也不说话,直到一壶茶喝完,站起身又走。我问他要到哪里去,他说走走看吧!

走出街道,在小河边的一棵柳树下,父亲站住了脚,从肩上取下布褡裢,放在地上。我也在他旁边坐下来。

"我今日来,只问你一句话。"父亲说。

我没有话说,期待着。

"你要离婚?"父亲直截问。

"嗯。"我觉得没有必要隐瞒,同时又奇怪,法院还没有传票给我,父亲怎么知道了呢?

"不离行不行?"父亲冷静地问。

"爸,你听我说……"我想给他摊开思想。

"不,其他闲话可以不说。"父亲说,"我只要你说声'行'或'不行'。"

"不行。"我只好也直言相告。

"那好!"父亲伸手从口袋里摸出一把剃头刀,拉开锋利的刀刃,"你先收了我的尸首,办了白事,再去离婚,再去办红事!"说罢,就抬起了握着刀柄的手。

我大惊失色,一把抓住父亲捉刀的手,吓得魂飞魄散,连忙说:"爸,有话好说……"

他依然不动声色,冷声静气地问:"没有多余的话好说! 你只说'离'或'不离'!"

"不……离……"我无所选择了。

"不离的话,你跟我到县法院去。"他说。

"做啥?"我问。

"撤回你的状子!"父亲说。

"我不离婚就算了,撤不撤没关系!"我说,"或者改日我写信去,销了案就完了。"

"不!"父亲说,"我要亲眼看着你把状子撤下来,交给我,我好存着。待我死的时候,好做蒙脸纸啊……"

父亲已经"哇"的一声哭了。这是我平生头一次看见父亲的哭。他哭了三声,突然收住,用手帕擦擦脸和眼,从地上背起褡裢,又恢复了素有的冷静,说:"走!"已经扯开步子走了。

如果近旁有一口水井,我可能会一扑跳下去! 我的脑子里嗡嗡乱响,是绷紧的神经折裂的声音。我想到了田芳,我的心爱的人儿,我不能跳井,也不能一气之下撞死在身旁的柳树上,下来再说下一步吧! 我硬着头皮,费了多大劲儿,才跨开了这屈辱的一步。

"咱们父子今日也许是最后一次见面。"父亲说,"我也不是小娃娃,我知道,今日撤回状子,明日你还会再寄,我今日给你把话说透彻,日后不管何年何月何日,一旦我在家接到法院的传票,就是我的丧期死日。我好坏是个懂点文墨的老朽,说这不是吓唬你!"

我的心沉到冰窖里去了。

他说,昨天晌午,县法院两位办案人员到家里调查时,他都要气疯了。等那俩干部一走,他给褡裢里悄悄装进一把剃头刀,就上路了。走了半天一夜,找到学校,本没打算再回去。他说我的离婚案件,把徐家儿辈人积下的阴德全给羞辱了,他再没脸在杨徐村见人了!

我信父亲的话不是吓我,他是注重面子的,讲究礼义的,我提出的离婚的事,对他无异于晴天霹雳。我说服不了他,他也觉得无法再说转我,于是就只有拿出剃头刀子来。

我和父亲都搞错了,法院里欢迎自行销案,却不发还诉状,要存档的。父亲看着人家注销了案子,才咂着舌头走出门,他想死时做蒙脸的纸是得不到了。

49

回到学校,已经放晚学了。
　　田芳一眼就看出我的神色不好。晚饭后,我和她顺着小河弯曲的河岸溜达。夕阳涂金,河岸边齐膝高的麦苗,绿茸茸的稻秧,叶儿上闪着晚霞的金光。散落在麦田里的桃树,毛桃儿结得蒜瓣儿似的,招人喜欢,我的心里却泛不起诗意来。
　　"老人来,出了什么事呀?"她着急了,"你说呀!我也好帮你出个主意。"
　　我说不出口。
　　"你觉得不好说的事,就不要说了。"她很贤明地说,"我只是劝你一句,无论什么事,都想得开一点,不要愁眉愁眼的。新社会了,还能有多大的事呢?"
　　她显然没有料到我的困难的严重性。这种局面,迟早要让她知道,再为难也不能不说清楚。我终于向她叙说了今天父亲来的举动。
　　"哈呀!这么点事,就压得你抬不起头来了?"她撇撇嘴笑笑,嘴角荡出一缕不在乎的神气说,"老封建家长都是这一套办法!我要跟大张村解除婚约,我爸把铡刀提起来,先往我脖子上砍,我跑了。他又砍自个,我妈一拉,他就扔下了,谁也没砍!全是这一套……"
　　"我的父亲,跟一般庄稼人不一样。"我向她说明我父亲的心性和脾气,"那可不是吓人的。"
　　"动真格的也甭怕!"田芳说,"慢慢来。没有斗争,就没有自由。我来上学时,俺爸就是挡道。他料定我一上学,订下的婚事就毕咧。我跑到我姑家,要了一床被子,就上学来了。现在,我上学了,和大张村的包办婚姻也解决了。要是我无论在哪个节口上一退让,我就被大张村圈住了。"
　　"我爸的思想,特顽固!"我说,"我没见过他那样顽固的人。"
　　"慢慢来。"田芳说,"再顽固的人,经得多了,见得广了,会慢慢开窍的。"
　　"我想毕业以后,咱们就结婚。"我说,"我是一天……也离不得你……"
　　"你给我念过一句古诗,意思说只要俩人心心相印,在不在一块,没啥关系。"她盯着我的眼睛说,"那句诗怎么说?"
　　"'两情若是久长时,又岂在朝朝暮暮。'"我说了一遍,似乎觉得憋闷的心里透出一点松活的缝隙来,"我……像一只关在笼子里的鸟儿,好不容易飞到蓝天上去了,哪怕被雷电击死在空中,也不会自己重新钻进笼子去!"
　　"那你愁什么呢?"
　　"我只怕离开你,毕业后……"
　　"毕业了,分配了,都在本县,见面有多难呢?"
　　"我想天天见到你,永不分离!"

"你又来了……又岂在朝朝暮暮!"
……

父亲接连写来三封信,要我回家,而且要我至少每个月回一次家。我不能忍受了,我找到舅家,向我舅舅说明了原委,我已经向他作出了让步,如果他对我逼得太紧,我也可能拿起剃头刀子的;他的下一封逼我的信,可能就是我的蒙脸纸;他把我逼死了,那个媳妇也就不会在徐家门楼待下去了;把我逼死了,他可能在杨徐村更不好活人了!

舅舅是个胆小人,怕真的酿出人命来,劝了我,又立即跑到杨徐村去找我爸我妈,把我的话传过去……果然有效,父亲再没有来信催逼我回家。

僵局就这样保持着,谁也不退让,也不进攻。任何一方的进攻或退让都可能打破僵局,但谁也没有这样的表示。我相信我会撑到底的,甚至用年龄的优势来等待对方——父亲。一直到我在师范学校修业期满,甚至在我工作了两年的时间,这种僵局一直维持不动。

毕业离校的前一晚,我和田芳难分难离。我们坐在山门镇旁边的小河边的一棵大柳树下,有多少话要说呀,临了却什么也不想说,啰唆的嘱咐显得毫无必要,彼此完全已经心知了。一切最动人的语言都显得那么不精确,也缺乏力量,都不足以确切地表述我的依恋之情,一切依恋之情都融化在无声的信任之中了。初恋时的心的探询、如山瀑一样迸发的热烈的倾慕的话、颤抖着的感情的波浪,全都归于一种生死相依的明澈的无言状态里。她依偎着我,我偎依着她,亲吻是深沉而强烈的,却不像初恋时那么疯狂和如痴如醉,心的交流要比语言的交流准确得多。

我们挽着手,在河边的沙滩上漫无目的地走着;在沙滩的草地上坐下来,仰望星空,倾听河水在夜间发出的清脆的响声;感受大地在夜幕笼罩下的均匀迷人的呼吸……直到黎明的晨曦照亮秦岭群峰当中最高的那座峰巅的时候,我把一条精心写就的纸签送给她,那上面写着她喜欢的一句古词:两情若是久长时,又岂在朝朝暮暮。她送给我的,也是那一句古词,而且是用绿色的丝线绣扎在一块白布上的。那块白布中间,两颗重叠在一起的心的图饰,用的是红色的丝线扎成的。

有这样一件信物揣在我的怀里,父亲怎么能撑持得过我呢?

我没有料到,生活急骤发展的浪潮,一下子把我冲得丧魂落魄,完全隐入灭顶之灾……父亲竟然胜利了!

惑　惶

我成了"右派"。

详细告诉你我怎么当了"右派"的细枝末梢意思不大。不过，于今想起来我只觉得我当时太傻了！

仅仅只是因为一句话，我说了校长一句"好大喜功"的话，却付出了二十多年的代价——生命的代价呀！

我真是太傻了！那年暑假，县里把小学教师集中在县一中里"鸣放"时，当时报纸上已经对"右派"进行反击了，我是抱着反击"右派"的决心去参战的，结果自己被弄成了"右派"。

我们学校新提拔的校长，就是我在师范进修时的同班同学刘建国，我俩一同分配到县西的牛王砭小学，他在速成二班当班长时，已经是学校里为数不多的几个学生党员之一。毕业后工作了一年就转正为正式党员了，第二年就提拔为牛王砭小学的校长。他鼓励我要大鸣大放，要起带头作用。我很信任他，不仅因为他是我的老同学，重要的是他是我的入党介绍人。我经他介绍，已经获得通过，正在预备期经受考验，他的话我是完全信赖不疑的。我除了猛烈地反击储安平对新社会的污蔑之外，对改进我们学校的工作也鸣放了一些意见，说校长刘建国有些好大喜功的话，就是那些意见中最尖锐的一条，祸就从此惹下了。

我现在也搞不清这是不是刘建国对我设下的圈套？他当时鼓励我"鸣放"是十分真诚的。说我们不仅是老同学，而且是在同一个岗位上战斗，应该把珍贵的礼物——意见，直言不讳地讲出来，帮助他改进牛王砭小学的领导工作，这不仅是老同学的关系，而且是对我的重要考验。我信下了。我和他在速成二班进修时，同学们对他在政治上的坚定、工作上的积极表现，没有不佩服的，只是有点好大喜功，这影响了他在同学中的威信。到牛王砭小学工作以后，尤其是在他当了校长以后的半年中，教师们私下的议论就很明显了，主要还是这一点毛病。我曾经不止一次在和他的闲聊中给他提示过，他也不反感。可是，当我在"鸣放"大会上正式当作一条意见讲出来以后，居然变成了"攻击党的领导"！

刘建国找我谈话，说他冒着风险替我辩解，领导小组才将我定为"中右"，要是搁在其他人身上，有十个我就会定成十个"极右"了。我没有被发落到农场去劳改，而是仍回原单位接受监督改造。

我重新回到牛王砭小学的时候，这所我十分喜欢的小学对我来说变得陌生了。我的预备党员被取消了。我也不能再任高年级毕业班的班主任，而是代一些"地理""自然常识"之类的副课。没有多久，任何课也不能代了，让我打铃、烧开水、扫院子，我完全变成工友了。

世界上的许多事，都是第一次留给人的印象最深刻，三五次以至数年累月以后，就习以为常了。我第一次牵着麻绳撞击吊在学校院中那棵槐树上的铜铃的时候,看着一个个男女教师走出办公室,端着教案和粉笔盒走向教室的时候,我想应该立即去自杀!当工友还有一件重要职责,每天给校长和教务主任送三次开水,教员们的开水是自己到开水房里去打。我第一次给校长刘建国送开水的时候,提着水壶,站在门外,又想到了自杀!我硬着头皮推开门,他从办公桌上拧过头来,也有点不好意思,慌忙站起,接住我的水壶,说:"我的水……你甭送了!"我的心里感到一种被人了解的委屈,真想痛哭一场。当我再送去开水的时候,我也自然了,他也自然了,随后就一切都习以为常了,甚至我推开门,放下水壶,直到走出门,他连头都不抬起来。

小学校设备简陋,没有餐厅。我打过吃饭的铃声,教员们就到小灶房里买了饭,围成一个圆圈,蹲在院子里吃饭。这个时候,是学校里教师们之间最活跃的时刻,一边吃一边聊,聊得净是各班学生中的洋相和趣闻。我没有勇气再和大家蹲到一起去度过这轻松愉快的时刻,我总是等那些熟悉的说笑的声音消失以后,才拉开门,端上碗,到小灶房里去吃最后一份饭,好在炊事员杨师傅总不会忘记我。当我端着已经不那么热乎的饭菜走回自己的住屋的时候,我又想到了应该自杀!

我能得到的唯一安慰,是田芳留给我的那件信物。我晚上打过熄灯铃之后,躺在我的小住房里,趴在枕头上,就摸出那个绣扎着那句动人心魄的古词的白布,眼泪就涌流出来,滴在那两颗重叠着偎依着的心的图案上。

我们最后一次见面,是在县一中的"鸣放"会期间,那是我们毕业以后的又一次难得相聚的机会。后来,当我被宣布为"中右"时,她的惊恐并不在我之下。那天晚上,我被监护着,无法与她相会。我想立即向她诉说这一切变化的由来,心情十分迫切,却不能单独自由来去了。直到"鸣放"会结束那天,她来到我们小组住宿的地方,帮助我捆被子,却不说话,我看见一滴一滴的泪水滴在捆扎被子的白色线绳上。捆完之后,我没有勇气看她一眼,低着头,懊丧地等待她开口。她没有告别,就走了,当我抬起头来,只看见她闪出门口时的一个背影。

当我回到学校,打开被子,发现有一张小纸条:

  我真想打你……你太叫人想不到了!
  我永远等你!

我真希望她抽打我,不是用手,而是用皮绳或者木棍,狠狠地抽打我,我在这亲人的抽打中才能得到一点负罪的解脱。

我天不明就爬起来扫地,而且尽量不扫出声响,以免惊醒正在酣睡的教师。我一天不是三次而是不计次数地给主任和校长打水，接着给所有教师都送水到房间。我打扫了院子，又自动去打扫厕所，教员厕所和学生厕所。我捡来好多烂砖头，把小灶房和走道之间的泥路铺起来，使教师们下雨天来打饭时不踩泥水。我烧完开水，就捡尚未烧尽的煤渣儿，节约开支。我帮炊事员杨师傅洗菜、刷锅。总之，从天不明爬起来到打过熄灯就寝的铃声，我不使自己有一刻钟的闲歇时间。我想向全校一切人，校长、教导主任、男女教员、学生以及炊事员，用我的不懈的努力，证明我改造的诚心。我的老同学刘校长给我谈过，要认真改造，争取重新做人。我要用诚恳的行为，赎回我的原罪。我渴望重新做一个人的心情越强烈，我表现出来的改造的心意就越诚恳。我甚至觉得这个六七百名师生的学校里的杂务太少了，不够我表现。

过了一年，没有人找我谈一谈我改造得怎样了？我有点急，又不敢流露出来。这天，刘建国把我叫到他的房里，对我说：

"你这一年的表现不错，同志们反映好。"

我的心怦怦直跳，做人的出头之日到来了吗？我按捺不住激动的心情，向他做出一个感激涕零的笑，却说不出话来。

"你的行动表现了你的决心。"刘建国说，"可你心里怎么想的呢？你应该向党表示一下。"

我的心又慌乱了，行动和内心难道不一致吗？我忙说："什么时候表决心呢？"

我知道，这个时候，社会上已掀起一个"向党交红心"的运动，学校里早已刷上大红标语了。教师们每天下午开会，向党交心，我没有资格参加会议，只是埋头杂务。刘建国校长让我向党交心，我终于有了一个向全体教师剖白自己的机会。我一夜没有睡好觉，把那个发言稿看了一遍又一遍。我一定要把自己的错误思想深刻地自我批判，争取早日拿起象征着人的标志的教案本来。

第二天下午，当我把自己狠狠地批了一通，狠得我痛哭起来的时候，我觉得我的确轻松了一下。紧接着是大家的评议，第一个人的发言之后，我就没有眼泪可流了，随之而起的争先恐后的发言，一个比一个激烈。没有一个人提及我做了许多不属于我做的事，没有一个人说我表现过哪怕是一分的改造的诚意，而是对我说过的那句反党言论——好大喜功的话，重新进行批判，甚至比"鸣放"会上定我"中右"时的气氛还要严厉，火力还要猛烈。有人在分析我的反动言论的根源时，说我本身就是一个不纯洁分子，生活作风有问题……

我彻底垮台了。我回到自己的小房子里，一头就栽倒了。我又犯了一个错误，把自己的罪行看得太轻松了，尤其是把时间的概念完全弄错了。想重新做人，远得看不到头哩！我浑身没有一丝儿劲了。人的绝望，就产生于这种迷茫之中。我坚决自杀！

打过熄灯铃儿,我插了门,第一件事就是给田芳写信。我拨开毛笔帽儿,在红格白纸上写下一个"芳"字的时候,眼泪就糊住了眼睛。我听见敲门声,慌忙收拾了纸笔,拉开门扣儿,门外站着刘建国校长。

这是他第一次走进我的"工友室",坐在一把椅子上,很关切地问:"思想压力很大吧?"

我抬起头,看见他很诚恳的关切人的脸色,不过,我觉得实际上已经没有压力了。当我一心想通过无休止的劳作来争得重新做人的权利的时候,我的心头压力很沉重;当我从"交红心"会上走回小房子,觉得永远也难有出头之日的时候,就绝望了;绝望了,反倒没有压力了。我苦笑一下,垂下头。

"同志们的分析,不是完全合乎实际。"刘建国说,"关键是你应该有一个正确态度,有则改之,无则加勉。"

我没有抬起头,又苦笑一下,我该怎样做到"无则加勉"这样纯正的心理修养的境界呢?我现在希望他走开,不要跟我谈话。我要处理我急切处理的事,给田芳写信。我应酬说:"我明白。"

"明白了就好,你明天继续'向党交红心'。"他说。

"还……"我猛然仰起头,还没完呀?我只说这就完了,明天还要……我说,"我今天讲了我心里话,明天还讲什么呢?我把自己心里的话都交出来了……"

"同志们不满意啊!意见很大咧!"他用一种假借的口吻说,"比如你的婚姻问题,好多人议论纷纷,你……"

"这与我的罪有啥相干呢?"我打断他的话,"我是包办婚姻,婚姻法上规定过的不合理婚姻。我在师范进修时,你完全了解情况,你当时也支持我离婚……"

"情况在不断地发展变化嘛!"刘建国说,"同志们现在认为你不仅政治上反动,生活作风也有问题,看来任何事情都不是孤立的。生活作风的腐化,必然导致政治上的……你应该在明天'交红心'时,深刻地挖一挖思想根子……"

"怎么能说成生活作风腐化呢?"我说,"田芳,我和她的关系好,可俺们没有……越轨的行为。再说,田芳也是贫农的女儿,她怎么会将我腐化了!我搞不清了。"

"你不了解她。"刘建国说,"这个人,有很多优点,也比较轻浮。她向我……我拒绝了!后来,在她入团时,我到她村里去了解情况,党支部介绍说,她爸旧社会在西安混荡,收拾下一个没来历的女人,有人说是……窑子!"

我的天啊!田芳的母亲有人说是窑子,田芳被刘建国看成了轻浮的女子,于是就将我腐化成反党的右派了!难道就是要我明天在"交红心"会上这样去揭根子吗?我忽然记起,田芳当着我的面,焚烧刘建国的第五封求爱信的情景。谁更可靠呢?

刘建国走了以后,我再次插上门,掀开墨盒,拿起毛笔。坚决割断和田芳的关系,越早越快越好。我无出头之日的指望,田芳不能真的等我一辈子。我知道,任何劝解她的道理都无济于事,只会招来她对我的更深的依恋。必须找到最狠毒的恶言秽语,骂她一个狗血喷头,才能遏止她朝我跳动的心。我找不出这样一个词来,我想给她安一个不好的毛病也找不到。我忽然想到刘建国刚才的话,只有他才能想到的话,此刻帮了我的忙。我咬着牙,大约把嘴唇都咬破了,血滴在信纸上,却没有感觉到疼痛,信纸上留下一行罪恶的墨迹:

"你妈是个窑姐,你把资产阶级思想传给我,将我腐化了……"

第二天,在又一次"交红心"会上,我只是机械地重复着一句话:"我没有红心。我是颗黑心,反党的狼心狗肺,请大家批判我……"我成了一截没有知觉的木桩,任凭四方的污言秽语朝我脸上泼来,而于心不惊了。

这天晚上,我用一条捆书的细绳合了几股,使它可以负起我的重量,挂上了房梁,在我把头伸进去的时候,心里竟是安详的。当田芳接到我的信时,也许同时就听到了我的死讯,她会憎恨我;憎恨我,比恋着我好;于她也好。

我没有死。当我恢复知觉时,才知道把我从另一个世界拉回这个世界的人,竟然又是刘建国。他是一个细心的人、成熟的人,早已看出我"神色反常",悄悄地防着我了。我不想感激这位救命恩人,倒憎恶他了。

死讯惊动了几十里外的父亲,他惊慌失措地赶到牛王砭小学里来了,一来,先抽了我两个耳光……

这下该信我的话了

父亲推开门,在门口站住了。

我正坐在桌前,抬起头,看见父亲苍白的鬓发,惊急气恨的眼色,就慌忙站起来,去找椅子。我的房子,变成学校的小库房了。办公桌上堆满一摞摞教案本和剩下的课本,垒着粉笔盒子,墙角堆着一捆稻黍笤帚和葛藤编成的簸箕,地上放着两只木箱,装着篮球、杠铃、跳绳一类体育用具,那把椅子上,也搁着前几天刚购置回来的羽毛球拍和跳棋盒儿。整个小房子里,只有我栖身的一块窄窄的床和一把坏腿椅子闲着。我想把那稍好点的椅子腾下来,刚走出一步,父亲的巴掌就抽到我的脸上了——

"啪!啪!"连续两下。

父亲第三次举起巴掌的时候,被陪着他走进门来的刘建国校长拉住了。他按着他的肩膀,使盛怒的父亲在那把坏腿儿椅子上坐下。他说了一席安慰父亲也安慰我的话,就走出门去了。

我在凌乱得像个狗窝的床铺边坐着,垂下头,挨过抽打的脸颊烧辣辣的。我没有料到父亲会以耳光和我见面,却也没有惊慌失措。我第一眼看见他从门口走进来,真慌乱得不知如何是好,该怎么向他说明白我的处境,这一切的由来?他的两巴掌打过之后,我的心反倒安静了,不必再向他作任何解释了。我的父亲,在我的记忆中,很少对我表示过亲昵,微笑都稀少得像旱季的雨星儿,更没有通常家庭里父子间的嘻嘻哈哈了。然而他也没有动过拳脚,没有像一般粗庄稼汉和儿女们亲近时没大没小,生气时又动手动脚,骂出一串串秽言污语。他不苟言笑,也不打骂,常是冷着脸教给我怎么说话和待人。今天,他抽我耳光了,两下。

我坐着,低垂着脑袋,我成了右派,成了打杂的工友,我刚刚被旁人从房梁上的绳套里救下来……我开不得口。父亲也没有开口。我能听见他很粗的喘气声。

父亲端坐在椅子上,没有问我为啥上吊,也没有劝解,用压抑着的口气说:"你把我写给你的那两字拿出来。"

慎独!我到师范学校去进修的前一晚,父亲临行时写下的嘱言,我后来当作可笑的废物焚烧了。现在想到这个嘱言,我的心猛然一震,更加抬不起头来,就支吾说:"毕业时……弄丢了……"

"丢了!哼!丢了!"父亲悻悻地自问自答,"这下你该明白那两字的意思了!"

我早就明白那两字的意思,要谨慎,尤其是单身独处时,一切都要慎重,时时刻刻都要谨慎从事,包括言,也包括行。我的名字是父亲给起的,慎行就是这意思;我弟弟的名字也是父亲给起的,叫慎言,还是这意思。我在进入师范学校进修以后,父亲自幼给我心理上设起的防护堤,被新的生活的浪潮一截一截冲垮了。我既不慎言,也不慎行了。老师和同学们都说我从封建桎梏下脱胎成一个活泼泼的新人了。现在,父亲以毫不疑惑的语气说的话,证明了他的正确和我的失败。叫我想,他此刻有更多的话可以说了。譬如说,如果在说话时慎重地考虑一番,什么话该说,什么话不该说,那么今天就不会是这样的局面了。如果在决定给新任的刘校长提意见之前,慎重地考虑一下这种行动的不好的后果,那么,今天也就不会落入这种尴尬的局面。如果……那么……父亲完全可以以胜利者的姿态教训我;如果把我的话在心里稍微当一点子事儿,那么也就不会自寻苦吃了。我想,父亲一定想这样说,也完全可以这样说,可他没有这样说,只是问他写下的"慎独"的嘱言,让我自己去想想。

"病从口入,祸从口出。"父亲沉吟着,"谁都明白这道理,谁也难身体力行。图得一时馋嘴而染病,图得一时畅快而招祸……"

我心里痛苦极了,自从遭祸以来,我耳朵里灌进的全是严厉的批判反驳的正言义辞,没有一个人解析我的提意见的真实动机。现在,父亲用他的处世哲学来替我刨根溯源时,我仍然不能服气,心里有一个可怜的声音在叫着"冤枉"。我对父亲说:"'鸣放'会上,县长、教育局长,都到会上来作报告,动员我们要'大鸣大放','帮助党整风','是每个党员和干部的革命责任心强不强的大问题'。我是人民教员,革命干部,又是预备党员,怎能不听党的话呢?我……"我又说不清了。

"我一辈子只求自己善处独身,不问人过。"父亲说,"我管不了别人,哪怕男盗女娼,我也无力管约。我只求自己做一个正人君子……"

"党章上批评的就是这样的思想。"我不能同意父亲的话,抱屈地说,"党要求每个党员要开展积极的思想斗争,不能只是洁身自好。我是预备党员,我听党的话……"

"这个话你该问自己,怎么回事?"父亲并不觉得我有什么委屈,反而直挖我的心底,"我不是预备党员,不懂党的规矩;你是,你也懂,你说为啥?"

我说不清为啥。我虔诚地拥护"大鸣大放"和"反右派斗争",却没有想到自己会是一个"右派"。我自己成了"右派",也没有丝毫的异议怀疑反右斗争的偏颇。这样,我处于痛苦之中。即使处于痛苦之中,也不能重新接受早已听得心烦耳腻的父亲的处世哲学,那已经从我心里被荡除出去的陈腐发霉的东西了。但是,不管造成我的这种结局和处境的原因如何解释,而结论却正好证明了父亲的正确。

"我也不想再说这事了,说也迟了,无用了,于事无补了。"父亲此刻平静下来,一种世故的平静,"我想过了,君子不吃后悔药。你也甭太难过,不能做先生,那就当农夫。回乡务农,自食其力。'人到无求品自高'哇!"

我苦笑一下,告诉他,新社会的人民教师,是有组织性的,不像旧社会做私塾先生,愿意受聘即去,不愿受聘就不干,一切要听从教育局的调拨安排。

"那么,现在安排你做什么事?"

"打铃,扫地……"

"打铃扫地就打铃扫地,总没判你死刑吧?"父亲倒显得不大在乎,"你愿意打铃扫地就在学校打铃扫地,不愿意打铃扫地了回家去务农。你要再想死,先给我招呼一声,让我跟你娘先死,你把俩老人埋葬了,再死不迟。让我跟你娘给你抬棺下葬,你良心上能过得去?"

我的心里阵阵发酸,终于忍不住,哭出声来。我们父子间平时很少这类骨肉情长的交谈。我看见了他的白发,他的苍老的脸,虽然像过去一样严峻而死板,毕竟因为垂暮的神色令我醒悟出自己的家庭责任了。我真想放声痛哭一场,无遮无掩,痛痛快快地放开喉咙大哭一场。

"我没有力气来搬你的尸首了。"父亲淌着泪,却说着这样凄惨绝情的话,"我也不会让杨徐村的乡亲来搬尸。你日后怎样活人,自己想想吧!我的话你不听,'子大不由父'。我也管不上了!"

他要走,我也没有实心挽留。我在学校的这种低下的处境,他也没有脸面再待下去。我送他走上那条爬上东塬的官路时,看着他拄着一根粗劣的手杖——实际是一根树枝——缓缓走去的步态,我可怜起他来了,狠狠地捶打自己的胸脯。我落到一种怎样的地步?学校里把我当作不忠诚分子,父亲也把我当作叛逆者,我算一个什么东西呢?

晚饭以后,校园里呈现出一种松懈下来的恬静的气氛,教师们有的提着水壶,懒洋洋地迈着步子到水房里去打水,或泡茶喝,或羼成温水擦身,再不像上课时那匆匆急急的样子了。有的教师在槐树底下下象棋,有的在井台上洗衣服,谁的舒悦的笛声在一排排教室之间缭绕。我关好开水炉,就提上铁锨和扫帚,去打扫厕所,这是清除师生们排泄物的最佳时间。

"徐慎行,你出来!"

天哪!田芳在喊我!我手中正在便池里掏挖的铁锨掉在地上,眼前一黑,我差点跌到屎尿池子里去了。我跌靠在墙上,那炸雷一样轰击我耳膜的余音还在回荡,心儿慌乱不止,我几乎被震昏了。

"徐慎行,你出来——"

我无处躲,又无处逃,从再次响起的声音判断,她就堵在男厕所的门口。我自发出那封臭骂她的信以后,就没有再想过还会和她相见,偶然的相遇也许不能排除,有意找我的事,大大出乎我的预料,我捂着良心和为人的道德,向她脸上泼去了多么脏的东西!我无脸见她,也不想再作解释。我要她永远恨我,甚至鄙视我,都比依恋我要好……我惶惶然从厕所门里走出来,做好了挨耳光的精神准备。

我一走出厕所门,就看见一双愤怒的火燃烧得痛苦不堪的眼睛,我立即低下头,再不敢看了。她在看见我的最初一瞬,身子微微颤抖了一下。不容我多想,我就听见一声吓人的呵斥:

"我要批判你!到这边来……"

她的非常举动使我忐忑不安,她要批判我?我当了"右派"也有一段时间了,她现在才想起来要批判我?我机械地走到那个小花坛前头,随她站住了。这是学校里最显眼的地方,房檐下的墙壁上挂着一只大钟,下面写着四个仿宋红字:按时到校。有几个教师站在远处看着。

"徐慎行,你身为人民教师,预备党员,恶毒反党,攻击社会主义,我坚决要批判你……"

她站在那里,离我有两米远的地方,一本正经地对我进行面对面的批判。我垂下手,低着头,不做任何表示。我听见从两边纷至沓来的脚步声,好多教师围过来看热闹了。

"你想自绝于人民,愚蠢透顶!党和人民花了多大代价培养了你,你不知向人民向党报答恩情,反而反党、自杀,你的良心何在?"

我的心在颤抖,头上冒出汗来,这些司空听惯的批判语言,今天由她亲口说出来,我痛苦极了,惭愧极了!周围已经围了许多教师,凡是闻听消息的人,都来看热闹了。我不知道校长刘建国在不在场,我没有抬头的勇气。

"你不服气吗?说你反党,你不服气,用自杀来威胁别人,谁吃你那一套!你要明白,党不是抽象的存在,在学校,代表党的就是校长,你恶毒攻击校长,就是反党……"

"田芳,你啥时间来的?"我听见刘建国校长的声音,稍抬一下头,就看见他走到田芳跟前,一副老同学间热诚的口气,"你胡来啥哩!走,快到我房里坐……"

"我是专门来批判他的坏思想的。"田芳说,"我和你是老同学,和他也是老同学。他和你分配在牛王砭小学,不协助你好好工作,反而攻击党!我看哪,他这个家伙纯粹是想往上爬!借着整党之机,攻击你,自己再爬得高些……"

我的天哪!我想爬高吗?我想借着整风弄倒别人自己往上爬吗?我明白我有许多毛病,却还没有如此恶劣!

"哦!你的心情可以理解……"刘建国说。

"你多虚伪啊!"田芳指着我说,不听刘建国的劝解,而且气更足了,"我们同学两年,我怎么当时就没有发觉呢?你假装积极,实际是想往上爬,不惜攻击同志和领导,踏着别人爬上去,你多虚伪啊!你……速成二班出了你这个右派伪君子,是全班同学的耻辱……"

"行啦行啦!田芳,"我听见刘建国的声音,似乎有点尴尬,不自然,"走吧走吧!到我房里坐坐。"

"我要赶回学校去,没时间坐了。"田芳说,"我以速成二班同学的名义警告你,老老实实交代,老老实实改造,老老实实做人!历史从来不包庇虚伪的人……"

她走了。我听见她的脚步声朝门口走去,才敢抬起头来,她又回过头,给刘建国说:"我一有空儿,就来批判他!"说罢,昂起头,走出学校大门去了。

我一回头,看见刘建国有点发黄的脸色,眼里罩着一层憎恨的气色,气呼呼地走了。那些围观的教师们,有的莫名其妙,有的在神秘地交头接耳,不光是在嘲笑我吧?

我又走回男厕所,抓过锨把儿,心里豁然开朗,似乎此刻才完全醒悟,她是在旁敲侧击,痛骂的并不是我。骂我批判我,用不上伪君子这个名词。对这个名词更敏感的人,应该是他——刘建国校长。我竟然有一种从未有过的痛快,好像我骂了我想骂的人一样解气、痛快。我的胳膊上陡然涨起力气来,戳得那装着屎尿的便池"哐啷哐啷"响……

大约过了十天,她又来了,故伎重演。这次她来时,我正在房子里躺着。她在门外叫我的名字,大喊大叫要我"接受批判"。我慌忙跑出来,又站到挂钟下的小花园旁边。她又把我狠狠地批判一番,痛骂一番,挖苦讽刺,比第一次更尖酸了。我低着头,听着她的连挖带损的话,心里舒服极了。

刘建国这回也不客气了:"你不能随便来批判人呀!要批也得通过组织……"

"我一看见这个虚伪的家伙,眼都黑了!连组织手续也忘了……对不起!"

她走了,没有去刘建国的房子办组织手续,也没有进我的房子,径自走了。

她又来了两次,几乎所有教师都知道她举动中的真实含义,刘建国更是恼恨。这样下去,又怎么办呢?她第五次来的时候,我在房子里听见她叫我的声音,便从后窗跳出去,逃走了。

她再没有来。

自觉进入

我收到田芳一封信。她只字不提她几次赶到牛王砭小学来批判我的事,既不解释这种举动的真实动机,也不询问后来产生的效果,纯粹是对于我的那封恶毒地骂她的信的答复。

她在信中说,如果不是信的末尾附着我的名字,她会百分之百地判断成刘建国写的呢!在她拒绝了刘建国的求爱信以后,刘建国就说过一句类似的话。狐狸吃不着葡萄,就说葡萄是酸的,甚至说葡萄的祖宗更酸。她不计较我,是因为她认为那恶毒的信并非我的真心……

我实在忍受不了这种感情的折磨。我应该立即奔到她的面前,跪下,说明我的真心,让她抽我,打我。我抓着信纸,贴在脸上,像贴着她的手,饮泣不止。我流够了眼泪,冷静一点之后,我就给她写回信了。

我写道,我仍然坚持前信的看法,解释也没用。而且宣布,从今往后,我再也不写回信,不看来信,接到即付之一炬;我再不和她见面,一切都到此为止……

不要骂我心硬吧!我成了什么人?简直不是人了呀!我怎么能牵连着她跟着我受苦?只有用最冷酷的斧头砍断俩人的纽带,除此无法使她和我的心分开。我只能这样做。

她又来过几封信,我咬着牙扔进烧水的炉膛里,连拆也不拆开。她后来又找我两次,我仍是从后窗逃避了……我相信我的举动是为着她好。

她到牛王砭小学来批判我的行动,完全撕开了我和刘建国之间的那一层老同学的关系。即使我当了"右派",刘建国表面上仍然是关心我的,他说,要不是他关照,我不会定为"中右",早该定成"右派",发落到农场去劳改了。他说,他并不在意我当众说他"好大喜功"的话,只是我的话说得不是时候,在右派猖狂向党进攻的时候,我的话正投合了右派的需要,性质上就变成右派反党大合唱的一个音符了,并不是对他刘建国本人的威信有何伤害……我最初相信这些话,也相信刘建国,即使我当了右派,我也相信他说的主要是在非常的背景下说了不合适的话。现在,自从田芳来过几次以后,刘建国再也不对我说什么了,他冷着面孔在院子里喊:"怎么搞的?院子脏成这样?"那无疑是在大庭广众之下谴责我没有尽到扫地的义务。

他对我给他每天送水再也不觉得不好意思,甚至连头也不从报纸上抬起来。

每月一次的改造汇报,他都亲自主持,在全体教师面前,我把自己骂一通,让教师们再批判。尽管我觉得那些污水脏物是自己吐到自个脸上的,教师中有几位总是还嫌我吐得少。刘建国过去还要肯定我一点进步,越到后来,反倒一丁点儿也不肯定了,总是强调我思想深处的东西尚没有触动。我已经从记不清多少次的改造检查中得出一个结论,真诚的检讨和应付差事的检讨得到的实际效果是一样的。你真诚地批判自己,他说你没有"触动思想根子";你应付差事地乱骂自己一通,他照样说你没有"触动思想深处的肮脏东西"。我索性不再伤脑筋了,居然也能做到面对众人检讨时"脸不改色心不跳"了。

我烧水,打铃,扫地,打扫厕所,替炊事员杨师傅烧火,择菜,洗锅刷碗。我与任何人都不主动说话,而当别人问我一句话时,我竟然感到一种荣幸,似乎我的身价也提高了。久而久之,我完全接受了"右派"的既成事实,自己也没有一丝信心把自己当人看了。过去,有的学生骂我一声"右派",我心里忐忑一下,现在已经于心不惊了,甚至莫名其妙地对喊着"右派"的学生笑一笑,讨好似的笑一笑。

和我接触得最多的是炊事员杨师傅。本来,帮他添煤看火,洗锅刷碗,是我为了表示改造的诚意而主动承担的额外的事,时日一长,他倒把我当成半个炊事员了。活儿稍一紧,他就叫我,甚至骂骂咧咧地在院子里喊:"徐慎行,你狗日的钻到老鼠窟窿去了吗?火灭咧!"或者是:"徐右派,没水咧!你不绞水,挠去了吗?"我一听见他的喊声,就去烧火,就去井台上绞水。我也不恼,也不说明我正在忙着其他活儿,好像我真躲到老鼠洞里偷闲,或者是在做下流的事——挠去了。

他也有对我好的时候,那往往是他受了校长的批评的时候,就会对我十分诚恳,把两倍于定量的饭菜塞到我面前,赌气地说:"吃!不吃白不吃!你不吃,指望刘建国那个杂种说你的好话吗?妄想!甭那么不顾死活地干!你指望刘建国给你说好话,摘帽子吗?妄想!那个杂种没有人的心肝!狼心狗肺!你怕他,我不怕他……"

他有时对我又十分恶劣,那往往是他受了刘校长表扬的时候,就会对我瞪起三棱子眼睛:"你狗日的一天磨磨蹭蹭的,不好好改造,你死到阴司也不是个好鬼!人家刘校长跟你是同班同学,瞧人家而今在啥位位上敬着?你而今在啥洞儿里蜷着?共产党是人民的大救星,你敢反党,真没看出,你后脑勺上长了一根反骨……"

然而更多的是他既没受到刘建国的批评也没受到表扬的时间,他就一边揉着面团,一边斜着眼儿,说着损我的话。他一个人做饭,许是太寂寞。教师们一般不屑于和他有过多的交往,没有共同的语言。他于是就把我当作开心的对象:"徐慎行,听说你的本事很大的咧!能写能画,吹拉弹唱,是个全才咧!听说你能倒背《论语》,学问深沉咧!你没事干了,挠挠去嘛!怎么就要长嘴长舌地提意见?这下倒好!放着人民教师的位位不能坐,跟我这号下苦人烧锅燎灶,侍候人家。本来该着我这号受苦人侍候你哩!"

他有时又显出很下流的样子:"你这家伙艳福不小哩!那个装模作样来批判你的女先生,长得多疼人哪!听说你跟她念书时,'咕咚'在一搭?嗨!你实话说,你跟她×来没有!哈呵!甭脸红哇!只要摸她一把奶,死了也值了!"

我要是不能忍受而抽身走掉,他就会大喊大叫:"这贼驴日的右派又钻到哪达去了?不看看火都灭咧!真是顽固……"

我索性不说话。无论他骂,他损,我都权当是狗放屁。我最怯火的,是他到刘校长面前对我的揭发。刘校长经常通过他了解我的言行。祸从口出,我记下了这个千古名言。时日一长,我甚至能对着他骂我损我的脸孔傻傻地笑笑,讨好地笑笑。

我的妻子的变化更富于戏剧性。

我自那年暑假成了右派,就没有回家去过。我怕见父亲,怕见杨徐村的父老兄弟,尤其怕见我的妻子淑娥。我不知该怎么办,和田芳断绝了,我更愿意孤身独处。在这种情况下,我觉得最难处理的关系是她。离婚吧,我正是政治上遭难的时候。回去与她凑合着过吧,我心里觉得自己太下贱了,连个人味儿也没有了。

寒假里,我没处去了,想在学校待着,刘建国安排了轮流护校的人员,居然没有我,更不容许我整个一个假期都待在学校了。他不放心我,怕我纵火或爆炸吧?我在寒冷的腊月里,回到了有点陌生的家乡杨徐村。

村子里的临着街巷的墙壁上,有用白灰刷写的大幅标语:"社会主义好","保卫社会主义江山,反击右派进攻"。我几乎再不敢东张西望,低着头溜进了自己的门楼。

我踏进院子,听见小灶房里有"啪嗒啪嗒"的风箱声。我的妻子淑娥大约听见脚步响,从小灶房里探出头,看见我,站直了身子,问:"你找谁?"

她装作不认识我了。我也不知该怎么对付这种局面,避开她的恶狠狠的眼光,径直往里走。

"噢!这是有名有望的徐老先生的好儿子呀!我这笨人笨眼,倒认不得了!"她在灶房门口拍打着手,拍打着膝盖,大嘘小叹,揶揄着说,"听说你干阔了,从左派升成右派了!真气魄呀!给徐家争下光了!"

我的心像是给扎了一锥子,疼得几乎窒息了。我走进自己的住房,瘫痪似的跌坐在椅子上,脑子里麻木了。

她又赶进房里来,手叉在腰里,站在门口,嘲弄地撇着厚厚的嘴唇:"你怎么一个人回来了?你的白毛女呢?那个野婆娘呢?"

"你……"我的血一下子冲到脑顶,呼地站起,拳头捶在桌子上,"你再……胡说一句!"

"在我面前凶,算啥本事?"她根本不怕,反而挺挺腰,"有本事在学校里发凶去!"

我想到我在学校的屈辱,顿然软了,坐了下来。

"你的右派,也不是我给定的,在我跟前凶啥呀!"她得势了,"你压迫了我整十年,欺侮了我整十年,我低声下气跟你快十年了!够了!你而今落下个大右派,跑回老窝儿来了,要是不当右派,你还是钻在野窝儿不回来……"

"那……"我说,"你也用不着这样。你不愿意了,随你的便!"

"离婚!"她随口说,"我找个农民,他也不弹嫌我人丑没文化。我早受够了,离!"

"好,既然离婚,再甭说了。"我说,"明天去办手续,各走各的。"

"谁不离就不是娘养的。"她跳起来,更加不可抑制,"我现在就去社主任那儿开介绍信!"

她走出门去了。

屋子里很静。父母亲不知做啥去了,屋里没人,我一个人坐在屋子里,开始抱怨父亲,如果当初不是他用剃头刀威胁,何至于此!这个张淑娥,过去像个绵软的蛾子,总是怯怯地看我,从来也没有高声说过一句气话,开口总是叫我"先生",像旧戏里的侍女一样低声下气地服侍我。现在,她变成一只凶恶的黑蛾了!扑拉着翅膀,大喊大叫着要和我离婚,从门口沿着街巷喊过去了!我想,这下子,杨徐村人都知道我们的家丑了。

父亲和母亲走进院子,脸色惊恐,问了我和她闹仗的原因,哀叹一声,也不再说谁是谁非,只是母亲连连挥手:"快去快去!把她拉回来。让她在街道里大喊大叫,打粪场上的人跟戏台下一样,真是丢尽人了……"

直到天黑,母亲也没能把她拉回来。她在粪场喊,说她坚决要离婚,随之又赶到社主任家,哭一阵子喊一阵子,说要是社主任不给她开离婚介绍信,她就不回家……

连续三天,她从早骂到晚,到社主任家要离婚介绍信。我的父亲是个好面皮的人,这下气得躺下了,茶饭不进。母亲跟前撑后,给儿媳妇说好话,劝解,急得都哭了,仍然不济事。俩老人惊叹:怎么也想不到腼腼腆腆的淑娥,一眨眼变成羞耻不顾的母老虎了。唉唉!

最后只得由我出面,去给社主任说话。我说了话,他才给她开了介绍信。

第二天一早,她洗脸梳头,催我到县法院去离婚。我心里冷冷地跟她上了路。

走进县城,走过一家饭馆,她说:"给我买饭,我饿了!"

我忽然有点难受,可怜起她来了。她跟我结婚十年了,这是第一次进饭馆吃饭。我忽然觉得我过去对她太……我买好饭,炒了几个小饭馆里最好的菜,从窗口取出来,放到桌子上。她倒神气,右腿压着左腿,二郎担山坐在桌旁,等着我端来菜又端来米饭,像是报复似的瞅着我:你来服侍一回我吧!

"给我取盐来!"她支使我。

我从另一张桌子上取来盐碟儿,给她。

吃罢饭,她率先走出去,我在后面跟着。走到县百货公司跟前,她走进去了,站在柜台前,对售货员说:"取一双雨鞋。"她试试大小,然后对我说:"开钱!"我连忙给售货员开了钱,心里不由得又酸酸地像潮起醋了,这是我跟她结婚以来第一次亲手给她买东西。

"走,你领路,"她出得门来,精神抖擞,"你认得法院的路。"

我走到法院门口,回头一看,不见她的影子。她大约是第一次进县城,该不是在大十字路口走错路了吧?我慌忙去找,跑遍了县城的东关西关,又跑了南关和北关,没见她的踪影。从午间找到午后,我的两腿酸困,只好往回走。走过十里平川,路经一条小河的时候,我在桥头上看见她冻得发紫的脸。

"你……"我站在她跟前,气呼呼地说不出话,"你……怎么在这儿?"

她缓缓地站起来:"我在这儿等你。"

我看见她的脸色不好,说话也柔气儿了,忙问:"你不是要我跟你到法院吗?"

"到法院做啥?"她装傻卖呆。

"离婚呀!"我说。

"离婚?我才不干那号傻事!"她说,"我要叫杨徐人都知道,我也敢离婚!这几年你要跟我离婚,女人们都下眼看我,说男人不要我了。现时,我也不要男人了!其实,我哪能真真儿去离婚哩!"

我一下子瘫坐在河边的枯草地上,她在村子大叫大喊,到社主任家大哭大闹,原来是为了挽回她的可怜的面子啊!

她哭了，用袖子揩揩眼泪，一甩头，就踏上了木板搭成的独木桥。

　　我从干枯的草地上站起，走过去，踏上小桥。冬日惨淡的夕阳的红光，在蓝色的河水里投下淡淡的血红……

我的那间小房子

　　牛王砭小学坐落在一道砭坡下，门前是一条小河，砭坡上排列着大大小小几十个村庄。缓坡上是纵横摆列着的极不规则的田地。陡坡上生长着一岁一枯荣的杂草酸枣棵子。那些随处可见的红石子堆砌的崩坎，一年四季都裸露着干燥的红色，令人看了难受。村庄周围那些低洼的土层厚而水分足的地方，一团团桃杏的花云，象征着这贫瘠砭坡地带四季中最轻松活泼的季节。冬天里有大雪降落的日子，这砭坡也会呈现出刚柔互济的气魄。顶入不得眼的是夏末秋初，一场旷日持久的干旱，把坡地上的草木渴死了，干枯了，树木早早落了叶子，玉米苗儿尚未抽出缨花来，就拔掉喂牛了。整个山坡上，像火烧火燎过一样，看去使人难受。

　　只有学校门前的这条河川，一年四季里都使人能感受到大自然的美的韵味。即使在干旱炙烤得砭坡上到处冒烟起火的焦灼时节，河川里也生机盎然。

　　一条条自流灌渠，把河水曲曲折折地引进玉米地、棉花田和瓜园里。一架架黄牛或青骡拉着的叮当叮当响着的解放式水车，把清凉的地下水车上来，灌进刚刚显旱的田地。

　　我常常打开后窗，坐在我的小房子里，看砭坡和河川四季景色的自然转换。

　　学校坐南向北，三排土木结构的房舍，用木椽裹打起来的黄土围墙上，春天有小草小蒿冒出来，入夏稍遇干旱，便率先枯死。校园里有粗大的洋槐，阴凉极厚，春五月的洋槐花香透校园的每一个角落，晚饭后常有教师在树荫里品茶或下棋。三排房舍，教室与教室之间夹着教师的寝室兼办公室，因为房舍欠少，皆是三人或四人一室，一人一张床、一张办公桌，中间只留一个走道出入。似乎没有谁嫌太挤，条件限制，只能如此。只有校长刘建国一人一室，因为是一校之长，负有某些秘密的工作责任的需要，大家也没有异议，也更不会说成特殊化。

　　我最初在后排的一间房子，因为是小学高年级的班主任，所以稍为优待，三人一室。低年级的老师和科任老师，一般是四人聚居。自从我当了右派以后，就搬出了那个三人一室的办公室，颇有点依依不舍。三人虽然拥挤点儿，因为脾气相投，处得挺和睦，早晨不怕睡过头，晚上熄灯后可以聊天听闲话，从来不觉得孤寂。

学校的东边,有一排坐东向西的小房子,不做教室,只让人住的小房间。南头两间是灶房,接着两间是水房,第五间就是我后来搬入的房子。第六间是原来的工友韩民民的住房,他因为我的替代而升为事务员了。最后一间是炊事员的住屋。

韩民民是从农村招聘的工友,只在扫盲班里粗识一些常用字,会拨算盘珠儿,人却极灵聪。除了打铃搞卫生,因为上级没有拨调专职事务员,每逢开学结业的大忙日子,常是韩民民帮助买课本以及教案、粉笔、墨水一类杂物。他最喜欢的是替校长刘建国传达开会或什么临时通知,到各个房子去说一遍。小伙子年轻,有点爱面子,常在上衣口袋里插两根钢笔,小分头,用水抿得熨熨帖帖,努力要把自己提高到一个教员的规格,而不致使人觉得他不过是勤杂工。我的落难,使他得到了做梦也想不到的天赐良机。我来打铃、烧水、扫地之后,他就成为专职事务员了。他住在隔壁,杂物却依旧堆在我住的房子里,不腾不挪,每逢给教员发教案、粉笔和笤帚,就到我住的房子里来拿。令我感到安慰的是,他尚相信我这个右派不会破坏公物,也不担心我偷盗。

"徐慎行!"他过去一直称我徐老师,说不上尊敬,这是学校里教师之间的习惯称呼。现在他直呼其名了,我也能想得通,"我在供销社把炭买好了,你去拉回来,这是票据。我还要去……"要去办的事自然很多,他很忙。

我就拉起那辆学校里甚为宝贵的架子车,从牛王砭供销社把炭拉回来。

每一次我做改造汇报的时候,第一个站起来说我交代不彻底的总是韩民民。他说某日某次我的铃儿晚打了整整一分钟,又说某日我打扫过的厕所里把脏物遗在了站台上,还有某一回的开水没有足滚。他是看见刘校长把鸡蛋冲成了一碗糊汤得到反证的,因为足滚的开水冲出的鸡蛋是呈絮状的。他的揭发往往使刘建国显出不耐烦,大约是他的讨好太显露,又在众人面前,而且讨好讨不到点上。不管怎样,我也无法记清某日某次的铃儿是否准时,水是不是足开,厕所里是否遗落下脏物,我都一律做出诚恳接受的姿态:我一定改正,欢迎大家监督……

出门干活,闭门思过,谁的房子我也不想去,怕因此而玷污别人,于自己也惹是生非。我关住门,躺在窄窄的床铺上,看吊着蛛网的顶棚,看房子里堆得满满的杂物,废弃的粗壮的麻拧的井绳、破了口的蔫瘪的篮球、散了架的克郎球盘、缺杆少珠儿的毛算盘,都从墙壁上、地角里、桌子下朝我瞪着可笑的眼睛。我初来时的寂寞,而今觉得这堆积有用和无用物品的小库房,是我借以安身立命的最恬静的角落了。

如果韩民民推门进来取什么东西,我立即从床上翻起来,站到地上,等着他取到东西走出门去,我再闭上门。他进这间小房,从来也不打招呼,推门而入,端直而出,如入无人之境,我也不觉得他对我有什么不恭。我有一条理由可以排解这种疑惑:房子本来就是韩民民的库房,他进自己的库房,自然不必敲门或打招呼这一套麻烦手续了。

我躺在床铺上,不由得思索回味我的父亲给我起下的这个名字:慎行,由此又联想到弟弟的名字慎言,以及父亲临别时嘱咐我的座右铭:慎独。言语和行为,在一个人单身独处的时候,应该慎而又慎,就是这个意思。这个意思,我只有现在才体味到它的颠扑不破的正确性。回想在师范学校的生活,我真有点不敢相信自己,我多么轻狂啊!想唱就唱,想说就说,想玩就玩个痛快,简直跟疯了一样啊!如果我当时起码在心里给父亲的嘱言保留下一个小小的角落,在"鸣放"会上有一点警策的作用,我就对自己的言论谨慎了,就不至于说出刘建国"好大喜功"的意见来,就不会有今天的这种蹲不下又站不直的难受处境了。

我如果彻底被打成右派,不是"中右",跟右派们一起劳改,也许猪崽不笑老鸦黑了。唯其因为我是"中右",比右派在性质上有轻重的差别,倒成了糟事,把我继续留在学校使用、改造,生活在许多好人中间,我就愈加顾影自怜了。我的体会是,站不直也蹲不下的这种屈腿弯腰的姿势,比站着或蹲着都更难忍受,大约是人的姿势中最难耐久的一种姿势了。

我再不能不慎言慎行了。

我取出笔和墨盒,墨盒干涸了,毛笔也干涸了,用水泡一泡。我找到一块书页大小的硬纸蘸了墨,写下了对自己的警告:慎独。我把它贴在床头,使我无论坐着或躺着都能看到。我感到了内心的惶恐,绝对需要这样一张护身护心的神符来佑护我,再甭出乱子。

过后两天,刘建国走进我的房子,一来就瞪着两只煞有介事的眼睛,在我桌边的墙上逡巡,而终于停在床头的墙上。他严肃地看一阵子,并不是欣赏我的书法,转过身说:"这个东西给我。"他未经我应诺,已经从墙上撕下来了,一句话也未说,径自走出门去了。

当天晚上,临时召开教师会,提前让我作改造汇报。没有人对我的汇报感兴趣,对"慎独"两字的批判一下子就成为会议的中心主题。我预知,会议之前,教员们早已得到批判的目标了。其余人的分析可以略去,刘建国的分析是校长的水平,自然高了一筹,深了一层——

"'慎'什么'独'?你的错误难道是不'慎'的结果吗?如果不从思想根源、阶级立场上彻底改造,怎么'慎'得住呢?这种封建修养的方法,怎么能救得了你的反动灵魂呢?"

我的头上冒汗了。这些尖锐深刻的批判,使我连喘气的力气都没有。我回到房子,躺在床上,我父亲尊为至明的处世哲学,也不管用了,我想钻在这张护身符下求得安宁,反而招灾惹祸了,怎样才能拯救我的小命?

我清楚记得,这张座右铭贴上床头后,只有韩民民来过我的房子,一定是他报告了。为了这个座右铭,我整整交代了一个晚上……

　　三四年过去了。

　　我被通知说,可以任课,按教师对待了。

　　我竟然感动得热泪盈眶。

　　不过,半月没过,我就陷入自身的烦恼。为了体现按教师对待的精神,把我从那间小库房调出来,插入一个二人居住的教师宿舍。学校里增添了一些房舍,教员住得稍松了。我在这个宿舍里不仅黑天睡不着,白天也不自在。我总是处于一种高度的紧张状态,惶惶不可终日。莫名其妙地对人家笑,对同宿舍的老师或到这个宿舍来的老师说下的话,一律说:"对对对!"其实许多话我根本就没听清内容,嘴里却不由自主地"对对对"地应诺着,惹得大伙发笑。我越发窘了,也越紧张了。

　　我去上课,突然觉得我不会说话了。我的脑子里的语言仓库全部关闭了,一个词儿也拿不出来,而且十分紧张。尽管我教的是地理课,也不敢讲,急得头上冒汗,只会照课本往下念,学生已经乱得像一窝雀儿了。

　　一按教师对待,我就要参加许多会议,这是更难受的时刻。往常,我是右派,一月里做一次改造汇报,坐在一个偏旁的角落。现在,和别人坐得近了,我很紧张;坐得远了,又显出我不太合群,会议室没有我坐的座位了。尤其是非做不可的表态性发言,我未说先流汗,总怕说错了什么……

　　我向校长赵永华提出要求:让我做事务工作,让我再回到我的那间兼做库房的小房子。我再三解释,不是使性儿,也不是有什么不满意见,而是事务工作更适宜我干,保证干好。

　　刘建国在一年多以前,调县文教局当人事干部去了。赵永华调来也一年多了,我很少跟他有什么接触,只是偶尔听见韩民民在炊事员杨师傅跟前嘟嘟哝哝新校长的什么话,我就觉得他可能在赵永华跟前不如在刘建国手下感到畅快如意。赵永华听了我的要求,很随便地说:"你如果觉得事务工作更合适,你就干,别人还看不上这工作哩!"他告诉我,正好韩民民要调走,到县文教局的物资供应点上去,学校正好缺事务员。

　　一经赵永华允诺,我当下就把被卷行李搬回了我的那间小库房卧室。一躺下来,我闭上眼睛,浑身都舒适了。我忽然想到了蜗牛,蜗牛钻在它的壳里一定很舒适。要是打碎螺壳,把它牵出来,它可就活不了啦。我刚搬进这小库房时,感到压抑,感到杂乱,感到孤寂,常想到和高年级那两位教师同居一室的愉快时光。久而久之,我像蜗牛一样适应了螺壳,蜷缩在螺壳式的小库房里才舒服,到别的房子里反而觉得活不了啦!

　　我去买煤,买了煤就亲自拉回来,绝不让从生产队里雇来的校工小朱干这些。我常常抢在小朱前一步打了铃,打罢又向小朱道歉,全是我过去打铃打下习惯了。尽管如此,我觉得十分满意,我虽不代课,却是事务员,事务员也是教职工,和教师一般对待。

有一件事伤了我的心。

大伙儿都去县上听报告,赵永华让我看门。看门其实正适合我的心愿,我怕开会,怕在会上遇见熟人,更怕遇见速成二班的老同学,尤其是怕碰见田芳。可是那天晚上,大伙儿听完报告回来,我才知道,会上有一个震动全国人民的消息,说我们国家发现了一个"大庆油田"。教师们为猜测这个油田的具体地址而争论不休,谁也说不服谁。我后来才知道,这样重要的报告,上级规定有几种人不能听,以免给帝修反泄密。我自然属于那几种不准听的人中的一种。

我暗暗警告自己,老老实实蜷在螺壳里吧!甭张狂,还是没有资格和一般教师同样对待哩!还要——慎独!

哦!故园,故园

徐慎行同学:
定于本月二十日上午在母校举行学友聚会,请您拨冗参加。
专此
致礼

速成二班
1980.8.12

我的手颤抖着,泪水模糊了眼睛,擦一擦,又涌流出来了。速成二班……速成二班……我的那个速成二班啊!像一道急骤的电闪的亮光,把我尘封的脑壳炸乱了,把我的心抖底搅翻了。

多么遥远而又亲切的记忆——速成二班!速成二班——多么温暖而又自由的天地!我的心里一闪出这个名称,几乎承受不下它带进我霉腐的心室里的清新温润的春风,要昏厥了。

田芳,一想到速成二班,第一个蹦到我面前的就是田芳。那个白毛女,那个从我身上揭掉了蓝袍礼帽的田芳,她肯定要参加这个老同学的聚会的。缺了她,该会多么令人扫兴。不会缺她的,我安慰自己,甚至猜度这个别出心裁的聚会就是她出的点子呢。

八月二十日,一年中极其普通的一天,不是新年佳节,也不是纪念性节日,我渴盼这一天的到来,比小时候盼望过年的心情还要焦急。

微明中,牛王砭小镇掠过凉飕飕的晨风。我乘头班公共汽车进了县城,又换乘去山门镇的公共汽车,终于站在师范学校的门口了。

校史悠久的师范学校已经改为师范专科学校,属于大专建制了。砖拱木顶门楼变成了四方水泥立柱的钢条大门,从大门通到教学区和宿舍楼的窄窄的砖铺甬道,已经换成水泥路面了。迎面是一幢三层教学大楼,外观十分漂亮,原先的一排排平房大多已拆除。二十五年的时间,毕竟使我感到了惊奇的变化。

树杈上挂着一块硬纸板,画着一个箭头,把聚会的地点指向后操场。暑假里没有学生,路道上和花坛里,落着一层树叶,有点荒凉和空寂,而我的心仍然止不住激动起来了。

操场的围墙根,高大的洋槐树组成一道屏障,在草地上投下浓密的阴凉,这是我们亲手栽植的,栽时不过酒杯那么细,而今已经桶粗了。草地上,站着或坐着一堆人,在聊着天。我走到跟前,听见有人在叫我的名字,有几个人跑上来,握手,搂肩……老天爷,一个个全都变成老汉老婆了!

我止不住热泪滚滚,和伸到我面前的一双双手紧紧握着,看着一副副皱皱巴巴的脸,我无法与印象中那些青春焕发的脸膛联系起来,流逝的岁月给我心里留下的巨大的差异无法弥合;他们的心里也是这样感受这四分之一世纪的时间差的吧?我从他们一个个瞧着我的惊异的眼神里看得出来:你怎么老成这样子了?哈呀!瞧你,秃顶多厉害!

我握住了一双手,心里一震,那双细软的手也在用劲儿握着我的手。我相信,闭上眼睛,我也会准确地判断出田芳的手来。她的眼角有细密的几缕纹络,鬓角有几丝银白,而那双眼睛,似乎还是二十五年前的那双眼睛。当我们的眼光相碰的一瞬,我的心似乎一下子沉下去了,脑子里也中止了一切思维。我没有向她问好。她也没有问我好。我们竟然相对无言,默默地站着,手却握得粘在一起了。

我和她在草地上坐下。几位同学围住我,问我平反了没有?问我的孩子的安置状况,我也很关心他们的工作和家庭。田芳坐在我旁边,她什么也不问。我也没有问她,丈夫在哪儿工作,几个孩子,工作或是上学。我不问不是因为我了解,其实我什么也不知底,不知底儿也不想知底儿。

"你……身体……好吧?"我终于问。

"还好。"她笑笑,"你也……好吧?"

我点点头,又流泪了。

录音机在播放着优雅的舞曲,篮球队长何长海已经和一位老太婆——二婶的饰演者跳起舞来,又有三五对儿舞伴也跳起来了。田芳对我说:"咱们跳跳吧?"

我有点慌乱!连忙摇头摆手。

有几个同学在吆喊,催促我和田芳上场,他们或多或少知道我和田芳的遭遇,催促的意思是很明显的。我涨红了脸,对田芳说:"你跟他们跳吧,我上不了场了!"

田芳跳起来,和另一个同学跳起来了。我坐在草地上,点燃一支烟,看田芳踏着舞步。

有人又出新点子,让大家每人出一个节目,或唱或说,或演或变魔术,谁也不得脱空儿。

有人提议,让田芳演唱白毛女。她不客气,跳起来,也不扭捏,有点遗憾地说:"就我一个人唱?"

我这才想到,饰演大春的刘建国没有来。他没有来,也没有谁提及,我也不想在这个场合提到这个人。这个饰演正面角色的人啊,在生活中几十年来也一直是正面角色,而大伙现在谁也不想问他为什么不来。饰演杨白劳的人儿已经进入另一个世界,听说在七八年前患下了肺癌。大伙也不愿意提及他,因为太令人伤感了。于是,有人提出,让我和田芳演唱《扎红头绳》一节。我又惶恐万分,连连摇手,多少年来,我连话都说不顺口了,岂能唱歌?

"唱吧?"田芳看着我说,"你太拘束了。"

我摇摇头,又摆摆手。

田芳无奈了,也不勉强,就唱了一段。唱完,她又走回来,坐在我的旁边,说:"你太拘谨了!拘谨得……叫我又想到'蓝袍先生'!"

我的心里一悸。我身上的蓝袍早已脱掉了,而我的心哪,又被蓝袍罩得死死的了。我苦笑一下,说不出话。

有人在接着唱,有人即兴赋诗吟诵。有人说幽默笑话。有人耍小魔术变戏法。喊啊笑啊,气氛热烈极了。轮到我,我什么也拿不出来。有人出恶招:"什么都不会,那就学熊猫儿在地上打个滚好了!"

我窘迫得六神无主。田芳也笑着,随口说:"讲句笑话吧!你真的连一句笑话也不会讲?"她提醒了我,急迫中,我首先想到了《老和尚与小和尚》的笑话故事,那是我在刚到师范学校来的头一晚,在集体宿舍里听到的……我刚讲完,有人在哄笑中大喊:

"让老和尚永远寿终正寝!"

"小和尚们,去和'魔鬼'拥抱哇!"

……

有几位同学尚未赶来,野炊午餐还得再等一会儿。我已得知,午餐是大伙随意带来的罐头、面包、点心、饮料和各种水果。我是空手来的,想到山门镇上去买点礼物,田芳就和我散步同去了。

我和她走进校园,不约而同地走到速成二班的教室前,那里的平房虽然没有拆除,也已经隔间垒墙,分为三室,变成教师宿舍了。门口垒着蜂窝儿煤,火炉上坐着小锅,"吱吱"响。我默默地瞅着这座房子的窗户,又想流泪。我的神经变得如此脆弱,简直不能抑制了。

田芳敲响了一间房子的门板。

门开了,一位年轻白净的小伙儿站在门口。

"这儿……原来是我们的教室。"田芳说,"我们想进去再看看……打搅您了。"

那青年初听时有点惊诧,随之就点头笑了,爽快地邀我们进屋。

我随着主人走进门。屋里一张双人床,一张双人沙发,靠墙的地方支一张桌子,桌上摆着钟表、花瓶、电视机。一个披着长发的女子从沙发上站起,礼让我们坐下。

"我们俩的那张课桌,大约就在这个位置上吧!"田芳站在那个桌子旁,回过头来问我。

"哦……就在那儿!"我应了一声。

"你过来……坐坐……"田芳说着,把一张椅子挪好,自己坐在靠墙的位置上,"让我们再回味一下……当年的学生生活……"

我走到桌前,在椅子上坐下了。我坐得端端正正,仰起头来,却看不到黑板,墙上挂着几张笔迹欠火候的条幅。我的胳臂肘碰到田芳的胳膊肘了。我不由得回过头,看到了她的一汪注满泪花的眼睛,从遥远的天空传来了一声声动人心魄的声音——

……你为啥不跟我说话?

……你的字儿写得多好呀!

我们静静地坐了一会儿,站起来,向男女主人歉意地笑笑,就走出这间屋子。

"再不会重返……当年的情景了!"我说。

"梦……二十五年……"田芳摇摇头。

我和她踏着走道上的落叶,走出校门,进入山门镇街道了。街道依旧狭窄,沿街的破旧的木房子有的拆除了,竖起一座高楼,鹤立鸡群似的。走到一家服装店门口,我和她都停住脚。现在,无论如何比当时那个一间门面、一个裁缝师傅、一台缝纫机的小裁缝铺气派得多了。

田芳拉着我,到这个小铺店里来,把那件蓝袍脱下来,由裁缝师傅改成了列宁装。我穿上列宁式新装,戴上了八角帽,路也不会走了,八字步全乱了套。田芳和我走着,看着我的样子直笑。她说:"跳起来吧!蹦啊!你敢不敢?"我跳起来了,蹦起来了,街巷里的行人把我当疯子看,我也不管,只觉得我轻松了,自由了,再也不用按八字步迈步了,蹦蹦跳跳起来了……

"你现在又拘谨起来了。"田芳瞅着我说,"使我又想起你穿着蓝袍时的样子……"

我悲哀地叹口气,说不出话。

"你现在还敢蹦起来不敢?"她笑着问。

我惶惶然连忙摇头。

她没有使我为难,朝前街走去。

我和田芳再回到操场草地上的时候,聚会的主持人宣布午餐开始,各式罐头打开了,糕点包子解开了,酒瓶盖子被咬开了。一切可以临时用来盛酒的瓶盖、水杯全都注上了酒,一齐举起来:速成二班万岁!

主持者向大家宣布了一个数字:

师范速成二班:四十一名学生。死亡四人,其中一人死于"文革"武斗,三人死于疾病。现在本地区工作三十人,另七人随家随夫调外省或外地。聚会通知了三十人,实到二十九人,其中三人抱病赶来。

唯一的缺席者:刘建国。

谁也没问刘建国为什么不来。

主持者在大伙的静默中提议:为死去的四位同学祭酒。

清凌凌的酒液泼在草地上,散发出一股清香。

主持者又进行下一项提议:向县委提出一项意见,请领导人把刘建国从教育局调开,随便调到县委所属的任何一个部门去,只要不在教育系统就行。他现在还在任教育局副局长,有他在那个位位上,我们会觉得心里不舒服。就是这一条要求。至于全县的中小学教师有多少人被他整了,不必计算,应该向前看,不究前账。但请把他调开,让教员们再不要听见他的令人讨厌的声音……

鼓掌。呼叫。一个个全都签上了名字。

我捉着笔的手在发抖,终于写上了我的名字。二十五年来,我第一次向这个老同学表示了愤怒……

咒　　符

一觉醒来,老鼠在顶棚上奔马。

一只老鼠跑起来,像野马驰过草原;一群老鼠奔跑起来,追逐起来,拼杀撕咬,就像万马奔腾。

我刚刚从梦里醒来,一身虚汗,月亮照在南窗的窗格上,屋里静得可以听见窗外大地的呼吸,老鼠的追逐和嘶叫把一切都破坏得淋漓尽致。

我在黑暗中摸到烟,摸到火柴,火柴划着的一瞬,顶棚上的老鼠收敛了。我抽着烟,闭眼躺着,等待天明……

我平反以后,孩子顶替我去工作了,女儿早已出嫁,屋里只剩下我和老伴。老伴早已不再称我为先生,看我也不再是怯怯的神色。她手叉在粗壮的腰里,指挥我去种地,干一切过去由她自觉承揽的家务,初时有报复的意味,后来就成了习惯。

"你一天唉声叹气做啥?"她问我,"想那个野婆娘了吗?"

我说我背着右派的包袱,叹气成了习惯了。

"右派怕啥?只要给工资,啥派还不是一样叫!"她不在乎地说,"我看当个右派倒不错,你变得规矩了,再不敢跟野……"

我不能发火。我要是一张口分辩,她会大喊大叫,故意让左邻右舍都听见。

"你去洗衣服吧,"她吩咐我,"我腰疼了。"

农村里,男人洗衣服的习惯还不普遍,我抱着衣服走向井台的时候,男人女人都在拿眼睛瞟我。我硬着头皮也就过去了。

"你来擀面吧。"她说。

我学会了做饭。

我明白,她不光是为了享受,其实她倒不是懒女人。她要我洗衣,要我做饭,就会在村人尤其是女人伙儿里提高她的身份,她觉得过去的状况太叫别人瞧不起她了。

我退休回家之后,她也变得好起来了:"咱俩种那二亩地,够吃了。你领下的退休钱,够花了。只要你再不想野……我好好待你,咱欢欢乐乐过到死……"

说下这话一年,她突然死了,跌了一跤,心肌梗死。

我一个人躺在这个祖传的屋子里的炕上,听老鼠奔马。

别人给我介绍下一个女人。连子女都反对,说我快六十岁的人了,难道连面子也不顾了?娃他舅更是怒气冲天,说我败坏了徐家读书识礼的门风……

我的老姐和小妹子看我生活艰难,劝我的儿子和女儿,同意我的婚事。他们总算勉强同意了。

我的这件事,按说该办成了。可是,事到临头,要我办这事的时候,我又动摇了。你问为啥?我也说不清……我总觉得我还在牛王砭小学那间小库房里蜷着。那间小库房,容不得旁人进去,打破里面凝结的空气。同样,我也在离开那个小库房以外的其他地方,感到了不自在。尽管我退休回到家里,我的心,似乎还在那个小库房里蜷曲着,无法舒展了。田芳能够把我的蓝袍揭掉，现在却无法把我蜷曲的脊背捋抚舒展……

我送我的启蒙先生到山坡下。

春风吹绿了河川，也吹绿了塬坡，又是杏花纷谢桃花呈艳的阳春三月。坡地上的麦苗绿色葱郁，崾坎上的杂草蓬蓬勃勃，只有沟壁间的断崖的红石土色，显露着黄土高原地区残破丑陋的面貌。

他朝坡上走去，回他的塬上那个杨徐村去了。他的背脊弓起来，一步一踩，缓缓地沿着蜿蜒的坡间小路走上去。

我的心似乎也被什么东西箍住了。

1985年8—11月草改于西安东郊

康家小院

一

没有女人的家,空气似乎都是静止的。

康田生三十岁上死了女人。把那个在他家小厦屋里出出进进了五年、已经和简陋破烂的庄稼院融为一体的苦命人送进黄土,康田生觉得在这个虽然穷困却无比温暖的小院里,一天也待不下去了。他抱起亲爱的亡妻留给他的两岁的独生儿子勤娃,用粗糙的手掌抹一抹儿子头顶上的毛盖头发,出了门,沿着村子后面坡岭上的小路走上去了。他走进老丈人家的院子,把勤娃塞到表嫂怀里,鼓劲打破蒙结在喉头的又硬又涩的障碍:

"权当是你的……"

勤娃大哭大闹,抡胳膊蹬腿,要从舅妈的怀里挣脱出来。他赶紧转过身,出了门,梗着脖子没有回头;再看一眼,他可能就走不了。

走出丈人家所居住的腰岭村,下了一道塄坎,他双手撑住一棵合抱粗的杏树的黑色树干,呜的一声哭了。

只哭了一声,康田生就咬住了嘴唇,猛然爆发的那一声撕心裂肺的中年男人的粗壮的声音,戛然而止。他没有哭下去,迅即离开大杏树,抹去眼眶里的泪水,使劲咳嗽两声,沿着上岭来的那条小路走下去了。

三十年的生活经历,教给他忍耐,教给他倔强,独独没有教会他哭泣。小时候,饿了时哭,父亲用耳光给他止饥;和人家娃娃玩恼了,他占了便宜,父亲抽他耳光;他吃了亏,父亲照样抽他的耳光。他不会哭了,没有哭泣这个人类男女皆存的强烈的感情动作了。即使国民党河口联保所的柳木棍打断了两根,他的裤子和皮肉粘在一起,牙齿把嘴唇咬得血流到脖子里,可眼窝里始终不渗一滴眼泪。

下河湾里康家村的西头,在大大小小高高矮矮拥挤着的庄稼院中间,夹着康田生两间破旧的小厦房,后墙高,檐墙低,陡坡似的房顶上,搀接得稀疏的瓦片,在阴雨季节常常漏水。他和他相依为命的妻子,夜里光着身子,把勤娃从炕的这一头挪到那一头,避免潮湿……现在,妻子已经躺在南坡下的黄土里头了,勤娃送到表兄嫂家去了,残破低矮的土围墙里的小院,空气似乎都凝结了,静止了,他踏进院子的脚步声居然在后院围墙上发出嗡嗡的回音。灶是冷的,锅是冰的,擀面杖依旧架在案板上方的木橛上……妻子头上顶着自己织成的棉线布巾(防止烧锅的柴灰落到乌黑的头发里),拉着风箱,锅盖的边沿有白色的水汽冒出来。他搂着儿子,蹲在灶锅前,装满一锅旱烟。妻子从灶门里点燃一根柴枝,笑着递到他手上时,勤娃却一把夺走了,逞能地把冒着烟火的柴枝按到爸爸的烟锅上。他吸着了,生烟叶子又苦又辣的气味呛得勤娃咳嗽起来,竟然哭了,恼了。他把一口烟又喷到妻子被火光映得忽明忽暗的脸上,呛得妻子也咳嗽、流泪,逗得勤娃又笑了……一条长凳,一张方桌,靠墙放着;两条缀着补丁的粗布被子,叠摞在炕头的苇席上,一切他和妻子共同使用过的家具和什物,此刻都映现着她忧郁而温存的眼睛。

连着抽完两袋旱烟,康田生站起来,勒紧腰里的蓝布带子,把烟袋别在后腰,从墙角提起打土坯的木把青石夯,扛上肩膀,再把木模挂到夯把上,走出厦屋,锁上门,走过小院,扣上木栅栏式的院墙门上的铁丝扣子,头也不回地走出康家村了。

第二天清晨,当熹微的晨光把坡岭、河川照亮的时光,康田生已经在一个陌生的村庄旁首的土壕里,提着青石夯,砸出轻重有致、节奏明快的响声了。

三十岁,这是庄稼汉子的什么年岁啊!康田生丢剥了长衫,只穿一件汗褂,膀阔腰粗,胳膊上栗红色的肌肉闪闪发光。他抡着几十斤重的石夯,捶击着装满木模的黄土,噼里啪啦,一串响声停歇,他轻轻端起一块光洁平整的土坯,扭着犍牛一样强壮的身体,把土坯垒到一起,返回身来,给手心喷上唾液,又提起石夯,捶啊捶起来……

他要续娶。没有女人的小院里的日月,怎么往下过呢!他才三十岁。三十岁的庄稼汉子,怕什么苦吃不得吗?

十四五年过去了,康田生终于没有续上弦。

他在小河两岸和南塬北岭的所在村庄里都承揽过打土坯的活计,从这家那家农户的男主人或女当家的手里,接过一枚一枚铜圆或麻钱,又整串整串地把这些麻钱和铜圆送交到联保所的官人手里,自己也搞不清哪一回缴的是壮丁捐,哪一回又缴的是军马草料款了。

他早出晚归,仍然忙于打土坯挣钱,又迫于给联保所缴款,十四五年竟然糊里糊涂地过去了。人老虽未太老,背驼亦未驼得太厉害。而变化最大的是,勤娃已经长得和他一般高了,只是没有他那么粗,那么壮。他已经不耐烦用小碗频频到锅里去舀饭,换上一只大人常用的粗瓷大碗了;也不知什么时候学的,勤娃已经会打土坯了。

康田生瞧着和自己齐肩并头的勤娃,顿然悟觉到:应该给儿子订媳妇了呢!

二

勤娃在舅家,舅舅把他送给村里学堂的老先生。老先生一顿板子,打得他把好容易认得的那几个字全飞走了。他不上学,舅舅和舅母哄他,不行;拖他,去了又跑了;不得不动用绳索捆拿,他一得空还是逃走了。

"生就的庄稼坯子!"听完表兄表嫂的叙述,康田生叹一口气,"真难为你们了。"

勤娃开始跟父亲做庄稼活儿。两三亩薄沙地,本来就不够年富力强的父亲干,农忙一过,他闲下来。他学木匠,记不住房梁屋架换算的尺码。似乎不是由他选择职业,而是职业选择他,他学会打土坯,却是顺手的事。

在乡村七十二行手艺人当中,打土坯是顶粗笨的人干的了,虽不能说没有一点技术,却主要是靠卖力气。勤娃用父亲那副光滑的柿树木质的模子,打了一摞(五百数)土坯,垒了茅房和猪圈,又连着打了几摞,把自家被风雨剥蚀得残破的围墙推倒重垒了。这样,勤娃打土坯出师了。

活路多的时候,父子俩一人一把石夯,一副木模,出门做活儿。活路少的时候,勤娃就让父亲留在屋里歇着,自己独个去了。

他的土坯打得好。方圆十里,人家一听说是老土坯客的儿子,就完全信赖地把他引到土壕里去了。

这一天,勤娃在吴庄给吴三家打完一摞土坯,农历四月的太阳刚下塬坡。他半后晌吃了晚饭,接过吴三递给他的一串麻钱,装进腰里,背起石夯和木模,告辞了。刚走出大门,吴三的女人迎面走来,一脸黑风煞气:"土坯摞子倒咧!"

"啊?"吴三顿时瞪起眼睛,扯住他的夯把儿,"我把钱白花了,饭给你白吃了?你甭走!"

"认自个倒霉去!"勤娃甩开吴三拉拉扯扯的手说。按乡间虽不成文却成习律的规矩,一摞土坯打成,只要打土坯的人走出土壕,摞子倒了,工钱也得照付。勤娃今天给吴三家打这土坯时,就发觉土泡得太软了,后来想到四月天气热,土坯硬得快,也就不介意。初听到吴三婆娘报告这个倒霉事的时光,他咂了一下嘴,觉得心里不好受。可当他一见吴三变脸睁眼不认人的时候,他也来了硬的,"土坯不是倒在我的木模上……"吴三和他婆娘交口骂起来。围观的吴庄的男女,把他推走了。骂归骂,心里不好受归不好受,乡规民约却是无法违背的。他回家了。

"狗东西不讲理!"勤娃坐在小厦屋的木凳上,给坐在门槛上的父亲叙述今天发生的事件,"他要是跟我好说,咱给他再打一摞,不要工钱!哼!他胡说乱道,我才不吃他那一套泼赖!"

康田生听完,没有吭声,接过儿子交到他手里来的给吴三打土坯挣下的麻钱,在手里攥着,半响,才站起身,装到那只长方形的木匣里,那是亡妻娘家陪送的梳妆盒儿。他没有说话,躺下睡了。

勤娃也躺下睡了。父亲似乎就是那么个人,任你说什么,他不大开口。高兴了,笑一笑;生气了,咳一声。今天他既没笑,也没叹息。他就是那样。

勤娃听到父亲的叫声,睁开眼,天黑着,豆油灯光里,父亲已经把石夯扛到肩膀上了。他慌忙爬起,穿好衣裤,就去捞自己的那一套工具,大概父亲应承下远处什么村庄里的活儿了。

"你甭拿家具了。"父亲说,"你提夯,我供土。"

说罢,父亲扛着石夯出了门,勤娃跟在后头,锁上了门板。村庄里悄悄静静,一钩弯镰似的月牙悬浮在西塬上空,河滩里蛙声一片。

"爸,去哪个村?""你甭问,跟我走。"勤娃就不再说话。马家村过了,西堡,朱家寨……天麻明,走进吴庄村巷了。父亲仍不停步,也不回头,从吴庄的大十字拐过去,站立在吴三门口了。勤娃一愣,正要朝爸爸发火,吴三从门里走出来。

"老三,还在那个土壕打土坯吗?"

吴三一愣,没好气地说:"我还打呀?""你只说准,还是那个土壕不是?"

"我另寻下土坯匠了。"

勤娃早已忍耐不住(这样卑微下贱),他忽地转过身,走了。刚走开几步,膀子上的衣服被急急赶上前来的爸爸揪住了。一句话没说,父子俩来到勤娃昨日打土坯的大土壕。

"提夯!"康田生给木模里装饱了土,命令说。

勤娃大声唉嗨着,提起石夯,跳到打土坯的青石台板上。刚刚从夜晚沉寂中苏醒过来的乡村田野上,响起了有节奏的青石夯捶击土坯的声音。

太阳从东塬顶上冒出来,勤娃口渴难忍。往昔里,太阳冒红时光,主人就会把茶水和又酥又软的发面锅盔送到土壕来。今日算干的什么窝囊事啊!

乡村人吃早饭的时光到了,土壕外边的土路上,踢踢走过从塬坡和河川劳动归来的庄稼汉,进入树荫浓密的吴庄村里去了。爷儿俩停住手,爸爸从口袋里取出自带的干馍,啃起来。勤娃嗓子眼里又干又涩,看看已经风干的黑面馍馍,动也没动,把头拧到一边,躲避着父亲的眼光,他怕看见爸爸那一双可怜的眼光。他第一次强烈感到了出笨力者的屈辱和下贱,开始憎恨甘作下贱行为的父亲了。

农历四月相当炎热的太阳,沿着塬堎的平顶,从东朝西运行,挨着西塬坡顶的时光,五百为一摞的土坯整整齐齐垒在昨日倒坍掉的那一堆残迹旁边。父子俩收拾工具和脱掉扔在地上的衣衫,走出土壕了。

"给老三说,把土坯苫住,当心今黑有雨。"父亲在村口给一位老汉捎话,"我看今晚有雨哩。你看西河口那一层云台……"

"走走走走走!"勤娃走出老远,粗暴地呵斥父亲,"操那么些闲心做啥?"

勤娃回到家,一进门,掼下家具,就蹲在灶锅下,点燃了麦草,湿柴呛得鼻涕眼泪交流,风箱板甩打得噼啪乱响。他又饿又渴,虚火中烧。父亲没有吭声,默默地在案板上动手和面。要是父亲开口,他准备吵!这样窝窝囊囊活人,他受不了。

"康大哥!"

一声呼叫,门里探进一颗脑袋,勤娃回头一看,却是吴三,他一扭头,理也不理,照旧拉着风箱。父亲迎上前去了。"康大哥!实在……唉!实在是……"吴三和父亲在桌前坐下来,"我今日没在屋,到亲戚家去了。回来才听说,你又打下一摞……"

"没啥……嘿嘿嘿……"父亲显然并不为吴三溢于言表的神色所动情,淡淡地应和着,"没啥。"

"你爷儿俩饿了一天,干渴了一天!"吴三越说越激动,"我跟娃他妈一说,就赶紧来看你。我要是不来,俺吴庄人都要骂我不通人性了。"

"噢噢噢……嗬嗬……"康田生似乎也动了情,"咱庄稼人,打一摞土坯也不容易,花钱……咱挣了人的麻钱,吃了人的熟食,给人打一堆烂货,咱心里也不安宁哩!"

"不说了,不说了。"吴三转过脸,"勤娃兄弟,你也甭记恨……老哥我一时失言……"

怪得很,窝聚在心胸里一整天的那些恶气和愤怨,一下子全都消失了,勤娃瞟一眼满脸憨笑着的吴三,不好意思地笑笑,表示自己也有过失。他低头烧锅,看来吴三是个急性子的热心人,好庄稼人!他把爸爸称老哥,把自己称兄弟,安顿的啥辈儿嘛!反正,他是把自己往低处按。

"这是两把挂面。这是工钱。"吴三说。"使不得!使不得!"父亲慌忙压住吴三的手。"你爷儿俩一天没吃没喝……"

"不怎不怎……"

勤娃再也沉默不住,从灶锅间跳起来,帮着父亲压住吴三的手:"三叔……"

第二天，吴庄一位五十多岁的乡村女人走进勤娃家的小院，脸上带着神秘的又是掩藏着的喜悦，对康田生说，吴三托她来给勤娃提亲事，要把他们的二姑娘许给勤娃。乡村女人为了证实这一点，特别强调吴三托她办事时说的原话："吴三说，咱一不图高房大院，二不图车马田地，咱图得康家父子为人实在，不会亏待咱娃的……"

按照乡间古老而认真的订婚的方式，换帖、送礼等等繁章缛节，这门亲事终于由那位乡村女人做媒撮合成功了。康田生把装在亡妻木匣里那一堆铜圆和麻钱，用红纸捆扎整齐，交给五十多岁的媒婆，心里踏实得再不能说了——太遂人愿了啊！婚事刚定，壮丁派到勤娃头上。

"跑！"康田生说，"我打了一辈子土坯，给老蒋纳了一辈子壮丁款，现时又轮着你了！"

勤娃拧着眉，难受而又慌恐："我跑了，你咋办？"

"你跑我也跑！"康田生说，"哪里混不下一口饭？只要扛上木模和石夯！"

勤娃逃走了。半年后，他回来了，对村里惶惶不安的庄稼人说，解放了！连日来听到南山方向的炮声，是追打国民党军队的解放军放的。他向人们证实说，他肩上扛回来的那袋洋面，是在河边的柳林里拾的，国民党军队失败慌忙逃跑时撂下的……

三

日日夜夜在心里挂牵着的日子，正月初三，给勤娃婚娶的这一天，在紧迫的准备、焦急的期待中就要来到了。明天——正月初三，寂寞荒凉了整整十八年的康田生的小庄稼院里，就要有一个穿花衫衫、留长头发的女人了。他和他的儿子勤娃，无论从田野里劳动回来，抑或是到外村给人家打土坯归来，进门就有一碗热饭吃了。这个女人每天早晨起来，用长柄竹条扫帚扫院子，扫大门外的街道，院子里永远再不会有一层厚厚的落叶和荒草野蒿了，狐狸和猫豹子再也不敢猖獗地光临了（有几次，康田生出外打土坯归来，在小院里发现过它们的爪迹和拉下的带着毛发的粪便，令人心寒哪）。肯定说，过不了几年，这个小院里会有一个留着毛盖儿或小辫的娃娃出现，这才算是个家哩！在这样温暖的家庭里，康田生死了，心里坦坦然然，啥事也不必担忧哟！

乡亲们好！不用请，都拥来帮忙了。在小院里栽桩搭席棚的，借桌椅板凳的，出出进进，快活地忙着。平素，他和勤娃在外的时间多，在屋的时间少，和乡亲乡党们来往接触少。人说家有梧桐招凤凰，家有光棍招棍光，此话不然。他父子一对光棍，却极少有人来串门。他爷儿俩一不会耍牌掷骰子，二不会喝酒游闲。谁到这儿来，连一口热水也难得喝上。可是,当勤娃要办喜事的时候,乡党们还是热心地赶来帮忙料理。解放了,人都变得和气了,热心了,世道变得更有人情风味了。今天是正月初二,丈人家的表兄表嫂吃罢早饭就来了。他们知道妹夫一个粗大男人,又没经过这样的大喜事,肯定忙乱得寻不着头绪,甚至连勤娃迎亲的穿戴也不懂得。勤娃自幼在他们屋里长大,他们和娘老子一般样儿。他们早早赶来为自己苦命早殁的妹妹的遗子料理婚事。

康田生倒觉得自己无事可干了。他哪里也插不上手,只是忙于应付别人的问询:斧头在哪儿放着?麻绳有没有?他自己此刻也不知斧头扔到什么鬼旮旯里去了。麻绳找出来的时光,是被老鼠咬成一堆的麻丝丝。问询的人笑笑,干脆什么也不问,需要用的家具,回自家屋里拿。

康田生闲得坐不住,心里也总是稳不住。老汉走出街门,没有走村子东边的大路,而是绕过村南坡梁,悄悄来到村东山坡间的一条腰带式的条田上。那块紧紧缠绕着山坡的条田里,长眠着他的亡妻,苦命人哪!

坟堆躺在上一台条田的塄根下,太阳晒不到,有一层表面变成黑色的积雪,马鞭草、苍耳、芨芨草、蒿子,枯干的枝叶仍然保护着坟堆。丛生的枳树枝条也已长得胳膊粗了,快二十年了呀!

康田生在条田边的麦苗上坐下来,面对亡妻的坟墓,嗫嚅了半天,说:"我给你说,咱勤娃明日要娶亲了……"

他想告诉亲爱的亡妻,他受了多少磨难,才把他们的勤娃养育大了。他给人家打下的土坯,能绕西安城墙垒一匝。他流下的汗水,能浇灌一分稻子地。他在兵荒马乱、疫疠蔓生的乡村,把一个两岁离母的勤娃抓养成小伙子,够多艰难!他算对得住她,现在该当放心了……

他想告诉她,没有她的日月,多么难过。他打土坯归来的路上,不觉得是独独儿一个人,她就在他身旁走着,一双忧郁温存的眼睛盯着他。夜里,他梦见她,大声惊喜地呼叫,临醒来,炕上还是他一个人……

四野悄悄静静,太阳的余晖还残留在塬坡和蓝天相接的天空,暮霭已经从南塬和北岭朝河川围聚。河川的土路上,来来往往过新年佳节时月走亲访友姗姗归来的男女。

康田生坐着,其实再没说出什么来。这个和世界上任何有文化教养的人一样,有着丰富的内心感情活动的庄稼汉子,常年四季出笨力打土坯,不善于使用舌头表达心里的感情。再想想,康田生有一句话非说不可:"你放心,现在世事好了,解放了……"

他想告诉她,康家村发生了许多亘古闻所未闻的吓人的事。村里来了穿灰制服的官人,而且不叫官人叫干部,叫同志,还有不结发髻散披着头发的女干部。财东康老九家的房产、田地、牲畜和粮食,分给康家庄的穷人了。用柳木棍打过他屁股的联保所那一伙子恶人,三个被五花大绑着押到台子上,收了监。他和勤娃打土坯挣钱,挣一个落一个,再不用缴给联保所了……

他叹息着:你要是活着,现时该多好啊!

康田生发觉鼻腔有异样的酸渍渍的感觉,不堪回想了,扬起头来。

扬起头来,康田生就瞅见了站在身旁的儿子勤娃,不知他来了多久了。

"我舅妈叫我来,给我妈……烧纸。"勤娃说,"我给我爷和我婆已经烧过了,现在来给我妈……"

唔!真是人到事中迷!晚辈人结婚的前一天后晌,要给逝去的祖先烧纸告祷,既是告知先祖的在天之灵,又是祈求祖先神灵佑护。他居然忘记了让勤娃来给他的生母烧纸,而自个却悄悄到这里来了。

勤娃在墓堆前跪下了,点着了一对小小的漆蜡,插在坟堆前的虚土里;又点燃了五根紫红色的香,香烟袅袅,在野草和枳树的枯枝间缭绕;阴纸也点燃了,火光扑闪着。

勤娃做完这一切,静静地等待阴纸烧完。他并不显得明显的难受,像办普通的一件事一样,虽然认真,却不动情。康田生心里立即蹿起一股憎恶的情绪,想想又原谅自己的儿子了。他两岁离娘,根本记不得娘是什么模样,娘——就是舅母!

康田生看着闪闪的蜡烛,缭绕的香烟,阴纸蹿起的火光,心里涌动着,不管儿子动情不动情,他想大声告慰黄泉之下的亡灵:世道变了。康家的烟火不会断绝了。康田生真正活人的日子开始哕!祖先诸神,尽皆放宽心啊!

四

勤娃脸上泛着红光,处处显得拘束,因为乡村里对未婚男女间接触的严格限制,直到今天,结婚的双方连看对方一眼的机会也没有过,使人生这件本来就带着神秘色彩的喜事,愈加增添了神秘的色彩。平常寡言少语甚至显得逆愣的勤娃,农历正月初三日,似乎一下子变得随和了,连那双老是像恨着什么人的眼睛,也闪射出一缕缕羞涩而又柔和的光芒。

长辈人用手拍打他剃得干干净净的脑袋,表示亲昵的祝贺;同辈兄弟们放肆地跟他开玩笑,说出酸溜溜的粗鲁话,他都一概羞涩地笑笑,不还嘴也不介意。

舅母叫他换上礼帽,黑色细布长袍,他顺情地把借来的礼帽,戴在终年光着而只有冬季包一条帕子的头上,黑细布长袍不合身,下摆直扫到脚面。无论借来的这身衣着怎么不合身,勤娃毕竟变成一副新郎的装扮了。

按照乡村流行下来的古老的结婚礼仪,勤娃的婚事进行得十分顺利。

勤娃完全昏头昏脑了。他被舅家表哥牵着,跟着花轿和呜哇呜哇的吹鼓手,走进吴庄,到吴三家去迎亲。吴三还算本顺,没有惯常轿到家门口时的讲价还价。当勤娃再跟着陪伴的表兄起身走出吴三家门的时候,唢呐和喇叭声中忽闪忽闪行进的轿子,已经走到村口了。那轿子里,装着从今往后就要和他过日月的媳妇。

回到康家村,女人和娃娃把他和蒙着脸的新媳妇一同拥进小小的厦屋,他一把揭去媳妇脸上蒙的红布,就被小伙子们挤到门外去了,没有看清楚,只看见一副红扑扑的圆脸膛,他的心当时忽地猛跳一下,自己已经眼花了。

媳妇娶到屋了,现时就坐在小厦房里,那里不时传出小伙子和女人们嘻嘻哈哈的笑闹。所有亲戚友人,坐过午席,提上提盒笼儿告别上路了。一切顺顺当当。只是在晚间闹新房耍新娘的时候,出了一点不快的风波。

勤娃和新娘被大伙拥在院子里,小伙子们围在他俩周围,女人们挤在外围,小院里被拥挤得水泄不通。新婚三天里不论大小,不管辈分,任何人有什么怪点子瞎招数儿,尽都可以提出来,要新娘新郎当众表演。这些不断翻新花样,几乎带有恶作剧的招数儿,不文明,甚至可以说野蛮,可是,乡村里自古流传不衰,家家如此,人人皆然。老人们知道,对于两个从来未见过面的男女,闹新房有一层不便道破的意思:启发挑逗两个陌生的男女之间的情欲。

勤娃还不是了知这层道理的年龄的人。人家要他给新娘子灌酒,他做了。人家要新娘子给他点烟,他接受了。人家叫他"糊顶棚",他迟疑了。

勤娃知道,所谓"糊顶棚",就是在舌尖上粘一块纸,再贴到媳妇的口腔上腭里。他看过别人家耍新娘时这么玩过,临到自己,他慌了。

有人打他的戴礼帽的头。谁把礼帽一把摘掉了,光头皮上不断挨打。哄哄闹闹的吼声,把小院吵得要抬起来了。有人把纸拿来了,有人扭他的胳膊了。他把纸粘在舌尖上,只挨到媳妇的嘴唇上……总算一回事了。

一个新花样又提出来:"掏雀儿"。要勤娃把一条手帕儿从新娘的右边袖口塞进去,从左边袖筒拉出来。他觉得,这比"糊顶棚"好办多了。他刚动手,新娘眼里闪出一缕怨恨他的眼光。勤娃愣愣地想,这有什么关系呢?于是就有人夹住新娘的两条胳膊……勤娃的两只手在新娘胸前交接手帕的时候,他触到了乳房,脸上轰的一热,同时看见新娘羞得流出眼泪了。勤娃难受了,他此刻才意识到自己太傻了。

"掏着雀儿没?""雀大雀小啊?"勤娃低下头,羞愧得抬不起头来,哄闹声似乎很遥远,他听不见了。

他猛地抬起头,掼下手帕儿,挤出人堆去了……

85

忽地一下,人们"哗"的一声走散了,拥挤着朝门外走了,小伙子们骂着,打着呼哨,院子里只留下新娘,呆呆地站在那里。

"啊呀,勤娃!你真傻!"舅母怨他,"闹新房耍媳妇,都是这样!你怎的就给众人个搅不起!"

"这娃娃!愣得很!"父亲也惶惶不安,"咱小家小户,怎敢得罪这么多乡党?人家来闹房,全是耍哩嘛!你就当真起来?"

"去!快去!把乡党叫回来,赔情!"舅母说,"把酒提上去请!"

"算哩。"舅舅说,"夸不过三日,笑不过三日。只要往后待乡党好,没啥!明日,勤娃把酒提上,走一走,串串门,赔个情完事……"

勤娃进了自己的新房。父亲已经在小灶房里的火炕上安息了。舅舅和舅母也安睡了。小院的街门和后门早已关严,喧闹了一天的小院此刻显得异常静寂。

媳妇坐在炕沿上,低眉领首,脸颊上红扑扑的,散乱的两绺鬓发垂吊在耳边,新挽起的发髻上,插着一支绿色的发针,做姑娘时被头发覆盖着的脖颈白皙而细腻。勤娃早已把闹房引起的不快情绪驱逐干净了。他不像舅母和父亲那样担心失掉乡党情谊,他要保护他的媳妇不受难堪,乡党情谊能比媳妇还要紧吗?屁!

他坐在椅子上,说什么呢?他找不到一个可以和她搭讪的话茬儿,而心里却想和她说说话儿。久久,他问:"你……冷不?"

她头没抬,只摇一摇。"饿不饿?"

她仍然摇摇头。

他又没词儿了。他想过去和她坐在一块,搂住她的肩膀,却没有勇气。

"你怎么……刚才就躁了呢?"她仍然没有抬头。

"我……我看他们,太不像话!"他说,"怕你难受。"

"你……傻!"她抬起头来,爱抚地剜了他一眼,"你该当和他们……磨。你傻!"

他似乎一下子醒悟了。他在村里也看过别人家闹新房的场景,好多都是软磨硬拖,并不按别人出的瞎点子做的,滑过去了。他没有招架众人哄闹的能力……直杠人啊!"你傻!"新娘这样说他,他心里却觉得怪舒服的。男人跟女人怎样好呀?他猛地把媳妇搂到怀里。

"啊哟!"媳妇低低地一声叫,压抑着的痛苦。

他放开手,媳妇的左臂吊着,一动不动。他把她的胳臂握了吗?天啊,她是泥捏的呢,还是他打土坯练出了超凡出众的臂力?他吓坏了。

"一拉一送。"媳妇把胳膊递给他,"我这胳膊有毛病,不要紧的,安上就好。拉啊——"

胳膊又安上了。他站在一边,不敢动了。

她却在他眉心戳了一指头:"你……傻瓜……"

五

农历正月里的太阳,似乎比以往千百年来所有正月里的热量都要充足,照耀着秦岭山下南塬坡根的小小的康家村的每一座院落,勤娃家的小院——康家村里最阴冷荒凉的死角,如今也和康家村大大小小的庄稼院一样,沐浴在和煦温暖的早春的阳光下了。

新婚之夜过去了,微明中,勤娃没有贪恋温适的被窝,爬起来,动手去打扫茅厕和猪圈了。笼罩在两性间的所有神秘色彩化为泡影,消逝了。昨天结婚的冗繁的仪式中,自己的拘束和迷乱,现在想起来,甚至觉得好笑了。他把茅厕铲除干净,垫下干土,又跳进猪圈,把嗷嗷叫着的黑克郎赶到一边,把粪便挖起,堆到圈角,然后再盖上干黄土,这样使粪便窝制成上等肥料,不致让粪便的气息漫散到小院里去。

做着这一切,他的心里踏实极了。站在前院里,他顿时意识到:过去,父亲主宰着这间小院,而今天呢?他是这座庄稼院的当然支柱了。不能事事让父亲操持,而应该让父亲吃一碗省心饭哩!他的媳妇,舅母给起下一个新的名字叫玉贤,夫勤妻贤,组成一个和睦美满的农家。他要把屋外屋内一切繁重的劳动挑起来,让玉贤做缝补浆洗和锅碗瓢勺间的家事。他要把这个小院的日子过好,让他的玉贤活得舒心,让他的老父亲安度晚年,为老人和为妻子,他不怕出力吃苦,庄稼人凭啥过日月?一个字:勤!

他挂着铁锨,站在猪圈旁边,欣赏着那头体壮毛光的黑克郎,心里正在盘算,今日去丈人家回门,明天就该给小麦追施土粪了,把积攒下的粪土送到地里,该当解冻了,也是他扛上石夯打土坯的最好的时月了。

他回到院里,玉贤正在捉着稻黍笤帚扫院子,花袄,绿裤,头顶一块印花蓝帕子。他的心里好舒服啊,呆呆地看着这已经并不陌生的女人扫地的优美动作。怪得很啊!她一进这小院,小院变得如此地温暖和生机勃勃。

"勤娃!"

听见父亲叫他,勤娃走进父亲住的屋子,舅舅和舅母都坐在当面,他问候过后,就等待他们有什么指教的话。

"勤娃。"父亲掂着烟袋,说,"你给人家娃说,早晨……甭来给我……倒尿盆……"

勤娃笑了。

"这是应该的。"舅母说,"你爸……"

"咱不讲究。咱穷家小院,讲究啥哩!"父亲说,"我自个倒了,倒畅快。我又不是瘫子……"

勤娃仍然笑笑,能说什么呢,爸是太好了。

太阳冒红了,他和玉贤相跟着,提着礼物,到丈人吴三家去回门。

走出康家村,田野里的麦苗渐渐变了色,温暖的阳光照耀着坡岭、河川,阴坡里成片成片的积雪只留下点点残迹,柳条上的叶苞日渐肥大了。

"玉贤——?""哎——""给你……说句话……"

"你说呀!"

"咱爸说……"

"说啥呀?"她有点急,老公公对她到来的第一天有什么不好的印象吗?

"咱爸说……"

"说啥呀?你好难场!"

"咱爸说,你往后……甭给他……倒尿盆!"

"噢呀!"玉贤释然嘘出一口气,笑了,"怎哩?"

"不怎。"勤娃说,"他说他自个倒。"

"俺娘给俺叮嘱再三,要侍奉老人,早晨倒盆子,三顿饭端到老人手上,要双手递。要扫院扫屋,要……"玉贤说,"俺妈家法可严哩!"

"俺爸受苦一辈子,没受过人服侍。"勤娃说,"他倒不习惯别人服侍他。"

"咱爸好。"玉贤说。

两人朝前走着,可以看见吴庄村里高大的树木的光秃秃的枝梢了。

六

平静的和谐的生活开始了。院子里的榆树枝上,绣织着一串串翡翠般的榆钱,一只花喜鹊在枝间叫着。玉贤坐在东院根西斜的阳光里,纳着鞋底。后门关着,前门闭着,公公和丈夫,一人一把石夯,天不明就到什么村里打土坯去了,晚上才回来。她一个人在小院里,静得只能听见麻绳拉过布鞋鞋底的"呲呲"声。有点寂寞,她想和人说说闲话;不好,过门没几天的新媳妇,走东家串西家,那是会引起非议的。她就坐着,纳着,翻来覆去想着到这个新的家庭里的变化。感觉顶明显的,是阿公比亲生父亲的脾气好。父亲吴三,一见她有不顺眼的地方,就骂。阿公可是随和极了。他从来不要求儿媳妇对自己照顾和服侍,打土坯晚上回来,锅里端出什么就吃什么。平时在家,她请示阿公该做啥饭？宽面还是细面？干的还是汤的？阿公总是笑笑，说："甭问了，你们爱吃啥做啥。"她在这个庄稼院里，似乎比在亲生娘老子跟前更畅快些。人说新媳妇难熬，给勤娃做媳妇，畅快哩！

勤娃也好，勤快、实诚、俭省，真正地道的好庄稼人。她相信在结婚前，母亲给她打听来的关于勤娃的人品，没有哄她。他早晨出门去，晚间回来，有时到十几里以外的村里去打土坯，仍然要赶回来。他在她的耳边说悄悄话："要是屋里没有你，我才不想跑这冤枉路哩！"

昨天晚上发生的事，很不寻常。

勤娃打土坯回来，照例，把当日挣的钱交给老人。老人接住钱，放在桌上，叫勤娃把媳妇唤来。玉贤跟着勤娃来到阿公的住屋。

阿公坐在炕上，看一眼勤娃又看一眼玉贤，磕掉烟灰，说："从今往后，勤娃挣下钱，甭给我交了，交给贤娃。"

老人不习惯叫玉贤，叫贤娃，倒像是叫自己的女儿一样的口吻。玉贤心里忽然感动了，连忙说："爸，那不行！你老是一家之主……"

"一家人不说生分话。"老人诚恳地解释，"我五十多岁了，啥也不图，只图得和和气气，吃一碗热饭。这日月，是你们的日月，好了坏了，穷了富了，都是你们的。日子怎么过，家事怎样安排，你们要思量哩！勤娃前日说，想盖三间瓦房，好，就该有这个派势！三间房难也不难。爸一辈子打土坯挣下的钱，盖十间瓦房也用不完，临到而今还是这两间烂厦房。怎哩？挣得多，国军收税要款要得多。现时好了，咱爷儿俩闲时打土坯，不过三年，撑起三间瓦房！"

"爸，还是把钱搁到你跟前……"勤娃说。

"你俩都是明白娃嘛！爸要钱做啥？还不是给你攒着，干脆放你们箱子里，省得我操心。"老人把亡妻留下的那只梳妆匣儿，一家人的金库，一下子塞到勤娃怀里，作为权力的象征，毫不迟疑地移交给儿子了，"小子，日月过不好，甭怪你爸噢！"

勤娃流泪了，说："爸，你迟早要用钱，你说话，上会、赶集……"

"嗨！不知道吗？"老人爽快地笑着，"爸一辈子只会打土坯，挣汗水钱，不会花钱。"

现在，那只装着爷儿俩打土坯挣来的钱的梳妆匣儿，锁在箱子里的角落里。玉贤觉得，这个家，真是自己的家了。她在娘家时，村里的媳妇们，要用一块钱，先得给女婿说，再得给阿公阿婆说，一家人常常为花钱闹仗。她刚过门两月，老公公一下子把财权交给她手上了，是老人过于老好呢？还是……

她看看太阳已经上了东墙墙头，小院里有点冷了，也该当去做晚饭了，勤娃和阿公晚间来，都想喝一碗玉米糁糁暖胃肠的。

街门"吱"的一响,妇女主任金嫂探进头来。

"玉贤,政府号召妇女认字学习哩。乡上派先生来扫除文盲,办冬学,你上不上?"

玉贤早就听人说要办冬学扫除文盲的传言,今天证实了。她觉得新鲜,人要是能认识字,该多有意思哟。心里虽然这样想,嘴里却说:"这事……我得问一下我爸。"

"你爸不挡将,勤娃也不挡。"金嫂说话办事都是干脆利落,"人民政府的号召,哪个封建脑瓜敢拉后腿?"

"挡不挡也得给老人说一下。"玉贤矜持而又自谦地说,"咱不能把老人不当人敬。"

"好媳妇,真个好媳妇。"金嫂笑说,"我先给你报上名,谁要是拉后腿,你寻我!"

金嫂像旋风一样卷出门去了。

"好事嘛!认字念书,好事咯!"康田生老汉吃着儿媳双手递上前来的玉米糁糁,对站在桌边提出识字要求的玉贤说,"我不识字,勤娃小时也没念成书,有一个人会认字了,谁哄咱也哄不过了。"

阿公虽然不识字,并不像村里特别顽固的那些老汉们封建。玉贤并不立刻表现出迫不及待的样子,故意装出对上冬学的冷漠,免得老人说她不安分在小庄稼院过生活了,心野了:"要上让他去上。我一个女人家,认不认得字,没关系……""啥话!新社会,把妇女往高看哩!"老公公大声说,"我和勤娃忙得不沾家,想学也学不成。"

她达到目的了,服侍阿公吃饭,给勤娃把饭温在锅里。勤娃得到天黑才能回来。春三月,正是翻了身的庄稼人修屋盖房的季节,打土坯的活儿稠,勤娃把远处村庄里的活儿干了,临近村庄的活儿,让老阿公去干。真的学会了读书识字,那该多有意思啊……

康田生喝着热乎乎的玉米糁糁,伴就着酸凉可口的酸黄菜,心里很满意。对新媳妇过门两三个月的实地观察,他庆幸给儿子娶下了一个好媳妇,知礼识体,勤勤快快,正是本分的庄稼人过日月所难得的内掌柜的。日常的细微观察中,他看出,媳妇比儿子更灵醒些。这样一个心性灵聪的女人,对于他的直性子勤娃,真是太好了。他心甘情愿地把财权过早地交给下辈人,那不言自明的含义是:你们的家当,你们的日月,你们鼓起劲来干吧!他爽快地同意儿媳去上冬学,也是出于这样的考虑,让聪明的玉贤学些文化,日后谁也甭想捣哄勤娃了。保证在他过世以后,勤娃有一个精明的管家。俗话说,男人是扒扒,管挣;女人是匣匣,管攒;不怕扒扒没刺儿,单怕匣匣没底儿。庄稼人过日月,不容易哩!

七

在一个陌生的村庄外边的土壕里,勤娃丢剥了棉衣,连长袖衫也脱掉了,在阳春三月的阳光下,提着二三十斤重的青石夯,一下重砸,又一下轻扇,青石夯捶击潮湿的土坯的有节奏的响声,在黄土崖上发出回响。打土坯,这是乡村里最沉重的劳动项目之一。对于二十出头的康勤娃,那石夯在他手中,简直是一件轻巧自如的玩具。他打起土坯来,动作轻巧,节奏明快;打出的土坯,四棱饱满,平整而又结实。在他打土坯的土壕塄坎上,常常围蹲着一些春闲无事的农民,说着闲话,欣赏他打土坯的优美的动作。

勤娃整天笑眯眯,对打土坯的主人笑眯眯,对围观的庄稼人笑眯眯;不管主人管待他的饭食是好是糟,他一概笑眯眯。活儿干得出奇的好,生活上不讲究,人又和气好说话。他的活儿特别稠,常常是给这家还没打够数,那一家就来相约了。他心里舒畅。在喝水歇息的时候,他常常奇怪地想,人有了媳妇,和没有媳妇的时光大不一样了。身上格外有劲,心里格外有劲,说话处事,似乎都觉得不该莽撞冒失了,该当和人和和气气。人生的许多道理,要亲身经历之后,才能自然地醒悟;没有亲身经历的时光,别人再说,总觉得蒙着一层纸。打完土坯,他吃罢晚饭,抹一把嘴,起身告辞。

"明天还要打哩,隔七八里路,你甭跑冤枉路了。"主人诚心相劝,实意挽留,"咱家有住处。你苦累一天,早早歇下。""不咧!"他笑着谢绝,"七八里路,脚腿一伸就到了。你放心,明日不误时。"

他定了,心想:我睡在你家的冷炕上,有我屋的暖和被窝舒服吗?

他在河川土路上走着,夜色是迷人的,坡岭上的杏花,在朦朦月光里像一片白雪,夜风送来幽微的香味。人活着多么有意思!

"你吃饭。"玉贤招呼说。"吃过了。"他说。

"今日怎么回来这样迟?"玉贤问。

他笑而不答,从贴身的衬衣口袋里掏出一摞纸币来,交到玉贤手上。

玉贤数一数,惊奇地问:"这么多?"

"我两天打了三摞。"他自豪地笑着,"这下你明白我回来迟的原因了吧!"

"甭这么卖命!甭!"她爱怜地说,一般人一天打一摞(五百块),已经够累了,他居然两天打了三摞,"当心挣下病!""没事。我跟耍一样。"他轻松地说。她愈心疼他,体贴他,他愈觉得劲头足了,"春天一过,没活儿了。再说,我是想早点撑起三间瓦房来。"

春季夜短,两口睡下了。

他忽然听到里屋传来父亲的咳嗽声,磕烟锅的声音。回来晚了,父亲已经躺下,他没有进里屋去。他问:"你给咱爸烧炕了没?"

"天热了,爸不让烧了。"她说,"你怎么天天问?"

"我怕你忘了。"

"怎么能忘呢。"

"老人受了一辈子苦。"他说,"咱家没有屋里大人,你要多操心爸。"

"还用你再叮嘱吗?"玉贤说,"我想用钱给老人扯一件洋布衫子,六月天出门走亲戚,不能老穿着黑粗布……"

"该。你扯布去。"他心里十分感动。

静静的春夜,温暖的农家小院,和美的新婚夫妻。

"给你说件事。"玉贤说,"金嫂叫我上冬学哩。我不想去,女人家认那些字做啥!村长统计男人哩,叫你也上冬学,说是赶收麦大忙以前,要扫除青年文盲哩!"

"我能顾得坐在那儿认字吗?哈呀!好消闲呀!"他嘲笑地说,"要是一家非去一个人不可,你去吧。认两字也好,认不下也没啥,全当应付差事哩!"

八

吴玉贤锁上围墙上的木栅栏门,走在康家村的街道里了。

结婚进了勤娃家的小院,她很少到村子中间的稠人广众中走动过。地里的活儿,父子俩不够收拾,用不上她插手。缸里的水不等完,勤娃又担满了。她恪守着母亲临将她嫁出前的嘱咐:甭串门,少说是非话,女人家到一个村子,名声倒了,一辈子也挽不回来。在娘家长人哩,在婆家活人哩!

她到康家村两三个月来,渐渐已经获得了乖媳妇的评价。她走在仍然有些陌生的街道里,似乎觉得每一座新的或旧的门楼里,都有窥视自己的眼光。做媳妇难。她缓缓地大大方方地走过去,总不可避免拘谨;总算走到村庄中心的祠堂门前了,这是冬学的校址。门口三人一堆,五个一伙,围着姑娘和媳妇们,全是女人的世界。

她走进祠堂的黑漆剥落的大门了,勤娃给她介绍康家村人事状况的时候说,这是财东康老九家的祠堂,历来是财东迎接联保官人的地方。康家村的穷庄稼人路过门口,连正眼瞧一眼的勇气也没有。一旦被传喝进这里,就该倒霉了。这是一个神秘而阴森的所在,那些她至今记不住名字的康家村的老庄稼人,好多缴不起税款和丁捐,整夜整夜被反吊在院中那棵大槐树上……现在,男人和女人在这儿上冬学了,男人集中在晚上,女人集中在后晌。

祠堂里摆着几张方桌和条桌,这是临时从这家那家借来的。玉贤在最后边一张条桌前坐下了,听着妇女们叽叽喳喳说笑,她笑笑,并不插嘴。

金嫂和村长领着一位先生进来了。她从坐在前边的两位女人的肩头看过去,看见一位年轻小伙儿白净的脸膛,略略一惊,印象里乡村私塾里的先生,都是穿长袍戴礼帽的老头子,这却是个二十左右的年轻娃娃,新社会的先生是这样年轻!只听村长介绍说先生姓杨,并且叫妇女们以后一律称呼杨老师。村长说他有事,告辞了。金嫂也在一张方桌边坐下来,杨老师讲课了。

玉贤坐在后面,她有一种难以克服的羞怯心理,不敢像左右那些女人们扬着头,白眨白眨着眼睛仔细观看新来的老师的穿着举动,窃窃议论他的长相。她一眼就看见,这是一张很惹人喜欢的小白脸,五官端正,眼睛喜气,头上留着文明头发,有一绺老是扑到眼睛上头来,他一说话,就往后甩一甩,惹得少见多怪的乡村女人们咻咻地笑。玉贤只记得爷爷后脑勺上有一排齐刷刷的头发,父亲这一辈男人,一律是剃光头。文明人蓄留一头黑发,比剃得光光亮亮的头是好看多了。

老师讲话了,和和气气,嘴角和眼梢总带着微笑,讲着新社会妇女翻身平等的道理,没有文化是万万不行的,讲着就点起名字来了。

他在点名册上低头看一眼,扬头叫出一个名字,那被叫着的女人往往痴愣愣地坐着不应,经别人在她腰里捅一拳,她才不好意思地忸怩着站起——她们压根没听人叫过自己的名字,倒是听惯了"牛儿妈"、"六婶"、"八嫂"的称呼,自己也记不得自己的名字了——引起一阵哗笑。

在等待中,听到了一个陌生的而又柔声细气的男子的呼叫"吴玉贤"的声音,她的心忽地一跳,低着头站起来,旋即又坐下。

点过名之后,杨老师在黑板上写下"妇女解放,男女平等"八个字,转过身来领读的时候,那一双和气的眼睛越过祠堂里前排的女人的头顶,端直瞅到玉贤的脸上,对视的一瞬,她忽地一下心跳,迅即避开了。她承受不了那双眼光里令人说不出的感觉……教的什么字啊,她连一个也记不住!

不过十天,杨老师和康家村冬学妇女班上的女人们,已经熟悉得像一个村子的人一样了。除了教字认字,常常在课前课后坐在一起拉家常,说笑话,几个年龄稍大点的婶子,居然问起人家有媳妇没有,想给他拉亲做媒了。

杨老师笑笑,说他没有爱人,但拒绝任何人为他提媒。他大声给妇女们教歌,"妇女翻身"啦,"志愿军战歌"啦。课前讲一些远离康家村甚至外国的故事,苏联妇女怎样和男人一样上大学,在政府里当官,集体农庄搭伙儿做庄稼,简直跟天上的神话一样。

玉贤仍然远远地坐在后排的那张条桌旁,她不挤到杨老师当面去,顶多站在外围,默默地听着老师回答女人们问长问短的话,笑也尽量不笑出声音来。她知道,除了自己年纪轻,又是个新媳妇这些原因以外,还有什么迷迷离离的一种感觉,都限制着她不能和其他女人一样畅快地和杨老师说话。

杨老师教认字完毕,就让妇女们自己在本本上练习写字,他在摆着课桌间的走道里转,给忘了某个字的读音的人个别教读,给把汉字笔画写错了的人纠正错处。玉贤怎么也不能把"翻身"的"翻"字写到一起,想问问杨老师,却没有开口的勇气。一次又一次,杨老师从她身边走过去了。

"这个字写错了。"

杨老师的声音在她旁边响起,随之俯下身来,抓住她捉着笔的手,把"翻"字重写了一遍。她的手被一双白皙而柔软的手紧紧攥着,机械地被动地移动着,那下腭擦着她耳朵旁边的鬓发,可以嗅着陌生男人的鼻息。

"看见了吗?这一笔不能连在一起!"

杨老师走开了,随之就在一个长得最丑的婆娘跟前弯下身,用同样的口气说:"你把这字的一边写丢了,是卖给谁了吗?"

婆娘女子们哄笑起来,玉贤在这种笑声中,仿佛自己也从紧张的窘境里解脱了。

年轻的杨老师的可爱形象,闯进十八岁的新媳妇吴玉贤的心里来了……

她坐在小院里的槐树下,怀里抱着夹板纳鞋底,两只唧唧鸟儿在树枝间追逐,嬉戏。杨老师似乎就站在她的面前,嘤嘤地多情地笑着。他在黑板上写字的潇洒的姿势,说话那样入耳中听,中国和外国的事情知道得那么多,歌儿唱得好听极了,穿戴干净,态度和蔼,乡村里哪能见到这样高雅的年轻人呢!相比之下,她的男人勤娃……哎,简直就显得暗淡无光了。结婚的时候,她虽然没有反感,也绝没有令人惊心动魄。他勤劳,诚实,俭省;可他也显得笨拙,粗鲁,生硬;女人爱听的几句体贴的话,他也不会说……哎,真如俗话说的,人比人,难活人哪!

新社会提倡婚姻自由,坚决反对买卖包办,这是杨老师在冬学祠堂里讲的话。她长了十八岁,现在才听到这样新鲜的话,先是吃惊,随之就有一种懊悔心情。嫁人出门,那自古都是父母给女儿办的。临到她知道婚姻自主的好政策的时候,已经是康勤娃的媳妇了。要是由自己去选择女婿的话,该多好哇……那她肯定要选择一个比勤娃更灵醒的人。可惜!可惜她已经结婚了,没有这样自由选择的可能了……

杨老师为啥要用那样的眼神看她呢?握着她的手帮她写"翻"字的印象是难忘的,似乎手背上至今仍然有余温。唔!昨日后响,杨老师教完课,要回桑树镇中心小学去,路过她家门口,探头朝里一望,她正在院子的柴火堆前扯麦秸,准备给公公做晚饭。杨老师一笑,在门口站住。她想礼让杨老师到屋里坐,却没有说出口。公公和勤娃不在家,把这样年轻的一个生人叫到屋里,会让左邻右舍的人说什么呢?她看见杨老师站住,断定是有事,就走到门口,招呼一声说:"杨老师,你回去呀?""回呀。"杨老师畅快地应诺一声,在他的手提紧口布兜里翻着,一把拉出一个硬皮本子来,随之瞧瞧左右,就塞到她的怀里,说:"给你用吧!"她一惊,刚想推辞,杨老师已经转身走了。那行动举止,就像他替别人给她捎来一件什么东西,即令旁人看见,也无可置疑。她不敢追上去退还,那样的话,结果可能更糟。她当即转过身,抱起柴火进屋去了。应该把本本还给人家,这样不明不白的东西,她怎么能拿到上冬学的祠堂里去写字呢?

他对她有意思,玉贤判断。康家村那么多女人去上冬学,他为啥独独送给她一个本本呢?他看她的眼神跟看别的妇女的眼神不一样。他帮她写字之后,立即又抓住那个长得最丑的媳妇的手写字,不过是做做样子,打个掩护罢了。

已经有了几个月婚后生活的十八岁的新媳妇吴玉贤,尽管刚刚开始会认会写自己的名字,可是分析杨老师的行为和心理,却是细致而又严密的。她又反问自己,人家杨老师那样高雅的人,怎么会对她一个粗笨的乡村女人有意思呢?况且,自己已经结过婚了⋯⋯蠢想!纯粹是胡猜乱想。

肯定和否定都是困难的。她隐隐感到这种紊乱思想下所潜伏的危险性,就警告自己:不要胡乱猜想,自己已经是康家小院里的人了,怎么能想另一个男人呢?婚姻自由,杨老师嘴巴上讲得有劲,可在乡村里实行起来,不容易⋯⋯

事情的发展,很快把农家小媳妇吴玉贤推向一个可怕而又欣喜的地步——

轮着玉贤家给杨老师管饭了。她的丈夫勤娃给二十里远的关家村应承下二十摞土坯,说他不能天天往回赶,路太远了。公公在邻近的村庄里打土坯,晚上才能回来。他早晨出门时,叮嘱说:"把饭做好。人家公家同志,几年才能在咱屋吃一回饭,甭吝啬!"她尽家里有的,烙了发面锅饼,擀下了细长的面条。辣子用熟油浇了,葱花也用铁勺炒了,和盐面、酱醋一起摆在院中的小桌上。

杨老师走进来,笑笑,坐在院中的小桌旁边,环顾一眼简陋而又整洁的小院,问她屋里都有什么人,怎么一个也不见。她如实回答了公公和丈夫的去处,发觉杨老师顿时变得坦然了,眼里闪射出活泼的光彩,盯着她笑说:"那你就是掌柜的了。"她似乎接受不了那样明显地挑逗的眼光,低头走进灶房里,捞起勺子舀饭。这时候,她的心在夹袄下怦怦跳,无法平静下来。

她端着饭碗走到小院里,双手递到杨老师面前。杨老师急忙站起,双手接碗的时候,连同她的手指一起捏住了。她的脸一阵发热。抽回手来,惊觉地盯一眼虚掩着的木栅门,好在门口没有什么人走动。杨老师不在意地笑笑,似乎是无意间的过失;坐在小凳上,用筷子挑起细长的面条,大声夸奖她擀面的手艺真是太高了,他平生第一次吃到这样又薄又韧的细面。"杨老师,你自个吃。俺到外屋,没人陪你。"玉贤说着,就转过身走去了。

"你把饭也端来,咱们一块吃。"杨老师说,"男女平等嘛!怕啥?"

"不⋯⋯"玉贤停住脚,他居然说"咱们"⋯⋯

"哈呀！咱们成天讲妇女要解放,还是把你从灶房里解放不出来。"杨老师感慨地说,"落后势力太严重了……"

她已经走进自己的小厦屋,从箱子的包袱里取出那天傍晚杨老师塞给她的硬皮本本,现在是归还它的最好时机了。她接受这样一件物品意味着什么呢？她走到杨老师跟前,把那光滑的硬皮本放到杨老师面前的小桌上,说:"俺用不上……""唔……"杨老师一愣,扬起头看她,眼里现出一缕尴尬的神色,脸也红了,愧了,解释说,"我看你的作业本用完了……就买了这;你不……喜欢的话……"

"俺用不上。"玉贤看见杨老师尴尬的样子,意识到自己的行为太唐突了。她不想回答自己究竟喜欢不喜欢这个硬皮本本,只是把交还它的动机说成是用不上,"你们文化人……才当用。"

"哈呀！好咧好咧！"杨老师听罢,已经完全体察到一个自尊的农家女人的心理,脸上和眼里恢复了活泼的神态,"没有关系……"

玉贤走进小灶房,坐在木墩上,等待着杨老师吃完饭,她再去舀。在娘家的时候,屋里来了客人,总是由父亲和哥哥陪着吃饭,她和母亲待在灶房里,这是习惯,家家都是这样。她坐着,心里忐忑不安,浑身感到压抑和紧张,当她越来越明晰地觉察出杨老师一系列举动的真实含意时,她倒有些怕了,警告自己:拿稳！可是,心里却慌得很,总是稳不住……这当儿,小灶房里一暗。玉贤一抬头,杨老师走进小灶房窄小的门道,手里端着吃光喝净了面条的空碗,自己舀饭来了。

"咦呀！让客人自己舀饭,失礼了。"玉贤慌忙从灶锅下的木墩上站起,伸手接碗,"你去坐下,我给你送来。"

"新社会,不兴剥削人嘛！"杨老师抓着碗不放,笑着,盯着她的眼睛笑着,"自己动手,吃饱喝足。"

"使不得……让我舀……""行啦行啦……自己舀……"两只手在争夺一只碗,拉来扯去。

玉贤的腰部被一只胳膊搂住了,"不……"声音太柔弱了,没有任何震慑力量,忽地一下涌到脸上来的热血,憋得她眼花了,想喊,却没有力气,也没有勇气,嘴唇很快也被紧紧地挤压得张不开了……她的一双戴着石镯的手,不由自主地勾到陌生男子的肩膀上……

九

又是一钩弯镰似的月牙。田野迷迷蒙蒙,灰白的土路,隐没在齐膝高的麦田里。远处秦岭的群峰现出黑黝黝的雄伟的轮廓。早来的布谷鸟的动情的叫声,在静寂的田地和村庄的上空倏然消失了。岭坡的沟畔上,偶尔传来两声难听的狐狸的叫声。

勤娃甩着手,在春夜温馨空气的包围中跨着步子。他谢绝了打土坯的主人诚心实意的挽留,吃罢夜饭,撂下饭碗,往家赶路了。他有说不出口的一句话,因为路远,三四天没有回家,他想见玉贤。二十里平路,在小伙子脚下,算得什么艰难呢!屋里有新媳妇的热炕,主人家给他临时搭排的窝铺,那显得太冷清了。他走着,充满信心地划算着,自开春以来,已经打过近百摞土坯了,父亲交给玉贤掌管的那只小梳妆匣儿里,有一厚扎人民币了。这样干下去,只要一家三口人不生疮害病,三年时光,勤娃保准撑起三间大瓦屋来。那时光,父亲就绝对应该放下石夯,只管管家里和田里的轻活儿了,或者,替他们管管孩子……新社会不纳捐,不缴壮丁款,挣下钱,打下粮食全归自己,只要不怕吃苦,庄稼人的日月红火得快哩!勤娃走进康家村熟悉的村巷,月牙儿沉落到山岭的背后去了,村庄笼罩在黑夜的幕帐之中了。惊动了谁家的狗,干吠了几声。

他站在自家小木栅栏门外,一把黑铁锁上凝结着湿溜溜的露水,钥匙在父亲的口袋里。他老人家大约刚刚睡下,要是起来开门,受了夜气感冒了,糟咧。不必惊动老人……勤娃一纵身,从矮矮的土围墙上,跳进自己的小院里了。

他轻轻地拍击着小厦屋门板上的铁栓儿。深更半夜叫门,不能重叩猛砸,当心吓惊了女人,勤娃心细着哩!

"来咧……"女人玉贤在窸窸窣窣穿衣服,好久,才开了门。

"怎么不点灯?"勤娃走进屋,随口说。"省点……煤油……"玉贤颤颤地说。"嗨呀!"勤娃笑了,"黑咕隆咚,省啥油嘛?"随之啪的一声划着了火柴。

屋里亮了。勤娃坐在炕边,嘘出一口气,他觉得累了。"你还吃饭不?"玉贤坐在炕上问。

"吃过了。"勤娃说,盯着玉贤煞白的脸,惊得睁大眼睛,"你……病咧?"

"没……"玉贤低下头,"有些不舒服……"

他伸手摸摸她的额头,说:"不见得烧……"

"不怎……"

他略为放心。脱鞋上炕的当儿,他一低头,脚地上有一双皮鞋。他一把抓起,问:"这是谁的?"

玉贤躲避着他的眼睛,还未来得及回答,装衣服的红漆板柜的盖儿"哗"的一声自动掀起,冒出一个蓄留着文明头发的脑袋。

"啊……"

勤娃倒抽一口气,迅即明白了这间厦屋里发生过什么事情了。他一步冲到板柜跟前,揪住浓密的头发,把冬学教员从柜子里拉出来。啪——一记耳光,啪——又一记耳光,鼻血顿时把那张小白脸涂抹成猪肝了;咚——当胸一拳,咚——当胸再一拳,冬学教员软软地躺倒在脚地,连呻吟的声息都没有;勤娃又抬起脚来。

冬学教员挣扎着爬起来,"扑通"一声,双膝跪倒在勤娃脚下了。

勤娃已经失去控制,抬起脚,把刚刚跪倒的杨先生踢翻了。他转身从门后捞起一把劈柴的斧头,牙缝里迸出几个字来:"老子今黑放你的血!"

猛然,勤娃的后腰连同双臂,死死地被人从后边抱住了,他一回头,是父亲。

老土坯客听到厦房里不寻常的响动,惊惊吓吓地跑来了,不用问,老汉就看出发生了什么事了。他抱住儿子提着斧头的胳膊,一句话也不说,狠劲掰开勤娃的手指,把斧头抽出来,"咣当"一声扔到院子的角落里去了。他累得喘着气,把癫狂状态的儿子连拽带拖,拉出了厦房,推进自己住的小灶屋。"你狗日杀了人,要犯法!"

"我豁上了!"

"你嚷嚷得隔壁两岸知道了,你有脸活在世上,我没脸活了!"老汉抓着儿子胸前敞开的衣襟,"你只图当时出气,日后咋收场哩!"

这是一声很结实也很厉害的警告。勤娃从本能的疯狂报复的情绪中恢复理智,愣愣地站住,不再往门外扑跳了。

"把狗日收拾一顿,放走!"老土坯匠说,"再甭高喉咙大嗓子吼叫!"

"我跟那婊子不得毕!"勤娃记起另一个来。

"那是后话!"

父子二人走到厦屋的时候,冬学教员已经不见踪影,玉贤也不见了。临街的木栅门敞开着,两人私奔了吗?勤娃窝火地"嗯"了一声,怨愤地瞅着父亲。他没有出足气,一下子跌坐在炕边上。

老汉转身走到前院,一眼瞅见,槐树上吊着一个人。他惊呼一声,一把把那软软的身子托起,揪断草绳,抱回厦屋,放到炕上。忽闪忽闪的煤油灯光下,照出玉贤一张被草绳勒聚得紫黑的脸,嘴角涌出一串串白色的泡沫,不省人事了。

勤娃看见,立时煞白了脸,哎的一声怨叹,跌倒在厦屋脚地,也昏死过去了。

"我的天哪……"康田生看着炕上和脚地的媳妇和儿子,不知该当咋办了,绝望地扑倒在儿子身上,泪水纵横了。

十

勤娃躺在炕上,瞪着眼珠,一声连一声出着粗气。父亲已经给打土坯的主人捎过话去,说儿子病了,让人家另寻人打土坯。

他没有病,只是烦躁,心胸里源源不断积聚起恶气,一声吁叹,放出来,又很快地积聚起来。

真正的病人现在强打起身子,倒不敢沾一沾炕边。玉贤头疼,恶心,走一步心就跳得瞠瞠。她用一条黑布帕子围着脖子,遮盖着被草绳勒出一圈血印的脖颈,默默地扫院,悄悄地在前院柴火堆前撕扯麦秸,默默地坐在灶锅前烧火拉风箱。红润润的脸膛变得灰白,低眉搭眼地走到公公跟前,递上饭碗,声音从喉咙里挤不出来。她又端起一碗饭,送到勤娃跟前:"吃饭……"

勤娃翻过身,一拳把碗打翻了,破碎的碗片,细长的面条,汤汤水水在地上泼溅。

他恨她恨得咬牙,打她的耳光,撕扯她的头发。晚上,脱了衣服,他在她的身上乱打。打得好狠,那双自幼打土坯练得很有功力的胳膊,在她的身上留下一坨坨黑疤和红伤。他不心疼,觉得一阵疯狂的发泄之后,心里稍稍畅缓一些了。她不躲避,忍受着应该忍受的一切报复,这是应该的。她只是捂着脸,不要让那双铁锨一样硬邦的手给她脸上留下伤痕,身上任何地方,有衣服遮着,让他打好了。

康田生坐在自己的小屋里,听着前边厦屋里儿子抽打媳妇的响声,坐不住了,那每一声,就像敲在他的心口。他走出门,蹲在门前的小碌碡上,躲避那不堪卒听的响声。可是,一袋烟没有抽完,他又跳下碌碡,走进小院了,他不敢离远,万一闹出意外的事来就更怕人了。

春光是明媚的,阳光是灿烂的,房屋上空的榆树和椿树的叶子绿得发青,岭坡上的桃花又接着败落的杏花开得灿红了。而这个岭坡下的庄稼小院里,空气清冷,阳光惨淡,春风不止。

整整三天过去了。

儿子和媳妇都失了脸形,康田生本人也因焦虑和减食而虚火上升,眼睛又黏又红,像胶锅一样睁巴不开了。他愈加想到这个破裂的家庭里,自己所负的支撑者的责任了。怎么劝儿子,又怎么劝媳妇呢?他一看见儿子痛不欲生的脸相,自己已经难受得撑挂不住,哪里还有话说得出来呢?他知道儿子遇到的不幸在人生中有多重的分量。对于儿媳,那张他曾经十分喜欢的红润的脸膛,如今连正眼瞧一瞧的心情也没有,看了叫人恶心! 老汉抽着烟,睁巴着黏糊糊的眼睛,寻思怎么办。对儿媳再恨再厌,他不能像儿子那样不顾后果地愣下去。他想和什么人讨讨对策,然而不能,即使村长也不能商量,这样的丑事,能说给人听吗? 他终于想到了表兄和表嫂,那是自己的顶亲的亲戚,勤娃的养身父母,最可信赖的人了。

他仍然觉得不敢离开这个时刻都可能出事的家,让顺路上岭去的人把话捎给表兄,无论如何,要下岭来一趟,勤娃病了,病中想念舅舅……

十一

"就这。"康田生把家中发生的不幸从头至尾叙说一遍,盯着表兄的长眉毛下的明智的眼睛,问,"你说现时咋办呀?""好办。"表兄一扬头,"把勤娃叫来。"

勤娃走进来了,眼睛跌到坑里了,一见舅舅,扑到当面,"呜"的一声哭了。田生老汉把头拧到一边,不忍心看儿子丧魂落魄的颓废架势。

"头扬起来!甭哭!"舅父严厉地说,"二十岁的大人了,哭哭溜溜,啥样式嘛!"

"我……我不活了……"勤娃一见舅舅,心里的酸水就涌流不止,用拳头砸着自己的脑袋,"我……哎……"

舅父伸开手,啪啪,两记耳光,抽到勤娃鼻涕眼泪交流着的扭曲的脸上,厉声骂:"指望我来给你说好话吗?等着!"勤娃哭不出来了,呆呆地低着头站着。

康田生吃惊了,瞅着表兄下巴上一撅一撅的花白胡须,没见过表兄这样厉害呀!他忙把勤娃拉开,按坐在小木墩上。"你妈死得早,你爸咋样把你拉扯这大?亲戚友人为你操了多少心?你长得成人了,人高马大了,不说成家立业,倒想死!"舅父训斥起来,"死还不容易吗?眼一闭,跳到河里就完了。值得吗?"

父子二人默声静息,不敢插言。

"那——算个屁事!"舅父把那件丑事根本不当一回事,"大将军也娶娼门之妻!我在河北财东家杂货铺当相公,掌柜的婆娘就和人私通,掌柜的招也不招,只忙着生意赚钱!咱一个乡村庄稼汉,比人家杂货铺掌柜还要脸吗?"

勤娃似乎一下子才醒悟,这样的丑事绝不是他康勤娃一个人遇到了,比他更体面的人也遇到了。他讷讷地说:"我心里恶心……像吃了老鼠……"

"事情……当然不是好事。"舅父把话转回来,"这号丑事,张扬出去,于你有啥光彩?庄稼人,娶个媳妇容易吗?那不是一头牛,不听使唤,拉去街上卖了,换一头好使唤的回来。现时政府里提倡婚姻自由,允许离婚,你离了她,咋办?再娶吗?你一个后婚男人,哪儿有合适的寡妇等着你娶?即使有,你的钱在人家土壕里,一时三刻能挣来吗?啊?遇到事了,也该前后左右想想,二十岁的人啦,哭着腔儿要寻死,你算啥男子汉……"

"对对对!实实在在的话。"康田生老汉叹服表兄一席切身实际的道理,自愧自己这几天来也是糊涂混乱了,劝儿子说,"听着,你舅的话,对对的。"

"吃了饭,出去转一转,心眼就开畅了。"舅父说,"明天把石夯扛上,出去打土坯!舅不死,就是想看见你把瓦房撑起来。"

勤娃苦笑一下,这是他近日来露出的头一张笑脸,尽管勉强又苦楚,仍然使老父亲心里一亮啊!

"记住——"舅舅瞅瞅勤娃,又瞅一眼康田生,压低声音叮嘱,"再甭跟任何人提起这事。你祖祖辈辈子子孙孙都在康家村,门面敢倒吗?"

康田生连连点头。

"勤娃,"舅舅叫他的名字,悄声郑重地说,"在外人面前概不提起,在屋里可不敢松手!女人得下这号瞎毛病,头一回就要挖根!此病不除,后祸无穷!"

听着舅舅前后不大统一的话,勤娃这阵儿才真正感服了,睁着苦涩的眼睛,盯着舅父花白胡须包围中的薄嘴唇,等待说出什么拯救他拔出苦海的好法子来。

"你——再甭打她了。你打得失手,她寻了短见,咋办?再说,打得狠了,她记恨在心,往后怎样过日子?"舅父说,"你去找他娘家人,让她爹娘老子收拾她,治她的瞎毛病。省得……"

"唔唔唔,好好好!"康田生老汉对于表兄的所有谈话都钦服,一生只会摔汗水出笨力的老土坯客,对于精明一世的表兄一直尊为开明的生活的指导者,"我当初想过这一招儿,又怕伤了亲戚间的和气……"

"他女子做下伤风败俗的事,他还敢嘴硬!"舅父说着,特别叮嘱勤娃,"这件事,不能松饶了她;可跟人家爹娘说话,话甭伤人……"

勤娃点点头,感激地盯着舅父,这个养育他长大、至今还为他的不幸费心劳神的长辈人,似乎比粗笨的亲生父亲更可亲近了。

舅父站起来,在门口朝前院喊:"玉贤——"

玉贤轻手轻脚走到舅父面前,低头站住,声音柔弱得像蚊子:"舅——你老儿……来咧!"

"快去给舅做饭。"他像什么事也不知道,也或者是什么都知道了而毫不介意,倚老卖老地说,"吃罢饭,你爸和勤娃还要劳动哩!"

十二

半缺的月亮挂在河湾柳林的上空,河滩稻田秧圃里,蛙声此起彼伏,更显出川道里夜晚的幽静。勤娃迈开大步,跳过一道道灌溉水渠,沿着河堤走着。他避开土路,专门选择了行人罕至的河滩,要是碰见熟人,问他夜晚出村做啥,可能要引起猜疑的。

  他憋着一口闷气,想着见了丈人和丈母娘,该如何开口说出他们的女儿所做下的不体面的丑事?舅父教给他的处理此事的具体措施,似乎是一种束缚,按他的性儿,该是当着她家老人的面,狠狠骂一顿他们的女儿辱没了家风。他走进熟悉的吴庄村了。

  这样的夜晚赶到亲戚家里去,本身就是一种不祥的征兆。丈人吴三,丈母娘和丈人家哥,一齐围住他,三双眼睛在他脸上转,搜寻和猜测着什么,几乎一齐开口问:屋里出了什么事?这么晚赶来,脸色也不好……

  勤娃看着老人担惊受怕的样子,心里忽地难受了。因为给吴三打土坯而订下了他的女儿,婚前婚后,两位老人对他这个女婿是很疼爱的。常常在他面前说,玉贤要是有不到处,你要管她,打她骂她都成。他们是正直的庄稼人,喜欢勤娃父子的勤劳和本分,很满意地把自己的小女儿嫁给他了。往常里,丈母娘时不时地用竹条笼提来自己做下的好吃食……现在,事情却弄到这样的地步,他们听了该会怎样伤心!

  勤娃看着两位老人惊恐的眼色,说不出口了,路上在心里聚起的闷气,跑光了。他猛地双手抱住头,长长地低叹一声,几乎哭了。

  "有啥难处,说呀!"丈母娘急切地催促。

  "唉——"勤娃又叹出一声,实在太难出口了。

  丈人吴三坐在一边,不再催问。他从勤娃的神色和举动上,判断出了什么,就吩咐站在一边的儿子说:"你去,把你姐叫回来!"

  丈人家哥走出门,勤娃觉得话好说了,这才哽哽巴巴,把玉贤和冬学教员的事说了。丈母娘羞惭得骂起来,老丈人吴三却气得浑身颤抖,跌坐在椅子上,说不出话了。

  "我回呀!"勤娃告辞,"女儿出门,怪不了老人。我不怪你二老,你们对我好……"

  "甭走!"丈人拉住他,"等那不要脸的回来再说!"勤娃坐下了。

  "你狗日做下好事了!"吴三一看见走进门来的女儿,火暴性子就发作了,"你说……"

  玉贤站在当面,勾着头,不吭声。

  这种不吭声的行为本身,就证明了勤娃说出的那件丑事的可靠性。吴三火起,两个巴掌就把女儿打倒了。

  "甭打!爸……"勤娃拉住丈人爸的胳膊。

  "不争气的东西!"丈母娘在一旁狠着心骂,"在娘家时,我给你说的话,全当刮风……"

  "狗日至死再甭进俺家的门!"丈人家哥骂。

  玉贤没有同情者。在这样的家庭里,她不指望任何人会替她解脱。她的父母,都是要脸面的正经庄稼人。她做下辱没他们门庭的丑事,挨打受骂是当然的。她躺在地上,又挣扎站起。

"跪下！"吴三吼着。

玉贤太屈辱了,当着勤娃和父母哥哥的面,怎么跪得下去呢？这当儿,父亲吴三一脚把她踢倒,她的腿腕疼得站不起来了。

吴三从墙上取下一条皮绳,塞到勤娃手里:"勤娃,你打……"

勤娃接住皮绳,毫不迟疑地重新挂到墙上的钉子上,劝慰吴三:"算哩……"

丈母娘向勤娃暗暗投来受了感动的眼光。

吴三又取下皮绳,一扬手,抽得只穿件夹衣的玉贤在地上滚翻起来,惨痛而压抑的叫声颤抖着。

勤娃自己在打玉贤的时候,似乎只是被一股无法平息的恶火鼓动着。当他看着丈人挥舞皮绳的景象,他的心发抖了。看着别人打人,似乎比自己动手更觉得残忍。他抱住吴三的手。"甭拉！让我把这丢人丧德的东西打死！"吴三愈加上火,扑跳得更凶,"你不要脸,我还要！"

勤娃猛然想到,他刚才不该留在这儿。丈人留他,就是要当着他的面,教训女儿,以便在女婿面前,用最结实的行为,洗刷父母的羞耻。他要是不在当面,吴三也许不至于这样手狠。他劝劝吴三,就硬性告别了。

十三

玉贤吹了昏黄的煤油灯,脱完衣服,就钻进被窝里了,她怕母亲看见她身上的不体面的伤痕。母亲似乎察觉了她的行为的用心,从炕的那一头爬起来,"嚓"的一声划着了火柴,煤油灯冒着一柱黑烟的黄焰,把屋子里照亮了。

母亲揭开她盖的被子,"哎哟"一声,就抱住她的浑身四处都疼痛的身子,哭了。她的身上、腿上,有勤娃的拳头留下的乌蓝青紫的瘀血凝固的伤迹,又摞上了父亲用皮绳刚刚抽打过的印痕,渗着血。她是母亲身上掉下来的肉,母亲心疼自己的骨肉,哭得很伤心。

玉贤没有想流眼泪的心情,疼是难以忍受的疼啊！凡是被拳头或皮绳抽击过的皮肉,一挨着褥子,就疼得想翻身,翻过去,那边仍然疼得不能支撑身体的重压。可她没有哭。那天晚上勤娃的突然敲门,她吓懵了,此后所发生的一切,似乎是在梦中,直到她的阿公粗手笨脚地把一根生锈的大号钢针从鼻根下直插进牙缝,她才从另一个世界回到她觉得已经不那么令人留恋的庄稼小院。现在,母亲的胸部紧紧贴着她的肥实的臂膀,眼泪在她的脖根上流着。她不想再听母亲给她什么安慰。她想静静地躺着,静静地想想,她该怎么办。在和勤娃住了近半年的新房里,她不能冷静地想,时时提心那铁块一样硬的拳头砸过来,甚至在夜晚睡熟之际,他心里怄气,会突然跳起,揭开被子,把她从梦中打醒。现在,她的父亲吴三当着勤娃的面,打了,也骂了,给自己挽回脸面了。她应该承受的惩罚已经过去,她想静静地想一想,往后怎么办?

"唉……嗨嗨嗨嗨嗨……"母亲低声饮泣,胸脯颤动着。她生下这个女儿,用奶水把她养得长出了牙齿,就和大人一样啃嚼又硬又涩的玉米面馍馍了。她和吴三虽则都疼爱女儿,却没有惯养。自幼,她教女儿不要和男娃娃在一起耍;长大了,她教女儿做针线,讲女人所应遵从的一切乡俗和家风。一当她和吴三决定以三石麦子的礼价(当时顶小的价格),约定把女儿嫁给土坯客的儿子的时候,她开始教给女儿应该怎样服侍公公婆婆,特别是没有婆婆的家里,应该怎样和阿公说话,端饭,倒尿盆,应该怎样服侍丈夫,应该怎样和隔壁邻居的长辈相处,甚至,平辈兄弟们少不了的玩笑和戏闹,该当怎样对付……家内家外,内务外事,她都叮嘱到了,而且不止一次。"教女不到娘有错。"她教到了,玉贤也做到了。在玉贤婚后几次回娘家来,她都盘问过,很满意。从康家村的熟人那里打听来的消息,也充分证明土坯客家的新媳妇是一个贤惠的好媳妇。可是,怎么搞的,突然间冒出来了这样最糟不过的丑事……母亲流完了眼泪,就数落起来:"你明明白白的灵醒娃嘛,怎的就自己往泥坑屎坑里跳?"

已经跳下去了,后悔顶啥用呢?玉贤躺在母亲身边,心里说,我死都死过一回了,现在还想用什么后悔药治病吗?

"你上冬学的事,为啥不给我说?"母亲追根盘底,"你个女人家,上学做啥?认得两字,能顶饭吃,能当衣穿?人自古说,戏房学堂,教娃学瞎的地方……你上冬学上出好名堂来咧!"

她仍然不吭声。她需要自己想想,别人谁也不了解她的心情和处境。

"给你定亲的时光,我托你姨家大姑在康家村打听了,说勤娃父子都是好人。老汉老好,过不了十年八载,过世了,全是你和勤娃的家当。勤娃老实勤谨,家事还不是由你?这新社会,不怕孬人恶鬼,政府爱护老实庄稼人。你哪一样不满意?胡成精?"母亲开始从心疼女儿的口气转换为训诫了,"人嘛!图得模样好看,能当饭吃?我跟你爸过伙的时候,总看他崩豆性子不顺心,一会躁了,一会笑了。咋样跟这号人过日月?时间长了,我揣摸出来,你爸人心好,又不胡乱耍赌纳宝,为穷日子卖命。我觉得这人好哩!娃家,你甭眼花,听妈说,妈经的世事……"

她不分辩,也不应诺,静静地躺着。

"在咱屋养上十天半月,高高兴兴回家去,给你阿公赔不是,给勤娃说说好话。"母亲说,"往后,安安生生过日子,一年过去,没事了。人心都是肉长的嘛!"

母亲不再说话,低叹着,久久,才响起鼾息声。玉贤轻轻爬起,移睡到炕的那一头。

屋里很黑,很静,风儿吹得后院里的树叶嚓嚓地响。

当她被蒙着眼脸抬到一个陌生的地方,被陌生的女人搀进一个陌生的新的住屋,揭去盖脸红布,她第一眼看见了将要和她过一辈子日月的陌生的男人。她心跳了,却没有激动。这是一个长得普普通通的男人,不好看也不难看。不过高也不过矮。几个月来的夫妻生活,她看出,他不灵也不傻。她对他不是十分满意,却也不伤心命苦。对给她找下这样的女婿的父母,不感激也不憎恶。他跟麦子地里一根普通的麦子一样,不是零星地高出所有麦子的少数几棵,也不是夹在稠密的麦棵中间那少数的几枝矮穗儿。他像康家村和吴庄众多的乡村青年一样普普通通。她也将和那许多普普通通的青年的媳妇一样,和勤娃过生活。自古都是这样,长辈和平辈人都是这样定亲,这样撮合在一起,这样在一个炕上睡觉,生孩子……

她第一眼看见杨老师的时候,心里就惊奇了。世上有穿戴得这样合体而又干净的男人!牙齿怎么那样白啊!知道的事情好多好多啊!完全不像乡村青年小伙们在一起,除了说庄稼经,就是说粗俗的男人和女人之间的酸话。杨老师留着文明头发的扁圆脑袋里,装着多少玉贤从来也没听说过的新鲜事啊!苏联用铁牛犁地,用机器割麦,蒸馍擀面都是机器,那是说笑话吗?烂嘴七婶当面笑问:生娃也用机器吗?杨老师就把那些能犁地能割麦的照片摊给大家看,并不计较七婶烂嘴说出的冒犯的话。他总是笑眯眯的,笑脸儿,笑眼儿,讲话时老带着笑,唱歌时也像在笑。

她对他没有邪心。她根本不敢想象这样高雅的文明人,怎么会对她一个乡村女人有"意思"呢?她第一次感受到他的不寻常的目光时,他捉着她的手写翻身的"翻"字时,她都没有敢往那件事上去想。直到他按饭碗时连她的手指一起捏住,她也只想到他是无意的。直到他一把搂住她的腰,她瞬息间就把这些事统一到一起了。她没有拒绝。因为突然到来的连想也不敢想的欢愉,使她几乎昏厥了。

"我爱你,妹妹……"

他说了这句话,就把嘴唇压到她的嘴唇上。那声音是那样动人的心,她颤抖着,本能地把自己戴着石镯的手勾到他的肩头上。

她从来没有听一个男人这样亲昵地把她叫妹妹,也没人说过"爱"这个字。勤娃只说过"我跟你好"这样的话,没有叫过她"妹妹"。勤娃抚摸她身体的手指那么生硬。杨老师啊!她挨勤娃的拳头,咬牙忍受了。她是他的女人,他打她是应该的。父亲打她,她也咬牙忍受了,她给他和母亲丢了脸,打她也是应该的。可是,她虽然浑身青痕红斑,却不能把自己再和勤娃连到一起。她为可亲的杨老师挨打,她没有眼泪可流。她如果能和勤娃离婚,和杨老师结婚的话,她才不考虑丢脸不丢脸。婚姻法喊得乡村里到处都响了,宣传婚姻法的大体黑字写在庄稼院房屋的临街墙壁上,好些村子里都有被包办婚姻的男女离婚的事在传说。她和杨老师一旦正式结合,那么还怕谁笑话什么呢?如果不能和杨老师结婚,继续和勤娃当夫妻,那就一辈子要背着不能见人的黑锅了。

她得想办法和杨老师再见一面,把话说准,之后她就到乡政府去提出离婚。现在无法再上冬学了,和杨老师见一面太难了,但总得见一面。不然,她心里没准儿,怎么办呢?

在康家村要找到和杨老师见面的机会,是不可能的。在娘家,比在阿公和勤娃的监视下要自由得多。杨老师是行政村的中心小学教员,在桑树镇上,想个借口到镇上去,越早越好。

十四

爷儿俩半年来又第一次自造伙食了。老土坯客看着儿子蹲在灶锅前点火烧锅,沤出满屋满院的青烟,重手重脚绊磕得碗瓢水桶乒乓响,心里好难受。昨晚,他坐在炕头上,等见勤娃从丈人家告状回来,叙说了经过。他对吴三的仗义的行为很敬佩,心里又暗暗难过。相亲相敬的亲家,以后见了面,怎么说话呢?他痛恨这个外表看来腼腆、内里不实在的媳妇,给两个安生本分的庄稼院平生出一场祸事。他更恨那个总是见人笑着的杨先生。你狗日的为人师表,嘴里讲什么男女平等,婚姻自由,难道就是让你自由霸占老实庄稼人的女人吗?他恨得咬牙!三五天来家庭剧烈的变化,给饱经过孤苦的老土坯客的刺激太沉重了。他一生中命运不济,性情却硬得近乎麻木,对于一切不幸和打击,不哭也不哀叹。可是,当生活已经充满希望的时候,完全不应出现的祸事却出现了的时候,老汉简直气得饭量大减,几天之间,白发增多了。他恨那个给他们家庭带来灾难的白脸书生!后悔那天晚上拦阻勤娃太早了;虽然不敢打死,至少应该砸断狗日的一条腿!

他活到五十多了,不图什么,只图得有吃有穿,儿辈可靠。可是,如今却成了这样不酸不甜的苦涩局面了。

勤娃烧好开水,把两个馏得热透的馍馍送到老汉面前,老汉忽然想到自己在刚刚死了女人以后,不习惯地烧锅做饭的情景,难道儿子勤娃又要钻厨房拉一辈子"二尺五"了吗?啊啊!老汉看见儿子愁苦的面容,几乎流下泪来。

勤娃拿了一个馍馍,夹了辣椒,远远地蹲在门外的台阶上,有味没味地慢腾腾地嚼着。

他担心勤娃,比自己要紧。他迅速抑制住自己的感情波动,用五十多岁老人的理智和儿子说话:

"勤娃——"

"嗯!"勤娃应着。

"明天出门打土坯去。"老汉说,"她爸她妈指教过她了,算咧!只要日后好好过日月,算咧。"

"……"

"人么,错了要能改错,甭老记恨在心。"他劝慰,"咱的家当还要过。你舅的话是明理。"

勤娃没有吭声。老汉从屋里走出来,想告诉儿子,他已经给他在南围墙村应承下打土坯的活路了。这时村长走进门来,后面跟着一位穿制服的女干部,胸膛上两排大纽扣。

"老哥,这是县文教局程同志,想跟你拉一拉家常。"村长说,"你们谈,我走了。"

"我叫程素梅。"程同志笑着介绍自己,很大方地坐到老汉的炕边上,态度和蔼,和蔼得教见惯了旧社会官人们凶相的老土坯客反倒不知如何是好了。她说,"我想来和你老儿坐坐。"老汉心里开始在猜摸,程同志究竟找他来做啥?一般乡上县上的干部来了,总是和村长接手,和他一个只会打土坯的老汉有啥家常好拉的呢?

她问他家里都有什么人,分了几亩地,和谁家互助,老汉都答了。最后,程同志把弯儿绕到老汉最担心的那件事上来了,果然。

"没有啥!"老汉的嘴很有劲地回答,"杨先生教妇女识字有没有啥问题,咱不知道喀!咱一天捅上石夯打土坯,谁给管饭就给谁家卖力,咱没见过杨先生的面,光脸麻子都不知……"

"勤娃同志,你没听人说什么吗?"程干部转脸问,"甭怕。"

勤娃摇摇头。

"康大叔,你老儿心放开。"程同志说,"新社会,咱们把恶霸地主打倒了,穷人翻了身,可不能允许坏人再欺侮庄稼人,糟蹋党的名誉。咱们的干部,有纪律,不准胡作非为……"

这些话说得和老汉的心思刚刚吻合,他觉得这个清素淡雅的女干部完全是可以信赖的,可以倾诉自己一生的不幸和意料不到的祸事。可是,他的话出口的时候,完全是另外的意思:"杨先生胡作非为不胡作非为,咱不知道嘛!他在哪里胡作来,在哪里非为来,你到那里去查问。咱不知情喀!"

老汉忽然瞧见,勤娃的脸憋得紫红,咬着嘴唇,担心儿子受不住程同志诚恳的劝导,

107

一下子说出那件丑事,就糟了。新社会共产党的纪律虽然容不得杨先生的胡作非为,可自己一家的名声也就彻底臭了!他急中居然不顾礼仪,把儿子支使开:"南围墙侯老七等你去打土坯。快去,再迟就要误工了。"勤娃猛地站起,恨恨地瞅了父亲一眼,走出门去,撞得旧木板门咣啷一声响。

"这娃性子倔……"老汉不自然地掩饰说,盼他快点走。横在老汉心头的这一块伤疤,无论是恶意地撞击,抑或是好心地抚慰,都令人反感,任何触及都是难以忍受的痛苦。

"没关系。回头我再来。"程同志很耐心地说。

"甭来了。"老汉很不客气地拒绝,心里说,你一个穿戴和庄稼院女人明显不同的公家干部,三天五天往我屋跑,那还不等于告诉康家村人,康田生屋里出了啥事啊?老汉今天一见到她,心里的负担又添了一层,意识到这件丑事,尽管尽力掩盖,还是闹出去了,要不,县上的这位女干部怎么会来到他的小院呢?即使外面有风传,他们一家也要坚决捂住。"咱庄稼人忙。实在是……我跟勤娃,啥也不知道喀!"

程同志脸上明显现出失望的神色,失望归失望,却不见反感或厌恶。她是做党的干部纪律的监督工作的。严肃的职业使她年龄轻轻就已经养成严肃而又和蔼的禀性。此类问题在她的工作中,不是第一次,不说庄稼人吧,即使觉悟和文化水平都要高一级的工人和干部,在这样的丑事临头的心理矛盾中,往往也是同样首先顾及自己和儿女的名声,这样,就把造成他们家庭不幸的人掩蔽起来了。

十五

紧张的体力劳动,给心里痛苦痉挛着的庄稼汉勤娃以精神上极大的解脱。他走进侯七家打土坯的土壕,胳膊无力,腿脚懒散,浑身的劲儿叫不起来。侯七在一旁给木模装土,不断投来怀疑的不太满意的眼光。勤娃像受了侮辱——勤劳人的自尊。他暗暗骂自己一声,提起石夯,砸了下去,一切烦恼暂时都被连珠炮似的石夯撞击声冲散了。

劳动完了,烦恼的烟云又从四面八方朝他的心里围聚。吃罢晚饭,他怏怏地告诉侯七,自个有病了,另叫别人来打土坯吧!侯七盯着面色郁闷的勤娃,没有强留。他扛着木模和石夯走出村来。

勤娃懒散地移着步子,第一次不那么急迫地往家赶了;赶回家去干什么呢?甭说玉贤不在家,即使在,那间小厦屋也没有温暖的诱惑力了。

浪去!勤娃鼓励自己,一年四季,除了种庄稼,农闲时出门打土坯,早晨匆匆去,晚上急忙回,挣那么几块钱,从来舍不得买一个糖疙瘩,一五一十全都交到她手里,让她积攒着,想撑三间瓦房……太可笑了!你为人家一分一文挣钱,人家却搂着野汉睡觉……去他妈的吧!

勤娃已经叉开通康家村的小路,走上官路了。

这样恼人的丑事,骂不能骂,说不敢说;和玉贤关系好不能好,断又断不了,这往后的日月怎么过?既然程同志赶到家里来查问,证明他的父亲和舅舅要他包住丑事的办法已经失败,索性一兜子倒出来,让公家治一治那个瞎熊教员,也能出口气,可是,他爸却一下把他支使开了。

勤娃开始厌恶父亲那一副总是窝窝囊囊的脸色和眼神。窝囊了一辈子,而今解放了,还是那么窝囊。他啥事都首先是害怕。不敢高声说话,不敢跟明显欺侮自己的人干仗,自幼就教勤娃学会忍耐,虽然不识字,还要说忍字是"心上能插刀刃"!他现在有些忍不住了!

沿着官路,蹓蹓走来,到了桑树镇了。

夜晚的乡村小镇,街道两边的铺店的门板全插得严严的,窗户上亮着灯光,街上行人稀少。勤娃终于找到了可以站一站的地方,那是客栈了。

门里的大梁上吊着一盏大马灯,屋里摆着脚客们的货包。大炕上,坐着或躺着一堆操着山里口音的肩挑脚客。

"啊呀!这是勤娃呀?"客栈掌柜丁串串吃惊地睁大着灵活的小眼睛,"来一碗牛肉泡,还是荤油臊子面?"

"二两酒。"勤娃说,"晚饭吃过了。再来一碟花生豆儿。""啊呀,勤娃兄弟!"丁串串愈加吃惊了,"好啊!我知道,这两年庄稼人翻身了,村村盖房的人多了,你打土坯挣钱的路数宽了!好啊!庄稼人不该老没出息,攒钱呀,聚宝呀!临死时一个麻钱,一页瓦片也带不到阴间!吃到肚里,香在嘴里,实实在在……掌柜的,给康家勤娃兄弟看酒……"

丁串串长得矮小、精瘦,声音却干脆响亮,说话像爆豆儿,没得旁人插言的缝隙。他唤出来的,是他的婆娘,一个胖墩墩的中年女人,同样笑容满面地把酒壶和花生摆到勤娃的面前了:"还要啥?兄弟。"

"吃罢再说。"勤娃坐下来。

花生米是油炸的,金红,酥脆,吃到嘴里,比自家屋里的粗粮淡饭味儿好多了。酒也真是好东西,喝到口里,辣刺刺的,进入肚里以后,心里热乎乎的。接连灌了三大盅,勤娃觉得心里轻松多了。怪道有钱人喜时喝酒,闷时也喝酒!他觉得那股热劲从心里蹿起,进入脑袋了,什么野汉家汉,丑事不丑事,全都模糊了,也不显得那么重要了。

"再来二两!"勤娃的声音高扬起来,学着丁串串的声调,呼唤女掌柜,"掌柜的,买酒!"

女掌柜扭动着肥大的臀部,送上酒来,紧绷绷的胖脸上总是笑着。勤娃从腰里掏出一卷票子,抽出两张来,摔到桌上,好大的气派!女掌柜伸手接住钱,眼睛却直勾勾地盯着他把那一卷票子塞到腰里去。

"还有床位么?"勤娃干脆捉住白瓷细脖酒壶,直接倒进喉咙,咂咂嘴,问着还站在旁边的女掌柜。

"有啊!"女掌柜满脸开花,"要通铺大炕?还是单间?兄弟倒是该住单间舒服。"

"好啊!我住单间。"勤娃满口大话,一壶酒又所剩不多了,支使女掌柜,"给我开门去!"

他妈的,我康勤娃也会享福嘛!酒也会喝,花生豆儿也会吃。往常里倒是太傻了哩!

"勤娃兄弟,床铺好了——"女掌柜在很深的宅院里头喊。"来了——"勤娃子里攥着酒壶,朝院里走去。脚下有些飘,总是踩踏不稳,又撞到什么挡路的东西上头了,胳膊也不觉得疼。那些坐着或躺在通铺大炕上的山里脚客,在挤眉弄眼说什么,勤娃不屑一顾地撇撇嘴角。这些山地客,可怜巴巴地肩挑山货到山外来卖钱,只舍得花三毛票儿躺大炕,节省下钱来交给山里的婆娘。可他们的婆娘,说不定这阵也和谁家男人睡觉哩……

"在哪儿?"勤娃走进昏黑的狭窄的院道,看着一方一方相同的黑门板。

"在这儿。"女掌柜走到门口,"我给你铺好被子了。"

勤娃走到跟前,女掌柜站在窄小的门口,勤娃晃荡着膀臂进门的时候,胳膊碰到一堆软囊囊的东西,那大概是女掌柜的胸脯。

女掌柜并不介意,跟脚走进来:"新被新床单,你看……"勤娃一看,女掌柜穿着一件对门开襟的月白色衫子,交近农历四月的夜晚,已经很热,她半裸开胸脯上的纽扣,毫不在乎地站在当面。勤娃一笑:"好大的奶子!"

"想吃不?"女掌柜嘻嘻一笑,一把扯开胸脯,露出两只猪尿泡一样肥大的奶头,"管你一顿吃得饱!"一下子搂住了勤娃。

勤娃本能地把脸贴到那张嬉笑着的脸上。

"瞎熊!"女掌柜又嘻嘻一笑,嗔声骂着,转过身,走出门去。

丁串串正好走到当面,站住脚。

"勤娃喝多了,在老嫂子跟前耍骚哩!"女掌柜说。丁串串哈哈一笑,忙他的事情去了。

勤娃往腰里一摸,啊,那一卷票子呢?啊呀!脑子里轰地一下,一瞬间的惊恐之后,他就完全麻木了,糊涂了。

"哈哈哈……啊哈哈哈哈!"勤娃从门里蹦出,站在院子里,"一把票子,几十块!只摸了一把奶!太划不来了……哈哈哈哈……"

他豁脚扬手,笑着喊着,从后院蹦到前房,又冲到门外。"这瓜熊醉咧!"女掌柜也哈哈笑着说。

"大概屋里闹仗,生闷气。"男掌柜丁串串给那些山地脚客说,"这是方圆十多里有名的土坯客,一个麻钱舍不得花的人。今日一进门就不对窍嘛!大半是家事不和,看起来闹得很凶……"

丁串串说着,吩咐女掌柜:"你去倒一碗醋来,给灌下去……"

十六

月亮半圆了,村外的田地里明亮亮的,似乎天总是没有黑严。玉贤匆匆沿着宽敞的官路走着,希望有一块云彩把月亮遮住,免得偶尔从官路上过往的熟人认出自己来。

经过一夜一天的独自闷想,她终于拿定主意:要找杨老师。在娘家屋比在勤娃家里稍微畅快些。一直到喝毕汤,帮母亲收拾了夜饭的锅灶,她才下定决心,今晚就去。

父亲一看见她就皱眉瞪眼,扔下碗就出门去了,母亲说到隔壁去借鞋样儿,她趁机出了门,至于回去以后怎样搪塞,她顾不得了。

桑树镇的西头,是行政村的中心小学,杨老师在那儿教书。月光下,一圈高高的土打围墙,没有大门,门里是一块宽大的操场,孤零零立起一副篮球架。操场边上长着软茸茸的青草。夜露已经潮起,她的脸面上有凉凉的感觉。

一排教室,又一排教室。这儿那儿有一间一间亮着的窗户,杨老师住在哪里呢?问一问人,会不会引起怀疑呢?黑夜里一个年轻女人来找男教员,会不会引起人们议论呢?

左近的一间房门开了,走出一位女教员,臂下夹着本本,绕下台阶过来了。她顾不得更多的考虑,走前两步,问:"杨老师住哪里?"女教员指指右旁边一个亮着的窗户,就匆匆走了。

走过小院,踏上台阶,站在紧闭着的木门板外边,玉贤的心腾腾跳起来。她知道她的不大光明的行动潜藏着怎样不堪设想的危险结局,没有办法,她不走这一步是不行的。

她压一压自己的胸膛,稳稳神儿,轻轻敲响了门板。"谁?"杨老师漫不经心的声音,"进。"

玉贤轻轻推开门,走进去,站在门口。杨老师坐在玻璃罩灯前,一下跳起来,三步两步走过来,把门闭上,压低声音问:"你怎么这时候来了?"

他怎么吓成这样了呢？脸色都变了。"见谁来没有？"杨老师惊疑不定地问。"见一个女先生来。"玉贤说，"我问你的住处。"

"她没问你是谁吗？"

"问了。"

"你怎样说的？"

"我说……是我哥哥……"

"啊呀！瞎咧！人家都知道，我就没有妹妹嘛！"杨老师的眼睛里满是惊恐不安，"唔！那么，要是再有人撞见问时，说是表妹、姨家妹妹……"

玉贤看见杨老师这样胆小，心里不舒服，反倒镇静了，问："杨老师，我明白，这会儿来你这儿不合适，我没办法了。我是来跟你商量，咱俩的事情咋办呀？"

"你说……咋办呢？"杨老师坐下来了。

"你要是能给我一句靠得住的话……"玉贤靠在一架手风琴上，盯着杨老师，认真地说，"我就和勤娃离婚！"

"那怎么行呢！"杨老师胡乱拨拉一把头上的文明头发，恐惧地说，"县上教育局，这几天正查我的问题哩！"

"我知道。"玉贤说，"今日后响一位女干部找到我娘家，问我……"

"你咋样回答的？"杨老师打断她的话。"我又不是碎娃，掂不来轻重……""噢！"杨老师稍微放心地吁叹一声，刚坐下，又急忙问，

"不知到勤娃那里调查过没有？"

"问了。"玉贤说，"听她跟我说话的口气，他也没给她供出来……"

"好好好！"杨老师宽解地又舒一口气，眼里恢复了那种好看的光彩，走到她面前来，"真该感谢你了……好妹妹……""要是目下查得紧，咱先不要举动。"玉贤说，"过半年，这事情过去了，我再跟他离！"

"你今黑来，就是跟我商量这事吗？"

"我跟他离了，咱们经过政府领了结婚证，正式结婚了，那就不怕人说闲话了，政府也不会查问了。"玉贤说，"我想来想去，只有这条路。"

"使不得，使不得！"杨老师又变得惊慌地摇摇手，"那成什么话呢！"

"只要咱们一心一意过生活，你把工作搞好，谁说啥呢？"玉贤给他宽心，"笑，不过三日；骂，不过三天！"

"你……你这人死心眼！"杨老师烦躁地盯她一眼，转过头去说，"我不过……和你玩玩……"

"你说啥？"玉贤腾地红了脸，几乎不相信自己的耳朵，"这是你说的话？"

"玩一下,你却当真了。"杨老师仍然重复一句,没有转过头来,甚至以可笑的口吻说,"怎么能谈到结婚呢!"

玉贤的脑子里轰然一响,麻木了,她自己觉得已经站立不住,一句话也说不出来,嘴唇和牙齿紧紧咬在一起,舌头僵硬了。

"甭胡思乱想!回去和勤娃好好过日月!他打土坯你花钱,好日月嘛!"杨老师用十分明显的哄骗的口气说着,悄悄地告诉她,"我今年国庆就要结婚了,我爱人也是教员……"

他和她"不过是玩玩!"她成了什么人了?她至今身上背着丈夫勤娃和父亲吴三抽击过的青伤紫迹,难道就是仅仅想和他玩一玩吗?她硬着头皮,含着羞耻的心,顶过了县文教局女干部的查问,就是要把他包庇下来,再玩一玩吗?玉贤可能什么也没有想,却是清清楚楚看见那张曾经使她动心的小白脸,此刻变得十分丑陋和恶心了。

"我不会忘记你的好处,特别是你没有给调查人说出来……"杨老师这几句话是真诚的,"我……给你一点钱……你去买件衣衫……"

玉贤再也忍受不住这样的侮辱,一口带着咬破嘴唇的血水,喷吐到那张小白脸上,转身出了门……

十七

月亮正南,银光满地,田野悄悄静静。

玉贤坐在一棵大柳树下,缀满柳叶的柔软的枝条垂吊下来,在她头上和肩上摆拂。面前是一口装着木斗框架的水井,应该结束自己的生命了!一低头,一纵身,什么都不要想了!也许明天早晨,菜园的主人套上牲畜车水的时候,立即就会发现她……十里八村的男人女人,就该有闲话好说了。啊啊!她将作为一个坏女人永远留在村民们的印象里……

她忽然想到了阿公,那个在她过门不到两月时光就把"金库"交给儿媳掌管的老人,小河一川能数出几个这样老好的老人呢!多少家庭里娶下媳妇,父子、兄弟、妯娌闹仗分家,不都是为着家产和金钱吗?她太对不住阿公了,如果能见一面,她会当面跪下,请求老人打她。那样,她死了,会轻松一些。她想到勤娃了。他笨手笨脚,可搂起她的双臂是那样的结实。他讷口拙舌,可说出的话没有一句是空的。他从外村打土坯回来,嘿嘿笑着,从粗布衫子的大口袋里头掏出钱来,很放心地交到她手上,看着她再装到阿公交给她的那只梳妆盒子里。她对不起阿公和勤娃。她没脸面再去盯一眼这样诚心实意待

113

她的人。她应该立即跳进井里去!

她对不住阿公和勤娃。应该在离开阳世的时候,对自己已经觉悟到的错事悔过,补一补心,再死也不迟啊!

她站起来,冷漠地盯一眼透着月光的井水,离开了。她从田间的小路重新走上官路,从桑树镇上穿过去,直接回家,免得回到娘家,父亲没完没了地责问,死了也该是康家的鬼!玉贤走到桑树镇上了,街上已经空无人迹。经过客栈门前的时候,门口围着一堆人,嘻嘻哈哈,哄哄闹闹。她不想转过头去,这个客栈,早听人说过,是个乌七八糟的地方,丁串串开栈挣钱。婆娘卖身子挣钱。

"哎呀!喝了醋就醒酒了!"

"灌!"

"把鼻子捏住!"

又是什么人喝醉了,玉贤走过去了。

"我——不——喝!"

玉贤听到被灌着醋的喝醉了的人的吼声,猛然刹住脚,怎么像是勤娃的声音呢?

"毒——药——"

这回听真切了,是勤娃。天哪!他怎么跑到这个鬼栈里来了呢?她的心紧紧地收缩下沉,意识到她害得勤娃变成什么人了!

玉贤折回身,跑到人堆前,拨开围观的人堆;从门里射出的马灯的亮光里,看见勤娃被一个人紧紧夹住,丁串串正给他嘴里灌醋。勤娃咬着牙,闭着眼,醋水撒了一脸一胸膛,满身泥土。玉贤一下扑上去,抱住勤娃,哭喊出来:"我的你呀……"

丁串串和众人停住手,议论纷纷。

玉贤扯起衣襟,擦了勤娃的脸,抓住一只胳膊,架在她的脖子上,另一只手紧紧搂住勤娃的腰,几乎把那沉重的身躯背在身上,拽着拖着,离开丁家栈子,走上了官路……

1982年9月18日至11月3日写改于灞桥

四妹子

上　篇

一

　　从延安发往西安的长途汽车黎明时分开出了车站的铁栅大门。四妹子额头贴着落了一层黄土尘屑的窗玻璃,最后看了送她出远门上长路的大大和妈妈一眼——妈跟着车跑着哭着喊着甚叮嘱的话,大也笨拙地跑了几步,用袖头擦着眼泪——脑子里却浮现出妈给她从尻子里掏屎的情景。

　　妈把碾过小米的谷糠再用石磨磨细,就成了黄沓沓的糠面儿,跟生长谷子的黄土的颜色一模一样。妈给糠面里儿掺上水,拍拍捏捏,弄成圆圆的饼子,在锅里烙熟的时光,四妹子趴在锅台上就闻到一股诱人的香味。待她把糠面饼儿咬到嘴里,那股香味就全然消失了,像嚼着一口细沙子,越嚼越散,越嚼越多,怎么也咽不下去。妈就耐心地教给她吃糠饼子的要领:要咬得小小一点儿,慢慢地嚼,等口里的唾液将糠面儿泡软了,再猛乍一咽。她一试,果然咽得顺当了,尽管免不了还是要伸一伸脖子。糠饼子难吃难咽倒也罢咧,顶糟的是吃下去拉不出来,憋得人眼发直,脸红青筋暴突,还是拉不下来。拉屎成了人无法克服的困难,无法卸除的负担,无法解脱的痛苦。无奈,她只好撅起屁股,让妈用一只带把儿的铁丝环儿一粒一粒掏出来,像羊羔子拉出的小粪粒。

　　妈妈一边给她掏着,一边叮嘱她,糠饼子一次不能吃得太多,多了就塞住了。而且一定要就着酸菜吃,酸菜性凉下火。她不相信。既然妈妈能教给她合理吃糠的办法,妈自己为啥还要大给她掏屎呢？有一次，在窑洞旁侧的茅房里，她看见妈撅着白光光的屁股，双手撑着地，大大嘴里叼着烟袋，捏着那只带把儿的铁丝环儿，一边掏着，一边说着什么怪话，逗得妈哭笑不得，狠声咒骂着大。大一看见她，忽地沉下脸，厉害地呵斥她立马滚远。又有一回，她又看见妈给大掏屎的场面，大的架势很笨，双手拄在地上，光脑袋顶着茅房矮墙上的石头，撅着黑乎乎的屁股，大声呻唤着。她已经懂得不该看大人的这种动作，未及妈发现，就悄悄躲开了。

　　小时候，让母亲给她掏屎倒也罢了，她甚至觉得妈那双手掌抚摸着屁股蛋儿时有一种异常温暖的感觉，及至她开始懂得羞丑的时候，就在母亲面前脱不下裤子来了。她找到邻居的娥娥姐姐，俩人躲到山旮旯里，让娥娥姐给她帮忙，娥娥姐也有需要她帮忙的时候。

　　公共汽车在山谷中疾驰。四妹子一眼就能看出，车上的乘客大致可以分成两类，一种是穿戴干净的公家人，一种是本地庄稼人，倒不完全是服装的差异，也有几个穿四个兜干部装的农村小伙子，一搭眼就可以辨出也是吃糠的角色。那些干部或者工人，总之是公家人的那一类乘客，似乎比庄稼人这一类乘客消化能力强，从一开车不久，这类人就开始嚼食，有的嚼点心、蛋糕、面包，有的啃苹果啃梨，嚼着啃着还嘟哝着不满意的话，延安的点心没有油，是干面烧饼啦！延安的蛋糕太次毛，简直比石头还硬啦！那些和四妹子一样的庄稼汉乘客，似乎都吃得过饱，吃得太满意，不嚼食也不埋怨，只是掂着旱烟袋，吐出呛人的烟雾。

　　四妹子自然归属不嚼不怨的这一类。看别人吃东西是不体面的，听别人嚼蛋糕（尽管硬似石头）和苹果的声音却是一种痛苦，再听那些嘟嘟哝哝的埋怨话简直使人要愤怒了，她就把眼睛移向窗玻璃。秃山荒梁闪过去，树蓬子闪过去，贴在地皮上的黑羊白羊也闪过去了。

　　她能记得的头一件事是替妈抱娃娃。娃娃总是抱不完，刚抱得弟弟会跑了，母亲又把一个妹妹塞到她手里；她刚教得妹妹会挪步，炕上又有一个猴娃娃哭出声来了，等着她再抱。生长在农民家里的老大，尤其是女孩子，谁能免得了替妈妈抱引弟弟妹妹的劳举呢！当妹妹能抱更小的弟弟的时候，大把一只小背篓套在她的肩膀上，装上灰粪上山，装着谷穗下山，晚上躺在炕上，肩膀疼得睡不下。妈说，时间长了就好了。背了两年，她的肩膀还是疼。大说，背过十年二十年就不疼了，而且亮出自己的肩膀。四妹子一看，大的两边肩膀上，隆起拳头大两个黑疙瘩，用手一摸，比石头还硬。大说，只有让背篓的套环勒出这两块死肉疙瘩来，才能背起二百多斤重的灰粪上山。四妹子很害怕，肩膀上要是长出那样两个又黑又大的死肉疙瘩真是难看死了。

　　她的贴身同座是一位中年女人，属于爱嚼的那一类，特别爱说话，不停地询问四妹子是哪个县哪个公社哪个村的人,又问她到西安去做什么,问得四妹子心里发怵了,会不会是派出所穿便衣的警察呢?她只说到西安找亲戚,再就支吾不语了。

在她背着妹妹在小学校里念五年级的那年,家里来了一个陌生的跛子,说一口可笑的外乡话,第二天就引着二姑走了,妈叫她把跛子叫姑夫。她瞧不起那个跛子,凭那熊样就把可亲可爱的二姑引跑了。她也瞧不起二姑了,再嫁不下什么人,偏偏就要嫁给那个一条腿高一条腿低的跛子吗?这年春节前,跛子姑夫来了,带来了满满三袋白面,四妹子平生第一次给肚子里装满了又细又韧的面条,引着跛子姑夫满山满沟去逛景,再不叫跛子了,只是亲热地叫姑夫。姑夫告诉她,他们那儿一马平川,骑自行车跑两三天也跑不到头;平川里净产麦子,麦秆儿长得齐脖高,麦穗一拃长,一年四季全吃麦子,半拃厚的锅盔,二尺长的宽面条,算是平常饭食。左邻右舍那些曾经讥笑二姑嫁了个跛子的婆姨们,纷纷串到窑里来,求妈给二姑捎话,让二姑在一年净吃麦子的关中平原地方给她们的女子找个婆家,跛子也成,地主富农成分也成。即使是两条长腿的贫农后生能咋?还不是伸长脖子咽糠,撅着尻子让人掏屎!四妹子十八九岁了,现在搭乘汽车到西安,二姑和跛子姑夫在西安的汽车站接她,然后再转乘汽车,到二姑家住的名叫杨家斜的村子去,由二姑给她在那儿的什么村子找一个婆家……为着这样一个卑微的目的,四妹子怎么好意思开口说给同座那位毫不相干的中年女干部呢?

同座的女干部不仅爱嚼食,而且爱嚼舌,听口音倒是延安本地人。她说她离开延安二十几年了,想延安呀,梦延安呀,总是没得机会回来看一看。这回回来,真是重新温习了革命传统,一辈子也忘记不了。四妹子却听得迷迷糊糊,不知这位女干部何以会有这样奇怪的心情。四妹子知道,单他们刘家峁百十户人家中,现在在外做县长以上的官儿的人就有三十多个,他们回到刘家峁的时候,也说着和这位女干部相像的话。四妹子却想,如果现在让他们吃糠饼子,撅着尻子让人给掏屎,他们就……

车过铜川以后,四妹子猛然惊叫一声——哦呀!在她眼前,豁然展开一个广阔无际的原野,麦苗返青,桃花缀红,杨柳泛绿。这就是跛子姑夫吹嘘的那个一年四季净吃麦子的关中平原吗?呀——麦苗多稠!呀——村庄多大!呀——多高的瓦房!哦!老家那些沿着崖畔排列的一孔孔土窑,在这平川地带连个影子也寻不到了……

二

四妹子在杨家斜二姑家住下来,没出半月,相继有四家托人来提亲。

对每一位跨进门槛来的提亲说媒的男人或女人,二姑一律都笑脸相迎,热情招呼,款声软气地探问男方的家庭成分、兄弟多少、住房宽窄、身体状况,结果却没有一家中意的。四家被提起的对象中,一户地主,一户富农,成分太高。另两户倒好,都是目下农村里最吃香的贫农成分,其中一个是单眼儿,一只眼蒙着萝卜花。对前三户有着无法掩饰的缺陷的家庭,二姑当面对媒人回答清楚,不留把柄,然而谢绝的语言是婉转的,态度十分诚切。结亲不成人情在,用不着犯恼。第四户人家是贫农,又是独子,男娃也没有什么大缺陷,二姑动心了,专门出去到一位亲戚家打问了一下,才知那男娃是个白脸瓜呆子,顶多有八成,人叫二百五,小时害过脑膜炎。二姑回到家,当下就恼了,当着跛子姑夫的面发泄恶气:"净给俺侄女提下些啥货呀?地主富农,瞎子瓜呆子,乌龟王八猴的货嘛!俺侄女这回寻不下好对象,就不嫁……"

听到这些候选者的情况,四妹子难过地哭了,太辱贱人了!二姑转过脸,换了口气,安慰四妹子说,物离乡贵,人离乡贱哪!要不是图得杨家斜村一年有夏秋两料收成,她才不愿意嫁给跛子姑夫做媳妇呢!跛子姑夫咂着旱烟袋,听着二姑毫不隐讳地奚落他的话,也不恼,反而在喉咙里冒出得意的"哼哼唧唧"的笑声,斜眼瞅着二姑笑着,那意思很明显,说啥难听话也没关系,反正是两口子了。

二姑告诉四妹子,关中这地方跟陕北山区的风俗习惯不一样,人都不愿意娶个操外乡口音的儿媳妇,也不愿意把女子嫁给一个外乡外省人,人说的关中十八怪里有一怪就是:大姑娘嫁人不对外。近年间乡村里运动接连不断,无论啥运动一开火,先把地主富农拉上台子斗一场。这样一来,地主富农家的娃就难得找下媳妇了,人家谁家姑娘爱受那个窝囊气呀!高成分的子弟在当地寻不下媳妇,也不管乡俗了,胡乱从河南、四川、甘肃以及本省的陕北、陕南山区找那些缺粮吃的女人。这些地方的姑娘不择成分,甚至不管男方有明显的生理缺陷,全是图的关中这块风水地。四妹子听着,心里就觉得渗入一股冷气,怪道给她提亲说媒的四家,不是高成分,就是人有麻达。既然关中这地方的人有这样的风俗,她最后的落脚怕是也难得如意。想到这儿,四妹子低头伤心了。

二姑说,事情也不是死板一块,需得慢慢来。二姑表示决心说,反正绝不能把侄女随便推进那些地主富农家的火坑,也不能搡给那些缺胳膊少眼睛的残疾人。有二姑做靠山,有吃有住,侄女儿尽可放心住下去,等到找下一个满意的主儿。跛子姑夫也立即表态,表示他绝不怕四妹子夺了口粮,大方地说:"甭急!忙和尚赶不下好道场。这事就由你二姑给你办,没麻达!你在咱屋就跟在老家屋里一样,随随便便,咱们要紧亲戚,跟一家人一样,甭拘束……"姑夫倒是诚心实意,四妹子觉得二姑嫁给这个人,虽然腿脚不美,心肠倒还是蛮好的。

此后,又过了十来天,居然没有谁再来提亲。二姑说,村里已经传开,新来的四妹子眼头高,不嫁有麻达的人。甚至说,不单地主富农成分的人不嫁,条件不好、模样不俊的贫农后生也不嫁。这显然是以讹传讹,歪曲了二姑和四妹子的本意。二姑倒不在乎,说这样也好,免得那些乌龟王八猴的人再来攀亲,也让村人知道,陕北山区的女子也不是贱价卖的!四妹子心里却想,再这样仨月半年拖下去,自己寻不下个主家,长期在二姑家白吃静等,即使跛子姑夫不厌弃,自个也不好受。口粮按人头分,虽然关中产粮食,也有标准定量。她却苦于说不出口。

焦急的期待中,第五个媒人走进门楼来了。

连阴雨下了三天,"滴滴答答"还不停歇。四妹子正跟二姑在小灶房里搭手做饭,跟二姑学着用擀面杖擀面,有人在院子里喊跛子姑夫。二姑探身从窗口一看,就跑出灶房,笑着说:"刘叔,你来咧?快坐屋里。"随之就引着那人朝上房走去。四妹子低头擀面,预感到又是一个说媒的人来到,心里就咚咚咚跳起来,那擀面杖也愈加不好使。在陕北老家,虽然有个擀面杖,却长年闲搁着,哪里有白面擀呀!年下节下,弄得一点白面,妈怕她糟践了,总是亲手擀成面条。现在,二姑教她擀面,将来嫁给某一户人家,不会擀面是要遭人耻笑的。关中人吃面条的花样真多,干面、汤面、柳叶面、臊子面、方块面、雀舌头面、旗花面、麻食子、碱面、乒乓面、棍棍面……

四妹子擀好了面,又坐到灶锅下点火拉风箱,耳朵不由得支棱着,听着从上房里传来的听不大清楚的谈话声,耳根阵阵发烧,脸蛋儿阵阵发热,心儿咚咚咚跳,浑身都热燥燥的了。

"四妹子,你来一下下!"

四妹子脑子里"嗡"的一声,手脚慌乱了。往常有媒人来,都是二姑接来送走,过后才把情况说给侄女儿。今日把她喊到当面,够多难为情!她拉着风箱,说:"锅就要开了——"

"放下!"二姑说,"等会再烧……"

她从灶锅下站起来,走出小灶房的门,拍拍拍打打襟前落下的柴灰,走进上房里屋了,不由得低下头,靠在炕边上。

二姑说:"这是冯家滩的刘叔,费心劳神给你瞅下个对象,泥里水里跑来……你听刘叔把那娃的情况说一下,你自个的事,你自个尺谋,姑不包办……"

"我把那娃的情况给你姑说详尽了,让你姑缓后给你细细说去,我不说了。"刘叔在桌子旁边说,口气嘎巴干脆,"这是那娃的相片,你先看看是光脸还是麻子。"

四妹子略一抬头,才看见了刘叔的脸孔,不由一惊,这人的模样长得好怪,长长的个梆子脸,一双红溜溜的红边烂眼,不住地闪眨着,给人一种极不可靠的感觉,那不停地闪眨着的红眼里,尽是诡秘和慌气。她急忙低下头。

二姑把一张相片塞到她手里:"你看看——"

四妹子的手里像捏着一块燃烧着的炭,眼睛也花了,她低头看看那照片,模样不难看,似乎还在笑着,五官尚端正,两条胳膊有点局促地垂在两边,两条腿一样长,不是跛子……她不敢再细看,就把那相片送到二姑手里。

"等我走了,再细细地看去!"刘叔笑着说,"就是这娃,就是这个家当,你们全家好好商量一下,隔三两天,给我一句回话。愿意了,咱们再说见面的事;不愿意了,拉倒不提,谁也不强逼谁。大叔我说媒,全是按新婚姻法办事,自由性儿……"

"好。刘叔,我跟娃商量一下,立马给你回话。"二姑干脆地说,"不叫你老等。"

"那好,把咱娃的相片给我一张。"刘叔说,"也得让人家男方一家看看……"

唔呀!四妹子居然没有单人全身的相片。二姑哀叹自己也太马虎了,四妹子到来的一个多月里,竟然忘记了准备下一张全身单人照片。叹息中,二姑忽然一拍手,记起来去年她回娘家时,和哥哥嫂嫂以及四妹子照的全家团圆的相片来,问媒人,能行不能行?

"行行行!"刘叔说,"只要能看清楚就成!"

二姑迅即从厦屋里的镜框中掏出相片,交给刘叔。四妹子很想看看这张相片,又不好意思再从刘叔手里要过来,记得自个傻乎乎地站在母亲旁边,笑得露出了门牙……

刘红眼吃了饭,又踩着泥水走了。

二姑这才告诉她,刘叔说的这门亲事,是下河沿吕家堡的吕克俭的老三。家庭上中农,兄弟三个,老大教书,老二农民,有点木工手艺,老三今年二十二三岁,农民。

姑婆这阵儿插言说:"吕家堡的吕老八呀,那是有名的好家好户,人也本顺。"

四妹子想听听二姑的意见。

二姑说:"上中农成分,高是高了点,在农村不是依靠对象(作者按:依靠贫农,团结中农,斗争地主富农),也不是斗争对象,不好也不坏,只要不挨斗也就没啥好计较的了。反正,咱们也不指望好成分吃饭。这个娃嘛!从相片上看,也不难看,身体也壮气。农业社就凭壮实身体挣工分。你看咋样?"

四妹子已经听出话味儿,二姑的倾向性是明显的。她琢磨一下,这个成分和这个没有生理缺陷的青年,已经是提起过的几个对象中最好的一位,心里也就基本定下来。她说:"姑,你看行就行吧!"

"甭急。"二姑说,"待我明日到吕家堡背身处打听一下,回来再说,可甭再是个二百五!"

第二天傍晚,二姑汗流浃背地回来了,说:"我实际打问了一程,那家虽然成分稍高点,那娃他爸人缘好,德行好,确是个好主户。那娃也不瓜,听说是弟兄仨里顶灵气的一个……"

四妹子看着二姑高兴的样子,溢于眉眼和言语中的喜气,心里就踏实了几分,羞羞地说:"二姑要是说好,那就好……"

"咱先给刘叔回话,约个见面的日子。"二姑说,"见了面,谈谈话,要是看出他有甚毛病,瓜呆儿或是二愣,不愿意也不迟!"

当晚,二姑就把跛子指使到冯家滩去了,给刘红眼叔叔回话,约定见面的日子。

三

二姑说,头一回跟男方见面,叫背见。

四妹子这才明白了关中乡村里目下通行的定亲的程序。背见是让男女双方互相看一眼,谈一谈,如果双方对对方的长相基本满意,同意定亲,随后就举行正式的见面仪式。因为头一次见面的实际目的只是使双方能够直观一下,带有更多的试探的性质,成功的把握性不大。所以,背见时不声张,不待亲朋好友,不许左邻右舍的人来凑热闹,也不管饭招待,只是清茶一杯、香烟一包,悄悄来,悄悄去,时间一般都选择在晚上,以免谈不拢时反而造成风风雨雨,于男女双方都不好听。

背见虽然不声不响,却是顶关键的一步,一当男女双方都给介绍人说声"愿意"以后,终身大事就这样定下来了,随后的订婚和结婚的仪式,虽然热闹,终究只是履行一种形式或者说手续罢了。四妹子感到了紧张、压抑、甚至莫名的慌慌张张,和她前来见面的会是怎样一个人呢?

二姑一家人也都显出紧张和神秘的气氛。天擦黑时,二姑早早地安顿一家大小吃罢夜饭,洗了碗,刷了锅,把案板上的油瓶醋瓶擦拭得明明亮亮,给两只暖水瓶里灌满开水,就着手扫了里屋,又扫了前院。从前院到后院,从地上到案板上,全都干净爽气了,一扫平日里满地柴火、鸡屎的邋遢景象。

跛子姑夫从二姑手里接过一块票儿,摸黑到村子里的代销店买回来一盒大雁塔牌香烟,连同剩余的零票儿一齐交给二姑,就坐在木凳上吸旱烟。二姑把零票儿装进口袋,就对姑夫说:"你也要看一眼呀?"那口气是排斥的,很明显,二姑不希望跛子姑夫在这种场合绊手绊脚。跛子姑夫也不在意,憨厚地笑笑,叮嘱二姑说:"我看啥哩!只要四妹子愿意,我看啥哩!虽说婚事讲个自由,年轻人没经验,你好好给娃把握一下,甭弄得日后吃后悔药,让乡党笑话,就这话。我到饲养场去了。"二姑也意识到事情的分量,诚心诚意对跛子姑夫点点头。姑夫掂着烟袋,低一脚高一脚走到院子里,出街门的时候,沉稳地咳嗽了两声。

姑婆也不甘心被排除在这件重要的事情之外,混浊的眼珠里闪出温柔慈爱的光来,对四妹子叮咛着,像是对自己亲孙女一样说:"娃家,这是你一辈子的大事,不敢马虎。会挑女婿,不挑那些油头粉面的二流子,专挑那些实诚牢靠的后生,跟上这号后生过一辈子,稳稳当当,不惹邪事。你看哩么!实诚人和滑滑鱼儿,一眼就能看出来……"四妹子羞涩地笑笑,低下头,心中更加慌惶,一眼怎能辨出实诚人或是滑头鬼呢?

"妈吔!"二姑亲切地喊,又明显地显示出逗笑的口气,"你有这好的眼头,好呀!今黑请你给看看,是实诚人还是滑滑鱼儿……"

"看就看,当我看不来!"姑婆噏噏皱纹密麻麻的嘴唇,回头却叫孙子和孙女,"铁蛋儿,花儿,跟婆睡觉!没你俩的事,甭蹦来蹦去净绊搅人!让人家生人见了,说咱家娃娃没规矩……"

铁蛋和花儿正蹦得欢,不听姑婆的话。二姑在每个屁股上狠狠地扇了两下,厉声禁斥:"滚!跟你婆睡去!胡蹦跶啥哩!刚扫净的地,又弄脏了!刚收拾整齐的桌面,又拉乱咧……"

姑婆把孙子和孙女牵到里屋火炕上去了。

二姑坐下来,瞅着四妹子的脸,像不认识侄女似的,愣愣地瞅着。四妹子看出,二姑眼里有一种异常沉重,甚至是担心的神色。这种神色,四妹子很少发现过。自到二姑家近俩月里,她明显地可以看出,二姑精明强干,早已熟知关中乡村的一切风俗习惯,连说话的口音也变了,夹杂着关中和陕北两地的混合话语,她在这个家庭里完全处于支配者地位。钱在二姑手里攥着,一家人的穿衣和吃饭以及日常用度,统由二姑安排。跛子姑夫一天三晌回家来吃饭,吃罢饭就回饲养室去了,晚上也歇息在那里。姑婆一天牵着两个孙子和孙女,像母鸡引护着小鸡儿,在村子里转,任一切家务和外事,都由二姑决定,去应酬。二姑已经变成一个精明强干的家庭主妇了,许多事都是干干脆脆,很少有优柔寡断的样子。

二姑压低声儿,对侄女说:"四妹子,今黑定你的大事,姑心里扑扑腾腾的,总也搁不稳定。你看,你妈你爸远在山里,把你送到姑这儿,姑想跟谁商量也没法商量。这事要是定下,日后好了瞎了,咋办?好了大家都好,瞎了我可怎样给你大你妈交代……"

"姑!"四妹子当即说,"我来时,跟俺大俺妈把啥话都说了,不会怨你的。我也不是三岁五岁的鼻涕娃娃……你放心……"

"四妹子!"二姑更加动情地说,"话说到这儿,姑就放心了。一会儿人家来了,你大大方方跟他说话,甭让人家小瞧了咱山里人。那娃我也没见过,你看姑也看,你愿意姑也就愿意,你不愿意姑也不强逼你……"

"二姑,我知道……"四妹子有点难受了,像面临着生死抉择似的,而又完全没有把握,为了不使二姑心里难受,她说,"我知道……"

"好。"二姑说,"去! 把你的头发梳一梳,把那件新衫子换上,甭让人说咱山里人穷得见面也穿补丁衫子……"

四妹子有点不好意思,忸怩了一下。

"去! 洗洗脸,搽点雪花膏。"二姑催促她,"怕也该来了。"

四妹子走进二姑的厦屋,洗了手脸,从一只小瓶里挖出一点儿雪花膏,搽到脸上,感觉到脸发烧。她找出化学梳子,梳刺上糊着黑乌乌的油垢,就把它擦净,化学梳子又现出绿色来。镜子上落了一层尘灰,也擦掉了,她坐在电灯下,对着这只小圆镜,看着映现在镜片里的那个姑娘,嘴角颤颤地笑着。

她像是第一次发现自己长得这样好看,眼睛大大的,双眼皮虽不那么明显,却确实是双眼皮;鼻梁秀秀的,不凹也不高,恰到好处,只是脸颊太瘦了,要是再胖一点……她不好意思地笑着,一下一下梳着头发,头发稍有点黄,却松松散散,扑在脸颊两边;她心里对镜子里那个羞涩地笑着的人儿说,啊呀! 今日给你相女婿哩! 也不知是光脸还是麻子……

院子里一阵脚步响,随之就听见二姑招呼说话的声音,接着听见刘叔的嘎巴干脆的搭话声,最后是一个陌生女人的声音。脚步声响到上房里屋去了,四妹子的心在胸膛里咚咚咚跳起来,放下梳子,推开镜子,双手捂住脸颊,不知该怎么办了。

她给自己倒下一杯水,喝着,企图使自己的心稳定下来,上房里传来二姑和那个陌生女人异常客气的拉话声,心儿又慌慌地跳弹起来。难挨难耐的等待中,四妹子听见二姑唤她的声音。

四妹子走出厦屋,略停一停,就朝上房里走去,踏进门槛,一眼望见电灯下坐着四五个人,她就端直盯着介绍人说:"刘叔,你来咧!"

刘红眼哈哈一笑,立即站起,指着一个坐在条凳上的小伙子说:"这是吕建峰,小名三娃子。"那小伙子也羞怯地笑笑,忙低了头。四妹子心里扑轰一下,其实根本没敢看他。刘红眼又指着一位中年女人说,"这是三娃子的大嫂子,今黑你俩要是谈好了,也就是你的大嫂子……"四妹子羞得满脸火烧,忙坐到一边的凳子上,浑身不自在,也不敢看任何人,其实心里明白,她自己才是别人相看的目标,那个吕建峰就是跟着他大嫂子来相看她的。

"一回生,二回熟,三回就不要我老刘了!"刘红眼坐在桌子边正中的位置上,对着那边的吕建峰和他的大嫂子,又转过头对着这边的四妹子和她的二姑,说着联结两边的话,"事情也不复杂。新社会,讲自由自愿,咱们谁也甭想包办,让人家四妹子和三娃子敞开谈。这样吧! 四妹子,三娃子,你俩到前头厦屋去说,省得俺们在跟前碍事。俺们在上屋说话……"

二姑以主人的身份,引着客人和四妹子回到厦屋里,礼让客人在椅子上坐下,倒下一杯茶水,递上一支烟,客人接过又放下,说他不会抽。二姑看一眼侄女儿,就走出去了。

四妹子坐在炕沿上,看着自己的脚尖,不好意思抬起头来,那位坐在椅子上的客人,从压抑着的出气声判断,他也十分紧张和局促。

四妹子在等待对方开口。

对方大约也在等待她开口。

小厦屋里静静的,风吹得窗户纸"嘶嘶嘶"响。

四妹子稍微抬起头,看一眼桌旁椅子上的客人,心中一惊,连忙低下头,是那样一个人呀!黑红脸膛,两条好黑好重的眉毛,一双黑乌乌的眼睛正盯着她的脸。她突然想到一块铁,一块刚刚从砧子上锻打过的发蓝色的铁块。她想到这人脾气一定很硬,很倔,很……

"俺屋人口多,家大,成分也不怎么好……"

四妹子终于听到了对方的一句话,实实在在,净说他家的缺短之处,人口多而家大,是女方选择对象时的弹嫌疵点,人都想小家小户吃小锅饭,成分高就更是重大障碍了。可这些问题,四妹子早就知道,已经通过了。她没有吭声,等待对方再说,第一句话就给她一个印象:这人挺实在……

一句话后,客人又沉默了。四妹子心里一转,会不会是因为自己没搭腔,没对他说的话表示态度而顿生疑窦了?要不要赶紧表白一下?

"我对你……没意见……"

四妹子想搭腔表白的想法顿时打消了。她想笑,几乎有点忍不住,就用一只手捂住嘴,不致笑出声来,令客人难堪。刚刚说了一句话,第二句就表示"没意见"了,是太性急了呢,还是太老实了呢?老实得令人可笑。啊呀!四妹子的脑子里顿然飞来一团乌云:这小子大概是个傻瓜蛋儿吧?

二姑前几天曾经给她说过一个真实的笑话。杨家斜一个姑娘跟邻近村一个小伙去背见,谁也不好意思开口,呆坐了一袋烟工夫,那小伙忍不住了,就要开口,他想拣一生中最有趣的事说给姑娘,显示一下自己的见识,想来想去,想到了他舅舅领他在西安动物园看过一回老虎。他想,姑娘肯定没见过老虎,用老虎镇一镇她,就说:"我见过老虎,嘿!比牛犊还高还大!你见过吗?"姑娘一愣,俩人谈婚事,关老虎屁事呢!小伙子得意了,说:"咱俩一结婚,叫俺舅把咱俩引到动物园,再看一回老虎……"姑娘瞅着那个得意忘形的傻眼傻样儿,心里起疑雾了。正在姑娘心中纳闷叫苦的时候,小伙突然站起来,耸起鼻子,左嗅嗅,右闻闻,随之就释然傻笑起来:"怪事!我说这屋里今黑怎么有一股香味儿！原来是你身上香……"姑娘一听，吓得蹦出屋子，丢下媒人和陪她去的老婶子，一口气跑回杨家斜来。

四妹子听了二姑说的笑话，笑得肚子疼。现在，她似乎有一种不祥的预兆，眼前的这位小伙，活脱就是那位用老虎吓人的傻瓜蛋儿。她瞧一眼他，他低着头看着自己的手，不开口。如果他继续说话，她就可以进一步观察他的成色，如果他就这么坐下去，怎么办？四妹子拿定主意，要引逗他说话。

"你今年多大咧？"

"二十二。"

"你在哪儿念过书。"

"初中刚念了一年，就停课闹革命了。"

"后来呢？"

"后来就回吕家堡了。年龄小，队里不准去上工，我就割草挣工分，到年龄大了些，就跟社员干活。"

她不问了，他也就不说了。看来不是瓜呆子，四妹子的疑雾消散了。他是害羞呢，还是那号不爱说话的闷葫芦？她此刻倒是希望他能问她点什么，可他依旧不开口。

"你还没说……对俺……有意见没？"

他大约只关心这一句话。四妹子心里又有点想笑，决定不立即正面回答他，逗一逗这位长得魁梧壮大的汉子，看他会怎样？她说："我至今连你的名字都不知道，能有什么意见呢？"

"噢！我叫吕建峰。"他红了脸，解释说，"我是说……你愿意不愿意……"

"你好性急呀！"四妹子说。

客人腾地臊红了脸，更加局促不安了。

刘红眼出现在门口，把她和他又叫回上房里屋。刘红眼眨巴两下眼皮："长话短叙，夜短，明日还都要劳动。现在，你俩见也见了，谈也谈了，三对六面，只说一句话……"

屋里静声屏息。

"我没意见。"吕建峰先说了。

四妹子立即感觉到所有人的眼睛都盯着自己了，终身大事就这样定了！一旦定了，甭说结婚后离婚，订婚后要解除婚约也不光彩哩！她对他现在说不上什么，说不上缺点也说不上优点，没有什么能促使她迫切地要求与他结合，甚至没有什么能促使她急切地说出"我没意见"的话来。她终于没有说出话，只是点点头。

"好！顺顺当当，大家欢喜。"刘红眼一拍手，从凳子上跳下来，站在屋子中间，宣布说，"扯布，定亲！"

得到了最满意的结果,刘红眼领着吕建峰和他大嫂,走出院子,消失在村口朦朦的月光里。

姑婆也很满意,兴致勃勃地拍着四妹子的脊背,发着感叹:"新社会多好!先见面,再说话,后出嫁,心里踏踏实实。俺那会……唉!直是进了人家厦子,盖头一揭,才亮宝……"

四妹子觉得,毕竟比姑婆那会儿好多了。

四

背见之后是正式见面。背见在女方家悄悄进行,正式见面仪式在男方家里举行,要待承亲戚和好友。亲朋好友来时要带礼物,一件成衣或一截布料,主家要摆席面,仪式是庄重而严肃的。

四妹子跟着二姑,到吕家去出席见面仪式。

麦苗吐穗了,齐摆摆的麦穗直打到人的胸脯上。太阳冒红,四妹子觉得身上热燥,脸上渗出细密的汗珠子。

"见了人家老人,要叫爸,要叫妈,甭学那硬嘴子,和人白搭话。"二姑叮嘱她说,"我新近得知,这家人讲究礼行,家法规矩严,甭让人家头一回见面就说咱山里人不懂礼行。"

"嗯。"四妹子应着,心里不由得毛乱起来。上回背见,她是主家,他是客人;这回她是客人了,实际是供吕家大小以及他们的亲朋好友看的,看他们的三娃子瞅下了个什么模样的媳妇。啊呀!听说吕家人口多,家族大,亲戚朋友也不少,这种被人观赏的场面该是多么难堪……

"放稳当,甭慌!"二姑说,"人都有这一回难场,过去了也就过去了。"

三天前,按照刘红眼约定的日子,二姑陪着她,跟吕建峰和刘红眼到西安去扯布,这回由吕建峰的二嫂陪着。经过两头周旋,刘红眼告知二姑,由男方出二百块钱扯衣料,不管买多买少,质量好坏,以二百元为限额。五个人厮跟着,坐公共汽车进西安,转一座百货大楼,又转一座百货大楼,买了几件衣服之后,二姑悄悄提示她,要拣两件值钱的料子,吕家兄弟三个,妯娌们多,日后过门了,要再添件好衣服,不说大人舍不舍得花钱,单说妯娌们咬得你就受不了,这是最浅显的道理。必须在订婚扯布时,狠心买几身好衣服,男方受疼也得硬受。四妹子担心,不是说定二百块钱吗?二姑说她傻,那不过是个纸糊的围墙,你要买,他就得买,不买了,他们首先怕婚事塌了火。当然,也不能没个远近乱要。

四妹子茅塞顿开,勇敢地向毛料柜台走去,她一眼瞅中那卷毛哔叽,就站住不动了。

"走,四妹子。"刘红眼并不走上前,远远地喊。

四妹子站住不动,抚摸着毛哔叽布卷。

"四妹子,到北大街去,那儿刚修建下一座百货商场,货全好挑。"二嫂走上前来说。

四妹子故意不看她,站着不动。

四妹子听到刘红眼和二嫂在窃窃商议。她依然站着,如果她硬要买,他们会怎样继续耍花招儿?二姑也悄声给她壮胆:"不去!就要这!"

刘红眼和二嫂以及吕建峰三人都围上来。轮到吕建峰说话了,他是主事人:"这太贵,不扯!"

四妹子说:"我就喜欢这布料。"

吕建峰说:"喜欢你去买,我不买了!"说罢,转过身,把皮兜往二嫂怀里一塞,走掉了。

四妹子像是受了侮辱,转过身,把二姑一拉,说:"刘叔,俺也走咧!"

刘红眼急忙拉住四妹子的胳膊。

二嫂从楼梯口把吕建峰也拽过来。

"这主意我做了!买!"二嫂说,"四妹子喜爱这料子嘛,爱了就买么。为这点事闹别扭,划不来。买买买!"

一件哔叽料儿扯下来了。

吕建峰皱着眉头掏了钱,老大不高兴。

……

四妹子想到这里,心里觉得挺伤心。一抬头,猛然看见村口拥着一堆大姑娘小媳妇,几个小女子唱歌似的叫着四妹子的名字,她们在村口必经之地截住看她……

"抬起头走路,谁也甭搭理。"二姑说。

四妹子跟着二姑,从"叽叽咕咕""嘻嘻哈哈"的夹道中走过去,直到刘红眼把她们引进吕家院子。

刘红眼引着四妹子,先走进上房里屋,指着一位老汉说,"这是你爸。"四妹子看也不敢看一眼,轻轻从嘴里挤出一个"爸"字。刘红眼又指着一位老婆说:"这是你妈。"四妹子又叫了一声"妈"。刘红眼又引着她到正堂客厅,这儿聚着好多人,刘红眼一一指给她:这是你大嫂,二嫂,大哥,二哥,姨妈,姨伯,大姑,大姑夫,二姑,二姑夫……她就一一叫过,那些人听着她叫,不好意思地应着。随后,刘红眼把她交给吕建峰,让他把她引到僻静的厦屋去。

他引着她,推开厦屋门,招呼她坐在椅子上。他从暖水瓶里倒下一杯水,递到她面前,说:"喝点水。"

四妹子没有抬头,接住了水杯。

他在把茶杯递到她手里时,歪一下头,悄声怨艾地说:"那晚在你家,你给我连水也没让一杯。"

四妹子一抬头,看见他佯装生气的眼睛,立即争辩道:"倒了水咧!"

"那是二姑给我倒的,不是你。"他说。

"谁倒都一样,只要没渴着你。"她说。

"不————样!"他拖长声调,煞有介事的郑重的口气,一板一眼地说着,随之俯下身,眼里闪射着热烈的神光,"不管咋样,我今日完全彻底为你服务。"他对她滑稽地笑笑,就走出门去了。

四妹子坐在小厦屋里,心在咚咚地跳,这个陌生的家,就是她将来的家,她将与刘红眼刚才一一介绍过的那些爸呀妈呀哥呀嫂呀在一个大锅里搅勺把儿,在一个院子里过日月。他似乎不像背见时留给她的憨乎乎的印象,而变得有点像另一个人了。是的,在他们家里,他出出进进都活泼泼的,说话还有点滑稽,竟然记着她没有亲手给他倒茶水的事,可他那晚只会说"没意见……"

这间小小的厦屋,盘着一个土炕,炕上铺着粗家织布床单,被面也是黑白相间的花格家织布料,桌子上和桌子底下的地上,堆着两三个拆开的马达的铁壳,红紫色的漆包线、螺钉、锥子、钳子等,混合着机油和汽油的气息充斥在小厦屋里。四妹子虽然嗅不惯这股气味,却对屋子的主人顿生一种神秘的感觉。

大嫂进来了,拉她去吃饭。

早饭是臊子面,听二姑说,关中人过红白喜事,早饭全是吃臊子面。她和那些亲戚坐在一张桌子边,二姑坐在贴身的同一条长凳上。吕建峰跑前奔后,给席上送饭。他把一碗臊子面先送到坐在上首的刘红眼面前,然后送给二姑,然后送给四妹子,然后送给其他亲戚,次序明确。四妹子又想起他说的没有给他倒水的话来。他又端着空盘出去了。

大家都十分客气,彬彬有礼,互相招呼,推让,谁也不先动筷子,只有刘红眼带头发出第一声很响的吸吮面条的声音之后,随之就响起一阵此起彼落的吸食面条的声浪,声音像扯布,"哧啦——哧啦——"四妹子最后才捉住筷子,轻轻挑动面条,尽量不吃出声音……

刚刚吃罢饭,四妹子又被大嫂引进厦屋,背见时已经见过一面,并不陌生。大嫂长得粗壮,大鼻子大眼阔嘴巴,完全以主人的神气说话:"四妹子,你看看,你的女婿娃儿给屋里净堆了些啥？你一看就明白，我三弟是个灵巧人儿哩！"

门外腾起一阵"叽叽嘎嘎"的笑声，大嫂忙迎出去。四妹子从门里看见，一伙姑娘媳妇拥进房里，正在看那些布。那些几天前扯回来的布，现在放在上屋里的桌子上，供人欣赏。想到那天扯布时为那件毛哔叽发生的纠葛，她心中至今感到别扭，他一甩手竟走了！为了节省几十块钱，他宁愿与她吹！她就值那一件毛哔叽料子吗？

那些媳妇姑娘看够了，议论够了，就像洪水一样涌进厦屋来，欣赏她来了。她们全都用一种奇怪的眼光盯着她看，压着声儿笑着，窃窃私语着，不知谁从门口叫了一声："多漂亮的个人儿呀！"全都"哈哈嘎嘎"笑起来。她们也不坐，互相搭着肩，拉着手，只是从头到脚盯着她看。四妹子被看得不好受，也无法回避，不过没有人调笑，二姑说，订婚时是不兴许胡说乱闹的，只许来看，看买下的衣料，看媳妇的人品，那就让人看吧！

这一拨姑娘媳妇看够了，嘻嘻笑着议论着走出门去了，另一拨媳妇姑娘又拥进来看……整整一个大晌午，川流不息，四妹子和买下的那些衣物展览在这儿，供吕家堡的女人们欣赏，品评，嘻嘻哈哈笑，直到摆上午席来，那些女人才哗然散去。四妹子又被大嫂拉上饭桌，没有食欲。她顿然悟觉出来，订婚的这种场面，是一种舆论形式，向全体吕家堡村民以及吕克俭的新老亲友宣布，吕建峰订下了这个媳妇，日后要再反悔，那就承担众人的议论吧！

午饭以后，又有人来继续观赏。四妹子实在受不了了，悄悄催促二姑："回吧！"二姑劝她耐心，说这里就是这号风俗，谁家女子都免不了这一回，尽管她看别人，她们终有一天也要被人看，被人欣赏的。

直到日压西山，四妹子和二姑在吕建峰全家人和亲戚的簇拥中走出门来。两位老人在门口停步了。几位亲戚送到街巷里也停步了。大嫂和二嫂一直陪送到村口，再再道歉，说没有招待好客人，再再叮嘱，路上慢行。出村以后，四妹子长舒一口气，身上的芒刺全都抖落干净了。她忍不住说："刘叔，你也回吧。"

刘红眼哈哈一笑："我的任务还没完成哩！"

吕建峰落在最后，胳膊上挎着一只大红包袱，说："刘叔，让她们顺手捎回去……"

"胡说！"刘红眼瞪起眼睛，"哪有让人家自己带回去的道理？这是你娃子给人家四妹子的聘礼聘物，必得由你送去才见诚意。你只图简单，连规矩也失丢了……"

……

十天没过，刘红眼又踏进二姑家门来，是一家人正在吃夜饭的当儿。刘红眼带来了吕家的动议："五一"结婚。只是出于一条非常现实的考虑，赶在夏收前结了婚，可以分一份口粮，而夏季的麦子是一年的主要口粮。刘红眼设身处地地说："其实，这样也好，吕家多分一份口粮，你这儿也减少了负担。四妹子在你这儿住着，既不能分口粮，连工分也挣不成；吕老大倒是想得周到，迟早是一家人喀……"

"先让四妹子说话。"跛子姑夫侃侃地说，声明他并不嫌弃妻子的侄女吃他的口粮，"咱家不管粮多粮少，有咱吃的，就有四妹子吃的，这能见外？四妹子在咱家，就是咱家的娃嘛！"

"赶得太紧！"姑婆也发表声明，"订婚上下才几天……"

"你看呢？"二姑瞅着四妹子。

"姑……你看着办……"四妹子低着头。

"你说结就结，你说不结咱就不结。"二姑很干脆，"反正在咱家住一年半载，有你的吃，也有你的穿。你姑夫刚才说了……"

四妹子想，反正迟早都要过吕家去，在那儿名正言顺分得一份口粮，就是吕家堡一个社员了，可以上地挣工分了。住在二姑家，虽然姑婆和姑夫不会怕她吃了粮食，终非长久之计。关中这地方粮食虽则比陕北富裕，也是按人口定量分配，谁家也没有三石五石的储存。有点剩余粮食，看得宝贝似的，悄悄地都卖给粮贩子了，一斤麦子卖到五毛多，一斤苞谷也卖二毛八。她若住仨月半年，吃掉的粮食卖多少钱呢？"五一"结婚虽然紧迫了点儿，终究有这回事。她头没抬，却是很肯定地说："就按刘叔说的办。"

刘红眼又急忙忙赶到吕家回话去了。

跛子姑夫站起来，慨然说："既然这样，也好，早结了早安心过日月，两头都好。"他又专门说给二姑，"人家吕家不是送给三个礼吗？"二姑点点头。

四妹子不知姑夫提这礼钱干啥，一愣。那是二百四十元钱，一个是八十块，正好三个。关中订婚专门施用的单位，一个礼等于八十。

"这些礼钱，一个也甭留，全部给四妹子办成嫁妆。"姑夫说，"四妹子是咱侄女，远离二老，咱就给娃办得体体面面的，甭叫人笑话！"说罢，就朝饲养场去了。

二姑深情地望着走出门去的姑夫一拐一歪的身影，忽然流出泪来，搂住四妹子的肩膀，动情地说："看见了没？你姑夫脚腿不好，心好。姑就是这点福分……"

五

"五一"出嫁！

一家人全都自觉地投入到四妹子出嫁的准备事项中去了。二姑把吕家买下的衣料，一包袱提到杨家斜大队缝纫组，给四妹子量了身材，把春夏秋冬四季的衣服就交给缝纫组去做了。二姑再三叮咛缝纫组会计，必定要在四月三十日以前交货。二姑又跑到大队木工房,定做下一对箱子,尺寸要大号的,颜色要油漆成红色,黄色镀铜锁扣,必须在四月三十日前漆干交货。定价五十块,二姑叮嘱会计,年终从分配中扣除。跛子姑夫毫无怨言,再三说这是应该的。吕家给的三份聘礼二百四十元,一分未动,由二姑指使姑夫到镇上邮政代办所寄回陕北老家去了,这儿终究比那儿日子好过点。每办完一件事,二姑都要掐着指头计算一下距离"五一"所剩的时日。她与一般庄稼汉男女一样,习惯用农历计时,农历和公历的时日差异弄得她糊里糊涂,说这个鬼阳历把她给弄颠倒了。她亲自到镇供销社去扯被面,选择洋布床单,不惜花费自己的库存。嫂子和哥哥离得远,照顾不上,她是四妹子的姑姑,权当是父亲和母亲,一定要按村里一般人家打发姑娘的规格打发四妹子,要尽量弄得体面。

四妹子不知自己该做什么。二姑给她说,要给吕家老人做一对枕头,给两个哥哥和两个嫂子一人做一双单鞋,还要给吕建峰做一双单鞋,作为进吕家门的见面礼,在结婚那天要供宾客欣赏,一看新人的孝心,二看新人的针线活儿手艺,马虎不得。四妹子扎鞋帮,纳鞋底,麻绳勒得掌心里麻辣辣疼。她给二姑说,眼看要到"五一"了,太紧张,干脆买塑料鞋底算了。二姑严肃地告诉她,这见面礼必须手工做,不能用机器制品代替,不然人家会说你心意不诚,还要说你不会针线哩!关中人讲究大,得入乡随俗,不能马虎。看看四妹子的难色,二姑又瞥见了跛子姑夫,把一副纳鞋底的夹板塞给跛子姑夫,叫他喂过牛闲下时赶一赶紧。跛子姑夫欣然从命,笑笑说,我纳得不好,将来怕毁了四妹子在吕家的名誉!姑婆自觉担当起做饭扫地和管娃娃的家务,她说她一生没抓养过女儿,没享过打发姑娘出嫁的福,这回算是尝到了。四妹子现在更多地体味出来,二姑嫁了多好的一户人家,跛子姑夫人厚道,姑婆待人也亲畅,再也不觉得姑夫的腿脚有什么不好了。她扎着鞋帮,心中暗暗祈愿,要是吕家的老少也像跛子姑夫一家人就好了,就算四妹子烧了香、念了佛了!

时光老人脚步不乱。"五一"国际劳动节,全世界劳动阶级的喜庆节日,姗姗而来。

四妹子被二姑叫醒,爬起来就穿衣裳,刚抓起衫子,却瞥见枕边整整齐齐搁着一摞新衣服。这是二姑昨晚特意叮咛过的,今天从里到外全部换上没上过身的新衣。她把手里的那件黄色仿军衣上衫搁下了。

她脱下了日夜不曾下身的背心,就看见了自己的赤裸的胸脯,心跳了。似乎从来也没有留意,胸脯这样高了,那两个东西什么时候长得这样大了!她捞起新背心,慌忙穿上了。

四妹子不知道自己该去干什么。她蹲到灶下去烧火,二姑把她拉起来,说一会儿就会落下满头柴灰。她去扫地,姑婆又夺了扫帚,说她今天压根儿不该动这些东西,应该去好好打扮一下,静静坐着,等着吕家迎亲的马车来。

她坐在屋子里,透过窗户,可以看见院子里的葡萄架上的叶子嫩绿得能滴下水来。天空高远,白云和蓝天相间。窗户吹进凉丝丝的晨风。她忽然想到大了,也想到妈了,连同弟弟和妹妹。大也许和妈正在窑洞里念叨着哩!他们无法来看着女儿出嫁,把自己的责任完全放心地交给二姑了,又怎么能不操心呢?

四妹子又想到妈妈给她掏屎的情景……

"怕该来了!"二姑说,"四妹子,把脸再洗洗,把头发梳梳……"

四妹子猛然倒在二姑怀里,想哭,眼泪随之就涌流下来:"姑,我想大,想妈咧!"

二姑紧紧抱着她的肩膀,也哭了:"你就哭几声吧!我的苦命的女子……"

四妹子再也忍不住,哭起来,出了声。

二姑贴着她的脸,一动不动,让她哭一场。女儿离娘,难免痛哭一场。她现在既是姑又是娘啊!看着侄女儿哭得浑身颤抖,她劝她要节制,哭红了眼睛就不雅观了。

"姑……"四妹子哭溜着声儿,"我离不得……你……"

"傻话!"二姑疼爱地说,"天下女子都要出嫁……"

"姑……"四妹子说,"我总觉得……跟梦里一样……"

"都这样。"二姑平静地说,"都这样。"

都这样。四妹子止了哭声,还在抽泣,既然都这样,她也就这样。

门外有人慌急地说,吕家迎亲的马车来了。四妹子一惊,脑子里迷蒙蒙变成一片空白。二姑把她一推,说:"快!快去洗脸梳头!拿出高高兴兴的样儿来。我去招呼人家……"

四妹子坐在马车上,周围坐着二姑家左邻右舍的姑娘们。她们被二姑拉来,陪伴她出嫁,也到吕家堡去坐一次席,吃一顿好饭。

马车在关中平原的公路上行进,马蹄铁在黑色的柏油公路上敲出清脆的有节奏的响声。沿着公路两边排列的高大的白杨树,叶子闪闪发亮。路边一望无际的麦子,麦穗摆齐了,现出灰黄的颜色。布谷鸟从头顶上掠过去,留下一串串动人的叫声。进入初夏时节的关中平原,正如待嫁的姑娘一样青春焕发,有一种天然的迷人的气韵。

快要进入吕家堡的时候,马车赶上了那些抬彩礼的小伙子。他们兴致勃勃来给吕家帮忙,抬着她的全部嫁妆头前走了。哎呀,看看,他们把被单围在腰间,花枕巾搭在头上,粉红色门帘围成裙子,花衫花袄穿在身上,打扮得妖里妖气,嘻嘻哈哈朝村里走去。陪伴她的一位嫂子说:"这是这儿的风俗,你甭恼,都这样。"二姑把隔壁一位媳妇请来陪伴她,保驾她,不懂的事由这位嫂子指导,应酬。

吕家堡村口被人围得水泄不通。四妹子低下头,听不清那些人的笑声和议论的话。马车从一街两行夹道欢迎的吕家堡男女中间一直走过去。鞭炮声"噼噼啪啪"骤然爆响,马车停了,四妹子抬头一瞧,车正停在吕家街门口。

四妹子朝车下一看,两位已经见过面的嫂子,笑逐颜开地伸出手来,扶她下车。车下的地上,铺着一层麻袋,两位嫂子搀着她,缓缓踏过一条麻袋,又一条粗线口袋接着向大门铺过去,踏过的麻袋被陌生的汉子揭起来,又铺到前头去了。昨晚上,二姑告诉她,按照关中地方的风俗,出嫁时从娘家到婆家的路上,新鞋的鞋底是不能沾土的,从娘家屋被人背上马车,再踏着铺垫的口袋、麻袋一类东西,一直走进洞房里去。旧社会是讲究铺红毡的,而且坐轿;现在马车代替了花轿,红毡也被装粮食用的麻袋和口袋一类东西代替了。二姑特别叮嘱说,如果下车时发现没有铺垫物,那就给他们不下车,请也不下,拉也不下,直扛到主家铺好路,不然就失了身价了。四妹子沿着麻袋和口袋铺就的小道儿走到门口,往前就断了,既没有口袋,也没有麻袋,两个汉子腋窝下夹着口袋和麻袋,示威似的匸斜着眼睛,仰头抱肘望天。搀扶她的大嫂在她耳根悄悄说:"快拿出'份儿'来!"四妹子心中顿然醒悟,从口袋里掏出两个用红纸包着五毛票儿的"份儿",交给大嫂。大嫂给那两个汉子一人手里塞一个,在他们的头上和腰里抽一巴掌,嗔骂道:"快铺!贪货!"那俩汉子得意地把纸包塞进衣袋,就猫下腰去铺道儿了。当四妹子抬脚跨进大门的一瞬,心里咯噔一下,这就是自己的家了,真跟做梦一样啊!

走到厢房门口,两扇漆刷成黑色的门板关死了,几个女子在门里喊着要"份儿"。二嫂又从她手里接过两个红纸包,从启开的门缝塞进去,同时用肩膀一扛,门开了,一把把四妹子拽进去。门口呼啦一声拥进来一伙青年男女,几十双手一齐伸过来,喊着"给份儿"!喊着他们的功劳,挪了嫁妆了,挂了门帘了,抬了箱子了,打了洗脸水了……四妹子被挤在旮旯里,动不得身,几个女子已经动手在她兜里掏,混乱中,不知哪个没出息的东西在她屁股上狠狠捏了一把……

四妹子由大嫂二嫂引到院子里,空中架着席棚,临时搭成的主席台前,他已经早站在那儿了,拘束不安地歪着身站着。席棚下的桌子边,已经坐满了亲戚友人,准备开席吃饭。婚礼是新风俗和旧礼仪的生硬的掺和。她和他先朝领袖像三鞠躬;再由主持婚礼的一位干部模样的人宣读结婚证书,更是绷平脸儿的官腔官调;再接着由她和他合声朗读贴在领袖像两侧的语录。一边是"千万不要忘记阶级斗争"和"农业学大寨"两句,另一边是领袖赞颂"青年人是八九点钟的太阳"那段。这三段语录,四妹子早就听顺耳了,可是临到自己要一个字一个字去朗读的时候,却结结巴巴起来。她不敢不念,就喑嚅着,蒙混过关了,好在并没有人讲认真,婚礼一项一项进行下去,也没有太难堪的事,她照着勉强都做了,没有多少意思,晕晕乎乎还是像在做梦,梦中又想起妈给她掏屎的情景……

院子里的席棚下,十张方桌上的食客全都操起竹筷,紧张地在盘里碟里抄菜,客客气气地推让着烧酒瓷壶,腾起一片杂乱的咀嚼食物和说话的声响。大嫂牵着她,二嫂牵着她,去向客人敬酒。刘红眼坐在主席台前首桌上席,得意扬扬地接过四妹子斟下的一杯酒,脖子一仰,红眼眨闪几下,忙坐下吃菜去了。他撮合成了这一桩婚姻,理应受到客主宾朋的尊重,现在是最荣耀光彩的时刻。四妹子手里提着烧酒壶,吕建峰提着酒瓶,一席挨一席敬过去,大嫂和二嫂向她介绍席面上的所有重要的亲戚,大舅、大妗子、二舅、二妗子、大姑、二姑、姨妈、姨夫,一一介绍下去。四妹子一下也记不准这么多亲戚,只顾给小小的酒盅里斟了酒,再走到另一个桌子边……

四妹子被两位嫂子牵着,一一送亲戚出门,上路,到村口,把回着糕礼的竹笼或提兜交给大舅和姨妈,看着他们在村外的土路上姗姗走进落日的昏光里,再转回家来,送另一家……

天刚落黑,街门口不断走进吕家堡的男女。吕建峰和他的两个哥哥,分头到村子西头和南巷去邀请那些行过"份子礼"的乡亲乡党,他们花了一块钱的份子礼钱,作为乡亲情谊。现在悠悠走进院来,在老公公热情而毕恭毕敬的招呼声中,款款落座,说着逗笑的话。一会儿,席间坐得满盈盈的了,菜和酒都端上去了。刚开席,院子里大声笑闹起来,那些老庄稼人把老公公抱住了,压倒了,涂抹了一脸红颜色,像个关公了。老婆婆也被女人们封住了,从锅灶下摸来锅底的烟墨,抹得老婆婆满脸就像包公,院子里的笑闹的声浪简直要把席棚掀起来……吕建峰领着她,到席间又去敬酒,那些老庄稼汉友好地伸出巴掌,打吕建峰的脑袋,说些笑骂的话,他一律笑笑,缩头缩脑躲避那些来自左右的友好的袭击。待他领她逃回新房里的时候,天啊!窄小的厦屋里已经拥满了年轻人,炕上横七竖八躺着的、坐着的,炕下脚地上拥挤得没有她站脚的地方了。她站在门外,正迟疑间,被一只手猛力一拉,拽进门去了,七嘴八舌一齐朝她进攻:

"来!给我点烟。"

"唱歌唱歌!"

"哈!给我勒一下裤带,新娘子……"

她被簇拥着,和他站在人窝中间。她很紧张,无所适从,好多张嘴脸朝她嘻嘻笑着,有的嘴角叼着纸烟,撅着嘴,伸到她脸前,要她给他们点火。她不知该不该点,他立时划着火柴,要去点,被谁打掉了。他只好把火柴塞到她手里,让她满足闹房者的要求。她划着火柴了,刚够着烟,却被叼着烟的调皮鬼吹灭,好不容易才点燃了一支支烟卷,后面又有人挤过来……

"掏长虫吧!"有人喊。

"掏雀儿吧!"又有人叫。

四妹子低下头,不好意思看任何人,心儿抖抖地跳。昨晚,姑婆给她说,关中结婚的风俗,三天不分老少辈分儿,可以说笑耍闹,特别是闹房,是新娘子最难熬的一关。顶难为的就是"掏长虫""掏雀儿"几个花样。"掏长虫"是要新娘把一块手绢从新郎的一条腿脚塞进去,从另一条腿下拉出来。同样,"掏雀儿"却是要新郎把一块手绢从新娘的一只袖口塞进去,从另一只袖口掏出来。两只手交接手绢的部位,正是人身体最隐秘的羞耻地带。姑婆说,这是老辈子传流下来的鬼花样,而今不兴这么闹了,有些村子还在耍,得防备防备,免得临场惊慌失措,不到万不得已,决不从命。姑婆又千万嘱咐,无论如何,不准变脸也不兴恼怒,得罪下人是要伤主家面子的,这也是老辈子传流下来的规矩……现在,吕建峰被闹房的小伙子压倒了,扭胳膊的人使劲扭住他的双臂,压腿的人压死了他的双腿。有人把一块手绢塞到她的手里,推推搡搡,吆喝着要她去"掏长虫"。四妹子臊红了脸,低着头,扔掉了手绢,怎么好意思呀!这当儿,门口挤进一位干部模样的青年,说:"让她唱唱歌儿吧!甭耍那些老花样了。要是传到公社去,当心挨头子!现在正在批'回潮'哩!甭在风头上惹祸……"

厦屋里鸦雀无声了,扭着压着他的胳膊腿脚的人同时松了手,也没有人推搡她了。小伙子们互相瞅着,做着鬼脸。四妹子此刻倒真的觉得无所适从了。突然,不知谁喊了一句:"绑了!"几个人一齐动手,不由分说,一条麻绳把她和他面对面捆绑在一起,推倒在炕上。哗的一声,小伙子们拥出门去了。那位干部模样的青年立时红了脸,悻悻地转身走去了。

她和他捆在一起。她压在他的身上,动弹不得。他羞红了脸,喘着粗气,一股陌生的男人的气息扑到她的脸上。她别过脸,不好意思看他,她的脖子又酸又疼,稍一松懈,就会碰到他的鼻子。大嫂哈哈笑着走进来,解开了绳子。她抚摸着被捆得烧疼烧疼的胳膊,不好意思说话。大嫂说:"咱爸叫你俩去一下……"

里屋正堂的方桌上,一对红漆蜡闪闪发亮,墙壁上贴着一张画,是一只回头吼叫着的老虎。桌上支着两个神匣,匣子里各有一根木板主柱,写着一行黑字。老公公坐在桌旁的椅子上,庄严地说:"给你爷和你婆烧一炷香,让你爷你婆在阴世知晓,他们的三孙子完婚了。"

吕建峰从香筒里抽出三支香,在漆蜡上点燃,恭恭敬敬地又显得笨拙地插到香炉里了。

四妹子也抽出三支香,在漆蜡上点烧的时候,胳膊抖抖地晃,插进香炉时,却把一支弄折了,她的心里更慌了。

她和他并排站在神桌前,鞠躬,下跪,磕头,三叩首。

做完这一切,老公公一句话也没说,就挥手示意她和他退位。

重新回到厦屋,还没坐稳,二嫂端来两碗饭,递给她和他,说:"合欢馄饨,快吃。吃了睡觉。"她不饿。从早晨起来到现在,她没有一丝一毫饥饿的感觉,看着他已经端起饰有金边的小碗儿吃起来,她也挑动了筷子,刚一张嘴,"咯嘣"一声,咬出一枚一分钱的硬币来。二嫂惊叫说:"啊呀!有福气,头一口就咬上了……"大嫂也蹦进来了,嘻嘻笑着,惊叹她是个有福气的媳妇。四妹子才明白,吃到这个硬币的人,是福气的象征,不过似乎以往并没有享过什么福,吃糠饼子不算福气吧?让妈给自己掏屎算什么福气呢?也许,从今天开始,预示着她将要享福了吧?

"吃下去!快吃!"大嫂催促着。

"这是规矩,不吃不行,日后不吉利。"二嫂说得很严重。

四妹子看见他很为难。二嫂把她咬出来的硬币塞到他手里,要他吃到嘴里去。他不好意思把那只粘着她的口液的硬币填进嘴里去。大嫂催促他,二嫂已不耐烦,疼爱地打他的脑勺,逼他。她心里一阵发紧,偷偷盯着他,他究竟吃不吃呢?他要是不吃,就是……四妹子一侧头,看见他把硬币一下子填到嘴里,不知为什么,她的心儿忽激一闪,身上热臊臊的了。两个嫂子哈哈笑着,收拾了碗筷,走出去了。

她坐在炕上,低着头,心里有些紧张,胸脯感到憋闷,呼吸不畅。结婚仪式完了,给死去的爷和婆烧过香叩过头了,合欢馄饨也吃下了,现在,还有什么新的或老的风俗习律要她去做呢?二嫂刚才说"吃了馄饨就睡觉",大约再没有什么事了?她坐在炕边上,瞧一眼坐在桌旁的他,他有点失神地盯着对面的墙壁,也不说话。

"咣当"一声,临街的大门关上了,院子里响过一阵沉稳的脚步声,响到上房里屋里去了,有一声威严的咳嗽,是老公公。

又接连着两声"吱扭吱扭"的门扇响,大约是大嫂和二嫂在关门。

哄闹熙攘了一天的小院,完全静息了,五月夜晚的温馨的风,送来洋槐花的香气,小院里静极了。

他站起来,转身关上门,咣当!小厦屋与小院也隔绝了。

"铺炕。"他对她说。

她没有抬头,略一迟疑,就转身上炕。炕上的被子、褥子和单子,被闹房的小伙子揉搓得乱糟糟的。她动手扯平了褥子,又铺平了床单,展开了被子,把一只绣花枕头摆平,又抱起另一只枕头的时候,作难了,两只枕头该摆在一头呢,还是该摆到炕的那一头?

她正犹豫间,越觉胸脯憋闷,呼吸不畅,稍一回头,突然看见,他已经脱得一丝不挂,正转过身去摸电灯开关拉线,"叭"一声,电灯灭了。她随之被他抓住胳膊,压倒了。他撕她的衣服,撕她的裤带,一只粗硬的手伸到胸脯上来了,他那么有劲地搂抱住她,那么莽撞蛮横地进入她的身体了。她几乎晕昏了……

六

　　太阳挨近地天相接的地方，变得双倍地大起来，整个西部天空都变成了红色，远处的地面上腾起一层红色的雾障。头顶的天空，缕缕轻纱似的云似动非动。绿色的麦穗和麦叶，也变成紫色的了。顺着灌渠排列的杨柳林带，静静地在蓝天上扯开一排绿色的屏障。渭河平原初夏时节的傍晚，呈现出富丽堂皇的气度。四妹子在田间大路上走着，又想起家乡此时的情景，太阳早早被门前那座荒草丛生的黄土山峁遮住了，天却久久黑不下来。

　　他——吕建峰，她的女婿，现在和她并排走着，一副漫不经心的散散涣涣的神气。

　　按照这儿的风俗，结婚的第二天，夫妻双方要到女方的娘家去回门，带上好酒、点心等四样礼物，去看望养育过女儿的老人。丈母娘和丈人爸必定要欢天喜地地热情接待女婿和女儿，七碟子八碗不消说，临告别时的一碗荷包鸡蛋是断不能少的。四妹子的大和妈远在陕北，千里之遥，无法向心爱的女婿娃儿表一番老人的心意，也没有福分接受女婿的敬奉之情，这一切全都由二姑来代替，二姑真是跟大和妈一样亲哪！现在，她和他到二姑家回门完了，正双双赶天黑前回到吕家堡去。

　　她在他身边走着，尽管已经有过昨天晚上的夫妻生活的第一夜，人生最神秘的大事已经失去了神秘的色彩，她依然感到局促。从她和他背见到昨晚，不过一个月时间，统共也就说下不过十来句话。她不摸他的脾性，也没有达到那种离不得的程度。她想和他说话，仍然羞口难开，说不清的重重顾虑。

　　"二姑待人好哇！给我吃那么多的鸡蛋，我都要吃不进去了！"他说。

　　"可你……还是吃下了。"她说。

　　"呃！你知道不知道？"他神秘地闪着眼皮，作出一副认真的模样，"丈母娘为啥要给女婿吃鸡蛋？"

　　"你是新客呀！"她不在意地说。

　　"不对不对。"他摇摇头，诡秘地笑笑说，"那是给女婿加料，盼得女婿上膘，晚上好多来几回……"

　　"啊呀……"四妹子听见这样赤裸裸的丑话，立时飞红了脸，羞得蹲下去，双手捂住脸，在路边的杨树下呆住了。

　　他哈哈一笑，走过来拉她的胳膊，扒在她的耳边说："话丑理端。跟庄场上给种牛加料是一回事……"

"啊呀!"四妹子听见他越说越粗鲁,忽地站起来,用手打他的脊背。他笑着跑着,她追着他打。

一条大渠横在眼前。

他一跷脚,从大渠上飞越而过。她站在渠边,看看又看看,没有勇气跳过去。

"叫声哥,我背你。"他在对岸说。

她转过身,朝原路往回走去,她给他示威,看他怎么办。她头也不回,加快了步子,一副回娘(姑)家去的死心塌地的走势。一阵奔跑的脚步声响起来,他终于堵在她面前了,嘻嘻哈哈笑着,装出一副可怜相:"好你哩!你要是走了,我今黑可只好搂着枕头睡了。"

四妹子真是哭笑不得,那么腼腆的吕建峰,现在尽是酸溜溜的话往外冒。她用拳头打他的肩膀,他不躲避,哈哈笑着:"用劲打!真舒服啊!女人打人真舒服哟……"

她和他顺着渠沿走,柳树浓厚的阴凉里,幽暗起来。他说下一串串粗鲁的话,着实叫她羞了,却也叫她和他亲近了。她很想贴着他的肩膀走,却不好意思,而第一次想亲近这个关中男子的心思,毕竟萌生了。

"你知道这个大渠叫什么吗?"他指着大渠里的悠悠的清水问她。见她不答,他就炫耀起来,"这是泾惠渠的一个大支渠。泾惠渠,你听说过吗?嘀!历史书和地理书上都有记载,是我们这儿的李先生修的。李先生,关中地方的农民都知道……"

"不就是一条水渠!"她故意淡淡地说。

"一条水渠?一条什么样的水渠呀!"他被她轻淡的口气反而激将起来,"多大呀!多长啊,浇多少地啊!打多少粮食啊!有了这条渠,关中地方才旱涝保收咧!你想想,这是在解放前,在清朝吧?啊呀,反正是在旧社会修起来的,容易吗?听说李先生在北京念过书,还留过洋,是大水利专家。你们那儿……有这样的水渠没有?"

四妹子哑口了。陕北家乡有一眼望不透的黄土山包,光秃秃的,旱季里连草也枯死了,哪儿有这样平的地,这样清洌洌的渠水,这样为民造福的李先生?如果有这样好的水和地,她会跑到这儿来找他吕建峰吗?

"你们陕北有'信天游'。"他讨好她说,"真的,我在初中念书时,语文老师说'信天游'是陕北的民歌。我听广播上唱,真好听。不过,老是只唱那五首,听多了也就烦了。"

"我们陕北的好东西多着咧!"四妹子自豪地说,"就说这信天游吧,多得谁也数不清,哪儿只是广播上唱的五首!"

"你唱一段给我听。"他很诚恳地说。

"你叫我一声……姐吧!"她有机会报复他了。不过,刚一说出口,自己先脸红了。

"姐——吧——"他大声嘶吼起来。

四妹子猛然一惊,惊慌失措地瞧瞧四面,正在引水浇地的农民正愣愣地瞧着他俩。

"姐吔——"他又连着叫,而且回过头来,抱怨地说,"你为啥不应声哩?"

"啊呀!快别叫了!"四妹子恐慌地说,"旁人要把你当疯子了!"

"那……该你唱歌了。"他装出傻瓜相。

四妹子被他撩拨得真的想唱歌了,心儿忽闪闪跳,瞄一眼身旁这位关中大汉,故意装出的傻愣愣的模样,她觉得挺有趣,挺可爱。她略微镇静一下,压低声儿唱起来——

　　提起个家来家有名
　　家住在绥德三十里铺村
　　三哥哥爱见个四妹子
　　你是我的心上人
　　……

"啊呀!真好!"他眼里闪着奇异的光彩,感叹着,"这是你随口编的不是?"

"不是。"四妹子说,"老早就有的。"

"那怎么把咱俩都唱上了?"他问,"你是四妹子,我在俺家为老三,人都叫我三娃子,你倒亲得叫我三哥哥……"

"啊呀!我可不知道你叫啥……三娃子!"四妹子抱屈地说,"俺可只知道你叫吕建峰。"

"巧合巧合!"他大大咧咧地说,"再唱一首吧!最好……唱段更酸的。"

四妹子不由得瞟他一眼,唱起来——

　　你想拉我的手
　　我想亲你的口
　　拉手手呀呣
　　亲口口
　　咱二人夯兒里走
　　……

他突然站住脚,抓住她的手,两只大眼里烧着火焰,痴呆呆地说,声音都抖颤着:"你唱得……真好!四妹子,我想拉你的手,也想亲你的口,咱俩好好过一辈子!"

四妹子瞧瞧四周,悄声说:"人来了。"

他丢开她的手,颤抖着声音:"四妹子,我知道你受了苦,你们陕北人日子都苦。我会好好照顾你的。"

四妹子的心忽闪忽闪跳起来,这个粗壮的关中大汉尽管说得笨拙,却很真诚,她现在真想扑过去,贴在他的宽阔的胸脯上,使自己的心儿有个牢靠的依托。在她还没有鼓起勇气的时候,他已经把她抱离地面,搂到他的怀里,那双胳膊简直要把她的腰掬断了。

天色完全暗下来。

四妹子就伏在他的怀里,双手勾着他的脖子。她的心里踏实极了,幸福极了。她达到自己那个想来确实卑微的目的——与能吃难拉的糠饼子告别——了。她找下一个可心的女婿,身体壮健,不是残疾人,而且喜欢她,这比那些众多的同乡女子(包括二姑)只能找到一个聋子或跛子的境况好出得远了。

今晚回到吕家堡,在那个已经并不陌生的小院里,明天将开始她的新的生活,不再是客人,而是吕家的一个成员了,是吕家堡大队一个正儿八经的社员了。可以想到,今晚睡在那间小厦屋里有新被褥铺盖的土炕上,将要比昨晚美妙得多……

中　篇

七

乡谚说,老子少不下儿子的一个媳妇,儿子少不下老子的一副棺材。

给三娃子建峰的媳妇娶进门,游结在克俭老汉心头的疙瘩顿然消散了。三个儿子的三个媳妇现在娶齐了,作为老子应尽的义务,他已经完满地尽到了。至于儿子回报给他和老伴的棺材,凭他们的良心去办吧!他今年还不满六十,身体没见啥麻缠病症,自觉精神尚好,正当庄稼人所说的老小伙子年岁,棺材的事还不紧迫,容得娃子们日后缓缓去置备。

真不容易啊!自从这个操着陕北生硬口音的媳妇踏进门楼,成为这个三合院暂时还显得不太谐调的一个成员,五十八岁的庄稼院主人就总是禁不住慨叹,给三娃子的这个媳妇总算娶到家了,真是不容易啊!

吕家堡的吕克俭,在本族的克字辈里排行为八,人称吕老八,精明强干一世,却被一个上中农成分封住了嘴巴,不能畅畅快快在吕家堡的街巷里说话和做事。上中农,也叫富裕中农,庄稼人卑称大肚子中农。政府在乡村的阶级路线是依靠团结中农,打击孤立地主、富农。对上中农怎么对待呢？政府在乡村的阶级路线是依靠贫农下中农，没有明文规定，似乎是处于两大敌对阵营夹缝之中，真是说不清是什么滋味了。队里开会时，队干部在广播上高喉咙粗嗓门喊着，贫下中农站在左边，地富反坏右站到右边，阵势明确，不容混淆。这种时候，这种场合，吕老八就找不到自己应该站立的位置了。在这样令人难堪的时境里，吕克俭已经养成一种雍容大度的胸怀，心甘情愿地瞅到一个毫不惹人注目的旮旯蹲下去，缩着脑袋抽旱烟。

这种站不起又蹲不下的难受处境，虽然不好受，时间长了，也就习惯了。最使老汉难受的两回事，毕竟都已过去了。一九五〇年土地改革定成分，三十出头的年轻庄稼汉子吕克俭，半年时间，把一头黑乌乌的短头发熬煎得白了一多半，变成青白相杂的青丝蓝短毛兔的颜色了。谢天谢地，土改工作组里穿灰制服的干部，真正是说到做到实事求是，给他定下了富裕中农的成分，而终于保住了现有的土地、耕畜和三合院住房。他拍打着青丝蓝兔毛似的头发，又哭又笑，简直跟疯了一样，只要不被划为地主或富农，把这一头头发全拔光了又有啥关系！

万万没想到，十来年后又来了"四清运动"。这一回，历时半年，吕克俭的青丝蓝兔毛似的头发脱掉了一多半，每天早晨洗脸时，顺手一捋，头发丝就刷刷掉在水盆里。吕家堡原有的三户富裕中农，一户升为地主，一户升为富农，两位已经佝偻下腰的老汉，被推到那一小撮的队列里去了，作为惩罚，每天早晨清扫吕家堡的街巷。谢天谢地，吕克俭又侥幸逃脱了，仍然保持着原有的上中农成分。这一回，他没有丝毫的心思去感激那些"四清干部"的什么实事求是的高调了。没有把他推到地主富农那一档子里去，完全出于侥幸，出于运气，从贴近工作组的人的口里传出内幕情报，说是为了体现政策，不能把三户上中农全部升格为地主富农，必须留下一户体现政策，不然，吕家堡就没有上中农这个特殊地位的成分了。

"四清运动"结束后，吕克俭摸着脱落得秃秃光光的大脑袋，对老伴闪眨着眼皮，说出自己的新的人生经验："你说，工作组为啥在三户上中农成分里，专选出咱来'体现政策'？咱一没给工作组求情，二没寻人走门子，为啥？"老伴不答，她知道他实际不是问她，而是要告诉她这个神秘的问题的答案。果然，吕老八很得意地自问自答："我在吕家堡没敌人！没有敌人就没有人在工作组跟前乱咬咱，工作组就说咱是诚心跟贫下中农走一条道儿的。因此嘛！就留下咱继续当上中农。"

这是吕克俭搜肠刮肚所能归结出来的唯一一条幸免落难的原因。得到这个人生经验，他无疑很振奋，甚至抑制不住这种冲激，跑到院子里，把已经关门熄灯的儿子和媳妇以及孙子都喝叫起来，听他的训示：

"看明白了吗？甭张狂！你只要一句话不忍，得罪一个人，这个人逢着运动咬咱一口,受得!人家好成分不怕,咱怕!咱这个危险成分,稍一动弹就升到……明白了吗?咱好比挑了两筐鸡蛋上集,人敢碰咱,咱不敢碰人呀!我平常总是说你们,只干活,甭说话,干部说好说坏做错做对咱全没意见,好了大家全好,坏了大家全坏,不是咱一家受苦害,用不着咱说长道短。干部得罪不起,社员也得罪不起。咱悄悄默默过咱的日月,免遭横事。这一回,你们全明白了吧?不怪我管家管得严了吧?"

一家人全都信服老家长了。

"四清"收场,"文革"开锣,吕家堡村的工分一年年贬值,成分却日渐升价。贫农下中农的成分越来越值钱,地富成分且不说,中农也不大吃香了,上中农几乎无异于地主富农。吕克俭为三娃子的媳妇就伤透脑筋了,旁的条件且不谈,一提上中农这个成分,就使一切正常的女子和她们的家长摇头摆手。谁也拿不准,说不定明天开始的某一运动,就轻而易举地把上中农升格为富农或地主了,谁愿意睁眼走进这种遭罪的家庭?眼看着三娃子上唇的汗毛变成了黑乎乎的胡须,脸颊上日渐稠密地拥集起一片片疥子疙瘩,任何做家长的都明白孩子的身体发育到了该结婚的紧迫年龄,却只能就这么拖着……谢天谢地,杨家斜村突然来了这个陕北闺女,不弹嫌上中农成分,他抓紧时机,三下五除二,当机立断,办了。

经过对新媳妇进门来一月的观察,克俭老汉发现,这娃不错,勤苦,节俭,似乎是意料中事。从贫瘠的陕北山区到富裕的关中来的女人,一般都显示出比本地人更能吃苦,更能下力,生活上更不讲究。四妹子已经开始到地里上工,干活泼势,不会偷懒,尤其在做计件工分时,常常挣到最大工分。这个新媳妇的缺陷也是明显的,针线活儿不强,据说陕北不种棉花,自然不会纺线织布了。灶锅上的手艺也不行,勉强能擀出厚厚的面条,吃起来又松又泡,没有筋劲儿。据说陕北以洋芋小米为主,很少吃麦子,自然学不下擀面的技术的。所有这两条,作为关中的一个家庭主妇,不能不说是两个令人遗憾的不足,不过,有精于纺织和灶事技能的老伴指教,不难学会的。最让吕老八担着心的,是这个陕北女子不太懂关中乡村甚为严格的礼行,譬如说家里来了亲戚或其他客人,应该由家长接待,媳妇们在打过招呼之后就应退避,不该唠唠叨叨。四妹子在大舅来了时,居然靠在桌子边问这问那,有失体统。譬如说在家里应该稳稳当当走路,稳稳当当说话,而四妹子居然哼着什么曲儿出出进进,有失庄重。所有这些,需得慢慢调理,使得有点疯张的山里女子,能尽快学会关中的礼行,尤其是自己这样一个上中农家庭,更容不得张狂分子!

不管怎样,吕老八的心情,相对来说是好的。在棉田里移栽棉花苗儿,工间歇息时,队长向大家宣传大寨政治评工的办法,他坐在土梁上,嘴着旱烟袋,眼睛瞅着脚旁边的一个蚂蚁窝出神。蚂蚁窝很小,不过麦秆儿粗细的一个小孔,洞口有一堆细沙,证明这洞已经深及土层下的沙层了。有几只蚂蚁从洞里爬出来,钻到沟垄里的土块下去了,又有一只一只小蚂蚁衔着一粒什物钻进洞去了。他看得出神,看得津津有味,兴致十足,把队长说的什么政治评工的事撂到耳朵后边去了。

吕老八继续悉心观察蚂蚁。这一群小生灵,在宽阔的下河沿的田地里,悄悄凿下麦秆粗细的一个小洞,就忙忙碌碌地出出进进,寻找下一粒食物,衔进洞去,养育儿女,快快乐乐的。蚂蚁没敢想到要占领整个河川,更没有想到要与飞禽争夺天空,只是悄悄地满足于一个麦秆粗细的小洞。人在犁地或锄草的时候,无意间捣毁了它们的窝洞,它们并不抱怨,也没有能力向人类发动一场复仇战争,只是重新把洞凿出来,继续生活下去。

吕老八似乎觉得自己就是一只蚂蚁了,那麦秆粗细的窝洞无异于他的那个三合院。在宽阔肥沃的下河沿的川地里,他现在占着那个仅有三分多地的三合院,每天出出进进,忙忙碌碌。随便哪一场运动,都完全可能捣毁他的窝洞,如同捣毁这小小的蚂蚁窝一样。

吕老八不易让人觉察地笑了笑,笑自己的胜利,外交和内务政策的全部胜利。他和他的近十口人的家庭成员,遵循忍事息事的外交政策,处理家门以外的一切事宜,几十年显示出来的最重要成效,就是没有在越来越复杂的吕家堡翻船。只是保住这一条,吃一点亏,忍一点气,算什么大不了的事呢?

在村子里,他是个鳖一样的人,不挣工分,骂不还口,似乎任谁都可以在他光头上摸一把。而在家里,吕老八却是神圣凛然的家长。他治家严厉,家法大,儿子媳妇以及孙子孙女没有哪个敢冒犯他的。媳妇们早晨给他倒尿盆。媳妇们一天三顿饭给他把饭双手递上来。媳妇们没有敢翻嘴顶碰他的。十口之家的经济实权牢牢地掌握在他的手中,一切大小开销合理与否由他最后定夺。这样富于尊威的家庭长者,在吕家堡数不出几个来,就说那个队长吧,讲起学大寨记工分办法来一套一套的,指挥起社员来一路一路的,可是在家里呢?儿媳妇敢于指名道姓骂他,他却惹不下。吕老八活得不错。

他的眼睛从蚂蚁窝上移开了,漠然盯着农历四月晌午热烘烘的太阳,心里盘算已定:该当给三儿子进行一次家训,让他明白,应该怎样当好丈夫,这个小东西和媳妇刚厮混熟了,有点没大没小的样子。一个男人,一旦在女人眼里丢失了丈夫的架势,一生就甭想活得像个男人,而且后患无穷。吕家堡村里,凡是女人当家主事的庄稼院,没有不多事的。女人嘛,细心倒是细心,就是分不清大小、远近、里外。必须使这个明显缺乏严格家教的山区女子,尽快接受吕家的礼行,使她能尽快地谐调统一到这个时时潜伏着危险的庄稼院里来……训媳莫如先训子。

八

晚饭吃罢，帮大嫂洗刷了一家人的碗筷，把小灶房收拾清白，锁上门，四妹子揭开自家厦屋的洋布门帘，看见三娃子正坐在椅子上看书，她轻脚蹑步走到他背后，双手蒙住他的眼睛。三娃子从底下伸过手来，在她腰里搔了一把，她不由得放开手。他却就势把她按倒在炕上，搔她脖窝和胳肢窝，痒得她忍不住"嘎嘎嘎"笑着，在炕上打滚、讨饶。他却不饶，依旧使劲挠她搔她。这时候，屋里传来老公公呼叫"建峰"的声音，他吐一下舌头，缩一下脖子，走出门去了。

四妹子整理一下衣襟，跳下炕来，捞起纳布鞋鞋底的夹板。婆婆在把麻和抹褙子的布交给她的时候，郑重交代了，从今往后，三娃子的衣服鞋袜统由她管了，要是穿着太脏，或者穿得露出大拇指的烂鞋，村人不笑男人，而要笑话他的媳妇了，男人的穿戴是女人的面皮。婆婆又婉言替她计划，应该在新婚的头一年里，抽空做下够男人和自己穿五年的布鞋和棉鞋，以防一年后怀里抱上娃娃，就忙得捉不住夹板了。这是任何一个新媳妇都难得避免的事，趁早准备好，做得越多日后越轻松。四妹子很感激老婆婆对她的指教，决心在孩子出现以前，先把鞋准备充足，免得日后发紧迫。

进得这个家庭以后，她和建峰很快混熟了，熟悉了，便更喜欢他了。这个关中小伙子，身体长得健壮，模样也不赖，高眉骨、高鼻梁，条形脸，很有男子汉气魄。他不大说话，尤其在村子里，从不多嘴多舌参与队里的什么纠纷。他在屋里也不大说话，尤其跟老公公说话更少。他在小厦屋里，和她枕在一只枕头上，却轻声细语说这说那，说他在中学念初中时，物理和数学总是考满分，毕业那年，刚碰上"文革"，没能参加高中和中专考试，就回家来了。他家的成分高点，自知不敢在村里参与什么活动，就在家里看闲书，竟然对电机摸出门道了，学会修理马达了。

四妹子初到这个家庭一月来的印象，没有什么不满意的事。这个家庭的生活是令她满意的，早饭一般喝苞谷糁子，午饭总要吃一顿细面条，晚饭也是喝苞谷糁子，馍馍通常是玉米面捏的，但逢年过节，总会吃到麦子面馍馍，粗粮虽然多了点，总都是正经粮食啊！不像在老家陕北，总吃糠，顶好是洋芋，而洋芋在关中人的餐桌上，是菜不是主食。

她的建峰身怀绝技，常常给队里修马达，挣一份技术工，他原来就在自己的小厦屋修理，婚后挪到大队一间空房里去了。没有马达需要修理的时候，他就去大田里出工。晚上，他从来不出去串门，也不和其他小伙子们凑热闹，只是抱着那本电工技术书看得入邪。她就坐在他旁边的小凳上,抱着夹板缝纳鞋底,轻轻哼他喜欢的陕北民歌的曲调,小两口热热火火。这个十口之家的大家庭的大事,比如用粮计划,比如经济收支,比如应该给某一家亲戚应酬的礼物,统由两位老人操心,用不着她费心。她在这个看来庞大的家庭里,其实最清闲了,轮着她上工的时候,自有妇女队长来通知。要说当紧的事,倒是该尽快学会各种面条的擀法,以及纺线织布的技术。关中产棉花,人为了省钱,不买洋布,仍然习惯于纺线织布,穿衣做鞋或做被单。

家里的饭,是由三个媳妇轮流做的,每人一月。现在轮大嫂做饭,她有空就给大嫂帮忙,一来自己闲着,干点烧锅洗碗的活儿也累不了人,二来是跟大嫂学习擀面做饭的技术,熟悉熟悉这个家庭吃饭的习惯。轮过二嫂之后,就该轮着她了。她已大致明白,每顿饭动手之前,大嫂先请示老婆婆,做啥饭呀?老婆婆负责调节食谱。饭做熟之后,先舀出两碗,第一碗先端给老公公,第二碗再端给老婆婆,自然都需双手;然后再给孩子们舀齐,一人一碗,打发完毕,才给平辈的弟兄和妯娌们舀了。第一茬舀过,第二茬则由各人自己动手,大嫂只负责给两位老人续舀,以及给够不着锅沿的孩子舀饭,这是规矩,难也不难,四妹子渐渐就懂得了。

没有了吃的忧愁,又有一个基本可心的女婿,四妹子高兴着哩。至于这个家庭的上中农成分的高低,于她似乎没有太大的关系,入党才讲究成分,招工才论成分的好坏,这些事儿她压根想也没想过,只是希求有粮吃有衣穿有房住,有一个能得温饱的窝儿活下去,原本就是抱着这样卑微的目的从陕北深山里跑到这大平原上来的呀!

建峰被老公公叫进里屋去好久了,还没见回小厦屋来,说甚大事,要这么长时间呢?

一阵蔫踏踏的脚步响,门帘一挑,建峰进来了。四妹子一眼瞅出来,他皱眉耷眼,不大高兴,和刚才出门去的时候相比,两副模样。家里遇到甚事了吗?四妹子猜想,也有点紧张。

建峰从暖水瓶里倒下一杯水,坐在椅子上,喝了一口,叹了口气,出气声不大匀称。

四妹子忍不住,小心地问:"咋咧?"

"咱爸训了我一顿。"建峰悻悻地说。

"训你甚?"四妹子问,"你做下啥错事咧?啥活儿没干好是不是?"

"说我没家教。"建峰说。

"没家教?"四妹子听了,不由得问,"怎么没家教了?"

建峰叹口气,又喝了口水,没有解释,半晌沉默,才说:"日后,你甭唱唱喝喝的了。"

"咋哩?"四妹子睁大眼睛,突然意识到老公公一定说了自己的好多不是,忙问,"我口里哼个曲儿,犯着谁啦?"

"咱爸说咱家成分不好,唱唱喝喝,要让别个说咱张狂了。"建峰传达老家长的话说,

"咱们成分不好,只顾干活,甭跟人说东道西,指长论短,也甭唱唱喝喝……"

"统共就轮着我上了三晌工,只有那天后晌放工时,我回家走在柳林里,哼了几句。"四妹子说,"咱家成分不好,连一句曲儿都不能哼呀?我在自家厦屋哼几句,旁人谁管得着呢?管得那么宽吗?"

"咱爸讨厌唱歌。"建峰说,"咱爸脾气偪,见不得谁哼哼啦啦地唱唱。"

"那好,不唱了。"四妹子叹口气,试探地问,"除了不准唱歌,咱爸还说啥来?"

"咱爸说,走路要稳稳实实地走,甭跳跳蹦蹦的。"建峰说,"让人见了说咱不稳重。"

"不准唱,不准蹦。"四妹子撇撇嘴,"还有啥呢?"

"还有……甭串门。"建峰说。

"我没串过门呀!"四妹子说,"连一家门也没串过,我跟左邻右舍不熟悉,想串也没处去。"

"咱爸说,大嫂二嫂的屋里也尽量甭串。"建峰说,"各人在各人的厦屋里做针线活儿,别没大没小的。"

"还有啥呢?"四妹子赌气似的问。

"咱爸说,男人要像个丈夫的样儿,女人要像个媳妇的样儿。"建峰说,"不准嘻嘻哈哈,没大没小的。"

四妹子不吭声了,麻绳穿过布鞋鞋底的"嗞嗞"声在小厦屋里格外清晰,不准唱歌、不准嬉笑,不许在村里和人说话,也不许在自家屋串大嫂和二嫂的门子,那么,她该怎样过日子?她在陕北家乡,上山背谷子背得腰酸肩疼,扔下谷捆子,就唱喝起来了。在娘家时,虽然吃的糠饼子,油灯下,她哼着忧伤的曲儿,哼一哼也就觉得心肠舒和了。有时候,她哼着,母亲也就随着哼起来了,父亲坐在窑外的菜园子边上,也悠悠地哼起"揽工人儿难"来了。她没有想到,哼一哼小曲儿会不合家法,甚至连说话、走路,都成了问题,是关中地方风俗不一样呢,还是老公公的家教太严厉了?

她现在才开始用心地思量这个家庭成员的行为举止来,才有所醒悟。老公公早晨起得早,在院子里咳嗽两声,很响地吐痰之后,大嫂和二嫂的门随着也都开了。老公公一天三晌扛着家具去出工,回家来就喂猪,垫猪圈,起猪圈里的粪肥。他噙着短烟袋,可以在猪圈里蹲上一个多钟头,给那两头壳郎猪刮毛、搔痒、捉虫子。

老公公总是背着一双手进院出院,目不斜视,那双很厉害的眼睛,从不瞅哪个媳妇的开着或闭着的屋门。四妹子进得这个家一月多来,没见过老公公笑过,对大嫂和二嫂那样的老媳妇也不笑,对大嫂和二嫂的五个娃娃也不笑。娃娃们总是缠老婆婆,很怯爷爷,甚至躲着走。大哥在外村一所小学教学,周六后晌回来,和父母打过招呼,晚上和大嫂在自家的厦屋里,也是悄没声儿的,住过一天两晚,周一一早就骑着车子上班去了。

二哥是个农民,有木工手艺,由队里支派到城里一家工厂去做副业工,一年半载才回来一回。二哥回来了,也是悄悄默默的,不见和二嫂说什么笑什么,只是悄没声儿地睡觉。

四妹子回想到这些,才觉得自己确是有点儿不谐调了。她曾经奇怪,一家人整天都绷着脸做啥?说是成分不好,在队里免言少语也倒罢了,在自个家里,一家人过日月,从早到晚,都板着一副脸孔多难受啊!现在,她明白了,老公公的家法大、家教严。这个上中农成分的家庭,虽然在吕家堡灰下来了,可在那座不太高的门楼里,仍然完整地甚至顽固地保全着从旧社会传流下来的习俗。她不能不尊奉老公公通过她的女婿传达给她的教诲,这是第一次,如果再这样下去,可能就会发生不愉快的事。她刚到这个家庭才一个月,不能不注意老公公对她的看法和印象……

"这有啥难的?"四妹子轻淡地说,"从明日开始,我绷着脸儿就是了。"

"咱家的规矩,凡家里来了客人,亲戚也罢,外边啥人也罢,统统都由老人接待,晚辈人打个招呼就行了,不准站在旁边问这问那。"建峰继续给她传达老公公的家法,"咱爸说,前一回二舅来了,你在旁边说这说那,太没礼行……"

四妹子臊红了脸,她想分辩,又闭了口,建峰说的是老公公的旨意,向他分辩有什么用呢?那天二舅来了,她给倒下茶水,问候了两句,本打算立即退下来,好让老公公陪二舅说话。可是,二舅问她在陕北哪个县,哪个公社,离延安多远,还问那儿的气候、物产,社员的生活。二舅在西安一家什么信箱当干部,人挺和气,不像老公公那样令人生畏。她在回答了二舅的问话以后,也问了些二舅在西安的生活情况的话,平平常常,之后就赶忙给二舅做饭去了……万万没想到,老公公对这件事上了心,说她不懂礼行了。看来,除了上工劳动和做饭吃饭以外,在这个家庭里,最好什么也甭说,什么也甭管,想到这儿,四妹子加重语气,带着明显的赌气的口吻说:"赶明日我绷紧脸儿,抿着嘴儿就是了!"

九

和老公公的一次正面冲突终于发生了。

夏收夏播的大忙时月过去了,生产队里的活儿却不见减少,只是比收麦和种秋这些节令极强的活儿不显得那么紧火罢了。天旱得地上冒火,建峰日夜轮流在河川浇灌刚刚冒出地皮的苞谷苗儿。她和两位嫂子常常同时被派到棉田里去锄草,去给棉苗"抹裤脚","打油条","掏耳屎"。老公公自不必说了,也是一日三晌不停歇。老婆婆坐在场院里的树荫下,看守刚刚分下的麦子,要撵偷吃的鸡或猪,要用木齿耙子搅动,晒得一咬一声嘎嘣脆响,就可以放心地储藏起来了,不出麦蛾子也不生麦牛了,一家人的粮食啊!

这天晌午,四妹子正在棉花行子里给棉花棵子"掏耳屎",一个回家给娃喂罢奶来到棉田的嫂子告诉她,二姑来了。四妹子给妇女队长请了假,奔回村子来。

二姑坐在街门外的香椿树下,四妹子叫了一声"二姑",就伸手从街门上方摸出钥匙,开了锁,把二姑让进院子。屋里没有人,她引着二姑坐进自己的小厦屋。三句话没说完,她抱住二姑哭了,竟然忍不住,哭出声来了。

"是建峰……欺侮你来?"二姑问。

"呜呜呜……"她摇摇头。

"公公婆婆……骂你来?"二姑又问。

"呜呜呜……"她仍然摇摇头。

"俩嫂子……使拐心眼来?"二姑再问。

"呜呜呜……"她哭得身子颤抖着。

二姑搂住她,就不再问了,眼泪扑潸潸掉下来,滴在侄女的头发上。

四妹子想哭。一家老少,没人打她,也没人骂她,吃也是尽饱吃,没有什么能说得出口的委屈事,可她说不清为啥,只是想哭。她躺在二姑怀里,痛痛快快哭起来,倒不想说什么了。

她绷着脸上工,绷着脸在小灶房里拉风箱或擀面条,绷着脸给两位老人双手端上饭去,绷着脸跟大嫂、二嫂说一句半句应酬话,甚至和建峰在自己的小厦屋里也绷着脸儿……她觉得心胸都要憋死了。

自从那晚老公公对建峰训导之后,建峰的脸儿也绷起来了,比她还绷得紧挺得平。他不仅跟她再不嘻笑耍闹了,连话也说得少了,常摆出一副不屑于和她亲近的神气,即使晚上干那种事的时候,也是一句不吭,生怕丢了他大丈夫的架子,随后就倒过去呼呼大睡,再也不像刚结婚那阵儿搂着她说这说那了。

四妹子感到孤单,心里憋闷得慌,吃饭无味,做活儿也乏力,常常在田间歇息的时候,坐在水渠边上,痴呆呆地望着北方,平原远处的树梢和灰蒙蒙的天空融为一体。她想大了,也想妈了,只有现在,她才明显地感觉到了公公婆婆和亲生的大大妈妈的根本差别。在这宽阔无边的大平原上,远远近近数不清的大大小小的村庄里,没有她的一个亲人,除了二姑,连一个亲戚也没有。她常常看见大嫂和二嫂的娘家兄弟姐妹来看望她们和孩子,她俩也引着孩子去串娘家,令人羡慕。她们可以把自己的欢心事儿说给娘家亲人,也能把自己的委屈事儿朝父母发泄一番,得到善意的同情和劝慰,然后又在夕阳沉落时回到这个令人窒息的三合院来。四妹子无处可去,只有一个二姑家,又不能常常去走动,二姑一人操持家务,也不能经常来看她。她的心胸间汇聚起一个眼泪的水库,全部倾泻到二姑的胸前了。一家人全都出工去了,时机正好,她可以痛痛快快哭一场,而不至于被谁听见。

  哭过一场,心胸间顿然觉得松泛了,头却因为哭泣而沉闷,和二姑说了会子话,问了跛子姑夫和姑婆的身体,又问了杨家斜夏收分得的口粮标准,劳动日带粮的比例,看看太阳已经移到院子中间,该做午饭了。她要去请示婆婆,中午做什么饭,为了不使婆婆看出她哭过,就用毛巾蘸了水,擦了脸。

  因为二姑的到来,因为倒出了胸间聚汇太多的泪水,她的心情舒悦了,轻盈地走过吕家堡的街巷,来到村子北边的打麦场上。刚刚经过紧张的夏收劳动的打麦场,现在清闲下来了,一页一页苇席把碾压得光光净净的场面铺满了,新麦在阳光下一片金黄。她远远望见,婆婆正和一位老婆婆在阴凉里说闲话。走到当面,她欢悦地向家庭长者报告:"妈,俺二姑来咧。"

  "来了好。"婆婆盯她一眼,说,"你招呼着坐在屋里。"

  "妈,晌午做啥饭呀?"四妹子问。

  "做糁子面。"婆婆淡淡地说。

  四妹子心里一沉,忙转过身,快快地朝回走。屋里往常来了客人,不管是大舅二舅,或是俩嫂子的娘家亲戚,免不了总要包饺子,擀臊子面,最起码也要吃一顿方块干面片子。四妹子的二姑来了,也算得吕家的一门要紧亲戚,婆婆却让她做糁子面。糁子面,那是在糁子稀饭里下进面条,是庄稼人节约细粮的一种饭食,大约是普遍重视的中午这顿饭里最差池的饭了。

  四妹子往回走,心里好不平啊!这是对她亲爱的二姑的最明显的冷淡接待了。论说二姑也不稀罕吃一顿饺子或者臊子面,人家在自家屋里也没饿着。这是带着令人难以承受的冷淡和傲慢,甚至可以说是把亲戚不当人对待的明显的轻侮。她的刚刚轻松了的胸膛,现在又憋满气了。

  她重新回到屋里时,注意掩饰一下自己的愤恨,不使二姑看出来,免得使她难受,万一让二姑觉得受到怠慢而一气走掉,那就更难收拾了。她让二姑歇在屋里,自己钻进灶房去做饭。

  大嫂和二嫂从棉田里放工回来了。二姑从屋里出来,和两位嫂子说话。俩嫂子见有客人来,都洗了手,到灶房里来帮忙。这也是一条家规,凡有客人到来,不管轮着谁值班做饭,大家都要插手帮忙,以表示对客人的敬重,也让任何客人看到一种三妯娌齐心协力、家事和谐的气氛。

  "你咋给锅里拂下糁子了?"大嫂惊问。

  四妹子低头在案板上擀面,没有吭声。

"咋能给二姑吃糁子面呢？二姑常不来。"二嫂也责怪她。

四妹子讷讷地说："咱妈叫做的……"

俩嫂子互相看一眼，再不说话了。

四妹子切好面条，听见院子里响起熟悉的脚步声，知道公公回来了，就把下面的事交给两位嫂子，自己走出小灶房，向公公低低地说："爸，俺二姑来……"话音未落，二姑已经从小厦屋出来，笑着搭话问候："你放工了？"

老公公"嗯"了一声，放下手里的铁锨，没有朝里屋走，转过身说："你歇下。"随之就走出二门，跳进猪圈里，蹲下身去了。

四妹子愣住了，老公公的冷淡与傲慢是这样毫不掩饰，甚至故意给客人难看的举动，使她无所措手足了。二姑脸上立时浮出尴尬的神情，悻悻地笑笑，只好再转身走进小厦屋。

往常里，家里有亲朋来，老公公平时绷紧的脸上就呈现出热切的笑颜来接待，立即放下手中正在忙着的一切活儿，把客人领到上房里屋去，喝茶，抽烟，拉家常。现在，老公公蹲在猪圈里，矮墙上冒起一缕缕蓝色的烟雾，不见有出来的征兆。

直到舀好了饭，老公公才在她的催促下跳出猪圈，走回里屋，坐在他往常招待客人的桌子旁。二姑也在两位嫂嫂的谦让中走向桌子的另一侧。

"快吃。"老公公总算开口招呼客人了，"家常便饭，甭见怪。"

二姑装出毫不在意的样子，端起碗来。

大嫂提出让她去替换婆婆回来，老公公立即制止了："算了，你给她端去一碗算了，她说她不回来了。"

四妹子心里又一沉，老婆婆连二姑的面也不见，这更是注意礼行的老婆婆所少有的举动。

别别扭扭吃罢饭，二姑就告辞了。

送走二姑，四妹子回到厦屋，趴在被子上，哭不出也吃不下饭，越想越觉得窝气，太下贱人了呀！

后晌，她在地里干了一后晌活儿，仍是想不通。晚饭后，她走进老公公的里屋，低着头："爸，我明日想到俺姑家去……"

老公公盯她一眼，没有说话，低头点燃一袋烟，仰起头来，就佯装出毫无戒备的口气说："好嘛！按说夏忙毕了，去散散心也对。可眼下队里正浇地，棉田管理也紧火，等忙过这一阵儿，棉花打杈过头遍，地也浇完了，你再去。"

四妹子靠在婆婆的炕边没有说话。

吕老八很满意自己对这个小媳妇的回答。今天中午，他放工回来，顺路到麦场上看看麦子晒干的程度,老伴告诉他,三媳妇的二姑来了,三媳妇和她二姑在厦屋哭成一团。她说她回家去喝水,听见人家哭,没敢惊动,悄悄又退回到晒麦场上来了。吕老八一听就火了。

吕老八心里说,你三媳妇在你二姑怀里哭,必是说俺吕家亏待了你嘛!让邻舍左右听见了,还不知猜疑什么哩!再说,你作为二姑,到俺屋来不劝自己侄女,竟陪着哭,好像俺吕家真的压迫你的侄女了!再说,亲戚来了,不先与主人打招呼,钻在自己家侄女厦屋,成啥礼行?你侄女不懂礼行,你做大人的也不懂?你既然不尊重俺屋的规矩,我就不把你当上宾待!

他很赞成老伴的举动:用糁子面招待!

作为回敬,他拒不邀她进上房里屋,躲在猪圈里,你晾着去!

吕老八盯着朝他提出走娘(姑)家要求的三媳妇,心里已经意识到,她给他示威。他慢待了她的二姑,有气说不出,要走娘(姑)家去了。他不硬性拒绝,只是说活儿忙,这在任何人听来,都是完全站得住脚的理由。让她和她二姑都想一想,为啥主家慢待了她?往后就不会乱哭一气了。

四妹子站在炕边,话从心里往上攻了几次,都卡在嘴边了,她想问,为啥慢待二姑?又不好出口。要求到二姑家去的示威性的举动,被老公公轻轻一拨,就完全粉碎了。她转过身,往出走去,决心留给他们一副不满意的样子,也让老公公想想去。

婆婆却在她出门的时候说:"三娃子的棉衣棉裤该拆洗了,甭等得下雪才捉针……"

十

四妹子躺倒了。

昨天晚上,老公公婉转而又体面地拒绝了她的要走姑家的要求,她的第一次示威被悄无声息地粉碎了。她回到厦屋里,早早脱了衣裳,关了门,拉灭了电灯,躺在炕上,眼泪潸潸流下来,渗湿了枕头。

院子里很静,大嫂和二嫂,一人抱一张席箔,领着娃子到街巷里乘凉去了,老公公和婆婆也到场边乘凉去了,偌大的屋院里,现在就剩下她一个人了。三伏天,屋里闷热得像蒸笼,她的心里憋满了太多的窝囊气,更加烦闷难忍。她想放声痛哭一场,却哭不出来,如果哭声震动四邻,惊动了聚集在街巷和场边乘凉的男女老少,那么,她和老公公的矛盾就公开化了。她似乎还没有勇气使这种矛盾公开化,如果公开化了,很难有人同情她的。到这个家庭几个月来的生活,她已经大致了解到这个家庭在吕家堡是富于实际威信的。庄稼人被接连不断的政治运动和频频更换的政治口号弄得昏头晕脑,虽然不能不接受种种运动和种种口号对人们生活秩序和习惯的重大影响,可是对于绝大多数农民来说,他们依然崇尚家庭里的实际和谐。吕克俭虽然作为大肚子中农被置于吕家堡的一个特殊显眼的位置上,时刻都潜伏着被推入敌对阵营的危险,令一般庄稼人望而心怯,自觉不自觉地被众人孤立起来了。然而,对于吕家的实际生活,却令众多的庄稼人钦敬,甚至奉为楷模,用一句时兴话说,是模范文明家庭。人都说老公公知礼识体,老婆婆是明白贤惠人,两位老人能把一个十多口人的家庭拢在一起,终年也不见吵架闹仗,更不与村人惹是生非,这在吕家堡的中老年庄稼人眼里,简直羡慕死了。这样一个在众人眼里有既定影响的家庭,如果因为自己的到来而吵架,而闹别扭,她即使有理也说不清了,她将会很自然地被人看作是搅槽鬼了。

二姑受到带有侮辱性的待遇,她说不出口,说了别人也还是要说二姑不懂礼行的,她只有眼泪,悄悄默默地淌。

四妹子听到脚步声,又听到敲门声了,是建峰。他白天黑夜在地里浇水,匆匆回家来,抱着大碗扒饭,嘴一抹就下河川去了。他负责四五眼机井上抽水泵的安全运转,发生故障及时修理,正常运行时,就躺在井台的树荫下睡觉,浇地的社员三班倒换,他是白天黑夜连轴转。听见他的脚步声,她没有拉灯,摸黑拉开了木门闩,随即爬上炕去,面向墙壁躺下了。

她听见他走进厦屋,顺手闭上门,拉亮了电灯。明亮的电灯光刺得她的眼睛睁巴不开,她用双手捂住,心里却在想:你老子今日把我二姑作践了!他也许不知道这件事,她猜不准,他的老子究竟给他说过没有?她一时又拿不定主意,要不要向他诉诉委屈?

他坐在椅子上,咕嘟咕嘟喝下了她凉在茶缸里的冷水,啪的一声关了电灯,咣当一声关上了木门闩子,她就感到了他的有劲的双臂。她依然面向墙壁,双臂拘着胸脯,拒绝那双手的侵略。

他一句不吭,铁钳一样硬的手掌把她制服了……他满足了,喘着气又勾起短裤,溜下炕,拉开门,一句话也没说,脚步声又响到街门外去了。

没有欢愉,没有温存,四妹子厌恶地再次插上门,几乎是栽倒在炕上。婚后的一月里,她对他骤然涨起的热情,像小河里暴涨的洪水一样又骤然消退了。自从那晚老公公对他训导之后,他就变成一个只对她需要发泄性欲的冷漠的大丈夫了。他不问她劳动一天累不累,也不问她身体适应不适应关中难熬的三伏酷热,更不管她吃饭习惯不习惯,总之,他对她的脸儿绷得够紧的了。她的月经早已停了,她几乎减少了一半饭量,有几次端起碗来,呕得汤水不进。他知道她怀上了,却说:"怀娃都那样。听说过了半年就好了……"她想吃点酸汤面条,老婆婆没有开口发出这样的指令,她也不敢给自己做下一碗，一大家子人，怎么好意思给自己单吃另喝呢？她想吃桃儿，桃月过去了，一颗桃儿也没尝过。她想吃西红柿，这种极便宜的蔬菜，旺季里不过四五分钱一斤，老公公咬住牙也不指派谁去买半篮子回来。现在，梨瓜和西瓜相继上市了，那更是不敢想象的奢侈享受了……他从来也不问她一声，怀了娃娃是不是需要调换一回口味？

她到这个家庭快半年了，大致也可以看出来经济运转的过程，老公公把生产队里分得的粮食，统统掌管在自己手中，一家人吃饭的稀稠和粗细粮搭配，由老婆婆一日三顿严格控制。上房里屋的脚地，靠东墙摆着四个齐胸高的粗瓷大瓮，靠南墙和西墙摆着两只可墙长的大板柜，全部装着小麦，玉米则盘垒在后院的椿树和榆树的树干上。据说每天晚上脱鞋上炕以前，老公公像检阅士兵的总统一样，要揭起每一只瓷瓮的凸形盖子，打开木柜上的锁子，看看那些小麦，在后院的玉米垒成的塔下转一圈。不过她没有发现过，许是村里人的戏谑之言。她确实看见过老公公卖粮的事，那是夏收前的青黄不接的春三二月，人睡定时光，屋里院里一阵自行车链条的杂乱响声之后，悄悄地灌了小麦，又灌了苞谷，那些陌生人的自行车货架上搭着装得圆滚滚的粮食口袋，鱼贯地从院子推出街门去了。她趴在窗台上，约略数出来，十一口袋。她明白，时下粮食交易的市价，小麦卖到六毛，苞谷卖到二毛七八，各按一半算，也有五百多块。这时候，建峰从里屋回到厦屋，头发上和肩头扑落着一层翻弄粮食的细末尘土。老公公做得诡，一次瞅准时机，把全部要卖的粮食一次卖掉，神鬼不知。不像村里一般庄稼人，见了买主就想卖，一百也卖，二百也卖，反显得惹眼。每年的这一笔重大收入，压在婆婆的箱子底儿，难得再出世。

另一笔较为重要的收入，就是养猪。政府禁止社员养羊、养牛、养蜂，视为资本主义的"尾巴"，只允许养猪。毛主席"关于养猪的一封信"，用套红的黄色道林纸印出来，家家户户屋内都贴着一份，是县上统一发下来的。老公公从地里回到屋里，扔下家具，就蹲到猪圈口的半截碡碌上，点燃旱烟袋，欣赏那头黑壳郎，直到交给公社生猪收购站，装着七八十块钱回来，再愈加耐心地侍候那只两拃长的小猪崽。

第三笔重要收入，是大哥的工资。听说大哥的工资是三十九元，每月七日开支以后，必定在开支后的那个星期六回家来交给老公公，然后再由老公公返还给他十九元，作为伙食费和零用钱，抽烟，买香皂或牙膏一类零碎花销。老公公留下二十元，作为全家统筹安排的进项。老公公禁止儿子回家来买任何孝顺他老两口子的吃食，一来是家大人多，买少了吃不过来，买多了花销不起，于是在家里就形成了一种大家都能忍受的规矩，无论谁走城上镇回来，一律都不买什么吃食，大哥二哥的娃娃自然也不存任何侥幸。屋里院里从早到晚，从春到夏，都显得冷寂寂的，没有任何能掀起一点欢悦气氛的大事小事。

大嫂和二嫂，渐渐在她跟前开始互相揭短。二嫂说，这个屋里，大嫂一家顶占便宜了。大嫂一家五口，四口在吕家堡吃粮，每年的口粮款几近三百，而大嫂做不下二百个劳动日，值不到一百块，大哥交的二百来块钱，其实刚刚扣住自己家室的口粮，谁也没沾上大哥的什么好处。老公公明明知道这笔账该怎么处，还是器重大哥，心眼偏了。二嫂还说，大哥最精了，小学教员的伙食，月月没超过十块，而给老公公报说十五块，一月有九块的赚头了。二嫂说他们两口子最吃亏了，俩人一年挣五六百个劳动日，少说也值三百元，而四个人的口粮不到三百元，算来刚好扣住，而六百个劳动日秋夏两季可带的小麦和苞谷就有六百斤，六百斤小麦和苞谷黑市卖多少钱？老公公心里明白这笔账怎么算着，却不吭声，老也不记老二的好处。

二嫂这样算，大嫂却有自己的算盘。大嫂说，二哥订娶二嫂的七八百块钱，全是她男人的钱，老二不记大哥的好处，有了媳妇就忘了拉光棍的难受，反倒算计起大哥了，跟着二嫂一坡滚！大嫂说，老二人倒老实，净是二媳妇鬼精。老二有木匠手艺，跟队里的副业组在城里十八号信箱做工，每月五十七块钱，给队里交四十块，计三十个劳动日，留十七块伙食钱，而实际上连五块钱也用不了。咋哩？民工自己起火，粮由家里拿，自己只买点盐醋就行了，十七块钱伙食费都给自家省下了。更有叫人想不到的事，民工利用星期天或晚上加班，挣下钱就是自己的，不交队里，也没见过老二给老公公交过。二嫂搂下的私房钱谁也摸不清。净是苦了她的老大，被老公公卡得死死的，每月上交二十块，一年到头也买不起一件新衣服，她的男人是小学校里的教员中穿戴最破烂的一个……

四妹子心里反倒有了底：这个家庭里，其实最可怜的是她和男人建峰了。两位嫂嫂，都有一点使老公公无法卡死的活路钱，而她和老三建峰真是被彻底卡死了。她和他在队里劳动，年底才决算，不管长出短欠，统由老公公盖章交办。这个家里通过各个劳动力挣来的粮食，也由老公公统一管理，卖下的余粮钱不作分配。她和老三连一分钱的支配权也没有，而俩人的劳动所得在这个家庭里却是最多的，花销却是最少的……吃亏吃得最多了。

结婚几个月了，公公和婆婆没给过她一分钱，老公公且不说，老婆婆难道不知道，起码需得买一沓卫生纸吧？总不能让人像老辈子女人那样，在潮红时给屁股上吊一条烂抹布吧？从二姑家出嫁时，二姑塞给她五块钱，就怕她新来乍到，不好张口向老人要钱，买沓纸啦，买块香皂啦。五块钱早已花光用尽，总不能再去朝二姑开口要钱吧？建峰睁开眼爬起来去上工，放工回来抱着大碗吃饭，天黑了就脱衣睡觉，从来也不问她需要不需要买一沓纸，纯是粗心吗？

他对她太正经了，甚至太冷了，他只是需要在她身上得到自己的满足，满足了就呼呼呼睡死了。她没有得到他的亲昵和疼爱，心里好委屈啊！

在老家陕北，有个放羊的山哥哥，他和她一起放羊，给她上树摘榆钱，给她爬上好高的野杏树摘杏子吃。她和他在山坡上唱歌,唱得好畅快。他突然把手伸到她的衣襟下去了,在她胸脯上捏了一把。她立时变了脸,打了他一个耳光。山哥哥也立时变了脸,难看得像个青杏儿,扭头走了。她自己突然哭了,又哭着声喊住他。他走回来,站在她面前,一副做错了事的羞愧难当的神色。她笑了,说只要他以后再不胡抓乱摸就行了。他跑到坡坎上,摘来一把野花,粉红色的和白色的野蔷薇、金黄金黄的野辣子花、紫红的野豆花,憨憨地笑着,把一枝一枝五颜六色的花儿插在她的头发上,吊在发辫上。可惜没有一只小镜子,她看不到自己插满花枝儿的头脸,他却乐得在地上蹦着,唱着。

她想到他了,想到那个也需要旁人帮忙掏屎的山哥哥,心里格愣跳了一下。

这样过下去,她会困死的,困不死也会憋死的。没有任何经济支配权,也没有什么欢愉的夫妻关系,她真会给憋死的。

她终于决定:向老公公示威!

她睡下不起来,装病,看老公公和婆婆怎么办?看她的男人吕建峰怎么办?

窗户纸亮了,老公公沉重而又威严的咳嗽声在前院的猪圈旁响着,大嫂和二嫂几乎异口同声在院子里叮咛自己的孩子,在学校甭惹是生非,孩子蹦出门去了。院里响起竹条扫帚扫刷地面的嚓嚓声,那是二嫂,现在轮她扫地做饭了。老公公咳嗽得一家人全都起身之后,捞起铁锨(从铁锨撞碰时的一声响判断),脚步声响到院子外头去了,婆婆和大嫂也匆匆走出门上工去了,院子里骤然显得异常清静,只有二嫂扫地时那种很重很急的响声。没有人发现她的异常反应,他们大约以为她不过晚起一会儿吧?这倒使四妹子心里有点不满足,她想示威给他们看看,而他们全都粗心得没有留意,没有发觉,反倒使她有点丧气了。

"四妹子,日头爷摸你精尻子了!"二嫂拖着扫帚从前院走到她的窗前,笑着说,"快,再迟一步,队长要扣工分了。"她催她上工。

终于有人和她搭话了,不过却是不管家政的二嫂,她的主要目标不是二嫂而是老公公和婆婆,转而一想,二嫂肯定会给两位家长传话的。她没有搭话,长长地呻唤一声,似乎痛苦不堪,简直要痛苦死了。

"噢呀!那你快去看看病。"二嫂急切的声音,她信以为真了。二嫂又说,"你现时可不敢闹病,怀着娃儿呀!"

"不咋……"她轻淡地说,却又装得有气无力的声调,"歇一晌……许就没事咧!"

"可甭耽搁了病……"二嫂关切地说,"不为咱也得为肚里的小冤家着想……"

四妹子又呻唤一声,没有吭声,心想,必须躺到两位家长前来和她搭话,才能算数。看病?空着干着两手能看病吗?二嫂即使不是落空头人情,属于实心实意的关照,也解决不了她的问题,她能给她拿出看病的钱吗?

四妹子决心躺下去,茶不喝米不进,直到这个十几口的大家庭的统治者开口……

十一

清晨的空气凉丝丝湿润润的。河川里茂密的齐胸高的苞谷苗子梢头,浮游着一层薄纱似的轻柔的水雾。渠水哗哗流淌,水泵嗡嗡嘶叫,浇地的庄稼人互相问答的声音,听起来格外清爽。这是三伏溽暑里一天中最舒服的时辰。

四妹子的示威取得了决定性胜利,老公公支使三娃子带她到县地段医院去看病。

四妹子坐在自行车后架上。她的男人吕建峰双手紧握着借来的这辆已经生锈的自行车车把,有点紧张又有点吃力地踩着脚踏子,在吕家堡通往桑树镇的土石公路上跑着。路道坑坑洼洼,两条被马车碾出的车辙深深地陷下去,铺着厚厚的被碾成粉末的黄土。自行车车轮颠颠蹦蹦,几次差点把她颠跌下来,尽管这样,四妹子的心情还是畅快的。她在打麦场上,在棉田的垄畦里,常常听见村里那些媳妇们津津有味地叙说男人带她们逛西安、浪县城的见闻,她现在就坐在三娃子的腰后,去桑树镇逛呀!想到自家去桑树镇的公开理由是看病,四妹子又有点懊丧。

前日早晨,她躺在被单下,一直躺到一家人纷纷收工回家吃早饭,也没起来。先是建峰回到厦屋,听说她病了,倒是一惊,让她到大队医疗站去看看病,她翻了个身,没有吭声。他催得紧了,她才冷冷地说:"没钱。"他说大队医疗站免费医疗,看病不收钱。她听了,更加冷声冷气地说:"要五分钱挂号费。我没有,你有没?"顶得他半天回不上话来,他身上也是常年四季不名一文。

婆婆撩起门帘,走进来问:"害咋?"

四妹子软软地欠起身:"头疼,恶心……"

"到医疗站去看看。"

"……"

婆婆在桌子上搁下一枚五分硬币,叮当一响,转身走出去了,尽到了老辈子人对晚辈儿媳很有节制的关怀。

她到医疗站去了,交了五分挂号费,那两位经过公社卫生院短期训练的医生,热情而又大方地给她开下不下两块钱的药片和药水。四妹子回家又躺下了。一直睡到昨天天黑,她忍着饥饿,没有吃一口饭,早饿得四肢酸软,头昏脑涨,口焦舌燥,嘴唇上爆出一层干裂的死皮,真的成了病人了。建峰惊声慌气地问:"医疗站的药不投症?"她呻唤一声,不予回答,何必回答,其实那些药全都塞到炕洞里去了。婆婆又来问过一次,随之就把建峰唤回上房里屋,终于传达下老公公的决定,让他带她到桑树镇的县地段医院去看病。

费了这么大的周折,付出了两天难耐的饥饿作代价,才争得了今日逛一逛桑树镇的机会,想来真叫人心酸。如果不是她装病,而是老公公大大方方给她几块钱,让她出去畅快一天,她大概会不停声地要叫"爸"了。无论如何,她达到目的了,尽管争得的手段不那么光明正大,她还是感到了一种报复后的舒心解气。

从土石公路转上通桑树镇的黑色柏油公路以后,车子平稳了。两天没有吃饭,心里饿得慌慌,腰也直不起来了。她觉得自己变得像一片落叶,轻飘飘的,在哪儿都站立不稳。她倚势趴在他的后背上,一只胳膊搂住他的腰,乳房抵着他的单衫下蠕蠕扭动着的脊梁骨,离开吕家堡村很远了,熟人见不到了,不怕难为情了。路面平整了,车子也平稳了,他踏得也轻松了,这才问:"你难受得很吗?"

"嗯……"她恹恹病态地应着。

"再忍一下,马上到医院了。"他脚下踏得更快了,车子呼呼呼飞驰。

四妹子的脸无力地贴靠在他的宽阔的脊背上,他当她真的病下了,急慌慌带着她往桑树镇医院赶着。他虽然对她冷冷淡淡,却怕她病,更怕她死。他老实,一丝一毫也没有觉察出她的用心来。她问:"咱爸给下你多少钱?"

"五块。"他轻轻喘着气,不假思索地说。

"要是不够开药钱呢?"她问。

"那……"他略微顿一顿,"咱爸说,一般头疼脑热的病,五块够咧。咱爸说,要是麻烦病,需得再看,那他再给咱……"

"要是花不完呢?"四妹子试探着问,"剩下块儿八毛的,还要交给咱爸吗?"

"当然……按说应该交给老人。"他说,"咱屋家大人多,没有规矩不成。用时朝老人要,花过剩下的该交回去。"

"咱爸还查验药费发票吗?"她挑衅地问。

他不吭声了。似乎至此才意识到她的问话里的弦外之音,含有对他老子的某些讽刺、某些嘲弄、某些不恭,他不回答了。

她也不问了,盘算着怎样充分地使用装在他口袋里的那五块票子,如果花去一大部分买下些她并不需要的药片和药面儿,太可惜了,县地段医院不是吕家堡医疗站,每一粒药丸都要算钱的。

桑树镇逢集日,男人和女人把街道上拥塞得满满的。她跳下车子,扶着他在人窝里挤。走到医院门口,她拽住了他的车子,说:"先吃点饭,我饿了。"他说:"看完病,消消停停地吃饭,再迟,怕要挂不上号了。"她执拗地说:"不要紧。先吃点饭。"他无可奈何地调

157

转过自行车来。

她终于逡巡到一家国营食堂,走进门口一瞅,她的胃猛地掀动起来,扭得心口儿微微地痛了——她瞧见了饸饹。在一只大瓷盘子里,堆着小山一样高的饸饹,紫红色的条子,在服务员抓起时颤悠悠地弹着,她觉得自己完全可以吃掉那一座饸饹垒成的小山。饸饹是用荞麦面压的,而荞麦正是陕北家乡的产物,在家时,过年过节总能吃上一顿。关中不产荞麦,饸饹成为食堂里的商品饭食了。大热天,吃一碗凉饸饹,她该多惬意啊!

他买下两碗,搁在桌上,诚恳地催她快吃。

她多多地调上醋,凉生生的饸饹从冒烟起火的喉咙滚进翻搅着的胃部,她噎得打起嗝来,这才抬起头,不好意思地瞧瞧他,她才发觉他自己并没有吃,手里捏着一块干得炸开口子的馍馍,啃着,看着她吃。她停住筷子,紧紧地盯着他的眼睛:"你咋不吃饸饹?"

他歉意地笑着说:"我……吃馍就行咧!"

她心里忐忑一下,他只给她买下两碗,自己啃干馍,想省下几个钱来。她心里动了一动,随之就愤怒了,从他手里夺下馍来,塞到布袋里,把那一碗饸饹推到他面前,狠狠地瞧着他,直到他端起碗,提起筷子,憨憨地笑着低头吃起来。

她看见他吃得很香很馋,一碗饸饹只挑了三五次筷子就挑光了。她伸出手不容置辩地说:"把钱给我。"他没有吭声,从口袋里掏出钱来,交到她手上。

她接过那一沓折叠整齐的整块票儿和零毛毛票子,转身就走到买票的窗口,一下子又买下四碗来,堆到桌子上,对着他惊恐的眼睛说:"你吃,我也吃。"

他小声嗫嚅说:"要是不够看病咋办?"

"吃完饭再说。"她埋头畅快地吃起来。

她吃下三碗饸饹,似乎肚子里还可以装进三碗。她没有再去买,留下空隙再吃点别的久已渴盼的东西。她走在前头,他推着自行车跟在她后面。她在一个卖西红柿的小车前停住了,问了价,又还了价,买下三斤,装进帆布袋里,等不得用水洗,只用手绢儿擦一擦,就吃起来了。她塞给他两个,他满眼疑虑,没滋没味地吃着。直到她停站在一个西瓜摊子前,而且花掉一块八毛钱买下一个整个西瓜的时候,他吓得简直要哭了:"看病咋办呢?钱花完了……"她说:"我有办法,你甭急,先吃瓜……"

她和他蹲在瓜摊前的小桌前,三下五除二,吃完了一个西瓜。

她吃饱了,浑身都恢复了力气,心满意足了,做梦时不知多少回梦见吃着杏儿、桃儿、西瓜,醒来时枕头上泌着一片口水,今日算是畅畅快快地享了口福。看着郁郁不乐的他,她觉得他太傻了,傻得令人可怜,令人憎恨。再次走到医院门口,他咕哝说:"药费肯定不够了!"

"算咧!不看病咧!"她说。

他回过头,惊疑地瞪大了眼睛。

"我的病……好咧!"她笑着说,"西瓜和饸饹,比药灵哩!"

他大概现在才明白上了她的圈套,一下子没有了力气,顺势在医院门口旁的槐树下蹲下来,深深叹了一口气,有点生气地低下头。

她也想歇一歇,就在地上坐下来,瞅着他有苦难言的样子,悄悄说:"怎么办?买吃了这些东西,没开下一张发票,回去怎么给咱爸交账呢?"

他不计较她的挖苦,反倒问:"你真个没病?"

"现在……有病也没钱看了。"她揶揄地说,"想想回去怎么交账?"

他闷下头,又不吭声了。

"这样,"她说,"你甭作难。这五块钱,算是我借咱爸的,你给他说响,我迟早给他还了。"

"不不不,"他尴尬地笑笑,"不是这个话嘛!"

"建峰,"她低低地叫,"我说的是真话,不是耍笑你。我今日敢花五块钱,实在是馋得受不了了!你知道,我有了,三四个月了。我也不知道,自肚里有了这东西,嘴里馋得……"

"你该早说……"建峰说。

"早说啥?你不知道,咱妈也不知道?"她说,"可我连……"她说不下去了,委屈得想流泪。看着街道上拥拥挤挤的男男女女,她忍住了泪,说,"你不替我想,也该替自个的后代想想。我要是生下来个瘦猴猴,你就后悔了!"

建峰闷下头,轻声低叹一声。

"我给你怀了娃娃,瞎好没人问我一句。我恶心得吃不下饭,你妈不管,你也不管。"四妹子气恨地诉说着,"你爸养的那头老母猪,怀下猪娃了,他一天三晌给喂食饮水,给搔痒痒捉虱子……我连一头母猪都不如!"

"四妹子,你听我说,"建峰急了,忙解释说,"我实在没一分钱,有心也用不上,再说……我也不懂该做啥。"

"没钱归没钱,话该有一句吧?"四妹子并不接受他的解释,"你爸封建到连一句话也不许你跟我说吗?"

建峰又低下头,难受地叹息着,闷了半晌,委婉地说:"咱爸脾气不好,面冷,家法也大,我也没法子。可你慢慢就知道了,咱爸心好,昨黑给我说,看病剩下钱了,叫我给你买些想吃的东西。咱爸说,屋里家大人多,不好给你另喝单吃,借这回看病,想吃啥买啥……"

"啊!多大方!"四妹子冷笑一下,"就给下五块钱,真要看了病,能剩几毛?还'想吃啥买啥'哩！"

"咱家……唉！没钱！"建峰说，"粮食卖下五百块，全给亲戚还了账，是为我娶你拉下的烂账……"

"穷也罢，富也罢，反正我进你家门楼快半年了，今日头一回花下五块钱。"四妹子淡淡地说，"你给老人说，今日我浪花的钱，算我借下的，我日后还给他。这样——你也好交账咧！"

十二

五块钱，把一个和睦贤良的十口之家搅得人仰马翻了！自信而又威严的家长吕克俭老汉，气得心口疼了，躺在炕上起不来了。

克俭老汉躺在炕上，脑子里不时浮出那不堪回味的一幕场景——他刚从地里走回村子，就瞅见自家门楼下围挤着一堆人，这是乡村里某个家庭发生了异常事件的象征。他心里一紧，外表上仍然不现出慌张，走到门楼下的时候，就听见院子里的对骂声：

"看你也是个野货！山蛮子！卖×换饭吃！从山里卖×卖到平川来咧！"二媳妇的声音。

"我卖×，你也卖×，你妈也……"三媳妇的声音。

"你×大揽得宽！把人嘴缝了！山里货！"大媳妇的声音。

吕老八气得脖颈上青筋暴突起来，走进院子，扔下手中的家具，凛然天神似的站立在院子中央，瞅着三个正搅骂成一团的儿媳妇。尽管他凝眉怒目，架势摆得凛凛威风，三个媳妇仍然不见停歇，谁也不饶过谁一句，这就使他气上加气，火上添火。往常里，要是谁和谁犯了口角，甚至是老大和老二的孩子吵架，只要他往当面一站，眼睛冷冷一瞅，交火的双方立马屏声敛息，停口罢手。现在，三个媳妇居然当着老公公的面，嘴里争相喷出不堪入耳的秽言恶语，把老家长不当一回事。他劝又不想劝，骂又不好骂，一时又断不清谁是谁非，看着街门口拥来更多的看热闹的婆娘女子，吕克俭家的门风扫地了，关键是应该立即停止这种辱没家风门面的臭骂。他气急中捞起一只喂鸡的瓦盆，"哗啦"一声摔碎在台阶上，随口喷出一句："难道都不知道顾面子了哇！"

这一摔一吼，果然有效，大媳妇率先闭了口，走回自己的屋子。二媳妇也不见出声了，在案板上擀着面，使用了过多的力量，撞得案板咚咚咚响。最后收场的是三媳妇，在两位嫂嫂已经不出声的时候，还喊了一句："想合股欺侮我，甭想！"说罢，扭转身回厦屋去了。吕克俭对三媳妇最后多骂一句的表现，留下很糟糕的印象。吵架的双方，除了是非曲直之外，总是老好的人先停口，最后占便宜的一般都是歪瓜裂枣。他对三媳妇的印象尤其反感，虽然三个媳妇都骂得不松火，但三媳妇用蛮声蛮气的山里话骂人更难听。甚至到他后来弄清了这场家务官司的直接责任并不在三媳妇的时候，仍然不能改变对她的那个不好的印象。

吕老八当晚就弄清了原委。二媳妇听村里人说，三媳妇根本就没进医院门，小两口进了馆子又坐西瓜摊子，尽吃海浪了一天，就无法忍受了，先说给大嫂，俩人说着说着就骂起来，说这"外路货不懂礼俗家规"啦！"山蛮子不会居家过日子"啦！"吕家倒霉就该倒在这小婊子身上"啦！正说得骂得热乎，四妹子下工回来，到灶房里去喝水，听见了，随之就开火了。

吕克俭老汉当着三个媳妇的面作了裁决，大媳妇和二媳妇不该私下乱骂，对谁有意见，要说给他或她们的婆婆，由家长出面解决。三媳妇花钱太大手大脚了，下不为例。老汉很开明地说，他给三娃子已经说清白了，看病交过药费，剩下块儿八毛，吃点瓜瓜果果，主要是有了身子。而把五块钱全部吃光花净，太浪费了。大媳妇和二媳妇都不吭声，算是接受了他的裁决，三媳妇呢？居然当着他的面说："这五块钱，我给建峰说了，日后我还。"老汉对她印象更坏了，听不进道理的蛮霸货嘛！

老汉躺在炕上，一道无法摆脱的阴影悬在心中：分家。这个由他维系了几十年的家庭，一个在吕家堡难得再找出第二家来的和睦的家庭，现在出现了无法弥补的裂口。老汉明白，无论妯娌，抑或婆媳，即使夫妻之间，一旦破了口，骂了娘，翻过脸，再要制止第二次和第一百次翻脸骂娘，就不容易了，就跟第一次通过水的渠道一样顺溜了，要紧的是千万不能有翻脸破口的头一遭。这种事发生发展的最终结局，只有一条路可寻，那就是分家，兄弟们拔锅分灶，各人引着各人的婆娘娃娃过日月。吕克俭几十年来看着吕家堡百余户人家都这样一家分成两家或三家，全无例外，现在，轮到他自个主宰的这个庄稼院了。

必须采取切实的措施来堵塞这种事件重演，虽然艰难，为时尚未太晚。他在把三个媳妇当面裁判一番之后，立即采取第二步措施，让队里进城办事的会计捎话给二娃子，叫他礼拜天回来，无论如何也要回来。

星期六晚上，大儿子从学校休假回来了，二儿子天擦黑时也回来了，三娃子本身就在家里。喝罢汤后，他把三个儿子叫进里屋，瞅着三个横看竖看都十分顺眼的儿子，老汉一下子觉得不好开口了，鼻腔里潮起一股酸渍渍的东西。大儿静淑，二儿暴烈，三儿蔫扑拉沓，他熟悉他们的秉性简直比对自己更清楚。不管他们在外工作或在家务农，也不管他们与外人如何交往，回到家中，他们对他一律恭敬，听说顺教，没有哪个翻嘴顶撞，这也为吕家堡的一切老庄稼人羡慕。现在，他对他们怎么说得出那句"分家"的话

161

呢？

　　未等他开口,大儿子先做了自我责备,把责任揽到他的内人身上,进而推到自己对家属教育不严的根源上。二儿子效法其兄,说自己做工在外,没有能够制止自己的婆娘。只有老三蔫蔫地低垂着脑袋,没有说话。

　　老汉却估计出来:儿子们尚没有分家的明显征候,于是就说:"我看……趁早分了,免得日后搅得稀汤寡水,倒惹人笑……"

　　未及说完,三个儿子一齐反对,词恳意切。克俭老汉这才使出最真实的用心:"既然你们兄弟三人都不想分,那我就给你们再掌管一段家事;既然你们都不想分,那就把自家屋里人管好,再不准像前几天那样混骂混闹了……"

　　此后多日,这个家庭从骤然而起的僵硬的气氛中渐渐恢复过来,恢复了平素那种不淡不咸的气氛,一月之后,就看不出曾经发生过的矛盾的痕迹了。

　　一件意料不到的打击突然降临,把吕克俭老汉一下子打蒙了——他的三娃子的媳妇被推到吕家堡的戏楼上,斗争了一家伙!

　　看着三儿媳妇被民兵拉上吕家堡村当中的那幢戏楼,吕克俭老汉吓坏了,也气坏了。他很快得知,三儿媳妇偷偷贩卖鸡蛋,投机倒把,走资本主义道路,被公社里抓获了。

　　半月前,落了一场雨,秋田的旱象缓解了,苞谷也开始孕穗了,农活少了,除了管理棉花,再没有什么大的活路了。为了缓解家中的矛盾,他让老伴以关怀的姿态支使三媳妇去杨家斜二姑家住一住。万万没料到,她在二姑家跟着二姑偷偷干起了贩卖鸡蛋的违法的营生。

　　吕老汉胆战心惊,终日价一副大祸临头的不祥心理。天爷!解放二三十年来,吕老八经历了多少运动而保住了上中农的成分没有升格为富农或地主,全凭的是严谨和守法。这个陕北来的三媳妇,居然敢于冒险惹祸,势必殃及这个十口之家的老老少少的安全,怎么得了!

　　尤其令老汉气恨的是,斗争会后的第二天,在一家人惊魂未定的情况下,她居然天不明起来,又贩鸡蛋去了。

　　吕老八扶着犁把儿,吆喝一声黄牛,心里盘算着怎么办。他忽然意识到,这种灾祸的根源,全是自己铸成的大错!

　　自己原来想,陕北人日子过得苦,来到关中,不过是为了混一碗饱饭吃,有苞谷馍馍和白面面条,那些山里女人就觉得进了天堂了。现在看来大错特错了,这个四妹子不仅不懂关中的礼行和规矩,而且性子野,爱唱歌,花钱大手大脚,骂人比本地女人骂得更难听。老汉忽然联想到"闯王",那个东奔西杀的李闯王就出在陕北。穷则乱世。这个自小生在吃糠咽菜的穷山沟里的三儿媳妇,自然无法养成遵规守俗的涵养了,活脱就是个失事招祸的女闯王!

这样下去,怎么得了?她自己脸皮厚,挨斗争不在乎暂且不说,由此而引起整个家庭的灾祸,怎么办?上中农这个岌岌可危的成分,说升就升高了。老汉近三十年来没有一天敢松懈过对全家成员的警告:甭张狂!咱的成分麻达!现在,这个灾星倒自己寻着祸闯……

当夕阳从塬塄上消失以后,暮色渐渐浓了,他卸了牲畜,扛着犁杖下坡的时候,一个主意形成了:坚决分家。尽快尽早分开,免得一个老鼠害了一锅汤。这个山蛮子媳妇,看来压根儿就不是个顺民百姓,是一匹从小没有驯顺的野马,一个祸害庄稼院的扫帚星!

十三

满天星光,没有月亮。星星很稠很密,大的小的明的暗的,闪闪眨眨,像搅乱了的芝麻、麦子、黄豆和苞谷,大大小小的颗粒混杂掺和在一起,互相辉映又互相重叠。

人说地上有多少人,天上就有多少颗星。一个人占着一颗星,一颗星就在天上注册着一个人。一颗星儿落了,那是天爷从他的大注册簿上把一个人抹掉了,地上的那个人也就死了。四妹子抬头瞅瞅天空,哪颗星星是她的呢?无法辨认,谁也无法帮助她确认出属于自己的那一颗星来。不过,小时候听大大说过,人大了星儿也就大了亮了,人小了星儿也就小了暗了。天上那些顶大顶亮的星星,就是当今世界上那些大人物的象征,主席、总理、总统、省长们都占着一颗。庶民百姓呢?自然只能占有那些稠如牛毛缺光少亮的芝麻粒儿似的星星。四妹子究竟占有哪一颗星星无法确认,也无关紧要,总是有那么一颗吧!不亮就不亮吧!自己原本不是总统,也不是省长,怎么会指望占有一颗大而又亮的星星呢?令人心里窝气的是,老公公和婆婆在背地里咒她为扫帚星,那是一颗带着晦气的令人讨厌又令人毛骨悚然的灾星!

北岭高低起伏的曲线和南塬的刀裁一样的平顶,划开了天上和人间的界线。沟坡间那些奇形怪状的崩坎沟豁,都变得模糊难辨了。川道里似乎更黑,分不清棉田和苞谷地。沿着灌渠和河堤排列的杨柳林带,像一道道雄伟的城墙巍然屹立在河川里,只能辨出树梢像锯齿一样参差不齐的轮廓。青蛙在河滩的水草里吵成一片,夜越显得静了。山坡上偶尔传来一两声狐狸的难听的叫声,在山崖上引出回声,回声倒显得柔气了。

四妹子左胳膊上挎着竹条笼儿,右手甩荡着,在河川的土石大路上急匆匆跨着步子。她刚刚卖掉一笼子鸡蛋,攒下一笔款子,走起来脚下生风。她想放开喉咙,在夜风湿润的河川里亮一亮嗓子,无疑是很惬意的,又能给自己壮一壮胆子。然而她终于没有开口,要是被躲在某个旮旯里的歹徒听到了闻声出来,反而自招麻烦。她更加有劲地迈开双脚,更加欢实地甩开右臂,急急赶路。

感谢二姑,指给她这样一条生路。

她天不明时爬起来,趁黑溜出吕家堡村子,沿着河川越来越细的土石路,一直走进去,到那些隐藏在山坡背沟里的村庄去收买鸡蛋;或者涉过小河,走过川道,爬上北岭,到老岭深处的人家去进行此类交易。越是交通阻隔的偏远的山村,鸡蛋也就越便宜,河川里一块钱买七个八个,在那儿就可以买到十个以上了。收买下一笼子鸡蛋,在夜深人静时分赶回吕家堡,睡过一觉,就爬起来,又趁着天黑溜出村子,赶到城郊去,那儿有几家聚居着工人和他们的家属的大工厂,他们需要鲜蛋。她成全了他们家需要用鲜鸡蛋补养身子的老人和孩子,她也就赚下钱了。一天收购,一天出售,两天完成一个赚钱的周期,除去风雨天和必须到生产队出工的日子,一月里总可以完成六七个这样的周期。每一个周期可以赚下十块左右,有这样的收入实在不错了。

跑路,她不在乎,忍饥受渴,也都罢了,最大的危险是被人抓住后没收了"赃物",就会把一月辛苦的赚头全部贴赔进去了。到处都是警惕的眼睛,任何意料不到的凶兆随时都可能发生。她现在已经完全深谙此道,一次又一次成功地收买下鸡蛋,一次又一次地出手,也就一次又一次地达到赚钱的目的了。她不无得意。

她已经熟悉塬坡和北岭上大大小小的百余个村庄,那些村庄大致的经济状态和人际关系。哪个村庄富裕,哪个村庄穷困,哪个村庄干部管得紧,哪个村庄干部闹矛盾,还有哪个村庄压根没人管,到收麦子时还扶不起一个队长来。在这方面,四妹子也许比县委书记或公社的头儿们还要善于用心,还要了解得多哩!那些干部强而又管得紧的村子是禁区,说不定一个什么积极分子一瞪眼就抓住她的笼子,就全完蛋了。鸡蛋是被定为统购统销的仅次于粮棉油的二类物资哩!她小心地躲开那些村庄,而放开胆子走进那些干部不大先进或根本没有干部的村子,像走亲戚一样大大方方走进某一户山民居住的小院,借喝一碗水的时间,与那户男当家或女主妇聊起家常,如果观察判断出这个家庭里没有共产党或共青团的成员,她就提出买鸡蛋的事来。一般说来,这些人是乐于把自家瓦罐里攒下的宝贝鸡蛋拣出来,装进她的笼子里的,因为她比公家收购的官价要高一些,一块钱有二至三个鸡蛋的差别。山民们除非迫不得已,是不会放过高价而低就的。尽管到处宣传说鸡蛋交售给公家光荣,是支援革命,支援亚非拉,直到她把这些宝贝鸡蛋"支援"给城里人的肚子以前,时时都潜伏着危险。供销社的人在车站和渡河的甬道口值班,专门检查偷贩鸡蛋的二道贩子。进入工厂家属区域,常有好事的工人或是居委会的干部出面拦截。很难说他们是为了支援亚非拉还是自己图得便宜,因为他们往往把拦截得到的鸡蛋就地分赃,按公家的价格给她付钱。她可就倒霉了,两天的工夫和往返二百余里的艰难全都白费了,真正是无代价地"支援"给那些比她生活更有保障的工人老大哥或老大姐了。

她被公社供销社的管理人员逮住过一次,从此就只走小路而避开大路了。她在工厂家属区被拦截过两次,从而更加小心翼翼了,对心怀不轨的家伙绝不揭开竹条笼上的蓝布巾子。一次又一次成功地冲过层层封锁堵截,她愈加老练周密,愈少出现差错。因为已经赚下了一个令人鼓舞的数目的票子,即使偶遇不测,也不会过分伤悲,全不像刚起手时被没收了鸡蛋那样难过。权当没有这一次买卖,权当这两天在生产队出工了,权当自己被小偷割了腰包,跑路受累又算得什么了不得的事呢?权当没跑!

至于吕家堡大队批判她的投机倒把的大会,她才不在乎哩!批判一下有什么关系?站一站戏楼怕什么?批判完了,她回家照样端起大碗吃饭,掰开馍馍蘸上油泼辣子吃得有滋有味,她兜里有钱啦!那些批判她的人,尽管说得天花乱坠,却不能供给她买一沓卫生纸的票子!她的公公气得吓得吃不下饭,却照样不给她一块零用钱。两位嫂子叽叽咕咕,蹙鼻子咧嘴讥笑她,却绝不会把她们的私房钱匀出百分之一来给予这个陕北山区来的穷妹子。她不指望他们,也不想在他们跟前低声下气,她要自己去挣钱。只要不抓进监牢,批判一下算什么大事哩!脸皮算什么?就是抓进新社会的大牢,一天还要管三顿饭呢!

四妹子发觉,不仅她的公公婆婆哥哥嫂嫂胆小怕事,谨小慎微(上中农的成分压在头上,情有可原),而吕家堡的男人女人似乎都很胆小,一个个循规蹈矩,安分守己,极少有敢于冒犯干部的事。在陕北老家,学大寨没人出工,干部们早已不用批判这种温和而又文明的形式了,早已动起绳索和棍子。公社的和县上的头头脑脑亲自下到村子里来,指挥村干部绑人打人,逼人上水利工地。四妹子虽然没受过,见的可多了。地处关中的吕家堡的村民,一听见要把某人推到戏楼上去批判,全都吓坏了,全都觉得脸皮难受了。似乎这儿的人特别爱面子,特别守规矩。

四妹子心里感激二姑。她跟二姑寻到了这个不错的挣钱的门路。二姑悄悄跟她谋算说,你甭太傻!你跟姑不一样,你姑夫兄弟一个,打烂补阁全是我和你跛子姑夫的家当。你家里兄弟三个。俗话说,天下的水朝东流,弟兄们再好难过到头。终究是要分家的。人家老大老二都有收入,分了家不怕。你和建峰最小,没有私房,说一声分家,你连一双筷子都买不起,那时再看俩嫂子瞅你的恓惶景儿吧!你的那个公公,叫"成分"给整怯了,又摆一身臭架子,你犯不着跟他闹仗打架,免得人笑话,可也不能空着两手傻乎乎地往下混。你得给自己攒钱,以备分开家来,手头不紧,心里不慌。

二姑给她的谋划是最实际的了,比她自己所能想到的还要长远,她只不过是因为买不起一沓纸一块手绢仨桃俩枣闹气罢了。她现在完全不依赖二姑的"传帮带"了,自己独立行动,进山爬岭收买,钻进工厂家属区出售鸡蛋,而不需跟着二姑。俩人目标太大,行动不便。

说来好笑!吕家堡那个大队长组织社员开她的批判会,他的老婆却偷偷来朝她借十块钱,说是二女儿坐月子,她要买四样礼物去看望。一个慷慨激昂地念着发言稿批判她的女团员,她的母亲也来朝四妹子借过十块钱,说是最小的儿子日渐消瘦,脸皮发黄,要到大医院去检查。一般来说,她不给任何人借钱,不致造成自己有很多钱的印象。但是,这俩女人来借的时候,她很爽快地借给她们了。她暗暗地怀着一种报复的恶毒心理,把钱塞到对方手中。让你们的大队长老汉和会写批判稿子的女儿想想吧!四妹子不大光彩的赚钱行为,给你们帮上忙了!下回批判我的时光,再多用几个厉害的词儿吧!

……

四妹子走着,甩着胳膊,因为两头不见日头,往返一百余里,全是逃躲大路而专寻小径,她累了;远远眺见吕家堡村子里尚未熄灭的一两个亮着灯光的窗户,腿越觉沉重了。她看见一个人对面走来,不由得停住脚,要不要躲避一下?是不是队长派了民兵来堵截?

四妹子正猜疑不定,却听见那人远远地呼叫她的名字,竟是建峰。他来干什么?来接她吗?从来没有过的举动呀:村里又要抓她吗?不管怎样,她走不动了,扑通一下坐在路边的青草塄坎上。

建峰走过来,站在她当面,难受地说:"分……分家了!"

四妹子一愣,猛地站起:"啥时候分了?"

"今黑间,"建峰说,"刚刚分毕,我就出村来找你了。你看,咱俩……咋办呀?"

四妹子不屑地盯了建峰一眼,很不满意他那难过的神情,对着黑天的旷野大声说:"分了好!好得很!我就盼这一天哪!"

十四

四妹子头上包着一块布巾,避免刷墙的浆水溅到头发上,身上和脸颊上却已经溅满一片白土和成的白色泥浆了。她站在一张条桌上,桌上搁一盆白土浆水,用一把短柄糜子笤帚蘸上浆水,再漫刷到墙壁上去。已经刷过而且干涸了的黄土泥巴墙壁,闪现出一缕淡雅的白色。白色中似乎有一缕不易察觉的极淡的绿色,愈加显得素雅了。

"建峰!给盆儿里添点浆水。"

她站在桌子上,看着门外台阶上的建峰喊着。他正在那儿盘垒锅台,听见她的叫声,放下瓦刀,搓搓粘着泥巴的手,走进门来了。他有点不大悦意地说:"你看,我也正忙着。你从桌子上下来,添了浆水,再上去刷,省得你停着我也停着。"

她斜瞅他一眼:"你不知道?我上下方便吗?"

他瞅瞅她的腹部,缩一下脖子,做出一副顿然悟觉的神气,快活地笑笑,把浆水从铁桶里舀出来,倒进桌子上的盆儿里。

"给我把头巾扎紧。"她说着蹲下身。

建峰又转过身来,笨拙地扯开她的头巾,拴着。她又喊太紧了。他笑笑,又给她再松一松。他问:"还有什么事吗?"随之压低声儿,调笑地问,"裤带儿松了没?要不要我给你拴一拴?"说罢,爱昵地在四妹子的腰里捏了一下,又把手伸到她的脸上摸着。

四妹子没有拒绝,突然惊声叫道:"你爸来咧!"

建峰立即缩回手。四妹子看着他难堪的神色,却"嘎嘎嘎"笑起来,揶揄地说:"老人家这下管不着我们了!"她又把糜子笤帚蘸上白土浆水,在墙壁上漫起来。

四妹子昨晚就弄清了分家的始末。

由老公公出面,请来了大队里的调解委员会和小队队长,作为官方代表;又依照族规,请来了本族里的长辈和婆婆的娘家弟弟——建峰的三舅,由这三方面的人共同裁决这个即将土崩瓦解的家庭的重大事宜。依照约定俗成的村规,分家时必须由家长出面约请干部和长老儿,晚辈人是无权的,也请不上场来的。

在家庭内部,老公公只允许三个儿子出席,三妯娌连列席的资格也没有。在老汉看来,分家是吕家父子兄弟间的事,商量也罢,吵闹也罢,总而言之都是一母所养,他总是比较好控制他们。妯娌们毕竟是外姓人,没有一个共同的奶头连接她们呀!不能让她们来多嘴多舌,争多论少。

在干部、长辈人和舅舅面前,吕老八外表上没有一丝沮丧和气恨的神色,而是和颜悦色,谦恭地给客人让烟递茶,像是请他们来恭贺吕家的什么喜事似的。他提出分家之事时,也不像一般庄稼人唉声叹气,悲愁满面,一开始就陈述家庭的全部矛盾,说明非分不可了,而且总是责怪儿子不孝、媳妇不贤。吕老八笑容可掬,精明练达,闭口不提儿子和媳妇的不是,反倒夸了大媳妇,又夸二媳妇,连他痛恨的三媳妇也冠冕堂皇地夸赞了几句,随后便把分家的原因统统归于"自个老了,想过几天清静日子"上头来。这是一个绝妙的中性的理由,不伤害任何人。老汉诚恳而又质朴地说:"各位!我这个家庭,现在十几口人哪!十几口人的家当不简单咧!啊呀呀!我都六十岁了,管这么大的家务,实实劳不下来喀!记性差池远了!比方说,前日上街去,一路都念叨着给老二媳妇兄弟结婚要买的被面,一进街,在猪市上转了一圈儿,背个小猪娃回来了,把被面忘得死死的了……你看看,丢三忘四,怎么能成……"

老汉说得动情,把想分家的真实原因隐藏在心底。

三个儿子,不管心里怎样想,表面上一致反对分家,全部责备自己没有尽到应尽的家庭责任,也没有管教好妻子和儿女,让亲爱的父母费心太多了。

大队的调解委员会和小队的队长无意间相对一瞅,眼目交流着这样一种意思:人家父子如此融洽,兄弟间这般通情达理,好像咱们来故意要拆散人家……

只有三个儿子的舅舅敢于面对现实,他早已不耐烦姐夫和外甥们的虚伪唠叨,插言道:"啥话甭说了,就说分家怎么分吧!"他转过头,对吕老八说,"哥,你把你的想法说出来,合适了,就那样办!不合适了,再商量。说吧!"

克俭老汉早已谋划好了分家的方案。其实,而今分家是最简单不过的事了,没有土地,只有房屋,储存的粮食一家几斗都几斗,没什么意思。关键在于老人的赡养,必须搁到实处。经过多日的反复思谋,他终于把经过无数次修订和斟酌的方案从心里端了出来——

"咱家三间上房,四间厦子。你们兄弟三人,按说分成三份就行了。我跟你妈说了几回,你妈说:'三个娃子都是好娃,三个媳妇都是好媳妇,跟哪个都亏不了咱俩老人。可跟着无论哪家,都要加重负担。所以说嘛,俺俩人干脆谁也不跟,在俺俩老能干动活儿的时候,不要你们侍候。'我一想,你妈说的对着哩!这样,暂时得按四家分。怎么个分法哩?三间上房,一明两暗,实际明间是走道,不能住人安铺。这两间大房,归我和你妈住,明间给老三建峰。四间厦房呢?老大老二,你俩一家占两间。这个明间说是分给老三,实际不能住咋办?老大老二,你俩每人给老三筹备一间厦房的材料,让老三朝队里申请一块新庄基地,盖两间厦子。我和你妈,活着时单吃另做,死了时由老大老二负责后事。老大管我,老二管你妈。我跟你妈下世以后,这三间上房,你俩一人一间半,算是补偿给你们的埋葬费、棺板钱……"

老汉声音颤抖,说不下去了……

四妹子听着建峰的话,对后来的结局不甚关心了。她能看出,建峰在叙述这一切的时候,除了要告诉她分家的经过和结果以外,还有一个重要的目的,就是诚恳地解释和劝诫,让她接受这个结果。他说:"好儿不在家当,好女不在嫁妆。全凭自己挣哩!不能指靠老人……"四妹子只是想了解一下分家的情况,而对结果却不甚重视。她哂笑一下,说,"即就咱爸偏心眼,把三间上房和四间厦子全都给咱,又能怎样?那些房子是些什么好房呀!椽朽了,墙歪了,我还看不上眼哩!"建峰听了,惊疑地瞪起了眼睛。

"你一会儿去给咱爸说,分给咱的那间上房(明间)咱不要,也不要大哥二哥给咱准备材料。"四妹子盯着建峰说。建峰眉头拧着,越拧越紧。她说,"咱们自己盖。要紧的一件事,倒是该当立马给队里写一份申请,要求给咱拨划一院新庄基。"

"钱呢?"建峰睁大眼睛。

四妹子爬上炕。打开箱子,取出一厚沓人民币来,摔到建峰怀里:"我挨批判斗争,就换来这些钱……"

建峰捏着钱,却没有扭动指头去数它,久久地瞅着,泪花涌出来了。他的妻子,他的媳妇,他的这个四妹子,背着公家人,也背着自家屋里的老人和兄嫂,甚至背着自己,起早摸黑,做贼一样地贩卖鸡蛋,攒下了这么多钱!他不仅没有疼爱过她,而且冷言冷语地训斥她,怕她给他家惹下灾祸……现在,他捏着这摞大大小小的票子,手儿抖了,心儿也颤了。他猛然把刚刚爬下炕来的四妹子搂进怀里,贴着她的脸啜泣起来。

四妹子一早爬起来,就走进四婶家里去。四婶三女一儿,女儿出嫁了,儿子上完大学,恋爱下一位女同学,在西安居家过日子。四婶在西安住了不到一月,就跑回吕家堡来,说她住在城里,顶困难的是拉屎,在那个房屋里的小厕所蹲不下去……四婶一个人住了一院房,两间厦屋空闲着。她一张口,四婶就应承了,而且爱昵地打了四妹子一巴掌,说什么给房租的话,太小瞧她了。四婶说难得她来住,有个伴儿,也能拉闲话了。

她立马动手打扫厦屋,指使建峰盘垒锅台。当她和建峰整整忙到天黑时,所有的家当都从老屋搬迁到村子西头四婶家的厦屋里来了。一切安置停当,她最后才收拾炕面,铺上苇席,铺上褥子,单子,今黑夜就要在这里下榻了。这里,远离那位家法甚严的老公公,她可以和建峰说话,可以说甜蜜的悄悄话,可以笑,也可以唱,再不担心老公公训斥了。她从心底里感到解放了。

她在他盘垒的新锅灶上点燃了麦草,冒出一股黄烟。风箱是临时借来的,锅也是借下的。她轻轻拉着风箱,心里舒坦极了。她在老家陕北没拉过风箱,那里全是吸风灶。她在公公的眼皮下拉风箱,心里总是很紧张。现在,她悠悠地拉着风箱,火苗一扑一闪,第一次觉得作为一个家庭主妇的自豪了。建峰蹲在锅台前,看看前边,又站起看看后边,问她吹风顺不顺。她不说话,只用眼睛回答他,妩媚而柔情:很好很好!一切都好极了!

她温下一锅水,舀下一盆,让他洗一洗身子。他坐在矮凳上,吸着一支烟,说:"我累死了,先歇一下。你先洗吧!瞧哇,四妹子,你浑身上下抹得像个灶王婆了!"

她关了门,与四婶隔绝了。四婶有早睡早起的习惯,已经睡下了。她脱了衫子,又脱了裤子,在电灯光亮里,脱得一丝不挂,在水盆里畅快地洗起来。

"转过来,对着我洗。"建峰说。

她依然背对着他,说:"你不怕冒犯……你爸的家法吗?"

一句话顶得建峰没法开口了。

她痛快淋漓地搓洗着身子,已经明显肥胀起来的乳房抖颤着。她听见建峰走到她背后的脚步声。他讨好地说:"我给你擦擦脊背……"

"你不怕冒犯你爸的家法……"

"不许再提说那些话!"

她听见一声吼。她被他铁钳一样硬的双手钳住了肩头。他把她猛然扳转过来,她看见他一张恼羞成怒的脸孔。她吓住了。稍一转想,她又喜了,从来没见过他的这一副凶相,倒是像个凶悍的男人!"不准再说……"他紧紧瞅着她的眼睛,依然凶悍。她意识到自己几次三番的揶揄的话,惹恼了他了。她瞬间变得缠绵而又温柔,撒娇似的撅起嘴唇,眉眼里滑出并非真心挖苦他的忏悔。在他涨红的脸上亲了一口,就把毛巾塞到他的手里,呢喃地说:"要给人家擦背,还这么凶呀!我的三哥哥……"

夏夜的温热的风,吹动四婶家院子里的梧桐的叶子"嚓嚓嚓"响。屋后坡崖上的蝈蝈"吱吱吱"叫。屋里刚刚刷过的白土浆水,散发出一股幽幽的泥土气息。

"四妹子,再甭说那些话了……"

"嗯……"

下 篇

十五

在四婶家的厦屋里借住了半年时光,秋收一结束,四妹子就在生产队拨划给她的新庄基地上盖起了两间新厦屋。到阳历年底,新屋的地面还没有完全干透,她就千恩万谢过四婶,与建峰高高兴兴搬进自己的新屋。虽然四婶真心实意地挽留他们继续住下去,坚决把她塞给的房租钱再塞回她的口袋,四妹子还是毫不动摇地搬进自己的新厦屋里住下了。她已经临产了,隆起的肚子十分显眼,按医生推算的预产期已经到了。关中乡村有一大忌讳,孩子必须生在自家炕上,绝不能不自觉不知趣而惹人心里烦恼呀!也真是神差鬼使似的,刚搬过来的头一晚,黎明时分,孩子落草了。

四妹子疲倦极了,躺在炕上,一动也不想动。屋子里新鲜的泥腥味儿,混合着屋顶的新椽新檩条所散发的木头的气味。孩子有了,那个满脸黄毛的小小子就躺在身边。房子也有了,她的血就渗在这土木结构的新厦屋尚未完全干透的脚地上。她终于有了自己的窝,自己亲手筑成的窝呀!多不容易!

婆婆在院子里那间草草搭成的小灶房里扯着风箱。一会儿,她给她端来一碗煮成豆腐脑一样软的鸡蛋。一会儿,她又给她端来熬煮得恰到好处的小米米汤,一碟用熟油泼过的咸菜,几块烤得金黄酥脆的白面馍片儿。她吃着,嚼着,看着婆婆露出在头帕下的银白的头发,慈祥虔诚的神态,她涌出眼泪来了。她的亲爱的生母远在陕北的山旮旯里,尚不知她已经给她生下一个小外孙了。按照关中地区乡村的风俗,婆婆服侍月婆是义不容辞的责任,因为儿媳给她生下了孙子,把本门里的继承人又朝前延伸了一代。四妹子礼让婆婆和她一起吃饭,婆婆拒绝了,她推说一会儿还得给老公公做饭,急匆匆地走了。婆婆够忙的了,一双解放脚要来回奔跑在老屋和新厦屋之间的村巷里,一天要做六顿饭,然而看不出她有什么厌烦情绪……一个新生命的诞生,把她和她的积怨冲淡了。

"这碎恁娃子的鼻子多棱骨呀!"

四妹子坐在炕头吃着饭。婆婆已经解开孙子的包单,重新换上一条尿布,瞅着孙子的脸儿,笑盈盈地赞赏那个鼻子。四妹子一扭头,那小子挤眯着双眼,满脸是茸茸的黄毛,鼻子也看不出有多么棱骨,甚至有点丑不堪睹。她第一次看见刚刚脱离母体的婴儿,真是不大好看,婆婆却看不够似的笑盈盈地看着。

"你爸让我看看娃儿的鼻子高不高。"婆婆动情地说,借机也巧妙地传达了老公公对这件喜事的问候。尚未出月,他一个男人家不能进入儿媳的"月子屋"。婆婆说,"你爸那人穷计较,他说自小看大哩!凹凹鼻子的人,多是苦命人,没得大出息。高鼻宽额的男娃娃,才能出脱个男子汉大丈夫!哦——这恁娃子的额颅也宽得很!"

"妈呃!你干脆说他日后能当省长算咧!"四妹子说。她也动情了。不管这孩子将来成龙成虫,婆婆和老公公的真心疼爱已经在孩子刚刚落草的第一个早晨就表现得够充分了。她恨不起婆婆也恨不起公公了。她一把抱住婆婆的脖子,亲昵地呢喃着,"妈……妈呃……"

两位嫂嫂也拿着鸡蛋来了,礼仪性的探望。

二姑当天后响就来了,破了俗,本该三天之后才能来。她迫不及待,带着小米、大米、红豆、鸡蛋和红糖以及上等细面馍馍,装满了两个竹条笼儿,用挑担挑来了。

建峰皱着眉头,看着儿子的脸:"好难看呀!一脸黄毛!"他傻愣愣地说,"电影上那些刚生下的娃儿,又白又胖……"他又笑了,猛地贴着她的脸说,"不管怎样,咱的种嘛!"看见二姑进来,他仓皇地站起来,羞得不知所措。

二姑夜晚没有回家,和四妹子睡在一起,叮咛她怎样给孩子喂奶,换尿布,绝不能在坐月子的时日里做活儿做饭,更动不得冷水,那是要留后遗症的。其实,这些事儿婆婆早给她叮咛过了。二姑又悄悄说,不准建峰和她来那事,为了保险,让婆婆晚上和她陪睡,也好照管孩子……

这个小生命来到这间泥瓦小屋的时候,中国大地上刚刚发生过一场惊天动地的震动,"四人帮"垮台的强大冲击波,在一幢幢新墙老壁上回荡。然而这个鼻梁骨多棱骨的碎崽娃子,却无法领受他的年轻父母和备受艰辛的爷爷、奶奶心头的强烈感受。

儿子睁眼了,眼睛好大。儿子会笑了,咧开漂亮的嘴唇。黄毛早已褪净,白格生生的脸蛋子招人忍不住亲他。鼻梁隆起,像爸爸更像爷爷。儿子会翻身了,翻到炕底下,摔得额头上隆起一个疙瘩,婆婆恨声骂她不经心。儿子会坐了,会立了,会牵着大人的手挪步了……终于,他自己在新庄基前的土路上能跑步了。

整整一年半的时间里,四妹子怀里挟着娃娃,为他擦屎,给他喂奶,防备他翻跌摔倒。她出不了远门,连工分也挣不成了。她管孩子。她做饭扫院,完全成了出不了大门的家庭妇女了。她真有点急了。

吕家堡的世事全乱了套。那些在"四清"和"文革"中受整挨批的干部和社员,那些被补定为地主富农的"敌人",白天黑夜跑上跑下,跑公社,跑县政府,在吕家堡东跑西跑更不在话下,急头急脑地要求给自家平反,甄别,赔偿损失,退还房屋。那些整过人的人终日里灰头灰脸了。那些受过整的人,自然结成了一种联盟,在一切场合里互相呼应,互相撑腰,对付那些整过他们的人还在继续玩弄的新的招数。为了扩大阵线,几次有人走进四妹子的新屋,可着嗓子骂那些还在台上的干部简直不是人,简直连六畜也不如,把他们整惨了,譬如四妹子贩鸡蛋的事,他们也斗她,没收鸡蛋,现在应该要求公开平反,退还损失。

四妹子表示热烈的响应,然而却没有实际行动。她无心。她想,斗了批了已经过去了,平反也给不了她任何实际的好处。没收过的十来块鸡蛋钱,退了也没多大意思。她已经瞅着了一笔生意,无心管平反不平反的事了。

她从旁人口中得知,南张村大队为了给平过反的人退赔经济损失,把库存的储备粮拿出来卖哩,每斤两毛钱,却不零售,嫌麻烦,最少起数是一千斤。好多人看着便宜,却没有现款。四妹子的心按不住了。

她把娃子塞给婆婆,说她要出远门了,娃子已经断奶,只需给他喂点羊奶和馍馍就行了。她跑到二姑家,开口借下五百块钱,当天晚上就到南张村买下了一吨半小麦;装上了雇来的北张村大队的小拖拉机,连夜晚拉到桑树镇面粉加工厂,小麦就变成了一袋一袋摞得山高的面粉。赶天明,她站在小四轮拖拉机驾驶员的后边的连轴上,不断地叮嘱小伙子小心驾驶,在车辆行人越来越稠密的城市近郊的公路上奔驰,目的是火车西站。那儿聚居着铁路工人、搬运工人,大多是重体力劳动者,比农村人的饭量还要大,公家定量配给的粮食常常吃不到月底。她在过去卖鸡蛋的时候,曾经义务为几户搬运工在村子里偷偷买过粮食。

市场早已解冻,活跃起来,粮食也上市了,小麦降到三毛五一斤,她现在决定把面粉按小麦的价钱出售,因为她购买的小麦便宜。关键要快快出手,多拉多跑一次,比在价格上死抠要有利得多了。果然,满载面粉的小拖拉机在那些小草棚区一停下来,就有人打问,就成交了,一顿饭工夫,倾销一空了。

她脖子上挂着一只帆布包,收来的钱全都塞进去,来不及清数。直到卖完,她看着装得鼓鼓的帆布包,竟不敢动手数了,更不敢从脖子上卸下来。

她把驾驶员领到就近一家饭馆,管饱吃了一顿,又回到车上,她把一张大团结塞给驾驶员,作为对他的犒赏,至于运费,将来与北张村生产队一次结清。

她对他说:"赶回南张村,再买一吨半小麦,连夜到桑树镇加工,赶明日一早再来,我再给你十块,怎样?两天两夜不睡觉,撑住撑不住?要是撑不住,我另找拖拉机。"

"没问题,嫂子!"小伙子把钱装进腰包,恭敬地叫她嫂子,虽然以前并不认识。他说:"加工小麦的时光,我正好可以睡觉,你可是连轴转啊!只要你撑得住,我没一点儿问题。走吧!直接去南张村?"

"南张村。"四妹子说。

"你不回家去看看。"

"不回了。"

连着三天三夜,车轮子不停转,人也不停手脚。第四天清早,她卖完了面粉,照例给小驾驶员在小饭馆买了饭吃。她破例塞给他二十块钱,小驾驶员毫不客气地塞进腰包说:"感谢嫂子!我送你回家吧!"她摇摇头说:"不。到桑树镇。"他就头也不回地开到去桑树镇的路上了。四妹子坐在小拖斗里,瞅着小驾驶员落满黄尘的脑袋,心里想,她给他钱,叫他开哪儿他就开到哪儿,他开北张村生产队的拖拉机,队里给他计工分,每天有一块钱出车补贴,连工分价值合起来超不过两块钱。她给他十块,最后这回给二十块,他自然能算得来哪个多哪个少。他帮她卖面,还叫她嫂子。她扶着拖斗上的栏杆儿迷迷糊糊睡着了。

她被他摇醒,桑树镇到了。她把小麦加工后的麸皮存放在面粉加工厂的仓库里,有一千多斤哩。她给公社奶牛场打电话,依公家的价格卖给奶牛场。奶牛场场长喜悠悠骑着自行车跑来,办完了手续,把钱交给四妹子,就去提货了。四妹子把钱同样塞进帆布袋里,旋即跳上拖拉机,给小驾手说:"现在开到你们北张村,给队里交车费,一切手续全完了。"

天擦黑,四妹子脖子上挂着那只鼓鼓的帆布袋儿,走进吕家堡村子。广播上又在传

173

人开会,大约还是给什么人平反的事。她冷漠地转过身,从一条背巷走向自己的小院。她一脚踏进门,建峰从炕上翻身跳下来,像看一个不速之客一样从头到脚打量着她,惊吓得眼里失了神:"我的天啊!你干啥去了?我就差点没去监狱寻你了!你看看,你成了啥模样?"

她坐在木凳上。成了什么鬼模样呢?她从柜子上拉过小圆镜儿一照,自己也认不出自己了。她的头发像从面粉和黄土里摆拂过一般,黄里透白,污垢把鼻梁两边的洼儿都填平了。嘴唇燥起一层干黑的皮屑,而眼睛像是充了血的火球。三夜四天,她没有睡觉,也没有洗脸,卷入一种疯狂的兴奋之中,直到南张村的储备小麦处理完毕。

建峰已经端来一盆水,放在脚地,让她洗。她草草洗了脸,把脖子上的书包卸下来,扔给他,说:"你数数。"自己就势倒在炕上。

建峰解开书包,吓得奔到炕边,把她猛地拉起来,搂着她的肩膀:"你抢人来?"四妹子淡淡地笑笑,推开他的手,就躺下了。

建峰数完钱,码完大票小票,锁进箱子。把四妹子的鞋袜脱掉,把低垂在炕边的腿脚扶上炕去,帮她脱了棉衣、棉裤,再把被子盖严。他脱了自己的衣服,贴着她睡下来,把她搂在怀里,轻轻地捶着她的背说:"我的……你呀!你……真个是个……闯王!"

四妹子睡得好死!

建峰突然想起父亲。妈妈和爸爸,一天三回跑过来,问她的确凿消息,现在还悬着心哩!他爬起来,穿好衣服,外锁上门板,急匆匆跑回老屋里,悄悄告诉两位老人,说她完完整整地回来了。从她头上和身上落下的面粉看,她确实是做了那桩生意。建峰在四处打问媳妇的下落时,有人说在去西安的路上见到她坐在拖拉机上,车上装着面粉,而南张村处理储备粮的事无人不晓,这是很容易联想到一起的事。爸和妈都吓得什么似的,一再叮嘱说:"挣下几个钱算了。心甭太狠!目下乱世,甭看政策宽了,说不定啥时月又杀回马枪!"

妈说:"快把娃娃抱回去,跟他妈睡去。娃儿三天三夜没见妈妈的面,刚才还跟我要他妈哩!"

建峰笑笑说:"算咧!她已经睡下了。她太累了,回到家,没脱鞋就睡着了。让她好好歇一宿,甭叫这碎货捣乱……"

妈妈的嘴角撇了撇,不言而喻的眼色在说,你倒会心疼媳妇……

十六

这一年的春节,小两口过得红火,过得热闹。四妹子给自己和建峰做了一身新衣新裤,都是当时乡村里最时兴的"涤卡"布料,而头生儿子更不用说了。酒肉衣食的丰盛和阔绰,并不能掩盖小两口之间的分歧,从大年三十晚上包饺子时开始争论,一直到过罢小年——正月十五元宵节,这场争论仍在继续。四妹子打算办一个小型家庭养鸡场,她既可照管孩子,又能免去四处奔波,收入也不会错的。建峰则主张到桑树镇开一个电器修理铺店,让她给他记账,管孩子,做饭,根本用不着养什么鸡呀猪呀的。

"让我去当老板娘?哈呀!我这心性可服不下!早晨给你倒尿盆,一天三顿给你做饭,晚上给你数钱,这……舒服倒是舒服,可我会闷死的。"

"你养鸡能挣多少钱嘛!那些刚出壳的小鸡,买十只活不了一只,你去问问隔壁邻居的婶婶嫂子就知道了。"

"这你就甭管了。我已经把一本《养鸡知识》念得能背过了,我按科学办法养鸡。婶子和嫂子们只会老土办法……"

这种争论一直在进行。大年初一,两口子吃着肉馅饺子,互相都想说服对方;两口子抱着孩子,背着礼物去给二姑拜年的路上,又争得七高八低;眼看着过了正月十五,新年佳节的最后一个小高潮也过了,还是谁也说服不下谁;最后,双方只好互相妥协又各自独立:建峰到桑树镇去办他的电器修理门市部,四妹子在家里创办她的家庭养鸡场。她和他达成两条协议:一是在他去桑树镇之前,帮她盘垒两个火炕,作为饲养小鸡的温床,她一个人干不下来。二是她要求他每天晚上都回家睡觉。他说,那么下雨下雪呢?她说,下雨下雪也要回家来。他说,这规程定得太死了吧?稍微灵活一下行不行?她说,不能灵活。她和他结婚好几年了,吵也吵过嘴,闹也闹过别扭,晚上总是在一个炕上睡觉,成了习惯了,他要是不回来,她就会睡不踏实。他仍然希望能有百分之一的灵活性儿,或者说特殊情况。她干脆一句话说死,百分之一的机动灵活性儿都不许有,想拉野婆娘了吗?一句话噎得建峰红了脸,再不争取什么灵活性儿了。

正月十六日,一般乡村男女还都没有从新年佳节的醉意和慵倦中振作起来,欢乐的气氛还没有从乡村的街巷里消散殆尽,四妹子和建峰已经干得大汗淋漓了。

她给他供泥巴。他提一把瓦刀在盘垒火炕。他是个聪明的乡村青年,心灵手巧,她只要说出关于这个火炕的用途和想要达到的目的,他就能合理地安排火口和烟囱,而且能调节火炕的温度。看着已经初具雏形的火炕。她是满意的。她用铁锨挖泥,送到他的手下。他需要一块瓦碴垫稳土坯,她立即递给他。他给她帮忙,她显得驯服而又殷勤。

他接住她递来的瓦碴片子,垫到土坯下,稳实了。他说:"晚上要能这么听说顺教就好啰!娃他妈,明白吗?"

她猝不及防,正在干自己一心专注的事儿,他却说起晚上的事儿。她在他脸上爱昵地拍了一巴掌,就把手上的泥巴抹在他的脸上了,随之哈哈大笑,笑他的五花脸儿的滑稽相。

四妹子一次买回来五百只小鸡,把吕家堡的男人女人都惊动了。这里的女人,虽说家家养鸡,顶多也不过十来只,全是春天用老母鸡孵化出来,小鸡借着老母鸡的温暖的翅膀渐渐长大,谁也没有把握把那些用机器孵化的小鸡抚弄长大。人们全拥进她的院子,挤进她的厦屋,伸手摸摸炕壁,瞧着炕上拥来挤去的雏鸡,出出进进,在小院里,在大门外的土场上,议论纷纷。

三间厦屋,只留一间作为她和建峰睡觉生活的用地,而把两间都辟做鸡舍了,三条大火炕,占据了两间厦屋的脚地,中间只留下一条小甬道。五百只小鸡"叽叽"叫着,吵成一片,屋里很快就出现了一股鸡屎的气味。

门前榆树上的榆钱绿了又干了,河川里的麦子绿了又黄了。紧张的夏收一过,炎热的三伏酷暑使庄稼人有空追寻阴凉的时候,那些女人们串门串到四妹子家里来,全都惊奇得大呼小叫起来。

多么可爱啊!用竹棍儿围成的鸡圈里,一片白格生生的雪一般的羽毛,在争啄食物,在追逐嬉戏,高脖红冠的大公鸡追逐着漂亮的母鸡,不避人多人少,毫不知羞地跳到母鸡背上交媾。整个小院里,全都用竹棍围成栅栏,只留下一块小小的空地。

四妹子热情地接待一切前来观看的婶婶和嫂子们,耐心地回答她们的询问,并不在意某个心地褊狭的女人眼里流泻出来的忌妒的神色。成功本身带来的喜悦和自豪,足以使人对一切世俗采取容忍和宽让的胸怀。

刚刚交上农历八月,一声震惊人心的母鸡的叫声从后院响起,四妹子掀开栅栏门,跑进鸡圈,惊吓得母鸡刮风一样奔逃。她跑到鸡窝跟前,那窝里有一个白亮亮的鸡蛋,抓到手里,这才看见,那粉白的蛋壳上留着丝丝血痕。她的眼睛被溢出的泪水模糊了,一个无法压抑的声音在心里回荡:开产了!开产了!

不到半月,三百只母鸡相继开始产蛋,从早到晚,母鸡向她报告下蛋的叫声此落彼起,不绝于耳。她把一盆一盆搅和好了的饲料撒进食槽,捧着一篮又一篮鸡蛋走出栅栏门来。她须臾也不敢离开屋院,真是太忙了。最迫切的一件事是,鸡蛋无法推销出去,堆在家里不行呀!

她终于和建峰商量决定,请老公公和婆婆过来帮忙。虽然婆婆帮她带娃娃,收鸡蛋,然而毕竟不是靠得住的。她要跟两位老人正式交谈一番,要两位老人靠实靠稳到她的小院里来照料内务,她隔一天两天就可以出去卖掉鸡蛋了。她在村子里的代销点买了蛋糕、卷烟、茶叶和酒,一共四样礼物,让建峰用挎包装着,走进熟悉的老公公的住屋里去了。

第二天一早,四妹子挑回一担水来,看见老公公蹲在台阶上抽旱烟,她忙招呼老公公坐到屋里,老公公却磕掉烟灰,捞起她刚刚放下的挑担要去挑水。她对他说:"爸,你腿脚不便了,让我去挑,你给鸡拌食吧!"

她告诉老公公,苞谷糁子、麸皮、鱼粉、骨粉和几种微量元素的配方比例,老公公说他记不住,还是让他去挑水好了。她不让,说:"爸,我要是出门卖鸡蛋,你还得喂鸡。其实不难,我给你把配方写在墙上,掺配一两回也就记住了。"说着,她动手示范了一下,在木缸里按比例放足了各种饲料,搅拌均匀,然后让老公公把饲料端进鸡圈去。老公公刚要动手推开栅栏门,她忙喊:"爸吔!在门旁边的石灰里踩一下。"

老公公回过头来,迷茫不解:"踩石灰做啥?"

四妹子说:"消毒。"

老公公不耐烦了,放下盛满饲料的盆子,索性走回来:"嫌我有毒?你自个送进去!"

四妹子笑了。老公公心里犯了病了。她笑着解释:"爸吔!我送进去,也要踩踏一下石灰。我每一回进鸡圈,都要过这一番消毒手续的。你老甭犯心病,这是防疫要求,不敢违犯。"

老公公好像听进去了,再次走向鸡圈的栅栏门儿,在石灰堆里踩踏了一下,端起盆子,走进去了。

四妹子挑着水桶走出门,忍不住笑了。老天爷,她在指拨着老公公啊!他居然听她的话了!他是吕家堡屈指可数的几个精明强干的庄稼把式,总是别人询问他的时候多,在乡村的庄稼行里,没有难得住他的活路或技术。他又是一位家法特别严厉的家长……然而她吩咐他要做的卫生防疫制度,他却遵守了。

四妹子再挑回一担水来。刚进街门,她听见老公公大声严厉地指使婆婆说:"在石灰堆里踩踏一下。脚上有毒。卫生防疫不敢马虎。记住,每回进鸡圈,喂食也好,收鸡蛋也好,不管我在不在跟前,都要在石灰堆里把鞋底子蹭一蹭。"

四妹子笑了。

老公公闻声扭过头,也不好意思地笑了,大声解嘲地说:"你甭看我老脑筋。我信科学哩!那年,政府把化肥送来,没人敢买敢用。好些人说,咱用大车给地里送粪,麦子还长不好,撒那么几斤白面一样的东西,还能指望长麦子吗?我买了用了。嚄,那一年,就咱家的麦子长得好!我信……"

吃了一点干馍,喝了几口开水,四妹子把两个垫着麦草的鸡蛋筐子绑在自行车上,对两位老人说:"十二点喂一次,五点钟再喂一次,按比例搭配饲料。鸡蛋要及时拾了,窝里堆得多了,就容易压破了。"说完,她把车子推出街门,儿子闹着要跟她去。婆婆好劝歹劝,才把那号啕大哭的小子拉扯走了。

四妹子跨上车子,清晨的风好凉爽啊!

十七

　　每天早晨,天刚放亮,老公公和婆婆就前后相随着来到四妹子的鸡场,动手清理鸡场里的脏物,打扫卫生,然后挑水拌料,像工人上班一样及时。有时候老人来的时候,她和建峰还在酣睡,听见老公公故意惊扰他们的咳嗽声,慌忙爬起,奔到院子,拉开街门门闩,把等候在门外的两位老人迎进门来,心里常常很感动。

　　建峰擦洗了脸,推动车子,匆匆走出街门,赶到桑树镇自己开设的电器修理铺去了。

　　四妹子隔上一天两天,就要赶到南工地去卖鸡蛋。这个南工地,实际是一家兵工厂,兴建之初,是建筑公司的南工地,工厂建成后,建筑工人早已撤走了,当地村民仍然不习惯叫兵工厂的名字××号信箱,仍然称作南工地。前几年,四妹子倒贩鸡蛋的时候,从来也不敢光顾这家兵工厂的家属院,宁肯多跑二十几华里路,送到人际陌生的西安东郊的工人聚居区去。南工地的大门口有警卫,而家属院的门口往往有供销社派来的干部,专门在那儿盯梢,抓获敢于偷卖鸡蛋的人……现在,南工地大门口外的水泥路两边,全是邻近村庄出售农副产品的农民,各种应时蔬菜、瓜果、鲜肉和鸡蛋,一摊紧挨一摊,沿着大路铺开下去。有人在路旁盖起小房子,出售生活用品;饭馆、理发店、酒馆,也开始营业了。四妹子到这里来出售鸡蛋,再不必担心供销社干部来没收鸡蛋了,真是感慨系之!

　　她隔一天顶多隔两天来卖鸡蛋,太费时了。把鸡场的繁重的劳动全都搁到两位老人肩上了。她与南工地的职工食堂的采购员认识了,达成协议,每天后晌给食堂送三十斤鸡蛋,每斤价格随着市场价格的浮跌而升降,一般低于市场一毛钱。食堂图得省事,又捡了便宜,又保证能吃到最新鲜的鸡蛋,四妹子也省去了整晌整天在那儿坐待买主的麻烦,两厢满意。她在后晌给南工地送一趟鸡蛋,早上和中午就能悉心照管鸡场了,也能使两位老人稍事歇缓了。为了确保这种关系得以持久,四妹子就用一只盒子装上三五十个鸡蛋,送给那位采购员。

　　四妹子养鸡获得成功,获得了令人眼热心热的经济效益,消息不胫而走,四处传扬。终于有一天,一位陌生人走进院子来了。

　　来人自我介绍说,他叫解侃,干脆叫他小解好了,他说他是城里报社的记者,专门采访她来了。四妹子听着介绍,把他递给她的记者证还给他,看着他白净的脸膛上,却蓄着一绺小胡须,黑茸茸的,头发披在后脖颈上,这是很时新的男青年的打扮。她突然仰起头,对正在拌料的老公公说:"爸哒!这位同志寻你哩!"说着,就从老公公手里扯过木锨。老公公迷惑地瞅着那位穿戴打扮与乡村人相去太远的青年人,坐到树荫下的小桌旁,一边招呼客人喝水,一边警惕地用眼睛瞄着他在兜里掏笔记本和钢笔。四妹子装作什么也不曾留意,在木盆里翻搅饲料,心里却想,老公公在家里是一尊至高无上的神,三个儿子和三个儿媳以及孙子们,都不能违拗他,他和晚辈人之间有一道威严的台阶。然而面对这样一个小小年纪的外来人,一个记者,老公公眼里除了警惕和戒备之外,还有一缕害怕的神色,是一种在佯装的大方掩遮之下的复杂的表情。她听见老公公和小记者很不顺畅的答问——

"老同志尊姓大名?"

"吕克俭。"

"多大年龄?身子骨还好吧?"

"好好!六十多了。"

"你什么时候开始想到创办家庭鸡场!"

"哦……大概在过年那阵。"

"你不怕……'砍尾巴'吗?"

"砍啥尾……巴?"

"资本主义尾巴。你过去受过砍尾巴的苦吗?"

"那……当然还是怕。"

"你又怎么克服的呢?"

"我……"

四妹子看见,老公公局促不安地搓弄着小烟袋,结结巴巴,鼻尖上冒出细密的汗珠子。他求救似的瞅一眼四妹子,希望她快出场,回答这个洋人的问询。四妹子偏是装作没看见,继续做自己的事。她听见,记者又问技术方面的事,怎样防疫,怎样喂食,怎样解决雏鸡死亡的困难……老公公终于不耐烦地站起来,从她手里夺过木锨,说:"你去给他说去!"

她应答了记者的提问,送走了客人。过了两天,县妇联主任和公社妇联主任乘坐吉普车来登门做调查研究,四妹子又把两三位女领导人引到老公公面前,要老公公回答她们感兴趣的一切问题,弄得老汉更加不好意思。直到妇联主任表示过关心之后,乘车离去,老公公迫不及待地责问四妹子说:"你这个娃呀!你办的鸡场,人家来了就该你应酬嘛!你把我推到人面儿上,我又不知道那些什么'温度''食量''成活率'的事,净叫我受洋罪……"

四妹子仰起头,装出一副傻样儿说:"凡是外面有客人来,理当你老人家接待应酬,这是咱家的规矩。俺小辈人咋能多嘴多舌……"

"呃……嘿!"老公公噎住了,反而说不上话来。他现在才明白了三儿媳妇的心计,意在报复他对她的二姑的那次不礼貌接待,她可真是心眼多端。老汉又一时不好意思否认自己的家规和家风,气闷闷地抽起烟来。

四妹子怕老公公真的犯了心病,又装作毫不介意地说:"爸吔!其实我是故意让你跟那些干部多接触接触。我看你总是怯那些干部。你接触多了,也就明白,他们是干部,可也是人,没啥好害怕的……"

那位记者的文章在报纸上一发表,四妹子的小院里就更加热闹了,好多有组织的代表团前来参观,从早到晚络绎不绝。县委书记和县长来了,大加赞扬,说她是他们领导下的河口县的第一个养鸡专业户,应该大大地宣传一番,她给全县的妇女蹚开了一条致富的门路,无疑是一个典型。有人要请她介绍经验。有人要总结她的最新材料。有人来说要写她的报告文学。有人要她填一张表,补选县人民代表……

她被热情的波浪包围着,冲击着。她不能离开屋院了,给南工地食堂送鸡蛋的事也办不到了,老公公主动承担了。

老公公第一次给南工地食堂送鸡蛋回来,把一根甘蔗塞给孙子,然后从内衣口袋掏出钱来,交给她。她从老公公手里接过钱的时候,突然想起刚到这个家庭以后,老公公给她五块钱并且因为她花掉了而闹出家庭纠纷的事。现在,老公公向她交钱了。

这天晚上,吃罢晚饭,一家人都在逗着小儿子取笑,四妹子从抽屉里取出五十块钱,对老公公说:"爸吔!你和俺妈给我帮忙整一月了,这是我给你们两位老人的工资,每人按二十五元一月,这是五十块。日后,养鸡场发展了我再给您增加……"

一家人全惊呆了。老公公瞅着她,半天才说:"这算啥话?啊?这算啥话!一家人,还发工——资?那我跟你妈不是成了你的长工了?"

婆婆也附和说:"你不怕人笑话吗?失情薄意的!"

建峰却不开口。

四妹子说:"我不能让您二老白干呀!社会主义的分配原则是:按劳取酬。您干了就该有报酬,这是合情合理的事。"

"哈呀!哪有老子挣儿子的钱这号事?"老公公说,"我要钱做啥?只要你们过得好……"

四妹子却毫不动摇:"你要是不受钱,我就不好让您二老继续干下去了。我就要另外在村里雇人……"

老公公更加吃惊,睁大眼睛:"你可不敢胡来!虽说目下政策宽了。雇人可是剥削,是共产党头号反对的事!"他自解放以来,最担心的就是怕被升格为地主——剥削阶级,而乡村里作为剥削的最主要标志,就是雇工。

"我不怕。"四妹子说,"我给人家开工资。我也不知道这算不算剥削。"

"既是这话,你先甭着急雇旁人。"老公公把五十块钱接过来,"我就收下这钱,免得你再雇旁的人来。日后万一有人追究起来,我说是给儿子帮忙,也留一步退路……"

过了几天,那位解记者又来了,询问鸡场的发展。四妹子却想,记者们消息都很灵通,就探问可不可以雇工和雇工算不算剥削的事。记者似乎还没有获得这个具体问题的权威答案,说得含含糊糊。由此却引出了四妹子给公公婆婆开工资的事,解记者大感兴趣,追根刨底,问得四妹子简直都无法回答了。几天之后,报纸上就有一条显赫的标题:媳妇给公婆发工资——中国农村家庭结构的质变。四妹子接到解侃寄来的报纸,看了,看得似懂非懂。她真服了这耍笔杆子的,一件在自己看来毫不起眼的小事,让他给分析出那么多的意思来,真是了不起!

这年到头,四妹子给两位老人做了一身新衣服,而且买回一台电视机。大年三十晚上,一家老少欢聚一堂,真是"春满乾坤福满门"。包完饺子,四妹子就说出了下一年的发展计划,她算了养鸡卖蛋的账,获利虽不少,还是不理想。她要买一台孵化雏鸡的机器,那利润比养鸡强多了,大多了。她说,政府现在宣传鼓励农民搞好家庭副业,好些乡村女人眼见她养鸡得了利,发了财,都眼热手痒了,来年春天的雏鸡无疑会是紧俏货。四妹子说:"这一步棋瞅准了,下手要早,单是忙前这一季,赚上万把块钱不成问题。"

老公公不由得愣愣地盯住了三儿媳妇,心里暗暗佩服。这个陕北女人对明年可能出现的小鸡热销的估计完全对头,趁此机会孵化小鸡是有眼光的。他想热烈地肯定儿媳的这"一步棋",临到开口时,却说成了这种话:"这步棋倒是看准了。我说嘛!要那么多钱做啥?就这三百母鸡,收入的钱够吃够穿够用了,算咧!一下子抓到那么多钱,万一日后政策上有个闪失,钱多反倒成了祸害了……"

"从目下形势看,政府号召农民挣钱发家哩!广播上从早到晚都在说这号话。"建峰插言道,"至于日后会不会变卦,怕是神仙也难预料。"他说这话,用的是一种不介入的清高语调,没有明显的倾向性。

"变了卦再说变了卦的打算,现在允许咱挣钱我就要挣。"四妹子毫不动摇,"爸哒!你甭怕,万一日后把我当新地主斗争,连累不了你的,你是我雇来的长——工嘛!"

老汉扭过头笑了。

"买下孵化器,就得雇人了。"四妹子说,"需要好几个人哩!"

"不敢!"老公公坚决反对,"共产党允许农民挣钱,可不准雇长工呀!这是明摆着的道理,你甭胡来。"

"那怎么办?"四妹子也不敢坚持,"可那孵化器,一装上鸡蛋,黑天白日不能离人,要控制温度,要翻捣鸡蛋。小鸡出来了,要喂食喂水,还要检查种蛋……"

"让建峰回家来帮忙。"婆婆说。

"我正在钻研修理电视机的技术哩!"建峰说,"我见不得那些毛草货!一看见鸡呀蛋呀,就烦,一听母鸡叫唤,脑子就晕了……"

"那……这样吧,让你大嫂二嫂过来干吧,还有那几个侄儿侄女,都能干活了。"老公公想出了万全之策,"一来可以免去雇工剥削之嫌,二来也成全了你的两个哥哥。你们的日子过得好了,也帮他俩一下。你大哥教书挣那几个工资,现时看起来就不如养一窝母鸡了……"

四妹子同意了。老公公的话,她不能不同意,那毕竟是亲兄弟啊!

新年的钟声响了,悠扬,雄浑……

十八

兄弟三家联合经营的养鸡场办起来了。

一台浅蓝色的崭新的孵化器买回来了。在靠着街门一侧的土打围墙前,临时修盖起两间油毛毡苫顶的泥皮房子,作为机房。第一窝雏鸡的孵化工作从选择种蛋开始,直到小鸡破壳而出,四妹子几乎寸步不离。春节前,当她产生了随之决定了要走这一步棋的时候,她就赶到二十里远的紫坡国营养鸡场去,在那里从选择种蛋到小鸡出壳看了一个全过程,她自己掏钱在国营养鸡场的职工食堂搭伙,无代价地跟班劳动,陪着值夜班的工人一起值班。现在,她在自己家里开始第一窝小鸡的孵化工作了。

她告诉侄女雪兰和二嫂,在电灯光下,可以看到蛋壳内有一个黑点的鸡蛋是受过孕的种蛋,而没有黑点的蛋是水蛋,孵不出小鸡来的。她告诉她们怎样控制孵化机的温度,直到帮她们辨识那只温度计上的刻度。侄女雪兰毕竟有点文化,多说两遍也就记住了。而二嫂则白眨着一双眼睛,今日刚记住一点儿,睡过一夜又忘了。这个骂大街一骂三天可以不骂重样话的愚蠢的二嫂,却是记不住机器上头那些旋钮的名称和作用,最后只好换由她的二女子小红来替代。四妹子带着两个侄女,终于孵出第一窝小鸡来,两个侄女高兴得把刚刚出壳的第一只小鸡抢来夺去,在她们的脸上抚摩,甚至用嘴亲那细茸茸的乳白色的绒毛。

对这件事最称心的要数吕克俭老汉了。

老汉从早到晚,没有闲暇的工夫。他搅拌饲料,打扫鸡圈,背上大笼到河沟里去挖水芹菜,那是母鸡最喜欢吃的青饲料了。挑满一笼青草,夕阳隐没,凉飕飕的山风吹着肌肤,老汉点燃一袋旱烟,在沟坎上美滋滋地抽着。看见自己三个儿子都成为吕家堡最富裕的家庭,至于自己要不要挣儿子们的钱,有什么意思呢?

这个三家联营的鸡场,把分裂的三兄弟三妯娌又扭结在一起了。老大在邻近的小学校教书,过去一直是食宿在校,周六才回到家中过礼拜,现在,他每天傍晚骑自行车赶回家来,匆匆吃一碗饭,就自动在鸡场寻活儿干,直到半夜。

老汉背起一笼青草,在夕阳余晖中,走下山沟来了,回去铡碎了好喂鸡啊!

四妹子却感到了一种威胁。她已得知,仅是这个不足两万人口的小小公社里,已经有三家农民办起了孵化场,看来瞅着这步棋的,不只是她一个人。竞争是明摆在眼前的。吕家堡村街巷里最显眼的墙壁上,并排贴着那三家出售小鸡的广告。而国营紫坡养鸡场的广告也派推销人员下乡来逐村张贴,什么"本场有十五年孵化小鸡的历史,经验丰富,小鸡健壮,成活率高达百分之九十八"等等。人们尊崇习惯,习惯是紫坡养鸡场的小鸡最保险了。

四妹子琢磨好久,找到大哥,把一厚扎红绿纸摊在桌上,让当教员的大哥书写广告。

她只考虑了一条:保活。凡是买四妹子家的小鸡,由四妹子负责指导饲养,负责治病,免费医疗,随叫随到。这一条,是最致命的一条。那些不懂小鸡喂养技术的农妇们,最怯小鸡死亡,而小鸡的确是难以喂养的。

这一条,不仅打败了另外三家竞争者,而且把紫坡养鸡场也打败了。他们无法取得农村女人的信任,她们一股脑拥到四妹子的屋院里来了,小鸡供不应求。有人宁愿等到下一拨儿小鸡孵出再买,而不想在旁的什么地方买。

四妹子因此却惹下了麻烦。那些从来都是依赖老母鸡的翅膀哺养小鸡的农妇们,总是不习惯于科学喂养小鸡,控制不了温度(这是关键),也控制不了食量,弄得小鸡常常发病,甚至死亡。她只得按广告上说的去做,给人家的病鸡治病。有时候刚刚睡下,有人来敲门,说是小鸡有毛病了,她就跟来人连夜赶到人家村子里去……由于她的指导,挽救了成千上万的小鸡的生命,四妹子的名声大震,农妇们简直尊称她为"鸡大王"了。随之成正比的是,她的小鸡的销路越来越好,令人鼓舞。

四妹子太累了,她销售出去的小鸡越多,她的负累也就越重,有几次,她不得不骑上自行车赶到七八十里以外的秦岭山根下,去挽救那些从她那儿买下的小鸡的生命。她很累,却不厌烦。她自己也搞不清哪儿来的这样高的心劲。她只是确凿地意识到了,自己能挽救十只小鸡的生命,反过来就可能增加一千只小鸡的销售量。虽然治病跑路不要钱,而更大的收入却早已流进了联营鸡场的账本。她受到那些接受她施治的家庭主妇的最热情的招待,常常使她处于一种扬眉吐气的愉快心境中,听着那些推心置腹的又是啰啰唆唆感激恩的话,四妹子一次又一次觉得她这个异乡女人在当地人中间活得像个人了。有一次,在本村给一位妇女的小鸡治病,而那位妇女的丈夫曾经是吕家堡党支部的宣传委员,他领导过对她的贩卖鸡蛋行为的批斗,而且说话十分尖刻。她恼恨他。她现在给他家的小鸡治病,特别用心,当她第二次专心用意询问小鸡病情的时候,那位主妇眉开眼笑,一面夸她技术高明,心肠也好,一面就数落那个男人,屁事也干不响,连人家个妇女都不如。四妹子心里十分痛快,一种得到报复的舒悦。

家庭内部的矛盾却在她东颠西跑的时日里酝酿着,像乌云在迅猛地凝聚。

这一天午后,五月的骄阳悬在头顶,火一样的阳光炙烤着已经变成了黄色的麦穗,紧如救火的夏收即将开始,应该准备镰刀了。四妹子骑着自行车,在浑如金碧辉煌的麦海里穿行。她的心情十分好。她是胜利者。她绝对压倒了三家竞争对手,出售的小鸡高过他们一倍,收入自不在话下。该当暂时告一段落了,一当开镰,庄稼汉男女就没有空闲和耐心去侍弄那些弱不禁风的小鸡了。她的孵化器里的最后一茬小鸡今天开始出售,售完了今年就该收场了。

她把车子撑在门外,防备后响又有什么人来请她去防治鸡病,走进街门,连一口水也顾不得喝,端直向孵化房走去,不知今天售出了多少小鸡?必须在搭镰收麦之前把这一茬小鸡销售完毕。她走到小窗下时,猛地刹住匆急的脚步,那里头正传出肆无忌惮的嘲骂她的声音,她的大侄女雪兰和二侄女小红伙同她的二嫂,三个人一唱一和,正说到热火处——

"咱是长工。"二嫂的声音,"人家从早到晚骑上车子满天满地游逛,咱给人家从早到晚熬长工。"

"本来就是个野货!"雪兰的声音,"山蛮子!不懂规矩!白天黑夜骑着车子跑,谁知能跑出啥好事来……"

"能登报受表扬嘛……"小红说。

"怕是单为登报,单为卖鸡儿不会有这么大的精神吧?一个山里野女人……"二嫂说。

……

四妹子的脑子麻辣辣地疼,像接连挨了几棍。她像受到突然袭击的野兽,不假任何思索,扑进门去,一句话也说不出口,迎面就在二嫂的那张嬉笑着的胖脸上打了一拳。不等那张脸反应过来,又一拳砸上去了,鼻血涌流下来。

最先反应过来的是小红,一看妈妈挨打,立即蹦起,在四妹子第三拳还未落下之前,就把她推到一边了。小红随之扑上来,和四妹子扭打在一起。她扯着四妹子的头发。四妹子扯着小红的前襟。小红的前襟刺啦一响,两只从未见过人的小乳房亮了出来。她羞了,一狠劲,把一撮头发从四妹子的头上拽下来了。

小红的妈妈已经反应过来,母狼一样扑过来,抱住四妹子的一条腿。四妹子猝不及防,摔倒在地上的木槽里,小鸡被压死一片,她也不顾了,因为她的裤子被扯破了,一只手抓向她的下身,一阵钻心疼痛之后,就昏死了。

吕克俭正在清理铡草场地,听见声嘶力竭的叫骂声,扔下长柄竹条扫帚,颠跑过来,刚踏进孵化室的小门,就瞅见一副惨不忍睹的景象:孙女小红被扯破了衣衫,裸露着胸膛,二媳妇被血水糊浆的脸孔,大孙女儿雪兰披散头发,嘴角淌血,三媳妇四妹子被撕光了裤子的屁股下鲜血斑斑,屁股下压着被踩踏死掉的小鸡……吕克俭不由得怒吼一声:"都不要脸了吗?"

……

克俭老汉扛着一把双刺镢头,一只手提着装满开水的瓦罐,头上戴一顶由黄变黑的蘑菇帽儿,走出街门,走过村巷,沿着吕家堡背后的山沟走上坡去了。夏收以后,吕家堡生产队的土地按照人口重新分配到户了。尽管他觉得不敢相信世事会发展变化到这种地步,还是不失时机地用牛把那两块稍微平缓的坡地犁了一遍,剩下两块陡峭的坡地,黄牛拖着犁杖是难得站立得住的,只有靠他用头去开挖。挖开地表一层,曝晒整个一个伏天,杂草晒死了,生土晒成熟土了,地表松软了,秋后好播种小麦啊!

兄弟三家联营的养鸡场散伙了。成千只正在产蛋和即将开产的母鸡全部卖掉了。从早到晚不绝于耳的"咯咯咯"的叫声没有了。吕克俭老汉早已离开三儿子的屋院,重新回到自己的老窝,连同他的老伴。想到那鸡场的红火走运的日子,真是令人叹惋,简直不堪回首,却无论如何又忍不住回味。

挖下一镢头,翻起一块巴着草根的干硬的土疙瘩,一下一下挖下去,身后就摆满了大小各异的黄袍色的土块。即将进入三伏的太阳,像一个正在燃烧的火盆扣在背上,汗水滴在脚下刚刚挖起来的干土块上。干得累了,他提着镢头,缓缓走到沟坡边沿一棵山榆底下,扔下镢头,抱起瓦罐,咕嘟嘟灌下半罐子凉开水,坐在花花拉拉的阴凉里,掏出烟袋来。老大太诡了!诡到这种不顾乡邻口声的地步了。他在心里怨愤地咒骂大儿子。

将鸡场现存的全部母鸡卖掉的主张,是大儿子提出的,将孵化器也卖掉了。除掉归还贷款,将所有盈余的利润,全部按劳力分配。这个分配方案一提出,老二和他的女人立即表示积极拥护,三媳妇只能少数服从多数,一个指头扭不过五个指头。按这个办法分配下来,老大的女人和女儿雪兰,老二的女人和女儿小红,自然都按两个劳力参加分配,老大本人因为每天放学回来参与鸡场劳动,也争得了半个劳力参加分配。这样,老大一家有两份半劳力,老二一家有两份,只有老三媳妇四妹子单臂独手,仅仅占了一份。每当想到这个悬殊巨大的分配结果,吕克俭老汉就十分懊恼,甚至痛恨自己,千不该万不该,不该在当初把老大老二拉扯到三媳妇的养鸡场里去。好心干下了蠢事,亏了人家三媳妇哇!人家四妹子辛苦一场,好心一场,结果把钱全让两个狠心的哥哥和嫂嫂挖去了,太不仁不义了哇!

克俭老汉现在十分厌恶自己的大儿子。在算计分配方案的家庭会议上,老汉万万没有料到,大儿子从制服口袋里掏出一个蓝皮本本来,当着弟弟、弟媳和侄女儿的面,流水般念着他在周日和每天后晌在鸡场参加劳动的时间,甚至细密到从几点几分干到几点过几分,一天不落,一分钟不差。这个突兀的举动,令弟媳、弟弟和侄女们目瞪口呆,然而最感意外的还是克俭老汉自己。老汉死瞪着眼瞅着大儿子不紧不慢地读着,翻过一页又是一页……他忽然觉得不认识这个大儿子了,与几十年来心目中那个知书识礼的先生判若两个人了。

老汉死瞪着眼睛瞅着那个蓝皮本本,压着厌恶的火气忍耐着,听大儿子像给学生念书一样念着枯燥的时间流水账,心里骂,真是爱钱不顾脸啊!怎么好意思拿出这个狗屁本本来念呢!老汉死瞪得眼花了,那蓝皮本本变幻成一只脱毛烂肉的死老鼠,多看一眼就令人心里作呕。

真是亏了三媳妇四妹子,挨了肚里疼,有苦说不出。人家娃娃辛辛苦苦创下的家业,全让哥哥嫂嫂们分赃盗包一空了!

酷伏天气,塬坡沟壑间流荡着炙人的热浪。天空灰蒙蒙的,却又不见一丝云彩。草叶枯焦了,沟道里的泉水断流了。他望着河川里一绺一绺分割开来的田块,顿然悟觉到自己犯了一个深重的过错,拍打着额头,独自叹惋着——

天下之大,世事之纷,总归还是古人说的有远见,分久必合,合久必分。而今正是分的趋势。地分了。牛分了。吕家堡的公有财产包括大队办公室的房子都折价分配给个人了。现在的人心是朝着分字转,分得越小越好,分得越彻底越满意。在这样大水决堤般的时势里,自己却逆时背向,把已经分了家的三兄弟联扯到一起,岂能有完美的结局?岂不愚蠢透顶!

吕克俭老汉虽然一再叹惋自己审时度势中的失误,却并不减轻对大儿子的厌恶情绪,即使"分"字下带着"刀",你毕竟是教育人的先生呀!怎么好意思从自己亲兄弟的碗里抢肉吃呢?你自个不仁不义也罢了,反而把老人也装进口袋了,抹成五花脸儿了,让三媳妇四妹子会产生疑心,说你们爷儿们合谋算计俺……

老汉几次踅摸到三儿子的门前,没有勇气走进去,见了老三家的怎么开口说话呢?他只是叮嘱老伴,让她去多多宽慰三媳妇……可自己这样长久下去也不是办法,终究放心不下。

他瞅着塬坡下的吕家堡,静静地贴在小河南岸的坡根下,浓密的树梢中露出新房旧屋的脊瓦。村子西边收割过麦子的空地上,一拨一拨人在拉车运土,那是新近划拨的庄基地。在秋收前的三个多月农闲时日里,可以修盖新房。那一片变得很小的人里头,有他的两个儿子,老大和老二,老大利用暑假,正带领全家人在挖垫地基,准备盖造新房了。老二也辞了合同,领着老婆娃娃,和老大竞赛似的干着。他们都有钱了,都要盖置新房了……唉!

十九

四妹子躺在炕上,平心静气地养伤。她一来是养愈被嫂嫂和侄女抓破的皮伤,二来是想躺下来歇息一下。她太累,骑着自行车没黑没明地跑,跑了整整一个春天,半个夏天,真是太累了。

建峰暂时封闭了在桑树镇上开设的电器修理铺的门板,回到家里来,专意侍奉她。他笨拙地给她端水、倒水,坐在炕边上,口齿拙讷地说着宽心的话。他把他在桑树镇修理电器挣下的钱悉数交给她,企图弥补她被两位哥哥坑去的资财。她笑笑,摇摇头,示意她并不在乎那些损失。他们是他的亲哥哥,一个奶头下吊大的亲兄弟,他对他的两位见钱黑心的哥哥无可奈何,也不好在她面前过多地谴责他们的不光彩行为,只是一心一意盼她尽快康复。她不断听到他的真诚的劝慰:"算咧!你为咱家受够苦了,现在该当享点福了。我在桑树镇修理电器,收入还可以,保险养得住你。你就跟我到桑树镇去,管点零碎事,免得再东颠西跑,咱们也能日日夜夜在一块……"四妹子听着,心里很舒服。

一位副县长来看望她。县长说他听到四妹子的鸡场垮台的消息,十分震惊,大为惋惜。这个全县最早出现的专业户,正是目下县政府要在全县推行的榜样,想不到竟然垮台了。县长询问垮台的原因,四妹子不想再诉冤枉,就漠然笑笑,搪塞过去,使县长终究不得其解。县长说,一定要总结经验,重搭戏台另开锣,绝不能让全县的第一个养鸡专业户垮台,影响太坏了。他征询四妹子的意见,需要什么机械,需要什么物资,需要多少资金,他都一手包了,负责给她优先解决……她只是感激地笑笑,说她什么也不要。

县长不解地瞅着她,说因为政府刚刚开展发展专业户的工作,好多好多人都要求贷款,各级银行应接不暇,而四妹子却把送上门来的好事一概拒绝,是不是灰心丧气了?四妹子仍然笑笑,说她还要过生活,也还要做事的,只是暂时还不需要钱。

县长临走还叮嘱她:"什么时候有了困难,物资的或钱款的,只需给我打个电话……"

记者解侃也闻讯赶来了。

他是个急性子,又是个热心肠,急头急脑地抹着汗,就追问起鸡场倒闭的经过。四妹子仍然轻描淡写地说说,并不掏根兜底儿。这使解记者很着急,甚至激动了,说他可以把她的委屈公之于世,动员社会舆论的强大力量,惩罚破坏专业户的人。如果需要到法院打官司,他可以出庭作证。

解记者仗义执言的热血心肠,依然没有打动四妹子的心,她还是淡淡地笑笑。她被他逼问急了,只是说:"没啥!权当我没挣钱,权当我尽了义务,权当像过去偷贩鸡蛋被没收去了……"

解记者默然了,点燃一支烟抽起来,这篇文章怎么写呢?往昔里,他第一个发现了吕家堡的四妹子,把她作为一个经济变革时期的典型人物推上了报纸,成为本报宣传的第一个专业户。这个新生事物的报道,产生了广泛的影响,提高了他在报社的威信,那篇通讯稿在全国也算较早报道专业户的有影响的文章之一。几年里,关于四妹子的发展,他写过不下十篇通讯了。她买下电视机,他就及时写下《庄稼人也能看电视了》。她买了一辆轻型凤凰自行车,他就写下一篇《凤凰飞进寻常百姓家》。她买了孵化器,他就写下风趣十足的通讯《电母鸡》等等。

现在,他该写她的什么呢?写她破产吗?前不久他刚发表过一篇《三兄弟联合办鸡场》的通讯,说扩大了生产的农民有自愿组织联合再生产的趋势云云。

解侃说:"你详细地把鸡场倒闭的过程说说,自己可以总结经验教训,我也可以找出一些规律性的东西,对正在兴起的专业户都有好处……"

四妹子说:"我不想总结了。鸡场倒闭了算了。我不爱为过去的事情伤脑筋。过去了的事,我全都不管了。我只想日后的事该怎么办?"

解记者忙问:"那好,你谈谈日后的打算,也好哇!"

四妹子笑笑:"暂时保密。"停停,她有点不好意思地说,"你以后甭写我了……我是个农村妇女……你写我写多了我不好受……"

解侃不无遗憾,不无丧气,真没办法。

四妹子静静地躺了三天,伤不疼了,体力也恢复了,有点躺不住了。三天来,建峰围着她打转转,表现出一种笨拙的又是真诚的关心。她向他招招手。他顺从地走过来。她指指炕边。他顺从地坐下。她努努嘴,向他撒娇了。他抱住她,亲着她。

她说:"建峰,你不嫌怨我闯事惹事吗?"

他憨厚地笑笑,把她搂得更紧了。

她说:"我想起我自小受苦,从陕北来到关中,我……真想哭,又……哭不出来。"

他听着她在他胸前嘤嘤地说着,自己倒先流出泪来了。

这当儿,院子里响起一声咳嗽,是老公公给他们打招呼,老掌柜的要进晚辈人的屋子了。她挣脱开他的搂抱,俩人端端正正坐着。

老公公走进厦屋,坐在木椅上,沉默半晌,才问:"好些了?"

她说:"好了。"

老公公说:"噢!好了就好!"

四妹子忽然感动了。这是踏进吕家门槛几年来,第一次听到老公公知疼知冷的话。平素里,老公公摆一副家庭长者高不可及的威严架势,吝啬到从不说一句问候儿媳的话,总是由婆婆来传达他的关照。老公公终于走进她的卧室,问候病情来了。她忽然想到亲生父亲,那个比老公公更穷然而却和气得多的大大!

"过去的事,甭想了。"老公公说,"千错万错都怪我……"

"根本不怪你,爸。"四妹子忙说,"我早都不想它了。自打那天晚上分配完毕,我就不想了,吃亏也罢,占便宜也罢,就这一回了。我已经不想它了。"

"不想了就好!"老公公说,"日子怎么说也比以前好过了。"

"爸吔!"四妹子叫,"我想跟你商量一件事。"

吕克俭老汉仰起头,期待着。

"我想承包大队那个果园。"四妹子说,"需得一个看门的可靠人手……"

建峰瞪起眼:"你还不死心呀?啊呀呀!我还怕你伤心哩!你这几天躺在炕上原是盘算这号事……"

四妹子说:"我盘算了三天。那果园百十亩地,苹果、梨和葡萄刚挂果,队里管不好,现在又要承包出去。甭说现有的果树,单是利用这块地养鸡养蜂养奶牛,想想会弄出多大的世事!"

吕克俭老汉惊呆了,半天说不出话来。三天里,他沉浸在一种难言的痛苦当中,替三媳妇四妹子难受,谁料想她本人并没有伤心伤情,而是在谋划着承包大队里那百亩果园的事。哦呀呀!这个陕北女人,真厉害!

"这回——"四妹子说,"我要正儿八经地雇用工人,按月开销工资。果子未上市前,工资暂欠,果子一上市,按月照发,我要……"

"保险能赚钱吗?"吕克俭老人不无担心,"大队里决定果园承包半月了,没人敢应承,听说人都怕烂包……"

"全在自己管理哩!"四妹子说,"我这几天划算来划算去,怎么划算都划得来。爸吔!你只要答应给我看大门,旁的事就甭操心了。"

……

夏日的傍晚,夕阳涂金。

四妹子走在宽阔的柏油公路上,旁边走着她的男人建峰。他俩岔开公路,走上通往果园的土石大路。他不放心她病愈出门,陪她走着。

苞谷苗子铺满大地,渠水欢快地流泻着。公路两旁高大的白杨迎风起舞,蓝天涂一抹艳丽的晚霞,几朵白云也染成红色了。

"你还舍不得那个电器修理部吗?"

"当然,你也是舍不得果园呀!"

"好,各人干各人的吧!"

"唉,你总是跟我合不到一条辙上!"

土石大路两边,绣织着野草、马鞭草、萱草和三棱子、香胡子,拥拥挤挤地生长在路边上,车前草却居然长到路中间来,任车碾马踏人踩,匍匐在地上,继续着自己顽强的生命。

四妹子拔起一株车前草,对建峰说:"这草叫什么名字?"

"车前草,你也不认得?"建峰不屑地说。

"这草——"四妹子说,"叫四妹子。"

建峰眨眨眼,理会了什么似的,没有开口。

四妹子走到果园的木栅门口,忽然又想起妈妈给她掏屎的痛苦情景,那令人毛骨悚然的可怕的谷糠饼子啊!

她回瞧一眼建峰,走进果园,一眼望不透的苹果树、梨树和葡萄藤蔓……她张开双臂,大声喊:

"砸不烂的四妹子,又闯世事来了……"

1986 年 8 月草改于白鹿园

十八岁的哥哥

一

刷——刷——刷——

一张粗铁丝编织的双层罗网,用三角木架支撑在沙滩上,他手握一把被砂石蹭磨得明光锃亮的钢皮锨,前弓后踮着腿,从沙梁上铲起饱饱的一锨砂石,一扬手,就抛甩到罗网上,于是就发出这种连续不断的、既富于节奏而又沉闷单调的响声。

经过规格不同的双层罗网的过滤,砂石顺着隔板,分路滚落到两只同样用粗铁丝编制的笼筐里,细沙透过双层罗网的网眼,丢落在沙地上。笼筐里的石头装满了,他把铁锨插在沙堆上,一猫腰,提起笼筐,跨开长腿,甩着左臂,扭着犍牛犊一般强健的身躯,走上沙梁,哗啦一声把石头倒在石头堆子上,直起腰,从脖子上扯下毛巾,擦拭脸颊上的汗水。

太阳即将出山的这一瞬间,秦岭的群峰沉浮在玫瑰色的霞光里,山峰陡峭挺拔的雄姿顿然变得模糊了,线条柔和了,面目朦胧了,和玫瑰色的天空融合在一起了。蓝莹莹的细细的流水,冬季里裸露的沙滩,落光了叶子的杨柳林带,霜花蒙蒙的麦田,也都沐浴在瞬息万变的霞光里。整个河滩宽阔的沙地上,罗网林立,铁锨闪光,砂石撞击罗网的刷啦声响,杂乱而又刺耳,和这样瑰丽的初冬清晨的美景极不协调地统一在一起。

他把倒掉了石头的笼筐重新搁稳到罗网下面,往掌心喷一喷口水,双手搓一搓,掌心里发出嚓嚓嚓的响声,茧痂和茧痂搓摩,竟有这样粗糙的声响,铁锨木把儿在他手掌上开始留下劳动的印记了。他有趣地笑笑,捞起铁锨,低头铲起一锨砂石,扬手抛甩到罗网上。

一切都显得十分简单:抛沙取石,卖石头挣钱。只需给手心喷上唾液,攥紧锨把儿,使足劲儿,出力流汗就解决一切问题了。不要精心的谋划,也不必过细的算计,只要一天三顿塞饱肚子,胳膊上有源源不断的力气产生出来就行啰……绕口的数学公式呀,冗长的政治名词的概念呀,堆积如山的数理化习题呀,令人惶惶不安的频繁的考试呀,都像脚印一样留在身后,遥远而又冷寂了。他——十八岁的高中毕业生曹润生,作为一个年轻的庄稼汉,加入到曹村庄稼汉们庞大的劳动大军中来了。

一切既显得简单,也很自然。

他背着书包,车架上捆绑着被褥卷儿,网袋里装着脸盆、牙具和杂物,涉过小河,从五里镇中学回到曹村来了。

父亲在门口的槐树下,正用一把铁梳子给黄牛梳刮着皮毛,抬起头,淡淡地问:"念完了?"

"完了。"他说,也是淡淡的口气,"毕业了。"

"大学……考得咋样?"

"不咋样。"

父亲就不再问了,继续用铁梳子梳刮黄牛卧圈时粘在臀部和肚皮上的粪痂和土屑。他只精通作务庄稼和养育牲畜,连自己的名字也写不到一块的粗笨庄稼汉,对于儿子念书和考学的事,大约连问询的话题也找不出来……

一月后,他接到一封信,那是高等学校统考成绩通知单。他看了一眼,就塞到裤兜里去了,结果是羞于让人再看一眼,或者告诉他人的。

"润娃,心放开!"父亲显然猜透了信的内容,不用询问,就朗声宽慰儿子,"而今考大学跟中状元一样,太难咧!听人说,咱小河一川几十个村子,只考中了一个女子,人说那女子连着考了三年才得中……"

"嗯……"他不置可否地应着。

"你要是不死心,再念一年,明年再考一回,爸供给你。"父亲说,"爸做那几亩庄稼,还成哩!"

"不咧!"润生苦笑着摇摇头,口气却是坚定的。他的高考成绩离得那个录取的分数杠儿,距离太远了。他看着父亲皱皱巴巴的脸颊上的笑纹,反倒难受了。是啊!他供给他念到高中毕业,花了多少钱哪!而他却把好多时间抛洒在五里镇中学的篮球场上了,他断然说,"不用补习了,爸。"

"那也好!而今做庄稼,日子也好过了。"父亲轻松地笑着,仍然在替儿子宽解。在他看来,年轻人都想通过念书考试而进入城市,达不到目的的就三心二意,连做庄稼也觉得没意思了。他说,"你看看,天底下的庄稼人有多少……甭在心!"

他和父亲在自家的责任田里秋收,掰苞谷,掐谷子,随后就在收获过庄稼的田地里播种下了麦子,当秋收秋播的忙季一过,父子俩闲下了。

"得寻个活儿干呀!庄稼人怎能闲吃闲坐呢?"父亲在灯下抽着旱烟,"整整一个冬天,整整一个春天,到搭镰割麦,地里没活儿。润娃,你得搞个营生呀!"

润生靠在炕边,他早就想着自己该干的营生了。五六亩责任田,不够父亲一双手收拾。家里那三十多只母鸡,属于母亲的宝贝,用不着他经营。黄牛生下一头母牛犊,母猪产下的十二只小崽,那是父亲的爱物,更不必他插手抚养。鸡呀,猪呀,牛呀,这些东西,他全无兴趣,见着都觉得烦!他喜欢蜜蜂,早就想着有一群蜜蜂,春天到南方,夏天到北方,搭火车,乘汽车,天南海北去放蜂,去赶花。那些嘎嘎嘎叫着的笨拙的母鸡,那肮脏的丑陋的老母猪,那行动迟缓的老黄牛,有什么意思呢!那金色的蜜蜂,嗡儿嗡的,酿出雪白的或金黄的蜜来,够多有趣啊!

"我早想好了——"润生看父亲一眼,胸有成竹地说,"我要养蜂,爸,我把一本《养蜂学》看得快要背过了。"

"哪来的本钱呢?"父亲总是切实地想问题,"一箱蜂要七八十块钱,咱能买起几箱呢?养得少,划不着;养多,又没那么大的本钱……"

"给我买一张罗网。"润生早有打算,"我下河滩捞石头,挣下钱来买蜂。东杨村俺同学家养了十群意大利蜜蜂,他爸不会管理,没赚着利,不想养了。我想把他那些蜜蜂连窝端过来。我今年捞一冬石头,挣的钱差不多够了。"

"你爱弄,就去弄那蜂儿去。"父亲从来不违拗儿子,总是顺着儿子的兴趣。他生过六个女子,五十大关上才得到这么个宝贝儿子,爱子之心可以想见了。况且,曹村的曹安勤就养着一群蜂,走南闯北,赚得一把好钱。儿子养蜂是正经营生,不是玩狗耍鸽子的二流子行径嘛。他说,"你去捞石头吧!挣下钱你自个攒着,给你买蜂去。要是不够,爸卖了这窝猪娃,给你添补……"

他扛上铁锨和罗网,走出自家小院低矮的门楼,下了场塄,下河滩来了。河滩里刚刚落下头一场小雪,冬小麦嫩绿的叶尖翘在薄雪上头。像河岸两边的庄稼人一样,在宽阔的沙滩上,选择一道石头多的沙梁,用三角木架支撑起罗网,用铁锨抛起第一锨砂石,石头撞击崭新的铁丝罗网的第一声响亮的声音,新奇而又陌生,长久地留在他的记忆里。

沙滩上拥挤着多少人啊,男人女人,壮汉青年,有的是一人一张罗网,有的是父子、夫妻合着一张罗网,摆开架势,抛沙取石。整个河滩上,都是石头撞击罗网的杂乱的刷啦声。土地下户了,冬闲了,多数找不到挣钱门路的人都下滩来了。这种劳动平稳,不需要四处奔波,一天三顿可以吃到自家锅里的热饭,晚上能在自家的热炕上歇息。不要投资,不要底本钱,只需花十几块钱买一张机器轧制的罗网就行了。不用任何人号召、动员,秋播一毕,庄稼人挂了犁、卸了铧,扛上罗网走下村前的河滩里来了。这儿是一个取之不尽、掏挖不竭的天然采石场,可以容纳一切人。

他没有烦恼,倒是很踏实地在曹村门前的沙滩上撑起了自己的罗网。他学业平平,只是个中等生,对于参加高考,本来就缺乏一定要考中的狠劲,结果自然是早可预料的。因为所望不高,失败时也就减轻了痛苦的程度。他喜欢蜜蜂,那个神秘的王国比什么大学现在都令人动心;他喜欢养蜂人的生活,天南海北去赶花采蜜……为了尽快地把东杨村那十群蜜蜂买过来,他现在必须埋头苦干,拼命抡动铁锨,从一锨一锨抛起的砂石中,挣下买蜂的钱来!东杨村那个同学他爸,简直是个大笨熊,把二十多箱可爱的金黄色的意大利纯种蜜蜂,弄死了大半,太可惜了……到他攒下千元款项的时候,就要把那十箱蜜蜂连窝端过来。那时候,他就扔下铁锨和罗网,离开这冬季奇冷而夏天特热的沙滩了……

刷——

曹润生抛着沙子。他穿一件蓝色秋衣,短头发的运动员平头上,热气蒸腾,红润润的脸膛上流着汗水,可胳膊上并不困乏。下河滩近一月来,最初的不适应重体力劳动的时期已经过去了,双手已经磨出厚硬的茧痂,无论速度和耐力,乃至捉锨扬沙的姿势,都完全可以与任何一位庄稼汉相抗衡了。在篮球场上训练出来的四肢,灵活而轻便;膀阔腰细,行动敏捷,连抛沙提笼倒石头的动作,都带着投篮时的优美的姿势。

他抹一把汗,欣赏着不断增高的石头堆子,嘴角露出得意的而又不满足的微笑,像球赛时瞥一眼记分牌上的积分数字的神气。这时候,一辆天蓝色的大卡车呜呜吼叫着,从河滩麦田间的白杨甬道上开到河岸边来了,这是今天早晨头一辆开到曹村河滩来的装载砂石的汽车。他扔下铁锨,迎着汽车奔去,有好多人已经从河滩的各个角落蹦起来,朝着汽车开来的方向奔跑。激烈的竞争出现了……

二

沙滩虽远离村庄,却不是世外桃源,竞争比在责任田里表现得更趋表面化、尖锐化。一家一户的责任田里,谁家的麦子长得好,谁家的棉苗齐壮,那得凭作务技术,默默地进行比赛和竞争,沙滩上不一样喽!不光是看谁的石头捞得多或捞得少,那只能是成功的一半,甚至是少一半;关键的关键是能不能及时地将汗水换来的石头卖掉;只有把石头装进大卡车或拖拉机的车厢,从驾驶员手里接过那一张盖有公社砂石管理站紫色条章的发票,那时才能心地踏实地说,汗水洗出来的人民币,切实地装进腰包了。石头捞得再多，堆在沙滩上不能卖掉，那只是一堆石头，不是票子！而一旦赶春节前后不能出手，小河在阳历四月就进入汛期，倘若一场洪水漫下来，汗水就算白流了。

每有一辆绿色或蓝色的卡车拐进河湾，就有一伙青年或老年的捞石头的庄稼人丢下铁锨，奔跑过去，汗渍斑驳的脸上做出巴结乞求的笑颜，捷足先登的小伙子一步跃上踏板，把早已点燃的香烟塞进司机的嘴巴，几乎千篇一律地重复着一句话："师傅，咱的石头，干净得跟水淘过一样……"

曹润生跑着，跑着，沙地上软绵绵的，跨出一步，软绵的沙子又把人滑回半步，全不像又硬又光的篮球场跑起来舒服。他也要卖石头，他必须参加这种竞争，他气喘吁吁地跑着，跑着，终于在半道上收住了脚步。晚了！已经有三四个人先后拦住汽车了，把汽车驾驶楼两边的窗口挤满了，自己起动得太晚了。他扭返身走回自己的沙梁，却听到粗壮的嗓音在吵闹，在对骂，进而动起拳脚了。好多人纷纷朝汽车跑去看热闹。润生也缓缓地跑过去，想看看究竟，谁和谁打架呢？

呀！五十多岁的长才大叔，鼻孔和嘴巴全给鲜红的血浆黏糊住了，怪怕人的。他坐在沙地上，双手死死地抱住一个名叫曹占孙的青年的右腿，嘴里叫骂着。曹占孙根本不在乎，嘴角叼着纸烟，眼睛瞟瞅着天空，一副傲慢而又蛮横的神气。

问题并不复杂，长才大叔和占孙大约同时奔到汽车跟前，占孙腿脚灵活，一跃就跳上汽车的踏板，肩膀把笨手笨脚的长才大叔撞倒了，跌扑在汽车旁边，差点给车轱辘压住腿脚。长才大叔慌忙爬起来，照着占孙的屁股踢了一脚，占孙反手一拳，打得他鼻血如注……奇怪的是，好多人围在汽车周围看热闹，却没有人动手拉架，长才大叔自知不是小伙子占孙的对手，没有敢再还手，就抱住他的腿脚不放，僵持着。为了出售自家的石头，争争吵吵的事时有发生，谁也不愿意介入到与自己关系不大的纠纷中去，冷漠地看一看，纷纷走散了。有几个人竟然围住司机，在缠磨，全然不顾这两个因为争执而发生冲突的人。司机坐在驾驶楼里，哑着烟卷，谁也不瞅，漫不经心地瞅着前头的沙滩，嘴里放出烟雾来。看着司机那副冷漠的架势，润生心里憎恶起来，瞧你那个架势！你下车来劝解一句，会劳你多少神呢？

润生看看长才大叔血糊糊的嘴巴，走上前，拉扯他的手臂，用一种自己也莫名其妙的大人们的口吻劝解："算咧！算咧！乡里乡亲，甭失了和气……"是啊，在学校里，班主任常常给他们讲文明道德，要尊重别人的人格，要尊老爱幼，要有礼貌……可是在这河滩野洼的地方，谁讲这些道理呢！

"叫他狗日的把我打死！我早就活得烦咧……"长才大叔喊着骂着。

"打死你？我划不着账哩……"占孙仍然傲慢地说。

长才大叔双手死死地抠在一起，掰也掰不开，润生一时找不到更有用的话劝解，作难了。他想对占孙说:你占了便宜,少说几句气话吧!或者道歉几句,长才大叔也就有脸从地上爬起来了呀!偏偏是占孙不买账,打了人还不松口,曹润生在心里憎恨那张蛮横的脸了。

"谁个叫曹润生?"

润生放开手,转过身,看见司机从驾驶楼的窗口探出头来,正在呼喊他的名字。怪!这位满脸络腮胡须的司机,从来没见过面,他怎么知道他的名字呢?润生愣愣地瞅着司机,说:"我就是。你找我……"

司机喷出一口烟,盯着他,问:"你的石头在哪儿?"

"下边……"润生愣愣地指着自己石头堆子所在的方向。

"装你的石头。"司机缩回脑袋,"走,引路。"

这是怎么回事呢?润生看见,围在汽车跟前纠缠司机的几位乡亲,全用一种探询的眼光一齐瞅住他了。润生明白众人那眼神里包含着什么意思:只有暗中行贿买通了什么人,才有这种指名道姓要装你石头的美事。可是,他没有给任何司机送过礼,也根本不认识公社砂石管理站的任何一位干部,这是怎么回事呢?

在这样的场合,遇见这种不期而遇的事,润生觉得众人的眼光像蒺藜狗子粘在脊背上,甚至觉得劝解长才大叔的举动都是虚伪的了。嗨!别人为拦车打得头破血流,你却不费口舌卖石头,还要装模作样来劝架……

他忽然灵机一动,对长才大叔说:"快起来,装你的石头吧!"

长才大叔一惊,忽地从地上爬起,对占孙骂道:"狗日的,走着看,我跟你不得完……"

润生已经跳上汽车踏板,手抓着驾驶楼上的窗边儿,引着司机,一直开到长才大叔的石头堆子跟前。

车门打开,中年司机从驾驶楼里走出来,跳到沙滩上,头发稀疏而胡须茂盛的中年汉子,挺着胸,凸着肚,帆布工作服的纽扣只扣住最下面一只,圆滚滚的肚子把毛衣撑得变了形。他走到石堆前,用脚拨拉一下石头,看看成色,随口问:"这是你的石头吗?"

"是我大叔的。"润生说。

"别人指派我来拉你的石头!"司机说。

"我大叔的石头……"润生急忙说,"跟我的一码事。"

"装吧!"司机一摇手,车厢里的几个装卸工,纷纷跳下车来。

长才大叔已经在河水里洗过脸上的血污,用衣衫的下摆襟乱擦着水渍渍的脸颊,捞起铁锨,帮着陌生的装卸工们装起石头来,和占孙打架的事已经抛到脑后去了。刚撩拨了两锨,长才大叔停住手,从棉袄里掏出一包"金丝猴"香烟,一一塞给装卸工们。司机瞅一眼揉得皱皱巴巴的烟盒,不屑地推开了。长才大叔又把烟盒塞到润生手里:"润娃,你陪着师傅抽烟!"

司机在沙地上坐下来,点燃了自己的黑色雪茄,用怪异的眼光盯着润生,说:"小兄弟,你给公社砂石管理站进过多少贡啦?"

"进贡"这个词,是润生下到河滩以后常常听到的话,含义是行贿。在学校里,老师讲到过"贿赂",乡村人过去说"塞黑食",真是形象而又确切。不过,捞石头的庄稼人,既不习惯说高雅的"贿赂",也丢弃了太直太露的俗语"塞黑食",现在通用含蓄而又通俗的"进贡"这个词了。

可是,平心而论,简单而年轻的高中毕业生曹润生没有通过此道,连砂石管理站的前门或后门一概没有进去过。他压根儿不认识管理站任何一个人,即使想进点什么贡品,也是求告无门哪!他宁可去追拦卡车,和那些司机们纠缠,软磨,而这种乞求在河滩里没有人笑话。他追拦汽车的速度之快是无与伦比的,轻巧地跳上正在行驶中的汽车踏板的动作,也是无与伦比的。他曾经是本县中学生篮球代表队的主力中锋,那些笨拙的庄稼汉怎能跟他相比呢!他的石头没有过多地囤积而及时卖掉了。

"有贡品我自个早享用了!"曹润生斜眼瞅着司机,感到了侮辱。你自个那么贪吃,以致把肚皮吃得连纽扣都扣不上了,却怀疑别人去进贡。他不屑地一扭头,"我还没学会哪!"

"那么……是你舅还是你姨父在管理站?"司机恶毒地嘲笑说,"那么一个狗屁管理站!"

"我儿子也不在那儿!"曹润生反唇还击,"谁要是进过管理站的大门——咱俩,谁是儿子!"曹润生解气地说,报复似的瞅着司机那张气得鼓鼓的脸颊。

"既然你没进贡,既然没有你舅你姨父在管理站,那——"司机紧盯着润生,两只鼓出的眼珠不怀好意地瞅着他,"那么我问你,砂石管理站那个开票的女子,为啥把我调拨到曹村这个鬼地方来?为啥指名道姓要叫我拉你的石头?害得我多跑几十里路,多烧两公斤汽油……"

润生纳闷了,砂石管理站开票的女子姓甚名甚,他也不知道,真是摸不着头绪。看看司机愤愤不平的神气,不像说谎诓诈嘛!这到底是怎么一回事呢?

"那个长得怪疼人的女子,再三叮咛我,'你到曹村去装石头,找一个曹润生的青年……'"络腮胡须司机压细嗓门,愚蠢地模仿着那个女子的嗓门调音儿,随之脸一变,戏谑地说,"那个女子是你媳妇吗?我看八九不离十……"

"胡说……"润生臊红了脸,心里忽然一动,会不会是她呢?她什么时候到砂石管理站去工作了?他可一点也不知晓。

"我说准了吧？脸红了哇！"司机开心地哈哈大笑,更加放肆地取笑说,"那女子长得好漂亮！小兄弟有艳福……哈哈哈……"

曹润生的脸一阵阵发热,心在胸脯里不安地跳弹起来。他的同班同学刘晓兰,什么时候到砂石管理站工作了,暗中给他行着方便。他无法抵挡络腮胡须司机那锥子一样尖锐的眼光,惶惑地避开了。

"有这样疼人的妞儿暗中保佑你……"司机站起来,友好地拍拍他的肩背,得意地笑着说,"你该当蹦起来才对呀！"

石头装满了,装卸工们先后爬上车厢,裹紧衣襟坐下来。司机钻进驾驶楼,发动了汽车,从车窗里探出头来,狡狯地笑着:"小兄弟,日后甭忘了老哥给你搭过一回桥哪……"汽车开走了。

长才大叔一边抹着脖子上的汗水,一边把一张卡片递过来:"润娃,你看,这上头写着几吨？"

"四吨半。"润生说。

长才大叔小心翼翼地把那张盖着紫红印章的卡片装进棉袄里头的口袋里,舒悦地笑着。他诚恳地拍着润生的肩膀,大嘴长舌头溅出唾沫星子,动情地说:"俺润娃到底念过高中,懂得礼行,跟那混蛋孙子不一样……"

润生听不进去长才大叔啰啰唆唆的话了,心里正在想着砂石管理站那个开票的女子……

"叔急着用钱哩！"长才大叔还在啰唆,"旁人给你小青哥说的那个媳妇,这月初六见面哩！正愁礼钱凑不够数儿……"

润生点点头,表示理会了。乡村里订婚结婚,那是庄稼人的头宗大事。他说:"你要是急用,我再给你拦车……咱们干活吧！"

长才大叔感激地点点头,夸赞着他,转过身走了。曹润生走回到自己的罗网前,捞起锨把儿,抛甩起砂石来,铁丝罗网上发出连续不断的刷啦刷啦的响声,刘晓兰的好看的脸蛋和眼睛,在他的眼前闪动着……

三

公共汽车在五里镇停下,他和她走下车门,暮色苍茫了。他们一块在县上参加中学生篮球联赛回来。她是本届女篮冠军获得者的五里镇中学代表队的替补队员,他却是男子季军的五里镇中学男队的主力中锋。季军虽然不大显赫,而八号中锋的出色表现,却倾倒了县城居民中的球迷。这个秦岭山下的偏远的县城,有一种根深蒂固的传统性的篮球狂热。赛后,他被选拔为县中学生篮球队队员,不久将到市里去征战。现在,他和她穿着球衣,走过暮色苍茫的五里镇,朝河滩走去,他们的家同住在小河北岸。

"到学校去一下。"她说。

"暑假里,学校没人,去干什么呢?"他说。

"去拿我订的报纸。"她说。

"那得快点。"他随和地说,"天要黑了。"

"夏天怕啥?"她说,"有月亮。"

他和她一起走进熟悉的学校大门,砖铺的甬道上,青草从砖缝里长出来了,散落着梧桐树的花边大叶子。看门的老头儿,光着上身,只穿一件宽大的短裤,在传达室门口的躺椅上摇着芭蕉扇。老头看见有女生进来,急忙套上短袖汗衫,接着就大加赞扬这两位为五里镇中学争得荣誉的运动员,热情地把一缸子酽茶递上来了。润生听着,只是憨憨地笑着,忽然瞅见传达室的墙上贴着一张红纸捷报,工工整整写着本校男女篮球队取得的战绩。有意思!暑假里没有学生,也没有教师,老校工还是要写这样一张捷报,为了抒发内心的欢愉之情吧!老校工这样重视五里镇中学的荣誉,这样喜欢体育运动,润生心里一下子缩短了和老校工之间的年龄上的距离,热乎起来了。是的,一个对任何体育活动都毫无兴趣的人,内心一定是很单调很枯燥的。

刘晓兰拿到什么人给她的一封信,坐在门口的灯光下拆看起来,看完了,又翻着报纸看起来。这人真是性凉呢!他们要过河,还有五六里路才能到家,天黑了呀!他催促起她来。

晓兰不在乎地格格格地笑着,站起来,把报纸塞进背兜,和老校工告别一声,走进五里镇狭窄的街巷。

小镇夏天的夜晚,比白天似乎更富于生气,一幢一幢店铺的门口,坐着或躺着乘凉的男女,电视机搬到室外的街道上,什么武打片子惊起一阵阵大呼长叹……

走过五里镇短浅的街道,走下场塄了。河滩里,抽穗的稻秧散发着沁人心脾的清香,水渠里透着星光,闪闪发亮。青蛙从路边的草丛里蹦起来,扑通扑通跳到稻田里去。夜风从河川上游吹下来,挟裹着瓜果成熟的丝丝香味,灌进人的鼻孔,令人心神清爽。

一只青蛙撞到她的腿脚上,吓得她尖叫一声,跳起来,差点摔倒,双手扑抓住他的肩头。他站住脚,哈哈笑着,笑她的胆子太小了。青蛙有什么好害怕的呢?小时候,他和小伙伴们在稻田塄坎上割草,把麦秸秆儿塞进青蛙的屁眼儿,吹得小青蛙肚子圆滚滚的,眼睛都翻鼓出来了。

她捂住耳朵,不要听他讲这样残忍的游戏。

"你投篮的时候,连看篮环儿也不看,怎么投得那么准!"

"怎么能不看篮环儿呢?看。"

"我发现你就不看,跳起来就投,刷——进了!我在场子外头看过好几次了。"

"当然,主要凭手劲儿……"

"我怎么越认真越是投不准呢?"

"不能太认真,越认真越投不进去。"

"哈呀!没听说过,随随便便倒能投中?"

"就是要随随便便地投……"

"教练老师可没讲过你这理论,总是要我们认真。"

"越认真越紧张,紧张了就投偏了。我就是随随便便。我一跳起来,就不管啥啥了,球场上好像只有我一个人,不必紧张……"

夜风轻柔,沙滩绵软,星光在河水里闪烁,河滩夏夜的安谧和清爽,简直使人无法回想晌午时分那令人燥热不安的阳光。旱季里,河滩裸露着沙子和石砾,只有窄窄的一道清流,哗哗哗地淌着,水声像金链条发出的脆响。

他脱掉鞋,把蓝色的运动裤往上拉一拉,裤脚的松紧带儿就卡在膝盖上头。河水很浅,他拎起鞋就下了水,清凉的流水,嗖嗖嗖地从脚面上流过去。他走过几步,没有听见她下水的声响,就转过身,发现她仍然站在岸边。

"水浅得很,过呀,没事儿!"

她站在水边,歪一下头,没有吭声。

"你在篮球场上拼得多凶呀!这点点水,倒怕咧!过吧,没一点危险……"

她又歪一下头,仍然没有吭声。

"咋回事呀?"他无可奈何地朝南岸折转回去,"你家也住在河边上嘛!河边的娃娃谁没耍过水……"他不在意地嘟囔着,走到她跟前,"你倒怕水。"

"我……不能……"她勾下头,羞怯地支吾着,"……不能……下水。"

他不懂,她怎么不能下水呢?又没有病嘛!他又不好意思细问,却又作难地说:"那咋办?夏天,木板桥早拆掉了。"

"你……"她微微扬起头,不好意思地说,"你不会背我过河吗?"

"那……"他口吃了,脸上先热了,他可从来没有背着一个大姑娘过过河,迟疑间,他忽然想,其实也没有什么大惊小怪的,河边上的庄稼人,男人背女人过河,是平平常常的事情。他给自己鼓劲,从不必要的拘谨里解脱出来,做出随随便便的样子,蹲下身来了。

她哈哈笑着,伏到他的背上。真好!她笑得恰到好处,天真的纯洁的笑声,不仅解除了她自己的窘态,也使他顿然觉得舒展自如了。他站起来,她可真轻,几乎感觉不到什么负载的分量。

她的手轻轻地扶着他的肩膀。他的双手背向身后,掬着她的两只膝盖,走到水里了。她仍然开心地在他背上嘎嘎嘎地笑着。

"你的肩膀多宽呀!"

"男子娃嘛,都是粗胳膊壮腿……"

走到河心了,水没过他的膝盖,哗哗哗响着。她的两只手从他的肩头上伸过来,搂住了他的脖子。他当是她害怕了,给她壮胆说:"甭怕,深水槽只有三五步,马上就过去了……"

她的嘴巴却凑到他的耳边:"你真傻,还要问人家为啥不能下水……"

"我……没有问。"他分辩说。

"问来……"她撒娇地说。

"没……"他还没有说完,她却把头伸过来,猛然在他脸颊上亲了一口。他的心怦地一跳,眼花了,双手松开了。糟了!扑通一声,她从他的后背上跌落下来,落到水里了。他愣愣地站在水中,不知该怎么办。

她嘎嘎嘎笑着,扬着甩着手臂,从河水里跑过去,站在岸边,笑得前俯后仰。

他从河里走上岸,为难地说:"怎么办?你的衣服弄湿了。"

"你走吧!在河堤上等我。"她认真地说,"一直朝前走,不准回头。"

他老老实实朝前走,没有回头,脖子连拧歪一下都没有。走上河堤,在杨柳林带里坐下,他看见她蹦着跳着从沙滩上跑过来,走上堤岸,在他旁边的沙堤上坐下来,早已换上一条干净的运动裤了。

他的心在胸膛里按捺不住了,平生第一次想伸开手臂,拥抱身旁的姑娘。

"好呀润生!不背人家你就说不背,为啥把人扔到河里?"她故作生气地噘着嘴。

"不是你在我脸上……"他鼓起勇气,终于还是没有说清楚,"倒怪我!"

"那是……不小心碰的!"她低下头,羞怯地说,"真的……不小心……"

"那我也……碰你一下!"他无法抑制心里涌起的强大冲动,伸开手臂,猛然把她搂在怀里。

她蹦起来,嘎嘎嘎笑着,站在河堤上,向他招手。

他三步两步绕过去,站在她的跟前。

"坐下。"她按着他的肩膀,"咱们说说话儿。月亮多好!"

"我不想说话……"他坐下来了。

"那……我给你唱歌。"她说。

他轻轻地点点头,把一只胳膊搭在她的肩膀上,她没有动。

她凝视着星光闪烁的河水,轻轻唱起来:

九九那个艳阳天,
十八岁的哥哥坐在小河边。
……

他不敢再鲁莽了,把一只手臂轻轻地搭在她的肩上。夜风轻柔,歌声婉转。李谷一相形见绌了,从来没有什么人的歌声能这样一丝不露地融会进他的胸膛,他的心,他浑身的血液;什么流行的轻音乐,什么校园歌曲,也都相形见绌而销声匿迹了。整个世界就只荡漾着这样一曲歌儿……

四

刷——

十八岁的哥哥曹润生,现在双手攥紧锨把儿,前弓后腱踮着双腿,从沙梁上铲起一饱锨混合着沙子和石头的砂石,抛向双层铁丝罗网。太阳已经托上秦岭群峰的上空,温暖的阳光羞怯地洒在沙滩上,严寒开始消退,河水闪闪发光。

他有意无意地瞅一眼对岸的河堤,落光了叶子的杨柳枝,矗立在天空中,树下的河堤的沙地上,留下他和她相依相偎的足迹,人生第一次接触异性,第一次拥抱和亲吻,第一次听一个心爱的人儿专为你唱歌,永远烙进心上,难以忘怀了。他每天走下河滩,不由得瞅一眼他和她坐过的那一段河堤,他背她涉水过河的那一段河口,天天如此。

他后来就明白了,她说她不能下水,完全是一种托词。她说到学校去拿报纸,无非是把时间拖得更晚一些,好使那些在河滩稻田里贪恋干活的庄稼人走光去尽。由此可以追索得更远一些,在县上篮球联赛期间,女队员常常帮助男队员洗衣服,晓兰总是及时地从他的床头把汗渍斑驳的衣裤搜走,洗得干干净净,叠得平平整整,放到他的床头,别的女同学根本插不上手。她常常在他上场的时候,在场外观看,给他递毛巾,橘子水……看来她对他早已有心了,而自己却糊里糊涂,不过觉得晓兰和自己既是同班,又同是小河北岸的同乡,自然更熟悉更亲近一些。没有料到,她忽然在他脸上亲了一口,令他不知所措,慌慌乱乱中把她从背上撂到河里了……真是不期而遇!

在学校的篮球场上,他一跃而起,空中揽月似的抢到对方的篮板球,冲过层层堵截,可以一气把篮球带过中场,那球似乎粘在他的手掌里,难得脱掉,然后跳起,单手托球,往下一扣,篮网上刷的一声响,球儿连篮环儿的边也不撞,动作简捷,姿势优美。在他的周围,常常围随着一伙崇拜者。可是一坐在教室里,他的魔力,他的风韵,完全失去了光彩,只是一个平平常常的学生。他没有想到过恋爱,更没有瞅瞄过班里哪一位女生可以成为他的追求对象,尽管已经有传闻散布,说他们班里已经形成了"四对",可是没有包括他和刘晓兰。平心而论,他就是没有想过嘛!

没有想过的事一旦发生,不期而遇的事一当遇到,曹润生的心再也安稳不住了。他坐在教室的最后一排桌子上,眼睛不由得从书本上移开,越过一排排男生和女生的脑袋,停留在刘晓兰蓬蓬散散的头发上,那头发的颜色有点黄,下梢甚至有点发红,却是那样蓬松,那么柔软,随着她写字的动作一抖一抖的。

班际之间的篮球赛时常举行。他活跃在自己的自由王国里,不由得搜索扫描场外围观的观众,一旦在人丛中发现了刘晓兰,他抓篮板球的成功率更加提高,带球越过中场的速度更加迅疾,跃起投篮几乎是百发百中,当然,姿势是更加优美而简捷。相形之下,如果发现刘晓兰不在场外观看,无论抢接篮板球,无论跃起投篮,都往往发挥失常,令班主任叹惋。他在心里骂自己:你这是怎么了? 依然不顶用。

紧张的毕业考试迫在眉睫,接着就是决定人生去向的关系重大的高等学校统一考试。教室里的灯光彻夜不熄。几个家在农村的老师的老婆利用两间废弃的勤工俭学的工房,办起了小饭馆,专售凉皮和红豆稀饭,昼夜开门营业,挣那些开夜车的学生的夜餐费。其实,真正在酷暑季节里苦熬苦斗的,不过是班级里的为数甚少的几个尖子学生,因为有考则必中的信心,所以苦攻的劲头愈足,而对于绝大多数学生来说,仍然是按时就寝,如时起床,有一些同学已经打定主意:一当毕业考试完毕,就自动回乡务农了。曹润生只是打算碰一碰,碰不上了,自然回家去务农。教室里,校园中的树荫下,五里镇旁边的小河边,全是应届毕业生的天地。在河边的柳荫下,他和刘晓兰在背英语词汇。

"晓兰。"他叫。

"嗯。"她头也不扭,在念着单词。

"休息一会儿吧! 我念得嘴唇都麻木了。"

"你休息吧! 我不……"

"要是考不上大学,学英语有啥用?"润生说,"我那天回家,在后院里咕哝咕哝背英语,俺妈养的小鸡一下子扑棱着跑到我跟前,以为我叫它们哩! 我刚明白过来,俺爸养的十多只小猪娃,也从猪圈的缝隙里钻出来,拱我的脚,当是我给它们喂食哩……"

刘晓兰早已忍俊不禁,笑得前俯后仰,眼泪都流出来了,一手捂着笑得酸疼的肚子,一手拿着书本,在他头上打。

"真的!"润生说,"那些小鸡小猪……"

"你尽出洋相哩!"晓兰莫可奈何地说,"复习功课这样紧张,你尽出洋相……"

"反正我考不中,你也悬乎!"润生说,"白费劲儿!"

"总得争取争取嘛!"晓兰说,"你……"

"我心里没劲儿,思想老是抛锚……"

"甭胡思乱想!"

"自从那晚上背你过河以后……"

"背我过河又怎么了呢?"

"谁要你在我脸上亲一口哩!"

"啊呀!你……"

"谁要你给我唱'十八岁的哥哥'哩!"

"啊呀……"刘晓兰飞红了脸,瞧瞧左右,用书捂住了脸颊,"快甭说了,羞死人了……"

"我现在看书看不进去,老是想瞅你;听课也总是听不进去,耳朵里老是响着'九九那个……'"

"你权当没有那回事儿。"晓兰扬起脸,"集中精力,准备考试。"

"我试过,不行嘛!"

"那怎么办?"她也莫可奈何地叹一口气,放下书,双手抱着膝头,坐在沙堤上,有点茫然地说,"我们都考不上学,回农村干啥呀?我想到很快就要离开学校了,心里真难受!回家干啥?喂猪养鸡?做小买卖?烦死了!"

"养猪养鸡,那是老婆婆们干的事!乏味无聊没意思。"润生说,"我已经瞅准了一桩事儿——"

"做啥?"晓兰不以为然地说。

"养蜂。"润生眉飞色舞,"带上蜜蜂,春天走南方,夏天赶北方,走南闯北,自由自在。你跟我搭伴,咱们的生活多有意思……"

"想得多美!"晓兰笑笑,"那些动物家禽,我全无兴趣,那些蜜蜂整天嗡嗡嗡叫,烦死人了……"

"那叫声才好听哪!"润生说,"蜜蜂的叫声可不是苍蝇……"

"比百灵子叫得好我也不喜欢。"晓兰淡淡地,"我不喜欢嘛!怎么办?"

"那当然……"润生兴味索然了。

"我一看见那蜜蜂窝,身上就起鸡皮疙瘩。"晓兰说,"我看都不敢看!"

"噢!"润生叹口气,"我可简直入迷了。"

"你爱蜜蜂,你就养吧!"为了不使润生扫兴,晓兰调皮地说,"我可是爱吃蜂蜜呀……"

"我给你管饱。"润生也笑着,"能吃多少嘛!一箱蜂能酿……"

"好了,现在还是复习功课吧!"晓兰从草地上捡起英语课本,"我等着吃你的蜂蜜,未来的养蜂专家……"

……

曹润生抛着砂石,回味着离开学校前的那一段生活,自己也觉得好笑。当他和她以及十之八九的男女同学各自回到自己的村庄后,那熟悉而又亲切的五里镇中学,立时就变得陌生而又遥远了,似乎不是刚刚离开了三四个月,倒像是三四年前的事了。一切不切实际的想入非非的幻想全都沉淀到大脑后头去了。有的同学进城做临时工去了;有的在自行车后边拴上两只竹筐,贩卖瓜果蔬菜去了;有的买下小四轮拖拉机跑起运输来了;有的进社办工业单位当工人去了,他喜欢养蜂,为了把东杨村的那十箱蜜蜂尽早买到手,他现在正聚足力气,从早到晚,在沙滩上翻捣砂石。冷,不怕;累,咬咬牙忍下去。他被自己未来的养蜂事业鼓舞着,埋头在沙滩上,几乎与世隔绝了。

和晓兰见一面也不那么方便了。曹村和刘庄相隔六七里路,虽然不远,他也不能频频去找她。她的父母对她管得严,尤其是对女儿与异性接触很敏感。乡村间没有电话,通信十分困难。他埋头苦干在沙滩上,没有想到晓兰已经进入社办企业,而且是砂石管理站管开票的工作人员了。

她依然对他好。润生肯定地想,她一坐进砂石管理站的办公室,就指派毛胡须的司机到曹村来装运他的石头。可爱的晓兰,心里疼着他哩!后晌得去找找她,为了祝贺她有这样一份又干净又省力的工作,为了她给他指派汽车来拉石头的好心,为了他又有一月多没有和她见面……他现在十分想见她。

他的胳膊上格外有劲,抛甩起砂石,必须把后晌找她所耽误的工夫加出来。

"润娃哎——"

听见一声亲切的女人的呼唤,他一抬头,看见长才大叔正在朝他招手哩,旁边站着他的婆娘,正在叫他。她给长才大叔送饭来了,老两口正在热情地招呼他过去一起吃饭哩……

五

乡村人习惯早晨起来先下地干活,八九点钟才回家吃早饭。冬季里,天明得迟,早饭就推迟到十点多钟了。沙滩翻捣砂石的活儿太重了,人一般很难支撑到饭时,就又渴又饿了。于是,就在天明和早饭之间,给干重活的人吃一顿加餐,乡村叫"贴晌"。现在,正是吃贴晌的时间,不断地有女人或娃娃,提着竹条笼儿,盖着花格毛巾,端着热水瓶,从河堤上走下河滩里来了。

长才大叔见润生没有动静,急急忙忙走过来,不由分说,从他手里夺下铁锨,扔到地上,拉他的胳膊,推他的脊背,长舌头在大嘴里笨拙地搅动着:"歇一会儿嘛!人是铁饭是钢嘛!我一个老汉都饿得慌慌哩,甭说你年轻小伙……"

润生抬头看看河堤,母亲还没有给他送饭来,拗不过长才大叔实心诚意的相邀,他从沙地上拎起棉袄,披在身上,跟他去了。

竹条笼里装着烙黄的发面锅盔、白瓷壶里装着茶水,全部摆置在沙地上。润生刚蹲下,长才大婶就把一块锅盔塞到他手里,又把拌着辣子的绿白萝卜丝的菜盘挪到脚下。长才大叔双手把茶壶递过来,不无遗憾地说:"先喝口水。没有茶碗,就对着壶嘴喝吧!咱庄稼汉讲不了卫生……人家城里人很讲究,茶碗也不乱用……"

"上山打柴,过河脱鞋——走到哪儿说哪儿的话!"长才婶子畅快地说,"润娃,你尽吃尽喝!咱农民不讲卫生,倒是黑瓷疙瘩地结实。"

润娃笑笑,没有吭声,不管长才婶子的话有多偏狭,那锅盔的味儿可是真香!皮薄、酥脆、瓤儿绵软,就着清凉的萝卜丝儿,真是惬意极了。她虽然愚蠢得不相信讲卫生的道理,烙制锅盔的手艺真是高超哩!

"润娃,嗬呀!好润娃——"长才大叔嘴里嚼着萝卜丝儿,咔嚓咔嚓地响着,口齿不清地叫着他的名字,大声感慨着,永远给人一种亲热诚挚的感觉,说着对他有好处的人的感激话,"你老侄儿,风格真高!嗬呀!"

"不就是我帮你卖了一车石头吗?"润生不在乎地说,"我缓几天卖,又不急着用钱,你急着用钱,先卖了,有啥关系!"

"哈呀!看你说得轻松!"长才大叔瞪着眼,摇摇头,更加感慨地说,"你看看这沙滩上,为了卖石头,争得儿子不认老子!谁肯把到手的票子塞到旁人兜里去?所以说,你老侄儿真是……"

"主要是我目下不急用钱。"润生淡淡地说。

"照润娃这样的好思想儿,搁在河滩捞石头,真是屈才了哇!"长才大叔盯着老婆说,目的在于争取附和者,"我说,润娃该到公社去当干部,准是好干部!"

润生听罢,不由得哈哈大笑起来。一车石头,他没有卖,把出售的机会转让给长才大叔了,竟然感动得长才大叔给他吃锅盔、喝茶,喋喋不休地当面夸奖他,还居然说出应该让他到乡里去当干部的梦话……真诚得令人好笑呀!

"你笑啥?实情话嘛!"长才大叔更加认真起来,"至少……你不该跟叔这号笨佬儿一般捞石头……"

"我不捞石头,挣不下钱嘛!"润生说。

"你不该挣这号出笨力的钱,真个。你该去贩羊肉,又轻快又挣得多。"长才大叔说,"咱村那一帮贩羊肉的,今日到山根去买下羊,后晌杀了,明日一早带到西安,卖了,天黑又赶回来。两天一趟,挣这个数儿——"他伸出食指和中指,"两天挣二十多块,一月挣多少? 我都眼红了,只怪咱不会骑自行车……"

"我干过一回。"润生笑着说。

"为啥不再干咧?"长才大叔问。

"烂包了!"润生自嘲地说,"咱不识货,买羊时捏不出肥瘦,杀的肉少,差点连本钱烂掉了……咱手头上的功夫不行!"

"那倒是。"长才大叔点头颔首,"那得凭眼看哩,凭手指头捏膘哩,没这功夫不行……"

润生转过头,看见整个沙滩上,现在都闲歇下来,此起彼落的嘈杂的刷啦声停止了,像秦腔戏里紧锣密鼓的响击骤然中断,河滩里现出素有的自然的安静。这儿那儿捞石头的庄稼人,都坐着或蹲着吃起贴晌来,他们的女人或女儿,在给他们递馍、倒水,款款地说着话。只有少数几个蛮命干活的家伙,仍然没有停手,连吃一顿贴晌,抽一锅旱烟的时间也不放过。

"润娃,叔跟你说句结实话——"长才大叔神秘地眨眨眼,压低了声音,"你是有文化的人,能断书识字,你说,而今这政策还会不会变卦?"

"大喇叭上成天喊,这是基本国策嘛!"看着长才大叔细声细气的神秘的神色,润生觉得好笑,故意提高嗓门,大声粗气地说,"都什么时候了,你还问'变不变'!"

长才大婶撇撇嘴,不屑地瞅着男人,对润生说:"甭看你叔说话声大,胆子可小得不像个男人。他见人就问'变不变',成了毛病了。我说嘛! 咱又没做犯法的事,凭出笨力捞石头挣钱,就是政策变了,能问出啥罪来……"

"你甭嘴犟!"长才大叔脖子一拧,声音又大了,"那年人家没收了你的鸡蛋,你咋不嘴硬? 那该是你劳神养下的鸡嘛! 人家说润娃他爸养的老母猪是'自发',你说,润娃,你爸敢犟不敢犟……"

"老皇历了!"润生不自觉显出老学究的神气来,"现在的政策,都写进宪法里头了……"

"只要不变就好!"长才大叔点点头,"咱一不会长途贩运,出了远门连火车站也寻不见哩! 二不会弄鬼捣蛋,寻不着门路哩! 只要允许咱捞石头,这沙滩就是咱曹长才的摇钱树,金盆子! 拿时兴话说,是咱的存折!"

长才大婶宽厚地笑了:"他这号笨人,打的笨主意,说的笨话……"

"实话!"长才大叔无端地兴奋起来,抑制不住了,对一个年龄相去甚远的晚辈后生,掏出知心话来了,"在这儿捞石头,不贴大本钱,不操心行情跌涨,不用东跑西颠,日有热饭吃,夜有热炕睡,沙滩的石头,十年八年捞不完。一天捞一方石头,五六块,到哪儿去找这样好的营生?累当然是累些,咱笨庄稼人还怕出力流汗吗?"

"对对的。"润生点点头,长才大叔说的是实话,这也是沙滩吸引来这么多的庄稼人的全部缘由。那些少数敢于走南闯北搞长途贩运的人,钱虽然挣得多,一月里可能成千上万地挣,但总带有某种冒险性,某种不太稳实的因素。习惯于小农经济的长才大叔一类的农民,现在还不敢放开手脚,一天能捞到一方石头,挣得五六块钱,已经很满足了。润生没有打算在这沙滩上把罗网永远支下去。他顶多干一年,捞够了能把东杨村那十箱意大利蜜蜂买到手的钱,就要挂罗收摊了,走南闯北去放蜂,那无论如何是捞石头这种单调的劳作无法比拟的。

"润娃,你听说过吗?"长才大叔兴致勃勃地说,"刚解放那一年,穿灰制服的一排子军人从咱河滩走过去,赶到南塬上去了,过河的时候,有个人说,'嚆!一河滩银元,一河滩洋面!'叫在河边割草的曹二老汉听见了,传说开来,人都不解,明明是满河滩的沙子、石头,解放军咋会说是银元、洋面呢?而今,大伙才解开这话!你说神不神?"

润生听着这个传奇色彩甚浓的故事,笑着,打着饱嗝,拍一拍手,准备站起身走了。这时候,一个女孩把一疙瘩用毛巾包着的吃食塞给他,说是他的母亲给他捎来的,她忙得脱不开身。润生解开毛巾,是三个烤得焦黄的馍馍,夹着辣椒。他一抖毛巾,把三个馍馍倒进长才婶子的竹条笼里。

"这算做啥?"长才婶子问。

"你不要还的话,顺便捎给我妈。"润生说,"我已经吃饱了。"

长才大叔咂着旱烟,美滋滋地抽着,把一支"金丝猴"牌香烟塞到他手里。润生推辞不过,点着了,一口烟抽进去,呛得他咳嗽起来,赶忙捏灭了。

"润娃,叔还想跟你说句话,你甭急走。"长才大叔有点难为情地说,"叔给你说过,给那个碎货订媳妇,急着用钱,还得你帮叔卖石头哩!"

"没麻达。"润生豪爽地说,"我拦住汽车,先给你卖。"

"你不是有个同学……在管理站吗?"长才大叔终于说出他的用心,"你去找她,让她给咱放几趟车来,啥问题都解决了!"

"嗯……"润生沉吟一下,有点为难。他原打算后晌去找晓兰,可不是为了让她多放几趟车来。

"叔两眼抹黑,在管理站没有一个熟人。"长才大叔叹惋着,"管理站那些人,尽给他们的熟人办事。咱提上烧酒拿上烟,挨不上边儿咯!冒冒失失地送去,反倒给摔出来。其实,谁不知他们暗地里做啥!好了!你的同学在管理站开票,有咱们的人咧……"

"给她送礼吗?"润生笑问。

"当然。"长才大叔悄声说,"给我办事,礼物由我买。叔买弄得合适的礼物,你拿给人家也体面……"

"快算了,快算了!"润生有点烦,"真的找她去,我啥礼物也不会拿的。"

"憨娃!而今兴得这一套!"长才大叔说,"你刚从学校回来,不懂人情!没有这办法,没有路走!"

"你甭管!"润生说,"我去找她就是了。"

六

三岔路口,是从城里展伸到乡下来的公路的分岔处。曹润生骑着自行车来到三岔口了,正是一天里公路上最拥挤的时候,大卡车和手扶拖拉机,单套马车和自行车,一齐在三岔路口汇集。天色已晚,远途和近程的司机和驭手,都在急不可待地赶路,冬天北方天气短,五点不到,已经暮色昏暗了。这儿没有交通警察,司机们在拼命按喇叭,自行车铃儿摇得山响,三岔口仍然拥塞得水泄不通。润生跳下车子,离开公路,从麦子地里绕过去,就上了另一条岔道儿。

在三岔路口的三角地带,修建起一幢三层楼房,铁栅门旁的水泥门柱上,挂着一幅显赫的白底黑字的木牌:河湾乡砂石管理站。任何一辆要进入河湾乡装运石头的汽车,必须到此登记开票,领取"通行证"。这个管理站的地址,真是选择得太适宜了。

润生扶着车子,停在大门侧旁。他过去多少次从这个三岔路口过往,似乎从来没有留意这个砂石管理站的存在,更没有想过他会有朝一日走进这个铁栅大门。现在,他要第一次踏进这个水泥铺面的大门了,要去找他的同学刘晓兰了,而哪里是一般的同学呢!他有点心跳,停一停,稳定一下情绪,拨拉一下头发,拍打拍打在路上落下的尘土,推着车子进去了。

刚走进院子,润生就看见了晓兰。她推着一辆小轮自行车,从楼房的门洞里走下台阶来。他几乎认不出她了,一件黑底红花的罩衫紧紧裹着腰身,脖子上露出高高的米黄色的羊毛衫的高领,头发披散在脊背上,迎着寒风在飘动,模样更俊了。他忽然想到《追捕》电影中那位勇敢而又纯真的日本姑娘,就是这样的装束,而她和她的模样也真像得神。

"啊呀！润生——"她也看见他了，紧走几步，停住车，喜笑眉开地问，"你刚来吗？"

"我找你有点事。"他的心在不安地跳动，努力做出无所谓的样子，似乎真是要来办什么公事似的，"你……忙吗？"

"下班了。"

未及晓兰说话，一个小伙子走到跟前，抢先说，显出腻烦的口气。润生一看，那小伙倒是长得细皮嫩肉，一张女人似的秀气的脸膛，白白净净，只是那眼里露出一缕超然的优越的神色，叫润生感到不舒服。他像排除什么累赘一样的口气继续说："下班了。有啥事，明天上班来办吧！"

"这是我同学。"晓兰连忙回过头，对那青年介绍，"他没来过这儿，屋里坐坐吧！"

润生有点迟疑，看她和那青年同时推车的架势，大约是同路回家的。他心头忽然蹿起一股反感的情绪，我找刘晓兰，关你什么事！你怕下班回家晚了，你就骑上车子滚吧！我又没有找你嘛！

"你……"晓兰有点不大自然，对那青年说，"你先走呢？还是等我一会儿呢！"

"我等你。"那青年毫不犹豫，"甭忘了，七点一刻的电影。"

润生心里一动，她和他去看电影。他一看晓兰，晓兰似乎眉毛也轻轻弹动了一下，又显出某些不大明显的尴尬。他似乎敏感到一点什么，就说："算了，不到屋里去了！"

"你不是有事吗？"晓兰说，"还没说啥事，怎么能走呢？"

"没什么……大事。"润生结巴了。离她看电影的时间，不过一个小时了，他和她能说什么话呢？他今天来，原就打算晚上畅畅快快和她聊一聊，一月多没见面，他十分想念她。现在，他只好拿出长才大叔托办的卖石头的事情来搪塞，好像他专门是来求情走后门的，"我想……你给多调几辆车过俺曹村那边去。我一个老叔，人太老实，捞下石头，总是卖不掉，家里有急事要办，需得钱用……"

"给他调过去几辆车吧！"那青年在旁边插言，急不可待的样子，对晓兰说，"我们都没吃饭哩！"

"好吧！"晓兰这回明显地现出尴尬的神色了，那青年的口气和态度，大约泄露出一种他们之间微妙的关系，她窘了，随口说，"我明天给你调车过去，让司机找你，放心吧！"

"那么……我走了！"润生再无话说，那个文静而超然的青年就站在他和她旁边，他一句话也不想说了，"你……去看……电影。"

"咱们一起走吧！"晓兰说。

"不……我还要……"润生本能地推辞着，"去办……另一件事……"

"走吧！"那青年已经推动自行车，催促着晓兰。

三个人走出大门，润生谎说他要到三岔口的另一条路上去，刘晓兰和那青年就先后跨上车子,消失在已经很浓的暮色里。

十八岁的哥哥曹润生,心里顿然涌起一股醋意了。她和他并排骑车走了,去吃饭,再到五里镇电影放映站看什么有趣的电影了。他一个人站在三岔路口,平生第一次感到了从未有过的孤独。拥塞的车辆已经走空,偶尔有一辆汽车从三岔路口开过去,明亮的车灯在田野里推开一片扇形的光亮。初冬的夜晚的风开始施威,电线在呜呜呜呜叫。他的胸膛里十分憋闷,厌烦,脚腿无力,他怏怏地推着自行车走上公路,却不想跨上去,便沿着公路慢腾腾地踯躅着。

那是一个什么人呢?白白净净的秀气的脸上,架着一副紫红色的眼镜,像是一位很有教养的大学生的派头,眼里射出的那一缕缕超然物外的优越的神色,完全把捞石头的曹润生视若草芥了!妈的,是将军的儿子吗?瞧那副神气!他和晓兰是什么关系呢?晓兰好像一点儿也不违拗他,是怕得罪他呢?还是……

他跨上车子,尽管骑得慢,仍然感到了北风的寒冷。这可能吗?晓兰从来也没告诉过他有什么新的变化呀!而仅仅在两个月以前,他去找她,说他想买蜜蜂,却没有足够的资本,想到信用社去贷款。她兴冲冲地推出自行车,和他一起奔信用社去了。

"信用社贷不贷给咱们呢?"他担心。

"报上和广播上都说要支持专业户嘛!"她说,"怎么能不贷呢?"

"我也这样想。"

俩人骑车在公路上飞驰,说着笑着,成熟的秋庄稼从眼旁闪过,玉米棒子吊垂着,谷穗压弯了谷秆,满眼金黄,一小块一小块萝卜地或白菜地,在黄色的田野里点缀着绿色。

"刚从学校回来俩月,我都烦死了!"晓兰说,"出门下地,跟俺妈俺爸干活,连一句话也说不到一起。回到家里,后院母鸡前院的牛,嘎嘎哞哞地叫,我都烦……"

"我也一样。"润生附和说,"俺妈俺爸把那些鸡呀猪呀,看得宝贝儿一样,老人们就爱抚弄那些东西。年轻人心里捉弄不住那些……"

"你倒好,买下蜜蜂,到处放蜂,多畅快。"晓兰难受地说,"我怎么办呢?没事好干……"

"跟我去放蜂呀!"润生笑着说。

"不害羞……"晓兰莞尔一笑。

走进信用社的办公大房间,俩人站在高可及胸的水泥柜台前,看见三五张桌子上,一人一把算盘,各忙各的财务,谁也不抬头。这里似乎自然形成一种严肃细密的气氛,从早到晚与大宗的人民币打交道的特殊工作呀。润生不知该找谁,晓兰倒大方地叫了一声:"同志!"

"什么事?"一个中年男人头也不抬,问了一声,手指头还压在算盘上。

"我想贷款。"润生忙说。

"贷啥款?"中年男人仍然头不抬。

"就是贷钱款嘛!"润生朦朦胧胧地搞不清贷啥款,不就是钱吗?

"唔!有贫寒贷款,有投资贷款,有私人贷款,有单位公用贷款……你倒好,贷钱款!"中年人终于抬起头,冷冷地笑着,嘲笑说,"我在这儿干了十年多,倒没听过谁说贷钱款!钱和款子是一个东西呀!"

旁边桌子上的两位年轻女同志,吃吃笑起来。

晓兰看他一眼,也忍不住笑了。

"我想买蜜蜂。"他顾不得说话中的漏洞,忙说,"需得一千块!"

"他要做养蜂专业户。"晓兰也递上话,"发展养蜂事业哩!"

"那当然好啊!"中年男人双手支着下巴,从柜台里的桌子上,朝上瞅着他们,"正当家庭副业,我们完全支持。"

"那好哇!"润生高兴地说,"现在能拿钱吗?"

"你的申请书呢?"中年男人说着,伸出一只手。

润生恍然大悟,一拍脑瓜,自己居然不知道贷款要先交申请书,瞧一眼晓兰,俩人为自个的冒失行为不好意思地笑了。他补救说:"我可不知道还要写申请书的手续。那好办,我现在写行吗?"

"这是贷款,不是你朝你家里要学费!"中年人有趣地揶揄说,"冒失鬼!"

柜台里的人全都哄笑起来。

"交了申请书,还有啥手续呢?"润生这回用心了,问道。

"交了申请书,先经过我审查,再经过领导审批,大约就成了。"中年男人说。

"得等多久?"润生忙问。

"过了春节再来吧!"中年男人说,"今年的贷款已经用完了,节后就是明年的任务了。"

"啊呀……"润生心凉了,猛然意识到这位不阴不阳的中年人,大约在柜台里闲坐得无聊,故意拿他开心哩!既然没有钱可供贷款,为啥不早说呢?他怎么能等到明年春天呢!他懊丧地说,"噢!那算咧……"

他和晓兰一走出信用社的大门,相对一看,哈哈大笑起来,笑自己的无知,来贷款居然不知道要写申请书!俩人笑毕,骑上车子。

"怎么办?"晓兰问。

"算咧!不贷了。"润生说。

"你怎么买蜂呢?"

"我去杀羊卖羊肉！要是不行,我就下河滩捞石头。"

"杀羊多残忍！捞石头太苦咧!"晓兰不赞成他去干这些营生,"找我姑父一趟吧！他在乡工业办公室当主任,我已经托他给我找事干了。咱们一起去找他,让他给你在乡办工厂找个差事。"

"乡办工厂的差事,我不干。"

"咋咧?"

"挣钱少。"润生说,"杀羊卖肉,甭看不好听,挣出钱哪！捞石头虽然苦些,也挣出钱哪！我现在不管干啥脏活累活,只要挣钱多,我不怕。我要在年前攒一笔钱,赶过年把东杨村那十箱蜜蜂端过来……"

"咱们都在社办厂干工作,多好！"晓兰柔情地说,"免得东颠西跑……"

"我不喜欢老待在一个地方,乏味！"润生说,"带上蜜蜂,走南闯北,多美！我有好几夜都做梦,梦见我成了养蜂大王了！哈……"

……

初冬的小河川道的夜晚,风愈来愈冷。润生在河川公路上骑车前进,心里渐渐平静下来了。也许,是砂石管理站给职工发了电影票,那位男青年和晓兰一块去看电影,自己有什么好嫉妒的呢？晓兰没有给他介绍他是谁,自己怎么好无端地猜疑呢？晓兰既然和自己有过那么一次不期而遇的事,她决不会……

他这么想想,又那样想想,之所以想不透,就是没有机会和她谈谈,谈谈以后就会把一切疑惑搞清了。他得再和她见一次面,好好谈谈,他喜欢清清楚楚,不能忍受黏黏糊糊……

七

第二天早晨,当润生坐在自己的罗网前,吃着母亲让人捎来的贴晌饭的时候,脑子里还萦绕着昨日晚夕在管理站与晓兰见面时的情景。他意识到他和晓兰的关系变得复杂化了,虽然还没有更充足的证据和事实,仅仅是一种预感吧！她和他好,他也喜欢她。她亲了他一下,又给他唱那动情的歌儿,他喜欢她开朗的性格,漂亮的模样,他们俩就好上了。事情简简单单,恋爱不就是这样简单:你有情我有意嘛！哪儿又夹挤进来那位戴眼镜的大学生派头的小伙子呢？是他们的关系确实已经变得复杂化了呢？还是自己太敏感,甚至心胸狭窄,把问题看得复杂化了呢？

不管怎样,从昨晚到现在,过多的思虑,已经使他脑子隐隐作痛了。他向来心里不搁事,考试分数差了点,别人愁得晚上失眠,他照样打呼噜;篮球比赛失利,战友们垂头丧气,他依然哼着小曲儿。世界上尚没有能使他发愁,或者愁得睡不着觉的事。现在,自他有记忆以来,昨天晚上是第一次失眠。十八岁的哥哥睡不着觉,脑子里黏黏糊糊,分不清眉目,一直睁眼到天明,扛着铁锨下河滩来了。

他四肢酸软,施展不开,心胸郁闷,馍馍嚼在嘴里,像嚼着一团泥巴,没有香味。他觉得自己的简单的脑袋,盛不下这么多复杂的事情……这当儿,两辆汽车从河湾里开过来了。沙滩上,正在吃贴饷的人,丢下筷子和茶壶,跃起身来,纷纷朝汽车开来的方向追去。他懒洋洋地坐着没动,又低头想着自己的心事。

两辆汽车拐进沙滩,戛然停住,司机甩开层层包围纠缠的庄稼人,站在石头堆子上,扯开嗓门呼叫一声曹润生,又呼叫一声曹长才。未等润生动静,长才大叔已经笑着,摇着细长的胳膊,歪扭着挑担推车累得变形的罗圈腿,奔上前去,把司机领下来了。润生心头忽然轻松了,晓兰尊重他的请求,如期调拨来汽车,自己大约是……确实是太敏感了吧?

润生动手帮那些装卸工装车,一片倒腾石头的哗啦声响。车装好了,长才大婶恰到好处地提着竹条笼儿送贴饷来了。

"同志,尝一块。"长才大叔拉住司机的胳膊,声大,心也诚,"你尝一块嘛!烫面油旋饼子,城里人不常吃的。"

长才大婶的烫面饼子烙得真好,焦黄的外皮,令人嘴馋,可惜拿得少了点儿。她大约只考虑到给男人长才一个人饱餐一顿,没有想到会遇见拉石头来的司机,而且有五六个装卸工人。润生替长才大叔作难,那么几块饼子,够谁吃呢?

"饼子少人多,俩师傅先吃。"长才大叔倒不作难,以实相告,安抚坐在汽车上的装卸工们,"下趟来时,管大家一饱。没办法,我不知道来这么多同志……"他的坦白的态度,倒惹得那些装卸工宽厚地笑了。

两位司机只是谦让着,不就座。

"认不得,是生人;认得了,一家人嘛!工人还是咱农民的老大哥嘛!"长才大叔居然表现出外交家的风度,尽管语言有点拉三扯四,态度却大方,"而今农民不缺粮了!你们吃公粮的月月有定量,俺庄稼人没定量,海吃!润娃,你站那么远做啥?来陪师傅吃饭……"

那位年长的司机盛情难却,吃起饼子来了,赞扬饼子烙得好,说农家的面食新鲜,吃来特香,而购买粮店的面粉,总是吃不出粮食自身的香味……

那位年轻司机,看去不过二十四五岁。一边嚼着饼子,自然地把头转向润生一边,问:"看你的架势,像是喜欢体育运动?"

未及润生答话,长才大叔就插言介绍说:"俺润生打篮球,全县第一名,到省城里也得过奖!"他显然对一切话题都感兴趣,只要讨得司机(财神爷啊)的欢心,而不顾自己对篮球运动的知识一无所识。篮球是个集体的对抗比赛,哪里有个人得第一的名次呢?

"喜欢足球吗?"年轻司机问。

"球类我都喜欢。"润生的神经兴奋起来了。回家几个月来,先是秋收,接着秋播,秋收秋播的大忙季节一过,他就扛着罗网扎进沙滩上来了,连篮球摸都没有摸过。曹村的那一副篮球架,早已倒掉了,乡民在球场上种下了不怕猪拱鸡刨的荠菜儿。乡村里的小伙子,都忙着弄着自己的营生,没有人对篮球感兴趣了。他没有伙伴,没有知音,谁现在舍得把大好时机消磨在篮球场上呢!现在,他遇到了陌生的司机,单是他喜欢看球赛这一点兴趣,就使润生感到亲近起来了。他和他有共同的兴趣,有共同的语言。他说,"乡下的学校,只重视篮球……"

"你看过亚太区足球分组赛了吗?"年轻司机问,又带着深重的懊丧的口气说,"国家队输得多窝囊啊!"

"技术差劲。"润生也表示惋惜,"那没办法。当然,有时候也凭运气……"

"希望渺茫哟!"年轻司机苦笑着,"中国的足球,跟中国的工业一样落后;要跟世界列强争雄,看本世纪末吧!等我儿子一辈人……"

"冲出亚洲,时日不会太久。"润生点点头,表示同意司机的估计,"要跟欧美强队争雄,真是要等下一代人,球场待有明星出世……"

"我把我儿子一定要培养成一名球星!"年轻司机得意地笑着,"三岁了,我什么玩具也不给他玩,只给他玩小皮球,每天下班,我教他练球,南美国家从六七岁开始训练儿童,我从儿子会跑就开始……"

看来司机不像开玩笑,狠着劲儿说得很认真,润生倒是动了情,附和说:"十亿大国,足球输给泰国,真是叫人憋气……"

老点儿的师傅吃完饼子,不屑地嘬嘬嘴,嘲笑说:"瞧瞧他俩,倒是说得投机。操那些闲心做啥?什么足球,输了赢了,管屁用!"

"你只要能塞饱油饼就满意了!"年轻司机不恭地说,也是嘲笑的口气。他回过头,摇摇手,对润生说,"咱们和这些老皮,没有共同语言……"

润生很有节制地笑笑,不介入他们两位司机之间的争议。

"交个朋友吧!"年轻司机站起来,很义气地伸出手,"你捞石头吧,我包了!你捞多少,我拉多少。不说别的,单是为了足球……"

润生握着年轻司机的手,高兴地点点头。

两辆汽车呜呜吼着,开出沙滩,拐上河岸了,沙滩的临时车道上空,卷起浓厚的黄尘。

"你交了个好朋友,润娃。"长才大叔高兴地说,"人家有这样朋友,那样朋友,你呀可是个球朋友……哈!不管咋样,交这个朋友好得很!咱们的石头不愁卖了……"

润生也笑着,没有料到因为对球类活动的爱好,交上了有利于卖石头的朋友,真是不期而遇的事。运气不错!他的心里这样想,真是运气不错哩!刚刚十八岁,一个可爱的姑娘在他连想也没敢想过的情景下,猛然亲了他一次,钟情地给他唱"九九艳阳天……"这个年轻的司机头一次和他结识,既没吃他的烫面油旋饼子,也没抽他一支烟,却要包销他的石头,运气还不好吗?生活里处处都向他微笑,十八岁的哥哥心里美滋滋儿的,瞧着长才大叔憨憨地笑着。

"抽烟!"长才大叔大声豪气地往润生手里塞烟,同时装起旱烟袋,笨拙地把一支带滤嘴的香烟叼在宽厚的嘴唇上,"不抽,怕啥?"

润生笑着摇摇头。他没有接受烟熏火烤的那种刺激的要求,辣刺刺的烟味使嗓子眼异常难受。他瞧着长才大叔的脸,那脸上布满一条条又粗又深的皱纹,这些皱纹里,以往总是蕴藏着焦急和愁苦,使人一看便可看出他的家境的紧迫和拮据,人都说这是副苦命相。是的,困苦的忧愁在这张脸上表现得十分显露。

现在,长才大叔脸上的每一条粗的或浅的,横的或纵的皱褶里,都溢出欢悦的浪花来了。同样,心里的欢乐表现在这张脸上的时候,也是十分显露的。他不会像有些城府很深的庄稼人那样,不但会隐藏苦衷,也会隐藏喜悦。他的一切都时时表现在那张黑红色的皱皱巴巴的脸上。有两辆汽车同时来装他的石头,而且是指名道姓地要装他曹长才的石头,而且说好要把他堆积在沙滩上的那一堆石头全部买走、拉完,不仅解决了他给儿子订婚的彩礼钱,更有一层不便说破的隐情,那就是:他感到脸上有光彩了!

他既没有门路疏通任何可以卖掉石头的渠道,又是笨手笨脚无法追拦汽车,捞下的石头就堆积在沙滩上。在这远离曹村村庄的沙滩上,捞石头的庄稼人,既是嫉妒又是眼红那些有门道找来汽车卖石头的人,也是既嫉妒又眼红那些手脚灵便而能拦住汽车的人。无法卖掉石头的曹长才,太无能了,倒被人瞧不起了。

现在看吧!曹长才的石头有人指名道姓来买啰!同时有两辆汽车,而且说定全部买走啰!曹长才被冷落在沙滩上的无人问津的局面打破啰!他咂着过滤嘴纸烟,把一只手叉在瘦细的腰里,挺起胸瞅着沙滩上下的庄稼人,瞅一瞅升上山顶的太阳,像是一位有学问的人在欣赏小河川道初冬清晨的自然景致哩!

现在,三三两两的庄稼人,手里掂着馍馍,利用吃贴晌的歇息时间,悠闲地转悠到长才大叔的罗网跟前来了,很关心地询问卖掉多少立方,那两位司机是什么单位云云。

"哈呀!你看我这号瓷锤愣种!"长才大叔恍然大悟,拍着自己的落满尘土的脑袋,

"居然忘记了问问人家是啥单位……"不管怎样,有这么多曹村的乡党到他的罗网前来拉话,是一种荣耀。他连忙掏出招待司机时吸剩的过滤嘴"金丝猴"香烟,一次抽出五六根,硬塞给众人,不接也不行。

润生坐在旁边的沙滩上,看着长才大叔的举动,未免有点可笑,却也终究使人高兴,作为一个庄稼人,长才大叔在这里,可以挺起腰和那些庄稼人说话了……

一连三天里,两部国产的"黄河"大卡车,往返十余次,把长才大叔和润生的所有积压的石货,装完揽净了。三天里,长才大婶把糯米酿制的醪糟酒坛子,搬到沙滩上来了,红壳或绿壳的热水瓶摆下四五个,给那些司机和装卸工们冲醪糟酒喝,如同过喜庆的大事一样。这种热气腾腾的场面,震住了沙滩上所有的捞石头的庄稼人,谁能有幸一次卖掉七八十立方石头呢?曹长才真是洪福洪财一齐发。那些或多或少都积压着存货的庄稼人,终于弄明白了缘由,把馋急的眼睛从长才的苦相脸上,移到十八岁的哥哥曹润生的紫红光亮的椭圆形脸上来了……

年轻的司机和曹润生已经成为很要好的朋友了,这是最后一次到曹村的沙滩上来拉石头,车装好以后,他给润生留下了单位的地址,热情地邀请润生到西安去的时候,一定要去找他。润生感动地点点头,送他上车。年轻司机刚一坐进驾驶楼,就大呼小叫着伸出头来:"啊呀!润生,你的信,我差点给忘了!"

润生接过信来,一看信封上的笔迹,心里一热,那信是晓兰托司机捎过来的。他当即撕开,只有一张纸条,写了短短的一行小字,约他今晚到管理站去。他把信塞进裤兜,跳上踏板,钻进汽车,坐在年轻的司机旁边:"捎我到三岔路口。"

"赴约会呀?"年轻的司机笑问。

"对。"润生第一次公开了自己的秘密,又从窗孔探出头,"长才大叔,把我的铁锨捎回家去……"

汽车从曹村的河滩里开过去,落完了叶子的一排排白杨从窗前闪过,灰色的雾霭从地上升腾起来,朝树梢上弥漫。润生的心在胸膛里,随着飞驰的汽车在狂跳。

"开得真快!"

"你着急,我也着急嘛!"

"急着回家训练儿子踢足球吗?"

"今晚电视转播国际足球比赛录像。"

"唔……"

润生也是第一次觉得,迷人的足球比赛现在失去吸引力了……

八

"你没有吃晚饭。"

"我从河滩直接来的,铁锨让别人捎回去了。"

润生坐在床沿上,老老实实地告诉她,他没有吃晚饭。晓兰揭开火炉上的小铝锅,热气蒸腾中,端出一盘菜,又端出一碗包子,放在桌上,问:"你吃面条不?挂面是现成的……"

润生摇摇头,已经抓起一个包子:"有肉包子吃,面条就省下吧!"他想说得调皮点儿,却不见晓兰笑,他也不管,大嚼起来。

"我记得在县上赛球时,你最爱吃甜食。"晓兰说着,又从五斗桌的下边,取出一包蛋糕来,解开,摊在润生面前,"你随便吃吧!"

"还有什么好东西呀?全拿出来吧!"润生畅快地吃着,故意逗晓兰,"我可真是饿……"

润生还没有说完,看见晓兰取出一瓶啤酒,揭掉盖子,正要往玻璃杯里倒,他抢上一步,一把抓住瓶子,说:"你忘了?我喜欢对着瓶口喝……"

晓兰爱抚地瞅着他:"怎样喝,还不都是酒味吗?"

"你可不知道哇,对着瓶口喝来才解馋。"润生说,"你也吃呀!"

"我吃过了。"晓兰说,"这是给你预备下的。"

"你该是陪着我吃。"润生逗她说,"那才像是……一家人。"他想说"夫妻",终于有点羞,没有说出口。

晓兰腾地红了脸,低了头,没有吭声。

润生发觉,晓兰变得腼腆了,说话声音低了,不像过去和他说话时的那种爽朗的声调了,也没有那高八度的嘎嘎嘎的笑声了。她现在在他面前,完全表现出一种贤惠的妻子的温柔和娴静。他倒觉得别扭,干吗要那么压低声儿说话呢?干吗笑的时候只抿一抿嘴角而不出声呢?什么时候学会了这样的规矩?

晓兰却在炉子上给他熬茶了。

"晓兰,你不吃也罢,你坐在我跟前。"润生说,"我在沙滩捞石头,总不由得瞧瞧咱俩坐过的河堤……"

"我把茶冲好,就来。"晓兰依然不为他的挑逗而动心,说,"就好。"

他吃着,喝着,一碗包子吃光了,一瓶啤酒喝净了,打着饱嗝,双手接住了晓兰递上的酽红的茶杯。

"你吃饱了没?"她深情地瞅着他问。

"这样好的招待,我还不吃饱吗?"他笑着说,同样深情地瞅着她,她却把眼睛避开了,装着收拾碗碟,转过身去。这一瞬间,他发觉她好看的眼睛里隐藏着忧郁的神色。他说,"你坐下,让我好好看看你。忙着收拾那些碗碟做啥?"

她却从床头的箱子里,取出一只包袱,解开,把一件新衣服送到润生面前:"你试试,看看合包不?"

"这……"润生有点不好意思。

"这,啥哩?试试!"她声音仍然不高,却很执拗,"穿上让我看看。"

润生穿上了。她拽拽前襟,抻抻后摆,用手熨熨平,欣赏一番,慰藉地笑着,完全像他的妻子要打发他出门走亲戚一样,那神态令他感动,他一把把她搂到怀里,动情地叫着:"晓兰……你真好……"

她偏过头,挣脱开他的手臂:"再试试裤子。"

"刚好。"他拎起裤腰,和自己的腿比了比长短,"你真有心啊!"

她把衣服重新折叠整齐,用废旧报纸包好,装进一只网袋里,说:"我第一次领工资,给你买一身衣服,算是纪念。"

"那……好,你等着……"润生感情的潮水在心里翻腾,激动得声音都颤抖了,"等我养起蜂来,我要把……我的蜜蜂……酿下的第一罐蜂蜜……送给你……"

晓兰听着,眼眶里扑下一行热泪来,似乎那泪水早就准备好了似的。润生以为他的真情打动了晓兰,又伸开双臂。晓兰结结巴巴地说:"咱们出去……走走……"

他和她避开公路,走上田坎,冻僵了的麦叶在脚下沙沙沙响。他把一只胳膊搭到她肩上,她却抖索了一下。这是怎么了?他轻轻地问:"晓兰,你冷吗?"

"不。"她说,"你呢?"

"我都要出汗了!"他故意夸张说,"你刚才打了个冷战……"

她没有吭声,走着,站住了。

没有月亮,星星在灰黑的天空闪着冷光,西北风掠过,虽然很小,却是够冷的。

"润生……"她站了片刻,轻轻地叫他。

"你的性格像是大变了!"润生说,"我可真是爱听你过去那利索的说话……"

她又闭口不说了。

"给我再唱一回《九九艳阳天》吧!晓兰。"润生动情地说,"听了你那天晚上的歌声,我再不听广播上唱歌了!"

"呜……"晓兰却哭了。

润生一惊,扶住晓兰的肩头:"你咋咧?谁欺侮你了吗?"

"我……对不起……你……"她终于说出话来,就一头扑跌进润生的怀抱,"你……骂……我吧……"

润生大吃一惊,急切地问:"快说,到底怎么了?"

"我……姑父……给我……介绍下……"十分为难的声音。

"是不是那天和你看电影的那个人?"润生推开晓兰,抓着她的肩膀,急问。

"就……是。"

"唔……"

俩人都垂下手,静静地站立着。

"那个男的是干什么的?"润生问。

"管理站的会计。"晓兰说,"他爸跟俺姑父是朋友,才给我说这人……"

"他爸干啥哩?"

"县上干部……"

润生醒悟似的"噢"了一声,骤然就明白了,她姑父在乡里,他爸爸在县上,既是上下级关系,又是老朋友,他们的儿子和亲属就可以在砂石管理站工作,还要联婚,正好门当户对……想到这层说来复杂实际简单的关系,曹润生——十八岁的哥哥啊,几乎本能地想到他的父亲,那只是一个养猪养牛的能手。他的那种自卑的精神里,冒出一股强烈的厌恶情绪,负气地摆摆手:"那好!那好!我走了……"

晓兰一把拉住他,怨怨艾艾地说:"你……听人说完嘛……"

他站住了,手塞在裤兜里,直立在麦田里,忽然想到,她还没说清楚她对那个会计的态度哩!自己怎么就要走掉呢?他问:"你到底愿意不愿意?一句话就说清了,问题很简单!"

"俺爸俺妈逼得我……"晓兰诉说着,"我原先到管理站来工作时,一点不知道俺姑父有这意思……"

"你现在知道了,咋办呢?"润生耐着性子听着,"我不强迫你,只想听你一句截断的话。"

"你说……我咋办呢?"晓兰问。

"你的终身大事,我咋敢掺言呢?"润生直率地说,"而今的年轻人,各人主各人的事。"

"我想听听你的意见……"晓兰坚持说。

"要叫我说……"润生毫不含糊,"辞了管理站的工作,回家另寻营生去!而今农村里,饿不死人!"

"我也这么想过……"她低下头,"好容易找到这个工作……"

"那就算咧！算咧！"润生说,"你按你的主意办,我不干涉你……"

"润生……"晓兰拉住他的胳膊,又哭了,喃喃地诉说,"我刚刚领下头一回工资,我就给你买下礼物,侍候你吃一顿饭,好不好,算我补一回心……"

"……"润生忽然觉得鼻腔里也酸渍渍的。他听明白了她的话,这一切又都显得没有必要了。他说,"好！就这样……我走了。"

"你甭急嘛！"她又抓住他的胳膊,"我对不起你！你骂我吧……"

"没啥对不起的地方！没有！"润生忽然觉得自己长高了,豪爽地说,"我骂你做啥？你没伤害我嘛！你的事由你定嘛！"

"我心里还是忘不了你……"

"甭把事情故意弄复杂！快点忘干净吧……"

"我知道你在河滩捞石头,苦累重……"晓兰动情地说,"你捞下石头,甭愁卖,我给你调车……"

"不不不！再不要了！"润生固执地说,"你给长才叔卖掉那么多石头,算是帮了大忙。我的石头不愁卖,我追车拦车可有经验了……"

"我隔十天八天,给你放一趟车过去。"晓兰多情地说,"算我一点心吧！"

"不要。晓兰,我走了。"他这回下决心走了。

"回管理站,把衣服拿上。"晓兰又挡住他,"你把我的车子骑上,这么晚了……"

"不要！"润生甩开手,扯开步子,刚走开两三步,却听见背后传来压抑的哭声。他想回过头,安慰她几句,略一踌躇之后,他终于没有转过头去,似乎后颈上别着一根棍子,脖颈梗得邦硬了。他大步走过麦田,冻僵了的麦叶在脚下嚓嚓嚓响……

结束了,他和她的初恋！那么令人心魄震颤的初恋,就这样完结了！他在平整的柏油公路上走着,现在才感到西北风的刺骨之寒了,他的脑子里混沌一片,乱糟糟的,只顾机械地扯开长腿走路,似乎懊丧,似乎伤心,又似乎是傲视一切,说不清是一股什么滋味……

润生终于走进曹村了,村巷静寂,一幢幢房屋的黑乎乎的轮廓,静静地隐蔽在冬夜的黑暗中。他走到自家门楼下,木板门虚掩着,推开门,从里屋就传出母亲的问询声。他不回家,门是不上关子的,母亲就坐在灯下做针线,等待他回来,这已经是习惯了。走进院子,左边的猪舍里,传出老母猪睡下时的呼噜声和小猪崽的梦呓一般的吱吱声；右边的牛栏里,老黄牛倒嚼的声音很有节奏地响着。他从空旷的原野回到熟悉的现实世界来了,心里顿然稳实了。

"润娃,你到管理站去咧？"母亲从针线上抬起头,"我听你长才叔说的。你吃饭了没有？我给你在锅里留着。"

"吃过了。"他坐在椅子上，低下头，想到吃她的那顿饭，心里又不自在了，"我去联系……卖石头的事。"他不得不撒谎。

"哼！你联系得怎样？"父亲并没睡着，坐起来，披上棉衣，不满意地说，"你看看柜子上——"

润生转过头，装着粮食的长板柜上，搁着一堆油渍渍的纸包，一堆未曾开启的酒瓶……这是怎么回事呢？

"村里人看着你给长才卖了石头，知道你有熟同学在管理站开票，这下倒好——"母亲不知是讨厌呢？还是欣赏这种事情，"都求你帮他们卖石头哩！"

"嘿呀！我怎么能……"润生说不出话来，这无疑又是一件不期而遇的事。他从报上看见过一些不正之风的报道，也从旁人的口中听到诸多的行贿受贿的丑恶行为，而他自己亲身经历，却是有生以来的第一次。是啊，没有什么人会给他的父亲行贿，他只会喂猪养牛，给别人帮不了什么大忙。他过去一直念书，也不会遇见什么人来求他帮什么忙。现在，他第一次看见了在沙滩上被人谑称为"进贡"的贡品了，一包包糕点、纸烟，一瓶瓶贴着各种装饰图案的酒瓶，供奉在柜盖上了。甭说他受不受这些贡品吧！想到晓兰和他的不堪回想的初恋，他连看一眼那些贡品都觉得讨厌。

"你收人家这些东西做啥？"他朝母亲使性子，"你收下了，你去给人家卖石头吧！"

"啊呀！俺娃——"母亲不恼，亲热地叫着，"那些人一进门，挡都挡不住，不信你问你爸……"

"我一辈子没有白吃白喝过人家的东西。"父亲没有直接替母亲做证，却讲起家规来了，作为父亲，他比老伴更疼爱独生的儿子，却不忘时时处处给儿子以实际影响。他把这件事，看得远远比老伴严重，"即使咱能给人家帮忙，也不能收受这些黑天黑地里送来的东西！啥味呀？"

"谁收下谁送走。"润生怨母亲。

"话虽这样说，理虽这样讲，甭忙——"父亲完全显示出他的一家之长的主事人的深谋远虑，"给人帮不了忙，也甭得罪乡亲……"

"你说咋办？"母亲也急了，"怎么还给人家？一还，就准定得罪人咧！"

"我想想……"父亲沉思起来。

"我还！"润生站起身，"谁送来的还给谁，简简单单的事，偏想得那么复杂！"

润生烦躁地走出里屋的小门，走进自己的小厦屋去了，他需要一个人静静地躺下，想想他和她究竟经历了一场什么，简直跟做梦一样呀……

九

　　神秘的动人心魄的初恋,竟是这样来去匆匆地结束了。在人毫无精神准备的时候突然发生,又在人毫无精神准备的时候突然中止,真是不期而遇,来去匆匆!

　　黎明时分的河滩里好冷啊!秦岭东山的群峰的上空,透出一抹亮光。田野里一片昏暗。河堤上落光了叶子的杨柳林带,像一堵雄浑的城墙,齐刷刷排列在河岸上,露出高高矮矮参差不齐的锯齿一样的树梢。小溜子北风在黑暗里溜过来,像挟裹着无数的钢针,扎刺人的脸颊,钻进脖颈和袖口,手指麻木得握不住铁锨的木把了。

　　沙滩上空寂无人,河水也像冻结了似的发出不大连贯的颤颤的响声,白日里熙熙攘攘的沙滩,现在显得空旷和广漠。黎明前的这一刻愈加黑暗,伸手不见五指,即使顶勤快的庄稼人,也要等这一刻过去,大地和村庄露出黎明的端倪的时候,才扛着铁锨和担笼下到河滩来。

　　十八岁的哥哥曹润生鸡叫三遍的时候,就在沙滩上撑起罗网了。他昨晚一宿未曾合眼,翻来覆去,那被窝里像是有石子和柴枝,蹭得他睡不着觉。他和晓兰就这样断了!刚刚热乎了起来,骤然又凉咧!唉……怎么处理这种事?老师在课堂上只教给他作文和计算,从来没有讲过怎么恋爱。有一次,老师严厉地批评两个偷偷谈情说爱的同学,凛然无情,直到那两个倒霉的家伙抬不起头来,老师干脆宣布:中学生不准谈恋爱……他却在心里说,晚了,老师警诫得太晚了!他和晓兰在河边上已经亲过嘴了!抹也抹不掉这样的记忆了……老师要是能给他们讲讲怎样恋爱,失恋了又该怎么办,现在对他来说就有很大的参考作用了,老师却只是一味地警告不许谈。父母亲只是教他好好念书,供给他吃的和穿的,训示他要尊敬先生,和同学友好相待,出远门念书一切得谨慎,从来没有告诉儿子,当一个姑娘突然亲他一口,给他唱歌的时候,他应该怎么办?没有,从来没有,因为政府里提倡晚婚,已成定律,庄稼人虽然不大满意,却逐渐地推迟了给儿女们订婚的年龄,一般都在二十岁以后才张罗,订得早而不能婚嫁,倒惹得好多麻烦。他才十九岁,尚不见任何一位热心的婶娘或嫂子来提亲说媒,父母也没有因缘提及此事,他更不好意思告知父亲和母亲,说他和一个女同学如何如何了。

　　没有谁能帮助他,现在怎么办?他和晓兰在三岔口旁边的麦田里分手了,他头也不回地走了,拒绝了她要送给他的那一身合尺合码的衣服,走回曹村来了。他现在说不准他对她的这种态度合适不合适,以这样的方式结束他和她的关系好不好,只是……完全是凭着一种不可逆转的心性,就这样告别了。当他现在躺在小厦屋的被窝里,静静地回想刚才和她在麦田里的谈话的时候,他不觉得自己有什么过错。既然她要和那位县上干部的儿子……又何必给他送一身衣服呢?他穿上这一身衣服会是一种什么滋味呢?保持那样一种不明不白的关系干什么呢?要么就好,好得无遮无掩,像他们那晚过河时的情景一样,要么就断,断得一丝不连,各人奔各人的前程,她能找下一位大学生派头的管理站的会计做夫婿,他也绝不至于打光棍一辈子!他头脑简单,喜欢干干脆脆,小葱拌豆腐一青二白,脑子里盛不下缠缠络络的丝麻……尽管这样,他还是睡不着了。

令人哭笑不得的是,乡亲们悄悄送来了那么多糕点和烟酒,指望求他通过她卖掉石头,却不知他现在正打算再不和她交往了呢!既然睡不着,躺着特难受,上房里传来父亲沉重的舒悦的鼾声,更叫人感到心胸里憋闷,他悄悄爬起来,扛上铁锨,挑上铁笼,出了街门……

苞谷秆子燃烧起来,噼啪乱响,火光在沙滩上辟开一个小小的温暖而明亮的空间,他抓起一捆干透的苞谷秆子扔到火堆上,被黑夜收缩了的空间,又随着蹿起的火光而扩大了。他铲起一锨砂石,抛到罗网上,刷的一声刚落,又一锨砂石接着抛上去了。他发疯似的干着,像是和谁赌气似的干着,不让双手有一瞬间的停歇。忽而蹿起的火光,照出他一副红扑扑的脸膛,眉毛拧到鼻梁上头的凹坑里,嘴里轻轻喘着气。

要是晓兰现在坐在苞谷秆燃起的火光里,嘎嘎嘎地笑着拢火,歪着脑袋唱《九九艳阳天》,那他就会……啊呀,胡乱想到哪儿去了!他揪一把自己的头发,眉头又紧紧地拧扭在一起了,用劲挖砂石吧!

用劲挖,使劲抛,一天争取增加一半收入,早点攒够钱数儿,把东杨村那十箱意大利蜜蜂买到手,早点离开这无聊的曹村的河滩,满世界赶着花开放养蜜蜂去。把晓兰和他的关系彻底割断,把她在他心里的影子彻底抹掉,一身轻松,无牵无虑,满世界去逛呀!

他将押运着自己的蜂箱,乘着火车,风驰电掣般地驰过平原和丛山,村庄和河流,春天到南方,夏天回北方,哪儿的花儿开了就赶往哪里,在平原上的某个陌生的小镇旁,或者在山区的某个小村庄里,摆开蜂箱,撑起一顶绿色的小帆布帐篷,戴上面罩,抚弄那些嗡嗡叫着的金黄色的蜜蜂,把那些已经无用的公蜂及时捏死,它们和蜂王交配以后就无用了,也不酿蜜,只是坐享其成。人工培置王台,不仅能控制蜜蜂的繁殖和分群,还可以生产蜂王浆,那是高级滋补品,听说资本主义国家的头儿把它当饭吃,所以一个个都长得头大腰肥。把那灌满蜂蜜的蜂皮装入摇蜜机,转动手把,那稠汁就被甩了出来……晚上呢?最好能带一台电视机,可以看球赛,问题是要钱!钱,他要挣钱,拼命地刨砂石,拼命地挣钱!

什么时候,南塬那刀裁一样的平顶现出清晰的轮廓来,从夜幕黑沉沉的罩衣下分离出来,杨柳林带的梢头也从夜幕里摆脱出来,现出青色的枝丫,苞谷秆燃起的火光暗淡了,黎明来到了。

村子里有了响动,河滩里有人在大声咳嗽,白杨甬道上,有人影晃动,车轱辘在冻结的土路上撞出哐哐的响声……终于,有人走到沙滩上来了。

今天,他是第一个迎接黎明的人。往昔里,他总是睡得醒不来,即使偶尔被尿憋醒了,仍是舍不得离开暖烘烘的被窝。现在,他站在沙滩上的罗网跟前,看着黑夜的暗影怎样一层一层被黎明的光亮所驱逐,看着从曹村通河道的大路上走来一个一个庄稼人,他心里顿然萌生起一股豪气,我是第一个起得早的人啰!

"哎呀! 润娃! 哈呀呀呀!"长才大叔人未来而声先至,大声吁叹着走来了,"真是个勤快的娃娃,起得多早! 真是发了狠心咧……"

润娃挂着锨把儿,没有吭声,瞧着长才大叔在沙滩上急急忙忙走过来,他的罗圈腿上裹着厚重的棉裤,在沙地上一踩一溜地走着,笨拙的样子,活像一只扑拉着翅膀的老母鸡。

"你昨晚啥时候回来? 让我老等!"长才大叔走到当面,喘着气,"刚才我去寻你,一摸被窝都凉咧! 你大概一宿没挨炕面儿……"

"有啥紧事吗?"润生问,刚刚给他卖掉积存了几个月的石头,还有什么急事一天两头寻他呢?

"紧事,当然是紧火事,还是不小的个大事哩!"长才大叔语言重复,紊乱,这是他的一贯性的特点,不过口气听来却是乐悠悠的,"你昨日后晌走了以后,好些乡亲来盘问我,问你跟砂石管理站有啥样的熟人。我说,你的一个女同学在那儿开票。你看,我不说不成嘛! 有人已经扫风咧……"

"这算啥紧火的大事呢?"润生笑笑。

"甭急。你坐下,烤会儿火,该当歇气咧!"长才大叔在火堆旁坐下,两个指头从火堆里捏起一块火星,轻轻按在烟锅上,在棉裤上擦擦被火烫烧的指头,说,"你听我说。"

润生蹲在火堆旁,把双手伸到火堆上烤着,头侧着,听长才大叔说什么紧火的大事。他料到他不会有什么大不了的事,长才大叔一向说话声高,有点虚张声势,大伙背地里叫他"刮大风"的绰号。

"润娃,你常看报不?"长才大叔问。

"大队的报纸全给队长他婆娘擦了屁股,谁捞得到手呢!"润生笑着说。

"收音机你该有吧?"长才大叔依然认真地问,"念书人都爱看报听广播。"

"你到底要说啥事? 还说紧火,真要是紧火事,早叫你给啰啰唆唆地耽搁得冰凉了。"

"你要是常听广播,我问你——听没听到过,人家说西安城北啥村子,农民自己成立了'养鸡协作会'?"

"听到过。那是个养鸡专业村。我在《对农业广播》节目里听过。那村子叫什么名字,记不得了。听是听过。"

"看看看!"长才大叔磕着烟锅,"昨日后晌,你不在,好些人说他们在广播上听到了。听到了就想学那样子,成立咱曹村的'捞石头协作会'哩!"

"那就成立吧!"润生冷淡地说。他的心没有安在这沙滩上,不过是临时干几个月,捞够了足以买回十箱蜜蜂的钱,他就要撤罗拔脚了。他从来也没想过把自己的一生交给这沙滩,两年也不曾想过。至于成立不成立什么协作会,与他关系不大。要是成立养蜂人协作会,他会大感兴趣的。他说,"那就成立吧!"

"'那就成立吧',你倒像不粘事一样。"长才大叔很不满意地说,"大伙瞅你……当会长哩!"

"那哪儿使得嘛!"润生急了,万万没有料到,他要当什么会长了,"我不干!"

"大伙瞅见你和管理站的那层关系啰!"长才大叔说,"当然……主要是大伙看你公道,老实,肯帮助像我这号笨佬儿……"

"我不干……"润生说,一点也不含糊,"我干到春节,过罢年,再不下河滩咧……"

这当儿,从滩地里通到河岸边来的大路口,拥挤着一堆人,嘻嘻哈哈,高声阔谈着什么,像是围观耍猴的游戏一样有趣。

"那些人围在那儿看啥西洋景哩?"长才大叔问。

"你去看看吧!"润生笑着说。

长才大叔站起来,又把一粒火星捏到烟锅上,喷着蓝色的烟雾,扭着丑陋的罗圈腿,赶去看热闹了,走出五六步远,又回过头来,叮嘱说:"众人托我先给你透透风,你甭一口回绝嘛!逢事多想想,甭违拗众人……"

十

润生拨拉着火堆,使没有燃尽的柴火重新冒烟起火,完全是一种下意识的动作。他已经没有勇气再次走进乡砂石管理站的大门了,好多乡亲却不明底细,给他送礼,又要成立什么劳什子的组织,企图通过他和她的同学关系图得卖石头的方便,真是叫人哭笑不得。不过,所有这一切令人难堪的局面,马上就要结束了,他已经完全摆脱了。那边——好多人围观的现场,正是他别出心裁制造出来的。他把昨晚收到的糕点、瓶装酒,香烟,全部装在一只竹编提笼里,搁到下沙滩的河岸边的路口,挂着一绺纸条:请认领自己的东西。

听见从那儿传来的嘻嘻哈哈的议论,润生现在很得意,很欣赏自己处理这件事的光明磊落而又奇特的方式。他虽然一直念书,没有经过世事,却耳闻过不少丑恶的社会现象,庄稼人对于有权而谋私的干部,表现出深恶痛绝的情绪,深深地震动过十八岁的哥哥的纯洁心灵,老师在政治课上讲到的不正之风对于党的战斗力的严重危害,深深地引起了他的担忧。他曾经想,我要做一个正直的人!如果我当县长的话,就把那些赃官统统开销回家……他现在把那些送给他的礼物全部摆到大路口,表示他对此类事情的态度,这是他昨晚最后想到的办法。

"嗨呀!润娃,你咋弄下这号没名堂的事?"

润生一转过头,长才大叔从背后走来,脸色都变了,非常懊恼的样子,压着声儿抱怨他。未等他开口,长才大叔蹲到面前,火烧火燎的样子,说:"你这不是故意给人难看吗?"

"那有啥难看的!"润生不以为然,"是谁送的东西,谁领走好咧,简简单单的事嘛!"

"谁现时当着一河滩的人,好意思领走那些东西呢?咹?"长才大叔的声音又压不住,高了,"那里头也有我送给你的两样东西,你叫我怎好伸手取出来呢?我这老脸搁哪儿去?"

润生看着长才大叔扭歪了的脸,没有说话。是啊,这种办法虽然表白了自己,却使长才大叔这样老实巴交的人感到难堪了。

"你不愿意收受这些东西,也行嘛!你悄悄给人家送回去,两方面都好看嘛!这样——"长才大叔叹口气,惋惜地说,"你要得罪人了……"

"我想过悄悄送还的办法,又怕有人再送来。这样一搞,就没人再添麻烦了。"润生也有点惋惜地说,"这么办可能要得罪乡亲……"

"你说你不'受贡',人家可要怨你高傲,不肯给乡亲帮忙。"长才大叔更加深入地阐释他的见解,"乡村里的庄稼人,虽是痛恨旁人走后门,临到自己有急事要办,还要寻情钻眼儿找门路。咋哩?正路走不通喀!只有走后门……"

"骂就让人骂吧!反正咱没做不明不白的事。"润生硬着头皮说,"天长日久,乡亲会明白的……"

"净说傻话!天长日久,人都叫你得罪完咧!"长才大叔开导他说,"农村里,人老八辈住一搭,得罪不起人哩!你娃正年轻,要活人,叔是替你担心哩!"

"唔呀!这事倒弄瞎塌咧!"润生悻悻地说,"世事真个复杂……"

"乡城里外一个样儿,哪儿也不是简简单单!"长才大叔得胜了,"走,快去把那些东西提回来,免得……"

"这……"润生犹豫不决。

"你不去我去,我去给你提回来。"长才大叔说着,竟然照直走去了。

那双丑陋的罗圈腿,在沙地上扭着移着,越来越远,倒像是有一根无形的绳子,一头牵着那双腿,一头牵着他的心。那双罗圈腿朝前跨出一步,润生的心就被扯动一下。让长才大叔把那只竹编的提笼拿回来,就等于在曹村众多的庄稼人面前,承认自己做错了!可是,错了吗?错在哪条理儿上了?得罪人并不一定都是做错了嘛!他的心在痛苦地扭动,头上竟然冒出汗水来了。长才大叔一旦把那些东西提回来,就等于自己唾到自己脸上,就会给曹村人留下一个谈笑的好话题……

长才大叔已经走近那个路口了,润生的心被揪得透不过气来,他终于忍不住,从火堆旁跳起来,像争抢篮球一样奔跑过去,在长才大叔刚刚弯腰的时候,抢先一步把竹编笼儿提起来了。长才大叔惊愕地瞪起眼睛,不知所措。

太阳已经升起来,微弱的却又温暖的冬日的阳光洒在沙滩上,已经有女人和娃娃提着装着吃食的笼儿罐儿走到沙滩上来了,好多人丢下铁锨,手里拿着馍馍,赶过来看热闹了。对于从早到晚抓摸石头的庄稼人,这无疑具有吸引力;对于沉闷而又沉重的劳动,这无疑更使人开心,算是一个插曲。大伙瞅着那装满瓶儿包儿的竹编笼儿,嘻嘻哈哈,议论纷纷,说着损话刺儿话,从沉重的劳动下得以解脱了。包括那些最贪活儿的汉子,也经不住一阵一阵笑声的诱惑,丢了家具跑来凑热闹了。

"叔伯爷们!"润生自然地成为这场活剧的中心人物,他扬起头,红着脸,诚恳地说,声音都颤了,"我是晚辈娃娃,咋敢吃大叔大爷送给我的东西……"

众人骤然闭了口,齐刷刷静下来了。这些庄稼人也不是没有经见过世面的人,他们经过怕人的"四清"和"文革"运动;平常时月里,也常有县上和公社的干部到曹村来开会作报告,县委一位副书记还来过一回哩!他们听过一套又一套的理论,开过数不清的会议。现在,在沙滩上,这个十七八岁的小伙儿的一句开场白,把他们震住了,乱七八糟的喧笑全部销声匿迹了。这是怎么了?绰号"牛王爷"的曹老大的独生儿子润娃子,要干什么呢?

"我确实没办法给这么多人卖掉石头。真的,没有办法。管理站倒有个同学,可是……这么多人……"润生说到这儿,忽然心底一沉,有种十分难受的感觉袭来。他想到了她。她和他好过。她已经明白地告诉他,她和他的关系完结了。他努力抑制住自己的冲动,不要使眼泪忍不住地流出眼眶,"即使我能替谁卖一些石头,我也不敢收受叔伯爷们的礼物,我是个娃娃呀!哪有长辈人给晚辈人送礼的……"

诚能感动天地。好多人投来赞赏的目光,窃窃私语着。长才大叔突然从蹲着的人后蹿到中间,溅着唾沫星儿,大声感叹着:"好娃好娃!乡亲们,大家甭为难润娃了。有事找他,他肯定帮忙,我敢保证!千万甭乱送东西,人家娃娃不受贡品……"他的愚鲁的憨态和实话,引得庄稼人善意地笑起来。

"这包点心是我送的,这瓶'雁塔大曲'也是我送的,我现在领走了。"长才大叔把他的东西从竹编笼里拣出来,也不怕当众丢脸了。他高高地举起点心包和瓶装酒,像显示什么一样,坦诚地当众招认说:"大家看见,润娃帮我卖掉了囤货(石头)。我心里过意不去,就送了这两样东西。既是润娃不收,我心里也畅快,这东西大家享受吧!点心大家吃,酒大家喝……"

几个小伙子嗷嗷叫着,拍着手起哄,有谁竟然高声笑喊:"曹长才大叔——万岁!"点心包早被青年们撕破了,酒瓶不断地被抢来抓去,笑闹声遮掩了一切。

尽管气氛已经十分活跃,仍然没有人前来认领。润生记得的两个人,也躲在背后,不肯拿去他们送来的礼物,庄稼人好面子啊!

有个中年汉子挤进人窝里,在润生的笼里翻腾。他一看,认出是村子东头的曹五龙,忙说:"五龙叔,原谅我……"曹五龙看也不看他一眼,铁青着脸,转过身,走出人窝去。只听"哗啦"一声响,酒瓶在石头上摔得粉碎了,曹五龙头也不回,背抄着双手,走到他的罗网跟前去了。众人一齐盯着润生,润生难堪地低下头来。那帮青年却故意起哄似的在地上抢夺曹五龙摔下的点心。

长才大叔明显地斜睨着那个不通人性的家伙,同情地盯一眼润娃,忽然提高嗓门,对众人说:"大家昨日后晌说要成立'协作会',我刚才跟润娃说了,问题不太大,借这个机会,大家商量商量吧!当着润娃的面更好……"

润生很感激地盯了长才大叔一眼,他把他从五龙示威的难堪中解救出来。话题一引到捞石头的庄稼人的切身利益上,没有谁再去盯那个短见识的家伙了,七嘴八舌地议论起成立"捞石头人的协作会"的事了。

"咱们整天操心拦车,不是办法!你追车追得越紧,那些司机越品麻!"

"一个村子的乡亲,为拦车弄得红鼻绿眼,失了和气,实在难看!"

"咱们都是下苦人,下苦人跟下苦人为卖石头吵架闹仗,倒是给人家司机净赔笑脸,说骚情话,低三下四……"

"我说——"长才大叔完全是主持者的角色,"要是咱的'协作会'成立了,统一安排,一家卖了一家卖,咱们何苦要追车拦车呢?何苦要给人家递烟赔笑说骚情话呢?咱有笑脸,给咱老婆看,把骚情话节省下晚上给咱婆娘说……"

长才婶子送饭来了,早已站在男人背后,听到此,捶了大嘴长舌头男人一拳,嗔骂道:"你那猪脸,笑起来能把人吓死!"

"长才的话丑,理端着哩!"曹七伯在众人的笑声中,郑重地说,"队长只顾挣补贴款,不理民事喀！这样，大家才想到举出一个人来。有个公道人出面，大家按顺序卖石头……"

润娃瞅瞅长才大叔，他倒蹲在地上不吭声，只顾抽烟。他把话题引出来，自己就不出头了，免得旁人说他让润生主事，看去粗笨的长才大叔，心数儿一个也不比旁人少。果然，有好几个人先后喊起来："让润娃当咱们会长！"

"大家看咋样？润娃行不行？"长才大叔忽地站起，扫视一周，"有屁放出声来！"

"行！"众人一哇声喊起来。

"我……不行！"润生像被洪水卷着，身不由己了，他勉强地说，"我这人脑子简单……"

"事情本来就简单！"长才大叔大声说，"只要你娃子公公道道办事，我看啥事都不难办！脑瓜太复杂的人，倒是光给自家往怀里刨！公道俩字，本来就简单嘛！"

又是一件不期而遇的事！他可真是没有想到自己会当什么"捞石头人协会"的会长。既然遇到了，而且无法躲避，无法推卸，他怀着不安的心情应承下来了。他说："大家得订出几条规矩来，我才好办理这事……"

"你提几条出来，大家商量。"长才大叔像早有准备，"众人七嘴八舌，乱口纷纷。"

"我拟几条，大家再补充。"润生说，"关键是卖石头的次序，我说咱们抓阄，大家同意了，立马就抓，说不定一会就有汽车来。其余的规矩，缓后再立。"

"抓阄最公道！"

"抓啊！"

……

润生低头编制纸阄的时候，那些青年们已经把笼里的糕点和纸烟抢劫一空了，酒瓶在大伙的手里传来抢去，有人把一块点心送到他的膝盖上，他不由得笑了，一口咬去了半个。

长才大叔从他老伴手里夺过一只空碗，放进纸阄，伸到众人面前，一只只被河滩上的北风吹得皱皱的黑手，伸进碗里去了……

"二号，谁？"润生喊着，记下了名字，依次记完之后，他站起来，面对着那么多乡亲说："一号我留下了，请大家原谅。"

众人一愣。

润生没有解释，走出人窝，径直朝沙滩上边走去，曹五龙现在独自一人，挥锹抛沙，没有参加抓阄的活动。润生坚定地朝他走去，手心里捏着那个留下来的一号的纸阄……

十一

  一家三口,围在老祖宗传留下来的方桌上吃早饭。

  润生着实饿了,母亲托人捎到沙滩上去的馍馍,因为忙于让众人抓阄的事而没有顾上吃,早已冻成一块块冰疙瘩了;昨晚一宿未眠,从鸡叫三遍起来下河滩直到现在,肚子里咕咕咕响,肚皮已经紧紧贴着脊梁骨了。他大口吞咬着又软又韧的发面馍馍,咔嚓咔嚓咀嚼着清脆脆水津津的萝卜丝儿,呼噜呼噜喝着甜腻腻油丝丝的苞谷糁儿,真香啊!重体力劳动造成的饥饿是这样难以忍耐,而大嚼大咽五谷饭食简直是一种至高无上的享受了。

  母亲不时停下筷子,爱怜地端详着儿子狼吞虎咽的样子,似乎说,吃饭也像个男子汉了。

  父亲的牙齿掉光了,两边脸颊的松弛的肌肉紧张地运动着,仍然吃得很慢,拿在手里的一只馍馍,总不见减少,而润生已经吃掉三个了。他瞥一眼父亲艰难地咀嚼食物的样子,忽然意识到,父亲老了。他的因为牙齿脱落而深深陷进去的脸颊,他的被粗大的和细密的皱纹所网罗着的皮肤,他的昏暗而又板滞的眼睛,都表示他衰老了。看着父亲的神态,润生忽然想到一条橡皮绳,一条失掉了弹性的疲惫不堪的橡皮绳。是的,出尽了力气的老父亲,正像一条被不停地扯拉着的橡皮绳,终于失掉了弹性,失去了活力,现在变得松弛而又疲惫了,很难承受重力的牵引拉扯了。

  润生忽然记起,从早到晚,父亲从屋里忙到地里,又从地头忙到槽头,一天里很少能看见他有闲闲散散的一刻。他很少到人窝里去扯闲话,也很少赶集上会,牛棚和猪圈是他陶醉的游艺宫。他的最大的乐趣,就是咬着旱烟袋,蹲在黄牛后腿前,欣赏乳毛未换的小牛犊撑开四蹄,扬起嘴巴,在黄牛肥大的乳头上一拱一顶地吸吮奶汁……他过去熟知这一切,却从来没有在意,似乎本来就是这样,没有什么好想好说的。现在,突然之间,他强烈地意识到父亲竟是如此苍老,那松弛的肌肤和疲惫的身体里,再也爆发不出强劲的力量了。

  他的心里翻腾起来,有一股什么冲动在翻腾,应该接替父亲了,凭那样衰老的身体,不可能再有什么大的作为了。他是这个家庭里的最小的也是唯一的男孩子,六个姐姐,像硬了翅膀的燕子,一个接一个离开了这个老窝儿,只在年下和节日来看望父母,留下一袋礼物又匆匆回她们的村子、忙她们的日月去了。他才是这个小院的真正的主人。房子太破太旧了,被烟火熏成黑色的屋梁和椽子,不断地有虫蛀的粉末飘落下来,阴雨天常常滴滴答答地漏下黑红色的水珠。四方木桌,直背靠椅,有的断腿,有的缺角,都像父亲一样出尽了力气,古旧而衰老了。应该有新的住房和新式的家具,彻底改换这一切了,村子里已经有不少人家盖起了新房,添置了新式衣柜和台桌,年轻人已经拆除了土炕,换成钢筋弹簧床了。改换和更新这个小院的房屋和设备,舒舒坦坦地生活,已经不能指靠父亲了,得由他来干。

"润娃,听说你当了啥'会长'咧?"父亲已经点着烟锅,慢腾腾地问,"有没有这事?"

"嗯。"润生点点头。

"嚯!咱们祖辈三代没人当过官,你当了,改了咱的门风啰!"父亲半是喜悦,半是揶揄地说,"咱们润娃有才魄哩!"

"那是民间劳动组合,不算官。"润生给父亲解释,"责任制实行以后,农户之间发生了多种形式的联合,以便适应生产的发展……"

"不管算不算官,总带着个'长'字嘛!"父亲蔫不拉耷地说,"我这辈子也挂过一回'长'字……倒给吓得……"

润生笑笑,没有吭声,父亲当过一回队长,已经是他的老生常谈了。润生尚未出生的时候,父亲当了农业社的一个生产队长,到乡上去开会,要他放卫星,别人都放了,他却从会场吓得逃跑了,躲到姨妈家,不敢回曹村来。待他心惊胆战回到家里的时候,曹村农业社已经有新任队长执政了。他进了饲养场,直到前年牲畜下户,他才挟着那一卷铺盖回到自家屋里。他的胆小,因此而出名,他的当队长的逸闻,长久地留在曹村人的记忆中,他自己当然也不能忘记。润生早就听说过这档子事了,他也觉得父亲太胆小太老实了,居然吓成那样……

"你想干不想干?"父亲问。

"众人……硬推举我……"润生答。

"那当然,是众人瞅中了你。我问你一句话——"父亲认真地说,"和村长相比,谁领导谁?"

"当然……村长领导我……"

"要是这话,你趁早甭干。"

"咋哩?"润娃急忙问,"怕啥哩?"

"你干不出好下场。"

"为啥?"

"一句话,那人不是个正路货。再甭多问了。"父亲说,"我跟他在一个队里三十年了,还看不清一个人吗?你信爸的话,就趁早撒手;不信了,你干着试试。"

"他当他的村长,我捞我的石头,只要按国法交税,跟他没啥关系嘛!"润生无法想象,村长究竟是怎么一个歪路货,"你怕他暗中使绊子?"

"那人呀……"父亲摇摇花白的脑袋,撇着没有牙齿的嘴,就不再说什么了,担忧是根深蒂固的,一切苦衷都在那无言的摇头叹息之中了。他似乎很不愿意提及村长这个人,迅即把话题转换了,"再说,这政策还变不变,也是难得料定……"

"放心,允许农民发家致富,中央有红头文件。"润生早已听惯了那些担心的话,不在乎地说,"老人们全都得下一号病:怕变!"

"你娃娃没经过世事。没经过'四清'和'文化大革命',你就不懂得世事。"父亲深深地叹惋,"那阵儿来曹村的工作组,拿的也是红头文件……"

润生张不开口了,瞅着父亲的皱皱巴巴的脸,他无法探知,父亲那一道道横的竖的深的浅的皱纹里,究竟隐藏着多少忧虑?既无法估计,也无法说服父亲。他仅仅只有十八岁,"四清"运动在曹村轰轰烈烈进行的时候,他还没有来到这个偏僻的小河川道的村子里呢!"文化大革命"对于他来说也是一片空白。对于电影上和人们口头上传说的"文化大革命"的种种奇闻逸事,在他看来,和《西游记》里的故事一样荒诞不经,怎么可能有那样荒唐的事情在我们的生活里发生呢?人们怎么全都变得神经客了呢?没有办法,他没有经见过嘛!没有亲身经历见过的事情,总是很难体味其历史的和现实的,主观的和客观的诸种因素的。在他这样的年龄,最容易用今天自己正在经历着的生活去想象已经过去了的未曾见过的生活的。他不在意地说:"没啥。爸。这个'会长',不算啥官衔。能干我就干,干不了拉倒。你甭担心害怕。"

"你能给大家把石头卖完吗?"父亲过问起最具体的问题,"捞石头的人多,石头不好出手,现时又兴得走后门,你凭啥呢?"

"润娃,妈听你长才婶子说,你的一个同学,在管理站开票。"母亲突然插上话,"说是人家给你派来汽车……"

"嗯。"润生不由一悸,低头喝饭。

"你长才婶子给我叨叨,想给你联扯婚姻……"母亲装出不在意的口气,探问着,"我说咱娃是农民,怕不行……"

"没那回事!"润娃立时臊红了脸,一口说死,避开母亲探询的目光,和父亲说,"走后门卖石头的人有,不凭后门卖石头的也有。咱们成立'捞石头人协会',就是要跟砂石管理站建立组织联系,合理安排,不走后门走正路。"

"众人信服你,你就干吧。"父亲已经站起身,走到门口又转过头,"凡事甭叫人指脊背骂祖先,你已经长大了。就是这话!"

润生放下筷子,看着父亲走出屋子,心里涌涌波动,他已经长大成人了。是啊,十八岁了!众人已经向他委以"会长"的重任了!今天无论如何是一个重要的日子,他在众人眼里不再是个不懂事的毛娃娃了,而是一百多个捞石头的庄稼人所寄托着希望的青年了。从不懂事到懂事,从昨天到今天,他第一次在生活中担负起责任来,而且是众人的责任。他第一次明显地意识到父亲老了,强烈地感到他在这个小院里的责任。人生的旅途中的第一个重要的驿站,他就要驭马奔驰了。

润生走出屋门,心里第一次有沉重的责任感了。人生的多么奇妙、多么重要的第一次觉醒!

十二

人需要别人的信任。被别人尤其是被众多的一群人所信任,所拥戴,会产生一股强大的心理力量,催发人为了公众的某种要求,某种愿望,某种事业而不辞艰辛地奔走,忍受许多难以忍受的苦难,甚至作出以生命为代价的牺牲,也在所不惜,心甘情愿。他们的这种英雄行为,往往使那些极端利己的人迷惑莫解。

十八岁的哥哥曹润生,此刻就被这种强大的心理力量支配着。他骑着自行车,驶过沿着坡根伸展开去的坑坑洼洼的土石大路,穿过一个个大的或小的村庄,忍受着尖利的下山风的刺骨的寒冷,意气勃发地转上了平整光滑的柏油公路,更加快速地踩动着自行车的踏板,到设置在三岔路口的乡砂石管理站去,代表曹村所有捞石头的庄稼人,交涉出售砂石的公务。

为了刚刚成立的捞石头的劳动者联合体,润生要耽搁一整晌时光了,一整晌时间里,他可以捞出半立方米石头,价值两三块钱。他心里明白这笔账,却毅然作出了牺牲。为了众人有秩序地出售石头,也使自己日后再不为出售石头而追拦汽车,低三下四地讨好司机,牺牲一晌乃至一天的时间是不足计较的。他第一次受到那么多曹村父老兄弟的委托和信赖,心里简直承受不住了;那些比他高过一辈两辈的叔叔和爷爷,那些和他平辈的老哥或兄弟,竟然对他——一个刚刚从五里镇中学下到沙滩上来的青年,寄予厚望和重任,他感到充实,感到有力,感到自己骤然间成为一个大人了。

这种强烈的心理力量,帮助他克服了隐藏在心底的重大障碍。他曾经暗暗下定决心,再也不进砂石管理站的铁栅大门了;既然晓兰已经另有选择,他就要狠心割断和她的一切来往和感情上的联系。现在,他必须再次走进那个宽大的水泥立柱的铁栅大门,说不定还要撞见晓兰,撞见了也就必得说话打招呼……他是为曹村一百多个捞石头的庄稼人的切身利益来造访管理站的,理直而又气壮;不是找她走后门卖石头,也不是死乞白赖地纠缠她和他的那种关系的。他飞一般踩动自行车。冬日的冷风,即使在晌午,也仍然是尖利的,他的脸颊和耳朵冻得麻辣辣地疼。

刚到三岔路口,他跳下车子,尽管有那样强大的心理力量推动着,他还是感到心跳了,而且跳得越来越厉害,现在见了晓兰,该怎么说话才合适呢?他略停一会儿,稳一稳心情,硬着头皮走进铁栅大门了。碰得真巧,晓兰正在院子里打羽毛球,对手是那位戴眼镜的青年。她打得很开心,又很专注,没有发现他。晓兰穿一件红色的羽绒宇航服,蓬松的头发从后颈上束住,尾梢披散在肩上和背上,跳起击球的时候,头发被风张起来,落地时又像潮水一样跌落在肩背上。她的动作优美,跳起而又落下,蹲下而又跃起,进前退后,像是一种刚健的舞蹈。一个好球打完,她的嘎嘎嘎的笑声响起来。

润生突然觉得心里很别扭,看见她和他那么快活地玩着,听见她动人心魄的爽朗的笑声,他妒恨起那个戴眼镜的砂石管理站的会计了。他凭他的老子谋得这样一份不晒太阳也不挨风冻的职业,把他的晓兰轻易地夺走了。润生不愿意看见她和他玩羽毛球的样子,更不想在这种场合里和她照面,他想退出门去,过一阵子再来,然而已经为时过晚,晓兰已经瞧见了他,握着球拍跑过来,毫不在乎地和他打招呼:"润生,到屋里坐,午饭吃了吗?"

"我来找你们站长。"他立即说明来意,企图向她暗示,他不是来找她的。他用一种自己也觉得陌生的事务式的口气说,"和站长联系一下俺们曹村村民卖石头的事。"

"站长回家吃饭去了。你等一会儿吧!"那位青年用不耐烦的口吻说,"晓兰,快!现在是十比七……"

"到我屋里烤烤火,等会儿,站长两点来上班。"晓兰有点为难地说。

"不去了,我到外面转转。"润生已经推动车子,"我不打扰你了。"

"外头好冷!你到哪儿去?"晓兰说着,把球拍往他怀里一推,"你来玩玩吧!"

他的心里一动,撑起车子,接过长柄球拍,站到球网的另一边,从球网的网眼里盯着那位站在对面的情敌。他大约不太乐意他换下了晓兰,有点明显的扫兴的神气,没精打采地把白色的羽毛球掷了过来。

"开始计数!"润生看见对方懒洋洋的样子,不由火起,从地上挑起球,以一种挑战的姿态说,"你开球吧。"他又回过头,对晓兰说,"你做裁判。"

眼镜青年一震,愣了片刻,不在乎地笑笑,把球开过网来。润生忽然跃起,一记重扣,那白色的羽球像从绷紧的弓弦上怒射出的一支羽箭,栽死在对方脚下,眼镜青年的拍子还没有挥动起来。他脸色略略一红,迅即捡起球来,发了一个刁钻的旋转球,直飘到润生背后。润生灵巧地转身,背对着球网,把羽球从地上捞起来,送过网去,对方又一个轻吊,球儿落在网前,润生跃进两步,长臂猿似的从地皮上又把球儿挑过网去,落在底线周围,眼镜青年转身补救的时候,脚下绊了一下,摔倒了。

晓兰嘎嘎嘎笑起来,报着数:二比〇。

眼镜青年从地上爬起来的时候,面孔气得煞白煞白了,他的笨拙的动作出了丑,又在她的面前。他扶正眼镜,咬着嘴角,谋算着第三个球怎么开法。

润生随随便便地站在场地上,一副漫不经心的样子。他的心里,却凝聚着一股强烈的报复的火气。他要彻底打掉他的那种优越的干部公子的神气。他要打得他措手不及,疲于奔命,一败涂地。他要他在她面前出丑亮拙,他要把他彻底地击溃……即使在地区的中学生篮球联赛的时候,他的求胜的迫切性也不过如此吧!

第一局结束,晓兰也不好意思再笑了,大约怕那位同样十分自尊的青年太难堪——比分悬殊:十五比三。

"再来?"眼镜青年喊,企图挽回面子。

"来吧。"润生随随便便地应着。

一开局,又是五比〇。眼镜青年愈急愈输,愈输愈气,简直是一副气恼的神气,脸颊上淌下汗水来了。润生愈打愈熟练,挥洒自如。看看对方狼狈不堪的架势,瞥一眼晓兰也显出难堪的神色,他不忍心再使对方输下去。

恰在这时,晓兰喊:"站长来了。"

润生停下球拍,歉意地笑笑:"站长来了,我该办事去了。你们玩吧!"他把球拍递给晓兰。

眼镜青年扫兴地说:"甘拜下风……"

"不!你是实际的胜利者。"润生拍拍他的肩膀,苦笑一下说。

眼镜青年悻悻地笑笑,以为润生在安慰他。只有晓兰体味出润生那句话里的真实含义,脸上掠过一丝难堪的神情,转过头,掩饰地说:"站长,有人找你。"

润生也借此机会跟站长走进他的办公室。

站长是个瘦老头,虽则是砂石管理站的脱产站长,其实从头到脚都是一个纯粹的农民的装束,属于那种精明强干的农民。听说他原来是塬上一个大队的党支部书记,因为上了年纪,被年轻的新干部所代替,乡政府安排他到这个只有七八名职工的管理站来主事。他仍然习惯抽旱烟,仍然习惯蹲在条凳上和人交谈。听完润生的述说,很爽快地说:"那好嘛!咱们有计划地给曹村调拨汽车过去拉石头,你在那边有秩序地卖货,免得曹村社员白天黑夜到管理站来找熟人,要汽车。这是好事嘛!"

"那就这样,站长。"润生听了站长的话,十分鼓舞,一切都顺顺当当,简简单单。从这位老站长的直言直语中,感到了老干部秉公办事的品德,很钦佩这位干练的老站长了,"我等你派汽车到曹村……感谢您。"

"回去给你们村长谈谈,让他知道你们有了劳动组合。"老站长提醒他说,"免得村长说他不知道……"

"应该应该。"润生感激地盯着老站长,"应该尊重村长的领导……"事情已经谈妥,他就告辞出门,临走时叮嘱站长,顶好能派足够的汽车到曹村来……

第一次出门交涉公务,竟然这样顺利,十八岁的哥哥心里十分畅快,加之他略施球技,把那位优越感十足的情敌打得溃不成军,心里更觉解气,一路顺风,回到曹村来。

村长曹子怀,年近五十,坐在自家的简易沙发上,接待登门请示工作的小青年曹润生。他嘴角咂着黑色的卷烟,只用半个嘴角说话:"你去乡政府请示吧!我吃不准,你们成立的'捞石头协会',究竟算个啥性质的组织……"

瞧着村长嘴角里上下闪动的卷烟,慢腾腾的声音,润生不由得发急,忙说:"民间劳动组合。城北一个村子是养鸡专业村,村民成立了养鸡协会,电台广播了,说是新事物……"

"报纸和电台,一天换一种说法,咱撑不上哇!"村长蔫不拉耷地说,"我得靠上级的正式文件行事。广播和报纸,只能参考一下。你说你那是新事物,旁人要说那是非法组织咋办?现时要肃清'文化大革命'的无政府主义哩!"

"这是劳动组合嘛!"润生莫名其妙,"不是'文化大革命'那种搞派性斗争的组织嘛!"

"我吃不准,刚才就说了。"村长仍不起性儿,"我保守脑瓜跟不上形势,你去问乡政府吧!乡政府批准了,我照乡政府的批示办。"

润生不再解释了,退出门来,村长的冷淡态度令人难以忍受。他走出门来,推起自行车,又奔公社去了。

乡政府一位主管乡镇企业的吴副主任回答了他的问询,也十分简单:"你们成立这样一个协会,不能算是'文革'中的派性组织。可是,你们搞得迟了,曹村村长今响午刚报来一份申请,大队里已经建立了砂石管理机构。大队统一管理就行了,再搞一个什么协会,成了重叠机构了,势必加重群众负担。现在的政策精神是,要减少干部,要减轻农民负担……"

"我不是抢着干部当。"润生忽地红了脸,向吴副主任解释,"我说过不要报酬。"

"算咧算咧!小伙子——"吴副主任拍拍他的肩膀,"我不是那个意思。"

他没有信心再谈下去,越谈可能越造成他要抢当干部的印象。他退出门来,懊丧地转上回曹村的路。

刚走到村口,广播上正响着村长慢腾腾的声音:"经村民委员会和大队委员会开会研究,决定成立本村砂石管理站,统一经销……"

后面的话他听不清了。

傍晚的下山风吹下来,润生觉得从后背到前心,全凉透了。

"润娃!唉——"

润生木然地转过头,长才大叔垂头丧气地摇着头,摆着手,气哼哼地说:"村长的儿媳妇已经下到河滩,经营曹村砂石管理站的事咧!你还为大伙空张罗哩!唉……去他妈的黑脚……"

十三

十八岁的哥哥躺倒了!

他躺在自己单身独居的小厦屋的土炕上,没有开灯,插死了木门闩,用被子蒙住头,静静地躺着。

"润娃,吃了再睡。"母亲在窗外劝。

"不饿。"他一口回绝。

"世事就是这样子。"父亲并不惊慌,世故地说,"不跌跤长不大,不碰钉子就认不得人,不懂得世事。"

长才大叔哐当哐当摇门板,大嘴长舌头乱嚷嚷:"润娃!你开门,叔有话跟你说,要紧弦弦的话……"

他不吭声,也不开门,长才大叔大声叹息地咕哝着,走出院子去了。

他的心里烦得很,乱得很,想静一静,想一想,他的简单的脑袋被搅得晕乎乎的了。

如果长才大叔说的话是实情,那么事情就可以捋顺了,廓清了。

当他饥肠辘辘地吃早饭的时候,村长曹子怀已经坐在砂石管理站站长的火炉旁边了。

当他报复似的用羽毛球拍打得他的情敌大显其丑的时候,村长曹子怀已经把曹村大队设立砂石管理分站的简单的书面报告,寄交给乡政府分管乡镇企业的吴副主任了。

他完全听信了管理站站长要他向村长打招呼的话,实际的含义是,一经和村长接头,一切就一目了然,用不着站长来否定你的什么"协会"。于是,他就开始钻进预备好了的圈套,像诸葛亮在陆逊尚未出生时就为其摆下了乱石阵一样,早已等着娃娃来钻呢!

他向村长曹子怀汇报的时候,曹子怀并不推翻他的意见,只说他对当今的政策"吃不准",把他推到吴副主任那里去了。

吴副主任用不增设重叠机构,减轻农民负担的绝对符合政策的话,就把他搁到冰箱里冷冻起来了。而当他满含委屈向吴副主任表白自己不是为了抢当干部的时候,村长曹子怀的儿媳妇已经在腋下挟着合页夹子下了河滩,走马上任了。

他钻完了"乱石阵",得到的是想抢当干部,甚至加重捞石头的庄稼人的负担的怀疑。

村长曹子怀不声不响,连个社员会也没开,就把儿媳妇派到沙滩上去,统管曹村捞石头的庄稼人的出售石头的业务了。当然,她不会在三九寒冬的沙滩上白挨冷冻的:抽取石头销售总款的百分之八,作为曹村大队的扣留,其中当然包括她的报酬。

曹子怀叼着黑色卷烟的嘴,现在异常清晰地映现在他的眼前,那说话时上下闪着的卷烟,轻轻地把他弹到干沟里去了;曹子怀只用半边嘴和他说话,已经使他里里外外说不清楚了!

他现在才强烈地意识到自己头脑太简单了,简单得令自个憎恨!一切都不简单,只是自己把一切都看得简单了,看不透才觉得简单。他第一次为自己的口头禅——事情很简单——懊悔了。

和晓兰的关系也不像自己以往想得那么简单吧?

第一次萌动的爱情结束了!

他被曹村的庄稼人推举为"会长",还不曾执行过一次协会会员的使命,就被村长不动声色地排斥到一边去了……他却毫无办法!

现在,曹润生躺在小厦屋的单人床上,努力回味这一切的细微末梢,毛病究竟出在哪里?他搜肠刮肚,寻找自己的过失。平心而论,他觉得无愧,既无愧于晓兰,也无愧于曹村那一百多个在沙滩上捞石头的庄稼人。他终于归结到一点,自己头脑太简单了!

他心里有点冷,却不空虚,他仅仅只有十八岁,而生活的路还很长……

一声雄壮的公鸡的啼叫声,惊醒了他,翻身坐起的时候,窗外已经大亮,起得晚了。他急急忙忙穿上衣服,拉开门闩,嚯!雪!夜里落了一场大雪,院子里和屋瓦上全是一片白。

他扛起铁锨,走出街门,走下场塄,朝河滩走去。

大雪覆盖了塬坡和河川。雪止风息,树枝上落着一层绵茸茸的白雪。太阳还没有出,雪地上闪动着一缕缕蓝莹莹的光彩。通河岸去的白杨甬道上,白雪已经被踩踏得稀烂了。

沙滩上,罗网林立,铁锨起落,刷啦刷啦地翻捣砂石的声音响成一片,偶尔传出一声沉闷的咳嗽。

润生突然看见,在河岸和沙滩的交接路口,站着一位披着草绿色大衣的人,头上包着红头巾,腋下挟着一本活页夹子,在路口踱步,大约是活动被冻疼了的双脚,那是村长的儿媳妇。他不想从她跟前走过去,就岔开大路,从积着厚雪的麦田里斜插过去,跳下河岸,走到沙滩上来了。

他的罗网已经被雪埋住了,他用铁锨刮积雪,用三角木架支起来,却不想把锨扎到砌石里去。他一侧过头,那个穿着军大衣的村长的儿媳妇,正在河岸边远远地瞅着他。

他用铁锨的木柄穿过罗网的网眼儿,背起罗网,转身朝河岸走去。

"润生——"长才大叔从雪地上奔过来,嘴里呼出大股大股的白气,"你——"

"不干了。"他的沉静的口气,连自己也暗暗吃惊。

"你干啥去呀?"长才大叔伤心地摇摇头。

"而今卡不死人了!"他淡淡一笑,"哪儿挣不到钱呢?路数多咧!"

他走了,背着罗网,雪把石头和沙子全遮住了,常常被雪下的石头绊得一滑一拐。忽然间,一种奇异的感觉在脑海里产生了,那刷啦刷啦地翻捣石头的杂乱的声音没有了,河滩里倒显得空旷而寂寞,耳朵边骤然清静下来。他停住脚,一回头,散落在沙滩上的庄稼人,手拄铁锨,一齐停住了劳作,正目送着他走出沙滩去。他忽然动情了,没有力量再看那自然形成的肃穆的场面,急忙掉转头,继续大步朝前走。

"润娃——"

他听见呼叫,又站住脚,喊他的竟是五龙叔。他人正中年,穿一件紫红绒衣,粗壮的身坯像个碾场的碌碡,在雪地上滚过来。

"润娃,你发给叔的这个一号的号码,还算数不算数?"

五龙叔站在他的面前,手里捏着那张写着一号号码的小纸片。他忽然想,五龙大叔在耍笑捉弄他吗?他给他送了点心和瓶装烧酒,他把这些东西提到沙滩上来公开招领,他把自己的东西取出来,示威似的摔碎了。润生没有说话,瞅着五龙大叔煞有介事的脸色,不像是专门来烧骚他的呀!

"叔知道,这个号码没用了……"他大声说,大约不是说给润生听。他忽然意味深长地说,"虽然没用了,叔还是舍不得扔了。叔留下作个记物儿……"

他居然解开对门开襟的绒衣的纽扣,把那写着号码的纸条塞进衬衫的口袋,压了压,又结上纽扣,像藏进万元存折一样认真谨慎。

河滩里突然爆发出一阵哄笑,有人打起了呼哨,像山洪突然从河的上游奔泻下来的呼啸。

润生一转过身,看见站在只有三五步远的那位穿军大衣的村长的儿媳妇,他明白五龙大叔的举动的含义和那哄笑声中所包含的怨愤了。

润生背起罗网,扯开长腿,从村长儿媳的身旁走过去,头也没有拧一下。

太阳从秦岭东山群峰的巅尖冒出来,雪地上闪射出五彩缤纷的花环,令人眼花缭乱。十八岁的哥哥走上河岸,再没有回头……

1984年6—7月草改于西安东郊

最后一次收获

一

　　一条条沟壑,把塬坡分割成七零八碎的条块。一条主沟的上下两岸,都统进好几条大大小小的支沟。远远望去,那一条条主沟和支沟,恰如一个老汉赤裸着的胸脯上的暴突筋络。被主沟和支沟分裂开来的南塬塬坡,就呈现出奇形怪状的浮雕似的构图,有的像脱缰的奔马,有的像展翅疾飞的苍鹰,有的像静卧的老牛,有的像平滑的鸽子,有的像凶残暴戾的鳄鱼,有的像笨拙温顺的母鸡……莽莽苍苍的南塬塬坡,像一条无可比拟的美术画廊,展示出现代派艺术巨匠们的一幅幅变态的造型……

　　沟壑里陡峭的断层上,是黄色的、红色的、白色的、褐色的土壤层次;缓坡上和沟底里,是绿色的杂草、苇丛,稀稀拉拉地冒出一棵或几棵山杨或臭椿树。沟壑之间的坡地上,一台台条田,被黄熟的麦子覆盖着。现在,无论你把眼光投向东部或西部,都只能看见两种颜色,大片大片地包裹着坡面的麦子的黄色,夹在大片黄色之间的沟壑里的野草的绿色。黄色与绿色交错着,却不是混杂,黄是黄,绿是绿;黄色是主宰,绿色变成点缀了;似乎这山野世界在一夜之间进行过一场自然界的翻天覆地的革命,把永恒地主宰这山野世界的绿色推翻了,变成了象征着富足的金灿灿的黄色的一统天下,绿色被挤压到狭窄的沟缝间去了。

　　赵鹏置身于这莽莽苍苍的金黄世界里的一个小小的山梁上,屁股下坐着一辆独轮手推木车,抽着烟,被眼前这恢宏博大的气势陶醉了。这样壮观的大自然景象,一年只能出现一次,而且时日极为短暂。三五日内,这个完整的画面,就被庄稼汉手里闪闪发亮的镰刀剔割得支离破碎了,继而完全刮光削净了,恰如老庄稼汉用剃刀剃刮得光秃秃的脑袋。这富有华贵的景象消失了,黄土高原沟壑纵横的坡面上最丑陋的本色就彻底地暴露出来了。赤裸的丑陋的面容一直要保持到秋末冬初,才能被出土现形的冬小麦的一抹嫩绿所遮掩。

多少年没有看见这壮丽的麦黄时节的景象了啊!自从他跨进西北工业大学的门槛,就再也没有机会目睹家乡塬坡麦收的景象了,竟然有二十多年了啊!往昔的夏收时节,他不用操心收麦的事,那是生产队长和全队男女社员的事。他只是星期天回来,在家里为收割碾打麦子的父母兄妹和妻子做一点家务,后响又骑车子去上班了。今年不同了,土地承包到户了,他不能安静地在那个热处理车间钻研"曲轴淬火"的问题了。工厂里照顾他这个家在农村的工程师,准许下十多天假期,让他回家收麦子。现在,他手里握着镰刀,推着独轮手推车,投身在这沟壑纵横的山野之中了。

一条条窄窄的小路,从沟道里曲曲拐拐地伸展到坡顶上去,这儿那儿,零零星星地有人在小路上走着,在麦田里挥动镰刀。还不到收割的洪期,人欢马叫的场面还没出现。麦子成熟的最佳状态还欠一点火候。远远望去,一片金黄,走到地头一瞧,那麦穗上的活色还没有褪尽。在手心剥揉开来,吹去麦芒和糠皮,那手心里的新麦的麦粒,还是胀鼓鼓的。他家的一块半亩地的麦子,在坡顶的一个干梁上,又迎着风头,妻子淑琴昨日看过,已经熟透,今日开镰了。她吩咐他早晨在屋门口收拾晒麦的场面,自己去收麦了,让他吃罢早饭去拉运。

淡蓝色的氤氲弥漫在远处的沟坡间,由近处到远处,渐渐浓厚。太阳已经升起在东塬顶上碧蓝的天空,却无法驱除净尽远处麦梢上那种似雾非雾的灰蓝色的氤氲之气。气温开始骤然上升,塬坡上流动着一股股热烘烘的气浪,夏虫在麦田里的叫声此落彼起,越来越密,金光闪闪的塬坡似乎在夏虫动人的歌唱中抖动起来了……

他把那条皮带做成的车襻搭在肩上,双手扶着小推车的木把,腿和肩膀协同用力,把小推车一步一步沿着陡峭的小路推上去。他看着眼前塬坡的景致,脑子里勾起的却是童年的记忆。真奇怪啊!那清脆的夏虫的叫声,似乎根本不是从左右两边的麦田里传进他的耳朵,倒像是从他的心里流进脑子,而又从耳朵传到空间里去了,似乎心里早就埋着一盒童年从这塬坡上录下的夏虫歌唱的磁带……

屏住呼吸,两手把稠密的麦穗拨开,轻轻地抬脚,小心地落地,几乎一丝声响也没有,尖硬的麦芒儿刺得胳膊腕子痒痒的,也不敢换下另一只手来抓挠一下,尽管做到了天衣无缝般的谨慎和小心翼翼,那爬在两步远的一支麦穗上的绿色的蚂蚱,还是在他伸手猛扣的前一秒钟蹦到地上去了。一切诡秘和隐蔽顿然变得毫无价值和毫无必要,需要的是紧紧盯住在麦根上仓皇逃窜的蚂蚱。不顾一切地扑上去,踏倒一切绊手绊脚的麦秆子,双手准确地捂下去,扣住那只可爱的翡翠般的绿色蚂蚱,世界上最大的诱惑都化作那只小精灵了。就在这关键的一扣将要进行的时候,他的后领被揪住了。

那只钢铁一样硬的有劲的拳头,顶在他的后颈上,猛一提,他就被凌空提起,从麦田里给甩了出来,跌落在地边的草地上。他仰起头一看,冷娃大叔正瞪着牛眼,高举着攥紧的升子般大小的拳头砸下来,他悲哀地缩了脖子,闭上眼睛,等待那不可躲避的一击。可是,那手却从脑袋上方绕到背后,带着一股风,落到屁股蛋上了,他疼得龇牙咧嘴地趴在草地上。

"我日你妈!我叫你个狗杂种糟践我的麦子!我今天非得把你的狗腿砸断不可……"

冷娃大叔跳着、骂着,唾沫飞溅,脸憋得像腊汁肉的黑红色……倒霉!怎么不小心碰到他的手里了呢?他并不后悔逮蚂蚱有什么过失,只是懊丧自己太大意了,应该在踏进麦地之前,先看看主人在不在近旁……

"说!还敢糟践麦子不?你碎熊给我说!"冷娃大叔揪住他的马鬃毛盖儿头发,说,"我拉上你寻你爸去——"

他慌了。打屁股,他可以忍受;揪头发,咬咬牙也就过去了;他最怕冷娃拉他去寻大人,教训已在:父亲的惩罚比冷娃要厉害十倍!他连声告饶:"冷娃叔,我再也不敢咧……"

"嗬!你碎熊还叫我的外号……"

冷娃的手一使劲,他似乎觉得头皮都要被揭掉了,疼得哭溜出声来,连忙改口,称呼起冷娃的官名:"志杰大叔……好爷哩……"

"倒是叫叔,还是叫爷?"冷娃自己却忍不住笑了,"我把你个捣蛋锤锤子!"

那只铁钳似的大手松开了,他忽地蹦起来,顺着小路跑了,跑得百十步远了,站在塄坎上,嘶吼着:"冷娃——二杆子!二杆子——冷娃!我明日还要来逮蚂蚱……"

冷娃在下面气得挥着胳膊蹦着,朝他扔石头。那怎么能打得着呢?看着冷娃猴急的样子,他报复似的哈哈笑着、跳着……

他推着车子,想到儿时的淘气,自己也笑了。每年的麦收时节,是乡村孩子盛大欢乐的节日。镰刀一响,又硬又涩的苞谷面馍馍就从餐盘上宣告退位了,取而代之的是松软香甜的麦子面馍馍,他像盼望过年一样渴盼着开镰。顶有趣的是,孩子们用新麦的麦秆儿,编成各式各样的笼儿,有的是长方形的,中间隔开,像一排厦屋;有的是葫芦状的,用一条细绳拴在裤带上,吊在屁股后头,漫山遍野追着蚂蚱的叫声奔跑;傍晚,在碾过麦粒的麦草窝儿里翻跟头,摔跤,大人们也不禁斥,由他们尽着性子玩耍嬉闹……那麦秆儿散发出醉人的清香甜腻的气味啊!

那条遛马沟里,更是乐趣无穷。沟里终年流着一股清泉,草木茂盛,是孩子们割草放牛的第一场地。沟中间夹着一道沙梁,全是红色的沙粒,光溜溜的寸草不生。他和伙伴们割满一笼青草,就爬到沙梁顶上,从上头溜下来,像箭一样快,心里忽儿忽儿直打飘,比城里幼儿园里的溜溜板惊险得多了,只是磨破了裤子,总躲不过母亲的斥骂……

现在,他是一家千余人工厂的工程师了,尤其在当今开始重视知识的社会生活里,他这样一个正当年的科技人员,在工厂里颇受注目。他在《热处理》杂志发表过三篇论文,掌握了俄、英、日三种外语,在工厂里尤其令那些被十年动乱耽误了学习的青年工人羡慕和敬佩。领导已经找他谈过话,拟定他为工厂新的"四化"干部的人选,可谓正当春风得意之时。

眼下,他的肩头上挂着牛皮做成的车襻,双手推着这辆也许是从周朝传留下来的小车,到塬坡上来拉麦子。他用三种外语所获得的世界上最先进的技术,无法解决麦子的运输问题,这儿只需要力气。

工程师赵鹏推着空车,走上那座干梁的时候,已经气喘吁吁,汗流如注了。他一眼瞅见,妻子淑琴正蹲在麦田里,左手拢着麦秆,右手挥动着镰刀,刚好割到地头,直起腰来,抹着脸上的汗水,朝他甜甜地笑着……

二

她坐在一捆麦子上,拢一拢被汗水黏住的头发,解开包着馍馍的毛巾,把馍掰成碎块,放到一只搪瓷缸子里,再把热水瓶里的开水倒进去。这是她天不明起来上地时,自己带到地里来的,麦地太远,回家吃饭要费好多工夫。她端起缸子要吃的时候,却发觉忘记了带一双筷子来。她从麦捆儿上站起,走到地塄上,在一丛榆树棵子上折下一根树枝,剥掉了柔韧的软皮,露出白色的木质,就有了一双干净的筷子了。

这就是他的媳妇,他的爱人,他的夫人,一个地地道道的农民。她左手端着大号搪瓷缸子,右手捉着那双榆树枝做成的筷子,把泡得膨胀了的馍块送到嘴里去,几乎不用咀嚼,就从喉咙里滚下去了。她吃得很香,大口大口地喝着水,从喉咙里传出"咕咕咕"的响声;捉着筷子的指间,夹着一根生蒜薹,就着泡软的馍馍吃。

他坐在她跟前的另一捆麦子上,抽着烟,看她吃饭。她的脸上扑着麦穗上的灰尘,被汗水黏在脸颊上,手心手背和手腕,已经被黑色的粉灰糊粘得十分肮脏了。坡梁上没有一滴水,要讲卫生就得付出劳动,跑到深深的沟底里去洗手洗脸。她的宽阔的脊背上,汗水湿透衣衫,渗出一个不大规则的圆圈。她吃完了,脸上又淌下汗水,撩起衣襟的下摆来抹汗,露出两只奶头来,在苍苍莽莽的黄土塬坡的麦田里,这一切都显得十分自然、十分和谐,不足为奇。如果是在市里某一家高级宾馆的餐桌上,这种动作未免就有失大雅了……他想。

"想不到这干梁上的麦子长得这么好!"她站起来,提着镰刀,走向麦摆,"往年给队里收麦,这块地没用过镰刀,全是用手拔——猴毛麦子搭不住刀哩!"

他也提着镰刀,走到麦地头。麦子长得真好,齐摆摆的麦穗儿金黄闪亮,棵子稠,穗子长。去年秋里分了地,她把这半亩坡地,用铁锨翻了一遍,种麦时压了五十多斤氮肥。这是她的功劳、她的成绩,从种到收,他没有到地里来过。他有点歉疚地笑了:"你的功劳呀!"

"你坐下歇着。"她制止他割麦,"这一摆麦子,我一镰就割过去了。你歇着,一会儿往回拉。"

他笑笑,在剩下的一摆麦子前蹲下身来,挥动了镰刀。他多年没有割过麦子了,他想试一试自己割麦的技术,妻子累得汗流浃背,却让他在一边歇着,怎么能行呢!他跟在她的屁股后头,割着,镰刀割断麦秆儿的"嚓嚓"声,是这样动听。在他上中学的时候,每逢麦收,学校放了忙假,他就跟社员一起收割麦子。而今技术虽不生疏,而这镰刀刈断麦秆儿的声音却生疏了。

他刚割过三五步,就觉得腰里酸酸的,不由得直起身,舒一口气。他的前头,淑琴猫着腰,左手把麦秆儿一拢,右手里的镰刀往跟前一扯,"嚓嚓嚓"的响声很有节奏地响起来,一排排麦子在她胸怀里倒下去。即使在她脊背上扣一页瓦,也不会掉下来,她完全变成一个熟练的农民了……

高中毕业那年,他到渭河边一个同学家里去玩。那是渭河滩上一个小村庄,住着五湖四海的居民,一个百余户的村庄,竟然有十几个省份的籍贯,全是解放前逃荒(天灾、人祸、壮丁、捐税)落脚到这里的。那位同学祖籍山东,现在已经是一口地道的关中口音了。然而在生活习惯上,小村庄仍然保存下南北各地的风俗。同学的父母用山东大饼招待他,十分热情,客户人待人尤其厚道。他明显看出,全家八口人中,唯一对他表示冷淡的是同学的妹妹,一个正在中学读书的漂亮的女子,跟他连一句招呼也不打,骄傲得像个小公主似的。她不大说话,偶尔看见她开口,就发现她有一个下意识的动作:皱鼻子。当他第一次看见她皱鼻子的时候,心里忽悠一下,产生了一种强烈的欲念:我真喜欢她。

他考上大学后,从那位同学的信中得知,她在次年考上无线电技校了。他骑着车子找她去了,在宿舍里见到了她。她一愣,终于认出他来,鼻子又皱了一下。

"你来……找我?"

"对。"

"有啥事呢?"

"想看你皱一皱鼻子……"

"你……"她飞红了脸,往后退了一步,警惕地瞅他一眼,转过脸去了。

"给我一杯水喝。"他不慌,其实早已盘算好了,有充分的思想准备。

她迟疑了一下,没有倒水,问:"你要是没有什么事……我要上自习去了!"

"当然有啊!"他说。

"有就说吧!"

"我要跟你恋爱!"

"胡说!"

"真的!"

"你快走吧!"

"给我一杯水……"

她的脸红得像一只鲜红的苹果,连耳根都红了,终于在迟疑间,转身从桌子上端起暖水瓶,往一只玻璃杯子里倒水。他走到她背后,抱住她的肩膀,亲了她一口。她放下暖水瓶,挣扎着,企图挣脱他的拥抱。他死死地抱住她,紧紧盯着她的眼睛,她没有叫喊,使他受到鼓舞,更加有劲地箍住她的肩膀……终于,她羞涩地向他皱了一下鼻子,就伏在他的强壮的胳膊里……一切就这样简单、直接。

她上了一年技校,学校解散了,国家进入严重的经济困难之中,一切公民都自觉承担国家的压力,她也将背着铺盖卷回到渭河边去。为了表示他的真诚,他提出立即结婚。他们原来商定在各自毕业以后,工作安置稳当,再办婚事。现在,他还有一年就要毕业,没有必要等待了,他要和她结婚。她从渭河边的大平原上,到南塬坡根的他的家里来了。

如果她在无线电学校完成学业,那么,她现在至少可以穿一身干净的白大褂,在无线电工厂做一名工人,皮肤不会变得这样粗糙,更不会折一根树枝当作筷子吃开水泡馍了!她是无数个为分担国家困难而牺牲了自己前程的青年中的一个,现在完全变成和黄土一样粗放而又质朴的农村妇女了。她的鼻子虽然还习惯于皱一皱,却仅仅只是一种下意识的习惯,公主似的高傲荡然无存了……

"赵鹏,你歇下嘛!"

她站起身,两只手在拧着一撮麦秆儿,那是绑麦子的索子。她的口气是真诚的,固执的,爱护他的。他听了有点难受。是的,她比他年龄小,然而仍叫他歇着。她的口气中包含着一层明显的意思:她是农民,应该而且能够干完这一切;他是……应该歇下来的人!她叫他赵鹏,这是在他对她实行"突然袭击"时叫出第一声之后至今没有改过的称呼,尚没有像乡村里夫妻间习惯于称对方为"娃他大"或"娃他妈"。

"我想跟你……在一摆儿割麦!"他笑着说,"咱俩……难得夫妻相随呢!"

她的鼻子皱了一下,动心地笑了:"你说啥呀?"

"我想跟你在一摆儿割麦。"他说。

"啊……你再说一遍!"

"我想跟你在一摆儿割麦。"

"再说一遍……"

"我想跟你在一摆儿……"

她扔下手里正在挽着的麦索子,三五步奔过来,抱住他的脖子,用她粘着粉灰的脸,和他的脸紧紧地挤挨在一起,颤抖着声音说:"赵鹏,你说说心里话,二十年里,你真的没有后悔过吗?不嫌弃我是个农民?"

"后悔也没用!"他幸福地笑笑,依然用他惯常的诙谐的口气说,"谁让我当初像日本法西斯一样,疯狂地偷袭珍珠港呢?"

他们相依相偎着,坐在热烘烘的麦茬地里。他捉住她的手,看看手心,又看看手背,那曾经是细长的柔软的姑娘家的手指,现在又黑又粗,趼甲摞着趼甲,食指上被镰刀划破一条口子,淌过血,已经被黄土淤塞了,连一块包扎的布条儿都没有。他叹口气说:"淑琴,你真是受了苦了!"

"农村妇女,哪个能不劳动呢?"她淡淡地笑笑,似乎没有苦痛,不在意地说。

"好了,再苦一个夏收吧! 完结了——"他搂着她的肩膀,"你在家里受了二十年的苦,现在总算熬到头了。收完麦,咱们马上搬家,进城。"

"我进不进城倒是意思不大咧! 主要是娃娃。"淑琴说,"我已经四十岁了,到死进不了城,也没啥,反正你也不会离婚了。我高兴的是娃娃们再不推车挑担了……"

"不! 我主要考虑的是你!"赵鹏说,"你搬到城里,在厂里随便找点工作干着,咱们就是一家人了,比在乡下要方便多了!"

他在年初被正式批准了工程师的职称。三月里,省人事局下了一份文件,给取得工程师和相当于工程师职称的科技人员解决后顾之忧。他正当其时,没有费多少周折,就转办完毕户口手续,把一家四口的户口和粮食关系,迁转进城市了。只待夏收一毕,把去年秋天分给他家的五亩七分四厘川地和坡地如数交回生产队,从此将用粮簿在粮店买粮了。

"最后一次收获!"

他对她说:"最后一次收获。我们从此将变成城市居民了! 所以我说,我想跟你在一摆溜儿割麦,兴许我们再也不会提镰刀了呢!"

"最后一次……收获……"她喃喃地说着,站起来,拢拢头发,走到自己的麦摆上,回过头来,"赵鹏,你把刚才的话再说一遍……"

"我想跟你在一摆溜儿割麦。"他大声说,挥一下镰刀,"这是最后的一次收获呢!"

三

割掉干梁这块地的最后一撮麦子,赵鹏动手装车了,从地上抱起一捆沉甸甸的麦子,放到手推车上,再抱起一个麦捆子,一颠一倒装到车上。麦秆轻,麦穗沉,必须一颠一倒装起来,才能保持小推车两边的重量基本平衡。他过去拉过这种车子,基本的劳动技能,那是不会忘记的。

淑琴正在割过麦子的麦茬地里捡拾丢遗的麦穗。她频频地弯下腰去,从麦茬上拾起麦穗来,拧成一把儿,塞到车子上。等到他把小推车装满的时候,她已经拾净遗穗了。麦茬地里,现在看去,已经收获得干干净净了。

"老天,路也没有,可怎样下去?"

这座干梁与下边的小路之间,隔着一道陡直的斜坡,坡度看去有七十度,竟然没有一条小路,好在那斜坡上没有种麦,是一块杂草丛生的空白地,他作难了。

"这些干部呀!啥事也不管了。"淑琴也站在塄边上,察看下梁去的路径,抱怨说,"往年收麦前,先把临时小路修到地头,好拉车。今年土地一下户,干部啥心也不操了,啥神也不劳了,只顾拿补助款!"

她告诉他,土地下户以后,大队干部每天补助一块二毛钱,一月三十六块,不管多少,问题在于干部根本不管什么事,白拿钱。

村里的干部因为实行责任制不再记工分了,改成固定的工资制了。究竟是不是白拿钱,他无心理会这种事,反正自己已经不属于社员了,与自己关系不大了,要紧的是怎样把这一车麦子拉到斜坡下的小路上去,这里根本没有路。他对淑琴说:"只有从这斜坡地上往下拉。"

"没有路,你能拉下去?"她问。

"能。我在坡地上拉过车。"他相信自己年轻时在家乡的坡地上练就的拉车技术,"你放心,我本来就是山里人嘛!"

她眼里透出不大踏实的光,他也不在乎,这是唯一的办法。他把车襻挂上脖子,直起身来,小推车的两个支腿提起来了,好沉呀!从麦地里拉到塄边,被碾压的硬硬的麦茬"咔嚓咔嚓"响着。他用两只手紧紧地攥着车把,企图死死地扭住车子,保持平衡。当他从塄坎上朝斜坡跨下一步,第二步还没踩到塄下的坡地的时候,小推车朝外倾倒了。他企图用双手扭住,却没有扭住,那负重的小推车朝斜坡下倾倒的力量似乎山崖崩塌,两只胳膊的力量简直无能为力,不可逆转。他摔倒在斜坡上,小推车已经滚到斜坡下去了。

他爬起来,在几步远的地方找到了眼镜,好在没有破碎,淑琴尖叫一声之后,从塄坎上蹦下来,看他正在擦拭眼镜,才舒了一口气,脸上的紧张神色顿然消退了。

"好咧!"赵鹏对淑琴笑笑,"这下,省得我拉了,车子自动下去了!早知如此,应该把车子推滚下去,免得我翻跟头……"

"狗日尽吃冤枉!"淑琴又骂起村干部来。

他从斜坡上走下去,麦捆已经被翻滚得七长八短的了。两人把车子扶起,重新捆扎了麦捆,他又把牛皮车襻挂上脖子。

下坡拉车,根本用不着臂部一丝力气,而是要把全部力气使在腿上,撑住自动下滑的那个独轮;身体后仰,用脊背扛住麦捆;双手端平车把,不敢倾斜,沿着沟边的小路一步一步挪下去。

"你从后边拉着。"他给淑琴说,"前面要下陡坡了。"

淑琴点点头,用手揪住车头上的绳索,往后拉住,那实质是人为的活闸。

这面陡坡,直直地通到沟里,路不足二尺宽,散落着算盘珠大小的石子,一步踩不稳妥,就会翻到沟底去,如果在这儿翻车,就不像刚才在斜坡上翻那样轻松了,沟深二十多丈呢,即使摔不死,也得断一条胳膊或坏一条腿,瞧一眼沟底,心里不由得发紧,他避开眼睛,不敢往沟里看了。

那又硬又宽的牛皮车襻,压在脖子后边,像一条铁箍子,使他的脖颈不能自由转动了。麦捆子的全部重量,都压在脊背上,不可抗拒地催压他朝下滑。汗水从脸上淌下来,侵蚀着眼睛,麻辣辣,痒瘙瘙,却腾不出手来擦擦汗,揉揉眼睛。他现在才感到自己的双腿太缺乏力量了,大腿打着战,小腿肚子又酸又疼,软软地聚不起支撑重负的力气来。脚步儿踩不稳了,这只脚还没踏实,那只脚早已不堪重负,提起来了,慌乱中踩到一颗石子上,脚下骨碌一滑,他用尽吃奶的力气把左肩一翘,车子朝山坡这边倾倒了,侧靠在崖坡上,才没有跌下左边的深沟。

"小心呀——"淑琴的声调都吓得打战了。

"好了,快到沟底了!"他安慰她。

他就势倚着倾靠在崖坡上的车子,用衣衫的下襟擦着脸上的汗水,裤兜里的那块又小又薄的手绢儿,擦汗不大顶用了,似乎非常自然地撩起衣襟来,抹到脸颊上去了。他自小就跟父亲学会了用衣襟擦汗,后来上学了,特别是上大学以后,他的裤兜里有一块叠得方方正正的小手绢了,如果在大学的课堂上撩起衣襟来擦汗,那就不大好意思了。现在,他撩起衣襟来了,虽然二十多年没有做过这种擦汗的动作,却不陌生,似乎只有这样擦起汗来才最顺手。

他再次扛起小推车的负载,移步了。脚上和小腿上刚刚积攒下来的力气,在扛起车子的一瞬间,散掉了,小腿抖得更厉害。他咬着牙。下了沟口,就是平地了,沟底淌着一股水,记忆中似乎有一个用树枝棚架的土桥,现在也没有了,必须从小水沟上蹚过去。他给淑琴打招呼:"过水沟时,猛劲一推噢!"

"噢——"她在车子后边应着。

他略停一下,聚起力气,然后拉动车子,一步从小水沟上跨过去,本该猛一用力,就把车子拽过一步之宽的小水沟了。可惜,力气不足,车子在稀泥里减慢了速度,没有滚上去,却朝沟里翻倒了,他被翻倒的车把儿打倒了,跌在水沟里。

淑琴跑过来,拉起他,脸都吓白了。

他摸着右边的脸,被车把打得好疼呀!裤子溅满泥水,真有点狼狈不堪、丧魂落魄的架势。他不想在淑琴面前流露出哭相,仍然嘻嘻哈哈地嘲笑说:"哈呀,真是老了呀!腿脚不灵便喽!净翻跟头……"

他和淑琴扶起车子,挪到沟底的小路上。

"我来拉吧!"淑琴说,"换一下,你歇会儿。"

"我拉!"他使起性子。是的,很快就要进入村子了,让老婆拉重车,一个男人家倒跟在后头,够多难看!他说,"我今日付了学费,一定得拉回去!"

他重新扛起车子,从沟底往前,就是平路了,重负不能减轻一毫,却不会翻跌了。淑琴在后边使劲推着,他在前边拉着,进入村口了。

"割了?"乡亲们问。

"割了。"他笑着答。

"成色不错吧?"

"还可以。"

"鹏娃吧!你没看拉车嫽不嫽?"有人和他开玩笑。

"嫽哇!"他也自作乐地笑着回答。

"少拉点儿!路不好,哪怕多拉一回。"有人很诚恳地叮咛说。

"哦!不累……"他勉强做出不累的样子。

从村巷里拉过去,乡亲们和他打着招呼,一直拉到村子北边的大场上,第一车新麦终于上场了。

大场有三四亩地大小,是生产队历年夏收碾打麦子和秋天碾谷的场地,现在已经分成一条一绺了。各家碾压了自己的那一块场面,用灰撒在场地上。他和淑琴把麦捆卸下来,栽到自家分得的那一绺场地上,卸完之后,坐在小推车上,点燃一支烟,想到还得爬上那个干梁去拉麦捆,心里有点怯惶惶的了。

"赵鹏呀!你算给咱的娃们办下一件好事。"淑琴坐在他旁边,情真意切,倒像是她受了他的恩情似的,透出明显的感恩戴德的语气说,"要不哇!咱娃们就得在这山旮旯里拉一辈子手推车。你看受的这份罪……好了!累死累活就这一年了,咱娃再不用爬坡拉车咧!"

他看一眼她,没有说话。他和她的儿子以至将来的孙子和曾孙,都将不必在这个黄土旮旯里抓摸了,不必拉着麦捆翻跟头了!在这样贫瘠的山坡上,汽车路大约不会在十年间通到地头吧!现在的庄稼人和他们没有考上学的儿子,还得继续使用这种也许是从西周传留下来的小推车。他的父亲在这黄土塬坡上拉了一辈子小推车,现在已经归于黄土中去了,装进棺材的时候,却无法把那两条罗圈腿摆直。没有办法,在这个村子里生活着的男人,十之八九都变成罗圈腿了。他们年轻的时候,也长着两条端直的腿,几十年里从坡上拉下沉重的小推车来,腿不能硬直着走路,渐渐地,在不知不觉中,长长的双腿朝外弯曲了,变形了,变成适宜在山坡上拉载重负的罗圈腿了!

他和她的儿女将一劳永逸地放下这小推车了,从他这一代开始,他和他的后代们将要过一种城市方式的生活了,用口袋到粮店去买米、面,用网篮到街口的蔬菜副食店去买菜,烧蜂窝煤,住楼房,再也不必挑着铁桶到沟底去挑那混浊的泉水了。这将是一个永久性的告别,与小推车告别,与黄土塬坡告别……

大场上,有几个男人和女人在自家的那一绺场面上碾压着,小碌碡发出吱嘎吱嘎的叫声,把撒过灰的场面碾轧得平平整整,又瓷又光,准备迎接上场的新麦。他们在悠悠地说着话,谈论着天气和川塬上下各路麦子生长的成色,声调是和悦的,洋溢着即将到来的蛮有把握的丰收的喜气。他们根本没有担心在这陡峭的黄土塬坡上拉车有多么辛苦,更不会惋惜自己变了形的罗圈腿有多么丑陋!是的,这坡地上的收成虽然远远不及肥沃的河川里的收成那样丰厚,却依然吸引和迷恋着他们。祖祖辈辈,子子孙孙,伏天里翻耕土地,秋后播下种子,上冻时用黄牛或灰驴驮上装满粪块的竹篓上坡,就等着夏天收获的这一天啊!

他没有说话,推起空车,准备上干梁去。

淑琴赶上来叮嘱他:"这回少装点!你不常拉车,比不得人家常年拉车挑担……"

四

"喝汤吧!"淑琴把腌制的蒜薹碟儿摆上桌子,又动手到锅里去舀稀饭。家乡的人把吃晚饭叫作喝汤,淑琴爱怜地瞅着他,"拉了一天麦子,早早吃了,早早歇下。"

"甭急,让我洗一下。"他说,"身上又扎又痒,真难受。"

"哦,那我给你烧温水。"

"不啦!我到河里去洗,痛快。"

"河里水凉!"

"没事儿!"

"那我等你回来再喝汤。"淑琴温顺地说,"甭泡得太久,小心感冒!"

"咱俩一块去!"他说,"你也该洗洗。"

"我在屋里用温水洗。"她不好意思地笑了,"娃们大了,让娃们看着他大他妈一块下河……"

"老封建!"他不勉强,笑着从盆架上取下毛巾,搭在肩上,走出门去。

"你到下河里去洗!"淑琴赶出门,叮嘱说,"上河湾里女子们晚上洗哩!你别冒跑……"

一进入夏天,小河边就是天然浴场了,男人们在下河里洗,女人们在上河里洗,互不侵犯,约定成俗,习以为常,虽然男人们能听见上河里传来女人们嘻嘻哈哈的笑声,夜幕却保护着各自的领地。夫妻双方一起下河,有诸多不便,淑琴不好意思和他一块下河来。

他遵照淑琴的提醒,顺着河堤走到下河里来,蒙蒙的星光下,可以看见河湾的水道里,有一伙人影在晃动,传来嘻嘻哈哈的说话声。从声音判断,大半是些年轻后生们。他们爱干净,讲卫生,劳动一天之后,到清凉的河水里洗掉浑身的汗腥和污垢。中年以上的庄稼汉们,早早地在水盆里抹一下手脸,喝罢汤就早早躺下歇息了。他们怕水冷,只有到伏天热得不分早晚的时候,才下水来泡一泡,凉快凉快。赵鹏意识到自己已过中年,和这些后生们在一起也不好意思,就走到稍远一点的河水边,脱掉了衣裤。

河水好凉啊!他初下水的一瞬,浑身一紧,冒出鸡皮疙瘩来,挥开手臂,在深及腹部的清水里游了一圈,寒冷消失了。他用肥皂洗头发,粘着尘土的头发在河水里涮洗得干干净净,头皮顿然清爽了。他用毛巾使劲擦拭着皮肤,洗得真痛快。他摸到岸边的浅水里,枕着一块光滑的石头躺下来,清凉的河水从他胸脯上流过去,温柔地抚摸着他酸疼的胳膊和双腿。满天繁星,明明暗暗,闪闪眨眨,对岸的苇园里传来呱呱鸟的叫声。河滩,柳林,瓜园,渠岸,整个河川的角角落落里,没有一处不留着他童年的脚印。夏天在堤坝下的石缝里摸鱼,冬天在柳林里攀折冻死的枝条烧柴火,到沙滩上的甜瓜园里去偷瓜……

他跟着老师在河那边的公路上走着,天不明爬起来,兜里装着几个黑馍,要到城里去考中学了。他只有十二岁,是班里年龄最小的一个,走过一个一个陌生的村子,太阳西沉,即将落进河滩的时候,他们走到大平原上来了。一眼望不到边沿的平地,看不见土丘,天也顿然变得无边无际开阔深远了。他第一次走出自己生活过十二年的小河川道,南塬和北岭之间的那一绺蓝天,就是那么窄窄的一绺。走出小河川道,第一眼望见这开阔的苍穹,他觉得自己愈加小得不知所从了。

他第一次出远门,第一次靠双脚走过了四十华里路,脚上打泡了,腿疼难挪了,口里又干又涩,怎么也咽不下那干硬的杂面馍馍,鞋后跟已经被公路上的沙石磨透,脚后跟蹭着路面,磨得火烧火燎地疼。

猛然,一声惊天动地的呼啸从树林后边传来,伴随着"轰轰隆隆"的响声。他一仰头,一列绿色的长蛇似的列车自西向东,奔腾呼啸,从树林那边急驰过来,又钻入远处的树林里去了,树梢上升起一团团白色的烟雾。

"火车!"

和他同行的三十多名男女学生,一齐站在路旁,向奔驰的列车行注目礼。这一帮山沟里的学生,十之八九和他一样,是第一次出山,第一眼看见火车,第一次知道有比人的双脚跑得更快的这种庞然大物。他站在那里,对着火车逝去的树林,呆愣愣地瞅着,树林上空的白烟悠悠飘散着,向远处弥漫……在他熟悉的小河川道外边,有这样广阔的世界啊!

"赵鹏——"老师喊,"走啊!"

同学们跟着领队的老师,已经走了,他的脚不疼了,腿上有劲了,跑起来,追上了同学和老师。大伙围着老师,问这问那,火车怎么会自动跑呢?两列火车迎面开来怎么办?老师笑着,一一解答,他听得似懂非懂……

老师给他们介绍着沿路所看到的那一座座建筑,这是一家工厂,那是火车桥,更远处的那座最高的烟囱是发电厂的……

"国家正进入第一个五年计划,需要建设人才,你们好好念书,念了初中念高中,高中毕业念大学,给国家造火车,造飞机,造大炮,造机器……加紧走啊!小鹏鹏!"

他果然按照那位小学班主任的话,读完大学了,现在是制造机械的工厂里的工程师……

赵鹏穿上衣服，坐在河边上，点燃一支烟，静静地坐着。第一次走出黄土塬坡狭窄的河川，至今仍在脑海里保持着清新的记忆。三十多年来，他在城里上学，后来在城里工作，每到周日，回到乡下，在山沟里度过一个礼拜天，又匆匆上班去了。他从山沟里飞出去了，他的父母和弟妹，还在这黄土塬坡下生活着，他的妻子和儿女，也还生活在家乡的土地上。他的根哪，还是扎在这黄土地里呢！

现在，准确地说，麦收以后，他就要举家大小从这儿搬进城里去了。工厂里可能给他分配一套两室一厅的楼房，那是对他这位知识分子的照顾措施，报纸上大声疾呼抢救中年知识分子，他沾光了，父母已经先后离世，两个妹妹已经出嫁，一个弟弟也分居另过了。他一家四口搬走之后，没有什么牵挂了；以后，也许只有在清明节时，回乡下来给逝去的双亲的坟堆祭烧一把阴纸……

"赵鹏叔哎！你也洗澡来啦？"

他一抬头，两个小伙子已经走到跟前，只穿着背心和短裤，衫子和长裤搭在胳膊弯里，嘴里咂着烟，在沙滩上坐下来。这是俩晚辈青年，模样虽然熟悉，名字却记不清了。他连忙搭话说："身上钻进麦芒了，扎得难受，洗一洗真舒服。"

"城里可没有这样好的水！"留着长长的头发的一位说，"我一进西安的澡堂子，闷得头昏，直想吐！"

"当然，哪里有这样好的水呀！"赵鹏附和说，"城市近郊也没有这样好的水了。咱们这儿偏僻，现代工业的污染还没有延伸到这儿来……"

"叔吧！"光葫芦脑袋的另一位亲切地叫他，"你们厂里有啥活儿没？俺俩想出去干点儿。"

没等赵鹏回答，留长发的那位补充说："俺俩都在公社建筑队干过，盖房垒墙，没麻达！建筑队给的钱太少，工资老也不加，干着没劲，俺俩想自己包活儿干！"

"我可没打听……"赵鹏心里没数，又不忍心两位可爱的青年失望，"我回厂后，问问基建科，看看有没有修房垒墙的活儿……"

"好！"光葫芦说，"赵鹏叔，你要是给咱寻下活儿了，俺可不会亏待你！"

"什么话……"

"这叫信息款——新名词。"长头发小伙并不介意，"这没啥！也是按劳付酬！"

他咂着烟，看着这两位可爱的后生，他们大约都是初中或高中毕业生，没有考上大学，现在凭自己的手艺挣钱了。他们已不满足公社建筑队比较低的工资待遇，而要靠自己的手艺去承包工程，挣大钱了。

"麦种了，秋种了，乡里没事干了。"长头发小伙说，"得自找门路挣钱呀！"

"咱们在城里没熟人。"光葫芦说，"而今没熟人，寸步难行呢！"

他们年纪不大,却好像十分精通世故,与那些中年和老年庄稼汉截然不同。在赵鹏和他们闲聊的时候,他们无所顾忌,大声说话,发表他们的新的生活观念,完全不屑于像他们的父母那样只知在黄土里扒摸,凭种夏粮和秋粮,能挣几个钱呢!他们大声地骂人,傲视一切,臭骂村里的干部,简直是土匪,拿得的敢拿,拿不得的也敢拿,在实行责任制的过程中,油水叫干部们捞了。他们随意举出例子来:拖拉机价钱合得极低,队长占下给儿子开去了;六间新库房,庄基又宽敞,会计和队长各占三间,合下的价钱连木头钱也不够云云。

"捞吧捞去!反正剩下这一回了。"长头发说,"地分了,房卖了,他再想捞油水,没啥捞了……"

"嘻嘻!真正的贪官污吏……"光葫芦骂。

赵鹏听着,不置可否。这类事,他早有风闻,在村里实行分田到户的半年时间里,单是周日回家来,淑琴愤愤然给他说过的就已经不止一件,他劝她少言,吃了亏算了。现在,听着两位青年的骂人的话,他心里激起一股不平的气浪,想想自己很快就要离开这里,没有必要争论这些事了,就默默地抽烟。

"你上班去了,给俺到基建科问问……"

"可甭忘了!叔哎……"

五

接连四天,在塬坡上收割了三亩多麦子,赵鹏累垮了。

他从塬坡上拉回最后一车麦子,卸在麦场上,连着舒出三口长气,走回自家的小院,就像一棵被锯断的树,倒在炕上了。

他的脸颊火辣辣地疼,那是高原上太阳的强光对汗渍的皮肤暴晒的结果;他的脖颈疼得不易转动了,那是牛皮车襻下坠造成的筋肌损伤;肩头上已经被又涩又硬的牛皮襻磨得渗出血来了,火烧火燎地疼痛;胸廓长时间受到重负的坠压,挤得肺部不能舒畅地呼吸,隔一时半刻就要舒出一口窝聚的长气;腿和胳膊像是不属于自己这个躯体的部件,完全麻木了,只有小腿肌肉频频地抽搐,才感到那是自己的腿脚;手心和脚心,都磨出血泡了,钻心似的一跳一弹地疼着;腰椎像是从后腰那里折断了,酸酸的,上身和下身不能有机地协调地在炕上换一下睡姿;浑身上下,没有一处的肌肉和骨骼能够从紧张里放松下来。

他没有洗脸,更懒得洗脚,带着满身的尘土和麦芒,倒在炕上了。歇息——解除皮肉之苦,现在比讲究卫生要迫切一千倍,沉重而又紧张的体力劳作和讲究卫生互相对立了,后者毋庸置疑地服从于前者了,几乎是不可逆转的本能。他想,如果像这样繁重的劳动长年累月地继续下去,他会忘记刷牙的习惯的,一年半载不洗一次澡也不会感到有什么过不去,头发和手脸上积满灰尘和污垢,也不会有什么不舒服吧!在他接近老年的时候,也就自然地会跐着和许多庄稼汉老头一样丑陋的罗圈腿,来往于村巷、田间和屋院内外了。

头一天上坡拉麦的时候,他像一位诗情迸发的诗人一样在心里吟诵黄土高原麦熟时节的壮观景象,多情地回味童年时代的淘气;夜晚躺在小河的浅水里,回忆起第一次从山沟走出去,在大平原上看见奔驰的列车的情景,同样充满了浪漫的诗意。现在,他连再一次爬上坡顶的心情都没有了,那满坡被黄金缠裹的景象引不起一丝的心情,蚂蚱的叫声也显得枯燥而烦腻,更不想挪动一步躺到小河里去了。沉重的体力劳动,把一切诗情画意统统从人的心怀里排挤出去了。

过去的四天时间,他的妻子淑琴领着他,从干梁割到西坡,再到东坡,再进后坡……三亩多的麦子,竟然有八九块地,分散在塬坡的角角落落里。塬坡上土壤结构差异太大,为了使得优质地和劣质地搭配公平,于是就出现了这种结果。要不是淑琴引导,他无法从一条一块的麦田里辨认出自己的地块来。

头一天他和淑琴在干梁上收割的时候,塬坡上远远近近只有零星的人在收割,他还可以和淑琴在麦捆上调笑亲昵一下,而不担心周围有谁窥见。第二天,这儿那儿,东塬和西塬,前沟和后沟,到处都有男人和女人在弯腰挥动镰刀收割了。第三天,收割达到高潮,整个塬坡上,几乎每一块地里都有人头闪动,从塬坡通村庄的几条小路上,被来来往往的推车摆满了,男人女人,大人小孩,你呼他叫,变成一个喧闹的世界了。高潮延续到第四天,后响就渐渐退潮了,大部分条田和坡地上收割一空,只有少数地块上还挺立着麦子,像劣级剃头师傅在顾客头上遗下的一撮撮长毛,塬坡上几乎是被掠劫一空。

他躺在炕上,很想喝一碗酸辣的菜汤,却只能这样想着。淑琴还在麦场上,也许和孩子正在垒麦捆,也许只是出于防备心理,怕谁家顺手扯走几个麦捆去,三四天来,除了盐腌的蒜薹,他没有吃过什么菜。饿了,吃两个馍馍,喝一杯开水,半夜里才能躺下,而天不明的时候,淑琴又把他摇醒来。她不管几天不动烟火而只啃干馍他是否受得住,而只顾催他快跑,再苦也就这么一回了!

他的脑子里变成一片空白,什么曲轴淬火试验,什么学术论文,什么日语、英语或俄语,早已逃匿得无影无踪了,疲劳完全抑制了人的智慧,沉重的劳动使他的脑子顿然变得单纯而近于愚蠢了。

"爸!爸吔——"儿子喊着蹦进门,"快,要下雨了!俺妈叫你垒麦积子!"

他猛地翻身坐起,溜下炕来,咧着嘴,忍着浑身散了架似的疼痛,走出院,朝西一望,一层浓黑的云潮涌过来,盖住了下沉的落日。那乌黑的云层眼看着朝东边蹿上来,使人感到恐怖。呼啦一声,风从西边掠过,搅得麦草和黄土漫天弥漫,冷飕飕的风使人出过汗的肌肤阵阵缩紧。他一弯腰,朝麦场上奔去。

麦场上,一家一户所分得的那一条一绺场面上,全被麦捆子拥塞得满满的。男人站在麦积子上,把女人和儿女们递上来的麦捆垒堆起来,用手压,用脚踩。女人和娃娃们把栽在场间的麦捆拉到跟前,由强壮的女人用木杈挑起来,递到麦积子上头去。乌云已漫到头顶,天黑下来了,男人粗嘎的喉咙在催女人,女人尖叫着催逼儿女,整个麦场上,像面临一场即将洗劫的战争一样,忙乱不堪。

"你死在屋里了吗?"

赵鹏刚奔到自家的场头,看见淑琴时,她迎头就骂了他一句。

"眼窝瞎了?看不见天变了呀?!"她又骂了一句。

他愣呆了一下,刷地涨红了脸,当着全村男女老少的面,她这样狠声骂他,还是第一回,他无所适从了。他脑子里闪过一个念头,想抽身走掉,去他妈的吧!让大雨把这些鬼麦捆冲到河滩里去,算了!他恼恨地瞅她一眼,心软了,淑琴的脸上,汗水和着尘土,粘着麦糠,她变得像一只慌急的母狼,嘴巴扭歪了,眼里布满红丝,焦急和气恨已经完全使那双活泼的眼睛变得恶煞煞的了。她的衣衫从肩头撕破了,露出了浑圆的肩头和肌肉,甚至连上胸部的乳根也暴露出来,她也不顾及什么了,只是拼命把女儿拖到跟前的麦捆压到麦积子上去。他没有抽身走掉,抓住两个麦捆,拖到她跟前来。现在,此时此地,他不是一位在热加工上有所创见的工程师,而是一个堆积麦捆的劳力。

"一点心也不操!像是我一个人的事!"淑琴还在大声发泄对他的不满。

"干叫唤啥嘛!再嚷嚷,我就……"他也火了,"我闲一会儿来没?"

旁边的一位嫂子匆匆闪过,呵斥一句:"大雨来咧!还不垒麦子,斗啥气嘛!"

淑琴咬着嘴唇不吭声了,眼泪却流下来。

风愈加猛了,刮得麦捆子在场地上乱滚,谁家遮苫麦积子的苇席被狂风抛到空中,又甩到场外的土坡上。大场旁边的树林里,一棵大叶白杨"咔嚓"一声拦腰折断了。一道闪光之后,天崩地裂似的雷声在头顶炸响,大雨"哗啦"一声倾倒下来……

男人和女人,老人和娃娃,乱纷纷从场间跑出来,丢弃下麦捆和正在垒着的麦积子,逃到附近的几户人家的房檐下避雨。赵鹏一手拽着女儿,从场间跑出来,挤在房檐下,浑身冷得直打哆嗦。没有办法,只好让雨淋了,如果冒雨垒堆麦捆,就把场面和麦穗踩踏得一塌糊涂;淋过雨的麦捆堆积在一起,两天就沤坏了,倒不如露天栽在场间。

淑琴没有到房檐下来避雨,她没有戴草帽,一任瓢泼似的大雨浇在头上和身上,缓慢而疲惫不堪地在大雨里走着,从村巷里朝回走去,暴雨从地上溅起的泥水,糊粘在裤脚上,撕破的衣衫紧粘着皮肉,她依然一滑一溜地走着。几个女人呼喊她的名字,声音是亲切的,叫她赶快躲到房檐下来,出过汗的热皮热肉淋不得冷雨啊!她像没有听见,拖着沉重的双腿,朝西头走去了,在村巷的狭窄处,被雨雾和墙壁遮住了。

赵鹏心里一紧缩,有点不安了,他从房檐下跑到雨地里,一踩一滑地朝回奔去。他奔回院里,一眼瞅见,淑琴在屋里的小饭桌上倚躺着,半眯着眼睛,嘴唇变成黑色,手脚冰冷得像冰块一样,张着哆嗦的嘴唇在喘息。他一把抱起她的软瘫的身体,眼泪涌流下来了……

他划着火柴,点燃了麦秸,塞到灶下,拉起了风箱,给她烧一盆擦身的温水。往昔里,无论冬夏,他礼拜六回到家中,她笑着把一盆冷热掺半的温水搁到木头盆架上,招呼他洗去一路骑车落下的尘灰,已经习惯而成自然了,似乎没有什么异常的意思。他现在蹲到灶下,第一次觉得应该供给她一盆洗脸擦身的温水了。他没有学会烧锅燎灶的技能,锅灶下冒出一股股浓烟,呛得他鼻涕眼泪交流,依然心地虔诚地拉着风箱。收麦以来的四五天时间里,她比他吃得少,睡得更少,而几乎是马不停蹄,半夜里蒸馍,熄了灶火又提着镰刀下地了,临到他拉着小推车走到地头的时候,她已经在微明的晨曦里割下一排排麦捆子了。他累得疲惫不堪,她也不是铁打的身骨啊。

他端着一盆温水,搁到盆架上,关了门,从她身上剥下湿漉漉的衣裤,扶她到水盆跟前,帮她擦洗起来。她忽然搂住他的脖子,感动得流起泪来,那晒得暴起一层黑皮的脸颊,那双明显下陷的眼睛,浮出一缕素有的温柔和痴情。暴雨来临时,他们在麦场上发生的口角烟消云散了,像暴雨过后夏天的夜晚一样静谧而和谐。世界上有以各种形式生活着的恩爱的夫妻,或是从事共同喜爱的职业,或是意趣相通。中年工程师赵鹏和他的农民夫人却是这样生活在一起,不能说不美满,不幸福吧?此刻,他的自我感觉:甚好!

六

一觉醒来,窗外灿红的阳光,羞怯地撒在院子里的小柿树上,赵鹏揉揉干涩的眼皮,脑里反映着一种逼真的错觉,似乎不是经过了一个短暂的夏夜,而是整整睡过了一个世纪,从昨晚躺到炕上到刚才睁开眼睛,他没有小解,也没有梦幻,甚至连翻一翻身子也没有,睡得好深沉呀!深沉得像死掉了一样,敞开的木格窗子里,飘进一股滚油烫焯葱花的香味,刺激他的鼻膜,却撩拨不起他的食欲。

"睡着吧!"淑琴走进来,和悦地说。一夜睡起来,她又恢复了素常的麻利和勤快,欢蹦蹦地在后院喂鸡,在前院打扫柴枝和麦糠,在小灶房里烙烫面油旋饼子。她站在炕前,劝他说,"下雨了,地里场里湿溜溜的,啥活儿也干不成,你就美美儿地睡吧!饭做好了,我再叫你。"

她的声音是舒缓的、和悦的、真诚的。世界上只有自己的真诚相爱的妻子,才有这种舒缓、和悦、真诚的声音。没有矫揉造作,没有虚情假意,没有表面文章。这种声音区别于世界上一切声音,而绝不靠音色取悦对方。自从她和他在这个农家的土炕上有了第一夜同炕共枕的生活以后,二十年来,他完全习惯了这种舒缓、和悦、真诚的声音。往昔里,每逢周末,他从城里回来,亲亲热热睡过一夜,她天明时爬起来去上工,临走时总要叮嘱他:"美美儿睡一觉吧!在厂里辛苦了一星期,回来好好歇下!早饭等我放工回来做,妇女放工早半点,跟得上。你睡吧!饭做好了我叫你。"

窗户口透进湿漉漉的晨风,凉飕飕的,他这才意识到昨天傍晚下过一场暴雨,他的心里也舒缓下来,就依着她的话,躺着,却没有睡意了。她在屋子里弯着腰扫地,又用抹布擦洗桌子和椅子,几天来忙于在田间收获小麦,屋里的家什上落着一层灰尘。她换了一身干净的半新的衫裤,头上顶着一块方格帕子,防止灰尘落到头发里。她挽起的袖管下露出被太阳晒得黑红的腕子,粗壮而又粗糙,准确而又敏捷地挪动桌面上的茶盘、茶壶、镜子和瓶子,把它们擦拭得光光亮亮。她的精神很好,精力充沛,根本看不出昨天累得半死的痕迹,反倒因为她换下了那身割麦时专门穿着的破衫烂裤而显得周正了、精神焕发了。

他躺不住了,他想到昨晚在这个小屋子里发生的事,是的,她的突然栽倒,不是疾病而是极度劳累,她现在欢欢蹦蹦地喂鸡喂猪,扫屋扫院,似乎一夜之间又恢复了。可是,她眼眶周围的黑色的圆圈却更加深了颜色,那可不是像城里的女人涂抹的美的最新标志。他忽然意识到,在这个家庭里,主要的体力劳动都是她承担的。二十年来,他明知她在体力劳动上其实根本无法跟他相比,她始终不渝地让他在周日早晨"美美儿睡一觉"!她从来不抱怨自己在这个家庭里的负重和苦累。他每月交给她三四十元钱,她已经完全满足了。现在,他的心里似乎意识到一点什么,有点不安了,平静的心朝一边倾斜了。

"睡着呀!忙着起来做啥?这几天拉麦子,还不累是不是?"

他穿上衫子,又蹬上裤子,伸胳膊蹬腿的时候,所有大小关节都变得僵硬了,又酸又疼。精神虽然恢复了,浑身的肌肉和关节的疼痛,却反而因为一夜的睡眠更加剧了。他笑笑,没有回答淑琴的话,忍着疼痛,不致脸上流露出痛苦的神色,故意装作轻松的样子,跳下炕来了。

她一边抱怨他不该"早起",一边在脸盆里给他倒下温水,放下毛巾。他在水盆里洗手洗脸,二十年来一贯如此,今天觉得不那么自在,不那么心安理得了。她又从盆架上捞起牙具杯子,要添水,要给牙刷上挤好牙膏,这也是二十年一贯制了。他挡住她的手,仰起沾满水珠儿的脸,有点激动了,说:"我自己来。"

她一愣,有点惊疑地问:"怎么了?"

他意识到自己刚才说话太冲了,使她措手不及,想到另外的地方去了。他抱歉似的笑笑,有点伤心,却以顽皮的轻淡口气对她解释说:"我已经觉悟了!从今天早晨开始,消灭咱们之间的'工农差别'!"

她笑了,释然地笑了,爱昵地斜睨了他一眼,夺过口杯,添上水,在横架着的牙刷上挤好了牙膏,放在桌子上,只需端到手里,就可以塞进嘴里去刷牙。待他洗漱完毕,淑琴已经在木桌上摆好了饭菜,只等他拿起筷子来。

"今日消消停停地吃顿饭吧!"淑琴依然用舒缓的声音说,"几天都没有正儿八经地吃饭了!趁热吃,饼子一凉就不酥了。"

赵鹏坐下,桌上摆着一摞切成方块的烫面油旋饼子,瓢软皮酥,散发着一股诱人的香味。一盘粉白色的洋葱条儿,水灵灵的。一碟油汪汪的红辣椒,搅动人的食欲。她借雨后不能下地上场的闲暇,做下一顿正儿八经的早饭,让他饱餐一顿,弥补几天来的亏空。他却问:"咱娃儿呢?"

"在场里看麦子。"淑琴说,"猪咧鸡咧,在麦场里乱踏乱拱,一时不看守也不成。你吃吧,我去换娃儿回来。"

"你坐下吃!"他加重了语气,似乎下命令,"吃完再去换娃儿回来。"

她又一愣:"那娃儿不饿……"

"你不饿?"他爱怜地说,动手压着她的肩膀,让她坐在椅子上,动情地说,"咱们俩今日消消停停地吃一顿饭……我想跟你坐在一块吃……"

"吓我一跳……"她幸福地笑了。

他慢悠悠地嚼着饼子,就着脆生生水津津的生洋葱条儿,目不转睛地盯着她的脸。这张曾经像粉桃一样白里透红的脸膛,变成条形的了,黄色上透着黑色;眼睛变得更大了,眼神里有一种根深蒂固的紧迫的气色,时时准备放下手里的筷子而去捞起权把或什么家具。眼角上密集着鱼尾纹,在略一拧眉时就更加显著了。二十年,乡村田野里夏日的骄阳,冬日的尖厉的西北风,把那张皮肤细嫩的脸颊,改变得又粗糙又老相了。

"你吃菜呀!"他把洋葱条儿夹到她的饼子上,爱抚地说,"吃饭就踏踏实实吃饭,甭三心二意的。"

"呀……"她慌忙接住他递过来的洋葱条儿,吞进嘴里,脸微微红了,眼里罩起一缕妩媚的雾一样的气色,"你今日……怎么了?"

"我今日觉悟了!咱俩应该平等……"

"咱们本来就是平等的。"

"不……不平等!"

"我可没觉着什么……不平等!"

"你对我照顾……不……简直是服侍……"

"女人就该这样嘛!"

"传统观念!"

"我听广播上说,要关心科技人员……"

"那是针对社会上蔑视知识的偏见讲的!在咱们家里,应该完全平等。"

"那好,你来烧锅燎灶,洗衣管娃儿……哈呀,像啥样儿嘛!"

"咱们搬到市里去住,下班了,谁回来早了谁做饭,星期天一块洗衣服,就该这样。你甭笑……"

"城里的男人都这样吗?"

"……"

赵鹏还没来得及回答淑琴的话,一阵咚咚的捣蒜似的脚步声响进院里,十五岁的儿子蹦进来,迟疑一下,就从淑琴手里夺下筷子,娇气里带着蛮横,不满地斜瞅着母亲说:"你们在家吃饭,叫我给你在场里吆猪吆鸡……"

淑琴不好意思地盯一眼赵鹏,从盘儿里拿起一块饼子,递给儿子,爱抚地笑着说:"妈正准备去换你哩!"

"你呀……"赵鹏笑着说,"净是培养大男子主义!"

"爸哒!"儿子毛毛这才记起他的使命,"厂里来人找你哩!"

"谁?在哪儿?"赵鹏忙问。

"我不认识。一个大胡子司机,车在村口停着。"

正说话间,门外走进一位中年人来,赵鹏一把握住他的手,正是厂里的小车司机老孟,连忙招呼他坐下吃饭。

"厂长叫我来请你赶紧回厂,"司机老孟也不客气,抓起一块饼子就吃,急火火地说,"外商十点钟到厂,洽谈订货哩!厂长怕让洋人给糊弄了,叫我赶紧来找你。厂长说,要是损失了麦子,厂里包赔……"

"什么话嘛!"赵鹏站起来,忙问,"外商怎么提前来了?原说……"

"提前来了,我也不清楚为啥。"司机说,"搞得咱杨厂长措手不及。昨天晚上接到局里电话,本想连夜来找你……"

赵鹏点点头,没有说话,要是昨晚老孟来了,那简直是紧上加紧哩!他的淑琴在暴雨中抢收麦子累得昏厥,屋里乱得一团糟。

"给我换一身干净衣服。"赵鹏说,"我要跟洋大哥谈生意,穿这身衣服,会把人家吓住的。"

"厂里已经准备下一套西装了。"司机老孟说,"昨日晚上,到西安城里买下了几套西装,工人打扫了半宿卫生……你换不换衣服没关系,倒是该刮一刮胡须了。"

赵鹏接过淑琴从箱子里取出的一套新衣服,换上,对着镜子刮脸。他这时才看出,胡须芜杂的脸腮上,留下高原烈日炙晒和汗水腌渍的明显痕迹,黑了,泛着青色。他给淑琴宽解说:"坡上收完了,河滩的麦子还没熟足,正好有三五天空当。我跟外商谈完了,回来正好跟上收割河滩的麦子……"

"你甭管。"淑琴爽直地说,"河滩里路平,我能割也能拉运,你放心干你的工作……"

赵鹏和司机走到村口,先后钻进黑色的上海牌轿车,开出村子去了。

从车窗里望出去,塬坡上的麦子收获净尽了,偶尔可以看见阴沟的地边残留着一绺尚未成熟的麦子,孤零零地长在光秃秃的坡地上,像剃匠在剃过的光脑袋上恶作剧似的故意留下的一撮撮头发。沟壑纵横的南塬塬坡无遮无掩地暴露出来了,给人一种盛宴之后的寂寥之感。从右边的车窗望出去,河川里的麦子密密实实,由绿转黄了,有一处金黄金黄,有一处绿色正浓,呈现出青黄转换时节的多姿多色。杨柳葱郁,雍容优雅地舞摆着给暴雨冲洗得洁净的浓密的叶子。算黄算割①的叫声在河川的这儿那儿不时响着,通身金黄的黄姑箩鸟儿从车窗外掠过,飞向河川深处去了。饱融着麦子成熟时散发的甜腻腻的香味,灌进车窗来,是这样清爽,是这样温湿宜人啊!

土石公路坑坑洼洼,道路泥泞,轿车碾过积水的小水坑,发出泥水飞溅的"噼噼啪啪"的响声。赵鹏靠在车里绿色丝绒靠背上,心里慨然感叹了:昨天,像牛一样驮载着麦捆,在坡沟间窄窄的陡峭的小路上,汗流浃背,摔一个跟头又跌一次跤,一次又一次上坡下坡,想着能空甩着双臂走路就是十分轻松的事了;今天,坐在软乎乎的坐垫上,轿车载着他朝前疾驰……对比太强烈了!

南塬和北岭朝后倾倒,河川逐渐开阔,驶过土石公路,轿车在平整的柏油公路上稳稳地飞驰。离开家乡的小山沟,那翻车的强烈印象开始淡出,小推车和暴雨打湿的麦捆

---

① 算黄算割——当地一种鸟的俗名,疑似布谷鸟的一种。布谷鸟,学名杜鹃,因其鸣叫声似"布谷"而得名。算黄算割鸟之名,也是当地人缘声而得。不同之处在于:布谷鸟叫声是两音节"布谷,布谷",算黄算割鸟的叫声则是四音节"算黄算割"。据说这恰恰是大杜鹃与小杜鹃叫声的区别。小杜鹃指名亚种(学名:Cuculus poliocephalus poliocephalus),似大杜鹃但体型较小(26厘米)。腹部具横斑。上体灰色,头、颈及上胸浅灰。下胸及下体余部白色,且具清晰的黑色横斑。臀部沾皮黄色。尾灰,无横斑,端具白色窄边。眼圈黄色。虹膜褐色。嘴黄色,端黑。爪黄色。该物种已被列入国家林业局2000年8月1日发布的《国家保护的有益的或者有重要经济、科学研究价值的陆生野生动物名录》。此注为编辑所加,仅供参考。

子也渐渐地退避到遥远的爪哇岛去了,劳累得有点憔悴的亲爱的夫人淑琴的脸颊也淡化、消失了。他的脑子里,被一串串的试验数据占据了,他右手捏着烟卷,左手托着腮帮,使他的那些试验数据在脑海的屏幕上复活、映现。他的神情专注而自信,那是拥有充分的专业知识所给予人精神上的一种自信。他现在所集中思考的是,怎样得体、有节地接待那几位即将登门的外商,把自己设计试验成功的产品打入西欧市场,须知西欧的工业市场并不容纳稍微落伍的低能机械,而洋大哥到中国来也不完全是为着友谊……

七

  小砂石碌碡滚动着,发出"吱嘎吱嘎"的叫声。淑琴推着梯子形的长柄拨架,在自家分得的这一块场地上碾压。昨晚一场暴雨,场面被雨水泡软了,被人的脚踩得坑洼不平了,必须趁着地皮晒干之前,及早碾压。往昔里,碾光场面的活儿,向来是男人们干的事儿,而今由各家各户种地打场,碾场就由各家自扫门前雪了。她的亲爱的男人赵鹏,到工厂跟洋人谈判去了,碾场自然由她来推着小碌碡。

  她在软乎乎的土场上撒下一层柴灰,在被踩得有脚窝的地方垫上湿土,铲平场面,然后推起"吱嘎"作响的小砂石碌碡,挨着排儿推过去,推过来。午时的太阳像一把火悬在头顶,蒸腾起地上的水汽,空气闷热,她的脸上淌下一串串汗珠。

  她心里十分高兴、骄傲,她的男人被明光锃亮的小轿车接走了,与金发碧眼的洋人坐在一张桌子前去谈判了,这是何等光荣而又伟大的事呀!小小的赵村的庄稼人且莫说起,村里那些在县城或在西安工作的一二十号干部、教师和工人,谁坐过小轿车呢?谁有本领能和洋人打交道呢?只有她的男人赵鹏!这些不言而喻的体面事,无论如何不能不使我们可爱的农村妇女姜淑琴感到脸上光彩,心里充实,从里往外都觉得骄傲。她推着小碌碡,用袖头抹一把汗,朝前走了,脚步轻捷,居然感觉不到苦累。

  "淑琴嫂子!"

  淑琴扭过头,看见王秀珍提着一笼柴灰走进场来了,粗壮的腰身扭动着,肥大奶头在单薄的的良衫下抖颤着,赤红的脸膛,被过于丰腴的肌肉撑得鼓起来,眼睛也被挤扁了,总像在笑着。她忙答话:"你也光场来咧?"

  "你用毕了,把碌碡借给我,"王秀珍猫下腰,撅着肥大的屁股,在临近的那一绺场面上撒灰,"成不成?"

  "成啊!怎么不成哩!"淑琴快活地应着。

  王秀珍撒完灰,扔下竹条笼,走过来,帮她推着碌碡。这个胖胖的弟媳,本身就像一只碌碡,和她并排走着,能感到她浑身有一股热烘烘的气息。

"嫂子哎——"王秀珍亲热地叫。

"嗯——"淑琴亲昵地应着。

"你真有福哇!"秀珍毫不掩饰羡慕之情。

"我有个'豆腐'!"淑琴矜持地笑着说。

"鹏哥坐上卧车咧!啧啧!"

"我还是跟你一样——推碌碡。"

"听说鹏哥今日去见洋人?"

"洋人也是人喀!"

推到西头,俩人同时转过身,用一只手拉着拨架倒着走。

"淑琴嫂,收毕麦就搬进城去?"

"嗯!"

"你再不推碌碡了!"

"我还爱推哩!吱儿——嘎儿的怪好听!"

"你真有福哇!跟上鹏哥进城当居民了!"

"乡下而今也好过了……"

王秀珍猛然搂住淑琴的脖子,趴在她的耳朵根,说:"嫂子,你跟鹏哥这样的大知识人儿睡一辈子,真是福大命大!"

淑琴臊红了脸,挣脱了秀珍的搂抱,急忙瞥一眼左右,怕那些戴着草帽推着碌碡的男人们听见,轻轻在秀珍腰里捅了一拳,用眼示意再甭说这号酸话了,防备男人们听了去。

秀珍瞧瞧左右,并不在乎,更加来劲地说:"嫂子吔!知识人儿黑间搂着你,怕是你……"

"啊哈!你这烂嘴!"淑琴的脸上热臊臊的,禁斥说,"拿老嫂子开心呀!"

"你这一辈子,算没白到世上来……"

"你没有男人吗?"淑琴压低声,攻击对方,"苍娃兄弟长得像匹公马,还不够你……"

"我那个愣家伙呀!亲你的时光,简直把人的骨头都要掬断了!恼你的时光,一拳能把人掀得翻八个跟头!"秀珍数说着她男人苍娃的鲁莽,听不来是怨还是爱。她笑着对淑琴说,"我要是有鹏哥那样斯文的男人,我一天到晚把他当神儿一样敬着!"

"那好哇!我回头给你鹏哥说,你稀罕他做男人!"淑琴爽快地笑着,"让他跟你睡去!"

"要是你不干涉,"秀珍更加收拢不住嘴巴,"我才巴不得哪!哈哈哈……"

"秀珍,你真脸厚哇!呀呀呀!"淑琴自己早已脸腮烧臊,嗔骂着,"你当着你鹏哥的面说呀!"

"咦——"秀珍收敛了笑,丧气地说,"真的!咱们在一块儿胡说浪谝行,可一见着鹏哥,我连一句怪话都说不出来。他那人哪,合该咱们正儿八经敬重他!"

淑琴抹抹汗,笑着:"好了,我的场面碾好了,咱俩给你去碾吧!"

"你回吧!"秀珍说,"凭我这一身膘,推这小碌碡不值啥!"

淑琴松了手,相信这个口敞心直的弟媳的话,就把小碌碡交到她手里了。

"我的嫂子,可甭当真哟!"秀珍推着小碌碡朝她家的场面走去,回过头来说,"贵贱可不敢跟鹏哥说那些烂话!你要是一说,我日后可该怎么和鹏哥见面、说话呢?"

"哈呀!你倒怯了!"淑琴报复似的嗔笑着,"你那张厚脸,一锥子也扎不出血来,倒知道羞了!"

秀珍已经在自家的场面上推起小碌碡。淑琴坐到场头的大叶杨树下,用草帽扇着凉。秀珍的男人苍娃,在城里一家工厂干搬运工,是订着合同的临时工,割麦时也不得回家。秀珍一个人把坡地上的四五亩麦子割了,又一车一车推回来,比一般软势的男人干得还利索。她不抱怨苍娃,工厂里合同严格,要是苍娃回来割麦子,工厂里另换了人,他们家就没有一百块钱的收入了。夏收一过,苍娃闲下干啥呀!她只好咬着牙,收割拉运一手干,腾出苍娃在工厂挣钱,过日子的心劲高涨得很哪!苍娃星期日回来,她给他打鸡蛋,捏饺子,单怕他身体受亏哩!她胡说什么稀罕鹏那样有知识的斯文男人,不过是说笑罢了!她那张敞口烂嘴,从村东头到村西头,连班辈高低也不管!

淑琴动手把那些堆积的麦捆拉下来,栽到场面上,刚刚焐了一夜,淋过雨的麦捆已经发热了,如果不及时拉开晒干水分,三五天就会霉坏了,一年的血汗哪!她拉着麦捆,心劲很高,秀珍一派玩笑话,却勾起她对她的亲爱的赵鹏的情思。不仅秀珍,村里多少姐妹说她命好哩!

往昔里,生产队劳动日不值钱,粮食又分得年年不够吃,没有固定收入的纯粹农业家庭,没有几家的日月过得松泛。她的赵鹏是正牌大学毕业生,虽然在工厂和工人一样在车间劳动,接受改造,属于臭知识分子,可是工资收入却很可观,每月有六十五元钱,除过生活费用和抽烟,他每月交给她四十元钱,这在小小的赵村已经是很令人羡慕的事了。

亏了赵鹏哩!淑琴在蒸发着热气的麦积堆上拉下麦捆,热汗淋漓,渍得眼圈和脸颊烧疼烧疼的。岂止是钱!赵鹏跟她一个农村妇女生活在一起,二十多年了,没有弹嫌过她,也没有在城市的花花世界里拈花惹草,已经使她无法不处处敬重他、热心备至地关照他。

她想起她和他第一次见面的情景。哥哥把他的同学引到家里来,她看见他那一副憨呆呆的样儿,还真是不入眼哩!想不到,他却瞅上她了。她刚刚考中无线电技校,这个赵鹏找到她的学校,前后没说过十句话,就说他爱上她了,而且说从一年前见头一面时就爱上了。她觉得有点荒唐,统共只见过两面,没有说过十来句话,就要她表态,真是荒唐!小说上描写的那些恋人经过了多少次交往,才说出这句关键性的话。她跟他没有散过步,也没看过电影,甚至连一封信都没通过,真是太荒唐了!她当时有点怨恨他,不该冒失地找到学校来,堵在当面说这样难以叫人出口的话,应该先写封信来……

　　她答应了!荒唐也罢,轻率也罢,她只觉得脸红发热,心口几乎窒息了,喉咙被膨胀的血管挤压得不透气了,说不出话来,默默地点了点头。没有办法,她当时只有一种模糊的却又是不可违拗的感觉:不能不答应这个人!

　　她点了点头,还没容她抬头看他的反应,赵鹏已经从桌子那边跳过来,抱住她的肩膀,她的少女的脸颊,第一次挨着一个男子的胡楂刺扎的嘴巴,几乎晕眩了。

　　"放心吧!"他走时说,"我是个啥样儿的人,问问你哥就知道了!"

　　"我谁也不问。"她说,"我凭自己的感觉。"

　　在中专读过一年,国家正进入严重的经济困难年头,终于传下来一道决定,学校停办,学生各自归乡。她没有惊慌失措,此前已有几所中等技术学校停办了,不足为奇。她完全听信校党委的动员报告,写了决心书,要为国家分忧解愁,承担困难的压力,她是共青团员啊!她当时的心情,也许只有从六十年代初过来的热血青年才能理解。

　　她没有告诉他,怕他有不必要的负担而影响学习。她打算回到渭河边的家乡后,写信告诉他,那样更从容一些。她想主动提出解除婚约,不致使自己成为他的负担。

　　正当她打点好行装、准备离开学校的时候,赵鹏赶来了,也不知他从哪儿得到的消息。他一句话也不说,背着她的被子,走出学校的大门了。他们没有乘车,沿着城市南郊绿荫覆盖的宽阔的公路,走到市中心。他拉她走进一家饭店,花去近十块钱,买下四菜一汤,打下二两散酒,摆到桌子上。他不顾她的劝阻和反对,执意不惜破费买下这些饭菜来,弄得她傻愣愣地坐在桌旁。十块钱,在这样的困难日月里,对于他们两个来自乡村的穷学生,意味着什么啊!她迷惑莫解,为她送行也不该超出他们的经济力量太远了呀!

　　"淑琴,敬你一杯酒!"他这时才庄严地开了口,把一小杯酒送到她手中,自己端起另一杯来,"我宣布,我们今天结婚!"

　　"啊——"她惊得不由得喊出声来。

　　他一仰脖子,把满满一杯酒灌进喉咙,两只眼睛多情而又庄重地盯着她的眼睛,期待着。

她想哭,却无法张口出声。她完全明白他的用意,对他这种果决得有点突兀的举动无法预料,现在感动得热泪滚滚了。她真想扑过去,抱住他的脖子,大叫三声"鹏哥"!饭店里人多,不是她放纵感情的地方。她擎起透明的玻璃酒杯,一滴不洒地倒进口里了,平生里第一次尝到这种烈性白酒的所有醇香了。她无法抑制自己,把头歪到他的胸前,轻轻地叫了一声"鹏——哥——!"

他们坐下来吃饭、喝酒,饭菜不剩一口,烧酒不留一滴,干干净净地吃到肚里了。

"你把被子背到我们家去吧!"他说,"咱们明天到公社领一张结婚证就行了。任何仪式都甭举行了,免得两头的老人作难!亲戚问起来,就说我们在学校举行过婚礼了!"

他已经把一切都准确地设计过了,她能说什么呢?她完全信赖了这个赵鹏,把自己的行李背到赵村来了。

"我们生活在一起,你会了解我是个啥样儿的人!"他对她说,"我不大喜欢给人许愿。"

她和他走进赵村,走进赵鹏家的门楼。赵鹏向老成的父母宣布,他和她已经在学校举行过"革命的新式婚礼"了。二位老人完全听信了,挪出一间厦屋,她和他就这样走进洞房……

淑琴把麦捆全部栽起来了,夏天午时的太阳像火,晒得被雨水泡软的麦芒又支棱起来,在阳光下发出"轧轧轧"的响声。她感到口渴,喉咙像呛进一团烟雾,又干又涩。她要回家去了,瞧一眼正在推着小碌碡碾压着场面的王秀珍,赤红的脸膛因为汗渍,因为太阳暴晒,已经变成紫黑的猪肝色了,她不时腾出右手或左手,用腰部顶着拨架推着小碌碡前进,撩起左边或右边的衣襟擦拭脸颊上的汗水,白花花的腹部就暴露出来了,丝毫不怕附近的男人们瞅见。淑琴瞧着她,心里好笑,这个活宝王秀珍,刚才说过那样酸溜溜的烂脏话,真是好笑哩!她的亲爱的男人赵鹏,那是怎样耿直而又心志专一的一个真正的男人啊!好你个活宝王秀珍,即使用钢筋,也把他捆不到你的腰里……

八

后窗玻璃上的红色霞光渐渐淡了,暗了,终于消失了。从左侧的窗孔望出去,河川里被乳白色的雾气遮掩得迷迷蒙蒙,河堤上和灌渠上的一排排杨柳,树冠和树冠黏糊成一堵庞大的城墙了,只有梢部在星空的光亮里呈现出参差不齐的波浪似的形状。

河川里呈现出一种少见的紧张和忙乱景象,极易使人联想到战争。是的,一场全民参战的战争场面,莫过于此吧!从河川里通到各个村庄的田间小路上,被一溜一串负载着麦捆的车辆拥塞着,流向村子里去。一切先进的或落后的机械全都派上用场了,大量的小推车、架子车占据了窄窄的小路。手扶拖拉机快一阵儿,又慢一阵儿,等待拉着小推车的人避一避道儿。汽车被夹在中间,无法施展威力,气得哼哼直叫。小孩在给大人推车,女人们背着麦捆。河川里,男人吼叫儿子的粗哑的声音,女人喝骂偷懒的儿女的调门,纷乱而嘈杂地组合在一起,造成一种特有的紧张忙乱的气氛。

赵鹏的心里,被这紧张的气氛搅得不安了。

按他离家时的估计,至少需得三天,河川的麦子才能熟透,才能搭镰收割。想不到,一场暴雨,反倒促进了麦子的黄熟,在他三天之后回来的时候,河川的麦子已经收过大半了,看架势,明日一天,河川里就会一扫而光了!

他的心里很沉重。天!淑琴割过多少了?她一个女人,怎么往回拉运?河川虽然是平路,进村上场时却有一道坡,她怎么能拉得动呢?产品贸易谈判的胜利所给予赵工程师的喜悦心情,完全消散了;与那三位洋大哥的颇为友好的交情淡忘了;淑琴和麦捆,镰刀和小推车,现在乘虚而入,占据了脑海,充塞进胸间,担忧压迫着他的心。

轿车开进赵村,他跳下车,拉着司机老孟去喝水,大门上却吊着一把铁锁。老孟不是外人,早已被沿途所见的夏收的紧张气氛所感染,毫不介意自己没有喝到一口水,坚决地退回车旁,钻进驾驶室,赶回城里去了。

赵鹏把提兜从门道下扔进去,就往麦场上跑。打麦场上空亮着一盏大灯泡,场地被麦捆塞满了。有人拉着麦子进场。有人推着空车出场。有人在垒堆麦捆。有人在叫骂丢了两捆麦子。

赵鹏在麦捆堆积的"海滩"上,找到自己的那一绺地场,女儿倩倩正坐在一捆麦子上,十分忠诚地看守着麦子。他问:"倩倩,你妈呢?"

"拉麦去了。"倩倩说,"俺毛娃哥也去了。"

"在哪块地里?"

"北渠口。"

女儿倩倩肯定还没吃晚饭,他顾不得了,扯开长步,走出麦场,转下场堎,下了河川。他从路边匆匆走过去,来不及和拉车的乡党打一句招呼,照直朝北渠口那块责任田走去。

"赵鹏!"淑琴喊。

他站住,回头一瞧,淑琴拉着装满麦捆的车子停在路边了,越来越浓的夜色,使他竟没有认出淑琴来。他走到车旁,忙问:"还多吗?"

"多着哩!"淑琴说,"靠我一个人拉运,怕是得拉到明早。刚才,虎生和根长给咱帮忙拉哩!你没见?刚拉着车子在前头走着……"

"哦……"他心里过意不去,这样重的体力活儿,人家给自家干了一天,已经够累了,又来给自己帮忙拉车,真是叫人心里不安,"哦!人家娃娃也累呀!"

"我劝人家回去歇下,我慢慢也就拉完了。"淑琴感动地说,"俩小伙子根本不在乎,装上麦子就走了……所以说,还是乡党好,人说'再好的亲戚一两辈儿,平淡的乡党万万年'……"

乡党情深,庄稼人过红白喜事,盖房箍窑,谁也离不得乡党帮忙。在他的淑琴割下一地麦子而不能拉运上场的时候,两位乡党自觉前来帮忙拉运了,这是要付出汗水的重体力劳动啊!他深深为之动情,猛然间,心里一动,虎生和根长不就是在河滩洗澡时聊天那俩小伙子吗?想起他俩给他说过的话,要他替他俩在工厂找一份合同工干。赵鹏心里又不安了,两三天来,他集中精力,对付着那三位从大洋彼岸来做生意的洋大哥,把这两个穷乡党提出的希求忘得干干净净,而他俩已经不顾疲劳,自动给他帮忙来拉运麦子了。他心里过意不去,像欠下了那俩小伙的债似的,却又不好对淑琴说明原委。

赵鹏从淑琴肩上取过牛皮车襻,搭在自己肩上,没有说话。是的,拒绝那俩小伙来帮忙不合适,让人家帮下去又于心不安,随其自然吧!夏收完毕回厂后,得问问基建科,有没有修路垒墙的活儿需要找民工……

大儿子毛毛给淑琴在后边推车,现在被妈妈指使到地里去,把散摆在地里的麦捆抱到一堆,集中起来,节约下装车时满地跑着抱麦捆的时间,推车的任务由她来承担。

赵鹏扛起小推车的车辕,才体味到这车麦子的分量,虽然看去装得并不多,却死沉死沉的。河川的麦子长得比坡地的麦子成色好,又割得绿,麦秆尚未死掉干枯,分量加倍地沉重。淑琴居然能拉动这样的重负,真是不可思议!

赵鹏拉着车子,淑琴在后边推车,夫妻二人的全部力量都作用在这个小推车的独轮上,气喘吁吁,而车架上充其量不过装着十一二个麦捆子!对于一般老农民,也许习以为常,甚至觉得小推车上的轴承胶皮轮子取代了木头独轮,已经够轻松了,简直是一个伟大的技术改革哩!而对于看惯了自动化和机械化操作的赵鹏来说,不仅是体力消耗难以忍受,心里更加急得发慌!可又有什么办法?还得屈身搭上那条被汗渍淤积得又硬又涩的牛皮车襻,驮上麦捆挪步!

他刚刚从舒适的上海牌轿车里下来,肩上又搭上了牛皮车襻。昨天他坐在西安一座新建的豪华的饭店的大厅里,脚下是软茸茸的栽绒地毯,身上是厂里特意给他买下的笔挺的西装,和洋大哥一边品茶,一边侃侃而谈;今晚却驮载着二百多斤的麦捆子走在漆黑的河川土路上,汗流浃背,气喘如牛。今天午间的庆祝洽谈成功的宴会,丰盛的程度不仅使他吃惊,连初次来到中国的洋大哥也赞不绝口,中国菜的味道简直妙不可言!今天晚上,他现在连喝一口凉开水的工夫也挤不出来,一家人连晚饭也顾不上吃哩!真是天上人间,差距相去太远了!

他如果出生在一个书香门第,或者出生于城市的任何一个最普通的家庭,就不会有这样强烈对比的差距感了。他出身于一个农民家庭,父母已经长眠在村后的塬坡上的黄土里了,妻子和儿女还匍匐在父母匍匐过一生的土地上,他得帮她种地、锄草、浇水、收割,获取一家人生存下去的物质。他穿起一身西装来也是挺帅的学者派头,侃侃地谈起现代科学技术的奥秘来,风度也不错;与外商用英语交谈起来,使洋大哥不敢小看这位中国年轻的工程师;可是,他却不能把牛皮车襻甩到大西洋里去。他在城市和乡村之间生活着。他体味着现代文明和现代愚笨的双重滋味。

他在越来越注重物质生活的人们中间,听到过一种新鲜的议题,中国实现现代化的最大负担是农村,或者更确切说是农民。他觉得这些议题不无道理。问题恰恰在于,什么造成了农村的这种进步的缓慢?有哪一位农民不愿意用汽车拉小麦而宁肯像牛一样驮着小推车?工业社会不能提供农业发展所需的充足的机械化设备,而极左的农业政策又造成了农民粮缸和钱袋的空虚,他不搭上牛皮车襻,能由得他吗?他想洗一洗浑身的污垢却掏不出五毛票子,况且浴池全都建在城市里!

现在,赵鹏不得不中止脑子里这种激烈的争论了,上场的陡坡就在脚下。他在坡根歇下,缓缓气,聚足力气,要拽车上坡了,不能和那种高雅的议题辩白了。

"啊呀!赵鹏叔,你啥时间回来的?还没吃一口饭吧?"长头发虎生问。

"你回去吃饭,甭拉车子了,俺俩一会儿就拉完咧!不费啥!"光葫芦根长豪爽地说。

两个一高一矮、一粗一细的小伙热诚地对他说,赵鹏只是感激地笑着,说他其实并不饿。他们年富力强,似乎并不累,也没有痛苦不堪的神色,把拉小推车说得很轻松。赵鹏的心里却不轻松。如果俩小伙完全出于乡党情谊来帮忙,他会充分享受那种友谊的快乐;他俩如果出于一种求他办事而付出的一种代价,就使赵鹏心里不自在了。不管出于怎样的动机,他都得做出感激帮忙的笑脸。

拉车上坡,比在平地上行进时背上的分量一下子增加了几倍,待拉上场塄,他放下车子,靠在麦捆上,心脏像是要从喉咙里蹦出来,而气却急喘不赢了。一辆手扶拖拉机开到下坡路口,在赵鹏跟前停住,他以为自己的车子挡住了路道儿,正想挪一挪,驾驶员却在黑暗里说话了:"赵鹏叔!你的麦地在哪儿?"

"北渠口。"赵鹏随口说,"你家拉完了?"

"早完了。"小伙子在驾驶台上大声说,拖拉机"嘟嘟嘟"的声音很大,"俺爸叫我给你拉麦哩!"

"这……"赵鹏一愣,他听出小伙子的声音,这是支部书记的儿子,动用人家的机械、人力和机油,实在过意不去,连忙说:"不咧,再有两趟就完咧!"

"你甭用小推车受罪咧!"小伙子好心好意劝他,"我拉一回,顶你三四回哩!"

"天黑。路陡。"淑琴也担心地说,"算咧!再有三五回就拉完了。"

小伙子已经扯动闸杆,开下坡去了。

黑暗里,淑琴盯着赵鹏模糊的脸,都没有说话。

赵鹏闷了半晌,猛然站起,对淑琴说:"拉就拉吧!反正硬挡也不好。你立马回去,炒两盘菜,我的提兜里有一块熟肉,正好。看看小卖部开门没有,买一瓶好酒……"

九

赵鹏从村巷里走过去,即使到了半夜,河川里还有男人或女人相互呼唤问话的声音,村巷里仍然有满载麦捆的小推车在"刷啦刷啦"响着,紧张的抢收时节,黑夜和白天没有严格的分界了。

他照直朝村子西头走去,去请党支书的小儿子来吃饭,他受他爸的指派,用拖拉机帮他拉运完了北渠口割倒的麦子,该当领情哩!

支书家在村子西头新辟的庄基上盖起了一座青砖红瓦的新房,他走到门口,看见支书的小儿子正在院里洗手,看见赵鹏后,已经意识到他登门的目的,仗义地说:"你跑来做啥?我刚才吃过饭,就只拉了三趟麦,统前到后没用下一个钟头,肚里还实腾腾的哩!"

"去喝一口茶也好……"赵鹏劝小驾驶员。

"谁?噢!是赵鹏呀!"党支书从屋里走出来,站在台阶上,完全用蔑视的口吻说,"你请他吃饭?噢呀!狗屁不懂的娃娃,值得你请他?"

"娃儿忙了半夜,去喝口热汤。"赵鹏忙说。

"我可不给他惯这号毛病!见给乡党帮忙,就要吃要喝,啥好毛病嘛!"党支书很严格地借机训导儿子,"甭钻钱眼儿!学点好思想!"

小驾驶员只顾洗搓油污的双手,搓得肥皂沫儿"吱吱"响,对父亲的训导,不吭一句。

"娃儿给我帮了大忙……"赵鹏继续邀请。

"应该的嘛!"党支书毫不介意地说,"他给你拉几回麦子,算什么大不了的事!你是国家的重要人才,给党有大贡献哩!看见你拉小推车,我心里难受哩!党中央三令五申要重视人才,爱护知识分子,有的人总是不执行咯!像你这样的人才也要拉车运麦,实在……我才叫他赶紧去给你帮忙,咱要按中央的精神办事,爱护人才哩!"

赵鹏听着党支书这一番剖白,反倒张不开口了,党支书在他身上体现党对知识分子关怀爱护的指示精神哩！他再一次劝解党支书，放松禁令，让小儿子跟他去吃点饭。党支书手一摆，五十多岁的强壮汉子的大黑脸一甩，干脆把话说绝："你快回去吃饭，甭洋磨时间了！你请他吃一顿饭不打紧，惯下坏毛病可不得了……"

赵鹏看看再无希望，就再三道谢，走出宽敞的院子，心里不由得想，党支书这人倒是个直杠脾气。

他又走进村子，去请那两个小青年，刚走到下坡路口，影影绰绰看见一高一矮两个人，朝坡下走。赵鹏忙喊："哎——等等！"俩人闻声站住了。

"走！到咱屋喝口热汤——"赵鹏走近说。

"不啦不啦！"长头发高个儿说。

"俺俩急着去洗澡哩！身上扎得难受。"矮个光葫芦补充说，"甭劳神了！要不，咱们一块去河里洗澡？"

"吃罢饭，我跟你俩一搭去。"赵鹏已经牵住长头发小伙的胳膊，"你俩不去，你淑琴婶子炒下那些菜，给谁吃？放到明日就坏了！"

"支书的儿子嘛！有他去吃！"长头发一仰头，"人家用拖拉机贡献大！"

"对！连他爸一块请！"光葫芦附和说，"那老家伙爱吃——嘴大吃百家！"

赵鹏看出来，在这两个青年中，起主要作用的是长头发，他死死拉住他的光胳膊不松手，轻声说："支书家娃娃不来，你俩再不去，真要把菜搁坏了。"

光葫芦侧过头，等候长头发的意见。长头发把头一摆，说："那货不在，我俩就去！"

赵鹏悟出他俩和支书的小儿子关系不睦。

小圆饭桌摆在院子中间，电灯从窗户里拉出来，吊在小柿树的横枝上，圆桌上竟然摆出四大盘菜，淑琴真是有办法哩！

"叔哎！明说吧！"长头发喝下一盅酒，畅快地说，"吃你一顿饭，我也高兴。咱之所以不想来，主要是不想和支书家的人照面。"

"有啥冤仇不能消除哇？"赵鹏笑问。

"俺俩到县上告过他！"光葫芦说。

"咱是明告，不怕支书知道是咱告。"长头发拍拍胸脯，"敲明叫响去告状！"

赵鹏没有吭声，佯装低头端酒杯，他对党支书赵生济又不是完全陌如路人。小小的赵村，既是一个大队，又是一个独立小队，属于两级核算单位。赵生济既任支书，又任大队长，同时也是生产队长。前些年实行一元化领导，他说他自当支书以来，早就一元化了。近两年实行责任制，精简农村基层干部，他说他早就符合精简精神了，从来是身兼三职，没有加重过社员负担。他是赵村的真正的当家人。他有一副生铁坯子似的坚实的身体，有一个硬如钢锨般的脑袋，他脾气执拗，坚韧不拔，断事严明，可以说六亲不认，该罚的一律就罚,直至对他的老伴。近年间,赵鹏从乡亲们口里零零星星听到的关于老支书赵生济的议论,不断地冲刷他过去的那个令人崇敬的老支书的印象。借着实行责任制的动荡,队里的小拖拉机折低价给自己买下来,处理公房也是如此,云云。

"队里每月给他开三十六块钱的补贴,实质是工资。每到公社开一次会,另外再记一个'公务劳动日',年终按一块钱开账。给谁家调解一回纠纷,也要记一个'公务劳动日',还有好多怪名堂,一年下来,白拿多少钱啊!"光葫芦说,"俺俩到县委告状,村里好多人都签了名。"

"结果呢?"赵鹏倒关心起来,"县上解决了吗?"

"嗨!甭提!"长头发一拍大腿,"县委的干部把俺俩递上的材料一看,说:'问题是存在的,但还不是太严重。比赵生济严重得多的违法乱纪的人,我们还调查处理不过来呢,得等一等。'这不,等了三个月了,连个音儿也没有!我们也没劲头再告了。"

这个人,当了十几年干部,也许是把过去的那一股虎气退掉了,或许有更复杂的原因。赵鹏听着,不由得感慨起来:"这人哪……丝毫也不顾及党在农村的政策条例……"

"哈哈!政策——"长头发大笑,"赵支书在村里大喊大叫,说'政策是个红苕'!"

"啥意思?"赵鹏问。

"你猜!"长头发含笑不露。

"红苕嘛!生着是硬的,蒸熟就软了。"光葫芦笑着解释,"中央的政策下来时都是硬的,经过赵生济支书的那个'锅'一蒸,就软了,随扁随圆由他捏!"

噢!赵鹏听着,真是哭笑不得,不由得受了两位小青年的感染,生出义愤之情了:"你俩该去公社反映,公社管的地盘小,事少。"

"去过公社了,啥也不顶。"光葫芦说。

"你甭掺和咧!"淑琴借着送汤的机会,走到圆桌跟前,说,"你又不在家,管人家队里的事做啥!"

"看看看!婶子怕了!"长头发笑着。

"不是怕不怕。"淑琴不服,"不是我说,你俩再蹦跳,也告不倒赵支书!"

"告不倒归告不倒,搔搔他的皮毛也叫他甭贪吃得安然!"一个尖尖的声音从门口传来。

赵鹏一看,却是王秀珍。这个咋咋呼呼的女人说话真痛快。他的淑琴已经有点明哲保身的气味了,过去,她知道自己的生活支柱是他可观的月薪,所以对队里搞好搞坏不大关心,虽然免去了许多口舌,落下一个贤惠媳妇的美誉,却不像初进赵村当团支书时那样生气勃勃了。人都在变。

"淑琴嫂,跟你商量一件事。"王秀珍说。

"啥事?"淑琴问。

"队里明天开脱粒机呀!队长传下令,自由结合,五户一组,包打一天。"秀珍说,"我来寻你,咱们结合一组,你愿意不?"

"好嘛!"淑琴随和地笑着,"跟你这个美劳力组合,我还怕吃亏吗?不过才两家呀!"

"你俩愿意不愿意?"王秀珍指着长头发和光葫芦,"跟婶在一组,好好干,打完麦,婶子闲下了,给你俩一人寻个好媳妇……"

长头发和光葫芦开心地笑了,答应了。

"再联一户谁吧?"王秀珍和淑琴在一堆嘟哝起来。

赵鹏给俩青年递烟,他们吃饱了,站起来,把衫子搭在肩上,问:"你还去不去河里?"

"算哩!"赵鹏笑着说,"我的腰疼……"

俩青年刚走开两步,又折转回来,长头发对赵鹏认真地说:"叔哎,那天在河滩,俺俩托你找合同工的那个事……"

"问题……不大吧!"赵鹏说,"我听说要重修围墙,回厂去我再联系确实。"

"不咧!鹏叔!"光葫芦说,"俺俩找下一个赚大钱又不贴本儿的营生了。"

"哦——"赵鹏倒省去了一件麻烦。

"前日下雨后,俺俩到县城去逛,碰见一个高中同学,他给西安一家回回开的烧鸡店铺送活鸡,一个人供不上,叫俺俩一块干。"长头发说,"一次送去七八十只公鸡,能赚三十多块哩!"

"七八毛钱一斤收下,一块钱一斤卖给回回,一斤赚两毛多,两三斤重的一只公鸡,赚五毛。"光葫芦得意地解释账理,"进山收一天,进城送一天,两天一个来回,赚三十多块。"

"好事好事!"赵鹏笑着夸赞说。

"现在嘛!要想法儿挣大钱哩!"长头发沉吟着说,"费力少而挣大钱,才能富得快。可是,鹏叔,咱可不是赵支书那样白吃白拿!"

俩人咂着烟,走进村巷里去了。

赵鹏走回院里,正碰见淑琴送王秀珍出门,他随口客气地说:"再坐坐……"

"我还要联合一户人家哩!"王秀珍说。

"秀珍,甭急走,我还有句话。"淑琴叫。

王秀珍又"咚咚咚"走过来,站到淑琴跟前,听她说什么忘记了的重要话儿。

"你把前日在麦场上咱俩说的那几句话,当面说给你鹏哥听听!"淑琴一本正经地说。

"啊呀!哈哈哈……"王秀珍听罢,大叫一声,惊慌地奔出院子去了,嘎嘎嘎的笑声一直延续到大门外的村巷里。

赵鹏不知什么话,竟会使天不怕地不怕的王秀珍——绰号王疯子——如此惊慌失措,好奇地问:"淑琴,她说什么话来?笑成这样!"

"好话。"淑琴佯装镇静。

"啥好话?"赵鹏愈加好奇。

"她说……"

"说啥?"

"她说她想跟你睡觉!"

"啊呀!"赵鹏猝不及防,闹了个大红脸,奔到淑琴跟前,在她腰里捅了一拳,无可奈何地说,"你们这些活宝女人呀……"

十

一场近似疯狂的劳动终于结束了。

红色的脱粒机的排泄口儿里排出最后一抱麦秸秆儿,空转了半分钟之后,轰鸣声停歇了,长头发和光葫芦俩人早已被尘灰和土气迷糊了眉眼,像是从垃圾堆里钻出来的,俊气的模样变得污脏不堪了。他俩早已等待不及,奔河里清洗去了。王秀珍一扑塌躺在新打下来的麦堆上,扯长声音叫唤,使旁人听来也能感觉到极度疲劳之后的舒坦。淑琴正在用扫帚把散溅出去的麦粒扫过来。赵鹏坐在软软的麦秸堆上喘气,看着淑琴,不由得生起气来:"你忙着扫那几颗麦粒做啥?歇一会儿扫它就飞了吗?"

"扫了就毕咧。"淑琴仍然在扫着。

"男人心疼你哩!瓜呆子!"王秀珍躺在麦子上,尽管累得要死,仍然不放过说笑的机会,"我那个死男人,见面总是嫌我把活没干好,干得少……"

淑琴扫完,扔下扫帚,坐在麦堆上,在秀珍耳边说了句什么逗趣话,俩人抱着,笑着,在麦堆上滚作一团了。

从黎明前的三点半钟拉开脱粒机线路上的闸刀,直到现在——夜里十二点钟,由王秀珍临时联合起来的五家农户,所有能拖动麦捆的老人和娃娃全都参战了,壮劳力更不消说了。手脚利索的青壮年,站在机口两边,把麦捆解开,分成小把,连续不断地塞进去。后边的排泄口里吐出脱掉了麦粒的麦秆和糠皮。金黄色的麦粒从旁侧的洞口流出来。

没有人偷懒,完全是自觉自愿的联合,谁家单独一户也无法使用这个机器。从天不明开始,打完一家的麦子,再接上打第二家的麦子,直到赵鹏家的麦子脱粒完毕,整整二十多个小时的紧张劳动,顶强的劳力也招架不住了。

"打完咧?"

赵鹏一抬头,党支书赵生济站在当面,手里掂着一尺长的旱烟袋儿,正以关心的口气说话。赵鹏坐起来,笑笑说:"完咧!总算打完咧!"

"这个机械化真是好!"赵生济端端正正站着,背不驼,腰不弯,站在那儿,透出一股强悍的气魄,"收麦前,我正发愁哩!你看呀,这么大的场面,一家一户分得一块一绺,不足三步宽,光麦捆就塞满了,怎么碾?电碌碡根本没法使用,牛拽碌碡也用不上了。咋哩?这一块一绺的窄道道儿,牛连身也转不过喀!听说渭南农械厂有新式脱粒机,我立马赶快去买,这机械可真好!占地少,脱粒快,正适合一家一户使用……"

"这个脱粒机确实不错,实用,工效也高。"赵鹏连连点头,"你给社员办了件好事。"

"说起来还得感谢你们。"赵生济说,"要不是科学人员想出来这样的窍道,咱农民今年真可得用……棒槌砸哩!"

赵鹏哑了口,没有料到,赵生济的话一转两拐,归结到对他这些科技人员的功劳上来了。

"你甭久停,回去洗洗,吃饭。"淑琴站起来说,"我先回去了。"说着,和王秀珍低声轻调儿说着什么,走向村里去了。

"中央要各级干部爱护知识分子,这政策真是英明。"赵生济发表议论,"譬如说,这个脱粒机,一天一夜打多少麦子?靠咱笨庄稼人用棒槌砸,用连枷打,一百个强劳力打一天,顶不住机器转一锅烟工夫……我信服科学!"

赞扬科学,保护科技人才,无疑是目下最时髦的口号了。这个口号在此时此地由此人慷慨激昂地喊出来,尽管说得干脆,直率,诚心诚意,却无法使赵鹏感觉出它有什么实际意义,反而有一种潜上心头的敏感:他平白无故来送给我几句好听话,是否包藏着其他意思呢?淑琴和王秀珍走出麦场之后,赵生济一曲腰,坐在麦秸垛子旁边了,看来还有长坐下去的意向。

"赵鹏,你们学习多,我是老粗看得浅,我想问你——"赵生济拨开麦秸,把未燃尽的烟灰磕在地上,用脚蹭了两下,神秘地问,"你说,国家朝这个样子往下走,怎么得了呢?"

"什么不得了呢?"赵鹏迷惑地瞧一眼赵生济,刚才他还慷慨激昂地赞扬中央注意开发人才的英明措施,表示他这个农村基层干部与中央保持着思想上的一致性儿,怎么前头的话尚未搁凉,又疑虑重重了呢?他问:"你是指哪一方面?"

"比方说农村。"赵生济猛地一摆头,不堪设想的架势,大声叹惋,"简直成了没王的蜂了嘛!"

赵鹏依然得不到谈话的要领,农村的事儿,太广泛了,他想探知赵生济所提的具体

277

哪一方面的问题,就说:"什么事使你作难了?"

"凡事都难办!"赵生济说,"无论中央的指示,或是县上公社的指示,传达下来,没人听喀!各人想做啥就做啥,谁也管不了啦。"

"是吗?"赵鹏含含糊糊搭讪着。

"比方今天打麦吧!规定每人收两元打麦款,开电费,开管机子的技术人员的工钱,社员都交了,就他俩不交——"赵生济叙说,"他俩跟你在一组打麦,你看那俩货!一个头发长得像女人,一个像和尚。这俩捣蛋锤锤子搅得全村不安宁……"

"他俩为啥不交打麦款呢?"赵鹏问。

"耍死狗嘛!有啥道理?啥道理也没!"赵生济气愤地说,"而今又不搞运动,你说,像这号捣蛋锤锤子,我咋办?"

怎么办呢?赵鹏也想不出什么好法子,却是早已从长头发和光葫芦嘴里得知,他们根本不是耍赖不交用脱粒机打麦子的费用,而是要等着你赵支书交了以后才交。你赵生济不抓阄,不排队,也不和谁家联合,叫来几个社员给你脱粒,说是"试验新机器",把你家十亩地的五六千斤麦子"试验"完了。那俩"捣蛋锤锤子"可是咬住不放,说:"试机脱粒不用电吗?"

"我听广播说,要清除'文化革命'的流毒哩!这俩货,是标准的'流毒'!"赵生济说,"要是搁在工厂里,非收拾他不可!农村里,没有组织纪律性儿……"

"怕是……需要开导、教育。"赵鹏选择着合适的字眼,力图显示出与赵生济的想法的原则区别,"现在的青年,比较活跃……"

"俩东西到处告我,你听说了吧?"

"没……有。"他撒谎。

"告能怎样呢?我不怕。"赵生济口气很硬,却无法完全掩饰色厉内荏的那一点隐私,"包子是虚的,蒸馍是实的。"

"那当然。"赵鹏说,"实事求是好。"

这当儿,毛毛跑进场来,叫赵鹏回去吃饭。

赵生济站起,表示歉意,说他和他扯闲话,耽搁他吃饭了。当赵鹏站起要走的时候,赵生济却像无意间记起一件闲淡事,用不在乎的口气说:"你们工厂要是需用砖头、沙子,咱有拖拉机,包运。或是其他需要拉运的活儿,都行!弄下那个破车,没活干,净贴老本……"

赵鹏站住,木然点点头,从昨天赵生济给他支使来拖拉机拉运麦子,长头发和光葫芦疾恶如仇的嘲骂,赵支书刚才的一席话……他现在还无法把这些纷繁的现象归纳到一个准确的问题上。可是,他还是点了点头。

"闲事！小事！"赵生济大声爽气地叮嘱他,"可甭因了咱的小事,误了你的工作……"

赵鹏心里不是滋味,看来,赵生济在赵村这十多年,确实变了,那个直杠生硬的庄稼汉子,脑子上安上好多转轴了……

十一

草草地擦洗了身子,吃罢夜饭,淑琴把一条被子搁到小推车上,叫他到麦场里去过夜。明天要在场面上摊开新麦晾晒,晚上就不需把麦子搬回家里来,为了防备手脚不干净的人盗走粮食,就得各户看守自家的麦堆。

脱粒机在碾麦场的那一角轰响,人声嘈杂,尘土飞扬。已经打过麦子的农户和还轮不着今晚打麦的农户,麦堆前或堆垒的麦积子跟前,都有一个主人在小推车上睡觉。为了防止夜露的浸润,有人用杈把撑起两页苇席,罩在小推车上方。脱粒机轰然作响,丝毫不影响在小推车上睡觉的庄稼人舒缓香酣的鼾声,人都太劳累了!

赵鹏在小推车上铺上干燥的麦秸,再铺上被子,就躺下了。刚躺下,他发觉小推车的车身太短了,两条腿没处搁。他又爬起来,把一把长柄竹条扫帚搭在车辕上,双腿可以平搁在上头了,挺舒服。

多少年没有在乡村里露天睡觉了,唤起人多少甜蜜的童年和青年时期的记忆啊!小时候,每到夏收,他就拽一片破席,和小伙伴们到麦场上来睡觉,在麦草窝里翻跟头,在粮食堆子里倒栽桩,玩到夜深了,小伙伴们挤在一窝窝睡觉。大人们在这个收获的季节里,表现出格外宽容的胸襟,一任孩子们玩闹。

现在,赵鹏又背对热烘烘的乡村土地,面向高远的星空睡觉了。他参加过许多专业性会议,住过豪华的饭店,睡过一晚要价三十多元的床铺,那是富有弹性的一种软床,自然很舒服了。此时睡在小推车上,也觉得挺舒服。看来人的皮肉也没有定着,全看在何时与何地,可能性又如何了。

身边一阵唰唰响,他转过头,看见淑琴站在麦堆跟前,用手撩着麦粒儿,忙问:"哦呀!你不看看什么时候了,还不睡!"

淑琴在麦堆上坐下,拢一拢头发,轻声说:"我睡不着,想来看看麦子!"

"麦子在这儿搁着,跑不了哇!有我给你守着,谁也灌不走!"赵鹏说,"你还不放心?"

"由不得人呀,赵鹏!"淑琴动情地说,"咱们啥时候有过这么多麦子!"

"是啊！过去顶好的年景里，人均夏粮从没超过二百斤，十之八九的年份里，都是百斤左右，而小河川道是号称盆子之地的哩！跟前这一堆麦粒，刚从脱粒机里流出来的时候，几个老农已经估定不在两千斤以下。这是淑琴和两个孩子的口粮，即使全年不吃一粒杂粮，放开肚皮也吃不完呀！"他坐起来，屈着腿，心里也很高兴，逗笑说："是嘛！讨吃婆突然有了一瓮白面，夜里睡不着了！隔一阵儿就跳下炕，揭开瓮盖儿看一回……你呀！"

淑琴默默地听着，不恼也不笑，像是在想着什么，转过头说："赵鹏，夏收后我们真的就走吗？"

"早说了嘛！你又……"赵鹏说。

"咱们的地怎么办？"她问。

"早跟你说了，交给队里嘛！你咋……"赵鹏已经意识到，淑琴犹豫了。

"不交行不行呢？"淑琴问，"我不想进城了。"

"怎么啦？"赵鹏意料不到，淑琴果然发生变故了。

"种地有种头儿了。"淑琴说，"其实，就是收麦时忙些苦些，平时锄草施肥，我一个人全干得了。你在城里工作，让娃娃跟你上学，在灶上吃饭，不用你麻烦。我在家种地，给你爷们儿供给吃的，倒好。"

赵鹏瞅着淑琴，她不是随口说的闲话，而是经过周密考虑之后的谋划。她看见自己辛勤劳动的丰盛的成果，眷恋这块热土了，可是，这样一来，把他的计划又打乱了，就坚定地说："不行。土地要交给队里，我们已经有国家供应粮了，你不进城，我一个粗大男人，怎样管娃娃？"

"要是能连收三年，咱们就能攒下余粮了，再不怕'三年困难'了！"淑琴说着，大约想起她承担过国家的困难，从中技学校义无反顾地回乡的往事，"我可是饿怕了……"

赵鹏大口抽着烟，瞅着淑琴，她本该是一个技校毕业生，现在应该在某工厂里做一个不错的技术员。可是，她现在却离不开乡村的土地了，这儿有丰盈的收获强烈地吸引着她。

王秀珍神出鬼没地走过来，往麦堆上一坐，笑着说："你两口儿好亲热，还在说悄悄话？"

"哟！你个鬼，吓我一跳！"淑琴说，"你咋到这时候还没睡？"

"娃们一天没吃热饭，净啃干馍，我给娃们弄了顿热饭，才安顿得睡下，我来场里看守麦子。"王秀珍快嘴快舌，拍着淑琴的脊背，"嫂子！说实话，前几年咱做梦也没敢想有这么多麦子！"

淑琴瞅一眼赵鹏，没有说话，对秀珍点点头。

"你记得不?"王秀珍问,"那年腊月,多亏你借给我五十块钱,掌柜的才跟鹏哥去买粮……"说着,又问赵鹏,"你也记着吧?"

赵鹏点点头,那是忘记不了的事。腊月里,差不多人家都断粮,好在赵鹏有工资,可以到渭河北岸的富裕户人家去买粮食,而秀珍家就更难受了,既没粮吃,又没钱买。秀珍朝淑琴借下五十块钱,赵鹏和她的男人苍娃搭伴到渭北去了。那时候,粮食作为一类物资,不许流通。赵鹏不熟悉地理和行情,由苍娃引着,在一个陌生的村子买下一百五十斤苞谷,在野地里躲到天黑,过渭河大桥时,被民兵抓获了,粮食全部没收了。

赵鹏再三说好话,也不顶用,可怜苍娃五尺高的小伙子,"哇"的一声哭了,给守桥的民兵跪下来,说他买粮的钱还是借下的……赵鹏的脑海里,永久地烙下了同辈弟弟那张可怜巴巴的脸。

"啥时候进城呢?"秀珍问。

"原来想……麦收完了去。"淑琴说。

"我要是想你了咋办?好嫂子!"秀珍搂住淑琴的肩膀,"我还欠着你那五十块钱哩!"

"早都说过,再不提这话嘛!"淑琴有点生气地说,"权当人家把我的粮收咧!我和你鹏哥早都给你两口子说了,你咋又啰唆出来?"

"俺不能不还,良心难昧呀!"秀珍豪气地说,"他今年在工厂里干了半年合同工,挣下几个钱了,想着明年春天盖起房来,再还给你,反正我知道你比我手头松泛……还是非还不可。"

"再不要提这件事了!"赵鹏说,有点不耐烦,"提起这事,我心里难受。你知道不?俺俩掏大价买粮,吓得躲来躲去,跟做贼一样!"

"睡吧!天大概快明了。"淑琴说。

王秀珍站起来,朝自己的麦堆走去。

赵鹏看看表,四点钟了,北方的夏夜十分短暂,四点半钟通常就亮了,现在还睡什么觉呢。他从小推车上站到场地上,把被子卷起,抬起头来,东山群峰的上空,已经透出一缕蛋白似的亮色,第一声知更鸟儿尖锐响亮的叫声在村庄上空响起,接着就是一群同伴的此落彼起的闹嚷嚷的大合唱了……

十二

赵鹏沿着场塄下的慢坡小路来到河川里。黄熟干枯的麦穗和麦叶上,结着一层薄薄的露珠。收割过的田块里,齐刷刷的麦茬子中间,夹着一株株刚刚透出地皮的苞谷苗儿。为了提早播秋,错开收割和播种的双重任务的紧迫时间,庄稼人改变了收罢麦子才种秋的老习惯,在麦子成熟的十天里,用一种小巧的插播器具,把苞谷种子扎进麦田里去了。土地连一天空闲歇息的机会也没有,黄色的麦子刚割掉,绿色的生命已经勃勃泛起了。

一条从河岸边端直伸延到村边塄坡跟前的南北大渠,把三条东西走向的灌渠串联起来,组成了一个大灌溉网。灌渠上排列着桶粗的白杨,庞大而紧凑的树冠已经挨挤在一起了,一阵轻微的晨风掠过,就响起"哗哗哗"的颇具威势的响声。渠岸上绣织着杂草、马鞭的长蔓、菅草的长叶、三棱子、长虫草以及苦苣和臭蒿,织成一条厚茸茸的草毡。大珠露水在黎明的晨光里闪闪发亮,浸湿了他的脚面和腿腕,凉凉的,痒痒的。空气清凉而湿润,使人不由得想张开双臂,鼓起胸脯,吸进这富足的洁净的空气。

每一块尚未割掉的麦田里都有人在弯腰挥动镰刀,每一条通往村庄的河川小路上都有满载麦捆儿的小推车或架子车在缓缓移动,似乎昨天夜里根本就没有停止过,土地承包到户之后所迸发出来的疯狂的劳动劲头啊!

南北灌渠的渠沿高高地超出两边的田地,渠里流淌着清凌凌的河水,水草在流水中悠悠摆动,有人已经给割过麦子的田地里灌水了,促使被麦子挤夹得又细又黄的苞谷苗儿振作起来,茁壮生长。

在责任制后的第一个丰盛的夏收之后,他要永久性地从这亲爱的土地上拔脚了,竟成了最后的一次收获。

淑琴居然犹豫了,二心不定了,不想进城了,第一次获得的丰盛的劳动果实,强烈地诱惑她、吸引她,她不想进城去了。可是,那仅仅是丰盛的收获果实的诱惑吗?

雄伟的笔直的大堤,把小河河道通直了,过去被河水任意切割得弯弯曲曲的河岸,现在还看得出残缺不全的走向。他站在河堤上,一道蓝色的清水在沙滩上弯来拐去,哗哗流淌,旱季里的河滩上,河床裸露着嶙嶙的石头和沙滩。太阳即将出山,秦岭东山群峰的巍峨的巅峰,被炽红的霞光融合了,变得模糊不清了。

应该说服淑琴,不能动摇,夏收完毕以后,立即进城去,他这样想。

他不能把汗水再洒到黄土塬坡上,手里也不必再握那个大约从西周或秦汉传留下来的小推车的木把儿。他无法再回到这种原始的生产状态中来,不是鄙薄故乡故土,也不是鄙视劳动吧?举家离土进城,在他们祖辈的漫长的生活史上,将划开一个历史性的标记。应该在走出赵村的村巷之前,拜访一下左邻右舍,乡亲乡党,也该给父母以至祖父祖母的坟头培一锨黄土。他要离开他们了,活着的乡亲和逝去的魂灵!不论他日后怎样,都不会忘记莽莽苍苍的黄土高原之中的小河川道的天地;都不会忘记牛皮车襻和蜷卧在小推车上的滋味！为了他的乡亲和赵村的后代尽早甩掉那又硬又涩的牛皮车襻,他明白自己应该怎样……

赵鹏转过身,朝村里走去。他要立即回工厂去,让厂里给他临时凑合一间房子。家里的麦子由淑琴去晾晒,不是什么急不可待的大事了。一旦厂里把住房安排妥当,他就回来搬家,把淑琴、儿子和女儿,以及吃穿用具,全都搬进工厂家属区里去。

走上场塄,赵鹏一眼瞅见,淑琴正在用木板锨摊搅麦子,他向她走过去……

1985 年春

附一

陈忠实著作年表

(1982—2012)

(邢小利整理。内容有删节)

1. 《乡村》(短篇小说集),陕西人民出版社,1982年7月第1版。
2. 《初夏》(中篇小说集),上海文艺出版社,1986年6月第1版。
3. 《四妹子》(中篇小说集),中原农民出版社,1988年4月第1版。
4. 《创作感受谈》(文论集),陕西人民出版社,1991年1月第1版。
5. 《到老白杨树背后去》(短篇小说集),陕西人民教育出版社,1991年1月第1版。
6. 《夭折》(中篇小说集),陕西人民出版社,1992年12月第1版。
7. 《白鹿原》(长篇小说),人民文学出版社,1993年6月第1版。
8. 《陈忠实短篇小说选萃》,西安出版社,1993年9月第1版。
9. 《陈忠实中篇小说选萃》,西安出版社,1993年9月第1版。
10. 《白鹿原》(长篇小说),香港天地图书有限公司,1993年11月第1版。
11. 《陈忠实爱情小说选》,太白文艺出版社,1993年11月第1版。
12. 《蓝袍先生》(中篇小说集),中国文学出版社,1993年第1版。
13. 《白鹿原》(长篇小说),台湾新锐出版社,1994年1月第1版。
14. 《蓝袍先生》(中篇小说集),作家出版社,1994年2月北京第1版。
15. 《初夏》(中篇单行本),陕西人民出版社,1994年4月第1版。
16. 《地窖》(中篇小说集),台湾汉湘文化事业股份有限公司,1994年4月第1版。
17. 《陈忠实小说自选集》(三卷),华夏出版社,1996年1月北京第1版。
18. 《陈忠实小说精选》,太白文艺出版社,1996年2月第1版。
19. 《陈忠实文集》(五卷),太白文艺出版社,1996年8月第1版。
20. 《生命之雨》(陈忠实自选散文集),陕西人民教育出版社,1996年8月第1版。

21.《陈忠实创作申述》(文论集),花城出版社,1996年9月第1版。

22.《白鹿原》(长篇小说),日本,中央公论社,1996年10月第1版。

23.《白鹿原》(长篇小说),五卷,韩国,韩国文院,1997年第1版。

24.《白鹿原》(修订本),人民文学出版社,1997年12月北京第2版。

25.《告别白鸽》(散文集),湖南文艺出版社,1998年1月第1版。

26.《陈忠实散文》,华夏出版社,1999年1月第1版。

27.《陈忠实小说精选》(二卷),台湾金安出版社,1999年4月初版。

28.《康家小院》(中篇小说集),河南文艺出版社,1999年5月第1版、第1次印刷。

29.《白鹿原》(长篇小说,上下册),台湾金安文教机构,2000年2月第一版(这个版本的底本是"初版本")。

30.《白鹿原》(百年百种优秀中国文学图书),人民文学出版社,2000年7月北京第1版(这个版本用的是"初版本")。

31.《白鹿原》(长篇小说,蒙古文本),内蒙古人民出版社,2000年10月第1版。

32.《家之脉》(散文集),广州出版社,2000年10月第1版。

33.《白鹿原》(长篇小说),越南,岘港出版社,2000年第1版。

34.《走出白鹿原》(散文集),陕西旅游出版社,2001年1月第1版。

35.《中国当代作家选集·陈忠实卷》,人民文学出版社,2002年1月北京第1版。

36.《白鹿原》("大学生必读本"),人民文学出版社,1993年6月北京第1版,1997年12月北京第2版,2003年1月第3次印刷(这个版本用的是"修订本")。

37.《日子》(小说散文集),陕西旅游出版社,2002年9月第1版。

38.《陈忠实散文》,解放军出版社,2002年9月第1版。

39.《原下集》(小说散文集),上海人民出版社,2002年9月第1版。

40.《走向诺贝尔　陈忠实卷》,文化艺术出版社,2002年10月第1版。

41.《原下的日子》(小说散文集),太白文艺出版社,2004年1月第1版。

42.《陈忠实小说自选集·长篇小说卷》(共三卷),长江文艺出版社,2004年1月第1版。

43.《陈忠实小说自选集·短篇小说卷》(共三卷),长江文艺出版社,2004年2月第1版。

44.《陈忠实小说自选集·中篇小说卷》(共三卷),长江文艺出版社,2004年1月第1版。

45.《白鹿原》(中国文库),中国出版集团、人民文学出版社,2004年3月第1版。

46.《陈忠实文集》(七卷),广州出版社,2004年5月第1版。

47.《关中故事》(短篇小说集),昆仑出版社,2004年5月第1版。

48.《白鹿原》(中国当代名家长篇小说代表作),人民文学出版社,1993年6月北京第1版,2004年5月第1次印刷(这个版本用的是"初版本")。

49.《白鹿原》(中国文库·精装本),人民文学出版社,2004年7月第1版(这个本子用的是"修订本")。

50.《白鹿原》(茅盾文学奖获奖作品全集),人民文学出版社,1993年6月北京第1版,1997年12月第2版,2005年1月第1次印刷(这个版本用的是"修订本")。

51.《康家小院》(小说集),中国社会出版社,2005年7月第1版。

52.《陈忠实精选集》("世纪文学60家"),北京燕山出版社,2006年2月第1版、第1次印刷。

53.《关于一条河的记忆》("品读名家系列"·陈忠实散文精选集),中国社会出版社,2006年10月第1版、第1次印刷。

54.《凭什么活着——我的人生笔记》(散文随笔集),时代文艺出版社,2007年1月第1版。

55.《我的行走笔记》(散文随笔集),时代文艺出版社,2007年5月第1版。

56.《关中风月》(中短篇小说集,"西部羊皮书/小说系列"),东方出版中心,2007年8月第1版。

57.《我的关中我的原》(散文随笔集,"新视觉书坊"),学林出版社,2007年8月第1版。

58.《乡土关中》(散文随笔集),中国旅游出版社,2008年1月第1版。

59.《四妹子》(中篇小说集),时代文艺出版社,2008年1月第1版。

60.《白鹿原》(评点本,雷达评点),文化艺术出版社,2008年1月第1版。

61.《陈忠实自选集》,"中国当代著名作家自选集系列",海南出版社,2008年1月第1版。

62.《吟诵关中——陈忠实最新作品集》,重庆出版集团、重庆出版社,2008年3月第1版。

63.《白鹿原》("陈忠实集"之长篇小说卷,精装本),北京出版社出版集团、北京十月文艺出版社,2008年5月第1版。

64.《第一刀》("陈忠实集"之短篇小说卷,精装本),北京出版社出版集团、北京十月文艺出版社,2008年7月第1版。

65.《蓝袍先生》("陈忠实集"之中篇小说卷,精装本),北京出版社出版集团、北京十月文艺出版社,2008年8月第1版。

66.《原下的日子》("陈忠实集"之散文卷,精装本),北京出版社出版集团、北京十月文艺出版社,2008年8月第1版。

67.《陈忠实散文精选集》,新世界出版社,2008年9月第1版。

68.《秦风》,"大雅中国风系列",华东师范大学出版社,2008年11月第1版。

69.《陈忠实小说》(评点本,何西来评点),文化艺术出版社,2008年11月第1版。

70.《陈忠实散文》(评点本,吉耜评点),文化艺术出版社,2009年1月第1版。

71.《陈忠实精选集——辚辘子客》("世界文学60家"),北京燕山出版社,2009年4月第2版。

72.《白鹿原》("共和国作家文库"),作家出版社,2009年4月第1版。

73.《回首往事》(短篇小说集),中国盲文出版社,2009年4月第1版(版权页注:此书盲文版同时出版,盲人读者可免费借阅)。

74.《默默此情》(散文集),中国盲文出版社,2009年4月第1版(版权页注:此书盲文版同时出版,盲人读者可免费借阅)。

75.《白鹿原》("新中国60年长篇小说典藏",精装),人民文学出版社,1997年12月第1版。

76.《白鹿原》("1949—2009共和国作家文库",精装),作家出版社,2009年8月第1版。

77.《寻找属于自己的句子——〈白鹿原〉创作手记》,上海文艺出版社,2009年8月第1版。

78.《在河之洲》(散文选集。"名家经典点评系列",何启治点评),广东出版集团、广东教育出版社,2010年8月第1版。

79.《寻找属于自己的句子——〈白鹿原〉写作自述》("大家自述史"),北京大学出版社,2011年1月第1版。

80.《白鹿原》("当代陕西文艺精品"),人民文学出版社、太白文艺出版社,1993年6月北京第1版。

81.《白鹿原》("语文新课标必读丛书",节选本,24万字),吉林出版集团、时代文艺出版社,2011年1月第1版。

82.《白鹿原》(线装本,三卷),作家出版社,2011年第1版。

83. Au pays du cerf blanc(《白鹿原》法文本),法国色依出版社(Éditions du seuil)2012年5月第一版。

附二

堂庑渐大
——陈忠实过渡期小说创作状况

李建军(中国社会科学院文学研究所研究员)

从八十年代中期开始,陈忠实的小说创作发生了变化。这种变化具有一种宁静的性质,有杜甫笔下春夜细雨,随风而来,润物无声的意境。

写小说的陈忠实有如田间老农,慢慢地细细地埋头干自己的活。他从来不疯张,不满世界语惊四座地发表自己的文学宣言和主张。他像冬日里的一株苍劲的老梅,而不是春风里舞姿婆娑的柳树。沉静是他的性格特征,也是他面对文学的基本姿态。

他对文学有一种忠诚甚至敬畏的态度。这种态度使他与文学保持着一种正常健康的关系,也使他能够在缓慢艰难的过程中,不断超越自己,写出更好的作品。

考察陈忠实八十年代中后期的小说,你会得出一个结论:陈忠实已经在许多方面超越了自己早期创作中的种种不成熟。他已经进入了过渡期,一个连接贯通早期创作和《白鹿原》写作的重要的创作阶段。

一、云破月来:文化视境的展开

如果说,陈忠实早期的小说,是有浮泛的性质,只满足于对当下时事作表象化记录,而缺乏对文化背景的关注和叙写,那么,到了八十年代中后期,他就意识到了特定的文化构成和特定的文化背景对于人的性格、命运的影响,意识到了人与人之间的冲突,往往是制约人的意识和行为的不同文化之间的冲突。

中篇小说《四妹子》(1986),是陈忠实这个时期中篇小说中最有韵味的一部。它细腻而美丽,充满打动人心的魅力,不仅在陈忠实的所有中篇小说中占有无可替代的重要地位,也是那个时期中国中篇小说创作的重要收获。这部小说虽然把故事发生和延展的背景,放在一个政治上混乱得近乎荒诞的年代,划定成分和五花八门的政治运动,给普通农民的家庭生活和精神世界造成了无尽的烦恼和痛苦,但是,作者显然已不像他在前期阶段那样,纯粹取一个外在的政治角度来看问题,并把它作为推动情节的动力元,而是主要从文化冲突的角度来展开叙述,来把握人物的命运。作者把他的同情都放在了四妹子一边,也放在了陶塑四妹子的性格、情感及行为方式的陕北文化一边。

陕北的文化,是一种并没有完全被正统儒家文化同化的文化形态。由于地处鄙远,而且人们居住较为分散,所以,就很不利于正统的儒家教化力量的渗入。陕北的山是多的,但却非常贫瘠;那里有清亮的桃花水,但却是那么少;那里的女子是美丽的,像山野中红艳艳的山丹丹花,但命却总是那么苦,就像"实实爱死个人"的兰花花,就像《三十里铺》里的四妹妹,就像《走西口》里的那位用和着眼泪的歌声送走心上人的好姑娘。那里的后生身材颀长,鼻梁像刀削一样的直、体魄强健、雄心勃勃,但却长年累月在劫难逃地被拘絷在土地上,像他们那在路遥的《人生》中出了名的兄弟高加林一样。

陕北人的天性自由、浪漫,甚至含有一些野性、剽悍的成分,但如果说陕北人粗鄙、野蛮、没有教养,却是极大的诬枉。陕北人骨子里是善良、温和、慷慨的。他们非常自尊,甚至到了病态的程度,但他们更尊重别人,他们的热情好客,是出了名的。在他们的内心深处,有一个极为温柔、敏感、细腻的情感世界。事实上,正是这种诗性的内在情愫,赋予了他们吼唱信天游的丰富的想象力和不竭的激情。他们的生活是苦焦的。恶劣的环境、繁重的劳作,再加上这个地方长期处于汉族与北方民族交战的前线,也是官匪冲突与周旋的地带,这些因素,在陕北人身上最终凝定成一种面对苦难、死亡的坚韧、乐观、豁达的性格,当然,其中也不乏听之任之、无可奈何的因素,这些因素最后积淀成陕北人性格中消极的一面:盲从、缺乏理性和对权力的缺乏节制的歌赞与膜拜。

关中与陕北,都鄙有章,原是两种不同的文化形态。《四妹子》叙述的故事、塑造的人物,都在揭橥陕北的自然、浪漫性质的文化形态,与关中的方正、板直,甚至压抑得有些让人窒息的文化形态的冲突。所以,四妹子的遭遇,不仅是个人性格和命运的反映,也是两种文化冲突的结果。

四妹子为了不再过苦不堪言的穷困生活,便投奔已经嫁到关中的二姑,想让她在关中为自己找一个婆家。她的愿望卑微了,只不过是想吃得好一些,不再挨饿忍饥。小说从相亲、结婚开始,直到最后的分家,都注意从文化的角度,来表现陕北与关中两种文化形态的差异和冲突。四妹子嫁到吕克俭(老八)老汉家,老汉对这个儿媳妇的"勤苦、节俭"都很满意,对她不会做针线、不会擀面的缺点,也能理解,但是,"最让吕老八担着心的,是这个陕北女子不太懂关中乡村甚为严格的礼行,譬如说家里来了亲戚或其他客人，应该由家长接待，媳妇在打过招呼之后就应退避，不该唠唠叨叨"①。四妹子喜欢唱歌，走路也蹦蹦跳跳的，喜欢与人来往，这本是陕北人天性的自然流露，也是陕北人消愁解闷舒散疲劳的方式。但是，这些在这个家庭里像在关中的其他家庭里一样，是一种禁忌。吕老八老汉终于通过儿子吕建峰，把这种禁忌传达给了儿媳。对这些禁忌，四妹子当然是没法理解的："不准唱歌，不准嬉笑，不许在村里和人说话，也不许在自家屋串大嫂和二嫂的门子，那么，她该怎样过日子？她在陕北家乡，上山背谷子背得腰酸背疼，扔下谷捆子，就唱喝起来了。在娘家时，虽然吃的糠饼子，油灯下，她哼着忧伤的曲儿，哼一哼也就觉得心肠舒和了。有时候，她哼着，母亲也就随着哼起来了，父亲坐在窗外的菜园子边上，也悠悠地哼起'揽工人儿难'来了。她没想到，哼一哼小曲儿会不合家法，甚至连说话走路都成了问题，是关中地方风俗不一样呢？还是老公公的家教太严厉了？"②这种禁忌和压抑的气氛，使四妹子很难适应，"四妹子感到孤单，心里憋闷得慌荒，吃饭无味，做活儿也乏力，常常在田间歇息的时候，坐在水渠边上，痴呆呆地望着北方……"③后来发生的事情，更让四妹子难以忍受：老公公对前来看她的二姑的冷淡，丈夫的缺乏温情，对她"太正经了，整天太冷了"，没有"亲昵和疼爱"，这些都让她怀念陕北的生活，想起陕北的放羊的山哥哥。但四妹子没有仅仅在内心咀嚼这些不满，她开始表达自己的不满，甚至开始抗争。她的第一个步骤，是"示威"，并争取到了去桑树镇看病的机会。她用人家给她看病的五元钱痛痛快快地吃了一顿。她为此跟觉得自己吃了亏的妯娌们打了一架。

从这些冲突中，四妹子似乎也悟出了从经济上谋求独立，才是根本出路的道理。于是，她起早贪黑地到山里去贩鸡蛋。于是，她被当作"投机倒把"分子受批判。四妹子的大胆行为，再次让吕克俭老汉意识到了四妹子这个陕北人，这个"异类"身上存在着可怕的东西："老汉猛然联想到'闯王'，那个东奔西杀的李闯王就出在陕北。穷则乱世。这个自小生在吃糠咽菜的穷山沟里的三儿媳妇，自然无法养成遵规守俗的涵养了，活脱脱就是一个失事招祸的女闯王。"④四妹子却全然不在乎，"批判"完了，她回到家里照样有滋有味地吃饭。这恰是陕北人身上固有的那种忍耐、乐观、豁达的文化性格的表现。吕老八说得对，她绝不满足于吃饱饭。她还要活得自由，活得有尊严。她通过切实的努力追求着这些东西。她过去的苦难生活教给了她追求这些东西的智慧和能力。她挣到了钱。吕家堡大队长的老婆和慷慨激昂地念着发言稿批判她的女团员来向她借钱，她打

---

① 《陈忠实文集》，第3卷，太白文艺出版社，1996年版，第30页。
② 同上，第236—237页。
③ 同上，第240页。
④ 同上，第262—263页。

破自己不给别人借钱的习惯,爽快地借给她们了。她有一种维护了自己尊严的快感。她终于等到分家的日子:"四妹子不屑地盯了建峰一眼,很不满意他那难过的神情,对着黑天的旷野大声说:'分了好!好得很!我就盼这一天哪!'"四妹子终于有了真正属于自己的家。她有了自己的孩子。时代的变换,也给四妹子的生活带来更大的生存空间。光明正大地凭着智慧和吃苦耐劳的精神做起了生意。她买进了小麦,加工成面粉再卖出去。她办养鸡场。她把丈夫的两个哥哥也动员起来,联合办养鸡场。但两位兄长的斤斤计较,破坏了这个联合体。四妹子的养鸡场倒闭了。但四妹子没有被打垮,她把自己比作路边的一种最常见的车前草。这种草的生命力是极旺盛的。四妹子又承包了没有人敢承包的果园。她走进果园,张开双臂,大声喊:"砸不烂的四妹子,又闯事来了……"在这连续的打击中,让不屈不挠的她支撑下来的东西,依然是她过去的苦难生活留给她的抹不去的记忆,是在艰难生活中培养起来的乐观、坚韧的吃苦精神。这里依然可以看出陕北人文化心理结构中最重要的构成要素:在他们脚下,没有跨不过去的坎坷;在他们的心里,没有承受不起的磨难。

通过对女性命运的关注和叙说,批判关中传统文化中压抑人性的一面,是陈忠实许多小说的一个共同倾向。《康家小院》中的吴玉贤,《蓝袍先生》中的田芳和杨龟年的二儿媳妇,还有《白鹿原》中的田小娥、小翠等许许多多不幸的女性,都是陈忠实用同情的笔墨刻画的不幸的女性形象。在《四妹子》中,陈忠实批判关中已经板结的伦理文化和关中人的文化心理结构的立意,已是显而易见的了。他意识到了陕北的黄土高原和关中平原存在着巨大差别,而这种差别"多半是由于自然环境形成的"[1]。他清楚地认识到这个陕北女子在食饱衣暖的关中活得并不自在,而"《四妹子》就是写她的人生的不自在的"[2]。在已经熟悉了小说的事象和人物之后,我们完全可以说,四妹子的不自在正是由关中文化与陕北文化的异质关系和强烈冲突造成的。陈忠实在一篇题为《从〈跳底子〉看关中人的心理结构》的文章中,探讨了关中人文化心理形成的原因。他说:"缓慢的历史演进中,封建思想封建文化封建道德衍化成为乡约族规家法民俗,渗透到每一个乡社每一个村庄每一个家族,渗透进一代又一代平民的血液,形成这一方地域上的人的特有的文化心理结构。在严过刑法繁似鬃毛的乡约族规家法的桎梏之下,岂容那个肆无忌惮地呼哥唤妹倾吐爱死爱活的情爱呢?即使有某个情种冒天下之大不韪而唱出一首赤裸裸的恋歌,也会很快被沉没,不会产生恒久的生命力。"[3]很显然,这样一种性质和形态的文化,与陕北的具有浪漫精神和诗性气质的文化必然是不相融的。所以,一下子被抛

---

[1] 《陈忠实文集》,第5卷,太白文艺出版社,1996年版,第385页。
[2] 同上,第86页。
[3] 陈忠实:《创作感受谈》,陕西人民出版社,1991年版,第119—120页。

进这样的文化氛围和生存环境中,四妹子的"不自在",几乎是注定难以避免的。其实,如果透过一层来看,一些表面上似乎与传统的儒家封建文化格格不入绝不相类的东西,也正是这种文化的一种合逻辑的自然延伸。具体地说,诸如割资本主义尾巴、反"投机倒把"、"阶级斗争"的伦理基础及"批判会"这种完全不顾个人尊严的粗暴的道德控制方式,都与中国的传统文化和伦理道德体系中衰朽、反人道的一面,是联系在一起的,是"小人喻于利,君子喻于义",是权力意志高于一切的传统观念的产物,是人民意志纯粹符号化和国家权力绝对个人化的结果,是对人进行君子与小人、好人与坏人的简单化二元划分的结果。

总之,中篇小说《四妹子》在我们面前展开的其实是关于文化冲突的事象体系。它的意义在于告诉人们:一种古老的文化,不仅要尊重并满足人的物质需求,还必须尊重人的精神生活,保护人的个性的自由舒展和情感生活的充分展开,否则,它就必然会因其压抑和窒息人的内在精神生活,而遭受来自异质文化和自由个体的反抗,而反抗的结果,一方面证明着这种已经板结的文化的反人道性质,一方面则是个体自由空间的不断扩大,和一种新的现代文化形态的逐渐形成。

如果说《四妹子》展开的文化视境是横向的、空间性的,它是把两个地理板块的文化进行横向的比较,从而对一种异化性质的文化进行深度解构,那么,《蓝袍先生》展开的文化视境则是纵向的、时间性的,它是把两个不同时代的文化板块,进行纵向的比较;如果说《四妹子》的文化批判向度是一维的,主要指向关中文化压抑人性的那一面,那么,《蓝袍先生》的文化批判向度则是双向的,它一方面指向僵硬、板滞的旧有文化、一方面也指向过于任性、颠顸、粗野的新生文化。

《蓝袍先生》中的蓝袍先生,名叫徐慎行,出生并成长于一个"耕读传家"的家庭。他的爷爷是清末的最末一茬秀才。由于时运不济,他在杨徐村坐馆执教。他俨然是事实上也确实是中国旧有文化的守护者,但他显然不如《白鹿原》中的朱先生更能全面反映中国传统知识分子的优点。他过于古板。他的古板也影响到了蓝袍先生的父亲:"我的印象十分深刻,爷爷死后,父亲似乎一下子变成了另外一个人,那眉骨愈加隆起,像横亘在眼睛上方的一道高崖,眼神也散净了灵空宝气,纯粹变成了一副冷峻威严的神气。在学堂里,他不苟言笑,在那张四方抽屉桌前,正襟危坐,腰部挺直,从早到晚,也不见疲倦,咳嗽一声,足以使那引起调皮捣蛋的学生吓一大跳。来去学堂的路上,走过半截村巷,抬头挺胸,目不斜视,从不主动与人打招呼。别人和他搭话问候时,他只点一下头,脚不停步,就走过去了。回到家中,除了和两位伯父说话以外,与俩伯母和七八个侄儿侄女,从不搭话。除了两位伯父,没有不怵他的。父亲从学堂放学回来,一进街门,咳嗽一声,屋里院里,顿然变得鸦雀无声,侄儿侄女们停止了嬉闹,伯母和母亲们烧锅拉风箱的声音也变得低匀了……"①徐慎行的父亲,是传统文化抟塑出来的一个"完美"的标本。活在他身上的旧文化的那种压抑个性、戕灭生命活力的巨大而残酷的力量,令人毛骨悚然。这位父亲的古板、冰冷、僵死,让人想起契诃夫笔下的那位"装在套子里的人",想起了乔治·爱略特《米德尔马契》中多萝西娅的丈夫卡苏朋。他不仅外在行为怪异得让人吃惊,其情感世界的武断和粗暴,也绝不亚于他的外在形象和行为留给人的印象。他严格地按照儒家的伦理规范来"磨炼"自己的儿子徐慎行。他奉行"男女授受不亲"的信条,"压根儿不许我和村里任何女孩子在一块玩耍,不许我听那些大人们在一起闲谝时说的男女间的酸故事"②。他以近乎荒诞的理由,给儿子娶了一个丑媳妇。她是如此之丑,以至于"婚后半个月,我不仅没有动过她一指头,连一句话也懒得跟她说,除了晚上必须进厢房睡觉以外,白天我连进屋的兴趣都没有"③。他看出了儿子的痛苦,他把儿子叫到面前,用陈腐至极的话训斥儿子,他说这个媳妇是他"专意"给儿子娶下的,"男儿立志,必先过美人关。女色比洪水猛兽凶恶。且不说商纣王因褒姒亡国,也不说唐王因贵妃乱朝,一个要成学业的人,耽于女色,溺于淫乐,终究难成大器……"④他终于把徐慎行培养成了坐馆的教书先生,终于给儿子穿上了那件象征着束缚和压抑的蓝色袍子。他还用自己"洞察细微的眼睛",用"可怕的鹰一样的眼睛",看出了儿子对杨龟年的美丽的二儿媳妇的心猿意马,声色俱厉地命令儿子:"……我只想给你说一句话,那个婊子再找你搭话,你甭理识!那是妖精,鬼魅!你自己该自重些!"⑤至此,父亲给"我"的灵魂也穿上了厚厚的、重重的蓝色袍子,"我"的性格已被扭曲,"我"的精神已陷入严重的异化状态。

解放了,一个新的时期开始了,一种新生的文化产生了。"我"痛苦地体验着从旧文化氛围的压抑向新生文化规范归顺的裂变。他的蓝袍和礼帽被人耻笑,他走路的姿势被人耻笑,他的礼帽被这些"一律穿制服或便衫,头顶八角制帽"的新人类摘下来,抛来抛去;他不习惯与众人一块吃饭,不习惯脱得赤条条地同众人一起睡觉,更不习惯宿舍里熄灯以后的"下流故事"。这是一群其行为受新生的文化规范控驭的知识分子,面对旧有文化,他们很显然有一种溢于言表的优越感。新生文化改造旧有文化是一种必然的结果。于是,"我"的蓝布长袍被改成了"列宁服"。这是极有象征意义的变化。更重要的是,他走路的姿势也变了,甚至敢于"和一个女生打打闹闹",并对她说:"我今天解

---

① 《陈忠实文集》,第3卷,太白文艺出版社,1996年版,第74—75页。
② 同上,第77页。
③ 同上,第78页。
④ 同上,第78页。
⑤ 同上,第90页。

放了!"

接下来,他的行为方式和心灵世界,便被新生的文化接管了。他参加排练《白毛女》。他挥起拳头对付来抢田芳的"一帮子蛮汉"。他唱《翻身歌》。他学会情不自禁地流感激的泪。他几乎一路凯歌。然而,意外的打击在等着他。父亲以死相要挟,扑灭了他要求离婚的强烈愿望。新的打击,也正虎视眈眈地窥伺着他:"反右"开始了。他成了"右"派。他批评校长"好大喜功",就被戴上了"攻击党的领导"的帽子。他被送去改造。他天不明就起来打水、扫院子、扫厕所。他干最苦最累的活。"我渴望重新作为一个人的心情越强烈,我表现出来的改造的心意就越诚恳。我甚至觉得这六七百名师生的学校里的杂务太少了,不够我表现。"①在接下来的"向党交红心"的运动中,他也是痛哭流涕地把"他自己狠狠地批了一通",但是,他依然没有获得群众的认可,"没有一个人提及我做了许多不属于我做的事,没有一个人说我表现过哪怕是一分的改造的诚意,而是对我说过的那句反党言论——重新进行批判,甚至比'鸣放'会上订我'中右'时的气氛还要严厉,火力还要猛烈"②。在这种新生文化的熬炼中,他的灵魂和精神所遭受的扭曲和伤害,绝不下于旧有文化带给他的痛苦。到最后,他的心灵,不仅没有获得解放,甚至被扭曲到了无法救治的地步:"尽管我退休回到家里,我的心,似乎还在那个小库房里蜷曲着,无法舒展了。田芳能够把我的蓝袍揭掉,现在却无法把我蜷曲的脊背抒抚舒展……"③

从徐慎行的悲剧,可以看出两种文化(旧有文化与新生文化)的异形同构同质性。"异形"指其在表现形式上的不同。旧有文化往往以家庭的家长权威或学校教育的主宰力量,来影响人的道德观念和道德行为。这种文化静悄悄地宰制人的灵魂,而且不乏一种家庭伦理的温馨感,往往在不知不觉的日常氛围中,完成对人的心性和性格的抟塑。换言之,这种文化以家庭为连通国家意志与个人精神的中介。而新生的文化,则是一种以人民伦理形式表现出来的集体主义和全能主义文化。它同样以强有力的方式主宰着个人的精神生活,影响着个人的道德行为和伦理观念,但它完全抛开了家庭这个中介环节。它体现着极为任性的权力意志,并用以人民伦理为支撑的群众性政治运动这一方式,完成对个体的灵魂宰制。它一反旧有文化的那种滞缓、板直、僵硬的文化运行方式。它具有迅疾、猛烈和出人意料的特点。任何个人在这种整体化力量面前,都有一种恐惧、自卑和无助的感觉,除了极个别人,极少有人能以个体的力量和勇气,与这种整体主义文化的抟塑力量相抗衡。然而,旧有文化和新生文化的这种形式上的不同,并不影响

---

① 《陈忠实文集》,第3卷,第151页。
② 同上,第152页。
③ 《陈忠实文集》,第3卷,第186页。

它们具有同构与同质性:这两种文化都同样蔑视个人尊严,尤其对人的情感生活、思想自由,都采取一种防御和打击的态度。徐慎行的不幸遭遇和悲剧结局说明了这一点,无数知识分子遭受的打击和伤害,也说明了这一点。陈忠实《蓝袍先生》所敞亮的文化视境,正是因为有助于我们形成这种认识,才标志着他的创作已经实现了廓庑渐大,视境渐趋宏阔、深远的可喜跃迁,进入了通向《白鹿原》创作的先期准备阶段。

二、水落石出:裸裎人的生存境况

过去,我们总是笼统地说"文学是人学"。这固然没有错。这个命题对那种无视文学的人学性质,试图用褊狭的政治实用主义尺度要求文学的观念,尤其具有摧陷廓清之作用。但是,倘若要想进一步弄清文学与人的更深在、更密切的关联,这个简单的命题显然还不能说明问题。倘若要更进一解,我们应该指出,文学关注的是人的命运,尤其是那些处于苦难、不幸、逆境中的人的命运。它寻求从精神上、灵魂上抱慰人乃至拯救人的路径。正像别尔嘉耶夫说的那样:"关于生活的意义问题,关于从恶与苦难中拯救人、人民和全人类的问题,是艺术创作中最占优势的问题。"①丹尼尔·贝尔也说:"文化领域是意义的领域(realm of meanings)。它通过艺术与仪式,以想象的表现方法诠释世界的意义,尤其是展示那些人类生存困境中产生的、人人都无法回避的所谓'不可理喻性问题',诸如悲剧与死亡。"②这就是说,文学和艺术都要有宗教的悲剧的精神,要像宗教那样关怀人,要充满从苦难与不幸中拯救人类的深切的焦虑和不遏的激情。

如果说,陈忠实早期的小说,还只停留在对外在的事件和无关宏旨的矛盾冲突的反映上,那么,到了过渡期,他已把自己的视点转向人性、人的苦难命运、人的不幸遭遇这一层面了。这种转变,对他来讲,是巨大的,说明他已开始用自己的眼睛来看世界,用自己的思想来理解、把握、叙述真正人的生活,而不再是记录外在的生活表象。真正的人,在陈忠实过渡期的小说中,虽然睡眼惺忪,衣着凌乱,步态蹒跚,比起《白鹿原》中的人物,这个时期小说中的人物未必个个都那么像真正的活人,未必都有圆整的性格,未必都向我们打开了关于人的命运的深在的意义空间,但他们确实都影影绰绰地以人的面目出现了。

怀着肫挚的深情,关注农民的生活,在小说中叙说农民的遭遇和命运,是陈忠实小

---

① 尼·别尔嘉耶夫:《俄罗斯思想》,雷永生等译,三联书店,1995年版,第79页。
② 丹尼尔·贝尔:《资本主义文化矛盾》,赵一凡等译,三联书店,1989年版,第30页。

说的一个具有原型意义的主题,是陈忠实文学创作的一个化释不开、丢放不下的情结。他生于农村,长于农村。后来他虽然在公社当干部,上下于官民之间,虽然住进了都市,往返于城乡地带,但他对农民生存境况的关注之情,却一点也没有变。虽然在前期小说中,农民生活的真实相况,由于他热衷于以揄扬的态度从时代政治的外视点来展开叙述,而没有得到真实而充分的展现,但是,到了八十年代中后期,他的叙述明显有了变化。他取下了只能看到莺歌燕舞的有色眼镜,切切实实地审视农民的艰辛、困苦的生活,叙说他们的命运和遭遇。也就是说,陈忠实早期小说创作的立场还是非民间的,他总是从官人的立场来审视生活。在他这个时期小说中,总有一个县级或公社级的干部来作主人公,小说的情节,也总是绕着这些人的"反省"啦、"忏悔"啦、改过自新啦来展开和转动,转得人眼花缭乱,转得人瞽乱、泼烦。《土地——母亲》的核心人物是县委副书记,《阳光灿烂的早晨》是郑书记,《绿地》是河口公社书记侯志峰……一写到真正的农民,就准要拿出一副代圣贤立言、"教育农民"的架势,让人心里很不舒服。典型的例子是《徐家园三老汉》(1979)。治安老汉是一个在"集体"面前看重个人利益的人。他说,"我太爱工分"。在一个个人利益被悬置的环境里,治安老汉的这点卑微的愿望,要带给他多少痛苦和烦恼啊!但作者显然没看到这一点。作者让共产党员长林老汉教育他要先爱"集体","国家除了'四害',中央又颁发了六十条,为的是生产大发展,农民有好日子过!"长林向治安宣传政策:"咱得给国家争气!国家要大发展,咱给城市供不上菜,影响实现四化的大事哩!岂只咱少挣几个工分!"①到小说的结尾,治安老汉终于被"教育"好了。他"进步"了,成了"模范",并且上了主席台,"和公社领导坐在一起"。"治安老汉激动得花白胡须颤抖了,那样的场合,他一生从来没经过!他觉得自己真是另活一重人,登上一个新的天地"②。这个"治安"老汉,作为一个文学形象是失败的:苍白,不真实,谁要是依据他来想象一个农民老汉,那他最后得到的肯定是一个面目模糊的(faceless)、被歪曲的农民形象。而你要了解农民真实的生活境况,要认识真正的农民,要切近地了解农民的命运,《最后一次收获》提供的才是真实的信息。

这部中篇小说注意营造艾特玛托夫小说中的那种诗性氛围,美丽的自然风光,美好的爱情故事,都为小说增加了亮点,但作者的这种努力,显然并不是为了用以美化农民的生活的困苦,而是为了给人一种更加复杂和沉重的感受。一个即将把他的妻子和孩子接到城里的工程师回到农村家里,最后一次去收获成熟的小麦。作者从一个已经成为城里人的农家子弟的角度展开叙述,显然是为了营构强烈的对比,为了显示城乡生活

---

① 《陈忠实文集》,第1卷,太白文艺出版社,1996年版,第64页。
② 同上,第68页。

的巨大差异,为了显示农民生存的不易。沉重的劳动,原始的劳作方式从形体上扭曲了农民:"在这个村子里生活的男人,十之八九都变成了罗圈腿了。他们年轻的时候,也长着两条端直的腿,几十年从坡上拉下沉重的小推车来,腿不能硬直着走路,渐渐地,在不知不觉中,长长的双腿朝外弯曲了,变形了,变成适宜于山坡上拉载重负的罗圈腿了!"①中国农民的近乎原始的劳动方式,扭曲的不仅是人的形体,他们的精神世界,也因此受到压抑和扭曲:"……疲劳完全抑制了人的智慧,沉重的劳动使他的脑子顿然变得单纯而近乎愚蠢了。"②小说中的工程师赵鹏同时感受着两种生活,只有他才能把都市与农村生活进行比较,才能看到农民生活的艰辛程度,看到中国农村与城市的巨大差异。陈忠实通过这种比较,把农民生活的真实状况,展示了出来。农村干部与普通农民之间存在着尖锐的矛盾。长期的极"左"农业政策"又造成了农民粮缸和钱袋的空虚"③,青年农民苍娃用借来的钱偷偷买粮,却被守在渭河大桥的民兵抓获,粮食全部没收了,他哭着跪下来,向守桥的民兵求情。这样的场面描写和情节叙述,记录中国农民在某一历史时期真实的生活状况,也给读者留下了深刻的印象。总之,这篇小说有白居易的《观刈麦》的悯农精神,它留给人的是沉重而酸楚的回味,引发人思考这样的问题:如何才能把农民从这种异化性的生存境况中彻底解救出来?

在这个时期,陈忠实不仅从同情的角度,关注农民的不幸,而且还从批判的角度,审视、剖析农民身上的劣根性,省思农民的生存境况,从而提出与农民的精神生活密切相关的重大问题。《舔碗》是这类作品中最有代表性的一篇。这篇作品中的讽刺技巧,也是极成熟、老到的。作者自己那过于凸显的评价性话语消减得恰到好处,作者更注重用对动作行为的描写,来显示自己对人物的评价和态度。这篇小说与《白鹿原》第六章的内容是相近的,只不过《舔碗》作为一篇完整的小说,叙述得更为充分,而在《白鹿原》中则较为省净、节制。黑娃的主家黄掌柜有个习惯:吃完了饭要舔碗。这是他家几辈人代代相传的一种习惯。故事的情节发展的驱动力,就是黄掌柜要黑娃也舔碗,黑娃不舔,他就苦口婆心地对他讲舔碗的好处。他说,他家的家业都是舔碗舔出来的。黑娃实在不习惯,一舔就吐。于是,他就不让他再舔了。但黑娃舔碗事业的失败,却把黄掌柜给折磨病了。黑娃于心不忍,便支支吾吾地说:"要是舔了碗能除你的病,那我就……舔。"黄掌柜一骨碌翻身坐起来,双手抓住站在炕边的黑娃的胳膊,抖颤着厚长的下嘴唇说:"黑娃你要是舔碗就把我救下了!"④但黑娃的努力,最终还是失败了:他舌头一挨碗就恶心,

---

① 《陈忠实文集》,第3卷,太白文艺出版社,1996年版,第19页。
② 同上,第27页。
③ 同上,第48页。
④ 《陈忠实文集》,第5卷,太白文艺出版社,1996年版,第159页。

一舔就吐。后来,黄掌柜对他绝望了。他亲自舔黑娃吃过饭的碗。但这还是让黑娃恶心。后来情况严重到黑娃看到黄掌柜吃饭时伸出来的舌头就反胃,就想吐,甚而至于一看见碗,一看见黄掌柜的厚嘴唇,也有同样很强烈的感觉。到最后,黑娃在夜里逃走了,"俩月的工价粮食自然就是不敢索要的"。

  圆熟的讽刺技巧,深刻的人性开掘,不动声色的叙述语调,以及契诃夫小说的那种让人毛骨悚然的力量,都使这个短篇小说有了某种经典的意味。它让人认识到落后的生活方式,在农民心灵上造成的扭曲有多么严重。黄掌柜的舔碗,已不再是一个简单的勤俭持家的问题,而是与人的生存的精神状况相关的问题。周作人先生批评中国人磕头惯了,"见了人便无端的要请安拱手作揖,大有非跪不可之意","我们见了这种畸形的所谓道德,正如见了塞在坛子进而养大的、身子像萝卜形状的人,只感到恐怖嫌恶悲哀愤怒种种感情,绝不该将他提倡,拿他赏赞"①。黄掌柜的舔碗,无疑也属于一种变态的行为,一种"畸形的道德",与巴尔扎克笔下的葛朗台先生,属于同一个精神谱系,是不宜加以"提倡"或"赏赞"的。然而,这种境况的形成,确亦有其不难理解的外在原因。正是由于物质贫困和没有开化,中国农民的生活,在过去相当长的一段时间,还滞留在极为粗鄙、原始的层面。在这里,还谈不到高尚的趣味,谈不到优雅的举止,谈不到文明的教养。那些极为丑陋的习惯,使他们的许多行为,有损于自己的尊严。但是,也许可以反过来说,正是尊严感的麻木,才使他们对种种丑陋的习惯,恬不为怪,缺乏自觉。极而言之,生活还有一个内在的精神向度,在这个空间里,生活就意味着尊严,意味着知道区分什么是丑,什么是美,什么是粗俗,什么是高雅。对这个精神向度的生活缺乏自觉,恰是中国农民(也许还不仅仅是农民)生存境况恶劣的一个标志,也是一个亟待解决的问题。这实在是一个与农民的生活质量密切相关的重大问题。这也许就是陈忠实这篇小说敞亮给我们的启示。

三、朗畅激越:语言风格的变化

  语言是小说的表达媒介,是小说的承载形式,离开语言,就没有小说这个艺术,就像离开语言,我们就无法讨论一首诗、一篇散文一样。罗杰·福勒说:"一位作家的技巧,说到底,总是运用语言的艺术……小说的结构以及小说传达的一切,都是靠小说家熟练地操作语言来实现的,同时,也是靠读者富于再创作的同情心,和根据作者所安排的语

---

① 周作人:《人的文学》,《新青年》第5卷第6号,1918年2月。

言线索发现并解放技巧的欲望和能力来实现的。"①福勒之言,诚为的论。从语言角度分析小说家创作的流变,确实是一个可取的路径。

陈忠实早期小说语言的一般风格特征,是比较质实、硬气,一句话比较长,而且往往也比较密,常常是由好多个逗号隔开的简单句子构组成的。很少用比喻,也极少用夸张,叙述倾向于直陈其事,描写则倾向于直写其形,很少浓墨重彩,层层叠加地去展开描写。从消极一面看,他早期小说的语言,似乎缺乏小孩涉过浅溪的那种轻灵跳脱的活泼感,倒像一个步态徐缓艰难的老者携幼孙行路,过于小心翼翼。这就使他的语言常常给人一种滞重、沉闷、单调的印象。他似乎更倾向于告诉读者,他要说的事情,他要描写的对象到底是什么,而不是把你引领到一个宏阔的想象空间,暗示你他所叙写的东西像什么。陈忠实的质实、求真,使他倾向于直写,而不是选择那种思致微渺的诗性的曲写。叶燮说:"诗之至处,妙在含蓄无垠,思致微渺,其寄托在可言与不可言之间,其指归在可解不可解之会;言在此而意在彼,泯端倪而离形象,绝议论而穷思维,引人于冥漠恍惚之境,所以为至也。"②这是中国诗追求的境界,从某种程度上说,也是中国古典小说为自己追求诗境所悬的鹄的。在《红楼梦》中你可以看到这种冥漠恍惚之境。在陕西的作家中,贾平凹是喜欢这种诗性的曲笔写法的,他拟仿明清小说的语言,每有空灵眩幻之境,但也往往失之于空疏和偏枯。陈忠实追求史的质实。他明白自己的这种追求应该选择什么样的语言风格。他不追求语言的空灵、跳脱,意象的丰繁、变化。他追求语言的内在的冲击力、裹挟力。他的某些比较成功的小说的语言,也确实给人一种激越、刚劲、迅猛的推激力,有如用足了劲吼出的秦腔唱段,有如晋陕峡谷涌流的黄河。例如:

夜色笼罩着河滩,蒙蒙月光下,雄伟的防洪大堤变得低矮可笑,流水令人心烦地呜咽,山岭的轮廓更显得丑陋而阴森,夜色改变了一切美好的事物的面目,幸福(小说中的人物名。李按)徘徊在河滩上。③

梁志华叫司机停了车,他打开车门,刚探出半个身子,万没有料到,犟牛队长猛地朝他脸上吐出一口唾沫,然后跳下车,走了……犟牛队长一口唾沫儿,换来的是立即撤职,被留党察看,接着就挂上牌子游遍了河西公社的大村和小庄……再没有一个干部和社员敢于公开反对规划了,这件事添枝加叶地演义得更加有声有色,四下传播,轰动了全

---

① 罗杰·福勒:《语言学与小说》,於宁等译,重庆出版社,1991年版,第3页。
② 《原诗》卷二《内篇》下。
③ 《陈忠实文集》,第1卷,第50页。

县,梁大胆的名号也就响起来了。①

上引第一段,共七顿,构成一个长句,促弦繁板,急流直下,几个语义层面连通一体,形成一种一泻而下、齐鸣共响的语势效果。

上引第二段共三个大的语义层,造成它们之间明显的间隔和顿挫的,是两个省略号。事实上,这三个语义层构成了一句话,这就缩小了它们之间的承接距离,给人一种连续、快捷、迅速的感觉。

但这样的语言经营技巧,不可在一篇小说中用得太多,否则,就会给人一种单调、板滞的感觉。事实上,陈忠实前期小说的语言,在不少地方,都存在过于絮烦的问题。构语模式缺乏变化,缺少必要的节制和省略,是他早期作品的语言流于繁杂、纷乱、啰唆的原因。

进入过渡期,陈忠实开始进行大胆的语言实验,为自己的长篇小说写作寻找新的叙述方式和语言风格。短篇小说《窝囊》、《轱辘子客》、《舔碗》彰显着作者语言风格的新变化。

《窝囊:献给古原的女儿》中的"她",显然就是《白鹿原》中的白灵,但这篇小说对"她"的遭遇的叙述,显然比《白鹿原》第二十八章对白灵到陕北以后的遭遇的叙述,要成功得多。这篇小说的语言富于变化,摇曳多姿,长短相间,疾徐有度,显示出作者渐趋成熟的语言风格。作者的语言句式的长短,叙述义层的绵密程度,都随表现内容、叙述对象的不同而随时灵活地进行调整。如描写月光和夜的阒寂,作者的语言,就多采用舒缓、洁净的短句子:"月色朦胧。朦胧的月光下的黄土群山失却了荒寂而陡生了妩媚。星光灿烂。不闻狗吠,不见灯光。连绵的秃山伸展到黑暗里。"②这样的语体风格,与月夜的安恬,与人物当时特殊的心境,是和谐一致的,在接下来叙述老财东看到妻子给自己的宝贝女儿(就是小说中即将被自己人活埋的红军女战士)裹脚:"……一把把妈妈推了个仰八岔,气呼呼地解开了裹脚布,塞到灶下烧了,抱着她的麻辣辣疼的双脚,用手揉,用热气哈,说谁以后再敢裹她的宝贝女儿的脚,他就把谁的手用刀斫掉!"③人物的一连串动作,作者一口气写下来,把人物的峻急、强烈的内心活动充分地表现了出来。这篇小说介绍民乐园时的语言则如珠散玉盘,天花乱坠:"民乐园是个游艺场所,鸡肠小巷,七交八岔,交交岔岔里都是小门面小吃铺小茶馆小把戏小婊子院,在这儿能看杂耍的说书的清唱的猴戏的表演,也能吃到甜的辣的酸的荤的素的热的各种风味的食品,还

---

① 《陈忠实文集》,第1卷,第250页。
② 《陈忠实文集》,第5卷,第74页。
③ 《陈忠实文集》,第5卷,第75页。

有高档婊子低档婊子以及一块烧饼睡一觉的末等婊子可供各色嫖客选择。西安的行政要员们出于万全之策,出其不意地选定了这个下等国民游艺娱乐的不大雅静的场所让戴部长屈尊露脸。"①这种一气呵成、急于道出的文体,模仿的正是说书人的语气,这种语气和文体,也正适合用来介绍民乐园五花八门的相况,并且给人一种面对说书人的强烈的如临其境的感觉。后来,这段文字经过补充、修饰被移入了《白鹿原》。②

《轱辘子客》写一个活得窝囊、惶惑的赌徒,但却折射了一个时代,解剖了一个社会。这篇小说肯定是陈忠实所有短篇小说中最好的作品。它不仅没有了陈忠实早期小说中过于板正的紧张,而且增加了轻松、智慧、幽默的喜剧色彩和反讽力度。小说的情节也跌宕起伏,时有令人惊讶的突转和神来之笔。这篇小说举重若轻地把中国农村社会黑暗的一角揭露给人看:对爱情的粗暴践踏、丑恶的权力斗争、野蛮的报复、普遍的心灵扭曲,尤其是到最后,龟渡王村的主宰者还是刘耀明这个阴险、卑鄙的小人。这里没有他早期小说的那种简单的情节解结模式,倒是有着我们在《白鹿原》中多次看到的陡转之笔,一切都出乎人们的善良愿望和简单预料:否定性因素获得了肯定性胜利。这是一种合乎逻辑和事实的结局。刘耀明们有些像唐代诗人王建小说般的叙事诗篇《羽林行》所写的"长安恶少",他们虽然"楼下劫商楼上醉",虽然"杀人百回身合死",但谁也拿他们没有办法,一有风吹草动,他们便先躲了起来,等到"九衢一日消息定",他们还回到权力体制的怀抱:"归来依旧属羽林,立在殿前射飞禽。"气焰何等嚣张!

《轱辘子客》的语言已臻于纯熟境界,为《白鹿原》的语体风格和叙述形式提供了成功的范型。这篇小说的语言,依然有一种内在的裹挟力量、推激力量,依然紧紧地吸摄着读者,但这种力量不像他前期小说的语言那样,有太多刻意求之的痕迹。如果说,他前期小说的语言像夏日泛滥的急流,河面漂浮了太多的杂物,而且啸鸣的水声,也给人一种焦躁不宁的不快之感,那么,《轱辘子客》的语言,就像晚秋时节夕阳下静静的深流,那么平静,那么从容,那么安详,那么自信,让你在微微的陶醉中,情夺神移:

王甲六醒过来时,看见缀满天幕的星星。星际那么浩渺又那么虚幻,离他那么近又那么远,看去什么都清清楚楚又什么都朦朦胧胧……他觉得自己可怜可笑又十分可憎。他觉得刘耀明可憎可笑又十分可怜。

第二天早晨。他从帽子上摘下了孝布扔在炕角里,觉得为母亲守孝白布要戴过百日的仪礼也十分可笑。他没有踏上自行车走村串庄去收买肥猪。他想散心了。他想他

---

① 《陈忠实文集》,第5卷,第81页。
② 见《白鹿原》第11章,人民文学出版社,1993年版,第542—543页。

妈的逛一逛了。他把千余元现钞塞进腰里就搭乘公共汽车进西安逛去了。其实他在西安只逗留了半天,看见那些穿着时髦新装的年轻男女在大街上勾腰搭背的亲昵动作,忽然想到了小妮!哦!恍若隔世啊仅仅只不过十来年光景。他找到山里去,没有找到王小妮而终于弄清楚了可爱的小妮的下落,她在新婚之夜就走进了自己的坟墓。他在山里小镇逛了两三天,竟然思想与小妮的魂灵陪伴……①

上引两段叙述语言的新变化,突出地表现在叙述的情态上。按小说修辞的一般观念,小说的语言都必然会有作者的一种评价态度,"这就好像无论何人开口说话,都一定有情态一样"②。而所谓情态,就是在语言中包含的作者的情感、态度,以及作者向读者显示自己情感态度的方式。福勒对它作了这样的界定:"任何说话者或写作者,总是对某句话的命题内容的价值和适用性持有一定态度、承担一定的义务,同时还在他本人与其言语行为的接受者之间建立起某种关系,包括这方面的所有话语特征。"③陈忠实早期小说的语言在情态上,往往以明确、直接、有力的方式,把自己的评判态度和观点,直接融渗进叙述和描写的语言中,这使得他的语言呈现出一种由作者单一视点控制的缺乏变化的呆滞状况。而视点作为一种"修辞姿态",必然也显示着作者的语言上的"情态",也是影响语言的一个重要因素。灵活变换的视点,势必有时会使作者的情态以一种更适合于塑造人物的方式表现出来,也会使小说的语言的构语模式灵活多变,内在语义丰饶、蕴藉。在上引的两段文字中,我们都可以看到作者自己的外视点与人物的内视点是融合的,作者用王甲六"看见"、"觉得"、"他想"、"思想"等描写人物心理活动的谓词,最大限度地引入了人物自己的语言,如"想逛他妈的一逛了"、"终于弄清了可爱的小妮的下落"等,这就避免了由作者直接地全面地介入小说之中的单调和乏味,直接讲述语言和间接转述语言调配使用,从而,既显示了作者的隐含化情态,也营构出具有反讽意味的话语张力,最终达到了两种话语、两个视点妙合无垠的境界。

关于这篇小说的语言,陈忠实自己也说:"……我试着写了两个短篇,做那种语言形式上的探索和实验,其中我比较满意的是《轱辘子客》。这个短篇在《延河》发表出来以后,几位看过的朋友首先看到了语言的变化和陌生,还是比较赞赏,于是我就心里有数了,把这种高密度的语言确定下来了。关于语言感觉,似乎不大说得清楚,它蕴含当时的社会气氛和不同人物的生活形态,而且蕴含着作者的情绪、气质和理智等。"④陈忠实

---

① 《陈忠实文集》,第5卷,第103—104页。
② 罗杰·福勒:《语言学与小说》,第47页。
③ 同上,第14页。
④ 《陈忠实文集》,第5卷,第442页。

的夫子自道,与我们上面得出的结论,多有相通、契合之处,至少,都注意到了这种新的语言对各种话语成分的包蕴性。另外,对这种语言在读者身上所产生的效果,贾平凹在把陈忠实的语言与自己小说的语言进行比较时,说得很准确、很到位:"多修饰的长句子有一种煽动性,《白鹿原》用的就是这种长句子。我用的是短句子。短句子与长句子给人造成的感觉,犹如一个是喝汽水,一个是喝酒。长语言能煽情,越读越能把人的情绪调动上去;电话式的短句子则没有这种效果。"①

总之,从《窝囊》、《轱辘子客》、《舔碗》三篇小说,我们可以看出,陈忠实小说的语言呈现出一种从容不迫、朗畅激越的总体风貌。这些小说的构语模式富于变化,作者的叙述情态复杂构成,也有助于表现人物和吸引读者,确实达到了较为成熟的境界。

原载《海南师范学院学报》(社科科学版)2003年第1期

---

① 贾平凹、邢小利、仵埂、李建军、孙见喜等:《〈土门〉与〈土门〉之外:关于贾平凹〈土门〉的对话》,《小说评论》,1997年第3期,第37页。

图书在版编目（CIP）数据

蓝袍先生/ 陈忠实著.—北京：华夏出版社，2017.5
（典藏文库）
ISBN 978-7-5080-9175-4

Ⅰ.①蓝… Ⅱ.①陈… Ⅲ.①中篇小说－小说集－中国－当代 ②短篇小说－小说集－中国－当代　Ⅳ.①I247.7

中国版本图书馆 CIP 数据核字（2017）第 074246 号

蓝袍先生

作　　者	陈忠实
责任编辑	高　苏
出版发行	华夏出版社
经　　销	新华书店
印　　刷	三河市万龙印装有限公司
装　　订	三河市万龙印装有限公司
版　　次	2017 年 5 月北京第 1 版
	2017 年 6 月北京第 1 次印刷
开　　本	710×1000　1/16
印　　张	19.25
字　　数	355 千字
定　　价	48.00 元

华夏出版社　网址：www.hxph.com.cn　地址：北京市东直门外香河园北里 4 号　邮编：100028
若发现本版图书有印装质量问题，请与我社营销中心联系调换。　电话：(010)64663331（转）